KB170750

하브루타 독서토론

질문하는 힘을 키우는

하브루타 독서토론

초판 1쇄 발행 | 2021년 3월 3일
초판 2쇄 발행 | 2022년 5월 2일
지은이 | 박형만 이상희 신현정 서옥주 장현주 임현주
표지·내지 디자인 및 편집 | 이가윤
펴낸 곳 | 도서출판 해오름
펴낸이 | 박형만
주소 | (07214) 서울시 영등포구 당산로 44길 3 삼성타운 608호
전화 | 02) 2679-6270~2
누리터 | www.heorum.com

978-89-90463-19-7 13370
값 25,000원

질문하는 힘을 키우는

하브루타 독서토론

박형만 이상희 신현정 서옥주 장현주 임현주

책을 펴내며

하브루타가 독서토론교육에 새로운 길잡이로 등장했다.

원심적 독서와 심미적 독서를 넘나드는 독서토론에 집중해 왔던 해오름 독서교육에 하브루타를 적용하면서 서사를 이해하는 힘과 주제의식을 길어 올리는 힘이 더 단단해지고 있음을 느낀다. 다섯 해 전부터 하브루타 독서토론에 전념하는 현장 교사들 다섯 분이 해오름교사회 안에 연구팀을 구성하여 공부모임을 만들고, 매주 각자가 준비해 온 교안을 검토하면서 하브루타 독서토론 수업안을 하나씩 완성해 왔다. 오랜 시간이 걸렸다. 하브루타 이론에 대한 연구 논문을 읽고, 하브루타 독서토론 고수들이 펼쳐 낸 현장 수업안들을 분석하면서 해오름 독서교육 철학이 스며들어 있는 교안을 만들기 위해 끙끙거리며 애쓰기를 게을리 하지 않았기 때문이다.

하브루타를 적용하여 독서토론을 진행할수록 이 교육과정에 가득한 믿음이 커졌다. 토론은 독서를 위한 과정이며 도구다. 하브루타도 역시 깊고 흥미 넘치는 독서를 위해 필요한 교육적 도구이며 수단이다. 독서의 궁극적인 교육목적을 이루기 위해선 다양한 수업도구들이 적절하게 잘 활용되었을 때 수업이 풍성해지고 학습목표를 달성할 수 있다. 그런 점에서 하브루타는 독서교육에 아주 적합한 토론도구로서 손색이 없다.

독서교육은 읽기와 발견하기, 생각하기, 도출하기, 쟁점 논의하기, 내 삶에 적용하기를 통해 수행된다. 읽기는 정독이다. 글 내용을 꼼꼼하게 따져가면서 읽고, 상황에 대해 질문하면서 읽는다. 읽다가 중요한 부분을 발견하면 베껴두고 모르는 낱말이나 용어가 나오면 사전을 찾아 주석을 달면서 읽는다. 이러한 읽기 과정을 통해 서사 흐름을 받아들이고 그 물결에 풍덩 빠져보게 된다.

연구팀 교사들은 읽기 과정에서부터 질문하기를 어떻게 도출할 것인지, 인물의 성격과 역할, 작품의 배경을 이해하기 위한 방안, 서사 흐름을 단계별로 알아차리기 위한 방안 등을 함께 연구하고, 연구결과를 현장 수업에 적용하여 발생 가능한 문제를 찾아 함께 고민을 나누었다. 이러한 연구성과를 이 책에 담아낼 수 있었다.

코로나 팬데믹 상황에서는 줌Zoom을 통해 온라인으로 연구 활동을 멈추지 않았다. 집필에 참여한 교사들은 모두 현장에서 아이들과 오랜 시간 독서교육을 펼쳐 오신 분들이다. 또한 공공도서관이나 학교 및 여러 교육기관에서 학생들과 성인을 대상으로 강의를 해 오신 독서교육의 고수로 손꼽히는 분들이다. 그래서 매 연구모임이 더 밀도 있게 진행되었고 그래서 시간이 더 소요되었다. 어느 것 하나 쉽게 넘어가지 않았기 때문이다.

이 책은 초등 고학년과 중학생 독서교육을 펼치고 있는 교사와 학부모 수업을 돕기 위해 만든 길잡이다. 하브루타를 전혀 모르더라도 교안에서 펼쳐지는 과정을 따라가다 보면 어느새 하브루타가 익숙해지는 경험을 마주하게 될 것이다. 또한 하브루타에 대한 내공을 오래 연마하신 선생님들도 이 책에서 새로운 접근방식과 독서토론 수행과정을 만나게 될 것이다.

이 책은 꼭 생각해 보아야 할 주제를 먼저 정하고 주제를 깊이 이해하기 위해 관련된 텍스트를 선정하여 수업교안형식으로 구성했다. 이미 많이 알려진 텍스트와 생경한 텍스트가 함께 다뤄진다. 주 텍스트를 제시하였고 이를 더 확장해서 공부하기 위한 보조 텍스트도 소개하였다. 독서토론 수업은 3차시 연강을 바탕으로 하였다. 물론 텍스트 분량이 많고 주제가 무거울 때는 4차시로 확장했다. 여기에 소개한 수업안들은 하나의 길잡이 역할을 수행하기 위해 구성되었으므로 현장에서는 다양한 변주를 할 수 있으면 더할나위 없겠다. 교안은 교안에 불과하지만, 주제에 대한 공감, 텍스트에 대한 깊은 이해가 뒷받침 되었을 때 교안은 반짝거리며 나를 향해 환하게 웃어 줄 것이다.

이 책이 교육현장에서 독서교육을 통해 아이들을 살리고 삶의 주체로 세우기 위한 배움의 숲에 한그루 나무가 되길 소망한다.

2021년 2월

글 싣는 순서

하브루타 독서토론을
제대로 만나는 방법

박형만

왜 하브루타Havruta 독서토론인가?

우리 교육현장에서 토론이 활발하게 이루어지는 것은 학습자 중심 교육철학이 자리를 잡으면서다. 교사 중심 주입식 교육이 시대적 흐름에 역행하고 있음을 인식하면서부터 교육 주체로 학생이 전면에 나서는 것을 일반화 하고 있는 것이다.

20세기 내내 우리 교육 패러다임을 주도하고 있었던 주지주의가 행동주의 교육철학을 통해 모든 학습현장을 규율하고 있을 때 경쟁은 가장 효율적인 학습 목표를 이루는 방안이었다. 주지주의는 산업인력을 대량으로 양성하기 위해 국가가 세워놓은 교육목적과 목표를 충실히 수행하도록 강제했다. 정해진 교과목, 정해진 교과서, 정해진 진도, 학습자의 감정 흐름과 집중력을 고려하지 않은 수업 시간표, 모든 것은 대공장의 대량생산 시스템에 맞춰 운영되었고 그 바탕에는 효율성이 최고의 가치로 군림했다. 영악하고 능력이 뛰어난 학생들은 이 체제에 올라타고 경쟁을 통해 순행하여 승승장구했다. 그리고 이러한 학생들만 끌고 가겠다는 엘리트 중심 교육, 중하위 성적권의 학생들을 의도적으로 도외시 하거나 배제하는 교육 현장의 비인간적인 교육현실은 수많은 학생들을 학습포기자로 내동댕이쳐졌다. 교실 붕괴, 학교 폭력으로 압축되는 교육 현장의 비참한 언어들을 양산했던 우리 교육이 경쟁식 교육의 야만성에서 탈출하려는 시도는 주지주의와 행동주의 교육 철학에 바탕을 둔 수업방식과 교육목표에 의구심을 들게 했다. 이를 포기하게 한 것은 또 다른 경쟁 개념이 출현했기 때문이다. 학습자 수준과 감정을 고려하지 않는 교육방식은 타자를 무시하고 배제하는 힘으로 작용했다. 학생 인권과 자기결정권을 존중하지 않는 교육의 일방성이 효율의 이름으로 자행될 때 교육은 이미 실종된 것이다.

경쟁을 통한 효율성 제고는 맹목적인 경쟁방식을 통해 달성할 수 없다는 것을 교육의 모든 영역에서 확인할 수 있었다. 효율은 경쟁을 가열시키는 것에 오는 것이 아니라 협력의 결과물임을 깨우치게 된 것은 시대변화를 이끈 산업구조 변화 때문이다. 흔히 말하는 4차 산업혁명의 거센 파고를 헤쳐 나가기 위해선 경쟁을 통한 낡은 방식의 교육이 가장 큰 걸림돌이 되고 있다는 문제인식이 있었다. 암기와 주입에 의존하는 양적 중심 학습은 예상치 못한 변수로 가득한 사회의 변화에 대처할 수 없을 뿐 아니라 창의성이 요구되는 시대적 과제를 해결할 수 없다는 것이다.

따라서 진정한 경쟁은 타자와의 소모적 힘겨룸에서 벗어나 협력과 공생을 통해 상생을 추구하려는 데서 의미와 가치가 발생한다. 패자부활전이 허용되지 않는 승자독식의 배타적 경쟁은 한 개인의 내적 에너지를 고갈시킬 뿐만 아니라 일상적 불안감과 두려움에 갇히게 한다. 살인적인 경쟁을 요구하는 현실에서 낙오와 탈락, 뒤처짐의 냉혹한 현실을 학습한 이들의 경쟁은 오직 승리와 일등 자리만 갈구하게 된다. 재독 철학자 한병철교수가 주장한 피로사회에서의 자기착취 악순환 고리에 스스로를 포박하는 결론에 빠지게 되는 것이다. 그러나 협력을 통한 집단지성의 창출을 이뤄내는 과정에 참여해 본 학습자들은 배타적 경쟁이 오히려 비효율을 생산하는데 비해 비경쟁은 상호의지와 협력 과정을 통해 각 개인에 내재된 잠재력과 역량을 최대화 시킨다는 것을 체험하게 된다.

이러한 문제의식은 독서교육의 새로운 지평을 열게 하는 힘이 되었다. 또한 교육현장을 지배하고 있던 칼 포퍼 디베이트, 세다 디베이트, 퍼블릭 포럼 디베이트 등 경쟁식 대립토론 열풍이 쓰나미처럼 몰려왔다가 물러난 후 하브루타(havruta)토론이 교육의 새로운 지평을 열고 있다. 독서교육에서도 하브루타 토론이 독서흥미를 높이고 깊은 독해력을 키우는 힘이 되고 있음을 논증하기 시작했다. 짝토론과 모둠토론, 종합토론으로 이어지는 하브루타 토론 방식이 독서토론 중심에 자리 잡아 독서교육 새 장을 열고 있는 것이다.

독서는 존재성을 강화하는 삶의 과정이다. 독서는 우리 삶의 전선에서 벌어지는 수많은 문제를 자기 언어로 해석하는 번역 과정이다. 이를 통해 자신의 존재성을 확인하고 내적 결핍을 채울 수 있는 에너지를 확보할 수 있다. 왜 사는가에 대한 문제인식은 어린이와 청소년 시절부터 서서히 시작하여 십대를 가로지르는 핵심적인 사유로 자리 잡아야 한다. 이러한 문제인식이 있을 때 인생행로에 대한 자신만의 가늠자를 만들 수 있다. 따라서 독서를 통한 문제인식의 확장을 도모하는 것이 우리가 독서교육을 하고자 하는 이유가 된다. 그리고 가장 교육적인 학습 도구로 하브루타가 있다.

질문을 강조하고 대화하고 토론하는 교육방법 중 대표적인 것이 하브루타이다. 교사가 질문 주도권을 가지는 문답법과 달리 하브루타는 학생들이 서로 질문 주도권을 교환하며, 답변보다는 질문을 더 중요시여기는 과정을 통해 학생들이 스스로 답을 찾아간다. 또한 하브루타 독서토론은 텍스트를 서사주체별로 접근하여 분석하는 길과 구성단계별로 흐름을 읽어나가는 길을 교차 적용하여 작품 주제의식을 건져 올리고 해석하는 과정에서 혼자 읽기에서는 찾을 수 없었던 의미를 발견하는 기쁨이 있다. 더 나아가 하브루타 독서토론을 통해 독서에 대한 흥미가 강화되어 스스로 독서하는 힘을 기르는데도 기여한다.

독일 철학자 에리히 프롬이 『소유냐 존재냐』에서 소유적 실존양식에서 벗어나 존재적 실존양식을 추구해야 함을 지적한 것은 독서에서도 양적 목표를 달성하기 위한 소유적 독서에서 벗어나 삶의 본질적 가치를 추구하는 존재적 독서를 주장하고 있다. 이는 너가 있음으로 내가 존재한다는 '우분투' 정신과 맥락을 같이 한다. 세상의 모든 원리에는 세계를 움직이는 법칙성이 진리가 된다. 독서에서도 마찬가지일 것이다. 나를 성장시키는 원료로서 독서는 '텍스트를 읽는' 수준에서 한걸음 더 나아가 텍스트에 빠져들고 스며듦을 추구하는 것이 진정한 독서의 힘을 길러 준다. 그 안에는 책 읽기 즐거움이 뒤따라야 한다. 즐거움은 서사구조를 이해하는 역량이 뒷받침 되어야 가능하다. 그러기 위해선 서사를 형성하는 낱말과 어절, 문장 독해력이 뒷받침 되어야 하며, 이러한 재료들이 하나의 서사 줄기를 이루고 있는 지 구조적인 형태를 통째로 볼 수 있어야 한다. 이를 자기주도적으로 수행하는 독서교육에 하브루타 독서토론이 힘이 되어 준다.

● 하브루타 havruta란 무엇인가?

하브루타는 유대인들이 탈무드를 공부하는 전통적인 학습법이다. 유대인들은 전통적인 배움자리인 예쉬바yeshiva나 전통가정에서 학생과 학생, 교사와 학생, 부모와 자녀가 짝을 이루어 두 사람이 함께 얼굴을 맞대고 앉아 토라와 탈무드를 함께 읽고 질문하고 토론하고 분석하며 공부하는 하브루타(havruta) 방법을 사용하였다. 아람어인 하브루타는 '하베르'라는 말에서 유래되어 처음에는 우정(friendship), 교우(companionship), 친구(friend) 등 토론하는 짝을 의미했으나 지금은 '두 명이 짝을 이루어 텍스트를 공부하는 행위'로 사용한다. 독서토론에 하브루타를 적용하게 되면 이러한 짝토론을 통해 텍스트를 해석하고 용해하는 과정을 만든다.

하브루타를 할 때에는 짝과 함께 본문을 읽고 의미를 질문하고 토의하며, 본문이 자기 삶에 대해 제기하는 문제들에 대해 폭넓은 질문을 던지고 탐색한다. 즉 두 사람이 텍스트를 읽고 텍스트가 의미하는 바에 대해 자신의 생각을 나누고 질문하고 대답한다. 대답은 다시 질문으로 이어지고 그 대답에 또 질문하며 질문에 꼬리를 물고 계속 탐구해 간다. 상대방 의견이나 대답에 동의할 수 없을 때에는 그 이유를 설명하거나 또 다른 생각을 제시하도록 질문을 한다. 때로는 이것이 전 문화된 토론이 되고 더욱 깊은 논쟁이 되어 사고력 확장과 고차원적인 사고력을 길러준다. 또 한 가지 질문에 대답을 하는 과정에서 수많은 관점이 존재한다는 것을 알게 된다. 글 읽고 의미를 되새김하려는 독서행위 모든 과정에 하브루타 토론이 적용될 수 있다.

하브루타는 어떻게 구성될까?

하브루타는 상대방과 대화를 통해서 문제를 이해하고 해결하는 방법뿐만 아니라 교사의 직접 적인 도움 없이도 짝을 이룬 동료와 함께 학습한다. 하브루타 독서토론에서 짝이 되는 두 사람은 스스로의 학습뿐만 아니라 상대방 학습에 대해서도 책임이 있기에 짝이 된 두 사람은 항상 상호 의존적인 관계에 있다. 위대한 랍비이자 교육학자 켄트에 의하면 하브루타 교수학습방법은 다음 원리에 의해서 진행한다.

○ **경청하기(listening)와 재확인하기(articulating) - 진술하기**

하브루타 기본은 경청하기다. 이는 짝에 대한 관심의 표현이다. 경청하기는 짝이 말하면 집중 해서 듣고 자신이 동의하지 않는 생각에 대해서도 경청한다. 재확인하기는 자기 생각을 명료화하 여 표현하는 피드백이다. 경청하기와 재확인하기는 하브루타 시작과 이를 지속시키는 원동력이 며 하브루타를 완성시키는 요인이 된다. 하브루타를 하는 동안 경청하기와 재확인하기를 통하여 서로 소통하며 창의적인 의견을 개진할 수 있고, 짝 토론에서 질문에 대한 명쾌한 해석이 나오지 않거나 논란이 있는 문제는 모둠토론이나 종합토론을 통해 다른 이들의 견해를 경청함으로써 사 고확장을 이룰 수 있다.

○ **반문하기(wondering)와 집중하기(focusing)**

반문하기는 물음에 답하지 않고 되받아 묻거나 짝의 주장이나 의견에 동의하지 않는 부분이 있 을 때 이의를 제기하며 질문 할 수 있다. 집중하기는 경청하여 주의를 집중하고 대안들에 대해 탐 색하는 것이다. 하브루타는 창의적인 생각을 하도록 탐색하는 과정과 상대 이야기를 심층적으로 이해하고 결과를 도출할 수 있도록 집중하는 과정이 중요하다. 반문하기와 집중하기를 통해 짝토 론을 수행한다.

○ 지지하기(supporting)와 도전하기(challenging)

지지하기는 결론이 나지 않은 문제를 지속적으로 생각하도록 격려하는 것이며 상대에 대한 지지적인 언어, 상대의 생각 위에 생각을 덧붙여 함께 생각해 볼 가치 있는 것이라는 신호를 주는 명시적 지지행위, 상대가 사고를 발전시킬 수 있도록 돕는 외현적 움직임의 형태를 통해 풍부한 하브루타를 발전시키도록 지지하는 것이다. 지지하기는 상대는 물론 자신의 생각을 명료화하고 강화 및 확장하도록 돕는다.

도전하기는 사람에 대한 도전이 아니라 생각에 대한 도전으로서 상대에게 모순이나 대립되는 주장과 설명은 없는지 주의를 기울이게 하는 것이다. "네 생각은 텍스트에 근거하고 있는 것인가?", "그 생각에는 이런 한계가 있다고 생각합니다" 등으로 짝의 생각을 되짚어 봄으로써 서로를 돕는 것이다. 지지하기와 도전하기는 대화 방향을 조종하고 짝 생각이 더욱 선명해지도록 돕는다.

구분	단계별 질문	내용	구성
경청하기 확인하기	사실 질문	관심을 갖고 자신의 생각을 명확하게 표현하고 상대방 메시지 내용을 확인함	- 메시지 내용을 이해하는데 도움이 되는 질문, 답변 - 상대방이 말한 내용을 명확하게 다시 확인하는 질문, 답변
반문하기 초점 맞추기	심화 질문	주의를 집중하고 대안들에 대해 탐색하는 것으로 반문이나 구체적인 증거를 제시하는 것	- 상대방 메시지 내용에 반문할 수 있는 질문, 답변 - 상대방의 메시지 내용에 대한 증거, 예시를 요구하는 질문
지지하기 도전하기	적용 및 종합 질문	문제에 대해서 지속적으로 생각할 수 있도록 격려하고 생각을 명료화, 강화 및 확장시킬 수 있도록 돕는 것	- 상대방 메시지 내용에서 지지할 수 있는 의견이나 상충되는 의견을 제시하는 질문, 답변 - 갈등 상황에 대한 해결 방안에 대한 질문, 답변

하브루타 독서토론에서 질문하기란?

질문은 텍스트에 대한 밀착과 집중이 이루어질 때 일어나는 행위이다. 또한 질문은 서사 흐름에 빠져 있을 때 궁금증이 자연스럽게 터져나오는 행위이기도 하다. 따라서 질문하기는 학습자를 텍스트에 깊이 끌어들이는 효과와 함께 서사 흐름을 읽어 가도록 하는 길잡이가 된다. '질문(質問)한다'의 어원은 '아래를 두들겨 보아 소리를 조사한다'는 의미다. 물 깊이를 알아보기 위해 물병의 물소리를 들어본다는 뜻이다. 이러한 질문은 학습자가 가진 다양한 잠재능력을 끌어내어 개발하고 생각하는 방법을 터득하도록 돕는 방법이기에 교육 현장에서 사용된 질문법은 가장 오랜 역사를 가진 교수법이다.

질문법은 교사와 학생 사이에서 전개되는 학습활동 형태로 주입식과 달리 학생인 학습자가 직접 경험에 의해 스스로의 인식을 발전시키는 것이며, 교사는 학습자들이 구체적인 사실들을 판단하고 숙고하게 함으로 학습자 자신의 힘으로 결론에 도달할 수 있도록 학습활동을 전개한다.

하브루타에서의 질문은 짝 질문에 대한 나의 답변, 나의 질문에 대한 짝의 답변 과정을 거쳐 학습자의 생생한 생각을 도출해내는 효과적인 교수방법이다. 그래서 소크라테스는 인간의 탁월함을 가장 훌륭하게 드러내는 방식이 자신과 타인에게 질문을 던지는 것이라고 믿고 제자들에게 강의나 훈계대신 사고를 자극하는 질문을 던졌다. 공자는 하나의 주제에 대해 제자들과 질문과 답변을 주고받으며 자신 안에 갇힌 생각의 흠결을 찾아내기도 했고 성근 지식체계를 옹골차게 다듬어 단단히 세웠다. 일상 속에서 흔히 사용하는 단어나 익숙하게 잘 알고 있는 것이지만 평소에는 생각하지 않다가 질문을 받으면 생각을 하게 되고 자신의 생각을 정리할 수 있다. 즉 사고를 자극하는 질문이 던져지면 스스로 대답하고 다시 묻고 다시 대답하는 과정을 통해 확연해지기 때문이다.

단계별 질문하기와 토론하기

기본 과정			
도입 하브루타		뇌를 깨우는 과정, 재미있는 놀이나 게임, 이야기 등을 통해 뇌에 자극을 주고 워밍업을 하는 단계	독서 영역
사실 (내용) 질문	짝토론	수업할 내용의 텍스트를 읽고 사실적 내용을 이해하는 과정, 본문 내용을 충실하게 제대로 이해하는 과정으로 정답이 있는 질문들이 주로 이루어진다.	원심적 읽기
심화 (상상) 질문		상상을 자극하는 질문을 통해 학생들이 마음껏 상상하여 하브루타를 하는 과정이다. 행위 동기나 이유를 묻는 등 추론하기를 적용한다.	
적용 (실천) 질문	모둠토론	본문 내용과 관련된 것들을 직접 실생활에서 실천하고 적용하기 위한 하브루타. 텍스트 내용을 우리 현실에 적용하여 나의 문제로 치환하는 과정이다.	심미적 읽기
종합 (쉬우르) 질문	전체토론 – 쉬우르	지금까지 나눈 것을 바탕으로 종합하고 정리하는 종합 하브루타이며, 선생님이 되어 정리해 가르치거나 사고를 확장하는 하브루타이다.	

○ 사실 질문

　텍스트 내용 중 중요한 지점을 찾아 그 내용에 대해 제대로 알고 있는 지 확인하는 질문이다. 사실 질문은 정보확인을 통해 내용을 공유하고자 하는 의미가 있으므로 제시문에서 답할 수 있는 것을 중심으로 한다. 또한 사실 질문은 심화 질문으로 이어갈 수 있도록 글 흐름 중 주제의식과 관련 있거나 의미 있다고 생각하는 부분을 묻는 것이 바람직하다. 따라서 주변적인 내용이나 굳이 확인할 필요가 없는 사소한 것은 질문에 포함하지 않도록 한다.

○ 심화 질문

　사실 질문을 통해 확인한 내용 중 좀 더 깊은 이해를 요구하거나 확산적 독해를 해야 할 부분에 대해 상상하기, 추론하기를 시도한다. 심화 질문에서는 텍스트 내용을 깊이 알아가기 위한 질문이므로 정답이 본문에 있기 보다는 배경지식과 글의 맥락을 파악하기 위한 정보를 알아보는 전략이다. 인물 행위의 동기나 이유, 사건이 향하는 방향에 대한 상상, 어떤 문제에 내포된 함의를 추적하여 심화된 독해를 형성하는 과정이다. "이 문제가 함의하고 있는 것은 무엇인가?", "주인공은 왜 이런 행동을 할 수밖에 없었을까?"등의 방식으로 질문한다.

○ 적용 질문

　적용 질문은 텍스트 내용과 관련하여 학습자가 실생활에서 적용하고, 실천할 수 있도록 하는 질문이다. 인물의 행위나 사건을 나에게 적용해 보고 "나라면 이 경우 어떤 선택을 할 수 있을까?", "우리 사회에서는 이러한 문제를 어떻게 평가할 수 있을까?" 등의 질문으로 텍스트 내용을 우리 현실에 적용하여 그 의미를 풀어내도록 하는 것이다. 이 질문은 심화 질문에서 추출하여 더 깊이 논의하는 것도 바람직하다.

○ 종합 질문

　종합 질문은 텍스트 내용을 내면화하기 위해 교훈점과 시사점을 찾아보도록 하는 질문이다. 텍스트 주제의식을 좀 더 깊이 체화하고 우리 삶의 문제로 치환해서 생각해 보도록 돕는 과정이다. 또한 쉽게 결론을 내릴 수 없는 딜레마나 양가적 문제, 대립적이거나 가치충돌적인 문제를 도출하여 다룸으로써 텍스트에 내재된 주제의식을 좀 더 확장하여 우리 삶의 문제로 논의해 보고자 하는 질문이다. 따라서 종합 질문은 심화 질문이나 적용 질문 중에서 더 논의할 수 있는 것을 선택하거나, 새로운 쟁점을 도출하여 논의하는 것도 바람직하다. 이 과정은 하브루타 토론에서 '쉬우르'에 해당한다. 따라서 종합 질문 단계에서는 교사가 사회자 역할을 맡아 길잡이를 한다. 토론 참여자들이 제기한 문제에 대해 서로 의견을 주고받을 수 있도록 진행하는 것이 좋다. 이때 교사의 개인 의견을 개입시키지 않아야 한다.

하브루타 단계별 토론하기는 어떻게 할까?

○ 짝토론

짝토론은 사실 질문과 심화 질문 단계에서 두 명이 서로 묻고 답하는 과정을 수행한다. 한 쪽이 질문하면 다른 한 쪽이 답변을 하고, 답변을 들은 사람은 후속질문을 하거나 답변에 대한 근거 제시를 요구하면서 질문과 답변을 이어간다. 짝토론을 마무리 할 때 모둠토론에서 다룰 질문을 선별하는 것도 중요하다.

각자 작성한 질문을 짝과 함께 확인한 후 질문 순서를 정한다. 중복되는 질문은 누가 발표할지 정한다. 토론은 반드시 사실부터 시작하며 질문자는 짝 대답을 듣고 반드시 한 번 이상의 후속질문을 해주어야 한다. 후속질문은 짝이 이유 없이 단답식 대답을 하거나 책과 관련 없는 이야기를 할 때 책 속 어디에서 근거를 찾았는지 확인 질문을 할 수 있다. 질문자는 진술 내용을 확장할 수 있는 심화, 적용, 종합 질문 등을 후속질문으로 할 수 있다. 단 적용과 종합 질문은 가급적 모둠토론이나 쉬우르에서 할 수 있도록 지도한다.

- 질문을 작성한 A가 먼저 질문하고 B가 대답을 한다. 질문을 한 A도 자기 질문에 대한 답을 하되 B와 같은 답의 사실 질문에 대해서는 생략가능하다. 하지만 사실 질문을 제외한 심화 질문에서는 반드시 질문자도 대답할 수 있도록 한다.

- 교사는 질문자가 후속 질문을 자연스럽게 할 수 있도록 지도한다. 질문자는 짝 대답을 듣고 대답에 연관된 심화나 적용 질문 등을 후속질문으로 할 수 있다. 이때 질문자가 사실 질문을 한 뒤 짝 대답을 듣지 않고 다음 질문을 보고 있는 경우가 있다. 이럴 경우 짝 대답을 잘 듣지 못하거나 엉뚱한 후속질문을 할 수도 있으니 짝 대답을 잘 듣고 후속질문을 할 수 있도록 한다. 짝토론은 서로의 진술과 질문의 상호 작용을 통해 사고를 확장시키는 과정이라는 것을 명심할 수 있도록 해야 한다.

- 짝토론을 하다가 서로 해결이 되지 않거나 후속 질문 가운데 좋은 질문은 따로 메모를 해 두어서 모둠토론이나 쉬우르 때 활용할 수 있게 한다.

○ 모둠토론

모둠토론은 네 명 이상이 모여 짝토론을 수행하면서 논의가 미흡했거나 풀리지 않았던 질문들을 묻고 답한다. 이 과정에서는 심화 질문을 더 확장하거나 적용 질문 중에서 다른 이들의 견해를 더 필요로 하는 것을 중심으로 논의하는 것이 좋다. 모둠토론을 마무리 할 때는 종합 토론에서 다룰 질문이나 논제를 선별한다.

○ 종합토론 (쉬우르)

　종합 토론은 모든 참여자들이 모둠토론에서 제기된 질문을 골라 자신의 견해를 주고받는 과정이다. 하브루타에서는 '쉬우르'라 부른다. 종합 토론은 교사가 사회를 보며 길잡이를 한다. 길잡이는 논의 쟁점을 정하고 여러 참여자들에게 골고루 의견 발표 기회를 주어야 하며, 견해에 대한 요약정리를 한 후 다른 참여자들에게 피드백을 요구하여 논의가 깊어질 수 있도록 이끈다.

　어떤 쟁점에 대해 결론이 나지 않더라도 길잡이가 결론을 매듭짓는 만행을 저지르지 않아야 한다. 특히 딜레마적인 문제나 첨예한 가치충돌이 일어나는 쟁점을 다룰 때 여러 사람의 견해를 끌어낼 수 있도록 조화롭게 진행하는 것이 필요하다.

　종합 토론을 통해 주요 논쟁점에 대한 깊은 이해를 도모할 수 있고, 문제에 대한 해법을 끌어낼 수 있다. 하브루타 토론, 특히 하브루타 독서토론에서 종합토론은 주제의식을 정리하는 과정이기도 하므로 논의 과정이 샛길로 빠지지 않도록 쟁점에 대한 명확한 흐름을 안내하는 길잡이 역할이 중요하다.

이 책에서 사용하는 용어
쉽게 이해하기

이 책에서 다루는 용어들은 독서교사들이 자주 쓰는 일반적인 것도 있지만 해오름에서 주로 사용하는 용어들도 있습니다. 일러두기에서는 하브루타 독서토론을 처음 접하는 교사들이 쉽게 알 수 있도록 용어 정리를 해 두고자 합니다. 아래 용어풀이와 함께 이 책에서 다루고 있는 수업 흐름과정을 풀어 정리해 두었습니다.

○ 슬로우리딩 – 정독법 (다산의 정독–질서–초서 적용하여 읽기)

읽기를 제대로 한다는 것은 무엇일까? 순식간에 읽어내는 속독은 오히려 해가 된다. 어린이와 청소년 시기에 자신을 둘러 싼 세계를 이해하는 데 있어 찬찬히 그리고 세밀하게 들여다보는 습관이 스며들지 않을 때, 긴 호흡으로 읽어야 할 글을 대하면 두려움에 빠진다. 그러면 읽기 싫어지는 것이다. 독서에 대한 흥미는 곱씹어 읽었을 때 깊은 감흥이 오거나 깨우침의 경험들이 만든다. 지루하고 재미없어 보이는 글이라도 맥락을 짚어가면서 곱씹어 읽다보면 작가가 이끄는 세계에 같이 몰입하게 되는 체험을 하게 된다. 혼자서 책을 읽을 때 소리 내어 읽기, 리듬을 만들어 가며 읽기를 습관처럼 한다면 내 몸이 자연스럽게 글 안으로 들어가는 것을 느낄 수 있다.

서당 학동들이 고래고래 소리 지르며 소학을 읽어 내려가는 것과 이슬람 경전 '코란'을 읽는 학동들이 온 몸을 좌우로 또는 앞 뒤로 격렬하게 흔들어가며 읽는 광경을 재현해야 한다. 리듬을 만들어가며 감각적으로 읽기를 수행하는 동안 저 멀리 있던 글이 내 몸 안으로 들어오는 것이다. 이러한 글 읽기를 좀 더 세밀하게 적용하기 위해선 다산 정약용이 제시한 정독, 질서, 초서의 방안을 터득하는 것이 중요하다.

정독 精讀은 글을 아주 꼼꼼하고 세세하게 읽는 것을 말한다. 한 장을 읽더라도 깊이 생각하면서 내용을 정밀하게 따져서 읽는 것이다. 글쓴이가 주장하고 있는 강조점, 주제와 관련된 자료를 찾아보고 철저하게 근본을 밝혀내는 독서법이다. '글에 집중하고 한 가지 사실을 공부할 때는 관련된 다양한 다른 책들을 함께 읽어 균형된 시각을 갖되, 그 중 대표되는 책을 여러 번 깊이 읽어 그 뜻을 정확히 이해해야한다'고 다산은 말한다.

질서 疾書는 책을 읽다가 깨달은 것이 있으면 잊지 않기 위해 적어가며 읽는 것을 말한다. 즉 메모하며 책을 읽는 방법이다. 언제 어디서나 책을 읽을 때면 메모지를 갖추어 두고 떠오르는 생각이나 깨달은 것이 있으면 잊지 않기 위해 재빨리 적어야 한다. 질서는 독서를 할 때 중요한 질문과 기록을 강조하고, 학문의 바탕을 세우고 주견을 확립하는데 도움을 주는 자발적이고 적극적인 독서법이다. 疾書는 병질, 글서이다. 끙끙 앓아가며 읽어야 한다는 것이다. 내가 미처 깨우치지 못했음을 자각하고 나의 무지를 발견하는 것, 그래서 몸이 아프면 아픈 부위가 세심하게 느껴지고 다가온다. 배가 아프면 오장육부가 느껴지고, 이가 아프면 어금니와 잇몸의 상태를 적나라하게 느낄 수 있는 것처럼, 손가락 한마디에 통증이 있으면 손가락 관절의 미세한 움직임조차도 통증유발과 강화로 연결되고 있음을 느낄 수 있다. 한 문장, 한 마디 글에서 그런 느낌을 가져오라는 것이 질서이다. 문장의 흐름 속에 깊이 빠져들다 보면 보이지 않던 것들, 느껴지지 않던 세계가 환하게 웃으며 다가오는 것을 경험하는 것은 질서를 통해서이다.

초서 抄書는 책을 읽다가 중요한 구절이 나오면 이를 베껴 쓰는 것을 말한다. 특히 글쓴이가 강조하고 있는 문장, 논지를 함의하고 있는 문장, 주옥처럼 빛나는 문장을 옮겨 적는다. 미려한 문장을 생산하는 근육 만들기는 이러한 방법을 활용한다. 초서는 이처럼 주제를 정하고 필요한 부분을 발췌하며 이를 조직함으로써 자신만의 지식을 얻을 수 있는 방법이다. 특히 글 요지를 정리하거나 핵심내용을 강조할 때 발췌해 둔 문장을 활용한다. 베껴쓰기를 통해 지식과 정보를 모으고, 그것을 분류하여 정리하는 것이 무엇보다 중요하다.

○ 3독 하기 - 세 번 반복해서 읽기
반복해서 읽기는 구조적 독서를 수행하는 바탕이 된다. 반복적 읽기를 통해 중심단락과 부차단락을 구분할 수 있고 단락 위계를 이해하게 되어 그 흐름을 맥락적으로 독해하는 능력을 갖추게 된다. 중심단락은 글의 주제의식, 글쓴이가 강조하고 있는 논지가 들어 있으며 부차단락은 이러한 논지를 구체적 사례를 들거나 풀어서 설명하고 있는 뒷받침 단락이다.

1독 : 글 흐름을 이해하기 위해 소설 읽듯이 한번 읽는다. 서사 흐름이 어떻게 진행되고 있는지를 가늠한다.
2독 : 정독 적용하기 - 어려운 말이나 문장, 용어, 모르는 개념을 찾아서 주석달기를 통해 내용에 대한 깊은 이해를 시도한다.
3독 : 질서와 초서 적용하기 - 중요한 대목, 감탄을 자아내는 문장, 어려운 문장에 대한 질문하기, 베껴 두어야 할 문장을 선정한다. 이는 단계별 질문 만들기 토대를 구성하는 과정이 된다.

○ 사건개요서

　서사를 다루는 과정에서 주요 사건의 인과과정을 이해하기 위해 '누가-언제-어디서-무엇을-어떻게-왜' 육하원칙을 적용하여 사건개요서를 작성한다. 사건개요서는 사건이 발생하게 된 이유와 과정, 사건 중심에 있는 인물에 대한 이해, 사건이 끼친 영향과 결과 등을 분석하는 토대가 된다. 이 개요서를 토대로 진술서를 작성할 수 있다.

○ 사건진술서

　사건진술서는 개요서를 바탕으로 사건 흐름을 다시 재정리하는 과정이다. 이를 통해 사건 전말을 이해할 수 있고 사건 핵심 요소를 명확하게 독해할 수 있는 바탕이 된다. 따라서 진술서는 사건개요서를 순서대로 다시 풀어서 설명하는 방식으로 작성한다.

○ 자기소개서

　독서토론을 하기 전 사전 과제로 인물에 대한 자기소개서 작성을 한다. 문학작품, 특히 소설 구성 3요소인 인물-사건-배경에 대한 이해는 필수적이다. 인물에 대해 개조식으로 간략하게 설명하는 방식보다는 1인칭이나 3인칭을 적용하여 소개서를 작성함으로써 독자는 인물 행위와 사건 흐름을 주체적 관점에서 이해할 수 있는 계기가 제공된다. 글쓰기에 상당한 내공을 연마했거나 독해력이 단단하게 갖춰진 학습자에게는 3인칭 관찰자 시점을 적용하여 소개서 쓰기를 한다. 서사 흐름을 한 걸음 뒤에서 관조하듯이 보는 인물 소개서는 작가 시선이 어떤 방향으로 이동하는 지, 작가가 어떤 점을 강조하고 있는 지에 대해 공감할 수 있으며 통째로 서사를 움켜잡을 수 있는 효과가 있다.

　그러나 대부분 학습자들은 1인칭 인물소개서 쓰기를 충분히 해 보아야 한다. 내가 그 인물이 되어 자신을 소개하듯이 쓰는 글을 쓰면 주인공이나 등장인물이 되어 같이 숨결을 나누고 동일한 감정을 느끼는 과정에 빠져들어 작품에 깊이 동화되는 체험을 할 수 있다. 이는 글 읽을 때 느끼지 못했거나 알 수 없었던 함의나 메타포가 적용된 문장 의미를 찾아내게 하는 바탕이 된다. 더구나 인물 소개서를 쓰면서 글 흐름을 이해하기 위해 더 정독하게 되어 읽기 능력이 배가되는 효과도 있다. 이러한 글쓰기를 통해 서사 전반의 맥락을 이해할 수 있고 줄거리의 주요점을 찾을 수 있다. 특히 짝에게 물어 볼 사실 질문과 심화 질문 대상을 엄선할 수 있는 힘도 기를 수 있다.

　인물에 대한 소개서를 쓸 때는 인물 특성이 잘 드러나는 부분, 인물 정형성이 돋보이는 부분, 인물 역할을 특정할 수 있는 부분은 직접 인용하여 소개서에 담아낸다. 주동인물일 경우 반동 인물과의 관계나 사건이 시작되는 지점, 갈등이 고조되는 지점, 결말에 치닫는 지점은 직접 인용하여 소개서에 적용한다. 이러한 글쓰기를 통해 3독하기를 완성할 수 있고 작품에 대한 깊은 이해를 도모할 수 있다.

○ 질문하기에 대한 두 가지 접근법

　서사문학 작품에서 질문하기는 서사주체별 질문하기와 구성단계별 질문하기로 나눌 수 있다.

○ 서사주체별 질문하기

　서사주체별 질문하기는 인물이 서로 대립하고 있거나 주동과 반동 인물의 특성이 잘 드러날 때, 인물들 개성이 뚜렷하여 각 주체들이 사건을 이끌어 가는 힘이 도드라질 때 서사주체별 질문하기를 적용한다. 이러한 질문하기는 얽히고 설킨 서사 갈래를 또렷하게 구분하면서 흐름에 대한 명징한 이해를 돕는다. 또한 각 인물이 처한 상황을 주관성에 근거하여 이해할 수 있다. 이는 인물의 행위가 어떤 동기나 목적을 이루기 위한 것인지를 이해하는데 도움이 된다. 인물들 사이의 이해관계가 대립적일 수밖에 없는 근거를 찾아내면서 갈등 구조와 결말의 과정을 손바닥 보듯이 들여다볼 수 있게 되는 것이다.

　서사주체별 질문하기는 작품에 등장하는 주요인물을 서사주체로 삼아 그 관점과 처지에서 사건을 바라보고 질문하기다. 이를 수행하기 위해서는 우선 서사주체별로 사건흐름을 정리하는 과정이 요구된다. 글쓰는 이를 서사주체로 삼아 자신의 입장에서 자기소개서를 작성한다. 이 소개서에는 내가 작품에서 맡은 역할을 중심으로 서술하되 자신의 캐릭터가 잘 드러나도록 성격과 특성도 곁들인다. 예를 들어 흥부전을 다룰 때 흥부와 놀부를 대립적 인물로 설정하고 각 인물 처지에서 사건을 바라보게 한다면 갈등구조가 어떻게 만들어졌고 사건 흐름에 대한 이해가 명확해진다.

　그리고 각 인물 처지에서 육하원칙을 적용하여 사건개요서를 작성하고 이를 바탕으로 진술서를 완성하면 글 전체의 윤곽이 또렷하게 대비하는 과정을 이해할 수 있다. 정리하자면 서사주체별 질문하기를 위해 인물소개서 작성, 사건개요서 작성, 사건진술서 작성을 한 후 이를 바탕으로 단계별 질문하기를 한다.

○ 구성단계별 질문하기

　구성단계별 질문하기는 소설의 일반적인 구성단계 즉, 발단-전개-위기-절정-결말의 순서로 각 부문별 주요 장면을 발췌하여 질문하기이다. 이를 위해서는 구성단계별로 서사흐름을 구분하는 일이 먼저다.

　① 발단 : 사건 실마리를 풀어내는 단계. 발단은 이야기가 시작되는 부분이며 등장인물과 배경을 통해 어떤 사건이 제시된다. 이 사건은 서사 핵심을 암시하는 것으로 시작한다.
　② 전개 : 사건이 본격적으로 진행된다. 주동인물과 반동인물이 등장하고 갈등 요소가 제시된다.
　③ 위기 : 등장인물들의 내적, 외적 갈등이 시작된다. 사건의 반전이 일어나거나 새로운 사건이 발생하

여 절정을 유발시킨다.

④ 절정 : 갈등이 심화되면서 읽는 사람의 감정적 반응도 최고점에 도달한다. 사건의 분기점이 되는 지점이다.

⑤ 결말 : 갈등이 해소되고 사건이 마무리 되며 등장인물의 운명이 분명해진다.

구성단계별 질문하기를 위해서는 단계별로 주요 장면이나 사건이 내포된 문장을 발췌하고 이에 대해 질문하기를 한다. 사실 질문 단계에서 사건 핵심내용이나 인물 행동 중 해석을 시도해야할 부분, 행위 동기나 목적, 의미를 이해하기 위해 관련된 부분을 중심으로 질문한다. 그리고 사실 질문과 연계하여 심화 질문을 하는 것이 바람직하다. 따라서 사실 질문과 심화 질문은 분리하여 질문하는 것보다 연계하여 질문할 수 있도록 한다. 또한 심화 질문에서 우리 현실이나 내 상황에 적용해 보는 질문이 가능한 부분을 골라 적용 질문으로 연계하는 것도 좋겠다.

○ **질문중심 하브루타 수업 흐름**

과정	단계별 내용
질문 만들기	텍스트 읽고 질문 만들기 – 질문 유형별로 구분한다.
짝토론	둘씩 짝지어 먼저 토론하기 – 짝과의 질문에서 최고 질문 뽑기
모둠토론	짝과의 최고 질문으로 모둠별 토론하기 – 최고 질문 뽑기 – 최고 질문으로 토론하기
발표	모둠토론 내용 정리하기 – 각 모둠 발표하기
쉬우르 (전체토론)	수업시간 내용을 길잡이가 종합 정리하기 – 사고 확장하기

질문중심 하브루타 수업은 질문 만들기→짝 토론→모둠토론→발표→쉬우르 과정을 거치는 수업 모형으로 다양한 변형이 가능한 수업 형태이다.

첫째, 질문 만들기이다. 텍스트를 정독한 후 질문을 만든다. 학습자들의 수준이나 학년에 따라 2개부터 20개 이상까지 다양하게 분량을 제시할 수 있다. 수업 시간이 충분하다면 개수를 늘리고, 그렇지 않다면 학습자당 2-3개씩 뽑아 와도 상관없다. 어느 정도 적응이 되었다면 질문을 만들 때 사실 질문과 심화 질문, 적용 질문과 종합 질문으로 구분해오게 한다.

둘째, 질문을 만든 후에 짝과 함께 토론 한다. 만들어 온 질문으로 둘씩 짝을 지어 질문과 대답, 반박을 주고받으면서 하브루타를 하는 시간이다. 질문은 서로 번갈아가면서 하는 방법이 있고, 한 사람이 끝까지 하고, 다시 다른 사람이 질문하는 방법이 있다. 대답을 듣고 후속 질문을 하여 하나의 질문을 가지고 길게 할수록 좋다. 질문하는 사람은 주로 질문과 반박을 하면서 공격을 하고 대답하는 사람은 논리를 대고 증거를 대면서 주로 방어를 한다. 질문과 답변이 어느 정도 마무리 되면 만든 질문 중에서 둘이 의논해서 가장 좋은 질문을 하나 뽑는다. 좋은 질문은 다른 사람이 생각하기 어렵고, 독특하고, 논쟁이 치열하게 될 수 있으며, 다양하게 상상할 수 있는 질문이다.

셋째, 짝 토론 후에 모둠원들끼리 토론 하는 모둠토론이다. 모둠은 4명이나 6명 정도가 적당하다. 둘씩 짝지어 두 세 팀이 모이는 것이다. 4명이면 좋은 질문이 두 개가 나오고, 6명이면 좋은 질문이 세 개가 나온다. 각각 짝 토론을 통해 뽑은 좋은 질문으로 모둠끼리 자유롭게 토론하는 것이다. 돌아가면서 한 질문씩 제시하고 그 질문에 대해 서로 답변, 반박, 재질문 하면서 자유롭게 토론한다. 토론을 진행하다가 뽑힌 질문 중에서 가장 좋은 질문을 다시 하나 선정한다. 그래서 그 질문으로 토론을 진행한다. 토론은 깊이 들어갈수록 좋다. 모둠 별로 최고의 질문을 뽑고 그 질문을 가지고 토론을 진행한 다음, 토론 내용을 정리한다. 뽑힌 최고의 질문과, 그 질문을 가지고 토론한 내용을 간략하게 요약하여 정리하여 발표를 한다.

넷째, 모둠에서 서로 토론한 내용으로 전체 모임에서 발표한다. 모둠 별로 뽑은 최고의 질문과 토론 내용을 한 사람이 발표를 한다. 각 모둠 별로 발표하여 다른 모둠에서 어떤 질문으로 어떤 토론이 오갔는지 나누는 시간이다. 길잡이선생님은 학습자들의 발표를 들으면서 학생들이 어떤 생각을 하고, 어떤 부분에서 토론이 미흡한 지, 길잡이쌤이 추가로 설명해주어야 할 부분은 무엇인지 생각하게 된다.

마지막으로 종합 토론인 쉬우르를 한다. 모둠토론을 통해 선정된 최고의 질문을 제안자를 통해 질문 요지와 의도 등에 대해 발표를 듣고, 이 질문 중에서 모두가 논의할 질문을 선택한다. 쉬우르는 교사가 길잡이 역할을 맡아 진행한다. 문제에 대해 길잡이가 주로 설명하기보다는 학생들에게 질문하여 학습자들의 사고를 자극하고, 학습자들에게서 답이 나올 수 있도록 이끌어준다. 길잡이는 학습자들이 뽑은 질문, 학습자들이 해결하지 못한 질문을 듣고, 그것에 대해 다시 질문하여 학습자들이 자유롭게 생각한 것을 이야기하도록 이끈다. 그 시간에 학습자들이 반드시 알아야 하는 내용들에 대해 질문하여 학습자들이 말을 하면서 정리를 할 수 있도록 도와준다.

수업은 어떤 흐름으로 진행되는가?

○ **수업 목표**

- 설정된 주제는 수업을 통해 무엇을 어떻게 풀어낼 것인지 배움에서 노리는 점을 제시한다.
- "이러한 과정을 통해 ~를 할 수 있다." 를 당위 명제문으로 제시한다.

○ **함께 읽는 책**

설정된 주제를 깊게 이해하기 위한 주텍스트를 선정한다. 주제를 좀 더 폭넓게 이해하기 위해 보조 텍스트를 선정할 수도 있다.

○ **마음열기**

배움을 열기 전 참여자들이 수업에 집중할 수 있도록 마음을 모으는 시간이다. 오늘 다룰 주제와 관련된 시나 글, 그림 등을 함께 읽고 보면서 소감을 나누는 것이다. 이 과정을 통해 학습자들은 배움자리에 차분하게 자리잡게 된다. 학습자들은 수업에 참여하기 전 다양한 상황에 처해 있다가 오는 것이므로 현관문을 열고 집 문턱을 넘어 섰을 때 집 안에 들어왔다는 인식의 전환을 하는 것처럼, 배움자리에 마음을 내려놓고 자연스럽게 참여하게 하는 과정이다. 다룰 만한 재료가 없을 때 한 주일 동안 어떤 일이 있었는 지 물어보고 서로의 일상을 나눠보는 것도 좋겠다.

○ **들어서기 - 생각열기**

오늘 수업을 열기 전 미리 생각해 보아야 할 쟁점이나 주요한 지점을 먼저 풀어내어 보는 과정이다. 텍스트를 잘 읽어 왔는지, 주제에 대한 생각을 해 보았는지, 오늘 주제에 접근하기 위해 어떤 생각거리를 던져주고 이 문제를 함께 해결하면서 자연스럽게 수업에 몰입하게 한다.

○ **펼치기**

이 흐름에는 수업 전과정이 녹아든다. 특히 하브루타 독서토론은 3차시를 이어가는 과정이므로 차시별로 전개할 수업의 주요 내용을 펼치기 과정에서 수행한다.

○ **열매맺기**

수업을 마무리 하는 단계이다. 오늘 진행한 과정을 정리하고 평가한다. 그리고 다음 시간에 공부할 내용을 전달하고 학습자별로 해야 할 역할을 분배한다.

생각그물 만들기

생각그물 : 해오름 독서교육에서는 마인드 맵 mind map을 '생각그물'로 부른다.

생각그물은 독서토론을 진행하기 전 질문만들기를 수행하기 위해 선행하는 공부과정이다. 생각그물을 통해 서사 흐름을 이해할 수 있고, 주요 인물 특성과 역할을 구별할 수 있다. 또한 작품 배경에 대한 개괄적 이해도 도모할 수 있다.

생각그물 그리기를 꾸준히 하게 되면 구조적 사고 능력이 향상된다. 한 편의 작품을 손바닥 위에 올려놓고 통째로 조망할 수 있는 역량이 키워진다. 처음 생각그물을 그릴 때는 여럿이 함께 완성해 가는 것이 좋다. 가능하면 여러 색을 이용하여 보기 좋게 그려나가는 작업을 하면서 자연스럽게 작품을 다시 되새겨 보거나 분석해야 할 지점을 확인할 수 있다.

생각그물을 처음 접하는 학생들에게 다음과 같이 생각그물 그리기를 지도할 수 있다.
- 가지는 주가지와 부가지 그리고 잔가지로 나눠 그린다.
- 가지는 곡선으로 그린다. 직선보다 곡선으로 그릴 경우 보다 유연한 사고를 할 수 있다.
- 가지를 그릴 때는 가지 끝부분에 이어 그려 유기적으로 연결이 되도록 한다.
- 글자는 가지 위에다 적는다.
- 인물, 사건, 배경 주 가지별로 색깔을 다르게 해서 내용을 정리하면 좋다.
- 생각그물 만들기가 익숙해진 모둠은 숙제로 제시한다.

※ 인물 가지 정리방법

① 주요 등장인물 수만큼 부가지를 그린다. 주로 주동 인물과 반동 인물 중심으로 정리한다.
② 등장인물 가지에 다시 2개의 가지를 그려 인물의 성격과 특징을 정리한다.
(마지막 거인처럼 상징적 의미가 강한 인물들은 상징도 가지를 그려서 의미를 파악하게 한다.)
성격이나 특징은 각각 최소 3개 이상 쓰게 한다. 성격이나 특징을 적은 후 다시 가지를 연결해 그 이유를 제시한다.
③ 왼쪽 상단에 사건 가지를 그린다. 사건은 발단, 전개, 위기, 절정, 결말의 5개의 부가지를 그리고 각 단계별로 간단하게 내용을 정리해서 적는다. 사건 가지는 주인공 중심으로 내용을 정리한다.
④ 왼쪽 하단에 배경 가지를 그린다. 배경은 공간적, 시간적 배경 두 개의 부가지를 그린 후 내용을 정리한다.

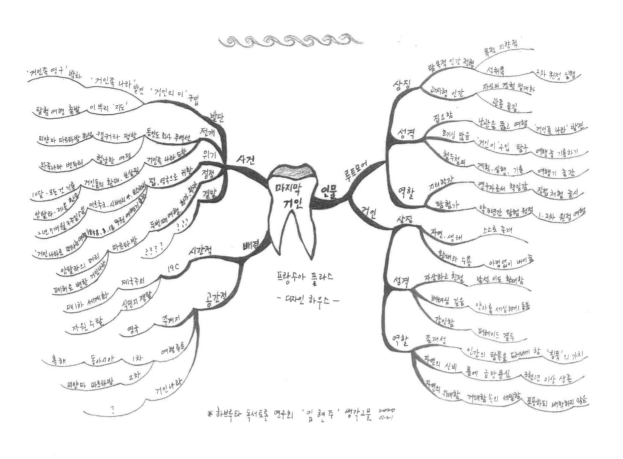

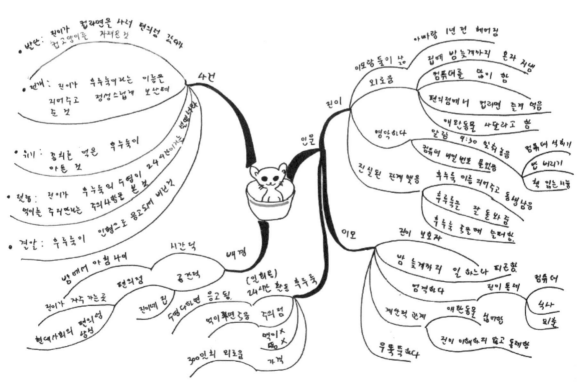

1장

왜 생각하며 살아야 할까

왜 스스로 생각해야 하는가
《그 소문 들었어?》

어떻게 살아야 나답게 사는 것일까
《왕자와 드레스메이커》

《그 소문 들었어?》

왜 스스로 생각해야 하는가

○ 수업 목표

1. 거짓 소문이 만들어지는 과정을 이해할 수 있다.

2. 스스로 생각하는 것이 중요한 이유를 알 수 있다.

3. 새로운 정보를 대할 때 가져야 할 태도를 정립할 수 있다.

○ 함께 읽는 책 : 《그 소문 들었어?》

(하야시 기린 글 / 쇼노 나오코 그림 / 천개의바람 / 2017)

○ 분류 : 삶의 자세

○ 주제 : 왜 스스로 생각해야 하는가

○ 대상 : 초등 4학년 ~ 초등 6학년

○ 분량 : 64쪽, 윤독 30분

○ 참고 : 《생각 조종자들》(엘리프레이져 / 알키)

○ 집필 : 신현정

방통위 〈2019 방송매체 이용행태조사〉 결과 발표에 따르면, 13세 이상 한국인의 절반 이상이 유료 동영상제공서비스(OTT)를 이용하는 것으로 분석됐다. 유튜브 등 1인 미디어 시대가 열리면서 다양한 방송이 말 그대로 인터넷상에 쏟아지고 있다. 문제는 그 내용이 모두 사실은 아니라는 것이다. 2020년 이후 전 세계가 COVID19로 대혼란을 겪는 중이다. 그런데 감염증의 확산으로 인한 혼란을 더욱 부추기는 것이 있다. 바로 가짜 뉴스, 가짜 정보들이다. 누군가 의도적으로 거짓 뉴스를 제작하고, 사람들은 생각 없이 그것을 퍼다 나른다. 여기 이런 우리 모습을 고스란히 담은 우화가 있다.

금색 사자는 당연히 자신이 동물나라의 다음 왕이 될 것이라 믿고 있었다. 그런데 어느새 동물들 사이에 다음 왕 후보로 은색 사자가 거론된다는 것을 알게 되고, 이를 막기 위해 거짓 소문을 내기 시작한다. 처음에는 믿지 않던 동물들도 반복해 소문을 듣게 되자 점점 생각도 하지 않고 금색 사자 말을 이곳저곳으로 옮기게 된다. 곧 소문은 사실이 되어 더 먼 곳에 사는 동물들에게까지 퍼져 나간다. 결국은 금색 사자가 왕이 되고 왕의 사치와 무능함으로 고통스러워진 동물들은 그제야 자신들의 행동을 뒤돌아보게 되지만 이미 나라는 황폐해진 후였다. 모든 동물이 은색 사자에게 나쁜 뜻을 가지고 소문을 옮긴 것은 아니었다. 그저 조심하라고, 걱정이 되어서 가까운 이에게 소문을 전했을 뿐이다. 하지만 그 누구도 은색 사자에게 사실을 확인하지도, 떠도는 소문을 의심하고 질문하지도 않았다.

우리는 방대한 정보 물결 속에서 살아간다. 우리 뇌는 익숙한 환경에서는 사고하지 않는다. 그 정보들에 대해 끊임없이 의심하고 질문을 던질 때에만 비로소 사고하고 판단할 수 있다. 이 책은 동물들에 빗대어 우리들의 행동을 잘 표현하고 있어 아이들이 자신의 행동을 거리를 두고 객관화시켜 볼 수 있게 해준다. 거짓 소문을 만들어 퍼뜨리고 자기만 생각해 백성들을 돌보지 않은 금색 사자왕은 당연히 나라가 황폐해진 것에 대한 책임을 져야 한다. 하지만 정말 금색 사자만 잘못한 것일까? 금색 사자가 던진 정보들을 스스로 생각하지 않고 받아들인 동물들의 모습을 보며 나는 과연 어떻게 행동할 것인지 생각해보고, 스스로 생각하지 못한 것이 어떤 결과로 이어지는지 깊게 이야기해 볼 수 있을 것이다.

하브루타 독서토론 수업 흐름

활동 순서	핵심 활동	활동 목표	주요 활동 내용
1차시 (120분)	읽기 활동	등장인물을 통한 내용 확인 및 이해	- 윤독하기 (30분) : 모르는 낱말 찾기, 중요한 내용 표시하기 - 등장인물이 되어 자기소개서 쓰기 (인물 이해) - 등장인물별 자기소개서 발표하기 => 인터뷰하기
	질문 생성과 질문 탐구	구성단계별 내용 정리와 질문 만들기	- 구성단계별 주요 내용, 문장 정리하기 (사건 이해) - 구성단계별 내용, 문장 정리한 것 발표하기 - 구성단계별 문장에 근거해 질문 만들기
2차시 (120분)	짝 - 모둠 하브루타 및 쉬우르	동료와의 상호작용 (짝토론, 모둠토론) 적용 및 심화 발전	- 짝과의 대화를 통해 질문 분류하기 - 짝토론 - 모둠토론에 제시할 질문 선정하기 - 모둠토론 - 전체토론 (쉬우르)에 제시할 질문 선정하기 - 전체토론 (쉬우르)하기
	글쓰기	심화, 정리	- 쉬우르 질문에 대한 생각 정리해서 쓰기

			○ 이야기 바꾸어 역할극하기 - 마을 주민들 태도가 바뀌었다면 이야기는 어떻게 달라졌을까? - 은색 사자가 적극적으로 소문을 바로 잡았더라면 어떻게 되었을까?
3차시 (120분)	프로젝트	되새기기, 내면화하기	○ 가짜 뉴스 찾기 대회 – 진짜 뉴스일까, 가짜 뉴스일까 - 문장 제시 (모둠 혹은 개인별) / 진짜와 가짜가 섞여 있음 (진짜는 더 진짜 같게. 가짜도 진짜 같게 만들어보세요) ○ 뉴스를 진짜로 믿도록 정보를 검색하여 추가하기 - 추가할 수 있는 정보 : 전문가와의 인터뷰, 통계 자료, 기사의 배경 장소에 대한 정보 추가, 기사의 주인공에 대한 자세한 묘사 등등 - 발표 후 진짜일까 가짜일까 선택하기 - 추가한 내용 확인하기 : 가짜 뉴스인지 알아보기 위해 체크해야 할 항목 정리하기
		글쓰기	소문을 들을 때 어떤 태도를 가져야 할까?

 1차시 수업

마음열기

▶ 내 몸과 내 생각은 무엇을 재료로 만들어지는지 생각해보자. 그리고 그 재료 중 나에게 도움이 되는 것을 고르기 위해서는 어떻게 해야 할지 이야기해보자.

– 내 몸을 만드는 재료는 무엇일까?

– 내 생각을 만드는 재료는 무엇일까?

– 나에게 도움이 되게 하려면 어떤 것들을 먹어야 할까?

– 나에게 도움이 되게 하려면 어떤 노력이 필요할까?

들어서기

▶ 책 첫 부분을 가만히 보면 두 개의 그림이 있다. 한 사람이 앉아 지그시 눈을 감고 새 한 마리를 연주하고 있고, 다음 그림은 같은 사람이 첼로를 연주하고 있다. 연주자는 어떤 생각을 하면서 연주하고 있을까? 상상한 내용을 말풍선에 써보자.

첫 걸음 - 읽기, 내용 공유하기

펼치기

▶ 이번 책은 순서대로 돌아가면서 소리 내어 읽어보자(윤독). 친구들의 책 읽는 소리에 귀를 기울이면서 천천히 눈으로 따라 읽고, 내 순서가 되면 모든 친구들이 잘 들을 수 있도록 알맞은 크기와 빠르기로 읽어보자.

- 읽는 흐름이 이어지도록 원이나 네모 모양으로 앉아 읽으면 더 좋습니다. 읽으면서 모르는 낱말에 동그라미를 치거나 중요한 부분에 표시하면 질문 만들기가 수월합니다.

▶ 이 책 등장인물들은 나라가 황폐해진 것에 대해 누구 책임이 더 큰지 각기 다른 목소리로 말하고 있다. 그 사람 처지가 되어 생각해보면, 각 등장인물이 이야기가 진행되는데 어떤 역할을 했는지 보다 입체적으로 이해할 수 있는 장점이 있다. 내가 등장인물이 되었다 생각하고 자기를 소개하는 글을 써보자.

- 1인칭 주인공 시점으로 쓰기 (나는~)
- 인물 성격이 드러나도록 쓰기
- 다른 등장인물과의 관계가 잘 드러나도록 쓰기
- 이야기가 진행되는데 어떤 역할을 하는지 드러나도록 쓰기

금색 사자 자기소개서

나는 금색 사자입니다. 나는 멋진 황금색 갈기를 갖고 있습니다. 동물들은 내가 나타날 때마다 태양이 떠오르는 것 같다고 웅성댔습니다. 그리고 나는 재산이 많아 동물들에게 성대한 파티도 열어주었습니다. 이런 내가 왕이 되는 것은

너무나 당연하다고 생각하고 있었습니다. 그런데 어느 날 동물들이 은색 사자를 칭찬하는 이야기를 듣게 되었습니다. 마음씨가 곱고 힘도 세서 다른 동물들을 잘 돌봐주기 때문에 다음 임금으로 딱이라고 말입니다. 은색 사자를 직접 찾아가 보니 쉬지 않고 동물들을 도와줘 모두가 고마워하고 있었습니다. 그 모습을 보자, 난 내가 왕이 되지 못할 수도 있다는 생각이 들어서 초조해졌습니다.

그래서 나는 은색 사자가 사실은 다른 동물들을 괴롭히고 성질도 난폭하다는 소문을 냈습니다. 처음에는 동물들이 믿지 않았어요. 그리고 혹시 은색 사자에게 가서 직접 물어보면 어떻게 하나 걱정이 되기도 했습니다. 하지만 아무 동물도 직접 알아보려고 하지 않아서 정말 다행이었습니다. 시간이 더 지나자 내가 특별히 가짜 소문을 만들지 않아도 동물들끼리 서로 소문을 옮기고 또 옮겨서, 은색 사자는 점점 왕이 될 수 없는 나쁜 사자가 되어가고 있었습니다.

은색 사자가 나서서 잘못을 바로잡지 않자 동물들은 내 말을 더 믿게 되었습니다. 만약 나라면 나서서 따져보기라도 했을텐데, 은색 사자는 마치 왕이 되겠다는 생각이 없는 것 같았죠. 그렇다면 왕이 되려는 의지가 있는 내가 왕이 되는 것이 당연한 일 아니겠습니까. 그래서 저는 당당히 제가 왕이 되겠다고 손을 들었고, 왕이 되었습니다.

왕이 된 후에 나는 동물들이 굶주리는 문제는 크게 신경을 쓰지 않았습니다. 왕과 관련된 모든 것을 황금으로 바꾸느라 바빴으니까요. 그런데 다른 나라에서 황금탑을 지어 건방지게 도전을 해왔습니다. 당연히 전쟁을 벌였지요. 그런데 그만 우리나라가 황폐해지고 말았습니다.

동물들은 모여서 내가 잔인한 왕이라고 말하며 한탄했다고 합니다. 하지만 나는 원래 황금을 좋아하고 치장하는 것을 좋아하는 사자였습니다. 이런 나를 왕으로 뽑은 것은 이 나라 동물들이었지요. 소문을 마구 옮긴 동물들이나 지금까지도 아무 이야기도 하지 않고 있는 은색 사자가 이제 와서 모든 것이 나의 잘못이라고 이야기할 수 있는지 묻고 싶습니다.

▶ 자기소개서를 발표해보자. 친구들의 발표를 들을 때 각 인물 행동이나 역할에 대해 질문할 내용이 있다면 기록하면서 듣도록 하자. 그리고 발표가 끝나면 그 인물에 대해 인터뷰 시간을 갖고 궁금한 점을 묻고 답해보자.

- 다수 학생이 참여하는 교실수업은 모둠별 활동으로 진행해도 좋고, 같은 등장인물 소개서를 쓴 친구들이 한꺼번에 인터뷰에 응해도 좋습니다.

- 금색 사자에게 묻고 싶습니다.

왜 왕이 되고 싶어 했나요? / 왜 거짓으로 소문을 냈나요? / 정정당당하게 은색 사자와 경쟁할 수는 없었나요? / 나라가 황폐해졌을 때 동물들에게 미안하지 않았나요?

- 은색 사자에게 묻고 싶습니다.

거짓 소문이 퍼졌을 때 왜 아무런 행동도 하지 않았나요? / 왕이 되어야겠다고 생각한 적이 있었나요? / 마을이 황폐해졌을 때 마음이 어땠나요? / 나라가 황폐해진 것에 자신의 책임도 있다고 생각하나요?

- 올빼미 아주머니에게 묻고 싶습니다.

은색 사자가 어떤 도움을 주었나요? / 다른 동물들이 모두 은색 사자를 욕하는데 아주머니는 어떻게 은색 사자를 믿을 수 있었나요? / 거짓 소문이 퍼졌을 때 기분이 어땠나요?

- 마을 동물들에게 묻고 싶습니다.

어쩌다 소문을 믿게 되었나요? / 소문을 직접 확인해봐야겠다는 생각은 하지 않았나요? / 그저 소문을 옮긴 행동은 잘못이 아닌가요? / 나라가 황폐해진 것에 자신들의 책임도 있다고 생각하나요?

▶ 내가 발표한 등장인물이 되어 위 질문에 대답해보자.

두 걸음 – 하브루타 질문 만들기

▶ 이 책은 길이가 짧지만 이야기 흐름에 따라 사건이 흥미진진하게 펼쳐지고 등장인물들의 변화도 잘 드러난다. 각 구성단계별로 주요 문장을 발췌하고 내용을 정리한 후, 이야기해 볼 가치가 있는 질문들을 만들어보자.

발단

자신이 왕이 되리라 믿고 있던 금색 사자는 다른 동물들을 잘 도와 평판이 좋은 은색 사자가 있다는 것을 알게 되어 초조해졌다.

▶ 주요문장 뽑기 : 6쪽, 12쪽, 19쪽 문장을 읽고 질문을 만들어보자.

♬ 질문

- 금색 사자는 왜 자신이 왕이 될 자격이 있다고 생각했나? (사실)

- 왕이 될 때 외모도 중요한 조건이 될까? (심화)

- 왕이 될 때 중요한 덕목은 무엇일까? (심화)

- 은색 사자는 왜 한시도 쉬는 법이 없었을까? (사실)

- 동물들은 은색사자가 왜 다음 왕이 될 자격이 있다고 생각했나? (사실·심화)

- 나는 어떤 기준으로 대표를 뽑나? (적용)

전개

금색 사자는 은색 사자에 대한 나쁜 소문을 퍼뜨리기 시작했고, 마침내 동물들은 나쁜 소문을 사실과 진실로 믿게 되었다. 은색사자는 소문에 대해 알았지만 오해가 풀릴 것이라 생각하며 쓴웃음만 지었다.

▶ 주요문장 뽑기 : 32쪽의 대화, 34쪽·38쪽의 지문, 40쪽 올빼미 아주머니의 이야기, 42쪽 은색 사자 이야기, 43쪽 구름이 중얼거리는 문장 등을 읽고 질문을 만들어보자.

♬ 질문

- 동물들은 은색 사자 일을 어떻게 알게 되었나? (사실)

- 왜 금색 사자는 은색 사자에 대해 나쁜 소문을 퍼뜨렸을까? (사실·심화)

- 내가 금색 사자였다면 왕이 되기 위해 어떻게 했을까? (적용)

- 동물들은 왜 점점 은색 사자를 의심하기 시작했나? (사실·심화)

- 올빼미 아주머니가 사실을 말했을 때 마을 동물들은 왜 믿지 않았나? (사실·심화)

- 만일 내가 마을 주민이었다면 은색 사자의 소문을 들었을 때 어떻게 행동했을까? (적용)

– 우리 주변에서도 많은 사람들이 같은 이야기를 하면 사실이라고 믿는 경우들이 있나? (적용)

– 은색 사자는 자신의 소문을 듣고도 왜 쓴웃음만 짓고 아무 말도 하지 않았을까? (사실)

– 만약 내가 은색 사자였다면 소문을 들었을 때 어떻게 행동했을까? (적용)

– 은색 사자가 적극적으로 자기의 생각을 이야기했다면 어떻게 되었을까? (심화)

– 구름이 "진실은 스스로 나서지 않으면 찾을 수 없다"고 한 것은 누구에게 하는 말일까? (심화)

절정

마침내 금색 사자는 왕이 되었다. 왕이 된 금색 사자는 황금을 사들여 사치를 부리느라 빚을 졌고, 전쟁까지 일어나 나라는 순식간에 황폐해지고 말았다.

▶ 주요문장 뽑기 : 45쪽, 46쪽, 48쪽 문장을 읽고 질문을 만들어보자.

♫ 질문

– 금색 사자는 어떻게 해서 왕이 될 수 있었을까? (사실)

– 금색 사자는 왜 동물들의 지지를 받았을까? (심화)

– 만약 나에게도 투표권이 있었다면 금색 사자를 왕으로 뽑았을까? (적용)

– 금색 사자는 왕이 된 후 어떻게 나라를 다스렸나? (사실)

– 금색 사자가 왕이 된 후 백성들은 어떻게 살았나? (사실)

– 지도자를 잘 못 뽑아 문제가 된 경우를 본 적이 있나? (적용)

결말

동물들은 그저 걱정이 되어 친구에게 이야기를 전했을 뿐인데, 왜 이런 일이 일어났는지 서로 한탄한다. 들쥐는 그 누구도 소문을 제대로 확인하지 않았다는 것을 깨닫고 금색 사자만 잘못한 것인지 묻는다.

▶ 주요문장 뽑기 : 50쪽 ~ 51쪽, 54쪽, 56쪽, 58쪽 문장들을 읽고 질문을 만들어보자.

 – 마을 동물들은 은색 사자 소문을 들었을 때 어떻게 행동했나? (사실)

 – 마을 동물들이 그저 소문을 전하기만 한 것은 어떤 문제가 있나? (심화)

 – 들쥐가 새롭게 깨달은 점은 무엇인가? (사실)

 – 들쥐는 금색 사자만이 아니라 또 누가 잘못한 것이라 생각했을까? (심화)

 – 이 책 내용처럼 누군가에게 유리한 소문이 세상을 바꾼 경우를 또 알고 있나?
(적용)

 – 나라가 황폐해진 것에 대한 책임은 누구에게 있나? (종합)

열매맺기

▶ 오늘 수업에 참여한 소감 나누기 (수업 참여하면서 새롭게 알게 된 점, 느낀 점, 깨우친 점을 중심으로)

▶ 다음 시간 하브루타 토론을 위해 내가 만든 질문을 다듬어보자.

🎵 2차시 수업

마음열기

▶ 지식채널e '인간의 두 얼굴 1'을 함께 보자. 실험에 참가한 사람들은 어떻게 행동했나? 사람들은 왜 자기 생각대로 행동하지 못하는지 이야기를 나눠보자.

유튜브에서 '지식채널 인간의 두 얼굴' 검색

들어서기

▶ 서원은 조선 시대 사람들이 지방에 세운 사립 학교로, 본받을 만한 옛 유학자들을 사당에 모신 뒤 제사를 지내고 학생들을 모아 유학을 가르치던 곳이다. 〈출처 : 한국사 사전1〉 그중 청도에 있는 선암서원은 다른 서원에 비해 화려한 멋이 가미된 천장이 아름답다. 특히 물고기가 박혀있는 천장이 눈길을 끈다. 왜 서원 천장에 물고기를 새겨넣었을까 생각을 나눠보자.

세 걸음 – 짝토론과 모둠토론

▶ 짝과 함께 구성단계별로 만든 질문을 서로 발표하고 질문을 종류별로 분류하여 기록해보자. (이때 비슷한 질문은 하나로 만들어 질문 수를 줄이고 정리할 수 있습니다.)

사실 질문

– 금색 사자는 왜 자신이 왕이 될 자격이 있다고 생각했나?

– 은색 사자는 왜 한시도 쉬는 법이 없었을까?

– 동물들은 은색 사자가 왜 다음 왕이 될 자격이 있다고 생각했나?

– 동물들은 은색 사자 일을 어떻게 알게 되었나?

– 왜 금색 사자는 은색 사자에 대해 나쁜 소문을 퍼뜨렸을까?

– 마을의 동물들은 은색 사자에 대한 소문을 들었을 때 어떻게 행동했나?

– 동물들은 왜 점점 은색 사자를 의심하기 시작했나?

– 올빼미 아주머니가 사실을 말했을 때 마을 동물들은 왜 믿지 않았나?

– 은색 사자는 자신의 소문을 듣고도 왜 쓴웃음만 짓고 아무 말도 하지 않았을까?

– 금색 사자는 어떻게 해서 왕이 될 수 있었을까?

– 금색 사자는 왕이 된 후 어떻게 나라를 다스렸나?

– 금색 사자가 왕이 된 후 백성들은 어떻게 살았나?

– 금색 사자를 왕으로 뽑아 결국 나라는 어떻게 되었나?

– 들쥐가 새롭게 깨달은 점은 무엇인가?

심화 질문

– 왕이 될 때 외모도 중요한 조건이 될까?

– 왕이 될 때 중요한 덕목은 무엇일까?

– 은색 사자는 왕에게 필요한 덕목을 갖추었나?

– 은색 사자가 적극적으로 자기의 생각을 이야기했다면 어떻게 되었을까?

– 구름이 "진실은 스스로 나서지 않으면 찾을 수 없다"고 한 것은 누구에게 하는 말일까?

– 금색 사자는 왜 동물들의 지지를 받았을까?

– 마을 동물들이 그저 소문을 전하기만 한 것은 어떤 문제가 있나?

– 들쥐는 금색 사자만이 아니라 또 누가 잘못한 것이라 생각했을까?

적용 질문

– 나는 어떤 기준으로 대표를 뽑나?

– 내가 금색 사자였다면 왕이 되기 위해 어떻게 했을까?

– 만일 내가 은색 사자에 대한 소문을 들었다면 나는 어떻게 행동했을까?

– 우리 주변에서도 많은 사람들이 같은 이야기를 하면 사실이라고 믿는 경우들이 있나?

– 만약 내가 은색 사자였다면 소문을 들었을 때 어떻게 행동했을까?

– 만약 나에게도 투표권이 있었다면 금색 사자를 왕으로 뽑았을까?

– 나도 남의 말을 그대로 따르다 어려움에 처한 적이 있나?

– 이 책 내용처럼 누군가에게 유리한 소문이 세상을 바꾼 경우를 또 알고 있나?

종합 질문

– 스스로 생각하는 것은 왜 중요한가?

– 나라가 황폐해진 것에 대한 책임은 누구에게 있나?

▶ 분류한 질문에 대해 서로 이야기를 나누면서 생각이 더 깊어질 수 있도록 짝토론을 해보자.

– 이때 상대방이 말한 내용을 다시 한번 반복하고, 자신도 같은 생각인지 다른 의견이 있는지, 혹은 보충하고 싶은 내용이 있는지 이야기하면 토론을 이어가기가 수월하다.

– 단답형 대답을 하지 않도록 주의한다.

– 자신의 발언을 마칠 때 "OO의 생각은 어떠신가요?" 하고 물어보는 것도 토론을 이어가기에 좋은 방법이다.

– 사실·심화 질문을 중심으로 이야기하되, 질문이 자연스럽게 뻗어나가면 적용 질문까지도 이야기해도 좋다.

– 이야기 중 모둠토론에서 토론할 가치가 있다고 생각되는 질문은 따로 적어둔다.

- 짝과 의논해서 모둠토론을 진행하기 위해 가장 좋은 질문 하나를 정한다. (이미 만들었던 심화 질문도 좋고 새롭게 궁금해진 적용 질문도 좋다)
- 이때 가장 좋은 질문이란 '책 내용을 더 깊게 이해하고 생각을 키울 수 있다고 생각되는 질문' / '쉽게 답이 나오지 않고 독특하고 여러 의견이 나와 치열하게 토론할 수 있는 질문'을 말한다.

짝토론 (초등 6학년)

효은 : 금색 사자는 왜 자신이 왕이 될 자격이 있다고 생각했나요?

은지 : 자신의 갈기가 금빛으로 빛나고 자기가 제일 최고라고 생각했기 때문입니다.

효은 : 그렇게 된 이유는 무엇일까요?

은지 : 글쎄요, 자기가 그렇게 생각했으니 그랬겠죠?

효은 : 제 생각엔 부와 권력을 갖고 있으니까 당연히 왕이 될 거라고 생각한 것 같습니다. 어떻게 생각하세요?

은지 : 저도 같은 생각입니다. 그리고 또 6쪽을 보면 '금색 사자가 바람을 맞으며 얼굴을 내밀 때면, 마치 태양이 떠오르는 것 같다고 웅성거렸습니다.'라고 되어 있습니다. 금색 사자는 동물들이 자기를 떠받든다고 생각해 왕이 될 자격이 있다고 자만했던 것으로 보입니다.

은지 : 동물들은 은색 사자의 어떤 점 때문에 다음 왕으로 적당하다고 생각했나요?

효은 : 은색 사자가 동물들을 잘 도와주고 착하기 때문에 그렇게 생각했습니다.

은지: 맞아요. 저도 동의합니다. 19쪽을 보면 은색 사자는 나무에서 떨어진 작은 새도 둥지에 올려주었습니다.

효은 : 은색 사자는 올빼미 아주머니 집도 고쳐주었습니다.

은지 : 은색 사자는 왕이 될 자격이 있었네요.

효은 : 동물들은 은색 사자 일을 어떻게 알게 되었나요?

은지 : 어떤 일을 이야기하는 건가요?

효은 : 은색 사자가 난폭하고 먼저 싸움을 건다는 이야기요.

은지 : 소문을 들어서 알게 되었습니다.

효은 : 그 소문은 어디서 들었나요?

은지 : 네, 금색 사자가 은색 사자에 대해 거짓말을 전했는데, 그게 소문으로 퍼졌습니다.

효은 : 그럼 금색 사자가 퍼뜨린 소문을 자꾸 다른 동물들이 옮겨서 전해 들어 알게 되었다는 거군요. 알겠습니다.

은지 : 동물들은 왜 은색 사자를 의심하기 시작했나요?

효은 : 금색 사자가 퍼뜨린 소문으로 은색 사자가 나쁜 행동을 한다는 것을 들어서 의심하게 되었습니다.

은지 : 처음에는 소문을 믿지 않았는데 어떻게 믿게 되었죠?

효은 : 한 동물만 그랬다면 안 믿겠지만 자꾸 말하는 동물들이 많아지니까 믿게 된 거죠.

은지 : 여러 동물들이 말한다고 그것이 반드시 진실이라는 법이 있나요?

효은 : 그래도 여러 동물들이 말을 하면 아무래도 진실일 가능성이 크지 않을까요?

은지 : 그렇지만 은색 사자에 관한 이야기는 진실이 아니었잖아요?

효은 : 아무래도 많은 사람이 같은 이야기를 할 때 진실일 가능성이 높지만, 반드시 진실이라고 말할 수는 없죠.

은지 : 저도 같은 생각이에요. 그럴 가능성이 많다고 해서 반드시 맞다고 할 수는 없어요.

효은 : 그런데 우리도 사람들이 다 그렇다고 하면 그것을 사실이라고 쉽게 믿어요.

은지 : 맞아요. 그런데 어떤 경우가 있는지 딱 떠오르지는 않네요.

효은 : 그럼 모둠토론에서 같이 이야기해 볼까요?

은지 : 네, 좋아요.

효은 : 마을이 황폐해졌을 때 은색 사자 마음은 어땠을까요?

은지 : 자신이 왕이 되었다면 이렇게 되지는 않았을 거라는 생각을 했을 것입니다.

효은 : 그리고 소문만 믿고 자신을 왕으로 뽑아주지 않은 동물들을 원망했을 것입니다.

은지 : 그때 당시 은색 사자가 더 적극적으로 이야기했어야 하지 않을까요?

효은 : 소문이 너무 심하게 돌아다닐 때는 말하기 어려웠을 거예요. 좀 조용해질 때를 기다리지 않았을까요?

은지 : 그래도 그때 말을 제대로 안 해서 금색 사자가 왕으로 뽑혀서 나라가 이렇게 되지 않았나요?

효은 : 은색 사자가 더 적극적으로 말을 했으면 좋았겠지만, 그래도 가장 큰 잘못은 거짓말을 한 금색 사자에게 있으니 억울했겠죠. 그런데 저 같으면 참지 않고 이야기를 했을 겁니다.

은지 : 제 생각에도 오해는 적극적으로 풀어야 해요. 그래야 나중에 억울한 일도 없다고 생각합니다.

은지 : 은색 사자가 적극적으로 자기의 생각을 이야기했다면 어떻게 되었을까요?

효은 : 만약 은색 사자가 거짓 소문이라고 적극적으로 이야기했다면, 아마 동물들은 은색 사자를 더 믿게 되고 은색 사자가 왕이 되지 않았을까요?

은지 : 은색 사자 말을 믿고 금색 사자의 말을 믿지 않았을 것 같다는 거죠?

효은 : 네. 올빼미 아주머니와 같이 사실을 증명해주는 동물들도 있으니 은색 사자 말을 믿었으리라 생각해요.

은지 : 저도 그렇게 생각해요. 그래서 은색 사자는 더 신뢰를 얻어 왕이 되고 금색 사자는 벌을 받았을 겁니다.

효은 : 그랬으면 나라도 황폐해지지 않았을 것입니다. 그래도 저는 은색 사자 마음도 좀 이해가 됩니다. 자기가 그렇게 도와줬는데, 동물들에게 배신감을 느끼지 않았을까요?

은지 : 그래도 왕이 될 생각까지 했던 사람이라면 나라와 동물들을 더 생각했으면 좋았을 겁니다.

효은 : 그럼 심화 질문에 '나는 왕에게 필요한 덕목이 무엇이라고 생각하는가?' 하는 질문도 같이 이야기해볼까요?

은지 : 네, 좋아요. 저는 왕은 리더십이 있어야 한다고 봐요.

효은 : 맞아요. 그리고 백성들을 생각하는 마음도 있어야 해요.

은지 : 금색 사자처럼 외모나 재산만 있다고 왕이 될 수는 없어요. 무엇보다 백성들을 생각하는 마음이 없으니 왕이 될 자격이 없었다고 생각합니다.

효은 : 저도 같은 생각입니다.

효은 : 금색 사자는 어떻게 해서 왕이 될 수 있었을까요?

은지 : 거짓 소문을 내서 동물들이 은색 사자를 싫어하도록 만들었어요.

효은 : 맞아요. 그런데 앞에서 이야기한 것처럼 처음에는 금색 사자가 소문을 일부러 만들어서 퍼뜨렸지만, 나중에는 알아서 퍼졌잖아요. 그때는 금색 사자가 거짓말을 만들어내지도 않았어요.

은지 : 동물들이 의심도 해보지 않고 자기가 들은 것을 전하고 또 옮기고 그랬어요.

효은 : 그 소문 때문에 은색 사자가 왕이 되지 못한 거잖아요. 그럼 동물들이 소문을 마구 옮긴 것 때문에 금색 사자가 왕이 되었다고 해야 하나요?

은지 : 음…. 그것도 맞는 말이긴 한데 그래도 제일 잘못한 것은 거짓말을 했으니까. 금색 사자가 제일 나쁘고 나라가 황폐해진 것도 금색 사자 때문입니다.

효은 : 그러니까 금색 사자가 왕이 될 수 있었던 것은 거짓 소문을 만들어서 퍼뜨렸기 때문이라는 말씀이죠?

은지 : 네. 그렇긴 한데 생각해보니까 마을의 동물들도 책임이 있어 보입니다. 은색 사자가 나쁘다고 생각해서 금색 사자가 왕이 된 거니까요.

효은 : 아. 그럼 금색 사자가 거짓말을 한 게 제일 큰 이유고, 그 다음은 동물들이 확인도 안 해보고 막 옮긴 것이 그 다음 이유라는 말이네요.

은지 : 네, 그러면 56쪽에서 들쥐가 "정말 금색 사자만 잘못한 걸까?"하고 묻잖아요. 그럼 답은 마을 동물들도 잘못했다고 해야 되나요?

효은 : 제 생각에는 마을 동물들도 잘못했고… 은색 사자도 좀 잘 못했고… 억울하고 화가 나서 다른 동네로 가버리고 싶었을 것 같거든요. 그래도 아까 이야기한 것처럼 왕까지 될 생각을 했었는데 좀 적극적으로 이야기했어야 한다는 거죠.

은지 : 그럼 전부 다 잘못한 점이 있네요.

▶ 짝토론을 통해 책 내용과 등장인물에 대해 많은 이야기를 나누었다면 이번에는 모둠 친구들과 함께 다시 토론 해보도록 하자. 짝토론에서 선정한 질문에 대해 서로 진술하고 반박하고 답변하고 재질문하는 등 풍성한 이야기를 나누어보자.

- 토론하다가 뽑힌 질문 중에서 가장 좋은 질문을 다시 하나 선정한다.
- 그 질문으로 더 깊은 이야기를 나눈 후 토론 내용을 정리한다.

6학년 아이들 모둠토론

♬ 만일 내가 마을에 살아 은색 사자 소문을 들었다면 나도 사실을 확인하지 않았을까?

태경 : 내가 마을에 살고 있었다면 확인하지 않았을 것입니다. 왜냐하면 사는 것도 바쁘고 모든 사람들이 다 그렇게 믿고 있는데 굳이 사실이 아니라고 생각할 이유가 없기 때문입니다.

진서 : 제 생각은 다릅니다. 책에 보면 올빼미 아주머니와 작은 새가 소문이 사실이 아니라고 말합니다. 그렇다면 한 번 의심해 볼 수도 있었을 것입니다.

은지 : 저는 그동안 은색 사자가 너무 친절하게 행동했기 때문에 오히려 의심하는 사람들도 있지 않았을까 싶기도 합니다.

진서 : 친절하게 행동하는데 의심을 한다니요? 그럼 다른 사람에게 친절하게 행동하면 안 된다는 말씀인가요?

은지 : 그런 건 아니지만 믿었던 사람이기 때문에 더 실망감이 커서 확인해볼 생각도 못 할 수 있다는 것입니다.

진서 : 그렇다고 해도 아무도 확인하지 않은 것은 너무한 일입니다.

효은 : 맞습니다. 제 생각에도 누군가가 호랑이나 곰에게 물어만 봤어도 결과는 달라졌을 것입니다.

태경 : 제 생각은 다릅니다. 이미 소문이 다 퍼져 있는데 곰이나 호랑이가 말을 한다고 해서 결과가 달라질까요?

효은 : 그렇다고 그냥 두면 그건 정말 그렇게 되는 거죠. 누구라도 말을 해야죠.

태경 : 그럼 사실을 확인해보겠다는 말씀인가요?

진서 : 네, 그렇습니다. 저는 사실을 확인했을 겁니다.

은지 : 제 생각도 같습니다. 저도 곰이나 호랑이를 찾아가서 이야기를 들어보고

결정하는 것이 맞다고 생각합니다.

효은 : 맞아요. 아무리 생각해도 이 마을의 동물들은 너무 순진해요. 요즘은 검색만 해봐도 다 알 수 있는데 말입니다.

태경 : 누가 싸웠다는 건 검색해도 안 나올 수도 있어요.

효은 : 어쨌거나 의심을 해보고 사실을 알아봐야 한다는 뜻이었습니다.

태경 : 네, 알겠습니다. 의심을 해보고 알아봐야 한다는 것이 맞는 말입니다.

♫ 나라가 황폐해진 것이 금색 사자 잘못인 것은 당연한 일이지만, 들쥐 말처럼 다른 사람들 잘못도 있는 것일까요?

태경 : 제가 먼저 이야기하겠습니다. 저는 짝토론에서 이야기한 것처럼 왕 후보까지 올라갔던 은색 사자가 책임감이 부족했습니다. 만일 내가 왕 후보로 추천받는 사자였다면 좀 더 적극적으로 말했어야 합니다.

은지 : 하지만, 모든 사람이 날 의심하고 있는데 쉽지는 않았을 겁니다.

효은 : 저는 마을 주민들 잘못도 크다고 생각합니다.

진서 : 저도 같은 생각입니다. 사실 은색 사자는 좀 억울한 면도 있지만, 마을 동물들은 아무 생각도 없는 것 같습니다.

은지 : 제 생각은 좀 다릅니다. 생각해보세요. 우리 반 친구 모두가 내일 시험을 본다고 이야기하고 있는데 나만 그 사실을 안 믿을 수 있나요?

효은 : 그럼 많은 사람들이 같은 말을 하면 다 믿어야 한다는 이야기인가요?

은지 : 꼭 그런 것은 아니지만 그럴 가능성이 높다는 말입니다.

효은 : 학교 수업시간에 배웠는데 가습기에 넣는 약이 괜찮다고 모두 이야기했다가 사람들이 병에 걸리고 나서야 해롭다고 이야기했던 적이 있대요.

은지 : 진짜요?

태경 : 네, 그때도 사람들이 다 괜찮다고 해서 그걸 믿었는데 거짓말이었대요.

은지 : 와, 나쁜 사람들이네요. 음. 그 이야기를 들으니 다 같은 말을 해도 의심해봐야할 것 같기도 하네요.

진서 : 그러니까요. 그래서 무조건 소문을 믿고 퍼뜨린 마을 사람들도 문제가 있다고 생각합니다.

효은 : 저희는 짝토론 때도 이 이야기를 나누었는데요. 모두들 나름대로의 책임

이 있다고 봅니다.

태경 : 제 생각도 같습니다. 일단 은색 사자는 자신의 누명을 적극적으로 밝히려고 하지 않은 책임이 있다고 생각합니다.

진서 : 네, 맞습니다. 그리고 마을동물들은 무턱대고 아무 소문이나 퍼뜨린 잘못이 있다고 생각합니다.

효은 : 맞아요. 처음에 그 뭐지. 그림보고 생각했던 거요. 내 생각을 만드는 재료요. 마을 동물들은 생각을 만드는 재료를 잘 고르지 못한 것도 잘못입니다.

은지 : 네, 저도 그 말이 맞다고 생각합니다. 그럼 모두에게 조금씩 다 책임이 있다는 것으로 정리하고 다음으로 넘어갈까요?

▶ 모둠에서 많은 이야기를 나누었으면, 대표가 나와 우리 모둠에서 뽑힌 최고의 질문과 그 질문을 중심으로 토론한 내용을 요약하여 발표해보자. 나머지 친구들은 각 모둠 발표를 잘 듣고 마지막 전체토론 (쉬우르)에서 이야기해 볼 질문을 함께 선정해보자.

- 각 모둠 질문 중 선택해도 좋고 그 질문들을 아우르는 형태로 다시 정리해도 좋다.

🔵 네 걸음 – 전체 쉬우르

모둠토론 질문 중 '나라가 황폐해진 것은 누구 책임인가?'가 최고의 질문으로 선정되었지만, 짝토론과 모둠토론을 통해 계속 반복적으로 이야기되었다는 의견에 따라 이를 포함하는 보다 더 근본적인 질문으로 다시 정리하기로 했습니다. 그래서 처음 만들었던 질문들을 다시 검토해보자고 했더니 아이들은 '스스로 생각하는 것은 왜 중요할까?'라는 질문을 최종적으로 선택했습니다. 동물들의 나라가 황폐해져가는 과정을 이야기하다보니 동물들이 스스로 생각하지 않았던 것이 중요한 문제로 나타났다는 이유였습니다.

아이들은 공동체 일원이라면 각자 책임감을 갖고 적극적으로 의견을 밝히고 자기 의견이 옳은지 늘 점검해보아야 한다고 했습니다. 동물들처럼 스스로 생각하지 않고 들리는 말들을 그대로 받아들이게 되면, 무엇이 옳은지 제대로 알 수 없어 왕도 잘못 뽑고 위험한 일이 벌어질 수도 있다는 것을 알게 되었다고 합니다. 나뿐 아니라 다른 사람들, 우리 사회 전체에도 피해를 입힐 수 있기 때문에 늘 질문하고 확인하는 자세를 가져야 한다는 것으로 결론이 모아졌습니다.

하지만 아이들은 구체적으로 어떤 방식을 통해 그것이 가능할지 모르겠다는 어려움을 호소했습니다. 같은 반의 일이나 가정의 일이라면 선생님, 친구, 부모님께 도움을 받을 수도 있지만, 온라인 게임이나 SNS에서 들려오는 이야기들은 어떻게 확인하고 물어볼 수 있는지 모르겠다고 말입니다. 그래서 3차시 프로젝트 수업에서 뉴스나 정보를 대하는 구체적인 태도와 기준을 더 살펴보기로 하고 쉬우르를 마무리했습니다.

▶ 토론 과정에서 새롭게 생각하게 된 것이나 느낀 점을 중심으로, 쉬우르 질문에 대한 자신의 생각을 정리해 써보자.

열매맺기

 ## 3차시 수업

▶ 다음은 윤민석 노래 '진실은 침몰하지 않는다'의 가사다.

마음열기

> 어둠은 (   )을 이길 수 없다. 거짓은 (   )을 이길 수 없다.
> 진실은 침몰하지 않는다. 우리는 포기하지 않는다.

- 빈칸에 알맞은 말을 생각하면서 함께 불러 보자.

▶ '선화공주님은 몰래 시집가서 서동을 밤에 몰래 안고 간다.' 삼국유사에 등장하는 서동요 가사다. 서동이 아이들에게 마를 먹여 노래를 알려주고 일부러 퍼뜨리게 했다고 기록되어 있다.

들어서기

- 서동은 왜 이런 일을 꾸몄을지 생각해보자.

다섯 걸음 – 프로젝트 수업

♫ 4~5학년: 다시 쓰는 이야기로 역할극하기

다양한 질문을 바탕으로 함께 이야기를 나누어보았다. 만약 등장인물들이 책과 다르게 행동했다면 이야기 결과는 어떻게 달라질까? 모둠별로 의논하여 새로운 이야기를 만들고 그 이야기를 바탕으로 역할극을 해보자.

○ 예시 : 이야기 새로 쓰기

① 어디서 일어난 일일까 : 마을 광장에서 일어난 일이다.

② 언제 일어난 일일까 : 새로운 왕을 뽑겠다는 알림문을 띄운 후, 금색 사자는 왕이 되지 못할까 초조해 은색사자에 대한 나쁜 소문을 퍼뜨리고 다닌다. 금색 사자가 소문을 퍼뜨리기 시작한 이후부터 왕을 뽑기 전까지 일어난 일이다.

③ 새로운 이야기에서 등장인물들 행동은 어떻게 달라질까?

– 금색 사자 : 원래 책 내용과 같이 거짓 소문을 퍼뜨린다.

– 은색 사자 : 마을 동물들에게 찾아가 내가 한 일이 아니라고 이야기한다.

– 올빼미 아주머니 : 더욱 적극적으로 은색 사자 편에서 소문을 바로 잡는다.

– 마을 주민들 : 은색 사자가 진짜 싸움을 했는지 찾아가서 물어본다.

해설 : 금색 사자가 은색 사자에 대해 퍼뜨린 나쁜 소문은 금방 온 나라로 퍼져나 갔습니다. 동물들은 불안한 표정으로 모두 마을 광장에 모였습니다.

들쥐 : (걱정스러운 목소리로) 마을 변두리에 사는 착한 은색 사자 말이야. 곰을 절벽에서 떨어뜨리려다가 싸움이 붙었다는데? 설마, 아니겠지?

토끼 : (주위를 두리번거리며) 들쥐 너도 소문을 들은 거야? 은색 사자가 실은 난폭하다던데?

고양이 : (무섭다는 듯 몸을 떨며) 나도 들었어. 은색 사자가 내던진 상대가 입원을 했다네.

여우 : (기억을 떠올리는 표정으로) 그러고 보니 마을 광장에 구급차가 서 있었어. 혹시 그래서 온 것 아니야?

올빼미 아주머니 : (다급한 목소리로) 잠깐만요, 여러분! 은색 사자는 아주 친절하고 훌륭한 사자예요.

개 : (믿을 수 없다는 표정으로) 어제 은색 사자가 난폭한 호랑이에게 먼저 덤벼들어 요란하게 싸웠다던데요?

토끼 : (확신하는 표정으로) 그래요. 아닌 땐 굴뚝에 연기가 나겠어요?

올빼미 아주머니 : (답답하다는 듯이) 은색 사자는 태풍으로 부서진 우리 집을 흙투성이가 되어 가며 열심히 고쳐주었다니까요?

고양이 : 은색 사자가 둥지에서 작은 새를 떨어뜨리고 움켜쥐려고 했다는데요?

작은 새 : (큰 목소리로) 아니에요! 제가 어려서 둥지에서 떨어졌을 때도 땀을 뻘뻘 흘리며 둥지로 돌려보내 주었어요! 소문은 잘못된 거라구요.

여우 : 그래? (주위를 두리번 거리며) 그럼 누구 호랑이에게 직접 들은 사람 있어요?

동물들 : (웅성거리며) 직접 들은 건 아니지.

여우 : 그럼, 내가 호랑이한테 가서 물어보고 올게요. (호랑이를 찾아가기 위해 마을 광장을 떠난다)

토끼 : (손가락으로 은색 사자를 가리키며) 어, 저기 은색 사자가 지나가요. 우리 그러지 말고 은색 사자에게 직접 이야기를 들어보는 건 어때요?

동물들 : (웅성거리며) 좀 무서운데...

은색 사자 : (반갑게 다가오며) 안녕하세요. 다들 모여 계셨네요.

올빼미 아주머니 : 네, 은색 사자님에 대해 이상한 소문이 돌아서 같이 이야기를 나누는 중이었어요. 은색 사자님도 들으셨죠?

은색 사자 : (곤란한 표정으로) 네, 저도 소문을 들었습니다. 왜 그런 소문이 퍼졌는지 모르겠네요.

들쥐 : (믿을 수 없다는 표정으로) 그럼 곰을 절벽에서 떨어뜨리려고 민 적이 없나요?

은색 사자 : (답답하다는 듯이 가슴을 누르며) 사실은 곰이 미끄러져 절벽으로 떨어지려는 것을 잡아준 거랍니다. 곰에게 물어보시면 금방 알 수 있을 거에요. 아, 저기 곰이 오네요. (큰 소리로) 곰님, 이쪽으로 잠깐만 와주세요!

곰 : (반가운 표정으로) 은색 사자님, 오랜만이네요. 무슨 일이세요?

은색 사자 : 제가 곰님을 절벽에서 밀어 떨어뜨리려 했다는 소문이 돌아서요. 죄송하지만 사실을 좀 말씀해 주실 수 있을까요?

곰 : (깜짝 놀라며) 무슨 일이죠? 은색 사자님이 절 잡아주신 덕분에 절벽에서 떨어지지 않았답니다. 큰일 날 뻔 했었죠.

동물들 : (웅성거리며) 그런데 왜 그런 소문이 났지?

토끼 : 저기 여우가 와요. 호랑이도 같이 오는데요?

호랑이 : (답답하다는 듯이) 아니, 왜 나한테 물어보지도 않고 내 이야기를 막 하는지 모르겠네. 내가 언제 은색 사자랑 싸웠다는 거요?

토끼 : 그럼 아니란 말이에요? 구급차도 왔다고 하던데요?

호랑이 : 구급차는 왜 왔는지는 모르겠고, 그날 나는 은색 사자랑 만나지도 않았다구요. 내가 싸움만 하는 사람인줄 아나본데, 그렇지 않아요.

작은 새 : (노래하는 것 같은 목소리로) 그것 보세요. 은색 사자님은 친절하신 분이라구요. 잘못된 소문이었다는 걸 이제 아셨죠?

들쥐 : 그러게요. 혹시 소문이 들려오면 직접 확인을 먼저 해봐야지, 큰일나겠네요.

올빼미 아주머니 : (작게 한숨을 쉬며) 은색 사자님, 잘못된 소문을 바로잡을 수 있어서 정말 다행이에요.

은색 사자 : (기쁜 표정으로) 여러분이 무조건 소문을 믿지 않고 이렇게 저에게 물어봐주셔서 감사하고 기쁘네요.

해설 : 동물들은 홀가분한 마음으로 모두 집으로 돌아갔습니다. 그리고 그 이후 마을의 동물들은 아무 소문이나 덮어놓고 믿지 않았고, 언제나 질문하고 확인해 스스로 생각하고자 했다고 합니다.

♬ 5학년 이상 : 진짜 뉴스일까, 가짜 뉴스일까?

금색 사자는 은색 사자 행동을 교묘하게 거짓으로 바꾸어 소문을 냈다. 마을 동물들은 질문을 던지거나 스스로 생각하지 않고 소문을 옮겼다. 그 결과가 어떻게 나타날 수 있는지 책을 통해 이야기를 나누었다. 그렇다면, 우리는 실제 생활에서 교묘하게 과장되거나 거짓으로 바꾼 뉴스들을 그대로 옮기고 확산시키지 않기 위해 어떻게 해야 할까?

금색 사자와 같이 가짜 뉴스를 만들어 유포하는 사람들은 자신의 이익을 위해 행동한다. 가짜 뉴스 제작자들은 자신의 이익을 위해 도대체 어떤 내용을 조작하고 첨부할까? 게임을 통해 가짜 뉴스 제작자가 되어 그들 머릿속으로 들어가 보자.

★ 게임방법
주어진 문장에 모둠이 세운 전략대로 내용을 추가해 기사문을 작성한다.
친구들에게 진짜 뉴스로 선택받은 모둠이 승리한다.

★ 게임 과정

1. 우리는 뉴스를 제작하는 사람이 되었다. 게임에 제공된 문장은 진짜도 있고 거짓도 있다. 자신에게 주어진 내용을 읽고 이 뉴스를 진짜라고 믿게 하려면 어떤 내용을 추가하면 될지 전략을 세워보자.

※ 사실인 문장은 신뢰도를 높이기 위해 어떤 내용을 더 추가할지 생각해 봅니다.
※ 거짓인 문장은 사실로 믿게 하기 위해 어떤 내용을 거짓으로 추가할지 생각해 봅니다.
※ 추가 가능한 정보는 전문가와의 인터뷰, 통계 자료, 기사의 배경 장소에 대한 정보, 기사 주인공에 대한 자세한 묘사, 목격자, 관련 단체의 지지 발언, 논문 인용, 유명 언론사나 기자 등 다양할수록 좋습니다. 이 내용이 마지막 정리단계에서 가짜 뉴스를 구별할 때 확인해야 할 항목으로 정리될 것이므로 학생들이 미처 생각해내지 못하면 선생님이 언급해주셔도 좋습니다.

2. 전략을 세웠으면 구체적으로 기사문 작성 시작! 검색을 통해 자료를 수집해도 좋다. 진짜 문장은 더 사실로 믿을 수 있게, 거짓 문장은 사실이라고 믿을 수 있도록 만들어보자.

3. 기사문을 다 썼으면 모둠별로 발표한 후 진짜 뉴스를 골라보자.

⭐ 게임 후 토론 과정 (중요합니다!)
  1. 모둠별로 뉴스를 만들 때 어떤 내용을 추가했는지 발표해보자.
  ※ 왜 그 내용을 추가했는지 이유도 함께 발표합니다. 예를 들면 학생들은 "박사

논문을 인용하면 사람들이 더 신뢰할 것 같았습니다." 또는 "공중파 방송사의 9시 뉴스에 방영되었다고 하면 친구들이 믿을 것 같았습니다."라고 말합니다.

※ 이런 항목들이 뉴스에 언급되어 있어도 우리가 기사문을 쓴 것처럼 누군가에 의해서 조작된 것일 수 있음을 전체적으로 확인합니다.

2. 그럼 우리가 뉴스를 읽거나 접했을 때 가짜 뉴스인지 판별하려면 어떤 것들을 살펴보아야 하는지 10개의 항목으로 정리해보자. (5+5 : 내 생각 5개 + 친구 생각 5개)

3. 공식적으로 알려진 가짜 뉴스 구별 방법 리스트를 같이 보고 내가 작성한 표와 비교해보자. (서울대 언론정보연구소, 언론진흥재단 홈페이지 참고)

★ 학생 활동 사례

〈모둠 1〉

- 주어진 문장 :
건대부고, 광양고, 자양고 출신이 모두 있는 아이돌 그룹이 있다!

아이돌그룹 빅스를 아시나요?
6인조 남성 아이돌인데요.
여기 멤버 중 자양고 출신 (홍빈), 광양고 출신 (켄), 건대부고 출신 (엔)이 모두 있답니다.
히트곡도 많이 낸 유명 그룹인 빅스, 무려 3명이 광진구에 있는 고등학교를 나왔다는 것이 신기합니다. (부분 거짓)

- 전략 세우기 : 흥미로운 이야기를 추가한다.
팬들의 반응을 쓴다. 유명인의 말을 인용한다.
출처를 믿을만한 곳으로 적는다.

- 기사 쓰기

〈모둠 2〉

– 주어진 문장 :
어린이 대공원 안에 농장이 있다!

우리 광진구에는 큰 공원이 있습니다.
바로 어린이대공원인데요.
그래서 소풍이며 졸업앨범 촬영 등은 무조건 어린이대공원에서 하곤 하죠.
어린이 대공원에는 동물원, 놀이시설 등이 있는데요. 혹시 어린이대공원 안에 주말농장이 있다는 것, 알고 계셨나요? 수많은 사람이 오가는 공원 안에 농장이라니 어색할 수도 있겠지만 일 년 단위로 땅을 분양해서 정말 주말농장을 운영하고 있습니다. 상추, 감자, 배추, 옥수수... 공원 속 농장이 이채롭습니다. (진실)

– 전략 세우기 : 육하원칙 등 글의 형식을 지킨다. 참여 자격을 알려준다. 참여 시민 인터뷰를 싣는다. 사진을 추가한다. 서울시 공단 이사장님과의 인터뷰를 추가한다.

– 기사 쓰기

개인별 평가 카드

이름	진실 / 거짓	판단 이유 (간략하게)
1모둠	진실	출처가 유명 포털이다. 라비가 말한 내용이 있어서 신뢰가 생겼다. 기사 작성 날짜와 기자 이름도 있다.
2모둠	거짓	사람들이 많이 찾는 곳에 거름 냄새가 나는 농사를 짓기는 어렵다. 지도에 텃밭이 표시되어 있지 않다. 눈속임일 수도 있다.

학생들이 정리한 가짜 뉴스 확인법

1. 정보의 출처를 확인한다.
2. 저자를 확인한다.
3. 언제, 어디서 만들어진 뉴스인지 확인해본다.
4. 추가로 찾아보면 정보가 더 나오는지 검색한다.
5. 정보가 과도한 불안을 주는지 생각해본다.

6. 현실성이 있는지 살펴본다.
7. 관련된 기사를 더 본 적이 있는지 확인한다.
8. 기자가 진짜 있는 사람인지, 다른 기사를 쓴 적이 있는지 찾아본다.
9. 기사에 나오는 학교나 장소가 진짜 있는 곳인가 검색해본다.
10. 기사에 나오는 사람들이 진짜 있는 사람들인가 찾아본다.

▶ 《그 소문 들었어?》를 바탕으로 뉴스나 소문을 접했을 때 우리가 가져야 하는 태도에 대해 자신의 생각을 밝혀보자.

은지 (초등 6학년)

우리가 뉴스나 소문을 접했을 때는 그 당사자에게 사실인지 아닌지 물어봐야 한다. 그렇게 하지 않는다면 당사자가 누명을 쓸 수도 있고, 확실하지 않은 내용을 퍼뜨려 오해가 생길 수 있다. [그 소문 들었어?] 책에서도 그렇게 소문이 퍼지다가 나중에는 나라가 망해버리고, 아무도 살지 않게 되었다. 이렇게 더 안 좋은 상황이 될 수 있기 때문에 꼭 확인해보고 물어봐야 한다.

가짜뉴스 만들기 게임을 해보고 나서 더 자세한 방법을 생각해 볼 수 있었다. 우선 새로운 뉴스나 소문을 듣게 되면, 그 뉴스나 소문의 출처를 알아볼 수 있다. 있지도 않은 신문사 이름을 만들어내는 일도 있다고 했다. 그리고 쓰거나 말한 사람도 더 찾아보아야 한다. 기자 이름을 검색해보아도 된다. 그리고 언제, 어디서 만들어진 내용인지 밝히고 있는지도 봐야 한다. 이상할 정도로 흥미롭게 만들었거나 사람들을 너무 불안하게 만드는 뉴스도 의심해 보아야 한다.

나도 앞으로 뉴스나 소문을 접하면, 꼭 물어보고 다시 한번 확인해 볼 것이다. 꼭 스스로 생각하고 질문을 해서 동물나라 동물들 같은 잘못은 저지르지 않을 것이다.

수업을 마치며

이 책은 비록 30분 내외로 윤독이 가능한 짧은 길이임에도 이야기해 볼 내용은 풍성하다. 소문에 대해 다룬 이야기가 많지만 우화 형식을 취하고 있어 아이들이 부담 없이 읽고 등장인물들에 대해 비판할 수 있게 한다. 다양한 학년과 수업을 진행해보니 4학년 이상이 함께 읽기에 적당하다는 생각을 하게 되었다. 1~3학년은 같은 소문에 대해 다루었지만 등장인물들의 결말이 좀 더 긍정적인 [감기 걸린 물고기]등이 더 좋겠다.

요즘 아이들은 4학년 이상만 되어도 휴대폰 앱을 활용해 영상을 제작하고 유튜브에 올리는 것이 자유로운 경우가 많다. 이른바 1인 미디어 시대를 살아가는 세대인 것이다. 그만큼 디지털 정보의 옥석을 가리고 진위를 판단하는 것도 중요하며, 저작권 등 정보 생산자로서의 윤리 기준을 지킬 수 있는 교육도 꼭 필요하다.

아이들은 처음 책을 읽자마자 대부분 금색 사자의 비윤리성에 흥분했다. 거짓 소문을 의도적으로 퍼뜨리는 행위는 비난받아 마땅한 행위이며 동물들의 나라를 황폐하게 만든 가장 크고 일차적인 원인이라는 것에 쉽게 동의했다. 하지만 의외로 별생각 없이 소문을 옮긴 동물들이나 적극적으로 자신의 행동을 해명하지 않은 은색 사자, 그리고 더 강하게 진실을 외치지 못한 올빼미 아주머니 등에 대해서는 비교적 관대한 태도를 보였다. 금색 사자에 비하면 잘못이라고 말하기도 어렵다는 것이다. 스스로를 마을 동물들에 대입해서 읽은 친구들이 대부분이었는데, 마지막 들쥐 의견에 의문을 표하는 경우도 있었다. 실제로 SNS에서 영상을 공유하거나 화면을 캡처해 재가공하는 것이 일상적인 아이들은, 어떻게 그것을 다 물어보고 확인할 수 있냐며 반문했다. 그리고 은색 사자의 경우는 억울한 피해자일 뿐이라는 의견이 지배적이었다.

하지만 구성단계별로 구석구석 책을 다시 살펴보며 질문하고 이야기를 나누게 되자, 금색 사자만큼은 아니지만 각 등장인물도 일정한 책임은 물을 수 있겠다는 정도로 의견 폭이 다양해졌다. 은색 사자의 경우도 왕이 될 후보로까지 거론될 인물이었다면 보다 적극적으로 해명하는 자세가 필요했다는 의견이 등장하기 시작했다. 사실 교사로서 책이 얇아 내용이 좀 듬성듬성한 것 같다는 생각도 했었다. 그런데 오히려 거의 매 페이지마다 질문을 만들게 되니 등장인물의 행동, 말투, 그림에 등장한 표정까지도 살펴보게 되어 아이들이 더 깊게 생각하는데 도움이 되었다. 그리고 3차시의 역할극과 게임을 거치자 모든 아이들이 등장인물들의 태도에 따라 이야기 결말이 달라질 수도 있었다는 것에 동의했다. 그리고 5학년 이상 아이들의 경우, 특별한 안내가 없어도 뉴스나 정보를 대할 때 우리가 체크해보아야 할 기준들에 대해 정리를 해냈다.

하브루타 토론은 텍스트 형태에 따라 다양하게 적용할 수 있겠지만, 두껍지 않은 책을 깊게 읽고 생각할 경우 더 큰 힘을 발휘하는 것 같다. 아이들은 얇은 책들은 휘리릭 읽고 던져버리는 경우가 많다. 하루에 십 여권씩 읽는 경우도 자주 본다. 하지만 두께가 얇다고 생각 깊이가 얇다고 할 수는 없는 책들이 있다. 이런 책들을 아이들과 함께 하브루타 토론 방식으로 읽어본다면 분명 아이들 삶의 기본이 탄탄하게 채워지리라 믿는다.

《왕자와 드레스메이커》

어떻게 살아야
나답게 사는 것일까

○ 수업 목표

1. 주인공들이 꿈을 찾아가는 과정을 알 수 있다.

2. 장별 정리를 바탕으로 구성단계별로 나누어 하브루타 토론을 할 수 있다.

3. 나답게 사는 것이 어떤 것인지 생각할 수 있다.

○ 함께 읽은 책 : 《왕자와 드레스메이커》 (젠 왕 / 비룡소 / 2019)

○ 분류 : 자아정체성, 성장

○ 주제 : 어떻게 살아야 나답게 사는 것일까?

○ 대상 : 초등 5학년 ~ 중학교 2학년

○ 분량 : 288쪽

○ 참고 : 《체리새우 : 비밀글입니다》 (황영미 / 문학동네)

○ 집필 : 서옥주

    어떻게 살아야 나답게 사는 것일까? 이 질문에 답하기 위해서는 '나답다'는 것이 무엇인지 먼저 알아야 한다. 나다운 것을 알기 위해서는 남과 경쟁하지 않고 자신이 누구인지 알아갈 시간을 가지고 자신의 삶을 가꾸어 갈 경험을 하는 과정이 필요하다. 이 과정이 처음에는 느릴지 모르지만, 중간에 길을 잃지 않고 살아갈 수 있는 힘을 줄 것이기 때문이다. 옮긴이의 말처럼 자신이 어떤 사람인지를 아는 것이 더 나은 사람이 되도록 해준다는 믿음이 우리에게 필요하다.

    이 책에는 드레스 입기를 좋아하는 왕자 세바스찬과 자기만의 디자인을 꿈꾸며 옷을 만드는 재봉사 프랜시스가 등장한다. 세바스찬은 왕자 역할을 수행해 주기를 바라는 부모님 마음을 알고 있지만, 드레스를 입는 것을 좋아하는 자신의 모습이 그 역할에 어울리는지 자신이 없다. 프랜시스는 독특하고 과감한 디자인을 하지만 고객들 취향에 맞춰야 하거나 왕자 그늘에 가려져 있다. 왕자는 정체가 탄로 나고 프랜시스는 왕자 곁을 떠나게 되지만 이들은 어려움을 극복하고 자신의 길을 가게 된다.

세바스찬과 프랜시스가 삶의 어려운 순간을 극복하고 자신의 길을 갈 수 있었던 힘은 무엇일까? 첫 번째 힘은 자기 자신이다. 세바스찬은 모든 것을 걸고 자신의 모습을 지키고, 프랜시스는 자신의 길을 가기 위해 더 편한 길을 포기하고 어려운 길을 과감히 선택한다. 두 번째 힘의 원천은 주변 사람들이다. 세바스찬의 갈등을 이해하고 그의 가치를 알아봐 준 프랜시스, 프랜시스의 재능을 믿어주고 현실과 타협하려고 할 때 '너는 어디 있느냐'고 물어봐 준 세바스찬, 아들이 왕위를 이어받고 가문의 대를 이어나가는 사회적 역할을 다해주기를 바라지만 아들이 원하는 삶을 더 중요하게 생각해 파격적인 패션쇼 무대에 함께 서준 아버지, 마지막으로 이들의 재능을 알아봐 주고 기회를 준 사람들이 그들이다.

이 책 마지막 장면에서 세바스찬이 화려한 드레스를 입고 밝고 당당한 얼굴로 프랜시스를 만나러 가는 장면은 가슴 뿌듯하다.

이 수업에서는 주인공들이 꿈을 찾아가는 과정을 통해 나답게 사는 것이 어떤 것인지 생각해보는 시간이 되었으면 한다. 이 책은 그래픽노블로 그림과 글이 함께 있어 이미지에 익숙한 청소년들에게 더 흥미롭게 다가갈 수 있다.

※ **그래픽노블**

그래픽노블은 만화와 다른 몇 가지 특징이 있다. 만화가 주로 여러 권으로 되어 있는 데 비해 그래픽노블은 한 권에 하나의 완결된 이야기를 담고 있다. 외견상 일반 책과 차이가 없고 광고가 많은 만화와 달리 광고를 싣지 않으며 보통 서점이나 도서관에서 찾아볼 수 있다. 만화가 주로 어린이나 청소년을 위한 것으로 인식되는 반면 그래픽노블은 주로 성인을 대상으로 한다. 물론 어린이나 청소년을 대상으로 할 수도 있다. 그래픽노블은 내용면에서 만화보다 다양한 것들을 담고 있고 소설책과 순위 경쟁을 하기도 한다. 도서관에서도 소설과 같은 분류인 13자리의 ISBN 식별 번호가 주어진다.

하브루타 독서토론 수업 흐름

활동 순서	핵심 활동	활동 목표	주요 활동 내용
1차시 (120분)	읽기 활동 질문 생성 과 질문 탐구	– 텍스트와 상호 작용 – 장별 정리를 바탕으로 구성단계별로 나누고 질문 만들기 – 질문의 양적 및 질적 심화	〈사전과제〉 – 장별 내용 나누어 정리해오기 – 등장인물별 자기소개서 나누어서 써오기
			– 〈활 만들기의 예술 – 장동우〉 시청하고 이야기 나누기 – 등장인물별 자기소개서 발표하고 인터뷰하기 – 장별 내용 정리하기 : 장별 내용 발표하고 빠진 부분 질문하고 채우기
			– 장별 정리를 구성단계로 나누기 – 장별 정리를 바탕으로 질문 만들기
2차시 (120분)	짝 – 모둠 하브루타 및 쉬우르	동료와 상호작용 (짝토론, 모둠토론) 적용 및 심화 발전	– 짝과 대화를 통해 질문 분류하기 – 짝토론 – 모둠토론에 제시할 질문 선정하기 – 모둠토론 – 전체토론 (쉬우르)에 제시할 질문 선정하기 – 전체토론 (쉬우르)하기
3차시 (120분)	프로젝트	자신에게 적용하기, 내면화하기, 글쓰기	〈사전과제〉 '자기답게' 살았던, 살아가고 있는 사람 조사해오기
			– '사람이거나 시인이거나' 읽기 – '자기답게' 살았던, 살아가고 있는 사람에 대해 발표하고 공통점 찾기 – '9칸 글쓰기'를 통해 가장 나다운 것 생각하기 – '나를 나답게 하는 것'에 대한 글쓰기 : 어떻게 사는 것이 나답게 사는 것일까

 1차시 수업

▶ 체리필터가 부른 〈오리 날다〉 가사를 함께 읽고 이야기를 나누어 보자.

마음열기

- 오리는 왜 날개를 활짝 펴고 저 하늘로 날아가고 싶을까?
- 엄마는 왜 오리는 날 수 없다고 할까?

▶ TED 강연 〈활 만들기의 예술 – 장동우〉를 보고 이야기를 나누어 보자.

유튜브에서 '활 만들기의 예술 – 장동우' 검색

엄격한 구조와 경쟁이 심한 대한민국 교육에 압박을 받은 동우는 아파트 근처에서 찾은 나무로 활 만들기를 시작한다. 왜 활 만들기였는지 이유는 확실치 않다. 동우는 도끼와 톱 등을 가방에 넣고 버스와 지하철을 타고 멀리까지 가서 좋은 나무를 찾기도 한다. 활이 제대로 만들어질 때까지 밤새 자르고 다듬고 윤을 내고 다른 종류의 나무로 만들어 보기도 하고 전 세계의 활을 연구하기도 한다. 그러던 중 역사에 관심도 생겼다. 동우는 좋은 활을 만들려면 나무 속 섬유소들과 협력과 조화를 이루어야 하는 것처럼 이상적인 사회는 누구도 뒤처지지 않고 모두가 제자리에서 꼭 필요한 사람이 되는 것이라고 말한다. 세바시와 테드 강연에서 활 만들기 경험과 생각을 나누기도 했다.

- 동우는 왜 활을 만들기 시작했나?
- 효과적이고 이상적인 활을 만들기 위해 동우는 어떻게 했나?
- 활을 만드는 과정에서 동우는 어디에 관심을 가지게 되었나?
- 좋은 활은 어떻게 만들어지나?
- 동우가 생각하는 이상적인 세계는 어떤 곳이고 그것이 활과는 어떤 관련성이 있을까?
- 가장 인상적인 부분이나 느낀 점을 이야기해 보자.

● 첫 걸음 – 읽기, 내용 공유하기

이 책은 그래픽노블로 대사와 그림을 통해 이야기를 파악해야 한다. 묘사나 설명 없이 대사의 의미를 이해하고 그림을 통해 등장인물의 감정 변화와 스토리 전개를 파악해야 하므로 자기소개서와 장별 이야기 정리로 장면에 대해 깊이 있게 이해해보았다. 자기소개서와 장별 이야기 정리는 역할을 나누어 수업 전에 미리 정리하도록 했다.

▶ 등장인물별 자기소개서를 발표하고 나머지 친구들은 인터뷰를 해보자.

- 세바스찬, 프랜시스, 왕의 자기소개서를 쓰도록 지도한다.

세바스찬 자기 소개서

나는 막 16살이 지난 벨기에 왕자다. 우리 부모님은 내가 왕위를 이어받을 왕자고 인생에서 가장 중요한 일이 대를 잇는 것이라며 결혼을 전제로 공주들을 만나보라고 소개해 주신다. 너무 빠른 거 아니냐고 말해봤지만 미래를 빨리 계획하고 준비할수록 좋다고 하신다. 우리 집안은 아버지와 할아버지를 비롯해 조상 대대로 장군이셨다. 나는 내가 그런 역할을 잘 해낼 수 있을지 잘 모르겠다.

나에게는 다른 사람들이 모르는 비밀이 있다. 나는 드레스 입는 걸 좋아한다. 그래서 어머니 드레스를 몰래 가져와서 입어보곤 한다. 내 비밀은 시종 에밀밖에 모른다. 내 열여섯 번째 생일 파티에서 소피아라는 아가씨가 입고 온 드레스를 보고 깜짝 놀랐다. 새롭고 환상적인 것, 바로 내가 바라는 드레스였다. 그 옷을 만든 디자이너를 찾아서 데려왔는데 나랑 비슷한 나이의 프랜시스였다. 처음에 내가 왕자인 것이 알려질까 봐 얼굴을 가리고 있었는데 내가 왕자인 것을 알고도 자신이 꿈꾸던 일이라며 괜찮다고 했다.

프랜시스가 만든 드레스는 정말 놀라웠다. 프랜시스가 만든 드레스를 입으면 새로운 사람이 되는 것 같고 모든 일이 가치 있다고 느껴졌다. 프랜시스가 만든 드레스를 입고 처음으로 밖으로 나가 마멀레이드 축제에서 미스 마멀레이드로 뽑혔다. 그리고 내 이름을 프랜시스가 자신의 꿈을 찾게 된 발레 공연 '크리스탈리아의 뮤즈'의 제목을 따 '레이디 크리스탈리아'라고 지었다.

부모님이 줄리아나 공주와 마르셀 왕자를 식사에 초대해 줄리아나 공주와 산책을 하게 되었다. 줄리아나 공주는 나에 대해 좀 더 알아가고 싶다고 말하는데 나는 참을 수가 없어 혼자서 돌아와 버렸다. 내 비밀을 안다면 어떻게 될 것인가.

그날 밤 프랜시스가 만든 갑옷 모티브의 드레스를 입고 극장에 갔다가 술에 취한 남자와 문제가 생겼다. 피터 트리플리라는 남자가 도와주었는데 자신과 아버지가 새로운 백화점을 열고 개관 행사에서 큰 패션쇼를 할 예정인데 프랜시스도 거기 와야 한다고 초대했다. 프랜시스는 자신의 작업을 선보일 기회라고 기뻐했다.

그 후로 나는 프랜시스가 만든 드레스를 입고 밤마다 외출했다. 밤 외출로 내가 피곤해하자 어머니는 온천에 다녀오라고 하셨다. 쉬러 간 온천에서 줄리아나 공주와 마르셀 왕자를 만났다. 줄리아나 공주는 나를 '레이디 크리스탈리아'로 알고 내가 우상이라며 온천에 가자고 초대했다. 거기에 '크리스탈리아의 뮤즈' 의상을 디자인한 파리발레단의 의상 디자이너인 아우렐리아 부인도 온다는 것이다. 옷을 거의 입지 않아야 하는 온천에 가자니 난감했지만, 프랜시스가 꼭 가야 한다고 우겨 할 수 없이 참석했다. 아우렐리아 부인은 나와 프랜시스를 발레 공연에 초대하고 자신이 트리플리스 백화점 패션쇼 디자인을 맡았다고 프랜시스의 옷이 패션쇼에 어울릴지도 봐주겠다고 했다. 프랜시스는 당장 작업을 시작하겠다고 했지만 나는 프랜시스를 축하해주고 싶었다. 이번에는 프랜시스가 디자인해 준 왕자 옷을 입고 예쁘게 차려입은 프랜시스와 맛있는 것도 먹고 회전목마도 타며 재미있는 시간을 보냈다. 프랜시스는 자신에게 일어난 좋은 일들은 바느질 덕분이라며 바느질을 그만둔다면 아무것도 아닌 사람이 될까 봐 두렵다고 했다. 하지만 나는 프랜시스 같은 사람은 이 세상에 단 하나밖에 없고 바느질을 그만둔다고 해도 나에게는 최고의 친구라고 말했다. 그날 밤 헤어지는 방 앞에서 잠깐 묘한 감정이 들었지만 정신을 차렸다. 그날은 잠을 이루지 못했다.

어느 날 부모님이 겨우 열두 살인 루이즈 공주를 초대했는데 도저히 참을 수가 없어서 다른 왕자를 찾아보라고 하고 자리를 떠났다. 그런데 아버지가 충격을 받고 쓰러져 수술을 받게 되었다. 수술을 받고 깨어난 아버지는 자신에게 무슨 일이 생기면 믿을 사람은 나뿐이라고 하셨다.

그날 밤 파리발레단 공연에 프랜시스와 함께 갔는데 공연이 끝난 후 아우렐리아 부인을 나 혼자 만나겠다고 말했다. 왕자의 재봉사가 크리스탈리아를 위해서도 일한다는 소문이 퍼지면 내 비밀이 밝혀질까 봐 두려웠기 때문이다. 프랜시스가 실망하겠지만 당장 왕이 될지도 모르는데 위험을 감수할 수는 없었다. 아우렐리아 부인을 만난 일은 잘 되어 프랜시스의 옷을 패션쇼에 올릴 수 있게 되었다. 그런데 프랜시스는 중요한 사람들을 만났는데 자기가 누군지 말할 수도 없이 숨어 살 수는 없다고 말하고 떠나버렸다.

프랜시스가 떠난 후 줄리아나에게 청혼하고 약혼하기로 했다. 약혼식 전날 밤, 마지막이라는 생각에 어머니의 드레스를 입고 뮤직홀에서 술을 많이 마시다가 마르셀 왕자를 만나 정체를 들켜버렸다. 다음 날 마르셀 왕자는 약혼식장에서 내 정체를 밝히고 말았다. 나는 그 길로 깊은 숲속에 있는 수도원으로 도망을 갔다. 한참이 지난 후 에밀을 불러 사과 편지를 사람들에게 전해달라고 부탁했다. 프랜시스는 트리플리스 백화점 개관 패션쇼를 준비한다고 한다. 백화점 개관하는 날 프랜시스의 쇼를 보고 싶어서 찾아갔다. 프랜시스가 만든 옷들은 훌륭했지만, 고객들 요구에 맞춘 옷에는 진정한 프랜시스는 없었다. 그 말을 들은 프랜시스는 그것이 자신이 원하던 것이라고 말했다. 그리고 패션쇼 무대에 서달라고 했다. 그런데 브뤼셀로 돌아간 줄 알았던 부모님이 패션쇼 장에 오셨다. 나는 부모님께 기꺼이 따라 갈테니 쇼가 끝날 때까지 조금만 기다려달라고 했다. 아버지는 사람들에게 나와 프랜시스를 도우라고 명령하고 나와 함께 패션쇼 무대에 섰다. 아버지가 나를 인정해 준 것이다. 그것도 온몸으로 사람들 앞에서 당당하게. 나는 공부를 열심히 하고 있고 프랜시스는 아우렐리아 부인과 함께 자신의 디자인으로 옷을 만들고 있다.

▶ 분량을 나누어 과제로 정리해 온 장별 이야기를 발표하고 빠진 부분을 서로 이야기하면서 보충해 이야기를 정리해 보자.

두 걸음 – 하브루타 질문 만들기

▶ 장별 정리를 바탕으로 구성단계별로 나누어 질문을 만들어 보자.

발단 (1장)
프랜시스는 고객 요구대로 옷을 만들었다가 언론의 혹평을 받는다. 누군가의 개인 재봉사 제의를 받고 의상실을 떠난다.

1장
프랑스 파리 한 의상실의 말단 재봉사인 프랜시스는 벨기에 왕자 세바스찬의 열여섯 번째 생일 파티에 가려고 하는 소피아 요구대로 '무시무시'한 드레스를 만든다. 소피아가 입은 파격적인 드레스는 '혐오스러운 취향과 감각'이라고 언론의 혹평을 받았다. 고객의 요구대로 옷을 만들었다는 프랜시스의 말에 의상실 주인은 고객은 돈을 내는 사람이라며 프랜시스를 내보내려고 한다. 그런데 파티에서 프랜시스의 드레스를 본 누군가가 드레스에서 깊은 감명을 받았다고 하면서 의상실보다 좋은 조건으로 개인 재봉사로 데려

가려 한다. 그제야 의상실 주인은 프랜시스를 승진시켜주겠다면서 붙잡으려고 하지만 프랜시스는 거절하고 의상실을 떠나기로 한다.

- 소피아가 입은 드레스는 왜 언론에게 혹평을 받았을까? (사실)
- 프랜시스와 의상실 주인이 생각하는 '고객'은 어떻게 다를까? (사실·심화)
- 왜 의상실 주인은 프랜시스를 승진시켜주겠다면서 붙잡았을까? (심화)
- 내가 프랜시스라면 의상실을 떠났을까? (적용)

전개 (2~6장)
왕자인 세바스찬은 프랜시스가 만든 드레스를 입고 외출하면서 사람들의 주목을 받는다. 세바스찬은 왕자로서의 책임과 어떻게 살아야 할지 모르겠다는 감정 사이에서 힘들어하면서도 드레스를 입었을 때는 자신감이 넘친다. 프랜시스는 필립에게 패션쇼 초대 제안을 받는다. 세바스찬과 프랜시스는 서로를 알아간다.

2장
프랜시스가 의뢰인 집으로 갔지만 의뢰인은 어릴 때 사고로 얼굴을 보여줄 수 없다고 눈을 가렸다. 프랜시스가 옷을 만들려면 얼굴을 봐야 한다고 하자 의뢰인은 자신의 얼굴을 가리고 프랜시스의 눈을 풀어준다. 의뢰인은 프랜시스가 생각하는 옷이라면 뭐든 아름다울 거라고 말하고 자신이 무도회장에 들어갔을 때 모두 자기를 봤으면 좋겠다고 한다. 두 사람은 의뢰인이 모아 둔 독특하고 아름다운 옷 그림들을 보다가 그림 안에 있는 것과 비슷한 구두를 신어보는 과정에서 의뢰인이 가리고 있던 베일이 벗겨진다. 의뢰인은 바로 벨기에 왕자 세바스찬이었다. 세바스찬은 모든 것을 알게 된 프랜시스에게 갖고 싶은 걸 모두 가지고 가도 좋으니 아무에게도 말하지 말아 달라고 한다. 왕자가 치마를 입고 다닌다는 소문이 나면 왕가는 끝장나고 부모님은 자신을 버릴 거고 자신의 인생도 끝이라고 한다. 하지만 프랜시스는 자신이 드레스를 만들러 왔고 그건 자신이 꿈꾸던 일이며 의뢰인이 공주가 아니라 왕자인 것은 자신에게는 문제가 아니라고 한다. 그리고 서로 도울 수 있다고 말한다.
과일 잼이 떠오르는 드레스를 만들어 달라는 세바스찬의 요구에 프랜시스는 오렌지색 드레스를 만든다. 드레스를 입고 처음으로 밖에 나온 세바스찬은 마멀레이드 축제에 간다. 거기에서 '레이디 크리스탈리아'라는 이름으로 미스 마멀레이드에 뽑힌다. 무대 위에서 세바스찬은 자신감이 넘치고 밝게 빛난다.

- 의뢰인 세바스찬은 어떤 옷 입기를 원했나? (사실)
- 왕자는 왜 드레스를 입을까? (심화)
- 왕자는 왜 드레스를 입었을 때 자신감이 넘칠까? (심화)
- 왜 세바스찬 왕자는 프랜시스에게 자신이 드레스 입는 것을 비밀로 해달라고 했을까? (사실)

3장

왕과 왕비는 세바스찬 짝을 찾아주기 위해 줄리아나 공주를 초대한다. 짝을 찾을 수 있는 시간은 많이 남았다는 세바스찬과 달리 왕과 왕비는 세바스찬이 왕위를 이을 왕자이고 세바스찬의 인생에서 가장 중요한 것은 가문의 대를 잇는 것이기 때문에 미래를 빨리 계획해야 한다고 말한다. 아버지를 포함해 집안 대대로 장군이었지만 세바스찬은 자신이 거기 맞춰서 어떻게 살아야 할지 자신이 없다고 한다. 자신의 비밀을 결혼할 상대나 부모님이 알게 되는 것도 두려워한다.

세바스찬은 프랜시스가 만든 드레스를 입고 새로운 사람이 된 것처럼 처음으로 모든 게 가치 있다고 느낀다. 프랜시스는 세바스찬 안에 '가치'가 있다고 말한다. 왕자 세바스찬은 군대를 이끌 수 없을 것 같지만 크리스탈리아라면 가능할 것이라고 말한다.

- 프랜시스가 만든 드레스를 입은 세바스찬은 무엇을 느꼈나? (사실)
- '왕자 세바스찬은 군대를 이끌 수 없을 것 같지만 크리스탈리아라면 가능할 것 같다'라고 말하는 이유는 무엇일까? (심화)
- 세바스찬 안에 가치가 있다는 프랜시스의 말은 무슨 의미일까? (심화)
- 나도 자신이 생각하는 '나'와 타인이 바라보는 '나'가 서로 다르다고 생각했던 적이 있었는가? (적용)

4장

왕이 줄리아나 공주와 오빠 마르셀을 초대해 식사를 하고 줄리아나와 세바스찬은 정원을 산책한다. 줄리아나는 세바스찬이 다른 왕자들과 달리 다정하고 사려 깊고 사람들 말에 귀 기울여 주는 사람이어서 좀 더 알아가고 싶다고 한다. 그 말을 들은 세바스찬은 몸이 안 좋다며 정원에 줄리아나를 남겨 둔 채로 서둘러 자리를 피한다. 세바스찬은 프랜시스가 만든 갑옷을 모티브로 한 드레스를 입고 댄스홀로 간다. 세바스찬이 술에 취해 추근대던 사람과 시비가 붙자 피터 트리플리라는 남자가 상황을 정리한다. 세바스찬과 프랜시스를 만난 피터 트리플리는 프랜시스가 만든 세바스찬 옷을 보고 특별하다고 말한다. 자기 취향은 아니지만, 디자인 기술은 인정할 수밖에 없다고 말하며 조금만 손보면 훌륭해질 거라고 한다. 피터는 자기 집안에서 트리플리스라는 백화점을 여는데 개관 행사에 큰 패션쇼를 준비하고 있고 최고의 패션디자이너들을 초대하고 있다며 프랜시스가 온다면 패션 거장들을 소개시켜 주겠다고 한다. 프랜시스는 패션계 거장들을 만나고 자신의 작업을 선보일 수 있는 기회라고 생각해 컬렉션을 디자인해야겠다고 기뻐한다.

- 피터 트리플리는 프랜시스가 만든 옷을 보고 무엇이라고 하는가? (사실)
- 피터 트리플리는 왜 프랜시스 옷이 자기 취향이 아니라면서도 특별해 보인다고 했을까? (심화)
- 프랜시스는 자신의 작품을 패션쇼에서 선보일 수 있다는 말을 들었을 때 어떤 기분이었을까? (심화)

5장

프랜시스는 계속해서 세바스찬의 옷을 만들고, 세바스찬은 그 옷을 입고 외출해 사람들의 눈길을 끈다. 프랜시스가 만든 것과 똑같은 디자인의 옷들이 거리에서 유행하기 시작한다. 세바스찬이 밤 외출을 자주 하면서 집중을 못하고 피곤해하자 왕비는 시골에서 주말을 보내고 오라고 한다.

- 세바스찬이 입은 옷은 어떻게 되는가? (사실)
- 프랜시스가 만든 옷은 왜 유행했을까? (심화)
- 자신이 디자인한 옷이 유행하는 것을 본 프랜시스는 어떤 느낌일까? (심화)

6장

휴양지의 호숫가를 산책하던 세바스찬과 프랜시스는 줄리아나를 만난다. 드레스를 입은 세바스찬을 크리스탈리아로 알고 있는 줄리아나는 크리스탈리아가 스타일부터 행동하는 모습까지 자신과 친구들의 우상이라며 함께 온천에 가자고 제안한다. 거기에는 파리 발레단의 의상 디자이너인 아우렐리아 부인도 온다고 한다. 아우렐리아는 '크리스탈리아의 뮤즈'라는 발레 공연 의상을 디자인했다. 프랜시스는 어릴 때 그 포스터를 보고 아름다운 것을 만드는 사람이 되고 싶다는 꿈을 갖게 되었기 때문에 여자들만 있는 온천에 가는 것을 꺼리는 세바스찬에게 꼭 가야 한다고 말한다.

온천에서 만난 아우렐리아는 자신이 의상 디자이너가 된 과정을 이야기하고 프랜시스와 같이 발레 공연을 보러오라고 한다. 또 자신이 트리플리스 백화점의 패션쇼 디자인을 맡았는데 프랜시스의 옷이 패션쇼와 어울리는지 봐주겠다고 한다. 그 소식을 들은 프랜시스는 바로 일을 하러 가겠다고 하지만 세바스찬은 축하를 하자고 한다. 예쁘게 차려입은 프랜시스와 왕자 옷을 입은 세바스찬은 맛있는 음식을 먹고 회전목마도 타고 춤도 추면서 즐거운 시간을 보낸다.

바느질을 빼면 아무것도 아닌 사람이 될까 봐 두렵다고 말하는 프랜시스에게 세바스찬은 프랜시스가 오늘 바느질을 그만둔다고 해도 자신이 만난 최고의 친구라고 말한다. 각자의 방 앞에서 헤어지려던 두 사람은 잠시 묘한 감정에 휩싸인다.

- 세바스찬에게 프랜시스는 어떤 사람일까? (사실·심화)
- 세바스찬은 왜 프랜시스에게 최고의 친구라고 말했을까? (심화)
- 프랜시스는 무엇을 두려워했는가? (사실)
- 프랜시스는 왜 바느질을 빼면 자신이 아무것도 아닌 사람이 될 거라고 생각했을까? (심화)
- 나도 프랜시스처럼 느낄 때가 있었나? (적용)

위기 (7~8장)
왕과 왕비가 주선해 만난 공주에게 다른 왕자를 찾아보라고 말하고 세바스찬이 자리를 뜨자 왕이 쓰러진다. 깨어난 왕은 세바스찬에게 믿을 건 세바스찬 뿐이라고 말한다. 자신의 비밀이 밝혀질까 봐 혼자서 아우렐리아를 만나러 간 세바스찬에게 프랜시스는 세바스찬 옷 만드는 일을 그만두겠다고 한다.

7장
왕비가 프랜시스에게 옷 수선을 부탁하면서 이야기하는 모습을 바라보던 세바스찬은 이상한 감정을 느낀다. 왕과 왕비가 주선한 만남을 하는 도중에도 프랜시스에게서 눈을 떼지 못하던 세바스찬은 상대 공주에게 다른 왕자를 찾아보라고 하고 자리를 뜬다. 이에 충격을 받은 왕이 가슴을 움켜쥐고 쓰러져 수술을 받게 된다.

- 왕은 왜 쓰러졌나? (사실)
- 왕이 쓰러지고 난 후 왕자는 무슨 생각을 했을까? (심화)
- 세바스찬은 왜 공주에게 다른 왕자를 찾아보라고 말했을까? (심화)

8장

깨어난 왕은 세바스찬에게 자신이 요구하기만 하고 엄하고 무섭게 대한 것 같지만 자신에게 무슨 일이 생긴다면 왕비와 왕국을 믿고 맡길 사람은 세바스찬 뿐이라고 말한다.
아우렐리아의 파리 발레단 공연에 간 세바스찬은 내내 표정이 어둡다. 프랜시스는 아우렐리아에게 보여 줄 디자인을 가지고 아우렐리아를 만날 생각에 들떠 있다. 그런데 세바스찬이 아우렐리아를 혼자 만나겠다고 말한다. 프랜시스가 왕자의 재봉사라는 것을 아는 사람들이 있는데 같은 사람이 크리스탈리아를 위해서도 일한다고 하면 자신의 비밀이 밝혀지는 것은 시간문제라는 이유에서다. 프랜시스가 계획했던 쇼와 자신이 만든 드레스들은 어떻게 하느냐고 물었지만 세바스찬은 아무것도 바뀌지 않을거라고 프랜시스의 드레스를 자신이 쇼에 가져가겠다고 말하며 아우렐리아를 만나러 가버린다.
돌아온 세바스찬은 프랜시스가 만든 옷을 패션쇼에 올릴 수 있게 되었다고 말하지만 프랜시스는 세바스찬의 옷 만드는 일을 그만하겠다고 한다. 자신이 중요한 사람을 만났는데 자신이 누구라는 걸 말할 수도 없고 세바스찬의 비밀을 지키기 위해 평생 갇혀 살아야 한다면 새로운 기회를 찾아 떠나는 게 나을 것 같다고 한다. 세바스찬은 왕자의 권한으로 하인의 자리로 돌아가라고 명령하지만 프랜시스는 떠난다. 낙심한 세바스찬은 줄리아나 공주와 결혼하겠다고 말한다.

- 깨어난 왕이 세바스찬에게 한 말은 무엇인가? (사실)
- 세바스찬은 왜 아우렐리아 부인을 만나러 혼자 갔을까? (사실)
- 프랜시스는 왜 세바스찬의 옷 만드는 일을 그만두겠다고 했을까? (사실)
- 내가 프랜시스라면 세바스찬을 떠났을까? (적용)
- 세바스찬은 왜 줄리아나 공주와 결혼을 결심했을까? (심화)

절정 (9장)

세바스찬은 줄리아나 공주와의 약혼식 전날 드레스를 입고 뮤직홀에 갔다가 줄리아나 오빠에게 정체를 들키고 만다.

9장

수선집에서 일하게 된 프랜시스는 트리플리스 백화점에 갈 옷들을 만들고 있다가 물건을 가지러 온 필립과 만난다. 더 이상 크리스탈리아를 위해 일하지 않는다는 것을 안 필립은 백화점 개점 쇼에서 여성복 컬렉션을 만들어 달라고 제안한다. 자신의 아버지가 대중적인 의류 라인을 선보이고 싶어 하는데 같이 잘 해보면 프랜시스에게도 도움이 될 거라고 말한다.

줄리아나 공주와의 약혼식 전날, 세바스찬은 드레스를 정리하다가 어머니가 입었던 드레스를 입고 뮤직홀에 간다. 술을 많이 마신 세바스찬은 줄리아나의 오빠인 마르셀을 만나고 크리스탈리아의 정체를 들키고 만다.

약혼식 당일 마르셀이 세바스찬을 데리고 와 사람들 앞에서 크리스탈리아의 정체가 세바스찬임을 밝힌다. 줄리아나는 식장을 뛰쳐나가고 왕과 왕비도 자리를 떠난다. 세바스찬도 그 자리를 피해 달아난다.

- 피터가 프랜시스에게 무엇을 제안했나? (사실)
- 피터는 왜 프랜시스가 크리스탈리아 밑에서 일하는 게 아티스트로 커 나가는 걸 막는다고 했을까? (심화)
- 약혼식 전 날 세바스찬에게 무슨 일이 일어났나? (사실)
- 마르셀은 왜 사람들 앞에서 세바스찬의 정체를 폭로했을까? (심화)
- 세바스찬의 진짜 정체가 밝혀지자 줄리아나와 세바스찬 부모님은 어떻게 행동했는가? (사실)
- 세바스찬은 왜 달아났을까? (심화)
- 우리 사회는 세바스찬과 같은 사람들을 잘 받아들이고 있는가? (적용)

결말 (10~12장)

왕자가 떠나고 왕을 만난 프랜시스는 세바스찬이 그 자체로 완벽한 사람이라고 말한다. 백화점 개점일에 프랜시스를 응원하기 위해 돌아온 세바스찬은 프랜시스가 만든 옷을 입고 무대에 선다. 이를 본 왕은 자신도 함께 무대에 선다. 패션쇼는 성공적으로 끝나고 세바스찬과 프랜시스는 자신의 길을 간다.

10장

사람들이 왕자에 대해서 말하는 것을 듣고 에밀을 찾아간 프랜시스는 세바스찬이 자신의 진실을 말하고 사라졌다는 말을 듣는다. 프랜시스는 세바스찬이 프랜시스가 만든 옷을 남기고 갔다는 말을 듣고 옷을 가지러 갔다가 술을 마시고 낙심한 왕을 만난다. 자신이 무엇을 잘못했는지 모르겠다고 스스로를 책망하는 왕에게 프랜시스는 왕이 잘못한 것은 아무것도 없다고 말한다. 이건 세바스찬이 존재하는 방식일 뿐이고 그가 바란 것은 왕과 왕비를 기쁘게 하는 일뿐이었다고 말한다. 왕은 무엇이 부족해서 세바스찬이 자신의 모습에 대해 혼란스러워했느냐고 묻는다. 프랜시스는 그는 자신의 모습에 혼란스러워하지 않았고 오직 왕이 이 사실을 어떻게 생각할지 두려워했다고 말하며 세바스찬이 그 자체로 완벽한 사람이라고 말한다.

산속 깊은 곳에 있는 수도원에 숨어 있던 세바스찬은 에밀을 불러 사람들에게 줄 사과 편지를 전해달라고 부탁한다. 에밀에게서 프랜시스가 필립과 함께 일하고 패션쇼를 준비한다는 말을 듣는다.

- 왕은 왜 자신을 책망했을까? (사실)
- 프랜시스는 왜 왕에게 아무 잘못이 없다고 했을까? (심화)
- 세바스찬이 존재하는 방식이란 무엇을 의미하는가? (심화)
- 프랜시스는 왜 세바스찬이 완벽한 사람이라고 했을까? (심화)
- 다른 사람들은 세바스찬을 어떻게 생각할까? (적용)

11장

트리플리스 백화점 개점일에 필립은 프랜시스의 컬렉션이 완벽하다고 말하며 스타가 될 거라고 말한다. 그런데 프랜시스의 쇼를 보러 세바스찬이 나타난다. 세바스찬을 만나 반가워하던 프랜시스가 피터가 쇼를 좋아한다고 말하자 세바스찬은 고객들이 원하는 것 말고 너도 원하는 거냐고 묻는다. 소원이 이루어졌다고 말하는 프랜시스에게 세바스찬은 그 드레스들 안에는 진정한 프랜시스는 없다고 말한다. 그러나 이 일은 자신이 결정한 일이라고 말하는 프랜시스를 세바스찬이 축하해 준다. 그리고 프랜시스가 세바스찬에게 무대에 서라고 권한다.

무대에 설 준비를 하러 가던 세바스찬은 브뤼셀로 돌아간 줄 알았던 왕과 왕비를 만나고 자신을 데리러 온 거라면 따라가겠지만 프랜시스를 도울 동안 잠깐만 기다려 달라고 말한다. 왕이 사람들에게 왕자를 도우라고 명령하고 잠시 후 무대 위에는 프랜시스가 세바스찬과 아우렐리아를 위해 만들었던 옷을 입은 왕과 세바스찬이 무대에 선다. 왜 이렇게 자신을 도와주느냐는 프랜시스의 물음에 왕은 세바스찬의 진실을 알았을 때 아들의 인생이 모두 망가진 줄 알았지만, 누군가 여전히 그 아이를 사랑한다는 것을 알았을 때 모든 게 괜찮다는 걸 깨달았다고 말한다.

패션쇼는 성공리에 끝나고 프랜시스의 옷은 불티나게 팔린다. 환상적인 쇼였다고 말하는 아우렐리아에게 프랜시스는 정식으로 자신을 소개한다.

- 쇼에 올리려고 만든 프랜시스의 옷을 보고 세바스찬은 무엇이라고 하는가? (사실)
- 세바스찬은 왜 프랜시스가 만든 옷을 보고 진정한 프랜시스는 없다고 했을까? (심화)
- 세바스찬은 왜 무대에 올랐을까? (심화)
- 왕은 왜 세바스찬과 함께 무대에 올랐을까? (심화)
- 왕은 세바스찬이 드레스를 입는다는 것을 알았을 때, 왜 아들의 인생이 모두 망가질 것이라고 생각했나? (심화)
- 왜 세바스찬에 대한 진실이 밝혀졌어도 모든 게 괜찮았을까? (심화)

12장
세바스찬은 열심히 공부하고 활기차게 지낸다. 거리에는 프랜시스의 옷을 입은 사람들로 넘쳐난다. 드레스를 입은 왕자 세바스찬이 밝은 얼굴로 아우렐리아와 일하는 프랜시스를 찾아온다.

- 세바스찬은 어떻게 변했는가? (사실)
- 세바스찬은 왜 드레스를 입고 프랜시스를 찾아왔을까? (심화)
- 왜 자아 정체성을 확립해야 할까? (심화, 종합)
- 나는 자신의 정체성을 찾았다고 생각하는가? (적용)

※ 스토리 위주로 장별 정리를 했다면 깊이 생각해 볼 대사가 있는 주요 장면을 참고해 질문을 만들 수 있다.

열매맺기

▶ 오늘 수업에 참여한 소감을 말해보자. (새롭게 알게 된 점, 느낀 점, 깨우친 점을 중심으로)

♫ 2차시 수업

마음열기

▶ 나태주 시 〈다만 그뿐이야〉를 읽고 생각을 말해보자.

- 집단주의적 사고를 하는 우리 사회는 있는 그대로 자신보다 남에게 비치는 자신의 모습에 더 신경을 쓴다. 이 시는 다른 사람에게 신경쓰지 말고 자기 자신을 믿고 사랑하라는 이야기를 하고 있어 아이들에게 용기와 위로를 줄 수 있다.

들어서기

▶ 《왕자와 드레스메이커》줄거리를 이어 말하면서 정리해 보자. (각자 말하고 싶은 만큼 말한다.)

펼치기

세 걸음 – 짝토론과 모둠토론

짝토론

각자가 작성한 질문을 짝과 정리한 다음 질문을 사실·심화, 적용, 종합 질문으로 나누고 장별로 질문을 했다. 초등 고학년과 중등이 섞인 수업이었는데 초등의 경우 사실을 확인하는 질문과 의미를 묻는 심화 질문이 많았다. 짝토론 예시로 소개된 친구들은 중학생이어서 명시적인 사실 질문보다는 대사나 장면 중에서 의미가 분명하지 않은 부분을 확인하거나 숨은 뜻을 묻는 질문이 많았다. 그림과 대사를 통해 내용을 이해하기 위해 대사와 장면의 의미를 묻는 심화 질문이 가장 많았고 적용, 종합 질문도 섞여 있는 것을 볼 수 있다.

질문자 A가 먼저 질문을 하고 질문자 B가 대답을 하고 질문자 A에게 동일한 질문을 하도록 지도했지만 실제 토론에서는 질문자 A의 의견이 자신의 의견과 비슷한 경우 그대로 넘어가고 자신 생각과 다르거나 후속 질문이 있을 경우에 추가 질문을 하는 모습을 보였다.

짝토론을 하다가 해결이 되지 않거나 더 논의가 필요하다고 생각되는 질문을 모둠토론에 올리도록 하였다.

발단 (1장)

경선 : 소피아가 입은 드레스는 왜 혹평을 받았을까요?

아민 : 보통 드레스는 예쁘게 보이려고 하는데 비해 프랜시스가 만든 드레스는 '무시무시한' 드레스를 만들어 달라는 소피아의 요구에 맞춰 그 당시 감각으로는 받아들이기 어려울 만큼 독특했기 때문입니다.

경선 : 그 당시에는 복장에 대한 기준이 엄격한 것 같은데 오늘날과 비교하면 어떤가요?

아민 : 요즘은 매우 자유로워지긴 했지만, 여전히 복장에 대한 고정관념은 있습니다. 남녀 간 복장 차이, 직장에 입고 가는 옷에 대한 생각, 교복에 대한 고정관념도 여전하다고 생각합니다.

경선 : 네, 저도 그렇게 생각합니다.

아민 : 프랜시스를 해고하려고 하던 의상실 주인 태도는 왜 바뀌었을까요?

경선 : 프랜시스가 만든 옷이 기괴하다고 생각했는데, 어떤 사람이 와서 비싼 돈을 주고 개인 재봉사로 데려가려고 하니까, 프랜시스가 진짜로 옷을 잘 만드는 게 아닐까 생각해서 태도가 바뀌었다고 생각합니다.

아민 : 네, 저도 그렇게 생각합니다.

경선 : 프랜시스와 의상실 주인이 생각하는 '고객'은 어떻게 다를까요?

아민 : 프랜시스가 생각하는 고객은 자기가 만든 옷을 입어주는 사람인데, 의상실 주인은 고객을 돈을 내주는 사람으로밖에 생각하지 않았습니다.

경선 : 그런 생각이 어떤 차이를 만드나요?

아민 : 프랜시스는 입는 사람의 의견을 들어 옷을 만드는데 의상실 주인은 돈을 내는 사람의 취향에 맞추게 됩니다.

경선 : 의상실 주인의 태도는 매우 현실적으로 보입니다.

아민 : 네, 그렇습니다.

전개 (2 ~ 6장)

아민 : 세바스찬은 어떤 드레스를 입기를 바라나요?

경선 : 자기가 무도회장에 들어갔을 때 모두가 바라봐주고 기억에 남을 만한 드

레스를 입기를 바랐어요.

아민 : 왕자는 왜 드레스를 입을까요?

경선 : 프랜시스가 물어보는 장면이 있는데 자신도 잘 모른다고 했어요.

아민 : 그 장면 앞부분에서 어떤 날은 자신이 남자 옷을 입고 아버지처럼 보여야 하는데 어떤 날은 공주인 것 같다고 하는 걸로 봐서 대대로 장군인 집안의 왕자로 자기도 그런 역할을 수행해야 하지만 자신이 없어서 회피하려고 하는 것처럼 보입니다.

경선 : 맞아요. 그런 부분이 있다는 것에 동의합니다. 그런데 51페이지에 보면 자신의 인생은 다른 사람에게 받아들여질 수 있는 것만 가능했는데 무엇을 입을지는 자신이 결정하고 싶다고 말하는 부분이 있습니다. 남들이 결정한 왕자라는 역할에서 벗어나 자신이 결정할 수 있는 일이 드레스를 입는 일이어서 드레스를 입는다고 생각합니다.

아민 : 왕자는 왜 드레스를 입었을 때 자신감이 넘치나요?

경선 : 왕자 자신이 결정한 일이고 진짜 원하는 모습이 드레스를 입는 것이기 때문에 드레스를 입었을 때 훨씬 자신감이 넘친다고 생각합니다.

아민 : 네, 저도 그렇게 생각합니다.

경선 : 내가 왕자라면 드레스 입은 모습이 들킬까봐 걱정할까요?

아민 : 엄청나게 걱정할 것 같아요. 지금도 그렇듯이 성 정체성이 혼란스러우면 사회적으로 배제를 당하잖아요.

경선 : 이 책에서 세바스찬의 성 정체성에 대해 구체적으로 언급되지는 않은 것 같은데 성 정체성 때문에 혼란스러워한다고 생각하시나요?

아민 : 성 정체성은 예를 든 것입니다. 세바스찬은 자신이 왕자라는 역할에 맞지 않는다고 생각하고 있고 요즘도 그렇지만 뭔가 다른 사람들과 다른 행동을 하거나 하면 이상하게 바라보니까요.

경선 : 그럼 이 책에서는 세바스찬의 성 정체성에 대해서는 고려하지 않아도 될까요?

아민 : 네. '다르다'는 점에서만 이야기를 해도 좋겠습니다.

아민 : 세비스찬은 프랜시스가 만든 드레스를 입고 무엇을 느꼈나요?

경선 : 자신이 새로운 사람이 되는 것 같고 처음으로 모든 게 가치 있다고 느꼈다고 했어요.

아민 : 세바스찬 안에 가치가 있다는 프랜시스의 말은 무슨 뜻일까요?

경선 : 세바스찬이 드레스를 입고 더 멋지고 행복해 보였다는 것에 가치가 있다고 한 게 아닐까요?

아민 : 세바스찬은 왕자로서 자신이 없다고 말하지만 드레스를 입었을 때의 세바스찬은 자신감이 넘치고 무엇이든 할 수 있는 힘이 있다고 생각합니다. 드레스 입기를 그만둘 수도 있을 텐데 자신의 모습을 지키는 모습도 가치가 있다는 의미라고 생각합니다.

경선 : 네, 동의합니다. 드레스를 입건 무엇을 입건 간에 자기 안에 있는 모습이 나타나기 때문에 가치가 있다고 말했다고 생각합니다.

경선 : 세바스찬은 군대를 이끌 수 없을 것 같지만, 크리스탈리아라면 가능할 것 같다는 말은 어떤 뜻일까요?

아민 : 세바스찬은 자신의 역할을 혼란스러워하지만, 크리스탈리아는 왕자 자신의 모습을 드러낸 것이라서 자신감이 있다는 생각이 들어서 굉장히 인상 깊었습니다.

경선 : 그런데 세바스찬이나 크리스탈리아나 같은 사람인데 왜 차이가 있을까요?

아민 : 자신의 본 모습을 보여줄 수 있는 것과 자신의 모습이 다른 사람들에게 받아들여지지 않는다고 생각하는 것은 차이가 크다고 생각합니다.

경선 : 네, 저도 그렇게 생각합니다. 자신의 모습이 받아들여지고 나서 세바스찬의 변화를 보면 그 말이 맞다고 생각합니다.

경선 : 프랜시스의 옷을 보고 조금만 손보면 훌륭해질 거라는 피터 말을 듣고 프랜시스는 어떤 느낌을 받았을까요?

아민 : 일단 프랜시스라면 피터가 무슨 말을 한 건지 알겠지요. 자신의 옷을 완전히 인정하지 않고 자기 밑으로 들어오라는 말로 들려서 같이 일하는 것에 대해서 고민하지 않았을까요?

경선 : 자신을 완전히 인정하지 않는다고 느꼈을 것입니다.

아민 : 네, 알겠습니다.

아민 : 프랜시스는 자기 옷이 유행하기 시작하면서 어떤 기분이 들었을까요?

경선 : 기뻤을 것 같아요. 자기가 만든 옷을 사람들이 입고 다니니까. 그런데 다른 한편으로는, 내가 만든 옷을 똑같이 따라하니까 억울한 기분이 들었을 것입니다.

아민 : 사람들이 자기 옷을 입는데 왜 억울했을까요?

경선 : 크리스탈리아가 입은 옷이 자기 디자인이라는 것을 나서서 알릴 수 없기 때문입니다.

경선 : 프랜시스는 왜 바느질을 빼면 자기가 아무것도 아니라는 두려움을 느꼈을까요?

아민 : 어렸을 때부터 했던 게 옷을 그리는 것과 바느질이었기 때문에, 만약 지금까지 했던 게 소용이 없어지면 나는 뭐가 되는 거지 하는 생각에 두려움을 느꼈다고 생각합니다.

경선 : 프랜시스는 정말 바느질을 빼면 아무것도 아닐까요?

아민 : 아니라고 생각합니다. 왜냐하면 프랜시스는 왕자의 비밀을 잘 지켜줬고, 왕자를 누구보다 잘 이해하고 격려해주었고 굉장히 마음이 따뜻한 사람입니다. 바느질을 빼고 나면 껍데기라는 생각은 사실이 아니라고 생각합니다.

위기 (7 ~ 8장)

아민 : 왕은 왜 쓰러졌을까요?

경선 : 왕의 신념은 가문의 대를 꼭 이어야 한다는 것인데 왕이 주선한 공주와의 자리에서 왕자가 그런 식으로 나오니까 충격을 받고 답답해서 쓰러졌다고 생각합니다.

아민 : 왕이 쓰러지고 왕자는 왜 줄리아나 공주와 결혼하겠다고 했을까요?

경선 : 프랜시스가 나가겠다고 하는 말을 듣고 낙담했고, 왕이 쓰러졌기 때문에 왕이 바라는 일을 해야 한다는 생각에 한 말입니다.

아민 : 자기에게 무슨 일이 생기면 믿을 사람이 세바스찬 밖에 없다는 아버지 말을 듣고 왕자로서 자기 위치를 생각해서 한 말입니다.

경선 : 세바스찬은 왜 혼자서 아우렐리아를 만나겠다고 했나요?

아민 : 프랜시스가 왕자의 재봉사라는 것을 아는 사람들이 있는데 크리스탈리아 옷도 만든다고 하면 자신의 비밀이 밝혀지는 것은 시간문제라는 생각이 들어서입니다.

경선 : 혼자 디자이너를 만나겠다고 말하면서 세바스찬은 어떤 기분이었을까요?

아민 : 세바스찬도 안타까웠을 것 같아요. 자신의 변장 모습을 들키면 안 되니까 프랜시스를 데려갈 수 없잖아요. 한편으로는 아쉽고 안타까웠을 거예요.

경선 : 그 말을 들은 프랜시스도 매우 배신감을 느꼈겠지요.

아민 : 네, 저도 그렇게 생각합니다. 게다가 친구라고 생각했는데 그 순간에 왕자의 권위로 누르려고 한 부분에서 프랜시스 처지라면 이해하기 힘들었을 것입니다.

경선 : 그 부분은 프랜시스가 떠나겠다고 하니까 당황해서 그런 것으로 보입니다.

아민 : 프랜시스는 왜 떠나겠다고 했나요?

경선 : 자신이 누구라는 것을 밝힐 수 없고 왕자의 비밀을 지키기 위해 평생 갇혀 살아야 한다면 자신의 길을 찾아 떠나는 게 좋을 것 같아서입니다.

아민 : 프랜시스가 떠나겠다고 했을 때 세바스찬은 어떤 심정이었을까요?

경선 : 자신을 알아주고 위로해 주던 유일한 친구가 떠나겠다고 하니 매우 슬펐을 것입니다.

아민 : 세바스찬은 프랜시스가 떠나지 않도록 할 수도 있었을 텐데 자기 처지만 생각하는 것 같아 안타깝습니다.

경선 : 프랜시스가 알려지면 자신의 정체가 알려지기 때문에 어쩔 수 없었다고 생각됩니다. 또 왕자라는 특수한 입장 때문에 그런 것이지 자기 혼자 처지라면 그렇게 하지 않았을 거라고 생각합니다. 프랜시스는 어떤 기분이었을까요?

경선 : 자신이 유명해질 수 있는 기회를 놓쳤다는 기분에 섭섭한 것도 있었을 것이고, 한편으로는 자신의 디자인을 마음껏 펼칠 수 있을 때 나갈 거라는 다짐도 했을 것입니다.

아민 : 세바스찬을 두고 가는 것에 대해서는 어떻게 생각했을까요?

경선 : 걱정도 되긴 했겠지만, 자신의 길을 찾아 떠나기로 한 프랜시스의 결정은 옳은 결정이라고 생각합니다.

민 : 네, 저도 그렇게 생각합니다.

절정 (9장)

경선 : 필립은 '크리스탈리아 아가씨 밑에서 일하는 게 아티스트로서 성장하는 길을 막는다'고 합니다. 이 말의 의미는 무엇인가요?

아민 : 그 사람에게만 맞는 옷을 만들고, 그 사람이 원하는 옷만을 만들다 보면 대중적으로 인기 있는 옷을 만들지 못한다는 의미라고 생각합니다.

경선 : 여기서 보면 필립은 아티스트라는 것을 증명하는 방법을 옷이 대중적으로 인기가 있고 잘 팔리는 것으로 생각했을 것입니다.

아민 : 그런 면이 있긴 하지만 필립의 말이 맞다고 생각합니다. 언제까지 세바스찬의 비밀 속에 갇혀 있을 수는 없다고 생각합니다.

아민 : 약혼식 전 날 세바스찬에게는 무슨 일이 일어났나요?

경선 : 세바스찬은 드레스를 정리하다가 어머니가 입었던 드레스를 입고 뮤직홀에 가서 술을 많이 마십니다. 그곳에서 줄리아나의 오빠인 마르셀을 만나 크리스탈리아의 정체를 들킵니다.

아민 : 자신의 정체가 밝혀졌을 때 세바스찬의 마음은 어땠을까요?

경선 : 자신이 준비가 되었을 때 준비된 방식으로 자기가 누구인지 밝힌 것이 아니라 다른 사람에 의해서 강제로 밝혀졌기 때문에 상처를 받았을 것 같습니다. 그런 식으로 정체가 밝혀지는 일은 매우 폭력적이라는 생각입니다.

아민 : 세바스찬을 잘 모르는 사람들이 세바스찬의 겉모습만 보고 판단할 것이고, 스스로 설명할 기회도 주지 않았다는 점도 폭력적이었다고 생각됩니다.

아민 : 왕자의 정체가 밝혀졌을 때 프랜시스는 무슨 생각을 했을까요?

경선 : 그렇게 밝혀졌다는 것에 대한 안타까움과 그렇게 많은 사람들에게 밝히고 싶지 않았던 일이 밝혀졌을 때 '나는 무슨 기분인지 알 것 같아'라는 심정이 있었을 것입니다.

경선 : 우리 사회에서는 세바스찬을 어떻게 받아들일 수 있을까요?

아민 : 우리 사회에는 남들과 다른 사람들이 많이 있다는 생각을 했고 그 사람이 원하는 모습으로 살 수 있도록 도와줘야 한다고 생각합니다.

경선 : 그런데 세바스찬도 고민한 것처럼 우리는 자신이 원하는 방식보다는 주변 사람들이 원하는 일이나 사회가 원하는 일을 하려고 합니다. 어떻게 하면 자신이 원하는 방식으로 살 수 있을까요?

아민 : 이 책에서 본 것처럼 주변 사람들의 인정과 지지가 중요하다고 생각합니다. 세바스찬도 여러 가지 일이 있었지만 프랜시스나 왕이 자신을 믿어주었기 때문에 극복할 수 있었던 것처럼 말입니다.

경선 : 왕과 왕비, 줄리아나 같은 주변 인물들이 세바스찬이 드레스를 입고 여장을 한다는 것을 평가할 자격이 있을까요?

아민 : 없다고 생각합니다. 나의 정체성은 내가 정하는 거고, 나답게 살아가는 것이 내 인생을 살아가는 거잖아요. 그래서 신 이외엔 누구도 나를 평가하고 손가락질할 수 없다고 생각합니다. 내 인생은 내가 사는 거니까요.

경선 : 네, 저도 그렇게 생각합니다.

결말 (10 ~ 12장)

아민 : 세바스찬이 존재하는 방식이란 무엇일까요?

경선 : 여자로도 살면서 남자로도 살 수 있고, 왕자라는 틀에 갇혀 살다가, 여자로 바뀌었을 때 해방감을 느끼면서 행복을 느낄 수 있는 그런 존재라고 생각합니다.

아민 : 다른 사람들은 세바스찬의 정체성을 어떻게 생각할까요?

경선 : 프랜시스처럼 이해해주면 좋을 텐데 아마 그렇지 못할 것이라고 생각합니다. 아까 앞에서 이야기했던 질문과 함께 모둠토론에서 더 이야기해 봐도 좋겠습니다.

경선 : 내가 프랜시스라면 왕에게 '세바스찬은 그 자체로 완벽한 사람이에요.' 라고 말할 수 있었을까요?

아민 : 네. 왜냐하면 세바스찬은 남자 모습도 소홀히 하지 않으면서, 여장을 하고도 행복하게 잘 살고 있습니다. 자신의 정체성에 대해서 확실히 정착된 것이 있잖아요. 두 모습이 왔다 갔다 하는 거니까. 그래서 그 자체로 완벽한 사람이라고 할 수 있다고 생각합니다.

경선 : 자신에 대한 확신이 있었다면 숨기지 않고 좀 더 당당할 수 있지 않았을까요?

아민 : 프랜시스가 왕에게 세바스찬은 혼란스러워하지 않았다고 말하는 것처럼

세바스찬은 스스로 확신은 있었지만, 자신에 대한 것이 알려졌을 때 부모님이나 다른 사람들이 어떻게 받아들일지에 대한 확신이 없었다고 생각합니다.

경선 : 네, 맞습니다. 그래서 세바스찬이 여장을 한다는 사실을 알았을 때 프랜시스가 다른 시각으로 보지 않고 믿어준 것이 아주 중요한 일이었다고 생각됩니다.

아민 : 왕은 세바스찬의 정체가 밝혀졌을 때 모든 것이 끝났다고 생각했는데 누군가 아들을 사랑하는 것을 알고 왕자가 괜찮다고 판단합니다. 그 사실도 관련이 있을까요?

경선 : 네, '누군가 여전히 세바스찬을 사랑하는 것 같아서 그가 괜찮을 것 같다'는 말처럼 세바스찬이 어떤 모습이든 사랑해 주는 사람이 있다면 이겨낼 수 있다고 생각합니다.

아민 : 완벽한 사람이 되는데 많은 사람의 인정이 필요한 것은 아닙니다.

경선 : 네, 저도 그렇게 생각합니다.

아민 : 세바스찬이 프랜시스의 옷을 보고 진정한 프랜시스가 없다고 한 것은 무슨 뜻일까요?

경선 : 그동안 자신이 만들고 싶었던 옷을 만들던 프랜시스는 굉장히 행복해 보였는데, 이제 구매자들의 요구에 응해서 그렇게 대중적인 옷을 만드는 것은 너의 진정한 바람이 담겨있는 것 같지 않으니까 이것은 너의 진정한 옷이 아니라고 말했다고 생각합니다.

아민 : 그 말을 듣고 프랜시스는 자신이 결정한 일이라고 합니다. 무슨 의미일까요?

경선 : 자신이 만든 옷이 대중적인 취향과 타협했다고 해도 자신이 알고 있고 스스로 선택한 일이기 때문에 괜찮다는 의미라고 생각합니다.

아민 : 세바스찬은 프랜시스에게 '이건 진정한 옷이 아니다'라는 말을 하며 어떤 기분이 들었을까요?

경선 : 안타까울 것입니다. 프랜시스가 필립 밑에 들어간 것도 사실 자신이 데려가지 못해서 그런 거니까요.

경선 : 왜 왕은 무대에 섰을까요?

아민 : 결국 세바스찬 처지에서 생각해보고 그를 이해했기 때문이고 세바스찬과 같은 감정을 느껴보려고 시도해 보았다고 생각합니다.

경선 : 프랜시스가 세바스찬을 지지한 것처럼 자신도 세바스찬을 지지한다는 것

을 보여주고 싶었다고 생각합니다.

아민 : 왕이 무대에 선 것이 세바스찬에게는 큰 의미가 있었다고 생각합니다.

아민 : 왕자는 자신의 정체성을 드디어 찾았을까요?

경선 : 그렇다고 생각합니다. 그 두 모습으로 다 살 수 있으니까 찾았다고 생각합니다. 그리고 결말 부분에서 세바스찬은 더 이상 자신이 드레스를 입는다는 문제에 대해 집착하지 않고 공부도 열심히 하고 자신이 하고 싶은 일을 활기차게 하는 모습을 보입니다.

아민 : 프랜시스를 찾아가는 마지막 장면에서도 드레스를 입고 밝은 얼굴로 찾아갑니다. 자신이 누구인지 알고 인정받는 일이 매우 중요하다고 생각합니다.

경선 : 네, 저도 그렇게 생각합니다.

모둠토론

짝토론에서 각각 선택한 질문으로 모둠토론에서 다시 토의하는 과정을 거쳤다. 짝토론에서 1~2개의 질문을 모둠토론에 올려서 논의를 했는데 짝토론에서 고른 질문에 대해서 그 질문을 고른 이유를 발표하고 범위를 좁혀 토론하면서 구체적이고 깊이 있는 토론을 할 수 있었다. 이번 토론의 경우 짝토론에서 올라온 질문 중에서 연관성 있는 것들을 묶어서 크게 두 가지 정도로 토론을 진행했다.

1 . 세바스찬은 드레스를 입는다는 사실이 비밀인데도 드레스를 입습니다. 게다가 드레스를 입었을 때 자신감이 넘치고 밝은 모습을 보입니다. 왜 그럴까요?

동혁 : 세바스찬이 좋아하는 게 드레스인데 그게 밝혀지는 게 두렵긴 하지만 자신이 좋아하는 거니까, 위험을 무릅쓰고라도 좋아하는 것을 하고 싶어서라고 생각합니다.

민경 : 드레스를 입었을 때 자기도 몰랐던 자신의 새로운 모습을 발견할 수 있고, 자존감이 오르고, 행복하니까 드레스를 입는다고 생각합니다.

아민 : 세바스찬이 좋아하는 게 드레스를 입는 것이니까 취미라고 할 수 있습니다. 비밀인데도 드레스를 입은 것은 그만큼 좋아하니까 드레스를 입었을 때 자신 있어 보인다고 생각합니다.

경선 : 자신이 드레스를 입는다는 것이 알려질까봐 두려움도 있겠지만, 드레스를 입었을 때 자기 모습을 잘 드러낼 수 있기 때문에 계속 드레스를 입는다고 생각합니다.

민경 : 하지만 드레스를 입는 게 비밀이고 밝혀졌을 때 커다란 대가를 치르게 될 것이라는 걸 알면서도 세바스찬이 계속 드레스를 입는 게 이상하게 보이기도 합니다. 왕자가 드레스를 입을 때 자신감이 넘치고 밝은 이유는 무엇일까요?

아민 : 왕자는 드레스를 입는 것을 좋아하고, 왕자라는 정체성도 가지고 있지만 드레스를 입는다는 정체성도 확고히 가지고 있기 때문에 자신의 정체성을 드러낼 수 있을 때 자신감 넘치고 밝게 살 수 있다고 생각합니다.

경선 : 드레스를 입는 것이 자기가 원하는 모습이기 때문에, 표정도 밝고 자신감이 넘친다고 생각됩니다.

민경 : 자신이 좋아하는 것을 하고 있기 때문입니다. 사람은 자신이 싫은 것을 할 때보다 좋은 것을 할 때 더 밝고 행복해 보이기 마련이니까요.

동혁 : 왕자긴 하지만 자신이 드레스를 입었을 때의 모습이 멋져 보여서 기분이 좋아졌기 때문입니다.

아민 : 실제로 결말 부분에서 세바스찬은 공부도 열심히 하고 사람들과의 관계도 좋아진 것을 볼 수 있습니다. 자신이 좋아하는 것을 드러낼 수 있고 자신의 모습을 인정받을 때 일도 더 잘 할 수 있다고 생각합니다.

경선 : 네 그렇습니다.

2. 세바스찬의 정체성을 다른 사람들이 평가할 수 있을까요? 우리 사회에서는 세바스찬을 어떻게 대해야 할까요?

아민 : 세바스찬은 남자지만 드레스를 좋아하는 사람입니다. 세바스찬은 좋아하는 것을 하는 것이기 때문에 다른 사람들은 세바스찬을 비난하면 안 됩니다.

경선 : 세바스찬은 여성성과 남성성을 함께 가지고 있다고 생각하고, 다른 사람들은 이것을 평가하면 안 된다고 생각합니다. 세바스찬은 자신이 원하는 것을 하고 있는 것이고, 그게 멋진 것이기 때문에 다른 사람의 입장에서 좋고 나쁘고를 판단할 수는 없다고 생각합니다.

민경 : 이 책에서 작가가 세바스찬을 여성성을 가진 것으로 그리려고 한 것으로 보이지는 않습니다. 왕자이고 남성인 세바스찬이 드레스를 입는 행위가 사람들

에게 받아들여지기 어려운 일이기 때문에 그렇게 설정한 것으로 보입니다. 저는 세바스찬은 그냥 드레스를 좋아하는 남자라고 생각합니다.

동혁 : 왕자는 공주들과 결혼해야 한다는 점도 알고 있고 프랜시스에게 감정을 느끼기도 하는 것으로 보아서 드레스를 입는 것을 좋아한다는 설정으로 보는 것이 타당하다고 생각합니다.

민경 : 또 세바스찬을 평가한다는 표현도 좀 이상합니다. 굳이 그 사람에게 판단을 내려야 한다면 비난하지 않고 같은 사람으로 인정해줘야 합니다.

동혁 : 남자인데 특별한 것 같고 그렇게 드레스를 좋아하는 세바스찬을 보고 싫어하면 안 된다고 생각합니다.

경선 : 그럼 우리 사회에서는 세바스찬을 어떻게 대해야 할까요?

아민 : 앞에서 말했듯이 세바스찬은 드레스를 좋아하는 남자이기 때문에, 그를 비난하지 않고 하고 싶은 것을 보장해주는 사회가 되어야 한다고 생각합니다.

경선 : 세바스찬의 취향이나 성격 등을 존중하고 배려해줘야 한다고 생각합니다.

민경 : 우리 사회에서 세바스찬을 그냥 평범한 한 사람으로 받아줬으면 좋겠습니다. 사람들 중에는 유난히 운동을 좋아하는 사람이 있고, 만드는 것을 좋아하는 사람도 있습니다. 그런 사람들처럼 세바스찬도 좋아하는 게 하나 있을 뿐이니까. 그런 사람들처럼 평범한 사람들 중 하나로, 굳이 유별나게 취급하지 않고 같이 살았으면 좋겠습니다.

동혁 : 세바스찬을 이상하게 보면 안 됩니다. 왜냐하면 누군가가 무엇인가를 좋아하는 것은 자유인데 무언가를 좋아한다는 것 때문에 비난을 받아서는 안 된다고 생각합니다.

경선 : 만약 세바스찬이 누구에게도 이해받지 못했다면 어떻게 되었을까요?

아민 : 늘 자신 없고 자신이 어떤 사람인지 인정받지 못해 힘들어했을 것입니다. 프랜시스를 만나기 전의 세바스찬은 자신이 드레스를 입는 것을 좋아한다는 건 알았지만 그 사실을 밖으로 드러내지는 않았습니다. 어머니 드레스를 몰래 가져와서 옷장을 채우긴 하지만 프랜시스가 만든 옷을 입고 마말레이드 축제에 간 것이 첫 외출이라고 합니다. 프랜시스가 믿어주었기 때문에 자신감이 생긴 것으로 보입니다.

민경 : 결말 부분에서 세바스찬은 앞에서와는 다른 사람처럼 보입니다. 스스로 자신의 모습을 인정하고 주변 사람들에게도 인정을 받자 자신감이 넘치고 밝은 모습을 보여줍니다.

동혁 : 저도 그 부분이 아주 인상적이었습니다. 도저히 받아들여지지 않을 거라고 생각하고 고민하고 방황했을 때는 그 일에만 붙잡혀 있는 것 같았는데, 그 일이 해결되고 나니까 왕자로서 자기 역할도 오히려 잘하고 활발해졌습니다.

경선 : 이렇게 다양한 사람들의 모습을 인정해주는 것이 사회적으로도 더 좋다고 생각됩니다. 사회도 더 다양해질 것이기 때문입니다.

아민 : 네, 맞습니다. 그런데 저는 세바스찬이 자신을 지킬 수 있었던 힘은 무엇인지 궁금합니다.

민경 : 우리가 주로 세바스찬에 초점을 두고 토론을 진행했는데 프랜시스의 경우도 포함해 그 부분을 전체토론으로 넘겨서 토론해 보면 좋을 것 같습니다.

동혁 : 네, 동의합니다. 많은 이야기를 할 수 있다고 생각합니다.

🔵 네 걸음 – 전체토론 (쉬우르)

이번 수업이 네 모둠으로 진행되어 각 모둠에서 하나씩 질문을 선정했다. 각 모둠에서 선정된 질문과 선정 이유를 발표하고 그 중 어떤 질문을 최고 질문으로 뽑아 토론할 것인지 논의했다. 각 모둠에서 뽑힌 질문은 "왕은 왜 무대에 섰을까?", "프랜시스는 왜 세바스찬에게 가치가 있다고 했나?", "세바스찬은 왜 프랜시스에게 최고의 친구라고 했을까?", "세바스찬이 자기를 지킬 수 있었던 힘은 무엇인가?"였다. 그런데 각 모둠의 선정 이유를 듣는 과정에서 나머지 질문들이 "세바스찬이 자기를 지킬 수 있었던 힘은 무엇일까?"라는 질문의 답이 될 것 같다는 의견이 있어서 이 질문을 최고의 질문으로 뽑기로 했다. 또 이 질문을 뽑은 모둠의 의견을 들어 프랜시스가 자신을 지켜낼 수 있었던 힘에 대해서도 이야기해 보기로 했다.

아이들은 세바스찬이 드레스를 입는 일이 다른 사람들에게 알려지면 어려움을 겪을 것을 알고 있었지만 자신이 좋아하는 일을 끝까지 지켰다고 말했다. 다른 사람의 비난이나 왕자로서 위치를 생각할 때 그 일을 그만두거나 아닌 척할 수도 있었지만 예상되는 불이익에도 세바스찬은 자신에게 솔직했고 바로 그 점 때문에 프랜시스가 세바스찬에게 가치가 있다고 말했다는 의견이었다. 또 왕이 세바스찬이 뭐가 부족해서 혼란스러워하느냐고 프랜시스에게 물었을 때도 프랜시스는 세바스찬은 혼란스러워하지 않는다고 말한 것을 이유로 세바스찬은 자신에게 확신을 가지고 있었다고 말했다.

프랜시스의 경우, 처음에 의상실을 떠날 때 자기 앞에 어떤 일이 기다리고 있을지 모르는데도 자신의 꿈을 향해 용감하게 앞으로 나아갔다는 의견이 있었다. 왕자의 그늘에서 자신의 꿈을 펼치기 어려울 것이라고 생각되자 자기가 정말 좋아하는 왕자를 떠나 안정되고 편안한 생활을 뒤로 한 채 다시 수선실로 가는 결정을 했다는 점에서 자신의 꿈을 지키기 위해 매우 결단력이 있었다는 의견이었다.

아이들은 세바스찬이 자신의 모습에 확신을 갖게 된 것은 주변 믿음이 큰 힘이 되었다고 말했다. 프랜시스는 드레스를 입는 세바스찬을 편견 없이 바라보고 친구로 믿어주었고 아버지는 패션쇼 무대에서 파격적인 모습으로 등장함으로써 아들을 응원해 주었는데 이런 주변의 믿음과 응원이 세바스찬을 변하게 만들었다는 것이다.

프랜시스 경우에도 세바스찬이 프랜시스 옷을 극찬해주고 필립과 아우렐리아 등 주변 인물들이 프랜시스 재능을 알아봐 주고 무명 디자이너임에도 기회를 주었기 때문에 성공할 수 있었다고 아이들은 말했다. 또 세바스찬은 끊임없이 진정한 모습을 찾으라고 프랜시스에게 조언해서 프랜시스가 계속해서 자신의 정체성에 대해 생각할 수 있도록 했다는 의견도 있었다.

아이들은 세바스찬과 프랜시스가 자기를 지킬 수 있었던 힘은 자신에 대한 확고한 믿음과 주변의 인정과 지지가 있었기 때문에 가능했다는 결론을 내렸다. 그렇다면 자신은 어떤가라는 질문에 아이들은 잘 모르겠다고 말했다. 자기가 어떤 사람이고 무엇을 좋아하는지 잘 모르겠고 어떻게 살고 싶은지도 아직은 잘 모르겠다고 답했다. 그래서 다음 차시에는 자신에 대해 좀 더 생각해보는 시간을 가지기로 했다.

열매맺기

▶ 이 글 마지막 부분에 등장인물 일기를 덧붙인다고 생각하고 자신이 처음에 소개했던 인물의 변화된 모습을 중심으로 일기를 써 보자.

▶ 다음 시간에 '9칸 글쓰기'를 할 수 있도록 일주일 동안 자신에 대해서 생각해보자. (내가 좋아하는 것, 가장 잘하는 것, 가장 가슴 뛰는 순간, 가장 행복한 순간, 가장 좋아하는 사람, 가장 슬픈 순간, 내가 생각하는 내 성격, 가장 분노하는 순간)

▶ '~답다'라는 말은 어떤 성질이나 특성이 있다는 뜻이다. 자신의 개성이나 생각을 지키면서 자기답게 살았거나 살아가고 있는 사람들을 찾아서 조사해오자.

🎵 3차시 수업

마음열기

▶ 박상옥 시인의 시집 〈끈〉 중 '사람이거나 시인이거나'를 읽고 느낌을 말해 보자.

들어서기

▶ 숙제로 해 온 자신의 개성이나 생각을 지키면서 자기답게 살았거나 살아가고 있는 사람에 대해 발표하고 공통점을 찾아보자.

[예시]

1. 96명의 보트피플을 구한 전제용 선장

참치잡이 원양어선 광명 87호(400t)는 1985년 11월 14일 베트남 인근의 남중국해에서 2만여 마리의 참치를 가득 싣고 부산항을 향해 가고 있었다. 오후 5시쯤 좌현 500m 전방에서 4t짜리 목선을 발견했는데 갑판 위에서 사람들이 살려 달라고 외치고 있었다. 대형유조선과 컨테이너선 등 25척이 이들을 보았지만 외면하고 지나갔다. 전 선장은 속도를 늦추고 간부급 선원들을 모아 상의를 했다. 당시 정부는 난민을 인정하지 않고 있었기 때문에 난민을 구조하면 어떤 불이익이 생길 수 있는지 설명했고 자신이 책임을 지겠다고 말했다.

전 선장이 본사에 구조 사실을 보고하자 무인도에 내려주라는 회신이 왔지만 전 선장은 난민을 무인도에 내려놓는 것은 법을 위반하는 일이라고 전한 뒤 남은 25명분 식량을 121명이 나눠 먹고 버틴 끝에 12일 뒤 광명 87호는 부산항에 도착했다.

목숨을 구한 난민들은 1년 6개월 뒤 미국·프랑스·오스트리아로 보내졌다. 전 선장과 선원들은 귀국 직후 국가안전기획부(국가정보원의 전신)에 불려가 혹독한 조사를 받았고 얼마 뒤 해고됐다. 이후 3t짜리 배를 장만해 어부가 됐지만 2년 반 만에 빚만 진 채 그만뒀다. 94년부터 고향인 통영 앞바다에서 멍게 양식을 하며 생계를 이어가고 있다.

〈중앙일보 2014.12.25. 발췌 직접 정리〉

2. 민들레국수집 서영남 대표

인천 화수동 달동네 끝자락에 노숙자 무료 급식소 '민들레국수집'이 있다. 서영남 대표가 25년의 사제 생활을 그만두고 2003년 4월 문을 열고 지금까지 운영하고 있다. 민들레국수집은 철저하게 시민들의 자발적인 지원과 자원봉사로 운영되고 있다. 100원짜리 동전부터 쌀이나 반찬, 옷, 화장지, 연탄 등의 다양한 지원이 자발적으로 이루어지고 있다.

부산 범내골의 7남매 가운데 다섯째 아들인 그는 아버님이 일찍 돌아가시고 홀어머니 밑에서 자라 생활은 어려웠지만 마음은 여유로웠다고 기억하면서 그때 기억이 지금의 민들레국수집을 시작하게 된 이유라고 말한다. 통장 하나 없고 민들레국수집의 운영은 늘 어렵지만 2011년 재단을 만들어 안정적으로 운영해 보라는 청와대의 제안을 거절했다. 다른 사람의 도움을 받으면서 운영하고 싶지는 않았고 초심을 잃고 싶지 않았기 때문이다.

민들레국수집 주변 허름한 건물에 어린이 공부방(2008)과 노숙자들의 사랑방인 희망센터(2009)를 열어 운영 중이기도 하다. 희망센터는 각종 도서와 컴퓨터, 샤워실, 수면실, 세탁실 등을 갖추고 있어 노숙자들에게 인기가 많다. 지난 2014년부터 필리핀 마닐라 나보타스와 카비테의 제네랄 마리아노 알바레즈 지역 허름한 빈 건물을 무상으로 지원받아, 현지 무료 급식 사업과 장학금 지원 사업을 벌이고 있다.
〈한국일보 2018.3.27. 발췌 직접 정리〉

3. 비비안 마이어

비비안 마이어는 1926년 뉴욕에서 입주 간호사인 프랑스계 어머니와 전기기술자인 아버지 사이에서 태어났다. 1929년 아버지가 집을 나간 후 유년 시절은 어머니와 프랑스에서 지냈다. 1949년 처음 코닥 브라우니 카메라를 접하고 뉴욕의 브롱크스로 돌아온 그녀는 화려함과 빈곤이 뒤섞인 20세기 시카고와 뉴욕의 일상생활을 서정적이고 생생하게 포착한 거리 사진을 주로 찍었다. 그녀는 단 한 장의 사진도 팔아본 적 없고 전시회를 연 적도 없고 자신의 사진을 생전에 공개한 적도 없다. 비밀스러운 삶을 살았던 그녀는 자신의 본명도 제대로 알려주지 않았고 보모, 가정부, 간병인 등의 직업을 가지고 평생 미혼으로 가난하게 살았다.

그녀는 큰 키에 마른 체형을 가지고 느슨한 남자 셔츠와 오래된 블라우스, 단순한 스타일의 치마를 입고 끈을 묶는 신발을 신고 걷거나 자전거를 타고 다녔다. 자기주장이 강하고 직설적이고 무뚝뚝하지만 주변 사람들은 그녀가 놀랄만큼 지적이고 가식 없는 사람이라고 평가하였다. 30대엔 홀로 세계여행을 하고 정치와 문화 등에도 관심이 많아 신문수집광의 모습도 보였다. 말년에는 경제적 어려움으로 현상하지도 못한 30만 장에 달하는 필름과 사진, 카메라 등을 경매에 내놓아야 했다. 시카고 벼룩시장에서 헐값에 이것들을 구입한 몇몇 사람들 중에 부동산 중개업자이자 길거리 사진가인 '존 말루프'가 마이어의 사진을 블로그에 올리면서 알려지기 시작했다.

　　빈부와 인종 갈등, 특권, 젠더, 정치 등의 무거운 주제가 드러나지만 따뜻하고 날카로운 사진들은 폭발적 반응을 불러일으켰다. '비비안 마이어를 찾아서'라는 다큐 영화가 만들어졌고 사진 전시회가 미국, 영국, 덴마크, 벨기에 등에서 열렸다. 존 말루프는 마이어의 사진을 현상해 데이터베이스화 하고 온라인 전시관, 박물관을 운영 중이다.

– 위 사람들의 공통점은 무엇일까요?

다섯 걸음 – 프로젝트 수업

펼치기

▶ '9칸 글쓰기'를 쓰고 이야기를 나누면서 자기 자신에 대해 깊이 생각해보자.

내가 좋아하는 것	내가 가장 잘하는 것	가장 가슴 뛰는 순간
가장 행복한 순간	이름	가장 좋아하는 사람
내가 가장 슬픈 순간	내가 생각하는 내 성격	내가 가장 분노하는 순간

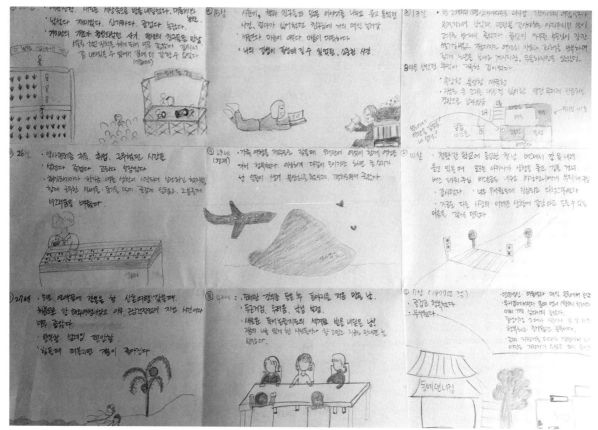

'9칸 글쓰기' 예시 – 교사 글

열매맺기

▶ 자신의 개성이나 생각을 지키면서 자기답게 살았거나 살아가고 있는 사람들에 대한 논의와 '9칸 글쓰기'를 통한 자신에 대한 탐구를 참고해 '어떻게 사는 것이 나답게 사는 것일까', '나를 나답게 하는 것'에 대한 글을 써 보자.

민경 (중학교 2학년)

어떻게 사는 것이 나답게 사는 것일까? 나는 그 실마리를 '왕자와 드레스 메이커'라는 책에서 찾을 수 있었다.

이 책에는 드레스를 좋아하는 왕자 세바스찬이 나온다. 그는 드레스를 정말 좋아해 즐겁게 연구를 한다. 그렇지만 또 금방 걱정과 슬픔에 빠진다. 사람들은 '드레스를 좋아하는 왕자'를 반기지 않을 것이라 생각했기 때문이다. 세바스찬이 겁쟁이라서 걱정과 슬픔에 빠지는 것은 아니다. 오히려 세바스찬은 용감하게 좋아하는 일을 한다. 하지만 그 용기 때문에 가족들이 슬퍼하는 것을 볼 수 없어서 슬퍼하는 것이다. 하지만 세바스찬은 결국 가족도 드레스도 포기하지 않았다. 이것이 정말 멋진 점이다. 자신이 좋아하는 것을 하면서 주변 사람까지 돌아보는 것은 여간 어려운 일이 아니라 생각한다.

그런데 세바스찬은 어떻게 자신이 좋아하는 일을 찾아낼 수 있었을까? 나답게 살아간다는 것은 나다운 것이 무엇인지를 알아야 할 수 있는 일이다. 나다운 것은 내가 뭘 하고 있을 때 즐겁고 또 잘할 수 있는지를 아는 것 아닐까. 자신이 좋아하는 일을 찾으려면 일단 나를 잘 관찰하고 도전을 해야 한다. 세바스찬과 프랜시스처럼 말이다. 한두 번 해본다고 금방 알 수 있는 것은 아닐 것이다. 자꾸 도전하다 보면 실패해도 더 하고 싶은 일을 찾을 수 있다.

그리고 세바스찬은 세상의 웃음거리가 된 상황에서 더욱더 용기를 낸다. 그 이유는 스스로 자기에 대한 믿음이 있기 때문이다.

친구 프랜시스와 아버지도 중요한 역할을 했다. 내가 도전 할 때 옆에서 힘을 보태주는 사람이 있다는 것은 참 멋진 일이다. 세바스찬은 프랜시스와 아버지 덕분에 더 큰 용기와 희망을 얻을 수 있었을 것이다. 나도 그런 사람들이 곁에 있고 정말 행운이라고 생각한다. 그러니 내 곁에 이러한 사람이 있는지 살펴보는 것은 어떨까? 어쩌면 내게 항상 힘이 되어주었던 사람을 발견할 수도 있을 것이다.

나는 이 세상에 하나밖에 없다. 다른 사람들과는 비교할 수 없는 특별한 나 말이다. 우리는 모두 세바스찬처럼 나답게 살면서 행복해질 권리가 있다. 그런데 나도 세바스찬처럼 나에 대해 잘 알고 있을까? 나답게 살기 위해서는 세바스찬처럼 나에 대해 잘 살펴보아야 할 것 같다. 우선 나는 운동을 좋아한다. 그래서 태권도를 배우고 있고 가끔 가족들과 배드민턴도 친다. 그리고 보라색을 좋아한다. 내 옷장을 보면 보라색 옷이 가득하다. 난 내가 좋아하는 사람들과 좋아하는 일을 하고 내가 좋아하는 색으로 공간을 채워보기도 하며 행복하게 살아간다. 이제는 세바스찬도 그렇게 살아갈 것이다. 예쁜 드레스를 입고 친구 프랜시스와 함께 모델 쇼에 가기도 하면서 말이다.

만약 내가 아직 나답게 살아가고 있는 것 같지 않다면 일단 내가 좋아하거나 하고 싶은 일을 찾아보는 것은 어떨까? 그것들을 모두 모아 리스트를 만들고 하나씩 해나가다 보면, 나에 대해 더 잘 알게 되고 언젠가 행복해하는 나를 만날 수 있지 않을까? 나답게 살아가는 나를 말이다.

나이가 들어도 '나답다'는 말은 참 어려운 말이다. 누군가 너는 어떤 사람이냐고 묻는다면 망설임 없이 나는 어떤 사람인지 말하기 어렵다. 혼자 생각한 대로 살 수 없기 때문에 더욱 그럴지도 모르겠다. 내 뜻과 달리 주변 상황에 맞춰야 할 때도 있고 내 생각을 수정해야 할 때도 있다. 그래서 더욱 내가 어떤 사람인지를 생각하는 일은 매우 중요하다. 그런 지표마저 없다면 '나' 없는 삶을 살아야 할 것이기 때문이다.

이 책은 그래픽노블로 글이 많은 책이 아니지만 깊이 있게 생각해 볼 대사가 많았고 그림도 함께 읽어야 등장인물의 섬세한 감정을 읽을 수 있어서 읽는 재미가 있었다. '읽는다'고 하는 의미를 문자 텍스트에 한정하지 않고 확장해서 생각할 수 있다는 점도 의미가 있었다. 포노사피엔스라고 불리는 요즘 아이들에게 이미지나 영상도 '읽기' 영역에서 가르쳐야 할 필요가 있기 때문이다. 수업에 참여한 아이들은 그림과 글을 함께 읽고 책의 의미를 잘 찾아냈다.

드레스를 좋아하는 열여섯 살 왕자를 해석해내는 아이들 시각도 놀라웠는데 왕자의 취향을 성 정체성 문제에 가두지 않고 왕자가 드레스를 입는다는 설정을 사회에서 받아들이기 어려운 모습을 가지고 있지만 자신을 버리지 않고 지켜내는 모습을 보여주기 위한 설정으로 이해하는 태도를 보여주었다. 왕자가 자신의 모든 것을 잃어버릴 위험에도 자신의 모습을 지켜냈다는 것에 가치가 있다고 보았다. 그리고 그 모습을 믿고 지켜준 주변 사람들이 있었기 때문에 결국 자신의 모습을 지키면서 사회적 역할도 다할 수 있었다고 이해했다. 마지막 글쓰기에서 우리는 세상에 하나밖에 없기 때문에 특별하고 모두가 자기답게 살면서 행복해질 권리가 있다고 한 아이의 말은 큰 울림이 되어 자신의 모습에 의문을 가진 사람에게 위로가 될 것이다.

아이들은 누군지도 모르지만, 자신의 옷을 알아봐 준 사람에게로 떠나거나 왕자 곁에 있으면 어느 정도 보장될 위치를 버리고 자신의 길을 찾아 떠나는 프랜시스에게도 큰 의미를 부여했다. 작은 성취에 만족하거나 안전한 곳에 머물지 않고 자신이 원하는 일을 하기 위해 도전하는 태도가 멋지다고 생각했다.

세상은 계속해서 변하고 우리는 어쩌면 죽을 때까지 내가 누구인지 물어야 할지도 모른다. 그럴 때 '나답다'라는 말의 의미를 붙잡고 있다면 어디로 가야할 지 알 수 없을 때 하나의 좌표가 되지 않을까 한다.

2장

정의로운 사회는
어떻게 이루어질까

동물에게도 권리가 있을까
〈닭답게 살 권리 청구소송 사건〉

용서는 어떤 힘이 있는가
《인디언의 선물》

우리는 왜 거짓말을 할까
《거짓말 학교》

난민을 도와야 하는가
《내 이름은 욤비》

〈닭답게 살 권리 청구소송 사건〉

동물에게도 권리가 있을까

○ 수업 목표
1. 공장식 축산 닭들이 어떤 환경에서 사육되고 있는지 알 수 있다.
2. 공장식 축산에 대한 문제를 제기할 수 있다.
3. 닭답게 살 수 있는 권리에 대해 내 생각을 제시할 수 있다.
○ 함께 읽는 책 : 〈닭답게 살 권리 청구소송 사건〉, 《닭답게 살
　　　　　　　 권리 소송 사건》 중 단편 (예영 / 뜨인돌어린이 / 2015)
○ 분류 : 정의로운 사회
○ 주제 : 동물에게도 권리가 있을까
○ 대상 : 초등 5학년 ~ 초등 6학년
○ 분량 : 25쪽
○ 집필 : 장현주

　우리나라 사람들은 1인당 연간 230여 개 계란을 먹는다고 한다. 하지만 그 계란이 어떤 과정을 통해 우리 식탁에 오르는지 아는 사람은 그렇게 많지 않다. 〈닭답게 살 권리 청구소송 사건〉은 공장식 축산으로 생산된 계란이 어떤 과정을 거쳐 우리 식탁에 오르는지를 보여 주고 있다.

　〈닭답게 살 권리 청구소송 사건〉은 축사를 탈출한 산란닭들이 농장주를 상대로 '닭답게 살 권리'를 빼앗긴 것에 대한 손해배상을 요구하는 내용이다. 짧은 분량이지만 산란닭들이 살고 있는 환경을 통해 사육과정의 문제를 볼 수 있다. 이 글에서 산란닭들은 인간에게 인간답게 살 권리가 있듯 농장동물인 자신들에게도 동물답게 살 권리가 있음을 요구하며 재판을 청구한다.

　산란닭이 요구한 것처럼 가축에게도 권리가 있는 걸까? 현재 우리나라 전체 계란의 99%가 배터리 케이지 시스템 즉, 공장식 축산으로 생산되고 있다. 사람들의 수요에 맞춰 대량생산되는 공장식 축산업이 갖고 있는 문제점은 무엇일까?

이 수업을 통해 공장식 축산업에 무심했던 아이들과 농장동물을 대하는 인간의 태도를 돌아보며, 가축이 느끼는 고통과 함께 '인간이 농장동물을 대하는 최선의 태도'에 대해 고민해 보고자 한다.

하브루타 독서토론 수업 흐름

차시	핵심 활동	활동 목표	주요 활동 내용	
1차시 (120분)	사전 과제	텍스트 내용 확인 및 이해	– 책 읽어오기 : 모르는 낱말 주석달기, 주요 문장 발췌·정리하기 – 원고 측 / 피고 측이 주장하는 내용 요약하기	
	질문 생성 과 질문 탐구	사건개요서와 진술서로 내용 정리와 질문 만들기	– 원고 측 (산란닭 1천 마리)과 피고 측 (행복양계농장 농장주 이달재)의 사건개요서 및 진술서 쓰기 – 사건개요서와 진술서를 바탕으로 짝과 함께 질문 만들기	
2차시 (120분)	짝 – 모둠 하브루타 및 쉬우르	동료와의 상호작용 (짝토론, 모둠토론) 적용 및 심화 발전	– 짝과의 대화를 통해 질문 분류하기 – 짝토론 / 모둠토론에 제시할 질문 선정하기 – 모둠토론 / 전체토론 (쉬우르)에 제시할 질문 선정하기 – 전체토론 (쉬우르)하기	
3차시 (120분)	사전 과제	실천 방안 고민하기	– 닭답게 살 수 있는 환경을 만들어 주기 위해 개인 및 사회가 할 수 있는 방법을 찾아보고 개선 방안 및 대안 모색해서 정리해오기	
	모둠 활동	되새기기, 내면화하기	관련 활동	– 과제 발표하기 및 동영상 시청
			글 쓰 기	– 에세이 쓰기 : '닭답게 살 수 있는 권리'에 대한 자신의 생각을 제시하시오. ※ 참고 ① 공장식 축산을 유지하는 측의 의견을 쓴 후 자신의 의견을 쓸 것. ② 개선 방안 및 대안을 쓸 것.

※ 참고
▶ 도서 : 《동물권》(이정화 / 서유재) , 《고기로 태어나서》(한승태 / 시대의창)
▶ 영상 : 계란 낳는 닭의 현실 / 스브스 뉴스 / 2018.8.28 (유튜브에서 '계란 낳는 닭의 현실' 검색),
　　　　공장에서 탈출한 '꼬꼬' 이야기 〈카라 이슈〉 (유튜브에서 '공장에서 탈출한 꼬꼬' 검색)
▶ 기사 : '아기닭' 죽음 4시간 멈춘 죄...법정은 눈물로 넘쳤다 / 한겨레 / 2020.7.17 / 기사 내 동영상 포함
　　　　'친환경 인증' 말고 '친환경 달걀' / 한겨레21 / 제1176호 / 2017.8.21

♫ 1차시 수업

마음열기

▶ 다음 시를 읽고 이야기를 나누어보자.

살아있는 모든 것은 소중하다
_ 크리스티나 로세티 Christina (Georgina) Rossetti 영국의 시인, 작가

살아있는 모든 것은 소중하다.
무당벌레도 나비도, 회색 날개를 가진 나방도,
즐겁게 노래하는 귀뚜라미도, 가볍게 뛰어오르는 메뚜기도,
춤추는 모기도, 통통한 딱정벌레도,
살금살금 기어가는 저 이름 모를 벌레도.

- 시인은 왜 살아있는 모든 것이 소중하다고 했을까?

들어서기

▶ 아래 사진은 산란닭들이 사는 모습이다. 산란닭들이 살아가는 네 가지의 모습을 비교해 보고 어떤 차이점이 있는지 살펴보자.

방사 사육 : 닭들을 실외에서 자유롭게 풀어서 키움.
(장소 : 경북 상주 소재 '좋은 농장')

축사 내 평사 : 계사 내부에서 닭들이 자유롭게 생활.
(장소 : 전북 남원의 '풍년농장' Aviary 계사 내부 모습)

기존 케이지는 A4용지 보다 작다.
(출처: 동물자유연대)

개선된 케이지 : 닭 1마리당 크기가 0.075㎡ 이상인 닭장 (출처: SBS 뉴스 2018/8/31)

기존 케이지 : 닭 1마리당 크기가 0.075㎡ 미만의 철창에서 사육 (출처: 동물자유연대)

첫 걸음 - 읽기, 내용 공유하기

▶ 〈닭답게 살 권리 청구소송 사건〉을 읽고 주요 등장인물의 처지에서 사건개요를 설명해보자. 그리고 사건개요서에 따른 진술서도 작성해보자.

예시 : '산란닭 1천 마리'(원고 측)의 처지에서 쓴 사건개요 (육하원칙에 의거)

구분	내용
누가 (등장인물의 성격과 특징)	우리는 대한민국 수도권에 있는 〈행복양계농장〉 배터리 케이지 사육 시스템에서 알을 낳아 농장주에게 이익을 주고 있는 산란닭 1천 마리이다.
언제 (시간적 배경)	2012년부터 2014년 5월 8일까지이다.
어디서 (공간적 배경)	행복양계농장과 법원에서 일어난 일이다.
무엇을 (사건의 결과)	우리가 청구한 '닭답게 살 권리 청구소송 사건'의 판결이 보류되었다.
어떻게 (사건이 벌어진 과정)	우리는 2012년 〈행복양계농장〉에서 태어나 닷새 만에 부리를 납작하게 잘렸다. 이후 배터리 케이지에 갇혀 알 낳는 기계로 닭의 본성을 무시한 시스템 속에서 살다가 평균 수명인 20년의 10분의 1도 못 되는 20개월 만에 생을 마감한다. 그 20개월 중 4~5개월은 강제로 털갈이를 당한 후 알을 낳고, 더이상 알을 낳지 못할 때 헐값에 팔려 도계장으로 가게 된다. 우리는 트럭에 실리기 전 미리 탈출 계획을 세웠고, 2014년 2월 8일 저녁 8시경 탈출에 성공했다. 탈출 성공 한 달 뒤인 3월 8일 농장주 이달재에게 '농장주가 닭답게 살 권리를 빼앗았으므로 이에 대한 금전적·정신적 보상을 하라'는 사유로 고소장을 법원에 접수했다. 두 달 뒤인 5월 8일 재판이 열렸고, 우리 측 대리인 변호사가 산란닭의 삶을 변론한 후 산란닭 한 마리와 수의사도 증인으로 나와 산란닭의 본성과 그 삶을 증언해주었다. 피고 측 변론도 끝난 후 재판관들은 판결을 의논하기 위해 휴정에 들어갔고, 이후 법정에 다시 모습을 드러냈다.
왜 (결과가 나타난 이유)	재판관이 모두 사람들로 구성되어 있고, 재판 결과가 향후 다른 동물과 가축 산업 종사자들에게 미칠 파장이 클 것으로 예상되기 때문이다.

우리는 수도권에 있는 〈행복양계농장〉에서 태어난 산란닭이다. 보통 닭의 평균 수명은 20년이나 우리는 그것과 무관하게 20개월이면 삶이 끝난다. 부리가 납작하면 사료를 찍어 먹기 편해 많이 먹을 수 있고 사료도 튀지 않기 때문에 농장주의 경제적 이익을 위해 태어나 닷새 만에 레이저로 부리를 잘린다. 이때 부리를 잘못 잘리면 살아가는 게 더 힘들어진다. 우리는 배터리 케이지에 갇혀서 하루 한 알씩 알을 낳는 기계로 살아간다. 배터리 케이지는 가로 40cm에 세로 20cm 크기 닭장으로 여러 단에 걸쳐 수백 개가 쌓여 있는 형태의 대형 닭장이다. 너무 좁아 날개를 펴는 건 꿈도 못 꾸고, 바닥도 뻥뻥 뚫려 있어서 서 있기조차 힘들고, 걷질 못하니 발톱이 자꾸 자라서 비비 꼬인다. 심지어 위에서 계속 떨어지는 배설물 때문에 더럽고 냄새도 나서 숨쉬기도 힘들다.

우리는 높은 곳에 올라가 쉬고 싶고, 뾰족한 부리로 땅바닥을 쪼며 다니는 걸 좋아하며, 흙에 몸을 비비며 목욕도 하고 싶다. 우리는 사회성이 매우 강한 동물로 힘의 논리에 의해 철저하게 서열이 매겨지고, 호기심도 강하고, 영리하고, 예민해서 주인의 발자국 소리도 알아듣는다. 무엇보다 어두운 둥지에 숨어 알을 낳는다. 하지만 배터리 케이지에서의 삶은 스트레스를 받게 했고 그로 인해 우리는 공격적으로 변해 서로의 깃털을 뽑고 쪼는 행동도 한다. 이런 환경에서 살다 보니 질병이 발생하면 속수무책으로 쓰러져 죽는다. 좁은 공간에 너무 많은 닭이 밀집되어 살기 때문이다. 그럼에도 농장주는 우리를 알 낳는 기계 취급만 했다.

이런 산란닭들의 본성을 무시한 것도 모자라 산란율이 낮아졌을 때는 강제로 털갈이시키는 강제환우를 당한다. 우리가 1년쯤 자라면 매일매일 알 낳는 게 힘들어지는데 그때 빛도 들어오지 않는 깜깜한 방에 옮겨 열흘 정도 물도 사료도 주지 않고 굶긴다. 배가 너무 고파 깃털이 숭숭 빠지고 기진맥진하여 죽기 직전일 때 사료와 물을 다시 준다. 그걸 먹고 기운을 차리면 새 깃털이 나기 시작하고 다시 배터리 케이지로 옮겨진다. 3~4개월 알 못 낳는 기간을 6~8주로 단축시키면 생체 리듬이 바뀌어서 알을 잘 낳을 수 있는 상태가 되기 때문이다. 그때부터 다시 하루 한 개씩 알을 낳으며 4~5개월쯤 살다가 도계장으로 끌려간다. 그러나 강제환우 중 열에 셋, 넷은 죽는다.

닭으로 태어났지만 닭답게 살 수 없었던 우리는 도계장으로 가기 전 탈출 계획을 세웠다. 2014년 2월 8일 트럭에 실리던 중 동시 탈출에 성공했고, 탈출 즉

시 변호인을 선임한 후 농장주를 상대로 고소장을 법원에 접수했다. 고소 사유는 '농장주가 닭들이 닭답게 살 권리를 빼앗았으므로 이에 대한 금전적·정신적 보상을 하라'는 것이었다. 고소장 접수는 탈출 한 달 만이었고, 두 달 뒤인 5월 8일에 재판이 열렸다. 이 재판은 법이 생긴 이래 사상 최초로 동물이 사람을 상대로 소송을 건 것이니만큼 국내는 물론 세계 각국의 시선이 쏠려있다.

우리 측 변호인은 닭의 본성을 무시한 사육 시스템과 닭 생명경시에 대해 부당함을 제시했다. 우리가 농장주에게 이득을 주는 만큼 농장주는 닭들에게 본성을 누리며 살 수 있는 환경을 만들어 주고, 그동안 닭들이 입은 육체적·정신적 피해에 대한 치료비와 위자료를 배상하라고 청구했다.

피고 측 최종 변론까지 마친 후 재판관들이 판결을 의논하기 위해 휴정했고, 우리는 그들이 어떤 판결을 가지고 올지를 기다렸다. 예상을 못 한 바는 아니었지만 재판관들은 판결을 보류했다. 오늘 재판 결과가 향후 다른 동물과 가축산업 종사자들에게 미칠 파장이 자못 클 것으로 예상되기 때문이라고 했다. 다른 참고인의 추가 진술과 증거물 확보, 전문가와 소비자 등의 의견을 들을 필요가 있다고 한다. 인간인 재판관들이 우리 편을 들어줄 리 없었다. 처음부터 불공평한 재판인 것을 알고 시작했기 때문에 쉽게 이길 거라고 생각하지는 않았다. 그럼에도 한국에 살고 있는 산란닭들과 앞으로 태어날 수많은 산란닭들을 위해 또 이 땅에 사는 모든 동물들의 권리와 복지를 위해 이 소송에서 반드시 승리하기를 간절히 원한다. 재판부에서 공정한 판결을 내려 줄 걸로 믿는다.

피고 측(소송당한 이) : 이달재의 처지에서 쓴 사건개요 (육하원칙에 의거)

구분	내용
누가 (등장인물의 성격과 특징)	나는 대한민국 수도권에 있는 〈행복양계농장〉 농장주 이달재다. 대한민국의 평범한 농장주로 법이 정한 규정에 따라 닭을 키워왔다.
언제 (시간적 배경)	2012년부터 2014년 5월 8일까지이다.
어디서 (공간적 배경)	행복양계농장과 법원에서 일어난 일이다.
무엇을 (사건의 결과)	산란닭들이 청구한 '닭답게 살 권리 청구소송 사건' 판결이 보류되었다.

어떻게 (사건이 벌어진 과정)	나는 수도권에 소재하고 있는 〈행복양계농장〉 농장주이다. 산란닭들이 낳은 계란을 팔아 생계를 꾸려가는 평범한 농장주이고, 법에서 정한 규정에 따라 보편적인 사육시설과 사육방법으로 닭들을 키우고 있다. 닭들에게서 수익을 얻으려면 빨리 키워서 알을 얻어야 한다. 산란닭이 태어나면 먹이를 잘 먹이기 위해 부리를 납작하게 자른다. 또 적은 공간에서 효율적으로 키울 수 있는 배터리 케이지 시스템으로 닭들을 사육한다. 산란닭들이 알을 잘 낳지 못할 무렵에는 알 낳는 시기를 단축하기 위해 강제환우를 시킨다. 산란닭은 20개월 즈음이면 거의 알을 못 낳기 때문에 이때는 헐값에 판다. 2014년 2월 8일, 트럭에 실릴 1천 마리 산란닭이 모두 도망치면서 내 농장뿐 아니라 다른 농장도 엉망으로 만들어놓았다. 게다가 3월 8일에는 고소장이 접수되었다고 했고, 두 달 뒤 5월 8일에 재판이 진행되었다. 내가 선임한 변호사가 원고 측의 변론에 반론을 했으며 산란닭은 알을 목적으로 키우는 닭이며 오히려 우리 측이 입은 손해에 대해 금전적·정신적 배상을 요구했다. 재판관들은 판결을 의논하기 위해 휴정에 들어간 후 법정에 다시 모습을 드러냈다.
왜 (결과가 나타난 이유)	재판 결과가 향후 다른 동물과 가축산업 종사자들에게 미칠 파장이 클 것으로 예상되기 때문이다.

진술서

나는 수도권에서 산란닭을 키워 계란을 팔아 수입을 얻는 〈행복양계농장〉 농장주 이달재이다. 산란닭 탄생부터 알을 낳지 못할 때까지 모든 과정을 알고 있으며, 직원들과 함께 농장을 꾸려가고 있다. 대한민국 99%의 농가가 사육하는 방식인 배터리 케이지를 사용해서 닭을 키우고 있다. 〈행복양계농장〉은 법에서 정한 규정에 따라 보편적인 사육시설과 사육방법으로 닭들을 키우고 닭이 낳은 알로 수입을 얻는 농장이다.

닭들에게서 수익을 얻으려면 빨리 키워서 알을 얻어야 한다. '부리 자르기'는 닭이 태어난 지 5일 무렵에 한다. 산란닭들이 알을 낳는 기간이 15개월 정도밖에 안 되기 때문에 닭들이 먹이를 잘 먹고 빨리 커서 알을 낳게 하려면 먹이를 먹기 어려운 뾰족한 부리를 잘라주어야만 한다. 또 닭들이 싸울 때 부리로 쪼아대면 다칠 수도 있다. 닭들이 산란한지 1년쯤 지나면 매일 알 낳는 것이 어려운데 이때에는 강제환우를 시킨다. 산란닭 혼자서 털갈이를 하면 길게는 넉 달까지 가는데 이 기간을 6주에서 8주로 단축시켜 생체 리듬을 변화시키면 다시 알을 낳을 수 있다.

배터리 케이지를 사용하는 이유는 적은 공간에서 많은 수의 닭을 효율적으로 키울 수 있기 때문이다. 정해진 시간에 모든 닭들에게 사료와 물을 골고루 줄 수 있어 건강을 유지할 수 있다. 사육농장의 현실을 모르는 사람들은 풀어서 닭을 키우라고 하는데 넓은 공간과 노동력에 드는 비용은 고스란히 계란 값에 포함된다. 비싼 계란은 덜 팔리기 때문에 농가는 경제적 피해를 받게 된다.

2014년 2월 8일은 2012년에 태어났던 산란닭들이 더 이상 알을 낳지 못해 헐값으로 도계장에 팔리는 날이었다. 이날 트럭에 실리던 1천 마리의 닭들이 약속이라도 한 듯이 모두 도망을 쳤다. 나뿐 아니라 직원들은 물론 주변 농가 사람들이 총동원되어 닭을 잡는 소동을 벌였으나 단 한 마리도 잡지 못했다.

2014년 3월 8일엔 한 달 전에 도망쳤던 닭들이 고소장을 접수했고, 두 달 뒤인 5월 8일에 재판이 열렸다. 도망친 산란닭들은 '이달재가 닭들이 닭답게 살 권리를 빼앗았으므로 이에 대한 금전적·정신적 보상을 하라는 것'이었다. 이 말도 안 되는 재판에 나는 변호인을 선임하고 재판을 준비해야 했다. 법정에 나와 있는 것도 불쾌한데 닭들은 나에게 보상을 요구했다. 우리 측에서는 오히려 닭들이 도망치면서 내 농장과 주변 농가에 막대한 피해를 입혔으니 금전적·정신적 배상을 요구했다. 또한 산란닭은 상업적 이익을 얻기 위해 키우는 닭이다. 그런 닭들을 위해 왜 내가 손해를 입어야 하는지 알 수가 없다. 우리 측 변호인은 내 생각을 변론했고 재판관들은 판결을 위해 잠시 휴정했다.

재판관은 "오늘 재판 결과가 향후 다른 동물과 가축산업 종사자들에게 미칠 파장이 자못 클 것으로 예상되는 바입니다. 따라서 다른 참고인의 추가 진술과 증거물을 확보하고 전문가와 소비자 등의 의견을 들을 필요가 있다고 판단하여 피고 농장주에 대한 판결을 보류하겠습니다."라고 하며 판결을 보류했다. 다시 말하지만, 이 소송은 처음부터 할 필요도 없는 소송이었다. 나는 법을 잘 지켜 농장을 운영했을 뿐인데 이렇게 재판까지 왔다. 닭들이 왜 내게 권리를 요구하는지 아직도 알 수가 없다.

● 두 걸음 – 하브루타 질문 만들기

▶ **사건개요서 및 진술서를 바탕으로 질문을 만들어보자.**

♬ **산란닭**

- 닭들의 평균 수명은 몇 년인가? (사실)
- 양계장 산란닭의 평균 수명은 어떠한가? (사실)
- 양계장 닭의 평균 수명은 보통 닭에 비해 왜 짧은가? (사실·심화)
- 닭의 본성은 무엇인가? (사실)
- 왜 닭들은 본성을 무시한 방식으로 사육당하고 있을까? (심화)
- 닭의 본성을 무시하는 사육 방식으로 인해 닭은 어떻게 변하는가? (사실)

- 양계장 닭은 태어나면서 도살장에 가기까지 어떤 방식으로 사육되고 있을까? (사실)
- 행복양계농장의 사육 방식에는 어떤 문제점이 있을까? (심화)
- 행복양계농장 방식으로 키운 닭들이 낳은 알을 먹는 것은 우리 건강에 어떤 영향을 줄까? (심화)

- 닭들은 도계장에 가기 전 왜 탈출하였는가? (사실·심화)
- 닭들이 법원에 제출한 고소장 내용은 무엇인가? (사실)
- 닭답게 살 권리란 무엇인가? (사실)
- 닭에게도 권리가 있는가? (심화·종합)

- 산란닭 변호인 측에서 제시한 청구 내용은 무엇인가? (사실)
- 닭답게 살 수 있는 환경이란 무엇인가? (심화)

- 재판 결과는 어떠했는가? (사실)
- 판결이 보류된 이유는 무엇인가? (사실·심화)
- 재판 결과에 대해 산란닭들은 어떤 평가를 내렸는가? (사실)
- 다음 재판에서는 어떤 판결이 나올까? (심화)
- 내가 재판관이라면 어떤 판결을 내렸을까? (적용)

♬ **행복양계농장 농장주 이달재**

‒ 이달재는 어떤 농장을 운영하고 있는가? (사실)

‒ 이달재는 양계농장에서 닭을 왜 키울까? (사실·심화)

‒ 이달재가 양계농장에 적용하고 있는 법에서 정한 보편적인 사육시설과 사육방법은 무엇인가? (사실)

‒ 이러한 사육 방식의 장·단점은 무엇일까? (심화)

‒ 법적으로 위반 사항이 없다면 이러한 사육방식은 정당할까? (심화·종합)

‒ 이달재가 닭들을 풀어서 키우지 않는 이유는 무엇인가? (사실)

‒ 나라면 어떤 방식으로 닭을 키울 것인가? (적용)

‒ 피고 측에서 제시한 변론내용은 무엇인가? (사실)

‒ 상업적 이익을 위해 키워지는 닭들은 권리를 가질 수 없는가? (심화)

‒ 이 사건은 어떤 판결이 내려졌나? (사실)

‒ 왜 이러한 판결을 내렸을까? (사실·심화)

‒ 재판관들의 판결에 이달재는 어떤 반응을 보였나? (사실)

‒ 판사는 "오늘 재판 결과가 향후 다른 동물과 가축산업 종사자들에게 미칠 파장이 자못 클 것으로 예상되는 바"라고 한다. 왜 이런 판단을 한 것일까? (심화)

※ 하브루타 짝 토론 시 사실과 심화 위주로 질문을 만들고, 모둠토론 시 적용 질문으로 확장한다.

열매맺기

▶ **오늘 수업에 참여한 소감을 나누어보자.**

(수업 참여하면서 새롭게 알게 된 점, 느낀 점, 깨우친 점을 중심으로)

▶ **다음 시간 하브루타 토론을 위해 내가 만든 질문을 정리해보자.**

▶ 다음 시를 읽고 이야기를 나누어보자.

뛰어다니는 양
_ 크리스티나 로세티

뛰어다니는 양
뛰어다니는 아기
노란 꽃 피는
목장에서 논다.
새파란 하늘
부드러운 공기
들에는 햇빛 빛나고,
들길에는 그늘 덮이고.

- 시를 읽고 난 후 느낌을 나누어보자.
- 시인이 그리고 있는 세계에 대해 이야기 나누어보자.

▶ 〈지식채널 e〉 - 〈닭장〉을 함께 시청한 후 배터리 케이지에서 살고 있는 닭 처지에서 닭들의 삶에 대해 느낀 점을 나누어보자.

- 〈지식채널 e - 닭장〉 편에서는 대부분의 닭들이 처한 환경을 담담히 보여준다. 배터리 케이지 닭장이 라면봉지보다는 넓고 A4용지보다는 좁은 넓이라는 것도, 부리로 쪼아댈 한 뼘의 땅도, 날개를 펼칠 수도 없는 닭장에서 닭들이 벗어날 수 있는 방법은 죽음뿐이라는 것. 닭장 속 산란닭은 평균 20개월을 산다. 그러나 자연 상태에서 그들의 수명이 20년이라는 사실을 아는 사람은 과연 몇이나 될까?

세 걸음 – 짝토론과 모둠토론

▶ 사건개요서와 작성한 진술서를 바탕으로 만든 질문을 짝과 함께 분류해 보자.

(사실 질문 / 심화 질문 / 적용 질문 / 종합 질문)

○ 사실 질문

– 자연 상태에서 닭의 평균 수명은 몇 년인가?

– 양계장 산란닭의 평균 수명은 어떠한가?

– 닭의 본성은 무엇인가?

– 닭의 본성을 무시하는 사육 방식으로 인해 산란닭들은 어떻게 변하는가?

– 양계장 닭은 태어나면서 도살장에 가기까지 어떤 방식으로 사육당하고 있을까?

– 닭들은 도계장에 가기 전 왜 탈출하였는가?

– 닭들이 법원에 제출한 고소장 내용은 무엇인가?

– 닭답게 살 권리란 무엇인가?

– 닭의 변호인 측에서 제시한 청구 내용은 무엇인가?

– 이달재는 어떤 농장을 운영하고 있는가?

– 이달재가 닭들을 풀어서 키우지 않는 이유는 무엇인가?

– 이달재가 양계농장에 적용하고 있는 법에서 정한 보편적인 사육시설과 사육방법
은 무엇인가?

– 이달재 측에서 제시한 변론내용은 무엇인가?

– 재판 결과는 어떠했는가?

– 재판 결과에 대한 이유는 무엇인가?

– 재판 결과에 대해 산란닭들은 어떤 평가를 내렸는가?

– 재판관들 판결에 이달재는 어떤 반응을 보였나?

○ 심화 질문

– 왜 양계장 닭의 평균 수명은 보통 닭에 비해 짧은가?

– 왜 닭의 본성을 무시한 채 사육하는가?

– 사육 방식에는 어떤 문제점이 있을까?

– 행복양계농장 방식으로 키운 닭들이 낳은 알을 먹는 것은 우리 건강에 어떤 영향
을 줄까?

- 닭답게 살 수 있는 환경이란 무엇인가?

- 이달재는 왜 양계농장에서 닭을 키우는 걸까?

- 공장식 사육 방식의 장·단점은 무엇일까?

- 법적으로 위반 사항이 없다면 이러한 사육방식은 정당할까?

- 상업적 이익을 위해 키워지는 닭들은 권리가 있을까?

- 판사는 "오늘 재판 결과가 향후 다른 동물과 가축산업 종사자들에게 미칠 파장이 자못 클 것으로 예상되는 바"라고 한다. 왜 이런 판단을 한 것일까?

- 다음 재판에서는 어떤 판결이 나올까?

○ 적용 질문

- 나라면 어떤 방식으로 닭을 키울까?

- 내가 판사였다면 어떤 판결을 내렸을까?

○ 종합 질문

- 닭들에게도 권리가 있을까?

- 이달재는 산란닭들에게 배상해야 할까?

- 공장식 축산을 폐지해야 할까?

▶ **분류한 질문으로 하브루타 토론을 해보자.**

　○ 짝토론 : 사실 질문과 심화 질문 위주로 하브루타를 진행한다.
　○ 모둠토론 : 짝토론에서 나온 최고의 질문 및 적용 질문으로 하브루타를 진행한다. (이 과정에서 선정된 최고 질문 또는 새롭게 도출된 종합 질문을 정해서 쉬우르를 준비한다.)

네 걸음 – 전체토론 (쉬우르)

　쉬우르 논제로 '공장식 축산을 폐지해야 할까?'와 '닭들에게도 권리가 있을까?' 이 두 가지 질문이 가장 많이 선정됐다. 같은 맥락인 것 같지만 그 주체가 달라진다. 팀에 따라 다르게 진행할 수 있으나 좀 더 본질에 가깝게 가고자 한다면 농장 동물인 '닭들에게도 권리가 있을까?'라는 논제로 쉬우르를 진행하면, 포괄적으로 동물권에 대한 생각도 함께 하면서 동물의 본성에 역행하는 공장식 축산에 대한 문제점도 함께 다룰 수 있다.

♪ 5학년 아이들 모둠토론

지민 : 닭들에게도 권리가 있을까요?

지율 : 저는 닭에게 왜 권리를 줘야 하는지 잘 이해가 되지 않습니다. 왜냐하면 닭들을 키우는 목적이 있으니까요. 특히 산란닭은 알을 낳는 목적으로 키웁니다. 그 목적에 맞게 효율적인 시스템으로 키우고 있는데 그런 닭에서 나온 달걀을 먹는 사람을 마치 잘못된 것처럼 느끼게 합니다.

도경 : 물론 목적에 맞게 키우는 게 틀리다는 것은 아니지만 적어도 닭들의 고통에 조금이라도 공감했으면 합니다.

나영 : 동물의 고통에 초점을 맞추게 되면 우리는 아무것도 먹을 수 없게 될 것입니다. 그렇다면 식물의 고통도 감안해야 하는 건가요?

지민 : 나영 발표자 이야기가 다른 방향으로 가고 있는 것 같은데요, 배터리 케이지에서의 삶이 산란닭들을 너무 고통스럽게 하니 적어도 케이지에 가두는 방식은 하지 말자는 뜻입니다.

지율 : 이달재가 다 맞다는 이야기는 아니지만 이 많은 인구가 양질의 단백질을 싼 가격에 구입하려면 공장식 축산이 아니면 불가능하다고 생각합니다. 닭들에게 권리를 주게 되면 아마도 달걀은 상류층에서나 먹을 수 있는 음식이 될 것입니다.

도경 : 우리 엄마는 한살림에서 계란을 사는데 일반 계란 가격의 2배 정도 하지만, 그래도 맛도 좋고 닭들이 자유롭게 살면서 낳고, 강제환우도 없다고 생각하면 그 가격이 비싸다고 생각하지 않습니다.

나영 : 도경 발표자는 자기 집을 예로 말했지만 식당이나 제과점을 생각해보세요. 닭들에게 권리를 다 준 계란을 사용한다고 생각하면 그분들은 수익을 낼 수가 없습니다. 그건 개인의 선택인거죠.

지민 : 배터리 케이지를 없애기 위해 우리도 노력해야 하지만 정부에서도 함께

노력을 해주면 가격은 어느 정도 내릴 수 있습니다. 농가에 보조금 지원을 하면 동물복지 계란을 저렴하게 먹을 수 있습니다.

지율 : 보조금도 사실은 세금 아닌가요? 양계장을 지을 때도 어쨌거나 국가가 정한 법 범위 내에서 기준에 맞게 짓고 있습니다. 적어도 국가는 국민의 건강 일정 부분을 책임지고 있습니다. 최근에는 배터리 케이지 크기를 늘려주기도 했고요. 닭의 권리도 중요하지만 인간이 건강할 권리도 중요합니다.

도경 : 그 부분입니다. 인간이 건강할 권리요. 닭이 본성대로 살면 건강한 계란을 낳을 겁니다. 그렇게 되면 인간도 건강할 수 있고요. 지금 배터리 케이지에서 사육되는 닭들은 환경이 정말 열악합니다. 죽을 때까지 움직이지도 못하고, 배설물을 제대로 치워주지도 않고, 스트레스도 전혀 풀지 못하는 환경에 있습니다. 닭들에게 권리를 주면 인간도 건강할 수 있습니다.

나영 : 도경 발표자께서는 너무 이상적으로 생각하고 있습니다. 조금만 현실적으로 봤으면 합니다. 몇 년 전 살충제 계란 파동으로 김밥 가게 김밥에서 계란이 사라진 적이 있었습니다. 그리고 지금도 AI로 계란 값이 들썩이면서 벌써 물가가 시민들의 불안을 부추기고 있습니다.

도경 : 매년 농장동물이 겪고 있는 다양한 전염병의 원인은 밀집 사육 때문입니다. 살처분에 드는 비용이나 국민의 건강을 생각한다면 농장동물에게 본성대로 살 수 있는 권리를 주는 것이 오히려 이익일 수 있습니다.

나영 : 그것은 관리의 문제이고, 철저한 소독과 방역으로 잘 막아내서 전혀 손해를 입지 않은 양계장도 많이 있습니다.

지민 : 다시 산란닭의 문제를 정리했으면 합니다. 완전한 방사 사육은 아닐지라도 케이지 프리만이라도 실천할 수 있으면 닭들에게 최소한의 권리를 줄 수 있다고 생각하는데 지율님과 나영님은 제 생각에 동의하십니까?

지율 : 일정 부분은 동의합니다. 하지만 공장식 축산에 반대하는 입장은 아닙니다. 케이지 프리 계란도 양계장마다 그 환경이 다른 것으로 알고 있습니다.

나영 : 저도 지율 발표자와 의견이 같습니다.

지민 : 오늘 토론으로 여러 가지 사실을 알게 됐습니다. 공장식 축산 폐지의 어려움도 알게 됐고, 그럼에도 동물연대 등이 캠페인을 하면서 많은 부분 인식이 개선되고 있다고 생각합니다. 산란닭이 본성에 맞게 살 권리와 인간이 건강할 권리가 균형점을 찾을 수 있도록 노력해야겠습니다. 이 수업을 하기 전에는 계란에 써 있는 숫자나 영어가 어떤 뜻인지 몰랐고, 관심도 없었는데 알고 나니

관심도 가고, 될 수 있으면 포장지에 횃대, 깔짚 목욕, 동물복지 등의 안내 문구가 있는지 유심히 살펴보게 됩니다.

지율 : 저도 수업 전에 알지 못하던 것을 알게 됐고, 계란 사러 갔을 때 못 봤던 것을 보게 됐습니다.

지민 : 모두 비슷할 거라 생각합니다. 그럼 전체토론을 마치겠습니다.

▶ 전체토론 (쉬우르) 과정에서 새롭게 생각하게 된 것이나 느낀 점을 중심으로 쉬우르 질문에 대한 자신의 생각을 정리해보자.

▶ 다음 주 과제 안내

- 닭답게 살 수 있는 환경을 만들어 주기 위해 개인 및 사회가 할 수 있는 방법을 찾아보고, 개선 방안 및 대안을 모색해서 정리해보자.

🎵 3차시 수업

▶ 다음 시를 읽고 이야기를 나누어보자.

숲에서 희망이 자란다면
_ 크리스티나 로세티

만일 숲에서 희망이 자라고
나무에서 기쁨이 자란다면
뜯어 만든 꽃다발엔
무엇이 있을까!

오! 그러나 가을바람 차가워
연약한 꽃잎이 시들 때
함께 사라지는 희망과 기쁨 위하여
우리는 무엇을 해야 하나?

- 함께 사라지는 희망과 기쁨을 위하여 우리가 할 수 있는 것들을 말해보자.

▶ 〈지식채널 e〉 - 〈무엇을 굽고 있나요?〉를 함께 시청한 후 새롭게 알게 된 사실이나 궁금한 점이 있다면 나누어 보자.

○ 지식채널 e 홈페이지에서 '무엇을 굽고 있나요' 검색 (https://jisike.ebs.co.kr)

▶ **과제 발표하기 및 글쓰기 전 동영상 시청**

 - 닭답게 살 수 있는 환경을 만들어 주기 위해 개인 및 사회가 할 수 있는 방법에 대해 발표해보자.

(예) 계란 살 때 '1등급 계란', '건강한 사료를 먹은 닭이 낳은 알' 같은 표현에 속지 않기
윤리적 소비 실천하기 / 계란이나 육류 등을 먹을 만큼만 먹기
동물연대에 후원하기 / 동물들이 처한 환경에 대해 자세히 알아보기
케이지 프리만큼은 실천하기

○ 유튜브에서 '공장에서 탈출한 꼬꼬' 검색

- 〈공장에서 탈출한 '꼬꼬' 이야기〉 (카라 이슈) 시청 후 닭들의 삶에 대해 공감하는 부분과 그렇지 않은 부분에 대해 의견을 말해보자.

다섯 걸음 – 글쓰기

▶ **에세이 쓰기 : '닭답게 살 수 있는 권리'에 대한 자신의 생각을 제시하시오.**
- 에세이 발표, 질문, 첨삭하기

　※ 참고
　① 먼저 공장식 축산을 유지하는 측의 의견을 쓴 후 자신의 의견을 쓸 것.
　② 개선 방안 및 대안을 쓸 것.

지민 (초등 5학년)

　나는 이 수업을 하기 전에 공장식 축산을 찬성하는 입장이었다. 공장식 축산을 폐지하게 되면 일단 평소 흔하게 먹는 계란과 소고기, 돼지고기 등 축산물 가격이 올라가기 때문에 우리 집 같은 서민들은 맛있고 영양가 높은 단백질 섭취가 어려워진다. 또, 축산물을 사는 사람이 줄어들면 농민들 수입도 줄어들어 그분들 삶도 힘들어질 것이다. 현실적으로 우리나라처럼 좁고 산이 많은 지역에서 방사사육은 어려워 보인다.

　하지만 이번 수업을 하면서 여러 가지 새로운 사실을 알게 되었다. 무엇보다 충격적이었던 것은 닭의 평균 수명이었다. 닭의 평균 수명이 20년이라니! 그런 닭을 한 달 키운 후 후라이드로 맛있게 먹은 나를 생각하니 닭들에게 미안했고, 계란이 내게 올 때까지 정말 많은 닭들의 본성이 짓밟힌다는 사실을 알게 됐다. 적용 질문에서 '내가 만약 산란닭이었다면 어땠을까?'를 생각하니 고개가 저절로 흔들어졌다. 그 좁은 공간에서 평생을 날개 한 번 펴보지도 못하고 알만 낳다가 죽는다고 생각하니 닭들이 너무 불쌍해서 공장식 축산의 개선이 필요하다는 생각이 들었다. 아무리 농장동물이 상업적 이익을 위해 키워지는 목적이 있다지만 적어도 고통을 느낄 줄 아는 동물에 대한 최소한의 배려뿐 아니라 본성에 맞게 살 수 있도록 조금 더 배려해야 한다는 것이다.

　선생님이 집에 있는 계란에 찍힌 끝 번호를 확인해 보라고 했는데 '4'번이길래 엄마한테 말해서 다시 좋은 계란으로 사오라고 부탁드렸다. 그런데 분명 1등급 계란이라고 해서 사온 계란은 사육환경이 '4'번이었다. 배터리 케이지에서 옴짝달싹도 못하는 닭들에게서 나온 계란이라는 사실에 충격 먹었다. 완전히 풀어서 키우는 사육은 어렵겠지만 사육환경 '2'번이면 적어도 배터리 케이지의 지옥 같은 삶은 벗어나게 해줄 수 있다. 물론 가격이 조금 비쌀 수도 있겠지만 적어도 동물들에게 미안한 마음은 덜 수 있고, 무엇보다 건강한 계란을 먹을 수 있다. 인간이 욕심을 조금만 버리면 가능할 것이다.

도경 (초등 5학년)

　먼저, 공장식 축산을 폐지하면 단백질 섭취가 어려워진다. 우리는 단백질 식품을 안 먹으면 안 된다. 우리가 먹고 있는 대부분의 단백질 식품이 고기와 달걀이다. 고기와 달걀은 거의 공장식 축산으로 얻을 수 있다. 하지만 공장식 축산을 폐지한다면 고기와 달걀 값도 오르게 된다. 그러면 서민들은 단백질 섭취가 어려워진다.

그리고 공장식 축산으로 얻은 식품은 인간의 건강에 해를 끼치지 않는다. 우리나라 공장식 사육 농가들은 대부분 대기업과 계약을 맺어 운영되는 농장들이며, 그렇기 때문에 항생제와 성장촉진제 사용량, 사료 등에 대하여 국가의 관리와 규제를 받고 있다. 또 축산물에 남아있는 세균들은 철저한 위생규칙과 조리방법을 지키면 제거할 수 있고, 사람들이 항생제에 내성이 있는 세균에 감염되었다고 해도 실제로 문제를 일으켰다는 실험 결과는 없다.

마지막으로 법과 규제로 공장식 축산을 개선할 수 있다. 닭장을 배터리 케이지에서 복지형 케이지로 바꾸고, 항생제도 적게 투여하라는 등의 법을 정해주면 공장식 축산을 충분히 개선할 수 있다.

이와 같은 이유로 공장식 축산 유지에 찬성하지만 그렇다고 닭들에게 권리가 없다는 것은 아니다. 세 번째 주장에서 기술한 것과 같이 축사 내 환경을 꾸준히 개선을 하고 있다. 또한 시민들의 인식을 점차 높여간다면 우리는 동물권을 위해 함께 노력할 수 있다. 카라나 동물연대 등 이미 많은 동물권 단체가 동물에 대한 인식을 바꾸기 위해 다양한 활동을 펼치고 있다. 그런 활동 중 불과 수십 년 전에 개고기를 먹는 것이 아무렇지도 않았던 때가 있었지만 요즘 개는 반려동물로 자리잡아가고 있다. 따라서 인식 개선이 되고 돈이 조금 더 들더라도 동물복지축산 달걀을 사는 사람들이 늘어난다면 농부들도 사육 방식을 바꾸려 할 것이다. 당장의 폐지가 아닌 인식 개선으로 점차 동물의 권리를 확대시켜 나갈 수 있다.

수업을 마치며

〈닭답게 살 권리 청구소송 사건〉 수업을 다 마치는 차시엔 항상 계란을 삶아 먹었다. 그냥 삶아서 소금에 찍어 먹을 뿐인데 계란은 늘 진리다. 그 흔한 계란이 우리에게 어떻게 오는가에 대한 관심이 전혀 없던 아이들이 이 수업 이후엔 마트 갈 때 엄마에게 '1등급이라는 말에 속지 말라'는 훈수를 둔다. 이 주제를 다룰 때만큼은 수업 효과를 즉시 볼 수 있다.

수업 목표가 후라이드 치킨, 숯불에 잘 익은 고기, 계란 등을 먹지 말자는 것이 아니다. 다만, 말 못하는 농장동물들의 소리 없는 외침에 왜 귀 기울여야 하는지 알았으면 했다. 알아야 공감할 수 있고, 그래야 그 다음 행동으로 나아갈 수 있을 테니까. 본성대로 사는 동물들에게서 건강한 식품을 얻을 수 있다면 동물도 사람도 함께 행복할 수 있을 것이다. 더 이상 농장동물의 고통을 외면해서는 안 되며, 공생의 길을 찾아야 한다.

"쌤! 우리 집 냉장고에 있는 계란 번호는 2번이네요! 울 엄마 멋쟁이에요!!"

인증 사진 속 활짝 웃는 아진이가 정말 예쁘다. 저 아인 또 어떻게 세상을 바꿀까? 확실히 미래는 밝다.

《인디언의 선물》

용서는 어떤 힘이 있는가

○ 수업 목표

1. 작품에 등장하는 역사적 배경을 알 수 있다.

2. 용서가 가진 힘에 대해 생각할 수 있다.

3. 작품을 읽고 촉토 족에게 보내는 편지글을 쓸 수 있다.

○ 함께 읽는 책 : 《인디언의 선물》

　　　　　　　　　　(마리-루이스 피츠패트릭 / 두레아이들 / 2004)

○ 분류 : 정의로운 사회

○ 주제 : 용서는 어떤 힘이 있는가

○ 대상 : 초등 5학년 ~ 중학교 3학년

○ 분량 : 33쪽

○ 참고 : 《생명의 릴레이》 (가마타 미노루 / 양철북)

○ 집필 : 임현주

"네게 잘못한 이를 일곱 번씩 일흔 번이라도 용서하여라."

성서 구절처럼 현대 사회는 용서와 관용을 베푸는 사회일까? 오히려 현대 사회는 용서보다는 멋지게 복수하는 것을 정의구현 범주에 넣곤 한다. 용서란 불의를 조장하는 나약한 합리화에 불과하다고 비판하는 이들도 있다. 개인 차원이 아닌 민족과 국가 차원일 때 용서와 관용은 더욱 더 인색해진다. 여기 현대인의 시선에서는 이해하기 어려운 결정을 내린 사람들이 있다. 아메리카 원주민 '촉토 족'이 바로 그들이다.

"1847년 아메리카의 가난한 촉토 인디언 부족은 감자기근으로 죽어가던 아일랜드 사람들을 구하기 위해 170달러를 모아서 보냈다."《인디언의 선물》은 이 한 문장의 역사적 사건에서 시작된다. 이 책은 우리에게 용서가 지닌 힘에 대해 고찰하게 한다. 촉토 족은 나훌로(유럽인)에 의해 조상대대로 살던 거주지인 동부 미시시피에서 서부의 오클라호마로 강제로 쫓겨나고 그 과정에서 절반 이상의 부족민이 죽게 된다. 그들을 죽음으로 몰고 간 나홀로를 왜 용서하고 도우려 했던 것일까? 할머니의 말을 빌리자면 선행은 시간을 꿰뚫어 쏘는 화살과 같고, 이 도움의 손길이 언젠가 우리에게도 축복의 화살이 되어 돌아온다는 것이다. 또한 지금 굶어 죽어가는 아일랜드인들을 모른 체 한다면 촉토 족을 죽게 내버려둔 나홀로와 다를 바 없다는 이야기도 얹는다.

촉토 족의 용서는 역사적 사실을 직시하는 데서 출발한다. 촉토 족에게 '머나먼 행군'은 아픈 기억이다. 그래서 그들은 이 역사를 지우고 덮는다. 하지만 부끄럽고 아픈 역사라 하더라도 외면하고 도피한다고 해결되는 것은 아니다. 촉토 족은 새로 이주한 땅에서도 매일 '미시시피'와 '오클라호마' 두 개의 세계를 걷고 있었다. 그들이 과거를 현재로 소환하여 사회적 기억으로 만들었을 때 비로소 역사는 다시 쓰여질 수 있었다.

용서에는 어떤 힘이 있을까? 이 책은 촉토 족의 용서가 그들에게도 선물이 되었던 것처럼 용서에 치유의 기능이 있음을 보여준다. 무기력했던 과거에서 벗어나 부족의 자긍심을 다시금 일깨워 주었기 때문이다. 또한 관용은 적극적이고 긍정적인 비판과 책임을 이끌어낼 수도 있다. 촉토 족은 서양의 여느 국가들보다 한 차원 높은 인류애를 보여주며 그들에게 자성의 계기를 마련해 준 것이다. 이러한 촉토 족의 행위는 아파르트헤이트의 범죄행위를 사면하여 진정한 참회를 이끌어낸 넬슨 만델라의 "용서하되 잊지 말자"라는 말과 맥을 같이 한다.

'복수'가 '정의'가 되어가는 사회에서 《인디언의 선물》은 용서가 지닌 힘에 대해 고찰해 볼 수 있게 하는 마중물이 되어줄 것이다.

하브루타 독서토론 수업 흐름

차시	핵심 활동	활동 목표	주요 활동 내용
1차시 (120분)	읽기 활동 질문 생성과 질문	- 텍스트와 상호 작용 - 자기소개서 쓰기 및 생각 그물 정리하기 - 질문의 양적 및 질적 심화	- 정독하기를 통해 질서, 초서 과정 수행한 내용 발표하기 - 구성단계별 주요 문장 발표하고 다른 친구들과 공유하기 - 자기소개서 쓰고 발표하기 - 구성단계별로 내용 정리하고 문장 발췌하기 - 구성단계별 진술과 발췌 문장 보고 질문 작성하기 　(개인 활동, 질문 종류별 분류하여 만들기) - 사전 과제 : 구성단계별 내용 정리와 문장 발췌하기

2차시 (120분)	짝 – 모둠 하브루타 및 쉬우르	짝과 상호작용 (짝토론, 모둠토론) 적용 및 심화 발전	짝과 함께 질문 정리, 선정하기 – 짝토론 – 모둠토론에 제시할 질문 선정하기 – 모둠토론 전체토론 (쉬우르)에 제시할 질문 선정하기 – 전체토론 (쉬우르) 하기	
			글쓰기 : 쉬우르 질문을 바탕으로 글쓰기	
3차시 (120분)	프로젝트	되새기기, 내면화하기	관련활동	– 〈지식 채널 e〉 감상한 뒤 토의하기
			글쓰기	– 아일랜드 후손이 촉토 족 후손에게 편지 쓰기

 1차시 수업

마음열기

▶ **다음 시를 읽고 궁금한 점을 서로 이야기해 보자.**

축복의 기도
_ 체로키 족 인디언이 아이 탄생을 축복하는 기도

이제 또 한 사람의 여행자가
우리 곁에 왔네.
그가 우리와 함께 지내는 날들이
웃음으로 가득하기를.
하늘의 따뜻한 바람이
그의 집 위로 부드럽게 불기를.
위대한 정령이 그의 집에 들어가는
모든 이들을 축복하기를.
그의 모카신 신발이
여기저기 눈 위에
행복한 발자국을 남기기를
그리고 그대 어깨 위로
늘 무지개 뜨기를.

– 시를 읽고 느낀 점을
자유롭게 이야기해 보자.

– 마음에 드는 구절과 이유를
이야기해 보자.

▶ 등장인물 이름과 의미를 이야기해 보자.

– 탈로와

– 호슌티

– 추나

– 탈리호요

▶ 등장인물 이름을 바탕으로 친구들과 함께 인디언식 이름을 지어 보자.

 - 인디언 이름의 특징 : 아이가 태어난 날의 자연 현상, 아이의 신체적 특징이나 성격, 개성을 표현하는 이름, 아이의 성향과 비슷한 동물이나 식물, 아이가 가진 재주 등을 바탕으로 이름을 짓는다.

- 단어가 아닌 구절로 표현해도 됨. (달리는 화살, 기타 치는 봄, 시들지 않는 꿈)

- 수업 끝날 때까지 인디언식 이름으로 서로 불러주기

첫 걸음 – 읽기, 내용 공유하기

▶ 책에 등장하는 역사적 사건을 각자 하나씩 맡아서 조사한 뒤 친구들에게 발표해 보자.

머나먼 행군	새 땅 / 인디언 거주지
아일랜드 감자 기근	멤피스 위원회

▶ 책에 등장하는 인물에 대해 자기소개서를 작성해보자.

추나 소개서

나는 열네 살, 말라깽이라는 뜻의 '추나'이다. 선교사들이 붙여 준 '톰'이라는 이름으로 불리는 지금 나는 노인이다. 1847년 사람들이 나를 어린아이라 하면 모욕을 받는 느낌이었고 어른 같다고 하면 얼떨떨한 느낌이 들던 열네 살 때 내가 겪은 일을 말하고자 한다.

그 시절 나는 아버지가 사 온 신기한 물건들인 새 도끼와 옷, 구슬에 관심이 많았다. 어른들은 최근 아일랜드라는 아주 먼 나라에 심한 기근이 들어 감자를 주식으로 하는 사람들이 병들거나 굶어 죽어가고 있는 문제에 대해 부족회의를 열었다. 촉토 족 모두가 스컬리빌에 모여 이 이야기를 들어야 한다는 것을 추장들이 결정을 내렸고 나도 가족과 함께 그 곳에 갔다. 삼촌이 아일랜드 기근은 곧 "우리의 이야기"라는 말을 했다. 그 말 속에는 '머나먼 행군'이 있음을 생각했다. 그러나 '머나먼 행군'은 우리 촉토 족에겐 금기어였다. 나는 인디언 거주지 '새 땅'에서 태어났지만 우리 부족은 오랫동안 살아왔던 미시시피에서 강제 이주한 것이다.

외가가 있는 스컬리빌 공회당 밖에는 촉토 족 어른들이 모여 고통 받고 있는 아일랜드인을 위해 우리 부족이 무엇을 해야 하는지를 논의했다. 나는 가장자리에서 조용히 회의내용을 들었다. 아일랜드인들을 돕자는 주장과 나홀로인 그들이 우리 땅을 빼앗고 우리 종족을 죽게 한 자들이므로 도울 수 없다는 주장이 팽팽하게 맞섰다.

부족민들의 존경을 받는 증조할머니가 나서서 '머나먼 행군'에 대해 말씀하시는 것을 처음 듣게 되었다. 수천 명의 촉토 족은 눈 내리는 한겨울에 800킬로미터 길을 행군하면서 마지막 강인 마운틴 포크를 건넜을 때 종족의 반은 죽게 되었다는 것이다. 증조할머니는 지금도 눈을 감으면 어둠 속에서 죽은 사람들의 얼굴이 다가온다고 하셨다. 그런데 우리가 걸어 온 눈물의 머나먼 길을 지금 아일랜드 사람들이 걷고 있다고, 우리는 그때 우리 스스로를 도울 수 없었지만 지금 그들을 도와줄 수 있다고, 우리의 도움은 시간을 꿰뚫어 쏘는 화살과 같다고 하셨다. 그 화살은 여러 해가 지난 다음 아직 태어나지 않은 우리 후손에게 축복의 화살로 내려앉을 것이라고 말씀하셨다. 할머니의 말씀에 모두가 숙연해졌지만 이해가 되지 않았다. 아버지와 외삼촌이 아일랜드 구호 기금을 내겠다고 했을 때 나는 "안 돼요!"를 부르짖었다. 가족들이 모두 놀랐고 모시 외삼촌은 잘 생각해보고 결정해서 알려달라고 하셨다.

부아가 난 내게 할머니는 '머나먼 행군'은 쉬운 선택이 아니었음을 말씀해 주셨다. "우리는 우리 자신의 땅에서 이방인으로 사느니 자유롭게 사는 길을 택했다"고 하셨다. "우리는 매일 두 세계를 걷는다, 우리가 저지른 실수는 우리의 고통을 감추어 온 것, 후손들에게 이야기해 주지 않은 것, 그 머나먼 행군은 우리 모두의 삶의 일부"라는 점을 말씀해 주셨다. 그리고 내게 머나먼 행군에서 길가에서 죽은 한 살 된 형이 있었음을 알려주셨다. 나는 "굶어 죽어가는 사람들을 모른 체한다면 나는 그 겨울의 눈 덮인 길가에서 죽어가는 내 형을 돌보지 않았던 나홀로와 다를 바 없다는 것"을 생각하니 마음속의 분노가 사라졌다.

"저는 우리 부족이 그 겨울 먼 길을 걸어온 것처럼, 지금 그와 같은 길을 걷고 있는 그 사람들에게 돈을 보내줘야 한다"고 모시 삼촌에게 말했다.

노인이 된 나는 지금 백인의 옷을 입고 있지만, 그날 나는 내 핏줄 속에 독수리의 혼을 가진 우리 부족의 피가 흐르고 있음을 느꼈다. "차타 하피아 호케, 차타 하피아 호케", "우리는 촉토 족이다"를 소리 높여 외쳤다.

증조할머니 소개서

나는 촉토 족 사람들 중 가장 나이가 많은 노인이다. 젊었을 때 나쁜 부족이 우리 마을의 옥수수밭을 수탈하려고 하자 마을 여자들을 격려해 돌을 던지며 맞서 싸운 후 사람들로부터 존경을 받으며 살아왔다. 아일랜드 대기근으로 고통 받고 있는 나홀로를 위해 모금하자는 회의에서 부족사람들 사이에 갈등이 일어났을 때 나는 이를 잠재우는 역할을 했다. 1847년 우리 부족이 '머나먼 행군'을 통해 경험한 고통은 우리 스스로를 도울 수 없어 눈물의 머나먼 길을 걸을 수밖에 없었지만 지금 우리는 그들을 도울 수 있다는 것, 그 도움은 우리 후손들에게 축복으로 되돌아 올 것이라는 점을 강조했다. 내 이야기에 마을부족민들이 공감해 주어 성공적으로 모금할 수 있게 되었다.

또한 이러한 행위를 이해하지 못하는 어린 손자 추나에게 '머나먼 행군' 과정에서 죽은 한 살짜리 형 이야기를 해주어 왜 아일랜드인을 도와야 하는지를 설득하였더니 추나의 마음이 바뀌었다. 과거의 고통을 숨기는 것만이 능사가 아니라 현실을 바로 보고 우리가 해야 할 일을 하는 것, 어려움에 빠져 고통을 받는 이들을 외면하지 말아야 한다는 것이 우리 삶의 바탕이 되어야 함을 나는 잘 알고 있다.

두 걸음 - 하브루타 질문 만들기

▶ 발단, 전개, 위기, 절정, 결말 구성에 맞게 내용을 정리한 뒤 발췌 문장을 작성해보자.

- 각 단계를 가장 잘 드러내는 주요 부분이나 궁금한 부분을 바탕으로 발췌한다.
- 각 단계별로 발췌 문장은 3~5개 정도 작성한다.
- 발췌 문장은 가급적 질문에 대한 답이 포함되도록 한다.
- 발췌 문장을 보고 사실에서 심화 질문으로 확장할 수 있는 질문을 작성한다.
  (적용이나 종합 질문을 작성해도 좋다)
- 짝토론을 할 때 반드시 발췌 문장을 함께 읽고 질문한다.

▶ 단계별 질문과 발췌 문장을 보고 짝과 함께 질문을 작성해보자.

열매맺기

▶ 오늘 수업에 참여한 소감을 나누어 보자. (수업 참여하면서 새롭게 알게 된 점, 느낀 점, 깨우친 점을 중심으로)

▶ 다음 주에 수업할 하브루타 토론을 위해 자신이 만든 질문을 다듬어 보자.

2차시 수업

마음열기

▶ 다음 글을 읽고 서로 이야기를 나누어 보자.

```
인디언식 달력

1월 – 마음 깊은 곳에 머무는 달
2월 – 홀로 걷는 달
3월 – 한결 같은 것은 아무 것도 없는 달
4월 – 머리맡에 씨앗을 두고 자는 달
5월 – 들꽃이 시드는 달
6월 – 말없이 거미를 보는 달
7월 – 천막 안에 앉아 있기 힘든 달
8월 – 다른 모든 것을 잊게 하는 달
9월 – 작은 밤나무가 익어가는 달
10월 – 큰 바람의 달
11월 – 모두 다 사라진 것은 아닌 달
12월 – 침묵하는 달
```

– 글을 읽고 느낀 점을 자유롭게 이야기해 보자.

– 자신이 태어난 달 이름을 인디언식으로 지어보자.

▶《인디언의 선물》책 내용을 골든벨 퀴즈로 풀어 보자.

들어서기

펼치기

세 걸음 – 짝토론과 모둠토론

▶ 구성단계별 질문하기

발단

외가인 스컬리빌에 갔던 아버지와 외삼촌이 돌아와서 아일랜드에 심한 기근이 들었다는 소식을 들려준다. 촉토 족은 이 문제로 스컬리빌에서 모두가 모여 회의를 연다.

※ 질문들은 책 초판 페이지를 기준으로 작성했으므로 개정판과는 페이지가 다를 수 있음.

① 어머니와 외삼촌의 대화 (6쪽 9줄 ~ 17줄)

- 어머니가 이해하지 못하는 것은 무엇인가? (사실)

- 모시 외삼촌은 왜 "이 이야기는 우리 이야기야"라고 했을까? (심화)

② 내가 우리 부족에 대해 알고 있는 것 (9쪽 2줄 ~ 10줄)

- '나'는 우리 부족에 대해 어떤 사실을 알고 있는가? (사실)

- 왜 머나먼 행군에 대해서 질문하면 안 될까? (심화)

전개

촉토 족 부족민들은 스컬리빌에 모여 아일랜드 대기근에 관해 논의하기 시작했다. 아일랜드의 심각한 상황이 전해지고 워싱턴 시로부터 멤피스위원회가 들은 이야기를 전달했다. 아일랜드 사람들을 돕기 위한 큰 회의가 열렸고 촉토 족인 우리에게도 도움을 요청하고 있다는 것이다. 이에 대해 촉토 부족민들은 부정적인 태도를 보인다.

① 모시 외삼촌이 부족에게 한 말 (12쪽 10줄 ~ 17줄)

- 아일랜드 사람들이 겪고 있는 상황은 구체적으로 어떠한가? (사실)

- 외삼촌은 왜 부족들에게 아일랜드 사람들 이야기를 한 것일까? (심화)

② 외삼촌 말에 대한 부족 사람들의 반응 (12쪽 21줄 ~ 24줄)

- 아일랜드 사람들을 도와달라는 요청에 대해 부족민들은 어떤 반응을 보였는가? (사실)

- 모시 삼촌의 설명에 대해 부족민들은 왜 입을 열지 않았을까? (심화)

③ 미시마 아비의 주장 (12쪽 24줄 ~ 13쪽 12줄)

- 미사마 아비는 왜 아일랜드 사람들을 돕지 않는다고 했을까? (사실)

- 왜 부족민들은 미시마 아비의 말에 동의했을까? (심화)

위기

아일랜드인들이 겪고 있는 고통에 대해 부족민들이 보이는 부정적인 반응에 회의장은 긴장감에 빠진다. 이때 부족민들에게 존경 받는 어른인 증조할머니가 나서서 마을 사람들을 설득한다. 촉토 부족민들은 증조할머니의 이야기에 숙연해지고 아일랜드인들을 돕기로 결정한다.

① 할머니의 말씀 : 초토 족 삶의 방식 (14쪽 1줄 ~ 5줄)

- 오랜 세월동안 미시시피에서 살던 촉토 족은 어떻게 살아왔을까? (사실)

- 촉토 족이 지닌 삶의 태도는 무엇인가? (심화)

② 미시시피에 온 나홀로 (14쪽 7줄 ~ 16쪽 2줄)

- 나홀로란 어떤 사람들을 말하는가? (사실)

- 촉토 족과 나홀로는 살아가는 방식이 어떻게 달랐는가? (심화)

- 촉토 족은 왜 조상들의 땅을 떠나야 했는가? (사실)

- 왜 촉토 족은 나홀로를 막을 수 없었을까? (심화)

- '나'는 할머니의 말씀을 듣고 있던 부족민들에게서 무엇을 보았는가? (사실)

- 왜 할머니의 말씀을 듣고 있던 사람들은 두려움을 느꼈을까? (심화)

③ 머나먼 행군의 참상 (19쪽 줄 ~ 12줄)

- 촉토 족은 '머나먼 행군' 과정에서 어떤 고통을 겪었는가? (사실)

- 할머니는 왜 '우리는 함께 걷고 있었지만 혼자서 걷는 것이나 마찬가지'라고 했을까? (심화)

④ 새 땅에 도착한 촉토 족 (21쪽 1줄 ~ 8줄)

- 새 땅에 도착해서 새 밭과 새 집을 지었지만 촉토 족은 자신들을 어떤 사람들로 여겼는가? (사실)

- 촉토 족이 머나먼 행군을 끝내고 새 집을 짓고 새 밭을 일구기 시작했지만 "길을 잃은 사람들이나 다름없었다"고 한 까닭은 무엇인가? (심화)

⑤ 할머니의 말씀 (22쪽 1줄 ~ 6줄)

- 할머니는 왜 촉토 족이 아일랜드 사람들을 도와야 한다고 했을까? (사실)

- "우리의 도움은 시간을 꿰뚫어 쏘는 화살과 같습니다."는 말 속에 담긴 뜻은 무엇인가? (심화)

⑥ 아일랜드 사람들에게 구호금을 보내기로 결정한 촉토 족 (22쪽 7줄 ~ 13줄)

- 왜 촉토 족은 아일랜드에 구호금을 보내기로 결정했을까? (사실)

 - 집으로 돌아오는 동안 왜 모두 침묵에 빠졌을까? (심화)

절정

아일랜드인들의 고통에 동참하기로 결정한 회의를 마치고 집으로 돌아왔지만 나는 그 결정에 동의할 수 없었다. 우리 부족에게 견딜 수 없는 고통을 준 '나홀로'에게 왜 도움을 주어야 하는지 이해가 되지 않았기 때문이다. 복수를 하지 못할지언정 도움이라니. 도저히 용납할 수 없었다.

나의 불만을 안 증조할머니는 나를 설득하기 시작했다. 증조할머니 이야기 속에 '머나먼 행군' 도정에서 죽은 한 살짜리 형이 있었다. 나에게 형이 있었다는 사실이 믿기지 않았지만 형을 잃은 슬픔이 다가와서 마음이 움직였다. 나는 아일랜드인들이 걷고 있는 지금의 길은 우리 부족이 걸어왔던 그 겨울의 눈 덮인 길이었음을 깨닫고 내 안의 분노를 걷어낼 수 있었다.

① 추나의 분노 (24쪽 1줄 ~ 11줄)

- 할머니의 이야기를 듣고 '나'는 어떤 반응을 보였는가? (사실)

- '나'는 왜 화가 났을까? (심화)

- '나'의 강한 반대에 어른들은 어떤 태도를 보였는가? (사실)

- 왜 어른들은 추나가 결정할 때까지 기다려주었을까? (심화)

② 할머니와 추나의 대화 (26쪽 12줄 ~ 28줄)

- 촉토 족은 왜 땅을 빼앗겼는데도 나홀로와 싸우지 않았는가? (사실)

- 자유롭게 산다는 것은 무엇을 말하는 것일까? (심화)

- "머나먼 행군은 결코 끝나지 않았어. 우리는 매일 두 세계를 걷는단다."라는 말의 의미는 무엇인가? (심화)

- "머나먼 행군은 우리 모두의 삶의 일부이며 너의 이야기"라고 한 이유는 무엇인가? (심화)

③ 형이 있었다는 것을 알게 된 추나 (29쪽 1줄 ~ 7줄)

- '나'는 할머니로부터 어떤 사실을 알게 되었나? (사실)

- "형을 모르지만 형을 잃은 슬픔을 느낄 수 있다" 는 것은 무슨 뜻일까? (심화)

④ 분노가 사라진 추나 (29쪽 8줄 ~ 16줄)

 - 할머니 이야기를 듣고 내가 알게 된 것은 무엇인가? (사실)

- "어머니는 그 겨울의 머나먼 길을 다시 걸으셨던 것이다."의 의미는 뭘까? (심화)

- 내 분노가 사라진 이유는 무엇인가? (사실)

- 굶어 죽어가는 사람들을 모른 체하면 왜 나홀로와 같은 사람이 되는가? (심화)

결말

나는 어른들에게 아일랜드인들을 돕기 위해 돈을 보내야 한다는 것을 알렸다. 그리고 촉토 족의 위대함을 느끼고 감격에 겨워 외쳤다. 나는 촉토 족이라는 것을.

① 추나의 결정 (30쪽 2줄 ~ 4줄)

- '나'는 왜 아일랜드 사람들에게 돈을 보내기로 결정했을까? (사실)

- 아일랜드 사람들이 촉토 족과 같은 길을 걷고 있다는 것은 무슨 의미인가? (심화)

② 외삼촌과 추나의 대화 (30쪽 9줄 ~ 17줄)

- 촉토 족의 구호금은 어떤 도움을 줄까? (사실)

- 촉토 족이 보내는 구호금은 왜 촉토 족에게 과거와 맞설 수 있도록 해 주었을까? (심화)

③ 추나의 자부심 (32쪽5줄 ~ 10줄)

- '나'는 산을 향해 달린 후 하늘을 향해 무엇이라고 소리쳤는가? (사실)

- '나'는 왜 '우리는 촉토 족이다.'라는 말을 외쳤을까? (심화)

【실제 모둠토론 학생 질문 예시】

- 내가 추나였다면 아일랜드에 구호금을 보낼 것인가?

- 내가 촉토 족이었다면 자기가 살던 곳을 떠나왔을까?

- 나도 촉토 족의 경우처럼 나에게 잘못한 사람을 용서한 경험이 있었나?

네 걸음 – 전체토론 (쉬우르)

【전체토론 (쉬우르) 학생 질문 예시】

- 촉토 족이 후손들에게 머나먼 행군을 숨긴 것은 정당한가?

- 촉토 족이 자신이 살던 땅에서 떠나온 것은 옳은가?

- 촉토 족은 아일랜드 사람들에게 구호금을 보내야 할까?

- 촉토 족의 위대한 전통이 점차 사라져 가는 것은 누구의 책임인가?

【전체토론 (쉬우르) 교사 질문 예시】

- 용서는 어떤 힘이 있는가?

- 용서란 무엇인가?

- 인디언의 선물이란 무엇인가?

- 타인의 고통에 왜 공감해야 하는가?

- 타인의 고통을 해결하기 위해 왜 연대해야 하는가?

🎵 3차시 수업

마음열기

▶ 김창완 시집 《무지개가 뀐 방이봉방방》 중 〈용서〉를 읽고 궁금한 점을 서로 이야기해보자.

- 시를 읽고 느낀 점을 자유롭게 이야기해 보자.

- 마음에 드는 구절과 이유를 이야기해 보자.

- 나는 어떤 것들을 용서했는지 이야기해 보자.

들어서기

▶ 다음 영상을 보고 물음에 답해보자.

○ 지식채널 e 《그 남자의 이름은》 3부 〈마디바〉
유튜브에서 '그 남자의 이름은' 검색

- 아파르트헤이트란 무엇인가?
- 넬슨 만델라가 진실과 화해 위원회를 세운 이유는 무엇인가?
- 왜 사람들은 진실과 화해 위원회를 지지하지 않았을까?
- 진실과 화해 위원회는 어떤 영향을 미쳤는가?

펼치기

▶ 교사가 들려주는 이야기를 듣고 궁금한 점을 서로 이야기해보자.

팔레스타인 난민 캠프에 살고 있는 열두 살 소년 아흐메드는 난민 캠프를 벗어난 자유롭고 평화로운 세상을 꿈꾸던 아이였지. 총 대신 기타를 들고 평화를 연주하고 싶었던 아흐메드의 꿈은 2005년 라마단이 끝나는 아침에 박제되어 버렸단다. 아흐메드는 라마단이 끝나는 것을 기념하는 파티에 초대받아 양복에 입을 넥타이를 사러 가는 도중에 이스라엘 저격병이 쏜 두 발의 총알을 맞고 뇌사상태에 빠지고 말았단다. 장난감 총을 든 팔레스타인 아이를 오인 사격했다는 이스라엘 측 보도와 달리 아흐메드는 그 어떤 총도 갖고 있지 않았어. 이스라엘 주치의는 아흐메드의 아버지 이스마엘에게 장기 제공을 제안하였고 이스마엘은 가족과 이슬람교 지도자와 상의 끝에 장기를 기증하겠다는 결단을 내렸단다. 아흐메드의 장기는 여섯 명의 이스라엘 사람들을 살렸어. 적국의 총알로 억울하게 아들이 살해당했지만 아버지는 그럼에도 불구하고 적국의 아이들에게 아들의 장기를 내어준 거야. 이스마엘은 말했어. "장기 이식은 평화를 바라는 팔레스타인 사람들의 메시지"라고. 이스마엘의 심장을 기증받았던 열두 살 동갑 소녀 사마흐는 의사가 꿈이래. 사람들의 생명을 구하며 이스라엘과 팔레스타인의 평화를 위해 살고 싶단다. 열두 살에 멈춘 아흐메드의 심장은 열일곱 살이 된 사마흐의 심장이 되어 다시 뛰고 있는 거지."
　　－《생명의 릴레이》 (가마타 미노루/ 양철북) 각색

- 이야기를 듣고 느낀 점을 자유롭게 이야기해 보자.
- 내가 아흐메드 아버지라면 나는 어떤 결정을 내렸을까?
- 용서에는 어떤 힘이 있는가?

▶ 아일랜드 후손이 되어 촉토 족에게 보내는 편지를 써 보자.

필수 내용

– 아일랜드 사람들이 겪은 일 (아일랜드 대기근)

– 나훌로가 촉토 족에게 행한 일 (머나먼 행군)

– 촉토 족이 베푼 일 (촉토 족의 선물)

– 느낀 점이나 깨달은 점

– 편지 형식이 아닌 일기나 수필 형식의 글도 가능하다.

학생글

서준 (중학교 1학년)

안녕, 나는 아일랜드에 사는 14살 소년이야. 얼마 전 나는 할아버지를 통해 '촉토 족'이라는 한 부족의 이야기를 듣게 되었어. 우리가 그들에게 한 잔인한 짓과 그들이 우리에게 베푼 선행을 듣게 된 거야.

우리의 선조는 유럽을 떠나 촉토 족이 살고 있는 땅까지 가게 되었어. 그 곳에서 촉토 족은 우리에게 땅을 나누어 주고 우리와 친하게 지내고자 했지. 하지만 시간이 흐르고 우리의 선조들은 촉토 족의 땅을 모조리 독차지 하고 싶어 했어. 결국 1786년 촉토 족은 우리에게 땅을 모두 빼앗기고 머나먼 행군이라는 고통의 길을 걷게 되었어. 그 행군에서 수많은 촉토 족들이 차디찬 길바닥을 한 걸음, 한 걸음씩 나아갔지만 추위와 굶주림에 수많은 생명이 사라져 갔다고 해. 그들은 새로운 곳에서 집을 짓고 생활했지만 조상들이 내려준 땅과 자연을 다 잃은 것이나 마찬가지였어.

그렇게 20년 후 우리의 선조들은 영국에게 통치를 받았어. 영국에게 삶에 필요한 식량마저 한 가지 빼고는 다 뺏겼어. 그 한 가지 식물은 감자였고 우리는 감자에게만 의존해 왔어. 그러나 1845년부터 감자가 몽땅 죽어버렸고 1849년까지 100만 명 이상의 사상자가 발생했어. 100만 명 넘는 사람들도 다른 나라로 이주했다고 해. 우리 가족도 이주를 결심하고 떠나려는 순간 한 소식이 들려왔대. 5000달러를 아일랜드에게 후원한 사람들이 있다고. 놀랍게도 그들은 촉토 족이었어. 우리가 땅을 빼앗고 죽인 촉토 족이 우리에게 돈을 후원한 거야. 나는 할아버지에게 그 이야기를 듣고 멍해졌어. 나는 촉토 족의 역사를 들었을 때 그들이 우리에게 복수를 할 것이라고 생각했거든. 그런데 내 생각과는 정반대로 그들은 위험에 빠진 우리들을 도운 것이야.

나는 앞으로 촉토 족을 본받아서 어려움에 빠진 사람, 그들이 내 원수라도 위험에 빠지면 도움을 줘야한다고 다짐했어.

혜연 (중학교 1학년)

나는 아일랜드에 살고 있는 노인이야. 내가 14살 때 쯤 우리나라는 감자 기근으로 무척 어려운 시기를 보내고 있었어. 너무 갑자기 닥친 기근에 우린 아무런 준비가 되어 있지 않은 상태였어. 그때 당시 우리는 영국의 식민지였고 우린 너무 무기력했어.

아무것도 할 수 없었던 우리는 다른 나라들에게 도움을 요청했어. 정말 고맙게도 여러 나라에서 우릴 도와줬지. 하지만 식량은 턱없이 부족하기만 했어. 우린 주위에 보이는 풀이란 풀은 다 뜯어 먹어서 입 주위가 초록색으로 물들었어. 길을 가다보면 많은 사람들이 죽어 있었어. 혹시나 나도 저 옆에 누워있게 될까봐 죽기 살기로 풀을 먹어댔어. 이런 우리의 상황을 듣고 더 많은 나라에서 우리를 도와줬고 그 중에선 촉토 족이라는 처음 들어 보는 나라의 구호금도 있었어. 하지만 할아버지의 이야기를 듣고 난 크게 놀라고 말았어.

오래 전, 우린 촉토 족에게 정말 큰 잘못을 저질렀다고 해. 나훌로라는 우리 선조들은 촉토 족이 사는 곳까지 진출했다고 해. 촉토 족은 처음 보는 우리에게 땅을 조금씩 떼어주며 사이좋게 지내려고 했지만 우린 땅에 눈이 멀어 촉토 족을 자기네 땅에서 쫓아내 버렸어. 결국 땅은 우리의 차지가 되었고 촉토 족이 먼 곳까지 떠나는 과정에서 많은 사람들이 죽었다고 해. 우린 굶어 죽어가는 촉토 족 사람들을 보면서 그 어떠한 도움도 주지 않았어. 촉토 족이 우릴 미워하고 원망한다는 것은 당연한 일이야. 하지만 그럼에도 불구하고 우리가 가장 힘들고 지칠 때 도움을 주었잖아. 그때 나는 나중에 촉토 족처럼 잘못한 사람도 용서하고 베풀 줄 아는 사람이 되고 싶었어. 그리고 그 다짐처럼 평생을 살아왔지. 이것이 바로 인디언의 선물이 아니었을까?

오래 전 서점에서 이 책을 처음 발견했을 때 마치 고고학자가 오랫동안 묻혀 있었던 유물을 발견한 기분이었다. 촉토 족의 생활을 완벽하게 복원한 그림과 영화보다 더 영화 같은 촉토 족의 이야기가 나의 심장을 쿵쿵 두드렸다. 이 감동을 어떻게 수업에 고스란히 전달할 수 있을까? 복수가 정의가 되어가는 세상에서 아이들은 촉토 족의 선택을 이해할 수 있을까?

본격적인 수업을 하기 전 이 책에 담긴 역사적 배경을 충분히 이해시켜야 했다. 촉토 족의 역사와 머나먼 행군, 새 땅(인디언 거주지), 아일랜드 기근 등을 잘 이해하고 있어야 촉토 족의 선택을 이해하고 주제에 다다를 수 있다. 시간적 여유만 있다면 아이들과 함께 수업 시간에 슬로우 리딩을 한 후 하브루타 토론을 진행하는 것이 바람직하다. 이렇게 수업했을 때 수업의 효과가 가장 좋았다. 시간이 촉박하다면 아이들이 발췌한 문장을 읽고 짝토론을 진행하게 한다.

아이들은 이견 없이 '촉토 족은 아일랜드에 구호금을 보내야 하는가'라는 질문을 가장 중요한 질문으로 뽑았다. 슬로우 리딩을 하고 하브루타 토론을 했기에 책에 대한 숙지가 잘 되어 있어서 구호금을 보내야 한다는 의견이 대부분이었다. 촉토 족과 나홀로의 관계를 잘 파악하고 촉토 족의 선택에 대한 의미도 잘 이해한 것은 좋았지만 초 6학년과 중 1 학생들이라 용서가 갖는 힘에 대해서 확장해서 고찰해 보지 못한 점은 아쉬웠다. 학년이 더 높은 학생들에게는 일본과 우리나라의 얽힌 역사와 남아프리카 공화국의 넬슨 만델라의 사례를 통해서 주제를 고찰해 보는 활동을 해 보면 좋겠다.

《거짓말 학교》
우리는 왜 거짓말을 할까

○ 수업 목표
1. 등장인물의 말과 행위를 통해 거짓말 하는 이유를 알 수 있다.
2. 거짓말이 개인의 삶과 사회에 미치는 영향에 대해 알 수 있다.
○ 함께 읽는 책 : 《거짓말 학교》
　　　　　　　　　(전성희 글 / 소윤경 그림 / 문학동네 / 2009 / 218쪽)
○ 분류 : 정의로운 사회
○ 주제 : 우리는 왜 거짓말을 할까
○ 대상 : 초등 6학년 ~ 중학교 2학년
○ 분량 : 218쪽
○ 참고 도서 : 《왜 리더는 거짓말을 하는가?》(존 미어샤이머 / 비아북)
　　　　　　　《모두 거짓말을 한다》(세스 스티븐스 다비도위츠 / 더퀘스트)
　　　　　　　《유머니즘》(김찬호 / 문학과지성사)
○ 집필: 장현주

　미국 서던 캘리포니아 대학 심리학자 제럴드 젤리슨 박사는 일반 시민 20명을 대상으로 각자의 일상 생활에서 하루에 몇 번 정도 거짓말을 하는지 분석했다. 그 결과, 약 8분에 1회, 의례적인 말까지 포함해 1일 평균 200회 정도 거짓말을 한다는 사실을 알아냈다. 이처럼 거짓말은 우리 생활에 깊이 스며들어 있다.

　계획적이며 체계적으로 거짓말을 가르치는 학교가 있다고 생각해보자. 전성희 작가의 《거짓말 학교》에서는 세계를 뒤흔들고 새 역사를 만들 위대한 거짓말을 가르치는 학교가 등장한다. 거짓말 학교는 정부에서 국가 기밀로 운영하고 있다. 전국 최고 수재들만 갈 수 있는 곳으로 무료 학비는 기본이고 최고의 교사들과 기숙사 시설, 균형 잡힌 식단, 매달 지급되는 용돈, 해외 연수 등 엄청난 혜택을 제공하고 있어 경쟁률도 치열한 곳이다. 단, 한 가지 조건이 있다. 학교 졸업 후에는 국가에서 지정해주는 곳에서 국익을 위해 일해야 한다는 것이다. 물론 모든 국익은 학교에서 배운 거짓말로 창출된다.

이야기를 따라가면서 우리는 '공공의 이익을 위한 거짓말, 더구나 국가의 이익을 위해 하는 거짓말이라면 해도 되지 않을까? 아니 해야만 하는 건 아닐까?' 하는 생각에 잠시 머뭇거리게 된다. 치열한 생존경쟁사회에서 거짓말이 경쟁력이 될 수 있다고 생각하는 사람들도 있다. 《거짓말 학교》는 가상공간에서 벌어지는 일련의 사건들을 보여주면서 우리들에게 "왜 거짓말을 하는가"에 대한 물음을 던져 주고 있다.

하브루타 독서토론 수업 흐름

차시	핵심 활동	활동 목표	주요 활동 내용
1차시 (120분)	사전 과제	등장인물을 통한 내용 확인 및 이해	– 책 읽어오기 : 모르는 낱말 주석달기, 주요 문장 발췌·정리 – 등장인물(강인애, 김나영, 교장 선생님, 진실학 선생님) 자기소개서 작성하기 – 공간적 배경 작성하기
	질문 생성과 질문 탐구	구성단계별 내용 정리와 질문 만들기	– 공간적 배경 알아보기 / 질문하고 대답하기 – 등장인물별 자기소개서 발표하기 / 각 인물에 대해 질문하고 대답하기
2차시 (120분)	짝 – 모둠 하브루타 및 쉬우르	동료와 상호작용 (짝토론, 모둠토론) 적용 및 심화 발전	– 구성단계별 주요 내용 발췌 및 줄거리 정리하기 – 구성단계별 주요 문장에 근거해 짝과 함께 질문 만들기 – 짝과의 대화를 통해 질문 분류하기 – 짝토론 / 모둠토론에 제시할 질문 선정하기 – 모둠토론 / 전체토론(쉬우르)에 제시할 질문 선정하기 – 전체토론(쉬우르) 하기
3차시 (120분)	모둠 활동	되새기기, 내면화하기	**관련 활동** ▶ 제시한 사례 중 하얀 거짓말, 빨간 거짓말의 분류 기준을 정해 각각 3개씩 뽑아 보고, 그것의 가치와 의미 분석하기 ※ 참고 사항 ① 하얀 거짓말과 빨간 거짓말 개념 정리하기 ② 무엇을 기준으로 정했는지, 왜 그렇게 생각하는지 설명하기 ③ 하얀 거짓말과 빨간 거짓말의 가치와 의미 분석하기 ④ 그 거짓말이 개인과 사회에 어떤 영향을 미칠지 예상해보기 ⑤ 모둠 별 발표하기
			글쓰기 ▶ 우리는 왜 거짓말을 할까?

♫♩ 1차시 수업

마음 열기

▶ 함께 읽어보자.

※ 김수열 시집《바람의 목례》중 〈거짓말〉 전문을 제목 없이 아이들에게 제시한다.

- (함께 낭독 후) 이 시에 제목을 붙여보자.

- 선생님의 속마음이 잘 드러난 곳을 찾고 그 의미를 생각해보자.

- 선생님은 아이들에게 정말 거짓말을 한 것일까?

생각 열기

1. 거짓말에 관한 내 생각을 아래 테스트로 체크해보자.

(1) 나는 거짓말이 나쁘다고 생각한다.
① 매우 그렇다 ② 보통이다 ③ 그렇지 않다 ④ 전혀 그렇지 않다 ⑤ 모르겠다

(2) 나는 거짓말이 꼭 필요하다고 생각한다.
① 매우 그렇다 ② 보통이다 ③ 그렇지 않다 ④ 전혀 그렇지 않다 ⑤ 모르겠다

(3) 나는 거짓말하는 것이 재미있다.
① 매우 그렇다 ② 보통이다 ③ 그렇지 않다 ④ 전혀 그렇지 않다 ⑤ 모르겠다

2. 체크한 결과를 바탕으로 나는 왜 그렇게 생각하는지 말해보자.

3. 위 세 가지 문항을 바탕으로 나는 언제 어떤 거짓말을 자주 하는지 말해보자.

● 첫 걸음 - 내용 공유하기

▶ 이 작품의 공간적 배경에 대해 정리해보자. 발표를 듣고 공간적 배경에 대한 이해를 깊게 할 수 있는 질문을 만들고 이야기 나누어보자.

거짓말 학교의 공식적인 명칭은 '메티스 스쿨'이다. 'METIS SCHOOL'에서 메티스는 'Mental Energy Training Intensive System'의 약자다. 또 그리스 신화에 나오는 제우스 첫째 부인 이름으로, 지혜, 교묘함, 속임수, 임기응변이라는 의미가 있다. 공식 명칭이 무엇이든 이 학교를 다니는 아이들은 그냥 '거짓말 학교'라고 부른다. 거짓말 학교는 정부에서 운영하며 설립된 지 약 30년이 되었고, 각 학년마다 다른 섬에 따로 있다. 학교는 제주도에서 멀리 떨어진 외딴 섬에 있기 때문에 사람들과 만날 수 없다. 제주도까지 가는데 배를 타고 한 시간 정도 걸리고 섬이 너무 작아서 지도에도 나와 있지 않다.

학교에 들어오기 전 비밀 유지 서약서를 써야 한다. 만약 그걸 어길 시 법을 어기는 것과 같은 처벌을 받는다. 그것도 국가기밀누설죄로 중죄에 해당한다. 또 이메일이나 문자를 모두 학교에서 관리하는 것을 원칙으로 하고 있다. 메일이나 문자를 적을 때 '거짓말', '속임수'처럼 거짓말과 관련된 몇 단어들은 사용을 제한한다. 일요일을 뺀 모든 날 아침 8시에 조회 시간을 갖는다.

거짓말 학교에서는 거짓말이 어떻게 세계를 움직이고 부와 명예를 창출하는지 가르친다. 거짓말 학교에서는 세계를 뒤흔들고, 새 역사를 만들 그런 위대한 거짓말을 배운다. 자기 자신마저도 속일 수 있는 완벽한 거짓말, 세계를 이끌어 갈 창의적인 거짓말 인재 양성이 거짓말 학교의 교육 목표다. 필수 과목으로 언어, 논리, 영어, 진실, 거짓, 심리, 역사, 체육을 배운다. 물론 그 분야 최고 전문가 수업을 제공한다. 1학년 전체 학생은 30명인데 이중 10명은 탈락하고 20명만 이 학교를 계속 다닐 수 있다. 전국 초등학교에서 학교장 추천으로 선발되어 1차 서류전형, 2차 필기시험, 3차 다차원 적성 검사 등 몇 차례의 시험과 면접까지 거쳐서 학생을 선발한다. 모두 전교 1, 2등을 하던 아이들이고, 공부에 있어서는 자신 있는 아이들이 모이는 곳이다.

거짓말 학교 특혜는 다른 학교들과는 비교가 안 될 정도로 많다. 여름 방학 동안 공짜로 미국 어학연수를 보내준다. 미국뿐 아니라 습득하고 싶은 언어를 사용하는 그 어떤 나라로도 어학연수를 보내준다. 거짓말 학교 뿐 아니라 대학까지 전액 장학금과 매달 용돈을 지급한다. 물론 국내 대학이든 국외 대학이든 상관없다. 단 조건이 있는데 졸업 후에는 무조건 국가를 위해 일해야 한다. 정부 지원을 받았으니 정부가 지정해준 일을 해야 한다. 그게 어떤 일이든 혜택을 받은 자는 받아들여야 한다. 물론 족쇄로 여길 수도 있겠지만 실업이 넘치는 시대에 취업을 보장받는 것은 특권 중 특권이다.

학교는 두 동으로 구성 되어 있다. 1관은 저녁 7시만 지나면 학생들을 출입금지 시키는데 도서관, 교장실, 보건실, 교실, 스트레스 해소를 위한 노래방, 학생들의 건강을 위한 게임장 등이 있다. 2관에는 휴게실, 식당, 체육관, 여교사 전용 기숙사와 학생들 기숙사가 있다. 기숙사에는 1인 1실에 개인 컴퓨터와 샤워실을 갖추고 있으며, 최고의 영양사가 짜 주는 식단에 생산지에서 직접 공수되는 신선한 식재료로 만든 음식을 제공한다. 이 학교 학생은 극소수에게만 돌아가는 특권을 누리는 선택 받은 자들이다. 이런 것을 누리는 학교가 있다는 사실을 알면 누구라도 오고 싶을 것이다.

마지막으로 거짓말 학교의 〈거짓말 헌장〉은 다음과 같다.

"우리는 민족중흥의 역사적 사명을 띠고 이 땅에 태어났다. 공익과 질서를 앞세우며 능률과 실질을 숭상하고, 유구하고 역사의 뿌리 깊은 거짓말 전통을 이어받아 인류공영에 이바지하자. 이에 창의적이고 이로운 거짓말을 교육 지표로 삼는다. 성실한 마음과 튼튼한 몸으로 거짓말 기술을 배우고 익히며, 타고난 저마다의 소질을 계발하여 창조적인 거짓말을 개척하는 데 온 힘을 쏟는다. 우리의 거짓말로 나라가 발전하며 나라의 융성이 나의 발전의 근본임을 깨달아, 국가 발전에 참여할 수 있는 거짓말의 가치를 드높인다. 국가와 거짓말에 대한 사랑이 우리 삶의 길이며, 자유세계 이상을 실현하는 기반이다. 길이 후손에 물려줄 영광된 조국의 앞날을 내다보며, 야망과 실력을 갖춘 뛰어난 국민으로서 민족의 슬기를 모아 만든 거짓말로 새 역사를 창조하자."

♬ **질문 만들기**

– 거짓말 학교 공식명칭은 무엇이며 어디에 있는 곳인가? (사실)

– 왜 그런 곳에 학교를 설립했을까? (사실·심화)

– 거짓말 학교 핵심 설립 목표는 무엇인가? (사실)

– 거짓말 학교에서 학생을 뽑는 전형 방식은 무엇인가? (사실)

– 전형방식 중 가장 독특한 부분은 무엇이며 왜 그렇게 생각하는가? (사실·심화)

– 거짓말 학교에서 배우는 과목에는 어떤 것들이 있는가? (사실)

– 왜 그러한 과목들을 배울까? (사실·심화)

– 거짓말 학교에 입학한 학생들이 받을 수 있는 혜택은 무엇이며, 학생들이 가장 좋아하는 혜택은 무엇인가? (사실)

– 거짓말 학교 졸업 후 진로는 어떻게 되는가? (사실)

– 나에게 거짓말 학교에 들어갈 기회가 온다면 입학할 것인가? (적용)

▶《거짓말 학교》등장인물 중 주요 인물인 강인애, 김나영, 교장선생님, 진실학 선생님 소개서를 발표한 후 각 인물을 발표한 학생에게 궁금한 점을 질문해보자.

강인애 자기소개서

내 이름은 강인애다. 붕어빵 장사를 하는 아빠와 몸이 아프신 엄마, 동생이 두 명 있다. 내가 잘 할 수 있는 건 공부밖에 없다. 학교장 추천으로 학비와 기숙사비 전액 무료, 매달 나오는 용돈 그리고 해외 어학연수까지, 우리 집처럼 가난한 가정에서는 꿈도 못 꿀 혜택이 많아 거짓말 학교에 입학하게 되었다. 이런 사정을 잘 아는 교장이 붕어빵 장사를 하는 아빠를 무시했고, 번번이 우리 집안 형편을 상기시켜 주었기에 싫었다. 그러나 내 마음을 온전히 털어놓을 수 있고 암호 쪽지를 주고받는 진실학 선생님을 만날 수 있어 좋았다.

거짓말 학교에서는 경쟁이 치열하다. 이 경쟁에서 밀려나지 않기 위해 노력했다. 나는 계획적으로 나영이에게 접근했다. 과제에 필요한 책을 나영이가 선점하고 있었기 때문이다. 나는 솔직하게 우리 집 사정을 다 이야기했고, 나영이는 내게 친절하게 대해주었고 친한 친구처럼 지냈다.

체육 시간에 있었던 강연에서 교장의 설교에 지루했던 나는 도윤과 쪽지를 주고받다가 걸려서 압수당했다. 쪽지를 찾기 위해 아이들과 함께 교장실에 몰래 잠입했다가 의사와 진실학 선생님을 만났다. 그 사건 이후 갑자기 진실학 선생님은 학교를 떠나게 됐다. 어느 날 교장이 나영, 도윤, 준우, 나까지 우리 네 명에게 교장실에 침입한 사실을 알고 있으니 밀고자를 밝히라는 편지를 보내왔다. 나는 밀고자가 의사 아저씨일 거라고 예상했지만 준우는 진실학 선생님일 거라고 얘기했다. 나는 도윤이도 밀고자일 가능성이 높다고 말했다. 그때 도윤의 서늘한 표정이 잊히질 않는다. 그러나 교장은 진실학 선생님이 밀고자라고 말했다. 교장은 우리들에게 '메티스 프로젝트'에 대해 이야기를 했다. 양심을 없애는 칩 이식 수술을 받지 않으면 학교를 떠나야 한다고 말했다.

마음이 복잡해진 나는 진실학 선생님과 암호 쪽지를 주고받았던 어금니 바위에 갔다. 그곳에서 '무슨 일이 있더라도 너만은 날 믿어 주리라 믿는다'라는 진실학 선생님이 남긴 쪽지를 보고 선생님에 대한 믿음은 더욱 확고해졌다. 너무 기뻤다. 그러나 나영이는 그 쪽지가 진실학 선생님이 쓴 것인지 어떻게 알 수 있느냐고 반문했다. 나영이는 날 믿지 않는다. 우린 서로 아픈 곳을 찔렀다. 나영이와 나는 스스로를 속이고 있었던 것이다. 그것만은 분명한 진실이었다.

양심을 없애는 칩 이식 수술을 수용해야 할 것인지 말 것인지 선택해야 할 시간이 다가왔다. 그런데 어떤 결정을 내려야 할지 모르겠다.

'강인애, 이제 어떡할래?'

김나영 자기소개서

내 이름은 김나영. 태어나서 지금까지 무엇 하나 부모님 뜻에 어긋난 일은 해본 적이 없는 모범생이다. 내 꿈은 정치 스파이가 되어 다른 나라 정보를 빼내고 진실을 밝히는 일을 하고 싶지만 발각되는 건 무섭다. 그저 거짓말을 분석하고 밝혀내는 것이 좋다. 부모님은 이혼했다. 거짓말 학교는 기숙사 생활뿐 아니라 여러 가지가 보장되기 때문에 도피처로는 안성맞춤이었다. 거짓말 학교에 합격한 후 엄마는 나를 맡기로 하셨다. 아마 내가 평범한 아이였다면 두 분 다 나를 서로에게 보내려 했을 것이다.

거짓말 학교에서 교장에게도 할 말을 다 하는 놀라운 인애를 만났다. 그런 인애가 내게 먼저 다가와 자신의 사정을 다 말해주었고, 그 이후 우리는 둘도 없는 친한 사이가 됐다. 어느 날 우리 학교 출신 제약회사 선배 강연 중 인애와 도윤이가 쪽지를 주고받다가 교장에게 발각되었다. 그 쪽지를 찾기 위해 도윤이와 친한 준우까지 포함해서 우리 넷은 교장실에 함께 침입했다. 두 번의 교장실 침입 중 만난 의사 아저씨와 진실학 선생님에게서 몇 가지 이야기를 들을 수 있었다.

두 번째 교장실 침입 이후 진실학 선생님이 잘렸다는 소문이 돌았고 그것은 사실이었다. 진실학 선생님에 대한 사랑이 유별난 인애의 충격이 클 것 같았다. 의사 아저씨는 보이지도 않고 설상가상 교장이 우리 네 명에게 교장실 침입을 알고 있으니 밀고자를 밝히라는 편지를 보냈다. 나는 인애와 마찬가지로 의사 아저씨가 밀고자일 것이라 생각했으나 교장은 진실학 선생님이 밀고자라고 했다. 교장은 우리 넷에게 '메티스 프로젝트'에 대해 알려줬고, '양심을 없애는 칩' 이식수술을 받지 않으면 학교를 떠나야 한다고 말했다.

나중에 알게 됐지만, 인애는 처음부터 나를 믿은 적이 없었다. 이제 나와 인애는 어떻게 될까? 인애 속마음을 들은 나는 부끄러움에 치를 떨었다. 친구인 나는 못 믿으면서 진실학 선생님은 온전히 믿는 인애는 멍청해 보이기까지 했다. 그 순간 나는 어른들의 말에 속았다는 것과 거짓말 학교에 온 것은 '내가 원한 거'라며 스스로를 속이며 살았다는 것을 알게 됐다.

인애가 나를 찾아와 진실학 선생님 쪽지에 대해서 얘기했지만 나는 쪽지를 믿을 수 없다며 인애 믿음에 찬물을 끼얹었다. 우린 서로가 서로에게 상처 주는 말을 이어나갔다. 나도 인애도 사실은 거짓말쟁이고, 교장 같은 인간이면서 아닌 척할 뿐이었으며 또 우리는 우리 자신을 속이고 있었다. 인애가 내게 미안하다고 했다. 그 말은 분명 진실이다. 나는 아무 말도 할 수 없었다.

이제 나는 선택의 기로에 놓였다. 수술을 거절한다면 어떻게 될지 앞이 캄캄하다. '김나영, 너는 어떻게 할래?'

교장 자기소개서

나는 의사 출신 거짓말 학교 교장이다. 올해 입학한 아이들과 외딴 섬에 있는 두 동의 학교를 총괄하고 있다. 내게 중요한 것은 세계를 이끌어 갈 거짓말을 잘하는 인재를 만드는 것. 올해 공부 잘하고 똑똑한 학생들이 많이 들어와서 아이들에게 거는 기대가 크다.

거짓말의 위대함을 가르치기 위해 아이들에게 국가가 지정해준 제약회사에 들어간 김학수 이사를 초청해서 유능한 거짓말로 굴지의 1위 회사로 만들기까지 과정을 듣게 했다. 거짓말이 국익에 얼마나 유익한지 아이들도 크게 느꼈을 것이다.

거짓말 학교는 정부로부터 많은 지원을 받고 있다. 특히 인간 뇌파를 조종하는 연구로 지원금을 엄청나게 받고 있다. 그런데 이 연구에 문제가 생겼다는 것을 알게 된 정부에서 학교로 의사를 파견했다. 나는 정부에서 지원해주는 막대한 실험 비용을 계속 받아야 하는데 세 명의 아이가 쓰러지는 바람에 조금 초조했다. 특히 의심 많은 의사가 여기저기 자꾸 조사하고 다니고, 쓰러진 도윤이에 대해 캐묻는 바람에 여간 신경 쓰이는 게 아니다. 교장실에서 의사랑 대화 중 관리 아저씨도 쓰러졌다고 연락받았다. 나중에 도윤이가 또 아프다고 했지만, 별일이 생기지 않아 다행이었다.

나는 쪽지를 찾으러 교장실로 간 네 아이들 동선을 이미 파악하고 있었고, '너희들이 한 일을 다 알고 있으니 밀고자를 밝히라고!' 쓴 편지를 보냈다. 네 명의 아이들이 왔을 때 나는 교장실 내 비밀공간을 공개했다. 그리고 아이들에게 거짓말 칩을 뇌에 이식하는 수술인 '메티스 프로젝트'에 대해 설명했다. 인간의 양심을 없애버리는 것이 목표인 수술이다. 그리고 지금까지 학교에서 여러 명이 쓰러진 것은 전자기파를 이용해 뇌를 조종하려고 실험을 하다 벌어진 일이었고, 그 실험이 실패한 것도 인정했다. 그러나 '메티스 칩'을 이식하면 일반 생활은 유지하면서도 필요할 때만 거짓말 기계가 될 수 있다는 것을 설명했다.

나는 교장실을 침입할 정도의 배짱과 대담함을 지닌 인애, 나영, 준우, 도윤까지 네 아이를 메티스 칩을 이식할 대상자로 정했다. 물론 선택은 아이들 몫이다. 그리고 수술을 받지 않을 경우엔 이 학교에 남을 수 없다는 결정적 사실을 아이들에게 통보해주었다.

진실학 선생이 밀고자라고 알려주었을 때 아이들의 놀란 모습이라니!! 의사는 이 실험에 반대하는 비밀 조직에 몸담고 있는 사람이고 학교 정보를 빼내려다 걸렸다. 진실학 선생은 정부가 비밀 조직에 심어 놓은 이중 스파이고, 비밀 조직의 의심을 피하기 위해 학교에서 떠나게 했다고 말했다. 아마 아이들은 내 말을 다 믿겠지?

네 아이가 내 편지 한 장으로 서로를 의심하고 원망하고 분열했을 거라는 사실은 보지 않아도 너무도 명확했다. 네 아이 모두 아무도 대답을 못 하는 걸 보니 내 추측이 정확한 것 같다. 아! 통쾌하다. 과연 누가 수술을 선택할지 아주 흥미롭다. 모든 혜택을 버리고 거짓말 학교를 떠날 아이가 있을까? 몹시 궁금하다.

진실학 선생님 자기소개서

나는 거짓말 학교 출신으로 최고 교육을 받은 후 국가에서 지정한 거짓말 학교에서 진실학을 가르치고 있다. 진실학은 거짓말을 파헤치고 진실을 밝혀내는 학문이다. 나는 교장 앞에서 당당하다. 부당한 일에 대해서는 반대하며 한 번 말한 것은 끝까지 지킨다.

어느 날 자주 가는 바닷가 근처에서 우연히 만난 인애에게 나 또한 가정 형편이 어려워서 거짓말 학교를 선택했음을 이야기해주었다. 인애는 마음속 깊은 이야기까지 내게 해주었다. 이후 인애와 나는 암호 쪽지를 몰래 주고받았고, 내 기숙사 방을 들락날락할 정도로 친해졌다. 어쩌다 알게 된 인애 생일도 챙겨줄 수 있었다. 암호 쪽지 덕분인데 인애는 엄청 감동한 것 같았다.

진실학을 가르치고 있지만, 나에게도 진실과 거짓을 밝혀내는 일은 정말 어렵다. 진실을 밝혀내는 일을 하다 보니 의심부터 하는 습관도 생겼다. 반복을 통해 훈련을 쌓는 일만 중요한 게 아니라 자신의 의심과 믿음도 의심해 보는 것이 중요하다고 아이들에게 가르친다. 그럼에도 믿음은 있고, 믿음 없이 이 세상은 움직일 수 없다고 생각한다. 특히 사람 마음은 더욱더 그렇다. 모든 사람이 날 보고 거짓말쟁이라고 해도 누군가 한 사람이라도 날 믿어 준다면 그것보다 큰 힘이 되는 건 없다고 생각한다. 나는 우리 아이들이 진실을 말하든 거짓을 말하든 믿음을 얻을 수 있는 사람이 됐으면 좋겠다.

어느 날, 의사 선생님 부탁을 받고 카메라를 챙기기 위해 교장실에 들어갔는데 거기서 인애, 나영, 준우, 도윤을 만났다. 처음에 변명하던 아이들은 결국 사실대로 말했다. 학교에서 여러 명이 쓰러진 것에 대해 네 아이 모두 교장을 의심하고 있었다. 나는 아무 말도 하지 않았다. 나는 카메라를 챙겼고 모니터에 찍혔을까 봐 걱정하는 아이들을 안심시키고 식당에서 만나기로 하고 헤어졌다.

결국 식당에서 아이들을 만나지 못한 채 나는 학교를 떠나게 됐다. 교장과 함께 아이들에게 작별인사를 하러 갔다. 나를 믿고 따라줬던 아이들이 이해해주기를 바랐다. 학교를 떠나는 이유가 뭐냐고 인애가 크게 외쳤지만 아무 대답도 해줄 수가 없었다. 나는 인애와 나영이를 번갈아 가며 꼭 안아 주었다. 이후 씁쓸한 웃음을 지으며 조용히 학교를 빠져나왔다.

교장은 아이들에게 나를 '메티스 프로젝트'를 반대하는 비밀 조직에 정부가 심어 놓은 이중 스파이라고 말했을 것이다. 프로젝트에 반대하는 조직에 학교 정보를 주는 척하면서 반대 조직의 정보를 빼내는 역할을 했다고, 교장은 비밀 조직의 의심을 피하기 위해 내가 학교를 떠나는 것이라고 네 아이에게 이야기했을 것이다.

학교를 나오기 전 급히 바닷가 어금니 바위 안쪽에 암호 쪽지를 넣어뒀는데 인애가 봤을지 모르겠다. '교장의 음모에 학교를 떠나야 할지도 모르니 무슨 일이 있더라도 너만은 나를 믿어 주리라'고 적었다. 나는 인애를 믿는다. 인애도 나를 믿을 것이다.

인애에게도 선택의 순간이 오겠지? 생각하면 마음이 너무 아프다. 자신의 삶을 선택하기에 인애는 아직 어리다. 다른 아이들 역시 어리기는 마찬가지이지만 나와 자라온 환경이 비슷한 인애는 주어진 환경에 굴하지 않고 강한 의지와 사랑의 힘으로 모든 것을 이겨나갔으면 한다. 인애는 잘 헤쳐나가리라 믿는다.

▶ 오늘 수업에 참여한 소감을 나누어보자.

(수업에 참여하면서 새롭게 알게 된 점, 느낀 점 등)

▶ 자기소개서에서 빠진 부분을 정리해보자.

▶ 다음 시간 하브루타 토론을 위해 텍스트를 발단-전개-위기-절정-결말로 나누고, 구성단계별 주요 내용 발췌 및 단계별 줄거리 정리를 해보자.

 2차시 수업

▶ 김광규 시인, 〈보고듣기〉를 함께 낭독해보자.

- 왜 시인은 '나 혼자 눈을 감고, 나 혼자 귀를 막는 것'을 어리석은 짓이라고 했을까?

▶ 다음 글을 함께 읽어보자.

1842년 8월, 미국 뉴욕의 〈아메리카 박물관〉에서 인어 전시회가 열렸다. 영국의 자연과학자 그리핀이 피지섬에서 발견했고, 인어가 죽자 미라로 만들었다고 했다. 전시회의 주최자였던 바넘은 인어를 감정가들에게 맡겼고, 감정가들은 가짜임이 분명한데 가짜를 입증할 수 없다는 결론을 내린다. 바넘은 인어가 가짜라는 것을 알고 있었으나 그에게 중요한 것은 인어의 사실 여부가 아니었다. 그에게 있어 가장 중요한 것은 어떻게 하면 대중들이 그것을 진짜로 믿을 수 있을 것인가 하는 것이었고, 그 역할을 수행했던 것이 그리핀 박사라는 가공의 인물이었다. '인어를 전시한다'는 전시회가 대성공을 거두면서 "누가 그걸 보러 오겠어?"라며 냉소하던 이들의 코를 납작하게 만들었다. 바넘은 신빙성을 주기 위해 가공의 인물 자연과학자 그리핀을 사기극에 끌어들였던 것이다.

– https://worldofjin.tistory.com/1396 / 다음백과_일부 정리

- 왜 대중은 바넘의 거짓 기획에 속아 넘어갔을까?

- 아무런 의심 없이 쉽게 믿어버린 사실이나 정보가 있다면 함께 나누어보자.

펼치기

두 걸음 – 하브루타 질문 만들기

▶ 각 구성단계별로 주요 문장을 발췌하고 내용을 정리한 후, 이야기해 볼 가치가 있는 질문들을 만들어보자.

발단

제주도에서도 한 시간 떨어져 있고 지도에도 나와 있지 않은 외딴섬에 있는 국가 기밀 '거짓말 학교'에서 1년 새 세 명의 아이들이 원인을 알 수 없는 이유로 쓰러진다. 정부에서는 학교 문제점을 파악하기 위해 거짓말 학교에 의사를 파견한다. 쓰러진 아이 중 세 번째 학생인 정도윤은 거짓말 뉴스 시간에 쓰러진다. 각기 다른 사연이 있지만 전국 초등학교에서 우수한 성적으로 거짓말 학교에 입학한 강인애, 김나영, 이준우는 도윤의 친구로 이 일에 의심을 갖기 시작한다.

① 교장의 훈화

"거짓말은 21세기 연금술입니다! ~ 위대한 거짓말을 배우기 위해 왔습니다."
(8쪽 15줄 ~ 9쪽 7줄)
"이 학교는 ~ 기대는 아주 큽니다." (11쪽 11줄 ~ 19줄)

- 교장은 거짓말에 대해 무엇이라 이야기하고 있는가? (사실)
- 교장은 왜 거짓말을 연금술이라 했는가? (사실)
- 거짓말을 21세기 연금술이라고 말한 것엔 어떤 근거가 있는가? (사실)
- 거짓말은 21세기 연금술이 될 수 있을까? (심화)
- 학교는 학생들에게 무엇을 기대하고 있는가? (사실)

② 학교에 대한 아이들의 생각

아이들은 거짓말 공부보다는 학교가 주는 특혜에 더 관심이 많다. ~ 그게 어떤 일이든 받아들여야 한다. (19쪽 14줄 ~ 20쪽 2줄)

- 거짓말 학교에 온 아이들은 무엇을 만족스러워하는가? (사실)
- 거짓말 학교에서 제공하는 혜택을 모두 누리는 대가로 해야 하는 것은 무엇인가? (사실)
- 거짓말 학교에 입학할 수 있는 기회가 나에게 온다면 다닐 것인가? 이유는 무엇인가? (적용)
- '정부의 지원을 받았으니 정부가 지정해 준 일을 해야 한다는 거다. 그게 어떤 일이든 받아들여야 한다.'라는 정부의 요구 사항은 정당할까? (종합)

③ 의사와 교장의 대화

"아이들에게 이런 저런 얘기를 더 들었습니다. ~ 이 학교의 총책임자는 나란 걸 잊지 마시오." (25쪽 3줄 ~ 14줄)

- 의사가 걱정하는 것은 무엇인가? (사실)
- 의사는 왜 진료기록을 보려고 했을까? (사실)
- 아이들은 왜 쓰러졌을까? (심화)
- 교장은 왜 정부에서 나온 의사에게 학교에서 학생들이 쓰러진 걸 감추려 할까? (심화)

④ 학교의 명칭과 교육 목표

학교의 공식 명칭은 '메티스 스쿨'이다. ~ 자기 자신마저도 속일 수 있는 완벽한 거짓말, 세계를 이끌어 갈 창의적인 거짓말 인재 양성이 우리 학교의 교육 목표다. (29쪽 4줄 ~ 11줄)

- 메티스 스쿨의 뜻은 무엇인가? (사실)
- 아이들은 왜 메티스 스쿨을 거짓말 학교로 부를까? (사실·심화)
- 메티스 스쿨의 교육 목표는 무엇인가? (사실)
- 거짓말 학교의 목표는 실현 가능한 목표일까? (심화)

① **거짓말 뉴스**

"오늘 뉴스 하는 날 아니잖아." ~ 도대체 교장 선생님이 왜 저렇게 허둥대는지 알 수 없었다. (52쪽 10줄 ~ 54쪽 2줄)

- 체조하는 날 저절로 가짜 뉴스가 틀어졌을 때 교장은 어떻게 행동을 했나? (사실)
- 체조하는 날 거짓말 뉴스가 대신 나왔을 뿐인데 왜 교장은 심하게 허둥댔을까? (심화)

② **도윤이의 기억**

"우리 면회 갔었잖아" ~ 어리둥절한 표정을 지었다. (73쪽 끝줄 ~ 74쪽 4줄)

- 아이들이 보건실로 면회를 갔었다고 말했을 때 도윤이는 어떤 반응을 보였는가? (사실)
- 도윤이는 왜 아이들의 병문안을 기억하지 못할까? (심화)

③ **김학수 이사의 강의**

"먼저 저는 교장 선생님께서 말씀하신 대로 ~ 생각을 하지 않을 수 없습니다. 또 ~" (75쪽 17줄 ~ 76쪽 14줄)

- 국가가 지정한 제약 회사에 들어간 김학수 이사는 어떤 거짓말로 업계 1위를 달성할 수 있었는가? (사실)

- '그럴듯한 거짓말'이란 무엇인가? (사실·심화)
- '그럴듯한 거짓말'과 같은 비슷한 사례에는 어떤 것들이 있을까? (심화)

④ 앞으로 필요한 거짓말
"거짓말의 역사는 ~ 나라를 위해 아무것도 할 수 없는 무능력입니다."
(80쪽 13줄~81쪽 8줄)

- 인간의 역사에서 거짓말이 사라지지 않는 이유는 무엇인가? (사실)
- 생존과 관련된 거짓말엔 어떤 것들이 있을까? (심화)
- 창의적이고 다양한 거짓말이란 무엇인가? (심화)
- 창의적이고 다양한 거짓말을 할 때 왜 양심은 방해가 되는가? (심화)
- 교장이 말하는 무능력이란 무엇인가? (사실)

⑤ 교장실로!
인애는 지난 학기에도 쪽지를 보내다가 교장 선생님한테 걸린 적이 있다. ~
"너희들도 같이 가자, 도와줘." (84쪽 3줄 ~ 10줄)

- 아이들이 교장실에 가기로 한 이유는 무엇인가? (사실)
- 아이들은 왜 쪽지를 가지러 가려 했을까? (사실·심화)

위기
교장실에 몰래 숨어있던 아이들은 정부에서 나왔다는 의사와 교장의 대화를 엿듣는다. 교장이 교장실을 나간 후 몰래 들어온 의사와 아이들이 마주치고, 교장실 내 모니터에 쓰러진 관리아저씨 모습이 보인다. 쓰러진 아이에게 관심이 있던 의사에게 아이들은 당사자인 도윤을 소개시켜 주고, 의사는 학교에서 진행하는 실험에 문제가 없는지 조사하라고 정부에서 파견되었으며, 학교장이 막대한 정부 지원을 계속 받기 위해 비밀을 숨기고 있음을 알려준다. 의사는 연구의 위험성을 아이들에게 이야기해준 이후 모습을 보이지 않는다. 교장은 아이들과 일대일 상담을 하고, 아이들은 교장실에 있는 카메라를 가지고 나오기 위해 다시 한 번 교장실에 침입하기로 한다.

① 의사와 교장의 대화

"아이가 쓰러졌습니다." ~ 보지 못한 모양이었다. (93쪽 끝줄 ~ 95쪽 7줄)

- 의사는 어디 소속인가? (사실)

- 의사는 왜 학교에 왔는가? (사실·심화)

- 의사는 무엇을 걱정하고 있는가? (사실)

- 의사의 말에 교장은 어떻게 반응했는가? (사실)

② 의사에게 주어진 임무

   의사 아저씨는 이름도 모르는 박사와 공동 프로젝트를 진행 중이었다. ~ 통화는 거기까지였다. (110쪽 3줄 ~ 112쪽 4줄)

- 의사 아저씨는 누구의 연락을 받았는가? (사실)

- 이름 모를 박사는 왜 의사 아저씨에게 연락을 했는가? (사실)

- 학교에서 실행하고 있는 연구에 문제가 생긴 걸 알면서도 왜 정부와 교장은 은폐하려 하는가? (심화)

③ 아이들의 대화

"난 왠지 느낌이 안 좋아." ~ "교장실을 뒤져보는 건 어때?" (130쪽 14줄~18줄)
준우가 말했다. ~ 의식하지 못하고 있었던 게 분명하다. (131쪽 12줄 ~ 132쪽 2줄)

- 아이들은 어디로 가려고 하는가? (사실)

- 아이들은 왜 교장실에 다시 침입하려 하는가? (사실·심화)

절정

도윤이가 아프다는 이유를 대고 교장이 학교를 떠난 사이 아이들은 두 번째로 교장실을 침입하고, 준우 재채기 때문에 교장실에 들어온 진실학 선생님께 들킨다. 이후 인애가 가장 믿고 따르는 진실학 선생님이 알 수 없는 이유로 학교를 떠나게 된다. 설상가상 교장은 네 아이에게 교장실 침입을 알고 있으니 밀고자를 밝히라는 편지를 보낸다. 네 아이는 서로에게 상처 주는 말을 하고, 분열하며 모두를 의심한다.

① 진실학 선생님 이야기

그제야 ~ 교장실에 있는 모습이 녹화되어 있다는 생각이 났다. (143쪽 4줄 ~ 6줄)

선생님이 카메라를 들고 몸을 돌리자 급한 마음에 소리쳤다. "~ 중요한 건 그 분의 행방이니까." (144쪽 4줄 ~ 145쪽 4줄)

- 진실학 선생님은 왜 교장실에 왔는가? (사실·심화)
- 인애는 왜 진실학 선생님께 모든 것을 털어놓았을까? (사실·심화)

② 거짓학 수업 시간

"안녕하세요." ~ "7단계, 앞 단계의 모든 사항이 아무런 효과가 없다면 사죄한 다." (156쪽 8줄 ~ 157쪽 12줄)

"난 너희들을 무척 사랑한다." ~ "오히려 그런 거짓말쟁이들을 영웅이라고 하 지." (159쪽 9줄 ~ 160쪽 5줄)

- 거짓학 선생님이 아이들에게 세상이 아름다운 이유는 무엇이라고 설명하고 있는가? (사실)
- 거짓학 선생은 거짓학이 왜 가치가 있다고 생각하는가? (사실)
- 정치가들이 위기를 모면하는 7단계 거짓말과 쉰들러의 거짓말은 어떤 차이가 있을까? (심화)

③ 교장의 편지 (참고자료)

인애, 나영, 준우, 도윤에게 ~ 오늘 7시까지 교장실로 날 찾아와라.
(168쪽 1줄~6줄)

- 교장이 보낸 편지에는 어떤 내용이 적혀 있는가? (사실)
- 교장은 왜 편지를 보냈을까? (심화)

④ 아이들 반응

"너, 그럼 내가 교장한테 일러바쳤다고 생각하니?" ~ "우리 일을 알고 있잖아?"
(177쪽 1줄 ~ 10줄)

- 밀고자에 대한 이야기를 할 때 아이들은 서로에 대해 어떤 태도를 보이고 있는

가? (사실)

- 모두가 밀고자일 가능성이 있다고 보는 이유는 무엇인가? (심화)

결말

교장실에 온 아이들에게 교장은 교장실 내 비밀공간을 알려주고, 인간의 양심을 없애는 메티스 프로젝트에 대해 말한다. 교장은 메티스 프로젝트에 알맞은 인물이 네 명의 아이들임을 알려주고, 프로젝트 수술을 받지 않을 경우 학교에 남을 수 없다고 통보한다. 교장은 아이들에게 선택권을 주고, 밀고자가 진실학 선생님이었다는 것을 알려준다. 인애는 학교를 떠난 진실학 선생님의 쪽지를 찾아냈고, 진실학 선생님에 대한 믿음을 지킨다. 나영과 인애는 그동안의 일에 대해 속마음을 드러내지만 오히려 상처만 깊어진다. 그리고 네 아이에게는 양심을 없애주는 '메티스 칩 이식 수술'에 대한 결정권이 넘겨진다.

---

① **밝혀진 진실**

"인간의 양심을 없애는 것 ~ 결국 얼마 전에 실패를 인정했다."
(185쪽 2줄 ~ 15줄)

　"이건 메티스 칩이란다." ~ "그래." (186쪽 9줄 ~ 188쪽 15줄)

- 교장이 진행한 2개의 프로젝트는 무엇인가? (사실)
- 프로젝트 목적은 무엇인가? (사실)
- 왜 교장은 네 명의 아이들이 수술의 적임자라 생각했는가? (사실)
- 국가 이익을 위해서라면 위험한 실험을 해도 될까? (종합)

② **교장의 제안**

"이건 위험한 일이 절대 아니야. ~ 여전히 우리 중 누구도 말을 하지 않았다.
(189쪽 16줄 ~ 190쪽 11줄)
"지금 당장 선택하라는 얘기는 아니다." ~ "너희가 지금까지 한 짓을 ~ 간단한 선택 아니냐." (191쪽 4줄 ~ 12줄)

- 교장이 아이들에게 메티스 칩 이식 수술을 권유하는 이유는 무엇인가? (사실)

- 메티스 칩 이식 수술에 대해 교장이 알려주는 금기사항은 무엇인가? (사실)
- 교장이 메티스 칩 이식 수술 전 금기사항을 알려준 이유는 무엇일까? (사실·심화)
- 메티스 칩 이식 수술에 대한 교장의 제안에 아이들이 놀란 이유는 무엇인가? (사실·심화)
- 교장이 말한 제안은 아이들에게 어떤 영향을 미칠까? (심화)
- 내가 아이들이라면 메티스 칩 이식 수술을 받을까? (적용)

③ **밀고자는?**
"정확히 말하자면 진실학 선생은 ~ 더 궁금한 게 없으면 나가 봐라."
(192쪽 18줄~195쪽 1줄)

- 교장은 진실학 선생과 의사에 대해 어떻게 말하고 있나? (사실)
- 진실학 선생이 밀고자라는 말을 들은 이후 아이들은 어떤 반응을 보이고 있나? (사실)
- 왜 아이들은 당황스러워하거나 얼굴이 화끈거렸을까? (심화)

④ **나영이의 반응**
'맞아. 내가 원한 게 아니었어. 내가 원한 거라고 스스로를 녹이고 있었던 거야.'
~ 무거웠던 기분이 거짓말처럼 바람에 씻겨 날아갔다. (202쪽 6줄 ~ 203쪽 3줄)

- 엄마의 문자를 받은 후 나영이는 어떤 행동을 했나? (사실)
- 왜 나영이는 휴대전화를 밖으로 집어던졌을까? (심화)
- 나영이는 휴대전화를 밖으로 던지고 나서 어떤 생각이 들었을까? (심화)

⑤ **진실학 선생님의 쪽지**
교장의 음모에 학교를 떠나야 할지도 몰라. ~ 나영이를 찾아가 진실을 알려 주고야 말겠다. (210쪽 8줄 ~ 211쪽 10줄)

- 진실학 선생님이 남긴 쪽지 내용은 무엇인가? (사실)
- 진실학 선생님이 남긴 쪽지 내용을 보고난 후 인애는 어떤 태도를 보였는가? (사실)

- 왜 그런 태도를 보였을까? (심화)

- 어금니 바위에서 진실학 선생님에 대한 믿음의 확인 쪽지를 읽은 후 인애가 얻은 것은 무엇일까? (심화)

- 인애는 왜 나영이를 찾아가 진실학 선생님의 쪽지를 알려주려 했을까? (심화)

⑥ 선택의 기로

"말도 안 되는 소리라고?" ~ 목이 메어 아무 말도 못 하고 나영이의 방을 나왔다.
~ '강인애, 이제 어떡할래?' (216쪽 9줄~218쪽 3줄)

- 진실학 선생님의 쪽지를 가지고 온 인애에게 나영이는 무엇을 말해주고 싶었는가? (사실)

- 나영이는 인애에게 왜 그런 말을 해주고 싶었는가? (심화)

- 나영이의 말에 인애는 어떤 태도를 보였는가? (사실)

- 나영이의 말에 인애는 왜 그런 태도를 보였을까? (심화)

- 인애에게 며칠 전까지 선명했던 것들이 이제는 왜 아무것도 모르는 상태가 됐을까? (사실·심화)

- 인애는 어떤 선택을 할까? (심화)

세 걸음 – 짝토론과 모둠토론

▶ 짝과 함께 구성단계별로 만든 질문을 분류하고 짝토론을 해보자. 짝토론에서는 주로 사실과 심화 질문 위주로 하브루타를 진행한다. 모둠토론에 제시하고 싶은 최고의 질문도 선택해보자.

▶ 짝토론에서 선정된 최고 질문 또는 새롭게 토론할 질문 정해졌다면 모둠토론을 진행한다. 모둠토론에서 선정된 최고의 질문으로 쉬우르를 준비한다. 이 단계에서는 적용 질문과 종합 질문도 새롭게 하브루타로 진행할 수 있다. 충분한 모둠토론 후 전체토론 (쉬우르) 질문을 선택해보자.

※ 적용 질문 예시

– 거짓말 학교에 입학할 수 있는 기회가 나에게 온다면 다닐 것인가? 이유는 무엇인가?

– 내가 거짓말학교 학생이라면 메티스 칩 이식 수술을 받을까?

– 내가 인애라면 메티스 칩 이식 수술을 받을까?

– 내가 나영이라면 메티스 칩 이식 수술을 받을까?

– 우리 사회나 세계에서 진실인 줄 알았으나 나중에 거짓으로 밝혀진 것들이 있을까?

– 사회적 역사적 인물에서 대중의 신뢰를 얻었던 엄청난 거짓말쟁이들이 있었을까? 그들은 어떻게 대중의 지지를 얻었을까?

– 거짓말을 아무렇지 않게 하는 사람이 있는가? 왜 그들은 거짓말을 할까?

네 걸음 – 전체토론 (쉬우르)

▶ 전체토론 (쉬우르) 논제는 짝토론과 모둠토론을 거치면서 다양하게 도출될 수 있다. 이 중 '아이들은 거짓말 수술을 받아야 한다'를 논제로 정했다면 네 명 아이들 처지가 모두 다르기 때문에 가장 갈등이 심한 인물 하나를 선정해서 토론 논제를 잡으면 더 구체적인 토론이 가능하다. 네 명 아이 가운데 인애는 붕어빵 장사를 하는 아버지와 몸이 아픈 엄마 그리고 어린 두 동생이 있는 가난한 집 첫째 딸이고, 진실학 선생님 기대에 부응할지를 결정해야 할 가장 고민이 깊은 인물로 볼 수 있다. 이럴 경우 논제를 '인애는 메티스 칩 이식 수술을 받아야 한다'로 정해서 찬반토론을 한다면 팽팽한 토론을 기대할 수 있다.

※ 종합 질문 예시

– 아이들은 거짓말 수술을 받아야 하는가? : 구체적으로 네 아이 중 한 명만 선택해서 토론을 진행할 수 있다.

– 거짓말 학교를 폐쇄해야 하는가?

– 국가의 이익을 위한 거짓말은 해도 되는가?

– 선의의 거짓말은 해도 되는가?

– 정부의 요구사항은 정당한가? (정부의 요구사항 : 정부 지원을 받았으니 정부가 지정해 준 일은 그게 어떤 일이든 받아들여야 한다는 것)

– 국가 이익을 위해서라면 위험한 실험을 해도 되는가?

▶ 전체토론 (쉬우르) 논제에 대해 새롭게 생각하게 된 것이나 느낀 점을 중심으로 자신의 생각을 글로 정리해보자.

🎵 3차시 수업

▶ 아래 글을 함께 읽고 생각해보자.

2007년 워싱턴포스트 지는 엄청난 결과를 가져왔던 세계적인 거짓말을 소개한 적이 있었다. 그 중 인류 역사를 바꾼 최고의 거짓말로 아돌프 히틀러가 1938년 당시 영국의 네빌 챔버레인 총리에게 했던 말을 꼽았다.
(이후 신문 기사 참조)
– 세계를 바꾼 큰 거짓말들 / 〈연합뉴스〉 (2007.11.26) 직접 발췌 및 요약

- 챔버레인 총리는 왜 히틀러의 거짓말을 믿었을까?
- 히틀러는 왜 거짓말을 했을까?
- 자국의 이익을 목적으로 하는 거짓말은 정당한가?

▶ 유명인이 했던 말 중 가장 기억에 남는 거짓말을 이야기 나누어보자. 그 사람은 왜 거짓말을 했을까?

다섯 걸음 – 프로젝트 수업

▶ 다음에 제시한 사례 중 하얀 거짓말, 빨간 거짓말을 각각 3개씩 뽑아서 분류 기준을 정하고, 그것의 가치와 의미를 분석해보자. (모둠 활동)

※ **아래 내용을 다 포함해서 분석할 것**

① 하얀 거짓말과 빨간 거짓말 개념 정리하기

② 무엇을 기준으로 정했는지, 왜 그렇게 생각하는지 설명하기

③ 하얀 거짓말과 빨간 거짓말의 가치와 의미 분석하기

④ 그 거짓말이 개인과 사회에 어떤 영향을 미칠지 예상해보기

⑤ 모둠 별 발표하기 (4절지에 작성하기)

---

① "영원히 너만을 사랑해~ 손에 물 한 방울 안 묻히게 해줄게. 나랑 결혼해줘." (사랑하는 사람에게 청혼할 때)

② "괜찮아~" (누군가의 질문에 습관적으로 하는 말)

③ "산타클로스 할아버지가 다 보고 계셔." (아이들이 어떤 일을 할 때 엄마가 또는 선생님이 하는 말)

④ "딸아~ 대학 가면 살 다 빠져. 통통한 게 딱 보기 좋아. 괜찮아~" (다이어트 한다며 잘 안 먹으려는 딸에게 엄마가 하는 말)

⑤ "어머! 선배님~ 요즘 좋은 일 있으세요? 어쩜 안 본 새 살도 빠지고 더 예뻐지셨네요? 도대체 비결이 뭐에요?" (오랜 만에 만난 학교 선배에게)

⑥ "걱정하지 마세요. 제가 무슨 수를 써서라도 꼭 낫게 해드릴게요." (말기 암 환자 부모님께 자식들이 하는 말)

⑦ "어르신 정말 젊어 보이시네요! 연세 듣고 깜짝 놀랐어요!"

⑧ "네네, 방금 출발했습니다." (배달 음식점)

⑨ 파격 세일! 사장님이 미쳤어요!!

⑩ "나는 여자 얼굴 안 봐. 마음만 예쁘면 되지." (결혼 안한 젊은 남자님들)

⑪ "오직 국민만을 바라보고 나아가겠습니다." (정치인)

⑫ "징용은 돈 벌러 자원한 것" (연세대 류석춘 교수)

⑬ "저는 코로나19 바이러스에 감염됐습니다."_ JYJ 김재중이 2020년 만우절에 한 거짓말

⑭ "다 잘 될 거에요." (어려움을 하소연 하는 사람들에게)

⑮ "저희 연변에서는 백년 묵은 산삼은 산삼 축에도 못 낍니다. 그거 500년 정도는 묵어야 저거 집에서 깍두기 해먹으면 되겠구나. 그럽니다." (강성범, 연변 개그 중)

▶ '우리는 왜 거짓말을 할까'를 주제로 글쓰기를 해보자.

※ 아래 내용을 포함해서 쓸 것

① 《거짓말 학교》에서 나온 거짓말 (예) 인애가 책을 얻기 위해 나영에게 한 거짓말

② 우리 사회에서 찾을 수 있는 거짓말 사례 (하얀 거짓말·빨간 거짓말)

③ 내가 한 거짓말이나 거짓말을 한 이유 등 활동에서 찾았던 다양한 사례들을 연결해보고 왜 거짓말을 했는지, 거짓말은 어떤 영향을 미쳤는지 쓰기

④ 거짓말이 왜 문제가 되고, 사회에 어떤 영향을 미칠지 검토할 것

⑤ 거짓말의 가치와 의미에 대한 내 생각을 정리하며 마무리할 것

수업을 마치며

《거짓말 학교》를 읽은 아이들은 연신 여러 질문들을 쏟아낸다. "진실학 선생님이 진짜 스파이였을까?", "교장 말은 믿어도 되는 걸까?", "의사 아저씨는 스파이였을까?", "인애는 어떤 선택을 할까?" 등 《거짓말 학교》는 책 마지막 장이 닫히는 순간 질문이 시작된다.

'거짓말 학교'는 우리가 사는 거대한 세상의 축소판을 상징한다. 거짓말이 우리 사회에 어떤 영향을 미치고 있고, 또 '왜 거짓말을 하는가'에 대한 본질을 수업에서 살펴볼 수 있다. 꽤 난이도가 있는 텍스트라 인물에 대한 자기소개서를 과제로 내줌으로써 책 내용과 등장인물들이 처한 상황을 잘 알 수 있도록 했다. 구성단계별로 나누는 것 또한 어려움이 있어 발단-전개-위기-절정-결말 각 단계에 대한 설명과 함께 이야기를 따라가며 그 단계를 나눌 수 있도록 도움을 줬다. 단계별 질문 만들기에서는 사실 질문에서 심화 질문으로 자연스럽게 연결해서 하는 질문으로 좀 더 세심한 질문 만들기를 할 수 있고, 이어 적용 질문과 종합 질문도 함께 만들 수 있다.

종합 질문에 정답은 없다. 다만, 그날 아이들 감정이 가장 많이 움직인 논제로 토론을 하면 수업은 늘 흥미진진하다. 아이들이 자신의 의견을 마음껏 펼칠 수 있도록 선생님은 옆에서 지켜봐주기만 해도 된다. 생각보다 아이들이 등장인물의 처지에 감정이입을 잘하기 때문이다.

프로젝트 수업으로 거짓말의 가치와 의미 분석하기를 했는데 그 외에도 탈무드에서 거짓말 관련 두 가지 에피소드를 찾아서 《거짓말 학교》 등장인물과 차이

점을 찾고 탈무드 거짓말에 대한 자기 견해를 쓰는 것으로 마무리할 수도 있다. 또 책 속 등장인물이나 현대나 역사적 인물 중에서 최고의 거짓말쟁이 뽑기 대회를 열어 '피노키오상'을 수여하며 상장에 그 내용을 적어도 재미있는 수업을 할 수 있다. 인애나 나영이는 어떤 선택을 할지 뒷이야기를 써보는 것도 무척 흥미로울 것이다.

이 수업을 통해 아이들이 '왜 우리는 거짓말을 하게 되는지'를 살펴보며 거짓말이 미치는 영향력에 대해 조금이라도 이해할 수 있기를 바란다. 🐾

※ 참고 자료 : 교장 편지를 받은 이후 네 아이 반응

이름	의심하는 사람	이유 (근거)
강인애	이준우	아무렇지 않게 그만두겠다고 함. 넷 중 적대감이 없는 유일한 학생. 매번 일등인 준우가 아쉬울 이유가 없음. 엘리트 집안이라 어쩌면 교장과 한집안일 수도 있음. 준우처럼 부족한 조건이 없는 조건에서 이 학교를 선택한 이유를 모르겠음.
	정도윤	학교에 남고 싶지만 가장 남기 힘든 조건. 돈으로 입학을 했고, 열심히 노력해도 안 되는 아이기 때문에 충분히 교장의 제안에 넘어갈 수 있다. 교장을 혼자 만난 사람은 도윤이 밖에 없다. 헬리콥터 안에서 무슨 얘기가 오갔는지 우린 알 길이 없고, 꾀병이 탄로 나서 그냥 모든 걸 말해 버릴 수도 있다.
	의사 아저씨	의사 아저씨가 연구에 참여하는 연구원일 뿐이라는 건 맞다. 교장실에 다시 들어와 교장이 자기를 바보로 안다고 중얼거린 걸 봐도 그렇고. 그런데 문제는 교장에게 걸린 거다. 갑자기 사라진 이유는 그것밖에 없다. 그리고 아마 엄청나게 협박당했을 거고, 이런저런 얘기를 하다가 우리를 만난 얘기까지 나오고, 밀고 아닌 밀고를 해버렸을 거다.
김나영	의사 아저씨	굳이 선택을 하라면 의사아저씨였으면 좋겠다.
	정도윤	교장이 학교에 남게 해 주겠다고 했다면 넘어갈 수 있을 거라 생각함.
이준우	강인애	스파이를 선택할 속사정이 있는 사람. 학교를 떠나게 되면 가장 아쉬울 사람이 인애다. 인애가 넷 중 가정형편이 가장 어려운 걸 모두 알고 있다.
	정도윤	강인애의 생각과 비슷함.
	진실학 선생님	진실학 선생님이 교장실에 나타난 것부터가 이상하고 교장실에 있던 카메라도 챙겼다. 또 도윤이가 병원에 가던 도중에 그냥 돌아온 것. 진실학 선생님은 도윤이가 꾀병인 걸 알게 됐고 그 사실을 알고 얼마 뒤 카메라를 안전한 곳에 놓는다며 교장실을 나갔다. 도윤이 말로는 헬기 안에서 교장 선생님이 누군가에게 연락을 받고 급하게 돌아왔다고 했음. 도윤이 꾀병을 알린 건 진실학 선생님일 수 있는 증거. 예외일 수는 없다.
정도윤	김나영	부모님이 이혼하고 서로 나영이를 맡지 않겠다고 하면 어떻게든 이 학교에 남으려고 할 것임.
	진실학 선생님	준우를 따라 진실학 선생님인 것 같다고 함.

《내 이름은 욤비》

난민을 도와야 할까

○ 수업목표
1. 난민이 되는 과정을 이해하고 그들이 겪는 어려움에 공감할 수 있다.
2. 난민과 함께하는 환대의 공동체가 필요한 이유를 찾을 수 있다.
3. 난민에 대한 사회적 인식을 변화시킬 수 있는 방법을 찾아 제안할 수 있다.
○ 함께 읽는 책 : 《내 이름은 욤비》(욤비 토나 · 박진숙 / 이후 / 2013)
○ 분류 : 정의로운 사회
○ 주제 : 난민을 도와야 할까
○ 대상 : 초등 6학년 ~ 중학교 3학년
○ 분량 : 340쪽
○ 집필 : 이상희

인간은 누구나 어려운 처지에 있는 사람을 보면 도와주려는 마음이 생긴다. 그것이 바로 양심이다. 그러나 난민에게만은 예외가 적용되고 있는 현실을 마주하게 된다.

우리 역사에서 훌륭한 업적을 남긴 위인들 중에는 난민들이 참 많다. 김구, 안중근, 안창호, 윤봉길 등 해외에서 독립운동을 했던 분들이 모두 난민에 속한다는 것을 알고 있는가? 우리도 난민이었던 시절이 있었고 국제사회의 도움을 받은 적 있었는데 우리는 여전히 난민을 같은 이웃으로 맞아들일 준비가 전혀 되어 있지 않다. '우리가 왜 자기 나라에서 살기 힘든 사람들까지 받아줘야 하는가'라는 생각이다. 그것은 그들이 난민이 될 수밖에 없었던 상황을 모르면서 일단 거부하는 것이다. 이제 우리도 다른 문화에 대한 이해를 바탕으로 난민에 대한 문제를 논의하고 준비해야 할 때이다.

우리에게 여전히 난민이 낯선 것도 현실이다. 그렇지만 어떤 사람이 난민이 되기까지의 상황을 자세히 알게 된다면 그들을 우리 이웃으로 받아들이는 것이 어렵지 않을 것이다. 《내 이름은 욤비》는 우리나라 난민 2호 욤비 씨가 난민으로 인정받기까지 겪은 지난한 여정을 기록해 놓은 텍스트이다. 그는 콩고민주공화국의 소수 민족 왕자로 태어나 가난한 대학 시절을 보내고 정보국 요원으로 남부럽지 않게 살다가 정치적 이유로 고국을 탈출할 수밖에 없었다. 그가 난민이 되어 우리나라까지 오게 된 과정과 난민으로 인정받기까지 겪었던 일들을, 그의 가까이에서 도움을 주면서 난민 돕는 일을 하게 된 박진숙씨가 함께 기록했다. 욤비 씨의 파란만장한 삶의 여정을 따라가면서 왜 난민을 도와야 하는지를 모색해 보자.

하브루타 독서토론 수업 흐름

차시	핵심 활동	활동 목표	주요 활동 내용
1차시	사전과제	내용 정리	《내 이름은 욤비》1부 읽고 '독서 보고서' 작성해 오기
	자료 읽고 내용 파악, 짝 토론	내용 파악 및 문제의식 알아내기 : 난민은 어떻게 만들어지는가?	1. 배경 알아보기 : 콩고의 역사와 사회적 상황 – 질문 뽑고 짝과 토론하여 답 발표하기 2. 1부 연대표 만들기 + 자기소개서 작성 발표 – 1부 : 욤비의 유년시절 / 대학시절 / 정보국시절 연대표 만들기 – 욤비 1부 자기소개서 작성하고 발표하기 3. 질문 만들기 & 짝 토론
2차시	사전과제	내용 정리	《내 이름은 욤비》2부 읽고 '독서 보고서' 작성해 오기
	자료 읽고 내용 파악, 짝 토론	내용 파악 및 문제의식 알아내기 : 우리는 난민을 어떻게 대하는가?	1. 난민운영제도 및 난민 현황 발표 (각자 파트를 나눠서 발표) – 난민이란?, 전세계 난민 현황, 난민인정 받는 방법, 난민심사제도의 문제점 2. 2부 연대표 만들기 + 자기소개서 작성 발표 – 2부 욤비의 한국 적응기 연대표 만들기 – 욤비 한국 적응기와 관련 인물 자기소개서 작성하기 3. 질문 만들기 & 짝토론
3차시	사전과제	내용 정리	《내 이름은 욤비》3부 읽고 '독서 보고서' 작성해 오기
	자료 읽고 내용 파악, 짝 – 모둠 하브루타 및 쉬우르	내용 파악 및 문제의식 알아내기 : 한국에서 난민은 어떻게 살아가는가?	1. 3부 연대표 만들기 + 난민인정 이후 한국 생활기 발표 – 3부 욤비 한국 생활 연대표 만들기 – 욤비 한국 생활기 쓰기 2. 질문 만들기 & 짝토론 3. 모둠토론과 전체토론 (쉬우르) – 짝토론 이후 더 논의할 필요가 있는 질문을 선정하여 모둠토론한다. – 토론 주제 선택하여 전체토론 (쉬우르)

4차시	협동 학습	되새기기, 내면화하기	모의 유엔 회의 – 의제 : 난민문제 해결을 위한 국제 협력 방안 – 한국 대표로서 입장문 작성 또는 난민 신청자들의 권리만을 제한하는 법무부의 개정안에 반대하는 〈법무부장관에게 편지쓰기〉 캠페인

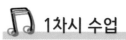 1차시 수업

마음열기

▶ 다음 그림을 보고 떠오르는 생각을 이야기해 보자.

전 세계에서 7천만 명이 넘는 사람들이 전쟁과 박해를 피해 집을 떠났습니다.
2018년에는 1분에 25명꼴로 강제 이주를 한 셈입니다.
사진 : 유엔난민기구(UNHCR)

들어서기

▶ 다음의 나열된 인물들을 살펴보고 질문에 답해보자.

아인슈타인, 그룹 〈퀸〉의 프레디 머큐리, 김구 주석,

김대중 대통령, 안중근 의사

- 이들의 공통점은 무엇인가?

- 만약에 이들이 망명을 신청한 곳에서 모두 거부되었다면 어떻게 되었을까?

- 나는 지구 공동체 문제 해결에 대해 책임감이 있다고 생각하는가?

※ 통계참고

전혀 그렇지 않다	별로 그렇지 않다	대체로 그렇다	매우 그렇다
(4.0 %)	(10.8 %)	(55.0 %)	(30.2 %)

출처: 〈세계 문제에 관한 한국의 기여 통계조사, 통계청 2020년〉 중에서 '우리나라 청소년'

펼치기

이 책은 욤비가 겪은 일들을 시간 순으로 보여준다. 1차시에는 1부의 이야기를 중점적으로 '왜 난민이 만들어지는가'를 이해할 수 있도록 공간적·사회적 배경 '콩고'에 대해 알아보고, 콩고에서 욤비가 처했던 상황에 대해 질문해보자.

첫 걸음 – 배경 이해

1. 배경 : 학생들이 요약해온 내용을 발표하고 질문 만들고 답하면서 공간적·사회적 배경에 대해 이해한다.

(아프리카 지도 설명 : 1914년 유럽식민지 아프리카 vs 오늘날 아프리카 지도)

콩고민주공화국은 어떤 나라일까요? (33 ~ 35쪽)

○ **콩고민주공화국 위치**
- 아프리카 대륙 중앙에 위치하며 수도는 킨샤사, 아프리카에서 3번째로 넓은 영토를 가졌다. 'DR콩고' 또는 '콩고-키샤사'라고 부른다. (콩고공화국과 구분 필요)

- 인구는 7천만 명이며(2010년), 250여 개 부족이 공존하는 다인종 국가이다.
- 공용어는 프랑스어, 링갈라어, 스와힐리어, 키콩고어, 루바어
- 콩고강 유역의 열대우림에서 동남부의 사바나, 우간다와 국경을 접한 루엔조리 산악지대에서는 만년설을 볼 수 있다.
- 지정학적으로 아홉 개의 나라와 국경을 마주하고 있고 풍부하게 매장된 금, 다이아몬드, 콜탄 등 지하자원으로 늘 불안한 정세에 놓임

○ 콩고 역사
- 유럽 열강이 앞다퉈 아프리카 대륙을 식민지로 만들었던 시절, 콩고는 벨기에 식민지였음
- 1960년 독립했으나 독립 후에도 분리주의자들에 의한 반란이 계속됨
- 1961년 모부투가 당시 수상이던 파트리스 루뭄바를 암살하고 쿠데타에 성공
- 1965~1997년까지 32년간 모부투의 무소불위의 독재가 진행됨
- 1994년 르완다 내전으로 투치족 난민을 강제 송환하여 콩고 내전 발생
- 1998년 로랑 카빌라 대통령이 반대 세력을 제거하는 과정에서 반발 세력들이 반군이 되어 2차 콩고 내전이 재개됨
(앙골라, 짐바브웨, 나미비아, 르완다, 우간다 등이 참여하는 국제전으로 변함)

32년의 장기 집권, 모부투를 아시나요? (55 ~ 57쪽)

○ 모부투 장기 집권
- 모부투 세세 세코는 1965 ~ 1977년 32년 동안 집권한 독재자
- 1960년 쿠데타를 일으켜 파트리스 루뭄바를 암살하고 정권을 잡음
- 1967년 대통령제로 바꿔 스스로 대통령이 됨
- 아프리카화 정책(식민 유산을 청산한다는 명목)으로 외국 기업을 국유화함. 자산을 측근들에게 나눠서 악명 높은 '도둑정치' 시작함
- 일당 독재와 전체주의, 족벌정치, 부정부패로 콩고 경제는 회복 불가능 상태에 빠짐
- 개인 재산 : 스위스 은행에 보관한 돈만 50억 달러 (국가 부채, 지하자원을 외국에 팔고, 서방세계로부터 원조 받은 돈)
- 냉전 시기에 긴장을 이용하여 벨기에, 프랑스, 미국은 모부투가 독재자라는 것

을 알고도 경제적인 원조를 아끼지 않음

- 1997년 스위스에 암 치료를 받으러 간 사이 로랑 카빌라가 쿠데타를 일으켜 콩고에서 내쫓김. 66세로 사망

콩고를 피로 물들이다 (81~82쪽)

○ 콩고의 내전

- 1차 : 르완다 내전에서 수세에 몰린 140만 명의 후투족 난민이 발생했는데 이를 받아들여서 자원이 풍부한 동부지역을 장악하고 있는 르완다계 투치족 '바냐물량게'들을 축출하려고 하자, 〈콩고자이르해방민주세력연합〉이 조직되어 내전이 일어남. 이때 주변국들이 편을 나누어 개입하면서 국제전이 됨

- 2차 : 1997년 로랑 카빌라 정권 잡음. 로랑 카빌라를 지원했던 르완다 투치족과 바냐물랑게는 배신감과 위협을 느껴 〈콩고민주화집회〉라는 반정부단체를 조직하여 무력 행동 함

- 2001년 로랑 카빌라가 암살되고 그 뒤를 이어 2003년 조셉 카빌라가 대통령직을 물려받게 됨

★ 질문 : 배경 이해를 바탕으로 질문을 만들어보자.

- 콩고는 공용어가 많다. 그 이유는 무엇인가? (사실)

- 왜 250개나 되는 부족이 한 나라가 되었을까? (심화)

- 1910년대 서양 열강들은 왜 아프리카를 식민지로 만들었나? (사실)

- 콩고는 왜 1960년에 독립한 이후에도 혼란이 계속되었나? (사실)

- 분리주의자들은 누구인가? 왜 반란을 일으켰는가? (심화)

- 르완다 내전이 콩고 내전의 불씨가 된 이유는 무엇이며 콩고에 미친 영향은 무엇인가? (34쪽, 사실)

- 2차 콩고 내전은 왜 일어났으며 그로 인한 결과는 무엇인가? (35쪽, 사실)

- 왜 음비는 콩고의 문제는 콩고만의 문제가 아니고, 아프리카의 문제는 아프리카만의 문제가 아니라고 말했나? (35쪽, 사실)

- 왜 콩고를 비롯한 많은 아프리카 나라들은 독립한 지 상당한 시간이 지났음에도 경제적 빈곤에서 벗어나지 못하는가? (사실·심화)

1부 욤비의 유년 시절 ~ 정보국 시절

- 1장 요약해 온 내용을 유년 ~ 학창시절, 대학시절, 정보국 시절로 나누어 중심 사건 위주로 발표한다.

욤비의 유년 ~ 학창시절

욤비는 아프리카 콩고민주공화국 반둔주 빈둥기의 외곽, 키토나의 '부왕공고'라는 왕국의 둘째 아들로 태어났다. 아버지는 왕국의 왕으로 벨기에 유학파이고, 벨기에 의료 비정부기구와 함께 의료봉사로 바쁘셨다.

어린 시절은 사바나의 동물들을 쫓아 다니며 놀고, 망고와 바나나를 따 먹으며 나무 그늘 아래서 낮잠을 자며 유복하고 평온한 생활을 누렸다. 언제나 바쁘고 엄격한 아버지를 대신해 어머니는 늘 사랑을 베풀어 주셨고 자유분방한 욤비는 철부지 왕자였다. 가족이 적들에게 공격받을 수 있는 것을 걱정하시며 교육열이 남달랐던 아버지가 어느 날 갑자기 욤비를 〈응트와디시〉라는 수도원에서 운영하는 기숙학교에 보냈고, 방학 때도 돌아오지 못하게 하셔서 욤비는 쓸쓸한 사춘기를 보냈다.

엄격한 규율을 지켜야 하고 대부분이 백인이었던 학교에서 욤비는 전과 달리 조용하고 쓸쓸한 시간을 보내면서 공부에 열중하게 되었다. 그러면서 당시 의료 혜택이 절실했던 콩고의 상황을 고려하여 욤비는 의사가 되기로 마음먹었다. 대학을 가기 위해 〈킨잠비 세미나리〉라는 카톨릭계 상급학교로 진학을 했다. 여기서 인생의 멘토인 파수파수 신부님을 만났고, 신부님은 홀로서야 했던 욤비를 진심으로 돕고 용기를 주셨다.

졸업 후 킨샤사에 있는 의대에 가려고 했으나 키크윗에서 강을 건너는데 많은 날들을 소요하는 바람에 신입생 지원일자를 맞추지 못해서 의대 입학은 좌절되고 한 자리 남은 경제학과에 입학하고 기뻐했다.

욤비 연대표: 1부

- 욤비의 유년 ~ 학창시절, 대학시절, 정보국 시절 겪은 중심사건 발표를 듣고 내용을 보완하여 조별로 1부 연대표를 작성한다.

욤비의 고난	시기	콩고의 상황
	유년 ~ 학창 시절	1960년, 콩고민주공화국, 벨기에로부터 독립
1967년, 부왕공고 왕국의 둘째 아들로 태어남		1961년, 모부투가 파트리스 루뭄바를 암살하고 쿠데타 성공
1973년, 아버지가 억지로 〈응트와디시〉 기숙학교 입학시킴		1973년, 르완다 내전
〈킨잠비 세미나리〉 상급학교 진학, 파수파수 신부님 만남		
1993년, 〈킨샤사 국립대학〉경제학과 입학	대학 시절	1992년~ 모부투 정권의 강력한 아프리카화 정책
학생회 대표를 맡아 학생토론회 개최		1994년, 1차 콩고 내전
1995년, 킨종지 교수로부터 '정보학'을 배움		
1997년, 대학 졸업, 결혼		1997년, 모부투 실각, 로랑 카빌라 정권 수립
1998년, 정식 정보국 요원이 됨		1998년, 2차 콩고 내전
	정보국 시절	2001년, 로랑 카빌라 암살
2002년, 체포되었다 풀려남 2002년, 국가반역죄로 다시 체포됨 2002년, 7월 18일, 극적으로 콩고 탈출		
		2003년, 조셉 카빌라 대통령 물려받음

유년 ~ 학창시절 & 대학시절 & 정보국 시절 욤비 자기소개서

- 연대표를 참고하여 작성하며, 욤비가 겪은 일 위주로 욤비 생각을 담아서 사건
정황이 잘 드러나도록 작성한다.

유년~학창시절

나는 1960년 벨기에로부터 독립한 콩고민주공화국 반둔부 주의 빈둥기에 있
는 '부왕공고'라는 작은 부족 왕가의 자손이다. 서구식 교육을 받았지만 뼛속까
지 수쿠족 왕가의 사람이라는 자부심과 엘리트 의식으로 가득 찬 엄격한 아버지
와, 왕국의 딸로 따뜻하고 너그러운 어머니 사이에 둘째 아들로 태어났다.

유년시절 대부분은 빈둥기의 한적한 교외에 있는 벨기에인들이 살던 호화로운 저택에 하인과 운전사를 둘 만큼 유복하고 평온하게 지냈다. 우리 가문은 옛날부터 노예상으로 이름을 떨쳤다. 그래서 우리 집에는 오래 전부터 집안일을 거들어 온 노예가 있었다. 그 당시 나는 마을 아이들과 함께 사바나를 누비며 동물들 뒤꽁무니를 쫓고 바나나와 망고를 따먹으며 놀았다. 어느 날 집에서 우리 가족을 해코지하려는 부적을 발견한 아버지는 마을 아이들과 천방지축 뛰어놀고 가끔 학교도 빼먹는 자유분방한 성격의 나를 집에서 반나절이나 달려가야 하는 멀리 떨어진 킨군지 외곽 수도원에서 운영하는 '응트와디시'라는 기숙학교에 입학시켰다. 나는 거의 유일한 흑인이었는데 아버지가 방학 때도 집에 오지 못하게 하셔서 학교에서 조용하게 공부만 하는 아이가 되었다. 그 당시 나는 아버지를 원망하면서도 당시 콩고에 가장 필요한 것이 의료 혜택이라고 생각해서 아버지처럼 의사가 되려고 마음먹고 공부를 열심히 했다.

대학에 들어가기 위해서는 고등교육을 받을 수 있는 큰 도시 상급학교에 진학해야 했다. 그래서 '응트와디시'에서 하루를 꼬박 달려 키크윗에 있는 가톨릭계 기숙학교인 '킨잠비 세미나리'로 진학했다. 거기서 나는 훗날 콩고를 위한 사람이 되고자하는 포부를 가졌고, 철학을 가르치고 넉넉한 인품으로 늘 열정적으로 학생을 대하는 파수파수 신부님을 만나게 되었다. 파수파수 신부님은 어렸을 때부터 홀로 서야 했던 내 처지를 진심으로 동정하면서도 항상 용기를 북돋워 주셨고 킨샤사 국립대학 경제학과에 입학할 때까지 큰 도움을 주셨다.

대학 시절

모부투 정권은 1972년부터 강력한 아프리카화 정책을 추진하면서 '콩고공화국'을 '자이르'라고 이름으로 바꾸고, '레오폴드빌'이라는 수도를 '킨샤사'로 바꿨다. 오랜 부패와 비리로 관료들과 군부의 부정 축재가 일상화되었고 빈부의 격차는 엄청났다. 나의 대학생활은 첫 학기는 집에서 보내 준 학비와 파수파수 신부님이 모아 준 장학금으로 어찌어찌 버텼지만, 얼마 지나지 않아 학비와 생활비를 벌어야 했다. 그래서 나는 행상, 가정교사, 초등학교 선생님 등 돈을 벌기 위해 안 해본 일이 없었다.

나처럼 지방에서 올라온 학생들은 대부분 가난했다. 티셔츠 한 벌이 헤질 때까지 입었고, 신발은 간신히 맨발을 면할 정도로 너덜너덜한 걸 아무렇지도 않게 신고 다녔다. 한번은 줄루과라는 친구와 손을 잡고 돈을 벌기 위해 기숙사 옆 공터에 텃밭을 가꿔서 학생과 교수님들을 상대로 채소 장사도 했다. 몇몇 학생들로부터 "욤비 넌 우리 대학의 수치다."는 말도 들었다. 그러나 나는 더 낙천적이 되려고 애썼다. 대학 내에서 이러한 갈등은 빈부격차뿐만 아니라 문화적인 편견도 한몫했다. 공식적인 자리에서는 불어를 사용하지만 그 외에는 링갈라어를 썼다. 나도 킨샤사에 온 뒤 근 일 년은 언어 문제로 어려움을 겪었다. 불어만 쓰면 잘난 척한다고 손가락질을 받고, 링갈라어가 서툴면 꽉 막힌 시골뜨기라는 편견에 가득 차 있었다. 그러던 와중에 나는 학생회 대표를 맡게 되었고, 학생들 간 갈등을 줄이기 위해 학생토론회를 제안했다. 이 학생토론회는 오랫동안 학교 전통이 되었다.

정치의식이 여물다

1997년 콩고 정세는 아주 불안했고 급박한 상황이 계속되었다. 모부투정권은 '아프리카의 히틀러'라고 불릴 만큼 부정한 방법으로 권력과 부를 쌓았다. 언론과 정치 활동 자유는 물론 없었고, 국가 재정은 계속 방만하게 운영됐다. 대학 내에서도 정권심판의 목소리가 끊이지 않았다. 학생들은 반모부투 세력의 로랑 카빌라를 지지하기 보다는 야당으로 정권을 교체해 민주화를 이루려는 열망이 더 컸다. 학생활동은 반정부 시위를 중심으로 꾸려졌다. 학생들 사이에는 당시 막 합법화되기 시작한 여러 정당에 가입하려는 움직임이 활발히 일어났다. 나는 입학과 동시에 모부투 정부의 탄압대상인 반정부 인사들이 만든 정당인 〈민주사회진보연합〉에 가입했지만 특별한 정치의식이 있었다기보다는 당시 분위기에 휩쓸린 측면이 강했다. 내가 학생 대표로 활동하면서 학내 문제뿐 아니라 학생들 목소리를 학교 바깥으로 실어 나르는 일에도 충실해서 여당과 야당을 가리지 않고 많은 정치인을 만났다. 그러면서 내 정치의식도 조금씩 여물어갔다.

학교 공부와 일을 병행해야 했던 나에게 킨샤사 시내 목사님이 여학생들을 가르칠 수학교사를 구한다는 소식을 듣게 됐고, 조건이 나쁘지 않아서 일하게 되었다. 그곳에서 수업을 받지 못하고 땀을 흘리며 마당을 쓸고 있던 젊은 여자가 눈에 들어왔다. 그 여자는 목사님의 딸 넬리였다. 넬리는 목사님 둘째 부인 딸이었는데 첫째 부인 반대로 중학교까지만 겨우 마치고 교회에서 부엌데기로 살고 있었다. 내가 어디서 용기가 났는지 넬리에게 손수건을 건네며 땀을 닦으라고 했다. 처음에는 아버지에게 버림받았다고 생각했던 내 어린 시절과 비슷해서 눈길이 갔다. 며칠 후 내가 심한 몸살로 수업에 못 갔더니 걱정이 됐던 넬리가 나를 찾아왔고 난생처음 마음이 설렜다. 그렇게 넬리와 사귀게 되었고 궁핍한 나에게 넬리가 보여준 믿음과 순정은 놀라웠다.

평범한 삶을 떠나

1997년 나는 대학을 졸업했다. 콩고 대학은 5년 과정으로 그래듀아 과정 3년, 리상스 과정 2년을 마쳐야 했다. 휴학한 채 학비를 벌고 있던 나는 경제학과에서 회계학을 가르치며 유럽에까지 이름을 알린 학자인 킨종지 교수 제안을 받아들였다. 한동안 킨종지 교수 연구실에서 말동무를 해드리는 것으로 시간을 보냈던 나는 하루에 한두 시간씩 일대일 수업을 받기 시작했다. 주로 사람들에게 정보를 캐내는 방법이었다. 이렇게 이상한 수업이 몇 차례 있고 나서 비로소 콩고민주공화국 비밀정보국 (한국의 국가정보원) 정보원이 되기 위한 것이라는 것을 알았다. 학내에까지 스며든 〈민주사회진보연합〉을 예의 주시하기에 나만한 사람이 없었던 것이다. 그 당시 나는 사람을 상대하는 일이 매력적으로 보였다. 그리고 정보원으로 일은 적당히 가려서 보고하면 양심에 거리낄 것도 없고 큰 피해를 주지 않을 거라고 생각했다.

그 무렵 모부투의 32년 독재도 막을 내려 킨샤사는 로랑 카빌라가 대통령이 되었고 1998년 나는 정보국 정식 직원이 되었다. 졸업을 하자마자 넬리와 결혼했고 1년 만에 집을 마련했다. 반둔두 주 키토나라는 소도시에서 태어나 학교에 유배되다시피 살다가 가난한 고학생 생활에 치이던 내가 이제야 비로소 내 두 발로 우뚝 선 느낌이었다. 정보국 요원이 되고 바쁘게 일하는 사이 직장에서의 지위와 가정경제는 좋아졌다. 2001년 로랑 카빌라 대통령이 암살당하고 그의 아들 조셉 카빌라가 정권을 잡았다. 당시 나는 정보국 내 언어 문제에 관한 보고서를 대통령에게 보고하려 시도하다가 발각되어 비밀 감옥에 갇혔다. 고문을 받았으나 정보국 동료들 노력으로 풀려났다.

얼마 후 다시 조셉 카빌라 정부의 정통성을 의심할 수 있는 정보 (콩고 영토를 타국에 분할해 준다는 계획)를 알게 되었다. 우리팀 팀장은 작성을 말렸지만 나는 결코 그냥 넘어가서는 안 될 중요한 일이라고 생각해서 위험을 감수하고 보고서를 작성했다. 그리고 이 보고서를 대통령 집무실, 정보국 내 각 팀장, 〈민주사회진보연합〉 야당 쪽에 전달하다가 발각되어 2002년 '국가 기밀 유출'로 비밀 감옥에 갇혀 목숨이 위태로워졌다. 다행히 넬리와 아이들은 친구인 아돌프 도움으로 밀림으로 도망칠 수 있었고, 나는 정보국 친구들과 아돌프 도움을 받아 우여곡절 끝에 한 번도 생각해보지 않았던 중국으로 위조 여권을 만들어 도망칠 수 있게 되었다. 뇌물을 주고 여자로 변장하여 공항을 통과해서 중국행 비행기를 타게 되었다. 평범한 삶을 살던 아돌프도 나의 탈출을 도와준 것이 발각되어 몇 달 뒤 콩고를 떠나 남아프리카 공화국의 난민이 되었다.

질문 만들기

– '부왕공고'의 왕자로서 욤비의 어린 시절 생활은 어땠나? (사실)

– 아버지는 사파리에서 뛰어놀던 욤비를 어디로 보냈나? (사실)

– 아버지는 왜 욤비를 갑자기 학교에 보냈나? (사실·심화)

– 욤비는 왜 아버지와 같은 의사가 되고 싶었나? (사실)

– 욤비의 대학시절 (1991~1997) 콩고 내부 상황은 어떠했나? (42~43쪽, 사실)

– 욤비는 왜 반정부 인사들이 만든 정당 〈민주사회진보연합〉에 가입했나? (43~44쪽, 사실)

– 가난한 고학생이었던 욤비는 공부를 계속하기 위해서 무엇을 했나? (사실)

– 욤비는 대학시절 매우 가난해서 학업과 돈벌이를 지속적으로 했다. 그런데도 왜 사회문제에 관심을 갖고 빠져들었나? (심화)

– 욤비는 정보국 요원으로서 상당히 좋은 조건으로 일하고 있었다. 그런데 왜 두 번이나 체포되나? (사실·심화)

– 욤비는 자신이 위험해질 것을 알면서도 왜 두 번이나 위험한 일을 했나? (사실·심화)

– 욤비는 왜 난민이 될 수밖에 없었나? (심화)

– 내가 만약 욤비였다면 두 번씩이나 위험한 일을 했을까? (적용)

– 욤비는 정치적 사건으로 갑자기 고국을 탈출했다. 목숨이 위태로워서 고국을 탈출한 사람이 어떤 방법으로 자신을 증명할 수 있을까? (적용)

▶ 오늘 수업 내용 중에 새롭게 알게 된 점, 느낀 점을 이야기해 보자.

열매맺기

▶ 《내 이름은 욤비》 2부를 읽고 독서 보고서를 작성해 오자.

🎵 2차시 수업

마음열기

▶ 동영상을 보고 다음 질문에 답해보자.

○ 동영상 : 세바시 : 우리 곁의 난민을 보라 – 홍세화 (16:02) 중 일부분 발췌
(처음 ~ 12:55)
○ 발췌 부분 내용 소개 : 난민에 대한 정의와 자신의 경험을 토대로 한 프랑스와 우리나라의 난민정책에 대한 인식의 차이점, 우리는 난민을 어떻게 바라봐야 하는지 설명

- 홍세화 씨는 우리나라와 프랑스가 가지고 있는 난민에 대한 인식의 차이를 무엇이라고 하는가?
- 홍세화 씨는 난민을 경제적 측면이 아니라 인권적, 문화적 측면으로 생각해 봐야 한다고 말한다. 이점에 대한 내 생각은 어떠한가?

들어서기

▶ **전세계 난민 현황 및 우리나라의 난민 인정 절차 및 문제점을 찾아보자.**
(난민 현황 파악을 위해 요약하기를 사전 과제로 하여 미리 숙지할 수 있도록 합니다.)

- 전세계 난민 현황, 난민이란? (101 ~ 104쪽, 130 ~ 133쪽 참고)
- 한국 난민 인정 절차와 심사제도 문제점 발표 (170 ~ 172쪽, 194 ~ 196쪽 참고)
- 개선점 찾기 (170~172쪽 참고)

펼치기

▶ **2부에서는 욤비가 한국에서 난민으로 인정받기까지 겪는 어려움에 대해 알아보고, 관련된 인물들에 대해서도 알아보자.**

※ 욤비의 난민신청부터 이의 제기 및 소송으로 나누어 욤비가 한국에서 난민으로 인정받기까지 욤비의 노력과 어려움을 살펴보자. (이때 한국에서 난민으로 인정받기까지는 정리된 내용으로 제공하여 욤비의 노력에 대해 집중할 수 있도록 한다.)

2부 욤비의 한국생활

1. 욤비 연대표 : 2부

욤비의 노력과 어려움	시기	한국에서 난민으로 인정받기 (제공함)
2002.7.22. 중국 베이징 도착	난민 신청	2002. 유학생 마리의 도움으로 한국비자 발급 받음
2002.9.15. 인천항 도착, 무작정 이태원으로		택시요금 바가지 씀 (100$)
2002.9 프레드릭 공장 숙소에 잠시 머뭄		
2002.9 이태원에서 콩고대사관 검문에 도망침		2002.9 서울역에서 '어느 학생' 도움으로 미구엘 신부님 만남
충무로 인쇄소 취직 후 기계작동 미숙으로 사고 낼 뻔함		임병해 씨 집에 거주
현리 사료 공장 이직 (고된 노동과 낮은 임금, 차별)		
2002.11 1차 인터뷰, 통역의 문제 (소통X)		2002.11.20 난민신청, 1차 인터뷰, 거짓말 많이 함 (미구엘 신부 통역)
스트레스 누적, 고된 노동, 탈장으로 길거리에 쓰러짐		2002. 상봉터미널, 탈장으로 병원 이송
파주 직물공장, 사장이 임금체불 후 야반도주, 빈털터리 됨		2차 인터뷰, 1차 인터뷰 거짓말 들통 남. 사실대로 말함
2년 동안의 고생이 물거품, 절망함, 콩고가족 걱정됨 , 이의 신청		2003.4.15. 3차 인터뷰, 최선을 다해 진실을 말함
		2005.6.7. 난민인정 불허 처분
2006.겨울 현리공장 화재 발생, 범인으로 가장 먼저 오해 받음,	이의 제기	2006.9. 아브라함이 콩고 정보국시절 자료 구해옴
가족사진, 쌈지 돈 소각됨		2006.11 인터뷰 재개
콩고대사관, 임병해 집 급습		2006~ 인터넷 활동 시작, 콩고대사관 경고했으나 보란 듯이 더 왕성하게 활동
포천 송우리 직물공장, 감정기복이 심한 사장,		2007. 〈피난처〉에서 근무 후원금으로 생활
KBS촬영 건으로 지속적으로 괴롭힘, 차별, 임금체불		강연, KBS 촬영 (난민의 날 특집방송)
송우리 근처 직물공장, 악덕사장 (취업비자 없는 것을 이용, 팔 다침)		김종철의 도움으로 산재 처리, 임금 받음
		2007.5 〈난민인정협의회〉 인터뷰 다시 진행, 불어 통역도움 안 됨 – 난민 신청 기각
난민신청 기각 후 심신이 지쳐 이도 빠짐.	소송	'라브리 공동체'에서 휴식
		소송준비 (변호인단 : 김한주, 김종철, 이호택)
		2008.2.20. 난민 인정

2. 연대표를 참고하여 욤비와 주변 인물 자기소개서 작성

※ 연대표를 참고하여 작성하며, 욤비가 겪은 일과 생각, 주변 인물이 한 일과 그들의 생각을 담아서 사건의 정황이 잘 드러나도록 작성한다.
- 욤비 (난민 인정신청을 위한 욤비의 한국 생활 적응기), 미구엘 신부님, 임병해, 김종철, 아브라함 이호택, 공장사장들의 자기소개서 작성

임병해 씨 자기소개서

저는 글 쓰는 시인이고, '코람데오'라는 출판사 사장이며, 선교와 나눔 그리고 소수민족과 난민을 도와주는 일을 하고 있습니다.

어느 날 〈유엔난민기구〉에서 일하는 아는 변호사가 딱히 머물 곳이 없는 난민이 있는데 지낼 방이 있냐고 전화가 왔습니다. 마침 함께 지낼만한 상황이 돼서 난민을 데리러 얼른 그리로 갔습니다. 그곳에서 신부님과 함께 동행한 흑인 남성이 보이더군요. 저는 저를 '미스터 림'이라고 소개를 했고, 그는 연신 고마움에 감사를 표하면서 어쩔 줄 몰라 했어요. 나는 그와 함께 그가 묵고 있던 여관까지 가서 내 차에 짐을 싣고 우리 집으로 왔습니다.

욤비가 우리 집에 왔을 때 신발 벗고 들어오는 것을 몰랐습니다. 아프리카와 우리나라의 풍습이나 문화가 많이 다를 테니 그럴 수도 있었을 겁니다. 그래도 조금 곤혹스럽기는 했습니다. 그날은 너무 피곤해서 바로 잠자리에 들었는데 욤비는 잘 못 잔 것 같았습니다.

하루는 퇴근 후, 집에 들어오자마자 입고 있던 옷을 벗고 있었는데, 욤비가 너무 놀라더라고요. 알고 보니 콩고에서 타인에게 속살을 보이는 것은 수치고 불명예라고 하더군요. 부모가 자식에게조차 속살을 안 보여줄 정도니 그때 욤비가 얼마나 놀랐을까를 생각하면 지금도 웃음이 납니다. 그리고 지금은 욤비가 엄청 잘 먹지만 그가 한국 사람들의 호감을 얻기 위해 입맛에 전혀 맞지 않는 김치를 먹느라고 많은 노력을 했더라고요. 하지만 지금 욤비가 가장 좋아하는 한국 음식은 김치라고 합니다.

같이 지내던 어느 날, 욤비는 제게 일자리를 부탁하더군요. 저를 전적으로 믿

고 의지하는 그에게 될 수 있으면 좋은 곳을 소개해 주고 싶었습니다. 충무로 '인쇄소 거리'의 한 인쇄소를 소개해주었습니다. 사장은 손짓으로 욤비가 해야 할 일을 알려주었습니다. 트럭에 실린 종이를 내려 인쇄소 안으로 옮기는 것이었는데 다리까지 휘청이다 결국엔 철퍼덕 넘어지는 욤비를 보며 안타까운 마음이 들면서 한국에서 일을 잘 해낼 수 있을까 걱정이 되기도 했습니다.

그날 밤, 나는 욤비에게 '신고식'이라는 걸 가르쳐줬습니다. 누구나 하는 실수, 신고식을 호되게 할수록 일을 더 잘한다며 욤비를 위로해주었습니다. 첫 월급을 받았을 때 욤비는 큰 소리로 "형! 나 오늘 월급 탔다!"며 삼겹살을 사주었습니다. 저도 욤비도 너무 맛있게 먹었습니다. 그렇게 욤비는 두 달, 세 달 잘 적응해 나갔고, 월급도 가족들에게 송금하는 것 같았습니다. 그리고 제가 차려주는 쌀밥과 반찬도 제법 잘 먹었습니다.

그러던 어느 날, 욤비는 제대로 설명을 듣지 않은 절단기 단추를 발로 밟게 되고 그 때문에 한 직원의 손이 잘릴 뻔한 사건이 일어났습니다. 욤비는 그곳에서 더는 일을 못하겠는지 다른 직장으로 가겠다고 했습니다. 한국어도 못하는데 어떻게 혼자 살려고 그러느냐, 나는 괜찮으니 조금 익숙해지고 나면 다른 곳으로 옮기라고 했건만 그는 막무가내였습니다. 완전히 결심을 굳힌 듯했습니다. 저는 마지못해 그의 뜻에 동의를 해주었습니다. 그리고 내 이름을 빌려주며 다음 날 휴대 전화를 개통하게 했습니다. 그렇게 저는 욤비와 1년을 살았습니다.

욤비와 헤어지고 한 2년쯤 지났을까요? 어느 날 〈성동구이주노동자센터〉 대표에게서 전화가 왔습니다. 상봉 터미널 앞에서 욤비가 쓰러져서 지금 병원에 있다고. 저는 너무 놀라 바로 병원으로 달려갔습니다. 병원에 도착 후 일단 욤비가 눈을 뜰 때까지 계속 그를 지켜보았습니다. 저는 욤비가 수술을 마치고 퇴원할 때까지 그의 곁에 있었습니다. 기댈 데가 없는 그에게 나라도 버팀목이 되어주고 싶었습니다. 다행히 수술비 및 병원비도 잘 해결되었고, 욤비도 잘 회복해서 퇴원할 수 있었습니다. 그런데 욤비는 퇴원하자마자 현리 공장으로 가려고 했습니다. 제가 말렸지만 소용이 없었습니다. 욤비의 고집은 대단했습니다.

그 뒤로도 욤비가 난민 인정 불허 처분을 받았을 때 저는 '이의신청'제도가 있다는 걸 알려주면서 욤비가 용기를 잃지 않도록 다독여 주었습니다.

그 뒤로도 욤비에게는 많은 일이 있었을 겁니다. 그때마다 욤비가 제게 연락을 한 건 아니지만 우린 지금도 여전히 형, 동생하며 잘 지내고 있습니다. 그리고 욤비가 난민으로 인정받았을 때 저 또한 세상에서 가장 기뻐한 사람 중 하나였답니다. 욤비가 늘 행복하기를 바랍니다.

저는 여전히 난민들의 대부로 불리며 출판업도 열심히 하고 있습니다. 그리고 60년대 지금의 난민들과 똑같은 입장에서 돈을 벌기 위해 독일 등으로 진출, 타향살이 설움을 이기고 자수성가한 사람들이 나서서 난민들에게 도움을 준다면 얼마나 아름다울까 하는 소망이 있습니다.

공장 사장들

우리는 우리말도 잘 못하는 흑인 노동자가 일자리를 구한다고 해서 일할 수 있는 자리를 주었습니다. 저희들은 가평군 현리에서 사료농장을 하고, 파주 직물공장을 운영하고, 포천 송우리에서 직물공장을 하고 있고, 송우리에서 직물공장을 운영하고 있습니다. 저희 공장의 노동자들은 대부분 외국인들이 많습니다. 욤비 씨 뿐 아니라 다른 노동자들도 다 비슷하게 대우해줍니다. 욤비 씨는 그때는 거의 한국말을 못 했기 때문에 의사소통이 힘들었고 그래서 일시키기도 힘들었습니다. 그래서 어쩔 수 없이 단순한 일만 할 수 있었고 당연히 월급도 적을 수밖에 없었습니다. 또 갑자기 일하다가 도망가기라도 하면 우리도 큰 곤란에 처합니다. 불법체류자이기 때문에 회사 차원에서도 그런 노동자를 고용하는 것에 대한 위험이 있습니다. 말이 통하는 사람도 그 속을 모르는데 한국말도 못 하는 사람과 일하는 우리는 얼마나 답답하겠습니까? 또 혹시라도 그 사람들이 사고를 치면 사장이 책임져야 하는 경우도 발생합니다.

아무튼 욤비 씨는 우리를 나쁜 사장이라고 하는 것 같은데, 우리도 원청업체에게 그런 취급을 받습니다. 이런 일을 하는데 노동권을 다 지키면서 할 수는 없는 것입니다. 물론 인간적으로 괴롭힌다거나 월급을 떼어 먹는 것은 나쁜 것입니다. 그러나 실제로 현장에서는 믿고 일할 수 있는 노동자를 구하는 것은 매우 어려운 일입니다. 우리의 업무 여건이 열악하다는 것은 잘 압니다. 그러나 노동자들에게 좋은 환경을 제공하면서 일을 시키면 우리가 망할 겁니다. 그만큼 우리 사장들의 상황도 좋지는 않다는 것입니다. 앞으로는 난민에 대한 처우도 좋아져야겠지만 그러려면 그런 사람들을 고용하는 사장들에게도 혜택이 필요하다고 생각합니다.

– 욤비 씨가 한국에서 일을 못하는 이유는 무엇 때문인가? (사실)

– 욤비 씨가 겪는 어려움에는 구체적으로 어떤 것들인가? (사실·심화)

– 난민심사 시 인터뷰를 정직하게 해야 하지만 욤비 씨는 왜 인터뷰 때 거짓말을 했나? (사실·심화)

– 욤비 씨는 난민 심사 받을 때도 어려움을 많이 느낀다. 그 어려움은 구체적으로 무엇인가? (사실)

– 우리나라 난민 심사제도 문제점은 무엇인가? (사실)

– 욤비 씨는 난민신청자 뿐 아니라 외국인 노동자로 겪는 어려움을 겪는다. 어떤 것들이 있었나? (사실)

– 욤비 씨는 콩고 대사관으로부터 급습당한 이후 더 이상 피하거나 숨지 않고 보란 듯이 왕성하게 활동했다. 그 이유는 무엇일까? (사실·심화)

– 욤비 씨가 머물렀던 공장의 사장들은 불친절할 뿐 아니라 임금을 체불하고 다쳤는데도 치료해주기를 거부했다. 그 이유는 무엇인가? (사실·심화)

– 이호택 씨는 욤비 씨를 위해 아프리카까지 가서 결정적인 서류를 가져온다. 그렇게 한 이유는 무엇일까? (심화)

– 욤비의 난민 신청을 위해서 혼신의 힘을 다했던 김종철, 이호택, 김한주 씨는 욤비 씨와 같은 사람이 우리사회에서 인정받아야 한다고 생각한 이유는 무엇인가? (사실)

– 욤비 씨가 난민으로 인정받기 상당히 어려웠다. 그 이유는 무엇이었나?

(사실·심화)

– 욤비를 도운 사람과 욤비를 이용한 사람의 특징을 쓰고 차이점을 찾아보자. (심화)

– 일반적으로 사람들은 어려움에 처한 이들을 보면 도와주려고 한다. 그런데도 우리나라가 난민을 잘 받아들이지 않는 이유는 무엇일까? (적용)

– 프랑스는 난민에게 일할 수 있는 기회를 제공한다. 그러나 우리나라에서는 난민이 돈을 버는 것은 불법이다. 이러한 차이점은 왜 발생할까? (종합)

열매맺기

▶ 오늘 소개된 인물들 중에서 가장 인상 깊은 인물은 누구였는지 말하고 그 이유를 발표해 보자.

♩♫ 3차시 수업

마음열기

▶ 명견만리 옴니버스 토크쇼 영상 보기

○ 한국에서 난민으로 살아가기, 욤비 토나 교수 (6:44)
(유튜브에서 '한국에서 난민으로 살아가기, 욤비 토나 교수' 검색)

- 욤비 씨가 한국에서 생활하면서 가장 어려웠던 점은 무엇일까?

들어서기

▶ 다음 기사를 읽어보고, 우리 현실에서 난민을 바라보는 서로 다른 시각은 무엇이며 그렇게 주장하는 이유를 정리해보자.

서울 종로구 동화면세점 앞 광장에는 '난민의 입국에 반대한다'는 구호가, 여기부터 70여m 떨어진 세종로파출소 앞에는 '난민 반대에 반대한다'는 구호를 외치는 이들이 있었다. 2018년 무사증 제도로 제주도로 입국한 예멘 난민에 대한 논란이 커졌고, 서울시내 도심에서 난민 입국에 찬성·반대하는 집회가 동시에 열렸다. (이후 신문 기사 참조)
- 70m 사이로… '예멘 난민' 반대 집회와 찬성 집회가 열렸다.
〈한겨레, 사회면〉(2018/6/30) 직접 발췌 및 요약

"국민이 먼저다! 무사증·난민법 폐지하라!"	"난민 반대에 반대한다, 정부는 유엔 난민 협약을 이행하라!"

펼치기

▶ 3부에서는 욤비가 난민으로 인정받고 난 이후의 한국 생활에 대해 알아보고, 한국에서 난민으로 살면서 겪는 어려움은 무엇인지 살펴보자.

3부 욤비의 한국정착생활

▶ 욤비 연대표 : 3부

- 욤비가 가족과 결합하기까지의 과정, 한국에서의 난민 가족생활에 대해 자세히 적어보자.

욤비의 현실	시기	한국 생활에서 난민으로 살아가기
강연, 후원금으로 비행기 삯 마련	가족 결합	2007.5 〈피난처〉에서 일을 시작함 (아브라함의 제안)
		가족결합 신청
태국공항까지 마중나감. 6년 만에 가족 만남		2008.6.13. 가족 상봉
1년 만에 아이들은 읽고 쓰기 가능해짐. 빠른 속도로 한국생활 적응	난민 가족 생활	〈피난처〉 출입국관리소에서 월급을 받는다는 소문이 남. 가족 안전에 문제 발생
언어 사용에 문제 발생 : 아이들과 서로 사용하는 언어가 달라 문제 발생, 아이들 콩고인으로서의 정체성 잃어버림		콩고발전에 기여하고자 성공회대학교 아시아비정부기구학 석사과정 지원
각자 바쁜 사이 소외된 아내는 몸도 마음도 약해짐		아내, 한국어 배우고 한국적응의 어려움으로 상담 받음
한국에서 태어난 넷째, 다섯째는 무국적자이다.		한국의 다문화 교육이 다름을 인정하지 않고 적응하도록 함

▶ 연대표를 참고하여 욤비의 한국 정착생활 소개서 작성하기

- 연대표를 참고하여 자기소개서를 작성하며, 욤비와 가족이 겪은 일 위주로 욤비의 생각을 담아서 사건의 정황이 잘 드러나도록 작성해보자.

예시 : 난민 지위를 얻은 욤비씨와 가족들의 한국생활

2005년 6월 7일 난민심사에서 탈락한 후 겉으로 보기에 내 삶에는 변화가 없었다. 여러 공장을 전전하며 12시간에서 16시간까지 일을 하면서도 월급을 떼이고 다치고 몸과 마음은 만신창이가 되어 갔다. 그러면서도 콩고에 두고 온 가족들 생각과 콩고의 불안한 정치 상황에 대한 고민이 머릿속을 떠나지 않았다. 2007년 아브라함이 〈피난처〉에서 함께 일해보자고 제안을 해왔다. 내가 할 수 있는 일이 있을까 싶어 고민하자 아브라함이 같은 난민이니 난민을 돕는 일을 더 잘하지 않겠느냐고 말했다. 평소 아브라함은 내 재능을 펼치지 못하고 있는 것을 안타까워했고 콩고로 돌아가 하고 싶은 일을 할 수 있는 역량을 쌓는 시간을 가지기를 바랐다. 〈피난처〉로 가는 건 나를 찾아가는 길이라고 생각해 함께 하기로 했다. 〈피난처〉에는 일주일에 세 번 출근해 난민 문제를 알리는 거리 홍보도 하고 〈피난처〉에 새로 들어온 인턴들과 상근자들에게 아프리카에 대한 정보를 제공하는 세미나를 열었다. 또 일반인 대상의 난민 캠프에서 강연을 하거나 중고등학교와 대학교에서 난민 상황을 알리는 일도 했다. 콩고 상황이나 난민으로 한국에서 겪는 일을 이야기하면서 청중들이 호응해 줄 때 난민으로 고통스러웠던 날들을 보상받는 느낌이었다. 〈피난처〉에 출근하지 않는 날에는 소홀했던 영어공부를 하고 비정기적인 강연에 나가 난민의 지위와 콩고의 상황을 알렸다. 무엇보다 인터넷 라디오 방송에 가장 많은 시간을 할애했다.

2006년 9월에 아브라함이 콩고로 가서 구해온 귀한 자료를 바탕으로 11월에 김종철이 동행한 가운데 이전과는 다른 인터뷰를 진행했다. 질문도 세세하고 깊이 있었고 인터뷰 기록을 확인하고 사인을 하는 절차도 있었다. 2007년 5월 난민인정협의회에서 다시 진술했다. 불어 통역이 있었지만 내 뜻을 제대로 전달하지 못했다. 난민인정협의회는 콩고의 신문 기사는 언제든 조작 가능하고 콩고에서 가져온 심문 기록이 공문서 형식이 아니라며 인정하지 않았다. 콩고의 현실을 전혀 반영하지 않는 처사였다. 난민신청은 기각되었다. 난민신청이 기각된 후 몸도 마음도 지쳐 이가 빠지기까지 했다. 김종철이 소개해 준 라브리 공동체에서 휴식을 취한 후 소송에 들어갔다. 〈피난처〉에서 받는 월급만으로 생활이 어려워 후원을 받고 있었는데 나를 후원해주던 서초동 교회에서 만난 김한주 변호사와 김종철, 아브라함이 변호인단을 꾸려 소송에 대비했다. 이들은 개미처럼 일했다. 사실관계 확인부터 시작해 준비한 증거자료와 설명서, 서면 자료를 여러 차례 제출했다. 재판을 앞두고 불안했지만, 처음에 혼자 시작했을 때를 생각해보면 함께 싸워주는 든든한 친구들과 지원군들을 생각하면 더 이상 두렵지 않았다.

2008년 2월 20일 드디어 난민 인정을 받았다. 김종철 변호사와 아브라함은 소리를 질렀고 우리는 창피한 줄도 모르고 얼싸안고 눈물을 흘렸다. 그 순간 우리는 형제였다. 가족을 한국으로 부르기 위해 다시 친구들이 도와주었다. '가족 결합'은 언제 될지 모르기 때문에 일단 초청을 하고 '가족결합'을 신청하기로 했다. 8백만 원이나 하는 비행기 삯은 그동안 강연이나 간증을 통해 인연이 된 사람들이 후원금을 보내주어 해결할 수 있었다. 입국 날짜는 2008년 6월 13일로 정해졌고 태국공항까지 마중 나가 6년 만에 가족을 만났다. 아이들은 학교에 다니기 시작했고 빠른 속도로 한국 생활에 적응했다. 불과 1년여 만에 웬만한 건 읽고 쓸 수 있게 되었고 친구들과도 잘 지냈다. 다행스러운 일이었지만 또 다른 문제에 부딪혔다. 아내와 나는 링갈라어로 말하고 아이들과는 불어를 썼는데 아이들은 자기들끼리는 한국어를 썼다. 아이들이 한국어에 익숙해지는 건 좋은 일이지만 콩고의 역사와 문화, 콩고인으로서의 정체성을 잃어버리는 것이 걱정스러웠다.

그러는 동안 〈피난처〉에서 일에도 문제가 생겼다. 내가 사람을 가려가면서 통역을 한다거나 출입국관리소에서 월급을 받는다는 소문이 돌았고 개인 정보가 새나가 가족들의 안전을 보장할 수 없는 일도 발생했다. 콩고와 한국은 역사적으로 비슷한 점이 많지만, 현재의 모습에는 많은 차이가 있다. 한국이 이뤄냈던 발전을 콩고에서도 실현하고 싶다는 생각이 늘 있었고 한국에 대해 진지하게 공부해 보고 싶어 성공회대학교 아시아비정부기구학 석사 과정에 지원했다. 가족들도 있는데 공부를 할 때가 아니라는 사람들도 있었지만, 한국을 배워 콩고의 발전에 이바지하고 싶은 나의 꿈을 꺾을 수는 없었다.

아이들과 내가 바쁜 사이 소외감을 느끼고 있던 넬리의 몸이 아프고 마음도 약해지는 일도 있었다. 함께 한국어를 배우고 상담을 받으면서 넬리는 조금씩 좋아졌다. 한국에 적응할수록 콩고를 잊어버리는 아이들 문제도 여전하다. 한국의 다문화 교육은 다른 문화를 인정하지 않고 한국문화에 적응하도록 하는 교육이기 때문이다. 한국 사회에서의 뿌리 깊은 차별도 문제다. 이처럼 해결해 나가야 하는 문제가 많지만, 나에게는 두 가지 꿈이 있다. 하나는 콩고의 민주화이고 다른 하나는 한국을 난민들이 살아가기 좋은 곳으로 만드는 것이다. 그래서 모두가 행복해지는 사회로 만드는 것이 내 꿈이다.

– 욤비는 3년을 기다린 난민 신청이 탈락되었을 때 받아들일 수 없었다. 어떤 점이 이해할 수 없었나? (사실)

– 욤비가 난민으로 인정받고도 욤비 가족과 욤비가 겪는 어려움은 무엇인가? (사실)

– 우리나라가 난민 인정율이 낮은 이유는 무엇인가? (심화)

– 욤비는 왜 콩고로 다시 돌아갈 생각을 할까? (심화)

– 욤비는 한국을 난민들이 살아가기 좋은 곳으로 만들면 모두가 행복해지는 사회가 된다고 생각한다. 그 이유는 무엇인가? (심화)

– 욤비는 난민 지위를 획득했어도 생활에 많은 어려움을 겪는다. 난민인 욤비 가족에게 남아있는 문제점은 무엇이며 어떻게 해결해야 할까? (적용)

▶ 다음 영상을 함께 보고 이야기 나눠보자.

열매맺기

○ BBC News 코리아 : 조나단, 한현민, 라비 '흑형'이란 말에 상처받는 이유
(유튜브에서 'BBC News 코리아, 조나단' 검색)

– 조나단, 한현민, 라비가 우리에게 당부하는 것은 무엇인가?

♫ 4차시 수업

▶ 다음과 같이 상상해 보고, 그런 상황에 처한 나를 상상했을 때 어떤 마음인지 이야기 나눠보자.

마음열기

경기도교육청,
《더불어 사는 민주시민》
고등학교 창의지성

만약 여러분이 어느 날 갑자기 난민이 된다면 어떻게 하실 건가요? 상상해 보세요. 전쟁과 박해를 피하기 위해 집을 떠나야만 하는 당신의 모습을. 매일 당신은 일상생활 속에서 수많은 선택을 합니다. 하지만 당신이 난민이 된다면, 하루아침에 갑자기 모든 선택들은 삶과 죽음에 직접 관련된 문제가 되어 버립니다.

- 당신의 정치관은 당신을 곤경에 빠뜨리고, 당신은 경찰에게 체포되어 끔찍한 고문을 당합니다. 당신은 어떻게 하실 건가요?

- 반란군들이 강제 징집에 젊은이들을 끌고 가기 위해서 당신이 살고 있는 마을을 공격합니다. 당신은 이제 어떻게 하실 건가요?

- 사람들을 죽이는 군대에 강제로 보내는 위험한 상황 속에서 계속 머무르실 건가요? 아니면 죽음을 무릅쓰고 탈출하시겠습니까?

- 현재 분쟁이 발생하여 당신이 사는 마을은 매우 위험합니다. 살기 위해서는 마을을 도망쳐 나와야 하지만, 그러면 당신은 더 이상 어머니와 함께할 수 없습니다. 당신은 어떻게 하실 건가요? 전쟁 지역으로 돌아가서 죽음과 마주할 것인가요? 아니면 탈출하실 건가요? 이것이 바로 난민의 삶입니다.

"어느 누구도 난민이 되기를 선택하지 않았습니다."

- 나는 어떤 선택을 할 것인가?
- 난민이 된 사람의 마음은 어떨까?

▶ 다음 영상을 함께 보고 이야기 나눠보자.

들어서기

○ YTN news : [원코리아] 인터뷰 – 난민 출신 UN위원 '욤비 교수' 편
(유튜브에서 '원코리아, 욤비 교수' 검색)

- 욤비 교수의 아이들은 왜 한국 학교에서 입학을 거부당했을까?
- 욤비 교수에게는 두 가지 꿈이 있다고 한다. 하나는 콩고의 민주화, 다른 하나는 한국을 난민들이 살기 좋은 곳으로 만드는 것이라고 한다. 욤비 교수의 꿈이 이루어지는 것이 우리에게 어떤 영향을 가져올까?

▶ 모의 유엔 회의를 열고 한국 대표로서 입장문을 작성해보자.

의제 : 난민문제 해결을 위한 국제 협력 방안

　기조연설문이란 회의에서 논의될 의제 전반에 걸친 자국의 입장을 담고 있는 문서이다. 위원회의 각국 대표단은 기조연설을 함으로써 회의에 임하는 각 국가의 입장을 피력한다. 이것은 UN의 공식문서가 아니기 때문에 형식이 특별히 정해져 있는 것은 아니다.
　기조연설문은 의제에 대한 각국의 구체적 의견을 담고 있어야 한다. 자국의 상황에서 선정 의제에 대해 어떻게 생각하는지 구체적으로 작성한다. 어떤 노력을 하고 있는지, 각국 해결방안은 무엇인지도 제시해야 한다. 의제토의에서는 각자 명패를 들어 발언의사를 표시해 의장의 인지순서에 따라 발표할 수 있다. 각국 대표는 연단에 나와 60초간 발표한다. 결의안은 공식회의와 비공식회의의 협의과정을 거쳐 작성하는 것으로 최종합의 혹은 투표를 통해 결정된다. 각 위원회는 80분간의 1차 회의와 150분간의 2차 회의를 거친 후 결의안 투표를 통해 결의문을 채택하게 된다.
　기조연설문이나 발언문은 논의될 문제(issue)를 명확히 파악하고 이 문제에 대한 자국의 입장을 밝히며, 이에 기반을 두어 해결책을 제시할 수 있어야 한다. 자국의 입장을 밝힐 땐 어떠한 근거로 그러한 입장을 드러내는지를 잘 설명해야 한다. 즉 기조연설문이나 발언문은 다루고자 하는 문제에 대한 자국의 기본적 입장을 기술하고 해당 의제항목(들)과 관련하여 쟁점 별로 자국의 입장을 피력하며 유엔 및 국제사회가 취해야 할 조치를 제안하는 내용을 포함한다.

※ 4차시 모의 유엔 회의 기조연설문 작성하기는 각국 현황을 조사한 후 연설문 쓰기 하는 것이 좋으며, 초등생들에게는 법무부 장관에게 편지쓰기가 적절하겠다.

▶ 난민 신청자들의 권리 제한하는 법무부의 개정안에 반대하는 〈법무부장관에게 편지쓰기〉 캠페인

　- 다음 홍세화씨가 쓴 법무부 장관에게 편지쓰기를 참고로 편지를 써보자.

'난민' 출신 홍세화가 법무부 장관에 보내는 편지
– 법무부 난민법 개정안, 'GDP 인종주의'와 '외국인 혐오'의 결합

안녕하신지요?

최근 법무부는 난민법 개정을 예고했습니다. 난민법이 행정 관리들의 편의주의를 목적으로 하는 게 아니라 난민 보호를 목적으로 갖는다고 할 때, 개정안은 개선 방향이 아니라 개악의 방향임을 노골적으로 드러내고 있습니다. 그러지 않기를 바라지만, 이번 개악안이 의회에서 통과한다면, 난민 심사의 벽은 더 높아지고 신청 절차는 더 어려워질 것입니다. 난민 신청 접수 장소는 대폭 축소되고, 난민 신청자가 출국하면 신청을 철회한 것으로 간주하여 가족결합을 어렵게 만들고, 90일 동안이었던 소송 기간은 30일로 줄어들어 난민 신청자들이 변호사 등의 도움을 받기가 어려워지는 반면에 강제 소환은 더 쉬워질 것입니다. 장관께 이 개악안의 철회를 요청하려고 이 글을 씁니다.

20년 동안 프랑스에서 난민으로 살았던 저는 한국 땅을 찾은 난민들의 사연을 만날 때마다 부끄러움이 앞서곤 합니다. 동시대인들과 행정 관리들에게서 난민 인권 이전에 난민에 대한 인식 자체가 부박하다는 것을 확인해야 하기 때문입니다. 이번 법무부 개정안을 통해서도 다시금 대한민국 난민법이 난민 보호를 기본 취지로 갖고 있지 않다는 것을 확인해야 했습니다. 개선을 하고 또 해도 모자랄 판인데 개악이라니요! 법무부 장관께 개악안의 철회와 함께 권하고 싶은 게 있습니다. 난민 관련 업무를 법무부에서 계속 붙들고 있지 말고 외무부에 이관하십시오. 무언가를 시도하는 게 아무 일도 하지 않는 것보다 못한 경우가 있습니다. 국가의 녹을 먹는 행정 관리들이 자주 벌이는 일이기도 하지요.

제가 난민 자격심사를 받았던 곳은 프랑스 외무부 소속의 '난민과 무국적자 보호실(OFPRA)'이었습니다. '보호'라는 말이 들어 있습니다. 난민 관련 업무가 프랑스에서는 외무부 소관인데 한국에서는 법무부 소관입니다. 이 차이는 어디서 비롯된 것일까요? 난민 관련 업무의 기본 목적이 '난민 보호'에 있나, 아니면 '출입국 관리, 통제에 있나'의 차이에서 비롯된 게 아닐까요? 장관께서도 잘 아시겠지만, 제네바 협약은 인종, 종교, 국적, 사회적 신분, 정치적 견해의 다섯 가지 이유 때문에 귀국할 경우 고문당할 우려와 박해받을 위험이 있는 외국인을 난민으로 인정

하고 피난처를 제공하도록 규정하고 있습니다. 대한민국도 이 협약을 비준했고 그에 따라 난민법을 제정한 것이기도 하고요. 그렇다면, 난민 신청자 출신국의 정황을 직접 알 수 있고 난민 신청자와 소통을 원활하게 할 수 있는 외무부에서 난민 심사를 관장하는 게 논리에 부합한다고 봅니다. 한국에서 난민 관련 업무를 법무부 관할로 둔 것에 대해, 저는 난민을 보호하겠다는 의지보다 외국인의 출입을 통제하면서 되도록 난민을 받아들이지 않으려는 의지가 반영된 것이라고 보는데, 장관님의 생각은 어떠신지요? 합리적 존재라면 난민 관련 업무를 외무부에 이관하는 데 앞장서야 한다고 보는데 이에 대해 장관께서는 어떻게 생각하시는지 알고 싶습니다.

　세상에 스스로 인종주의자라고 말하는 사람은 거의 없습니다. 그렇지만 세상은 인종주의적 언행으로 가득 차 있습니다. 우리는 우리 각자의 눈으로 사물과 현상을 봅니다. 이방인들을 위험인물로 바라보는 것은 그들에게 투사된 우리 자신의 모습입니다. 모르는 사람에겐 일단 의심의 눈초리로 보는 게 우리의 자화상이니까요. 게다가 그 잘 모르는 사람이 가진 게 없는 사람일 때 의심의 눈초리는 배척과 혐오의 눈초리로 바뀌기도 합니다. 한국 사회엔 'GDP 인종주의'라고 부를 만한 게 관철되고 있습니다. 백인과 결합한 가족은 '글로벌 패밀리'라고 부르고, 비백인과 결합한 가족은 '다문화 가정'이라고 부릅니다. 이는 물신주의와 인종주의가 한국 현대사의 흐름 속에서 교묘히 결합되어 나타난 것이라고 할 수 있습니다. 저는 이번 법무부의 난민법 개악안이 담고 있는 정신도 한국 사회에 관철되고 있는 'GDP 인종주의'와 '외국인 혐오'가 결합된 것으로 봅니다.

　4년 전 일이었지요. 알란 쿠르디라는 이름의 시리아 어린이가 터키 해변에 죽은 채 떠밀려온 사진을 기억하실 것입니다. 만약 그의 아버지, 그의 아저씨가 난민으로 이 땅에 들어오면 바로 위험인물이 되는 건가요? 인디언 수우 족의 기도문 중에 "상대방의 모카신을 신고 1마일을 걷기 전에는 그 상대방을 판단하지 말라"는 내용이 있습니다. 역지사지의 지혜를 말하고 있지요. 장관께서도 잠시 이 땅을 밟게 된 난민의 처지가 되어보면 어떨까요? 일반적으로 예고 없이 이 땅을 찾아오는 이방인은 가진 게 아무것도 없습니다. 돈도 없고, 직장도 없고, 거처도 없고, 아무것도 없습니다. 그의 손은 그야말로 빈손입니다. 그런 만큼 마음은 열려 있으며 몸은 무슨 일이든 할 준비가 되어 있습니다. 그런데도 위험인물이 되어야 합니다. 인종주의에 관한 책을 쓴 타하르 벤 젤룬은 이방인에 대한 두려움에 대해 다음과 같이 말하고 있습니다.

"이방인을 두려워할 권리를 갖는 것, 그것이 두려움에 대한 승리인 것이다. 두려움에 정면으로 맞서고, 우리 자신의 허약함의 거울 속에서 자신을 냉철하게 직시하는 대신에 우리는 우리의 두려움을 적에 대한 무기로 만들고 방패로 사용하려고 두려움을 은폐한다. 그리하여, 위협인 이방인은 넘어올 수 없다."

어떤가요? 이번에 법무부가 내놓은 개악안도 "이방인은 넘어올 수 없다!"고 말하려는 것이지요. 우리 국민의 의식 안에 폭넓게 자리 잡고 있는 이른바 순혈주의가 난민 정책의 배타성을 강화시켜주고 있습니다. 이주민들의 정주를 막는 정책도 마찬가지입니다. 단일민족 신화에 갇힌, 배타적 민족주의의 반영이라고 할 수 있습니다. 하지만 태종실록에 나오는 아래 기록을 읽어보면 어떨까요?

"호조에서 보고하기를, '내년을 염려하지 않을 수 없습니다. 청컨대 올적합, 올량합(이상 여진의 한족), 왜인, 회회(아랍계 무슬림) 등의 사람으로서 토지를 받고 거실을 소유한 자의 월급을 없애서 비용을 줄이십시오'라고 했다. 임금이 그대로 따랐다."

<태종실록> 태종 16년(1416) 5월 12일의 기록입니다. 조선 땅에 사는 외국인 관리들이 너무 많아 조정 예산을 관장하는 호조가 걱정하는 내용입니다. 외국인이 아닌, 외국인 관리들이 너무 많았다는 것입니다! <고대, 한반도로 온 사람들>이라는 책에서 이 기록을 소개한 이희근 겨레문화유산연구원 전문위원은 한반도가 "대륙세력과 해양세력이 교차하는 지정학적 위치에 자리"함으로써 "다양한 인종이 끊임없이 유입될 수밖에 없었다"고 설명하면서 "한반도의 주민은 단일민족인 적이 없었다"고 단언합니다.

실상 우리도 다른 사람들에게는 모두 이방인들입니다. 이 사실에 대해 우리는 눈을 질끈 감습니다. 즉자적 인간은 타자의 눈으로 나를 볼 줄 모를 뿐만 아니라, 나 자신의 과거 모습도 보려고 하지 않습니다. 지난 4월 11일은 "대한민국은 민주공화제로 한다"로 시작하는 임시정부 헌장이 선포된 지 100주년이 되는 날이었습니다. 이날 여의도공원에서는 기념식이 열렸는데, 이 자리에서 이낙연 총리는 "대한민국은 임시정부의 뿌리 위에 꽃 피웠다"고 말했습니다. 100년 전에 독립운동가들이 새로운 나라, 새로운 정부를 세웠던 곳은 중국 상해였지요. 다시 말해, 박상기님께서 오늘 법무부 장관이라는 중임을 맡고 있는 대한민국의 출발은 난민들에 의한 망명 임시정부였습니다. 당시 독립운동가들의 처지는 난민과 어떻게 다

른가요? 가령 '초대 법무장관'이라고 할 수 있는 이시영 임시정부 법무총감도 난민이었습니다. 그런 뿌리를 둔 대한민국이 오늘 세계의 난민을 어떻게 대하고 있을까요?

유엔난민기구에 따르면, 2017년 한국의 인구 대비 난민 수용률은 세계 139위였습니다. 한국의 2017년 기준 난민인정 비율은 1.51%로, 전세계 24.1%, 유럽연합 33%, 미국과 캐나다 약 40%에 비추어, 일본과 함께 세계에서 꼴찌 수준입니다. 그렇게 바늘구멍과도 같은 인정율을 통과해 난민 자격을 얻어도 일자리를 찾기도 어렵거니와 일터를 옮길 자유도 제한되어 있습니다. 이주 노동자들에 대한 내국인들의 잦은 폭력들, 이주 여성노동자들에 대한 성폭행에 대해 한국의 법무부는 얼마나 관심을 갖고 대처하고 있나요?

이란인 친구의 난민 신청을 도우려고 나섰던 서울 송파구의 한 중학교 학생들이 떠오릅니다. 그 학생들이 이방인의 두려움으로부터 벗어날 수 있었던 것은 두말할 것도 없이 그 이방인과 친구 관계를 맺었기 때문입니다. 이 말을 뒤집어 말하면, 대부분의 한국 사회 구성원들이 이방인들을 위협적 존재로 보고 혐오하는 것은 거의 무지("이방인을 만나지 않아 잘 모른다"의 뜻입니다)와 편견에서 비롯되는 것입니다. 따라서 행정 관리들이 해야 할 일은 대중 영합주의에 머물러 이번과 같은 개악안을 만드는 데 있지 않고 그 중학생들의 경험을 국민들이 공유할 수 있는 기회를 제공하는 데 있습니다. 법무부 행정 관리들부터 솔선수범하여 그 중학생들을 초청하여 얘기를 듣는 기회를 가지면 어떨까요?

멀리 보이는 불빛은 따뜻하게 느껴집니다. 우리 모두의 것인 듯해 그럴 것입니다. 그러나 가까이 갈수록 불빛의 따스함은 점차 사라집니다. 모든 불빛에는 주인이 있고 문이 닫혀 있어서 접근이 불가능합니다. 이방인들은 먼 곳에서 이 땅의 불빛을 보고 다가왔지만 그 불빛은 차갑기만 합니다. 크로포트킨이었지요. "법은 힘센 자의 권리다"라고 말한 사람은. 모든 불빛에 주인이 있다고, 그래서 문을 걸어 잠글 수 있다고 주장하는 기능을 가진 게 법인지 모르겠습니다. 그럼에도 "타자의 생명을 존중하고 타자와 인격적 관계를 맺어야 '나'라는 존재의 유한성을 극복할 수 있다"는 에마뉘엘 레비나스의 말을 전하면서 이 글을 마칩니다.

긴 편지, 끝까지 읽어주셔서 고맙습니다. 늘 건강하십시오.

– <프레시안> (홍세화 장발장 은행장, 2019/04/22)

▶ '화이부동 [和而不同]'의 의미를 되새기며 '왜 우리가 난민을 도와야 하는가?' 에 대한 자신의 소감을 나눠보자.

공자는 논어의 자로 편에서 "군자는 화이부동(和而不同)하고 소인은 동이불화(同而不和)한다"고 했다. 다른 사람과 생각을 같이하지는 않지만 이들과 화목할 수 있는 군자의 세계를, 밖으로는 같은 생각을 가진 것처럼 보이나 실은 화목하지 못하는 소인의 세계와 대비시켜 군자의 철학을 인간이 추구해야 할 덕목이라고 공자는 주장한 것이다.

이어령은 "우리말 가운데 '엇비슷하다'는 말은 세계 어느 나라 말로도 바꿀 수 없습니다. 굳이 설명하면 '엇비슷'은 어긋났는데 비슷하다거나 닮았지만 닮지 않았다는 말입니다. 세상에 이런 말이 어디 있습니까? 이 말에 기독교와 불교를 엇비슷하게 보는 한국인의 의식이 그대로 녹아있습니다. 어긋나고 비슷한 것이 하나의 단어가 된 것은 바로 한국인 특유의 포용의식의 상징이죠. 우리 문화에는 21세기 다원주의를 흡수할 수 있는 여러 가치가 공존합니다. 엇비슷하다는 말은 아시아적 화이부동(和而不同) 철학을 담고 있습니다"라고 말했다.

신영복은 화이부동을 "화는 나와 다른 것을 존중하고 공존하는 원리이고, 동은 흡수해서 자기 것으로 만드는 원리"라며 다음과 같이 말했다.

"콜럼버스에서 이라크전쟁까지 지금까지의 서양 근대사는 부단히 동의 역사였다. 종교도 언어도 자기 것을 강요하는 세계 유일한 지배체제를 만들어냈다. 이런 동의 세계를 청산하고 화의 논리로 새로운 문명을 이끌어내기 위해서도 동양의 지혜가 필요하다."

– [네이버 지식백과] 화이부동 [和而不同] (선샤인 논술사전, 2007.12.17, 강준만)

2018년 제주도에 예멘 난민 신청자들이 500여명이 오게 되면서 우리 사회에서 난민에 대해 본격적인 관심을 갖게 되었다. 당시 우리가 보여준 난민에 대한 인식이 충격적이어서 이 수업을 구성하게 되었다. 그러나 아이들이 얼마나 관심 있어 할지 고민이 많아, 많이 알려진 욤비 씨의 사례로 수업을 구성했다. 이 책은 욤비 씨가 왜 난민이 되었는지, 왜 한국까지 오게 되었는지 등이 자세히 나와 있는 자서전이다.

아마도 수업을 할 때 가장 어려운 점은 함께 다뤄야 할 내용이 많다는 것과 등장인물의 입장을 알기 위해서 좀 더 구체적인 정보가 필요하다는 것이다. 다행히 요즘은 영상정보도 쉽게 구할 수 있고 관련 단체에서도 자료를 많이 제공 받을 수 있다. 아이들의 이해 정도에 따라서 적절히 사용하면 흥미를 유발하는데 도움이 된다.

수업 전 대부분의 아이들은 난민과 외국인 노동자를 잘 구분하지 못하고, 늘어나는 난민으로 어려움을 겪는 유럽의 사례를 통해 난민에 대해 막연한 두려움을 가지고 있었다. 단편적이고 부정확한 정보들을 말하면서 "예멘 난민 중에는 테러리스트도 있대요."라고 말하는 아이들도 있었다. 이 수업을 통해서 난민이 왜 발생하는지, 누구나 난민이 될 수 있고, 우리는 난민을 어떻게 대하고 있는지를 정확히 아는 것만으로 큰 변화가 있었다.

＂토론은 독서를 위한 과정이며 도구다. 하브루타도 역시 깊고 흥미 넘치는 독서를 위해 필요한 교육적 도구이며 수단이다. 독서의 궁극적인 교육목적을 이루기 위해선 다양한 수업도구들이 적절하게 잘 활용되었을 때 수업이 풍성해지고 학습목표를 달성할 수 있다. 그런 점에서 하브루타는 독서교육에 아주 적합한 토론도구로서 손색이 없다.

같은 책이라도 모둠에 따라 다른 내용의 토론으로 채워지는 하브루타 독서 토론에는 왕도가 없다. 아이들의 질문이 방향을 잃고 헤맬 때 교사가 '효율성'이라는 유혹을 참아내고 믿고 기다려 주면 아이들은 스스로의 질문을 통해 성장한다.＂

3장
더불어 사는 삶이
왜 중요할까

왜 소수자를 배려해야 할까
《목기린씨, 타세요!》

우리는 왜 도우며 살아야 할까
〈늑대와 염소〉

방관하는 것이 왜 문제인가
《용기 없는 일주일》

우리는 어떻게 서로를 위로할까
《라면 먹는 개》

소중한 관계를 돈으로 살 수 있을까
《컵고양이 후루룩》

《목기린 씨, 타세요!》

왜 소수자를 배려해야 할까

○ 수업 목표
1. 슬로우 리딩을 통해 주요 등장인물별 중심 사건을 파악할 수 있다.
2. 소수자라는 이유로 겪는 고통을 생각해볼 수 있다.
3. 문제를 해결할 수 있는 방법을 찾아 제안할 수 있다.
○ 함께 읽는 책 : 《목기린 씨, 타세요!》 (이은정 / 창비 / 2014)
○ 분류 : 더불어 사는 삶
○ 주제 : 왜 소수자를 배려해야 할까
○ 대상 : 초등 4학년 ~ 초등 6학년
○ 분량 : 56쪽
○ 집필 : 이상희

　내가 소수라는 이유로 보편적인 사람들이 누릴 수 있는 것을 제한당할 때, 나는 어떤 기분이 들까? 특별한 신체조건 때문이라면 이 문제를 어떻게 해야 할까? 우리나라 헌법은 모든 이에게 기본권을 보장하고 있다. 《목기린 씨, 타세요!》는 마을 주민이라면 누구나 다 탈 수 있는 마을버스를 단지 남보다 목이 길다는 이유로 이용하지 못하고 차별받는 상황을 보여주고 있다. 목기린 씨가 겪는 고통과 마을 주민들이 보여주는 행동을 통해 사회적 소수자인 교통약자에게 왜 보행권과 이동권을 평등하게 부여해야 하는지를 따져보고, 모든 이가 인간답게 살아야 하는 삶의 가치를 실현한다는 것이 어떻게 가능한 것인지를 생각해 볼 수 있다.

　이 작품은 하브루타 독서토론을 초기에 적용해보기 매우 적절한 텍스트다. 짧으면서도 하나의 사건을 해결하기 위해 각기 다른 입장의 마을 관장, 주민, 버스기사, 친한 이웃 등 여러 인물이 등장한다. 이들이 보여주는 다양한 행동을 분석하기 위해서 각 등장인물의 입장에서 사건을 재조명해보고 질문을 만들어 짝토론, 모둠토론을 거쳐 우리 현실에 적용해보는 종합토론을 해 본다. 그럼으로써 국가가 복지강화 차원에서 교통약자를 배려하고 보호하는 것이 아니라 시민 스스로 시민적 권리를 정당하게 요구하고 관철시켜 공공성을 확장해 나갈 수 있는가를 토론해 볼 수 있다.

다수 처지에서는 몰라서 또는 알고도 외면했던 문제들을 해결하여 소수자 권리가 존중될 때 우리사회가 좀 더 살기 좋은 세상이 될 수 있음을, 차이가 차별이 되지 않는 법을 깨닫게 될 것이다.

하브루타 독서토론 수업 흐름

차시	핵심 활동	활동 목표	주요 활동 내용
1차시 (120분)	사전 과제	텍스트와의 상호작용	– 《목기린 씨 타세요!》 읽고 시건의 구성단계 정리해오기 (발단/전개/위기/절정/결말)
	질문 생성과 질문 탐구	내용 파악, 질문의 양적 확산 및 질적 심화	– 짝과 함께 생각그물 작성하기 – 서사주체별 사건개요서 및 진술서 작성하고 발표하기 – 서사주체별 사건개요서 및 진술서 수정하여 완성하기 – 서사주체별 진술서에 따른 질문 만들기 (사실/심화/적용/종합)
2차시 (120분)	짝토론	동료와의 상호작용	○ 서사주체별 진술서를 참고하여 서사주체별로 질문 작성하기 ○ 짝토론하기 – 짝과의 대화를 통해 질문 분류하고 완성하기 – 질문 분류한 후 각 질문 가치 논의하기 – 짝과 함께 모둠토론에 제시할 질문 선정하기
3차시 (120분)	모둠토론 및 쉬우르	적용 및 심화 발전	– 짝토론에서 나온 질문에 대해 모둠토론하기 – 토론 주제 선택하여 전체토론 (쉬우르)하기
	프로젝트 활동	되새기기, 내면화하기	○ 마을버스 설계 콘테스트! – 동물들이 즐겁고 안전하게 탈 수 있는 버스 설계도 그리기 & 운영 방식 발표하기 – 장·단점 토의하기
			○ 활동 평가하기 – 모둠별 토론 (독후) 소감 나누기, 토론을 통해 새롭게 알게 된 점, 느낀 점 나누기 ○ 과제 – 교통 약자들이 편하고 안전하게 이용할 수 있는 대중교통이 왜 필요한지 주장하는 글쓰기

🎵 1차시 수업

마음열기

▶ 동등하다고 생각되는 그림은 어떤 것인가? 그 이유는 무엇인가?

경기도교육청,
《더불어 사는 민주시민》
초등 5~6학년

들어서기

▶ 책 제목을 보고 떠오르는 궁금증을 이야기해 보자.

- 목기린 씨는 누구일까?

- 목기린 씨는 무엇하고 있을까?

- 목기린 씨에게 무엇을 타라고 하는 걸까?

펼치기

첫 걸음 – 읽기, 내용 공유하기

▶ 《목기린 씨, 타세요!》를 읽고 생각그물로 내용을 정리해 보자. (짝 활동)

○ **발단** : 화목마을 9번지로 이사 온 천장 설계사 목기린 씨가 고슴도치 관장에게 하루도 빠짐없이 마을버스를 탈 수 있게 해 달라고 편지를 보낸다.

○ **전개** : 고슴도치 관장은 목기린 씨의 요청에 아무런 대답이 없고, 마을 주민들은 애써 목기린 씨를 외면한다.

○ **위기** : 목기린 씨는 꾸리와 함께 마을버스 천장에 창문을 내고 기둥 손잡이를 만들어 달라는 편지를 또 다시 보낸다. 고슴도치 관장은 주민회의 끝에 버스 1대만을 요구대로 개조하여 출퇴근 때만 이용할 수 있게 해준다.

○ **절정** : 드디어 버스를 탈 수 있게 된 목기린 씨는 힘들게 버스에 승차했고 운행시간이 늦어진 고릴라 기사가 서둘러 차선변경을 하다 교통사고가 났다. 주민들은 무사했지만 목기린 씨만 다쳐서 병원에 입원했다. 꾸리의 권유로 목기린 씨는 새로운 마을버스 설계도와 도움을 요청하는 쪽지를 고슴도치관장에게 보냈다. 열띤 주민회의가 열리고 고릴라 기사에 의해 목기린 씨 덕분에 대형 사고를 면했다는 것이 밝혀진다.

○ **결말** : 주민회의에서 모든 마을버스를 새롭게 고치기로 하여 목기린 씨도 마을 주민들처럼 마을버스를 안전하고 편리하게 사용할 수 있게 된다는 편지를 받는다. 앞으로도 계속해서 마을버스를 고쳐나갈 것이라고 한다.

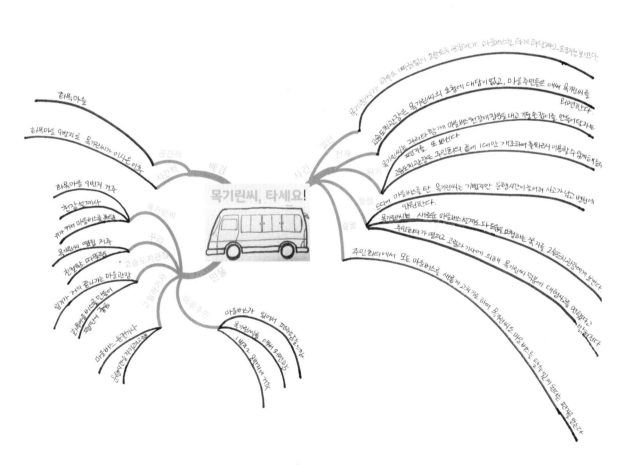

▶ 각 등장인물의 처지에서 사건개요서와 진술서를 쓰고 발표해 보자.

(목기린 씨, 꾸리, 고슴도치 관장, 고릴라 기사, 마을주민 중 택 1)
– 이때 질문과 답변을 통해 추가하거나 수정이 필요한 부분은 고쳐 쓴다.

목기린 씨 처지에서 쓴 사건개요서와 진술서

○ 사건개요서

누가 (등장인물의 성격과 특징) : 나는 화목 마을 9번지로 이사 온 천장 전문가 목기린이다.

언제 (시간적 배경) : 화목 마을에서

어디서 (공간적 배경) : 화목 마을에 이사 온 이후

무엇을 (사건의 결과) : 목이 길어서 마을버스를 탈 수 없었던 내가 마을버스를 탈 수 있게 된다.

어떻게 (사건이 벌어진 과정) : 나는 이사 온 이후로 계속 걸어 다녀야 해서 목과 다리가 매우 아팠다. 그래서 고슴도치 관장에게 마을버스를 이용하게 해달라는 요청을 지속적으로 했으나 답변이 없었다. 어느날 꾸리와 함께 고슴도치 관장에게 마을버스에 천장 창문과 기둥 손잡이를 만들어 달라는 편지를 보냈다. 그러자 고슴도치 관장은 마을버스 1대만 요청대로 개조하여 평일 출퇴근 시에만 이용할 수 있게 해주었다. 드디어 나도 마을버스를 타게 돼서 기뻤지만 출입문이 좁아 탑승이 늦어졌다, 버스운행이 지연되자 고릴라 기사는 과속과 차선변경을 했고 교통사고가 났다. 사고로 나는 목을 다쳐 입원했지만 마을 주민들은 무사했다. 이번에는 꾸리의 말대로 천장이 높은 설계도를 직접 그려서 고슴도치 관장에게 보내고 도와달라는 메모를 남겼다. 그러자 마을 주민들은 밤늦도록 주민회의를 했고 마을버스 운행에 대해 찬반 등 다양한 의견을 냈다.

왜 (결과가 나타난 이유) : 내가 보낸 새로운 설계도와 마을 주민들 의견을 바탕으로 마을의 모든 버스를 새롭게 개조했기 때문이다.

○ 진술서

나는 화목 마을 9번지로 이사 온 천장 전문가 목기린이다. 이사 온 이후로 계속

걸어 다녀야해서 목과 다리가 매우 아팠다. 그래서 고슴도치 관장에게 마을버스를 이용하게 해달라는 요청을 지속적으로 했으나 답변이 없었다. 어느 날 꾸리와 함께 고슴도치 관장에게 마을버스에 천장 창문과 기둥 손잡이를 만들어 달라는 편지를 보냈다. 그러자 고슴도치 관장은 마을버스 1대만 요청대로 개조하여 평일 출퇴근 때만 이용할 수 있게 해주었다. 드디어 나도 마을버스를 타게 돼서 기뻤지만 출입문이 좁아 탑승이 늦어졌고, 버스운행이 지연되자 고릴라 기사가 과속과 차선변경을 해서 교통사고가 났다. 사고로 나는 목을 많이 다쳐 입원했지만 마을 주민들은 무사했다. 나는 꾸리 제안을 듣고 이번에는 천장이 높은 설계도를 직접 그려서 고슴도치 관장에게 보내고 도와달라는 메모를 남겼다. 그러자 마을 주민들은 밤늦도록 주민회의를 했고 마을버스 운행에 대해 찬반 등 다양한 의견을 냈다. 이후 고슴도치 관장이 보낸 편지를 받았다. 고슴도치 관장은 내가 보낸 새로운 설계도와 마을 주민들 의견을 바탕으로 마을의 모든 버스를 새롭게 개조했다.

꾸리 처지에서 쓴 사건개요서와 진술서

○ 사건개요서

누가 (등장인물의 성격과 특징) : 나는 화목 마을 8번지에 사는 돼지네 막내이다.

언제 (시간적 배경) : 화목 마을에서

어디서 (공간적 배경) : 목기린 씨가 이사 온 이후

무엇을 (사건의 결과) : 목기린 씨가 직접 설계도를 그리도록 적극적으로 도왔다.

어떻게 (사건이 벌어진 과정) : 나는 옆집 돼지네 막내이다. 목기린 씨는 내가 이야기를 나눌 때 자주 뒤로 넘어지니까 등에 멜 수 있는 쿠션 가방을 만들어 줬다. 목기린 씨가 버스를 못 타서 힘들게 걸어다는 것을 알고 있던 나는 버스를 탈 수 있는 방법을 생각해 냈다. 목기린 씨가 차 밖으로 목을 내밀 수 있도록 버스 천장에 창문을 내고, 창문 아래에 튼튼한 기둥 손잡이를 세우는 것이다. 지금까지 목기린 씨가 수십 통의 편지를 보냈지만 고슴도치 관장은 꿈쩍도 하지 않는다고 했다. 그래서 이번에는 나도 함께 편지를 보냈다. 드디어 목기린 씨가 버스를 탈 수 있게 되었는데 교통사고가 나서 목기린 씨는 목을 크게 다쳤다. 나는 목기린

씨가 다친 것이 나 때문인 것 같았다. 조심스럽게 천장 전문가인 목기린 씨가 직접 버스를 설계해 보라고 했다. 목기린 씨가 천장설계도를 고슴도치관장에게 보낸 후 주민회의가 열렸다. 한 주민이 목기린 씨 전용 오토바이를 만들자고 했는데, 내가 그건 너무 위험하다고 했다. 목기린 씨와 소풍을 가기로 한 날, 나는 공원 버스 정거장에서 '목기린 씨, 타세요!' 라고 쓴 새로운 마을버스가 지나가는 것을 봤다.

왜 (결과가 나타난 이유) : 목기린 씨만 마을버스를 탈 수 없었고 계속 걸어 다닐 수밖에 없어서 목과 다리를 많이 아파하는 것이 안타까웠기 때문이다.

○ 진술서

나는 목기린 씨 옆집 8번지에 사는 돼지네 막내 꾸리이다. 목기린 씨는 내가 찾아가면 반가워했고, 키 차이가 많이 나서 내가 대화중에 자주 뒤로 넘어지자 다치지 않도록 나에게 등에 메는 쿠션을 만들어 주었다. 목기린 씨가 버스를 못 타서 힘들게 걸어 다니는 것을 알고 있던 나는 버스를 탈 수 있는 방법을 생각해냈다. 목기린 씨가 차 밖으로 목을 내밀 수 있도록 버스 천장에 창문을 내고, 창문 아래에 튼튼한 기둥 손잡이를 세우는 것이다. 지금까지 목기린 씨가 수십 통의 편지를 보냈지만 고슴도치 관장은 꿈쩍도 하지 않는다고 했다. 이번에는 나도 함께 편지를 보냈다. 그랬더니 우리가 요청한 대로 버스를 고쳐서 목기린 씨가 마을버스를 탈 수 있게 해주었다. 버스를 처음 타던 날, 목기린 씨는 교통사고를 당해서 목을 많이 다쳤고 구급차에 실려 갔다. 문병 갔을 때 나는 나 때문인 것 같아서 울먹였다. 조심스럽게 천장 전문가인 목기린 씨가 직접 버스를 설계해 보라고 말했다. 목기린 씨가 천장설계도를 고슴도치관장에게 보낸 후 주민회의가 열렸다. 한 주민이 목기린 씨 전용 오토바이를 만들자고 했는데 내가 그건 너무 위험하다는 의견을 냈다.

목기린 씨와 소풍을 가기로 한 날, 나는 공원 버스 정류장에서 '목기린 씨, 타세요!' 라고 쓴 새로운 마을버스가 지나가는 것을 봤다.

▶ 자신이 맡은 서사주체별 사건개요서와 진술서를 토대로 질문을 만들고 예상 답을 정리해보자. (사실 / 심화 / 적용 / 종합)

열매맺기

예시: 마을 주민 처지에서 질문 만들기

○ 사실 질문

– 마을 주민은 정거장에서 쉬고 있는 목기린 씨를 마주쳤을 때 어떤 태도를 보였나?

– 마을 주민(동료)들은 목기린 씨를 대화에 끼워주지 않은 이유는 무엇인가?

– 주민회의에서 마을 사람들은 목기린 씨가 버스 타는 것에 대해 어떤 반응을 보였나? 각 주장에 대한 근거는 무엇인가?

○ 심화 질문

– 마을 주민들은 왜 목기린 씨의 불편을 모른척했나?

– 사고 이후 주민회의에서 모든 버스를 개조하기로 결정한 이유는 무엇인가?

○ 적용 질문

– 내가 마을 주민이라면 마을버스를 목기린 씨를 위해 개조하는 것에 찬성했을까?

– 화목마을처럼 마을 사람들이 함께 문제를 해결한 사례를 찾아보자. 그렇게 할 수 있었던 이유(원동력)는 무엇인가?

○ 종합

– 목기린 씨처럼 버스를 탈 수 없는 사람이 버스를 타도록 하는 일이 왜 중요할까?

🎵 2차시 수업

마음열기

평등　　　　　　공정　　　　　　?

▶ 첫 번째 그림은 세 명 모두 똑같은 높이의 상자 위에 올라서 있는 '평등'한 상황이다. 두 번째 그림은 모든 사람이 똑같이 경기를 구경할 수 있도록 만든 '공정'한 상황이다. 세 번째 그림은 어떤 상황인가?

- 벽이 아니라 그물로 바꾸면 어떨까? 모든 사람이 안전하면서도 누군가를 위해서 특별한 조치 자체가 필요없는 상황을 만들 수 있지 않을까?
- '정의' : 애초에 장벽이 없는 사회, 그래서 개인의 핸디캡이 실제로 불리하게 작용하지 않는 사회이다.

들어서기

▶ 승객 전원을 하차시킨 버스 기사가 '영웅' 된 이유 [국민일보 2018.11.04]를 읽고 생각해보자.

- 버스 기사가 "종착지입니다. 모두 버스에서 내리세요!"라고 외친 이유는 무엇인가?
- 버스 기사는 왜 영웅이 되었나?
- 버스 기사의 행동이 영웅이 될 만한가? 그 이유는 무엇인가?

펼치기

두 걸음 – 하브루타 질문 만들기

▶ 서사주체별 진술서를 참고하여 서사주체별로 질문을 작성해보자. (개별 활동)

> ♬ 목기린 씨 진술서 바탕으로 질문 만들기
>
> - 목기린 씨가 버스를 탈 수 없었던 이유는 무엇인가? (사실)
> - 목기린 씨는 왜 처음부터 설계도를 그려 보내지 않았을까? (심화)
> - 목기린 씨는 왜 주민들이나 관장님을 찾아가서 적극적으로 설득하지 않았을까? (심화)
> - 목기린 씨는 스스로 자가용을 구입해서 이용했어야 했나? (심화)

– 목기린 씨는 고대하던 버스를 타고 사고를 당했을 때 어떤 기분이었을까? (심화)

– 어떤 이유로 한 사람만 버스를 탈 수 없다면 버스를 탈 수 있는 사람들은 어떤 마음일까? (심화)

– 목기린 씨 같은 경우가 우리 주변에도 있을까? (적용)

꾸리 진술서 바탕으로 질문 만들기

– 꾸리는 어떻게 버스 천장에 창문을 뚫고 기둥을 만들 생각을 했을까? (사실·심화)

– 꾸리가 목기린 씨랑 소풍을 가기로 했을 때 '목기린 씨, 타세요!'라고 써 있는 버스를 보았을 때 어떤 생각이 들었을까? (심화)

– 다른 주민들은 목기린 씨를 도와주지 않는데 왜 꾸리는 목기린 씨를 도와주었을까? (심화)

– 꾸리는 왜 혼자만 병문안을 갔을까? (사실)

– 만약 꾸리마저 목기린 씨를 돕지 않았다면 어떻게 되었을까? (심화)

– 주민회의가 열리기 전까지 목기린 씨를 대하는 태도에 대한 마을 주민과 꾸리의 차이점은 무엇인가? (심화)

– 만약 내가 꾸리였다면 목기린 씨를 도왔을까? (적용)

고슴도치 관장 진술서 바탕으로 질문 만들기

– 고슴도치 관장이 화목 마을에서 하는 일은 무엇인가? (사실)

– 고슴도치 관장이 만든 마을버스는 왜 만족도가 높았을까? (사실)

– 고슴도치 관장은 왜 마을의 모든 버스를 개조하기로 했을까? (사실)

– 고슴도치 관장은 목기린 씨 요청사항을 왜 마을주민회의에서 결정했을까? (심화)

– 다른 마을에 목기린 씨 문제가 알려지지 않았다면 고슴도치 관장은 목기린 씨 요청에 대해 어떤 태도를 보였을까? (심화)

– 처음부터 목기린 씨가 설계도를 그려서 구체적인 방법을 제시했다면 고슴도치 관장은 어떻게 했을까? (심화)

– 주민회의에서 버스 개조를 반대하는 주민들이 많았다면 고슴도치 관장은 어떤 방

안을 고민해야 할까? (심화)

– 만약에 처음부터 목기린 씨도 탈 수 있게 버스를 개조했더라면 어떻게 됐을까? (심화)

– 모든 마을버스를 개조한 고슴도치 관장의 결정은 옳았나? (심화)

– 내가 고슴도치 관장이라면 마을의 모든 버스를 개조했을까? (적용)

– 우리 사회에서 고슴도치 관장 같은 리더는 어떤 사람들일까? (적용)

고릴라 기사 진술서 바탕으로 질문 만들기

– 고릴라 기사가 사고를 낸 이유는 무엇인가? (사실)

– 목기린 씨가 사고로 다쳐서 병원에 입원했을 때 고릴라 기사의 마음은 어땠을까? (사실)

– 목기린 씨가 발을 굴러 사고를 알린 것을 고릴라 기사가 주민회의에서 용기 있게 말할 수 있었던 이유는 무엇인가? (심화)

– 마을회의에서 고릴라 기사의 증언이 없었다면 어떻게 됐을까? (심화)

– 고릴라 기사의 증언은 어떻게 마을 주민들의 마음을 바꿀 수 있었나? (심화)

– 내가 만약에 우리 동네 마을버스 운전기사라면 어떤 점이 가장 힘들까? (적용)

마을 주민 진술서 바탕으로 질문 만들기

– 마을 주민은 정거장에서 쉬고 있는 목기린 씨를 마주쳤을 때 어떤 태도를 보였나? (사실)

– 마을 주민들이 목기린 씨를 대화에 끼워주지 않은 이유는 무엇인가? (사실)

– 주민회의에서 마을 주민들은 목기린 씨가 버스 타는 것에 대해 어떤 반응을 보였나? 각 주장에 대한 근거는 무엇인가? (심화)

– 마을 주민은 왜 목기린 씨의 불편을 모른 척 했나? (심화)

– 사고 후 주민회의에서 모든 버스를 개조하기로 결정한 이유는 무엇인가? (심화)

– 내가 마을 주민이라면 목기린 씨를 위해 버스를 개조하는 것에 찬성했을까? (적용)

– 화목마을처럼 마을 사람들이 모여서 문제를 해결한 사례가 있나? (적용)

세 걸음 – 짝토론

▶ **짝과 함께 질문을 분류, 정리한 후 짝토론을 해보자.**

초등 6학년 아이들 짝토론 (일부)

연지 : 꾸리는 왜 목기린 씨를 적극적으로 도왔을까요?

시은 : 이웃이고, 항상 걸어 다녀야 해서 목과 다리가 많이 아프다는 사실을 알고 있기 때문이겠죠.

연지 : 그러면 왜 마을주민은 모른 척 했을까요?

시은 : 아마도 목기린 씨 불편을 꾸리만큼 몰랐을 수도 있고, 아는 척하기 곤란했을 수도 있겠죠. 그런 문제는 고슴도치 관장이 우선 결정해야 한다고 생각했을 테고요.

연지 : 고슴도치 관장은 왜 꾸리처럼 목기린 씨 상황을 신경 쓰지 않았을까요?

시은 : 임기도 얼마 안 남아서 문제가 생기는 것을 원치 않았어요. .

연지 : 결국 돈이 많이 들기 때문에 고민한 것이군요. 마을버스를 고치려면 많은 돈이 들어가니까.

시은 : 그럴 수도 있지요. 고슴도치 관장은 임기가 다 끝나 가는데 돈을 들여서 뭔가를 하려면 주민들에게 물어야 하는데, 돈이 많이 들어간다면 좋아할 주민은 없을 것입니다.

열매맺기

▶ **짝토론을 통해 서사주체별로 좋은 질문을 1~2개 선정하기**

(예시) [서사주체별 좋은 질문]

– 꾸리는 왜 목기린 씨를 적극적으로 도왔을까? (사실·심화)

– 마을 주민들은 왜 처음부터 목기린 씨 요구사항을 들어주지 않았을까? (심화)

– 마을 주민들이 결국 마을버스 개조에 찬성한 이유는 무엇인가? (사실·심화)

– 목기린 씨는 왜 관장과 마을 주민들을 직접 찾아가서 설득하려고 하지 않았을까? (심화)

– 만약에 버스 개조가 결정되지 않았다면 어떻게 됐을까? (심화)

– 고슴도치 관장은 왜 마을버스 개조를 주민회의로 결정했을까? (사실·심화)

마음열기

▶ 지식채널e : '푸른 눈 갈색 눈' 영상을 보고 생각을 나눠보자.

1968년 미국 아이오와 주 라이스빌 초등학교 교사 제인 엘리어트가 실시했던 '푸른 눈, 갈색 눈 실험' 이다. 엘리어트는 피부색, 눈 색깔 등 차이에서 비롯된 차별을 아이들이 경험하게 하고 싶었다고 한다. 단 하루만에 '열등한 푸른 눈'을 사실로 받아들인 아이들은 슬퍼했다고 한다. (유튜브에서 '푸른 눈 갈색 눈 검색)

- 우리는 보통 '갈색 눈'이다. 만약에 내가 '푸른 눈 갈색 눈' 실험에 참가했다면 어떻게 행동했을까?
- 마틴 루터 킹 목사가 암살당한 이유를 '푸른 눈 갈색 눈 실험'에서 찾을 수 있을까? 어떤 연관성이 있는가?

들어서기

▶ 동영상을 보고 이야기 나눠보자.

○ 섬마을 '희망의 버스' / MBC 뉴스투데이/ 2019.09.28.
(유튜브에서 '섬마을 희망의 버스, MBC' 검색)

- 신안군 섬 마을 사람들이 그동안 불편을 겪은 이유는 무엇인가?
- 버스 이름이 왜 '1004 버스, 희망의 버스' 일까?
- '1004 버스'가 섬 마을 사람들에게 어떤 희망을 주었을까?

펼치기

● 네 걸음 – 모둠토론

▶ 위 짝토론을 통해서 나왔던 질문들을 깊게 이야기해 볼 만한 질문으로 다듬어서 다른 모둠과 토론한다.

- 한 사람이라도 불편하다면 많은 비용이 들더라도 개선해야 할까?
- 자신의 불편함은 스스로 해결하려는 노력을 해야 할까?

초등 6학년 아이들 모둠토론

연지 : 저희 팀에서는 꾸리가 왜 잘 대해줬나를 생각해보면서 마을 주민들과 꾸리의 차이점을 생각해봤습니다. 그것은 이웃에 대한 관심이라고 생각합니다. 물론 마을 주민들도 버스정류장에서 목기린 씨를 봤을 때 속으로 미안해했습니다. 하지만 꾸리는 적극적으로 해결하려고 했습니다. 그리고 꾸리의 그런 노력이 있었기에 결국 목기린 씨를 위한 마을버스를 개조하게 되었다고 생각했습니다. 그래서 저희 팀은 우리사회에서 한 사람이라도 불편하다면 비용을 들여서라도 해결해야 할까, 왜 그래야 할까를 더 이야기 나눠보면 좋겠다고 생각했습니다.

고은 : 물론 한 사람이라도 불편하다면 비용을 들여서라도 해결하려고 노력해야 한다고 생각합니다. 그렇지만 매번 그렇게 할 수 있을까요? 그 돈을 어떻게 다 감당합니까? 세금을 더 걷어야 한다면 무조건 걷을 것이 아니라 좀 더 정확한 기준이 필요하다고 생각합니다.

연지 : 그렇죠. 그런데 만약에 돈이 없다면 목기린 씨는 계속 걸어 다녀야 할 겁니다. 어쨌든 목이 길다는 이유로 혼자만 마을버스를 탈 수 없다면 너무 기분이 나쁘지 않을까요?

(…)

시은 : 또 저희 팀에서는 목기린 씨는 걸어 다니느라 목과 다리가 많이 아팠다고 했으니까, 혹시 자가용을 구입할 수도 있지 않았을까 생각해봤습니다. 만약 자가용 살 돈이 없었다면 고슴도치 관장에게 편지만 보내지 말고 보다 적극적으로 마을주민과 고슴도치 관장을 찾아가서 설득하려고 노력했어야 하지 않았을까라는 생각을 했습니다. 그래서 자신이 불편을 느끼는 사람이라면 자신도 적극적으로 해결하려는 노력을 해야 할까라는 질문에 대해 더 생각해보면 좋겠습니다.

소운 : 목기린 씨는 고슴도치 관장에게 여러 번 편지를 보내면서 노력했습니다. 그런데 고슴도치 관장이 모른 척 했던 것 아닌가요?

현상 : 목기린 씨는 천장전문가이고 자신의 상황은 자신이 가장 잘 알 수 있으니

까 처음부터 설계도를 그려 보내고 더 적극적으로 찾아가서라도 알리려 했다면 좋았을 것입니다.

연준 : 세금은 모든 시민들을 위해 사용하는 것인데 목기린 씨를 위해서 쓸 게 없다면 좀 화가 나지 않을까요?

● 다섯 걸음 – 쉬우르

두 명이 짝 토론을 한 후 세 명이 한 모둠이 되어 가장 좋은 질문을 선정하는 가운데 왜 그렇게 생각하는지 의견을 나눴다. 그리고 나서 '소수가 불편하다면 많은 비용을 들여서라도 그 문제를 해결해야 할까?'를 모둠토론에서 다뤘고, 목기린 씨만 버스를 타지 못하는 상황은 안타깝지만 그렇다고 목기린 씨 한 명을 위해 마을 버스를 다 고치는 것은 세금이 너무 많이 들어가니까 그것도 문제라고 했습니다. 그래서 정말 어떻게 해야 하는지를 쉬우르에서 이야기 해보자고 했습니다. 질문을 살짝 다듬어서 '왜 소수를 배려해야 할까?'로 정했습니다. 결국 '소수자가 겪는 고통이나 불편에 공감하면 그들을 배려해야 한다는 생각이 든다'는 결론에 다다랐습니다.

아이들은 교통사고 전, 고슴도치 관장에게 편지만 보낸 목기린 씨의 적극적이지 못한 태도에 대해서 안타깝게 생각했습니다. 자기 혼자만 걸어 다니느라 목과 다리가 아파서 병원에 갈 정도였는데 왜 직접 고슴도치 관장을 찾아가서 말하지 않았을까? 라는 의문을 제시했습니다. 만약에 나라면 자가용을 사서 타고 다녔을 거라고 했습니다. 또는 단지 몸집이 크다는 이유로 공용 버스를 이용할 수 없으니 자신이 스스로 돈을 내서 자가용을 이용하라는 것은 너무 불공평하다는 의견도 나왔습니다. 그렇다면 자가용 사는 비용을 어느 정도 보조해주면 어떻겠냐는 의견도 있었습니다. 왜 개인이 알아서 해결해야 할까? 라고 물었더니 어쨌든 본인이 아프니까 불편하니까 우선 그렇게라도 해서 아프지 않게 할 수밖에 없다고 했습니다.

또한 목기린 씨처럼 신체 조건이 상당히 다른 주민을 위해서 그동안 만족도가 높았던 마을버스를 새롭게 다 만들어야 한다면 엄청난 돈이 들 텐데, 고슴도치 관장이나 마을 주민들 입장에서는 고민이 되었을 것이라고 했습니다. 결국 추가로 세금을 더 걷어야 할 수도 있는 것이므로 그 부분도 고려해봐야 한다고 했습니다. 그러자 세금을 그럴 때 쓰는 것이라는 의견도 있었습니다. 세금을 더 걷는 것은 또 다른 문제이고 세금 더 내라면 좋아할 사람이 있을까? 라며 매우 현실적인 이야기를 했습니다.

여기서 '들어서기'에서 살펴봤던 '프랑스 버스 기사'에 대한 내용을 떠올려보기로 했습니다. 파리교통공단도 네티즌들도 모두 자리를 비켜주지 않은 승객 행동에 문제를 제기했습니다. 약자를 배려하자고 했는데, 사회적으로 약자는 누구인가?를 물었더니 어린이, 노약자, 장애인, 그리고 목기린 씨 같은 소수자라는 이야기도 했습니다.

이어서 '섬마을 신안군의 1004 버스' 동영상 사례를 생각해 보자고 했습니다. 섬마을이고 인구가 적다는 이유로 그동안 버스도 없어서 어려움을 겪었다는 이야기를 떠올려보고는 비용이 들더라도 목기린 씨도 마을버스를 탈 수 있도록 개조를 해야 한다는 것에 동의했습니다. 왜냐하면 목기린 씨나 섬마을 사람들이나 소수자라는 이유로 대부분 사람들이 이용할 수 있는 마을버스를 탈 수 없다는 것은 잘못된 일이라고 했습니다. 그리고 마을 주민이 꾸리처럼 목기린 씨의 불편에 안타까워했던 마음을 가져야 한다고 했습니다.

여섯 걸음 – 마을버스 설계 콘테스트!

▶ 우리가 목기린 씨를 대신해서 안전하고 편리하고 공평하게 이용할 수 있는 정의로운 마을버스를 만든다면 어떻게 만들까? 모둠별로 가장 좋은 마을버스를 설계해보고, 장단점을 생각해보자.

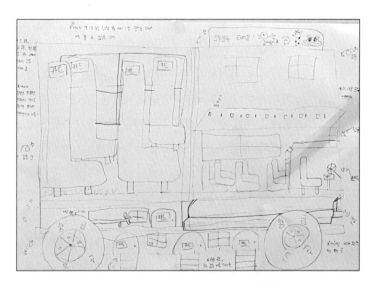

☞ 아이들은 그림 솜씨가 없다면서 설계도를 그렸다. 그래서 설계도를 설명할 때 운영 규칙을 포함하기도 했다.

[내부 설계]

버스 출입구도 2개로 구분하고 버스 뒤쪽은 특별히 목기린 씨처럼 키가 크거나 몸집이 큰 동물들도 이용할 수 있도록 한다.

친환경적인 에너지를 사용할 수 있도록 만들고, 차 바닥은 낮게 설계하여 지하철처럼 유모차도 쉽게 탈 수 있도록 한다.

[버스 운영 규칙]

버스를 많이 만든다.

약자를 배려한다.

모든 동물들이 탈 수 있게 한다.

요금 : 어린이 (만 7세 이하) 무료, 그 외에는 450원

무임승차 시 벌금은 요금의 100배로 한다.

열매맺기

▶ '교통 약자들이 편하고 안전하게 이용할 수 있는 대중교통이 왜 필요한가?'를 주장하는 글쓰기

함께 공부할 책을 보여줬더니 아이들은 환호성을 질렀다. 책 두께가 얇기 때문이었다. 그림까지 꼼꼼히 보고 줄거리를 요약해 오기로 했다. 우리 동네 마을버스는 중요한 공공 교통수단이다. 그래서 아이들은 마을버스가 어떤 역할을 하는지 알고 있었다. 그렇지만 목기린 씨가 겪는 고통을 이해하는 아이들과 그렇지 않은 아이들로 나누어졌다. 왜냐하면 아이들은 보통 부모님의 자가용을 이용하는 경우가 많기 때문일 것이다. 그래서 마을버스를 이용할 수 없다면 자가용을 이용해야 하는 것 아닌가? 라는 질문을 했다. 다행히 그렇다면 왜 그 불편을 개인이 해결해야 할까? 라는 이야기도 나왔다. 이렇게 수업은 시작되었다.

이번 수업을 통해서 누구나 누려야 할 권리를 소수자라는 이유로 누릴 수 없는 자에게 우리는 어떤 태도를 가져야 할지 생각해 보려고 했다. 어린이인 꾸리가 목기린 씨를 가장 열심히 물심양면으로 돕는다. 또 그 상황을 가슴 아파한다. '그래서 병문안을 꾸리만 간 걸까?' 라는 말을 한 아이도 있었다. 내용이 간략하기 때문에 각 서사주체별(등장인물) 처지에서 사건개요서와 진술서를 작성하는 것은 어렵지 않았다. 질문을 만들고 짝토론 하고 모둠끼리 나눠서 모둠토론 하면서 아이들은 관심이 있어야 배려를 할 수 있다는 것을 생각하게 되었다. 그래서 꾸리와 마을 주민, 고슴도치 관장의 행동을 평가했다. 그러면서도 마을버스를 다 고치려면 돈이 많이 들 텐데…걱정이 많다. 세금으로 하면 된다고 했더니, 그래도 세금이 부족하면 더 걷어야 하는데, 그것은 마을주민들이 싫어할 것이라는 거다. 그 이야기가 번져서 우리 집은 세금을 얼마나 내지? 한바탕 경제적 측면으로 고민했다.

하브루타 토론은 참으로 자유롭다. 아이들의 이야기가 확장되기 쉽다. 그래서 목기린 씨는 세금도 내는데 키가 크다는 이유로 마을버스를 이용할 수 없다면 공정한 걸까? 라는 질문을 했더니 다시 공정함에 불이 붙었다. 결국 모둠토론을 하면서 목기린 씨 처지를 이해하게 되었고 마을 주민들이 가져야 할 마음이 관심과 배려였다는 것을 알았다. 그러면서도 자신의 불편함을 적극적으로 알려야 한다는 주장을 했다. 그런 제도를 우리 사회에서 찾아보고 '국민청원'이라는 것이 있다는 것을 알았고, 마을버스 설계도를 그렸다. 설계도를 설명할 때는 제도적 측면에서 '마을 청원제도'가 필요하다고도 했다. 목기린 씨가 보낸 편지를 고슴도치 관장만 볼 것이 아니라 마을 주민 모두에게 공개되도록 하고 일단 신청

된 내용은 마을 주민들이 모여서 무엇을 어떻게 고쳐야 할지 계획하고 토론해야 한다는 것이었다.

　마지막 차시에는 참새 새끼부터 혹시 하마처럼 덩치 큰 동물이 또 이사를 올 수도 있다고 환상적인 버스 설계도를 그렸다. 특수 합성 재료여서 가볍지만 충격에 안전하고, 에너지 효율이 높다고 자기 조의 마을버스 자랑이 늘어졌다. 또 재원 마련을 어떻게 할지, 운영은 어떻게 할지를 꼼꼼히 챙기는 우리 아이들을 보면서 든든한 마음이 들었다.

〈늑대와 염소〉

우리는왜 도우며 살아야 할까

○ 수업 목표
1. 다른 사람들의 문제가 나와 연관되어 있음을 이해할 수 있다.
2. 나는 남과 다르다는 의식이 왜 문제가 되는지 알 수 있다.
3. 서로 힘을 모을 수 있는 방도를 생각해볼 수 있다.
○ 함께 읽는 책 : 〈늑대와 염소〉, 《지금은 없는 이야기》 중 단편
　　　　　　　　　　(최규석 / 사계절출판사 / 2011)
○ 분류 : 더불어 사는 삶
○ 주제 : 우리는 왜 도우며 살아야 할까?
○ 대상 : 초등 5학년 ~ 중학교 2학년
○ 분량 : A4 1장, 윤독 20분
○ 참고 : 《사람은 왜 서로 도울까》 (정지우 / 낮은산)
○ 집필 : 신현정

인류는 언제부터 서로를 도왔을까?

　두 발로 땅을 딛고 일어선 인류는 자유로워진 두 손을 얻었다. 그리고 그 두 손은 직립보행으로 좁아진 산도를 통해 어렵게 세상을 만나는 어린 인류의 탄생을 옆에서 돕는다. 날카로운 이빨도 커다란 몸집도 가지지 못했던 인류가 살아남아 번영한 이유는 어쩌면 서로를 도운 그 두 손 때문이었을 지도 모른다. 이처럼 우리는 처음 인간이 되었던 그 옛날부터 서로를 도우며 살아온 존재다. 그러나 어느새 우리 사회는 달라졌다. 나와 다른 이들의 차이를 먼저 생각하고 어려움에 처한 이들의 고통에서 고개를 돌린다. 약한 사람들은 나와 달리 노력하지 않고 게으르다고 생각하기도 한다. 그래서 서로 돕고 힘을 모으는 대신, 나는 실패한 당신과는 다르다는 것을 증명하기 위해 필사적으로 노력하고 경쟁한다. 나와 다른 이들을 구분 짓고 사회에서 도태되는 이들의 삶을 경멸하는 모습은 아이들에게서도 나타난다. 아이들은 어려움에 맞닥뜨린 이웃은 내가 피해가야 할 문제이지 공감하거나 함께 해결해야 할 문제가 아니라

생각한다. 여기 우리의 아이들과 같은 생각과 행동으로 큰 어려움을 겪게 된 염소들이 있다.

최규석 작가의 〈늑대와 염소〉는 염소들이 연대를 통해 늑대를 물리치고 행복하게 살아가는 이야기가 아니다. '각자도생'의 태도가 어떻게 연대를 무너뜨리고 공멸하게 하는지 보여주는 이야기다. 검은 염소들은 자신들과 다른 처지에 있는 흰 염소들의 고통에 공감하지 않고 어려움에 맞닥뜨린 흰 염소들과 힘을 모으지 않는다. 결국 흰 염소뿐 아니라 검은 염소들까지 늑대의 먹이가 되는 고통을 당한다. 이야기는 모든 염소들이 늑대에게 사냥당하며 공동체가 무너지는 것으로 끝이 난다. 비극이다. 하지만 오히려 이 비극적 결말로 인해 우리는 뒤늦게나마 무엇이 문제였을까 하고 질문하게 된다. 그리고 아이들도 '이웃이 맞닥뜨린 어려움은 피해가야 할까, 공감하고 함께 해결해야 할까' '어떻게 하는 것이 결국 나에게도 도움이 될까'하는 고민에 빠지게 된다. 경쟁을 부추기는 시대, 우리 아이들이 〈늑대와 염소〉를 함께 읽으며 '다른 이들을 돕고 힘을 모으는 행동들이 결국은 어떻게 나를 포함한 우리 모두를 이롭게 하는지' 보다 구체적으로 이야기를 나누어 볼 수 있었으면 한다.

하브루타 독서토론 수업 흐름

활동 순서	핵심 활동	활동 목표	주요 활동 내용
1차시 (120분)	읽기 활동 질문 생성과 질문 탐구	– 텍스트와의 상호 작용 – 서사주체별 사건 개요와 진술서 쓰기 – 질문의 양적 및 질적 심화	– 윤독하기 (중요한 내용에 밑줄을 그으면서 읽기) – 서사주체별 사건개요서와 진술서 작성하기 – 사건개요서와 진술서 발표하기, 보충하기 – 발표한 내용을 바탕으로 질문 만들기 (개인 활동, 질문 분류하여 만들기)
2차시 (120분)	짝 – 모둠 하브루타 및 쉬우르	동료와의 상호작용 (짝토론, 모둠토론) 적용 및 심화 발전	– 짝과 함께 질문 정리, 선정하기 – 짝토론 – 모둠토론에 제시할 질문 선정하기 – 모둠토론 – 전체토론 (쉬우르)에 제시할 질문 선정하기 – 전체토론 (쉬우르)하기
			글쓰기 : 검은 염소가 되어 흰 염소에게 편지쓰기

| 3차시 (120분) | 프로젝트 | 되새기기, 내면화하기 | 관련 활동 | ○ 세상을 바꾸는 시간 : 최고의 연대 모임을 찾아라

– 내 인물 카드 확인하기

– 문제 상황 탐색하기

– 문제를 해결하기 위한 모임 만들기
(이 문제는 왜 해결해야 하나?
　이 문제를 해결하면 누구에게 도움이 되나?
　누가 모이면 이 문제를 해결할 수 있나?
　어떤 방법을 선택하면 문제를 해결할 수 있나?
　모임 이름과 목표는 어떻게 나타낼 수 있나?)

※ 주의할 점

1. 누군가에게 피해가 갈 수도 있나? / 대책 마련하기

2. 공동체 전체에 도움이 되는가? / 구체적 설명하기

– 발표하기

– 상호 평가로 최고의 연대 모임 선정 |
| | | | 글쓰기 | 우리는 왜 서로 도우며 살아야 할까? |

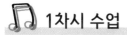 1차시 수업

마음열기

1. 다음 '우분투'에 대한 영상을 보고 궁금한 점을 서로 이야기해보자.

○ 세모이 : [Story] 〈우분투(Ubuntu)를 아시나요? _ 경쟁이 아닌 공존에 관한 이야기〉
유튜브에서 '우분투를 아시나요' 검색

　- 우리 모습과 아프리카 아이들 모습은 어떤 점이 같고 어떤 점이 다른가?

　- 이 영상이 우리에게 말하고 싶은 것은 무엇인가? '우분투'에 스며든 의미를
해석해보자.

1. 2020년은 코로나19로 인해 전 세계 사람들이 큰 어려움을 겪고 있다. 코로나19 팬데믹 상황에서 볼 수 있었던 여러 모습을 다룬 기사다. 함께 읽고 이야기를 나누어보자.

> - 프로레슬러 김남훈씨와 서울시 자원봉사자들이 '착한 마스크' 캠페인을 진행했다. 의료기관, 건강 취약계층, 다중고객 응대 종사자 등 감염 취약군이 보건용 마스크(KF80/94)를 우선 사용할 수 있도록 하자는 취지라고 한다. 서울시청역 대합실에서 "코로나19 사태를 이겨내기 위해 나보다 더 필요한 사람에게 공적 마스크 구매 기회를 양보하겠다"라고 캠페인에 동참한 시민들에게 면 마스크와 휴대용 손소독제를 제공했다.
>
> 〈출처: 오마이포토 2020 / 2020.3.16 직접 요약〉

> - 한국국제협력단(KOICA·코이카)은 국제개발협력민간협의회(KCOC) 소속 시민사회단체와 7개 개발도상국 취약계층에 생계, 보건, 방역 등의 인도적 지원을 한다고 한다. 신종 코로나바이러스 감염증(코로나19)의 세계적 대유행으로 개발도상국 사회안전망 사각지대에 내몰린 에티오피아·케냐·방글라데시·이집트·필리핀 등의 난민·이주민 등을 돕는 민관 협력사업이다.
>
> 〈출처 : 연합뉴스 2020.7.22 직접 요약〉

> - 서울 서대문구(구청장 문석진)는 외국인 고용 빈도가 높은 업종을 대상으로 검진 안내에 나섰다. 미등록 외국인과 무자격 취업 노동자가 감염병이 의심돼 검진받는 경우 내국인과 동일하게 비용이 면제되고, 불법 체류자는 출입국관리소 등에 통보되지 않고 단속도 유예된다. 외국인노동자를 가까운 선별진료소에서 검진받도록 하면 추후 불법체류 단속이 된 경우 사용자도 고용주 범칙금이 감면된다.
>
> 〈출처 : 뉴시스 2020.7.28 직접 요약〉

- 사람들은 자신이 어려운데도 다른 사람들을 돕는다. 왜 이처럼 행동할까?

- 위와 같은 사람들의 행동이 가져올 사회적인 영향과 결과를 예측해보자.

첫 걸음 – 읽기, 내용 공유하기

▶ 이번 책은 순서대로 돌아가면서 소리 내어 읽어보자(윤독).

- 친구들 책 읽는 소리에 귀를 기울이면서 천천히 눈으로 따라 읽고, 내 순서가
되면 친구들이 잘 들을 수 있는 크기와 빠르기로 읽도록 하자.

▶ 〈늑대와 염소〉를 읽고 흰 염소, 검은 염소, 늑대 처지에서 사건의 개요를 설명
해보자. 그리고 사건개요에 따른 진술서도 작성해보자.

- 이 책은 길이가 매우 짧지만 우리들의 삶 속에서 발견할 수 있는 많은 논쟁거
리를 동물들의 입을 통해 예리하게 제시하고 있다. 책을 읽을 때 각 등장인물의
처지에서 살펴보면 내용을 보다 입체적으로 이해할 수 있다.
- 개요서 (객관적으로 쓰기 / 육하원칙에 맞추어서 쓰기)
- 사건개요에 따른 진술서 (1인칭으로 쓰기 / '~한 일이 있었다.'와 같이 개인의
감정을 담지 않은 객관적인 진술 쓰기)

예시 : '검은 염소' 처지에서 쓴 사건개요서(육하원칙에 의거)와 진술서

구분	내용
누가 (등장인물 성격과 특징)	우리는 늑대에게 잡아먹히는 흰 염소를 도와주며 살아온 검은 염소다.
언제 (시간적 배경)	늑대들이 흰 염소만 사냥하기 시작한 이후부터 흰 염소가 모두 잡아먹히고 우리들만 남게 되었을 때까지 일어난 일이다.
어디서 (공간적 배경)	우리가 흰 염소들과 함께 살아온 골짜기에서 일어난 일이다.
무엇을 (사건의 결과)	마침내 흰 염소들이 모두 잡아먹히고 골짜기에는 우리 검은 염소만 남았다.
어떻게 (사건이 벌어진 과정)	우리와 흰 염소들은 공격해오는 늑대들을 뿔로 들이받고 발길질을 하며 싸워왔다. 상처를 입은 늑대들은 빈손으로 돌아가곤 했다. 그러던 어느 날 갑자기 늑대들은 흰염소만 공격하기 시작했다. 이 사실을 알게 된 우리는 싸움에서 한발 뒤로 빠졌다. 늑대의 공격으로 죽어가던 흰 염소들이 같이 싸워주지 않는다고 항의해왔다. 하지만 우리는 애초에 늑대의 먹이도 아닌데, 흰염소를 도와줄 이유가 없었다. 그래서 숨어사는 흰 염소들을 늑대에게 일러주기도 했다.
왜 (결과가 나타난 이유)	우리는 늑대의 친구이며 흰 염소와는 달리 애초부터 늑대의 먹이가 아니었기 때문이다.

진술서 : 우리는 흰 염소들과 골짜기에서 함께 살아왔다. 우리와 흰 염소들은 공격해오는 늑대들을 뿔로 들이받고 발길질을 해 물리쳐왔다. 상처를 입은 늑대들은 절뚝거리며 빈손으로 돌아가곤 했다. 그러던 어느 날 늑대들이 흰 염소만 공격하기 시작했다. 지금까지는 흰 염소와 같이 늑대들에 맞서서 싸우느라 힘들었지만, 이제는 자리를 피하기만 하면 안전해졌다. 늑대는 우리 검은 염소를 공격하지 않았다. 우리를 공격하지 않는 늑대와 싸울 필요는 없었다. 그래서 우리는 늑대와의 싸움에서 한발 두발 뒤로 빠졌다. 늑대 공격으로 죽어가던 흰 염소들이 같이 싸워주지 않는다고 항의해왔다. 몇몇 검은 염소들이 대답을 못 하고 서로 눈치를 보며 우물쭈물하고 있을 때, 한 검은 염소가 나서서 우리는 애초에 늑대 먹이도 아닌데 흰 염소를 계속해서 도와줄 이유가 없다는 것을 알려주었다. 흰 염소들은 그동안 우리가 도와준 것을 고마워해야 하는데 오히려 뻔뻔스럽게 우리를 원망한 것이다. 시간이 지나자 다른 곳으로 미처 몸을 숨기지 못한 흰 염소들이 몸에 검댕 칠을 하고 우리 행세를 했다. 우리는 흰 염소보다 늑대가 더 친구처럼 생각되어 변장한 흰 염소들을 늑대들에게 일러주기도 했다. 마침내 흰 염소들이 모두 잡아먹혔고, 골짜기에는 우리 검은 염소만 남았다.

예시 : '흰 염소' 처지에서 쓴 사건개요서(육하원칙에 의거)와 진술서

구분	내용
누가 (등장인물의 성격과 특징)	우리는 검은 염소의 배신으로 늑대에게 모두 잡아먹히고 만 흰 염소다.
언제 (시간적 배경)	늑대들이 우리만 사냥하기 시작해 모두 잡아먹히게 될 때까지 일어난 일이다.
어디서 (공간적 배경)	우리가 검은 염소들과 함께 살아온 골짜기에서 일어난 일이다.
무엇을 (사건의 결과)	우리 흰 염소들은 늑대들에게 모두 잡아먹히고 말았다.
어떻게 (사건이 벌어진 과정)	우리와 검은 염소들은 공격해오는 늑대들에 맞서 뿔로 들이받고 발길질을 하며 싸워왔다. 상처를 입은 늑대들은 절뚝거리며 빈손으로 돌아가곤 했다. 그러던 어느 날 갑자기 늑대들이 우리 흰 염소만 공격하기 시작했다. 검은 염소들은 어리둥절해하는 것 같더니 갑자기 한 발 뒤로 물러서 우리가 공격당하는 것을 지켜보기만 했다.

		늑대 공격으로 친구들이 계속 죽어가자 우리는 검은 염소들에게 왜 함께 싸우지 않느냐고 물었다. 검은 염소들은 자신들은 애초에 늑대 먹이도 아닌데 그동안 우리를 도와준 것이라 했다. 우리는 당황했지만 우선 계속되는 늑대 공격을 피해야만 했다. 몇몇은 더 깊은 골짜기로 떠나고 몇몇은 몸에 검댕 칠을 하고 검은 염소인 것처럼 숨어 살아갔다. 하지만 검은 염소들은 숨어사는 우리 흰 염소들을 늑대들에게 일러바치기도 했다.
왜 (결과가 나타난 이유)		검은 염소가 우리를 배신하고 힘을 모아 늑대에 맞서 싸우지 않았기 때문이다.

진술서 : 우리는 검은 염소들과 골짜기에서 함께 살아왔다. 공격해오는 늑대들에 맞서 우리와 검은 염소들은 힘을 모아 뿔로 들이받고 발길질을 하며 싸워왔다. 상처를 입은 늑대들은 절뚝거리며 빈손으로 돌아가곤 했다. 그러던 어느 날 갑자기 늑대들이 우리 흰 염소만 공격하기 시작했다. 검은 염소들은 어리둥절해하는 것 같더니 갑자기 한 발 뒤로 물러서 우리가 공격당하는 것을 지켜보기만 했다. 늑대 공격으로 친구들이 계속 죽어가자 우리는 검은 염소들에게 왜 함께 싸우지 않느냐고 물었다. 검은 염소들은 자신들은 애초에 늑대 먹이도 아닌데 그동안 우리를 도와준 것이라 했다. 우리는 당황했지만 우선 계속되는 늑대의 공격을 피해야만 했다. 몇몇은 더 깊은 골짜기로 떠나고 몇몇은 몸에 검댕 칠을 하고 검은 염소인 것처럼 숨어 살아갔다. 하지만 검은 염소들은 숨어사는 우리 흰 염소들을 늑대들에게 일러바치기도 했다. 검은 염소들이 우리를 배신하고 힘을 모아 함께 싸우지 않았기 때문에 우리는 결국 모두 늑대에게 잡아먹히고 말았다

예시 : '늑대' 처지에서 쓴 사건개요서(육하원칙에 의거)와 진술서

구분	내용
누가 (등장인물의 성격과 특징)	우리는 흰 염소와 검은 염소를 갈라놓아 사냥에 성공한 늑대들이다.
언제 (시간적 배경)	우리가 늙고 경험 많은 잿빛 늑대의 조언에 따라 흰 염소만 사냥하기 시작해 결국 흰 염소를 모두 다 잡아먹을 때까지 일어난 일이다.

어디서 (공간적 배경)	우리가 주로 염소 사냥을 나가는 골짜기에서 일어난 일이다.
무엇을 (사건의 결과)	우리는 흰 염소를 모두 잡아먹었고 이제 검은 염소 사냥을 시작할 것이다.
어떻게 (사건이 벌어진 과정)	우리는 염소 사냥에 계속 실패했다. 염소들이 뿔로 들이받고 발길질을 하며 우리에게 맞섰기 때문이다. 상처를 입은 우리는 절뚝거리며 빈손으로 돌아가곤 했다. 그러던 어느 날 경험 많은 잿빛 늑대 어른이 우리들에게 흰 염소만 공격하라고 했다. 숫자가 더 적은 흰 염소들을 골라 공격하는 것은 어려운 일이었다. 하지만 시간이 조금 지나자 검은 염소들이 한발 물러서서 우리가 흰 염소를 공격하는 것을 구경만 했고 흰 염소들을 공격하는 것이 더 수월해졌다. 게다가 검은 염소들은 검댕 칠을 하고 숨어 있는 흰 염소를 우리에게 알려주기도 했다. 마침내 흰 염소들을 모두 잡아먹었다. 잿빛 늑대 어른은 이제는 검은 염소를 마음껏 사냥하라고 했다. 검은 염소들은 다른 염소들과 자신이 다른 존재라 잡아먹히지 않는다고 생각하고 있기 때문에, 우리가 검은 염소를 잡아먹어도 왜 잡아먹혔는지 이유를 찾느라 힘을 모으지 못할 것이라 했다.
왜 (결과가 나타난 이유)	검은 염소들이 자신들은 우월하고 특별한 존재라 믿도록 만들어 흰 염소와 힘을 모으지 못하도록 했기 때문이다.

진술서

우리는 염소 사냥에 계속 실패했다. 염소들이 뿔로 들이받고 발길질을 하며 우리에게 맞섰기 때문이다. 상처를 입은 우리는 절뚝거리며 빈손으로 돌아오곤 했다. 그러던 어느 날 늙고 경험 많은 잿빛 늑대 어른이 우리들에게 흰 염소만 공격하라고 했다. 숫자가 더 적은 흰 염소들을 골라 공격하는 것은 어려운 일이었다. 하지만 시간이 조금 지나자 검은 염소들이 한발 물러서서 우리가 흰 염소를 공격하는 것을 구경만 했고 흰 염소들을 공격하는 것이 더 수월해졌다. 게다가 검은 염소들은 검댕 칠을 하고 숨어 있는 흰 염소를 우리에게 알려주기도 했다. 마침내 흰 염소들을 모두 잡아먹었다. 잿빛 늑대 어른은 이제는 검은 염소를 마음껏 사냥하라고 했다. 검은 염소들은 다른 염소들과 자신은 다른 존재라 잡아먹히지 않는 것으로 생각하고 있기 때문에, 우리가 잡아먹는 염소가 왜 잡아먹혔는지 이유를 찾느라 힘을 모으지 못할 것이라 했다. 흰 염소와 검은 염소가 힘을 모아 대항할 때는 늑대인 우리도 사냥이 힘들었다. 하지만 검은 염소가 자신은 우월하고 특별한 존재라 믿게 해서 염소들이 힘을 모으지 못하게 하자 흰 염소들을 모두 잡아먹을 수 있었다. 이제 우리는 검은 염소 사냥을 시작하려한다.

● 두 걸음 – 하브루타 질문 만들기

▶ 각 인물 처지에서 쓴 사건개요서와 진술서를 발표해보자. 발표를 들으면서 친구들과 함께 이야기 나눠볼 가치가 있는 내용을 골라 질문으로 만들어보자.

- 친구가 발표하면 질문으로 만들 것을 간략하게 메모하면서 듣기
- 발표 후 궁금한 점 확인하기
- 각자 문장으로 질문 정리하기

♬ 검은 염소, 흰 염소, 늑대의 진술서를 모두 듣고 만든 질문
(사건 진행 순서에 따라, 사실 → 심화·적용·종합 질문으로 연결해서 만들기)

- 처음 사냥에 나섰던 늑대들은 어떤 모습으로 집으로 돌아갔나? (사실)

- 늑대들이 다친 채 빈손으로 돌아간 이유는 무엇인가? (사실·심화)

- 처음에 염소들은 어떻게 늑대들에게 상처를 입히고 물리칠 수 있었나?

(사실·심화)

- 주변에서 약자들이 뭉쳐 강자들에 맞서 싸웠던 사례를 찾을 수 있을까?(적용)

- 늑대들은 사냥 방법을 어떻게 바꾸었나? (사실)

- 검은 염소들은 하나둘 뒤로 빠지면서 무슨 생각을 했을까? (심화)

- 흰 염소들은 자신들이 공격받는 것을 못 본 척하는 검은 염소들에게 어떤 마음이

들었을까? (심화)

– 주변에서 자신이 남들보다 뛰어나다는 생각으로 다른 이들에게 피해를 주는 경우를 본 적이 있는가? (적용)

– 내가 만일 검은 염소였다면 흰 염소의 어려움을 모른 척했을까? (적용)

– 내 문제가 아니라며 다른 사람이 처한 어려움을 모른 척한 일이 있나? (적용)

– 흰 염소들은 사냥당하지 않기 위해 어떻게 행동했나? (사실)

– 검은 염소들이 늑대에게 흰 염소들을 일러바친 이유는 무엇일까? (사실·심화)

– 만약 끝까지 흰 염소를 도와야 한다고 주장하는 검은 염소가 있었다면 어떻게 되었을까? (심화)

– 우리 사회에서도 자신의 이익을 위해 친구나 동료를 희생시키는 경우가 있는가? (적용)

– 잿빛 늑대는 왜 검은 염소가 앞으로도 늑대의 공격에 제대로 대응하지 못할 것이라고 했나? (사실·심화)

– 염소들이 모두 늑대의 먹이가 된 이유는 무엇인가? (심화)

– 검은 염소와 흰 염소가 서로 돕는 일은 누구에게 이익이 되나? (심화)

– 내가 검은 염소라면 흰 염소에게 했던 행동을 후회했을까? (적용)

– 우리 주변에서도 서로 마음을 모으지 못하고 분열하여 모두 피해를 입은 경우를 찾을 수 있을까? (적용)

– 우리는 왜 도우면서 살아야 할까? (종합)

열매맺기

▶ **오늘 수업에 참여한 소감 나누기**
(수업 참여하면서 새롭게 알게 된 점, 느낀 점, 깨우친 점을 중심으로)

▶ **다음 시간 하브루타 토론을 위해 내가 만든 질문을 다듬어보자.**

🎵 2차시 수업

마음열기

▶ 정현종 시 〈비스듬히〉를 함께 낭독해보자.

"생명은 그래요.
어디 기대지 않으면 살아갈 수 있나요?"

- 시 속에서 시인은, 생명은 어디 기대지 않으면 살아갈 수 없다고 말한다. 사람이 서로에게 비스듬히 기대고 있다고 느낀 때가 있었다면 이야기 나눠보자.

들어서기

▶ 가수 이효리의 '인드라망 타투'가 화제에 오른 적이 있다. 인드라망은 '인드라의 그물'이라는 뜻으로, 불교에서 끊임없이 연결되어 서로에게 영향을 미치며 온 세상으로 퍼지는 법의 세계를 뜻하는 말로 쓰인다. 인드라망 그림을 따라 그리고, 어떤 의미가 담겨있을지 유추해 말해보자.

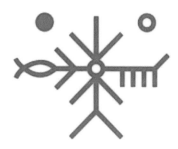

세 걸음 - 짝토론과 모둠토론

펼치기

▶ 서사주체별로 바라본 사건개요서와 진술서를 읽고 만든 질문을 짝끼리 발표해 분류·정리해보자. 질문 개수가 많으면 비슷한 내용으로 이루어진 질문은 하나로 묶어 정리하자.

▶ 정리한 질문에 대해 서로 이야기를 나누면서 생각이 더 깊어질 수 있도록 짝토론을 해보자.

- 이때 상대방이 말한 내용을 다시 한 번 반복하고, 자신도 같은 생각인지 다른 의견이 있는지, 혹은 보충하고 싶은 내용이 있는지 이야기하면 토론을 이어가기가 수월하다.
- 단답형 대답을 하지 않도록 주의한다.
- 자신의 발언을 마칠 때 OO의 생각은 어떠신가요? 하고 물어보는 것도 토론을 이어가기에 좋은 방법이다.
- 사실·심화 질문을 주로 이야기하나 적용 질문까지도 이야기해도 좋다.
- 이야기 중 모둠토론에서 이야기할만한 가치가 있다고 생각되는 질문은 (적용질문) 따로 적어둔다.
- 짝과 의논해서 모둠토론을 진행하기 위해 가장 좋은 질문 하나를 정한다. (이미 만들었던 심화 질문도 좋고 새롭게 궁금해진 적용 질문도 좋다)
- 이때 가장 좋은 질문이란 책 내용을 더 깊게 이해하고 생각을 키울 수 있는 가치가 있다고 생각되는 질문, 쉽게 답이 나오지 않고 독특하고 여러 의견이 나와 치열하게 토론할 수 있는 질문을 말한다.

1) 짝토론

♪ **중학교 1학년 아이들 짝토론**

> 맑음 : 잿빛 늑대는 왜 흰 염소를 먼저 공격하라고 시켰을까요?
>
> 정후 : 흰 염소가 더 힘이 약해서 그런 것 아닐까요?
>
> 맑음 : 어디 그런 이야기가 나왔나요?
>
> 정후 : 그럼 숫자가 더 적어서요.
>
> 맑음 : 숫자가 적으면 더 사냥하기가 힘들잖아요.
>
> 정후 : 뭔가 더 이득이 생겼겠죠.
>
> 맑음 : 그 이득이 구체적으로 무엇일까요?
>
> 정후 : 흰 염소만 잡아먹으면 검은 염소가 방심을 하게 되고, 자기는 뭔가 잡아먹히지 않는 이유가 있을 것이라 생각할 것을 노린 거죠.

맑음 : 제 생각도 같습니다. 그래서 마지막에 검은 염소들도 잡아먹히게 된 거죠.

정후 : 잿빛 늑대는 왜 마지막에 검은 염소를 마음 놓고 사냥해도 된다고 했을까요?

맑음 : 검은 염소밖에 안 남았기 때문이죠.

정후 : 검은 염소가 저항할 수도 있잖아요.

맑음 : 그렇네요.

정후 : 책에 보면 잿빛 늑대는 검은 염소들이 저항하지 못할 것이라고 했잖아요.

맑음 : 네, 서로 다른 점을 찾느라 바빠 힘을 모으지 못할 거라고 예상하고 있어요.

정후 : 잿빛 늑대가 진짜 똑똑해요. 처음에 흰 염소부터 공격하라고 한 것부터 다 계획이 있었던 거예요.

정후 : 만약 내가 늑대였더라도 염소들을 전략적으로 사냥할 생각을 했을까요?

맑음 : 전략이란 무엇을 말하는 건가요?

정후 : 흰 염소들을 먼저 잡아먹고 검은 염소들이 자기가 특별한 존재라고 생각하게 해서 더 이상 힘을 모으지 못하도록 만든 후 검은 염소들까지 잡아먹은 계획을 말하는 겁니다.

맑음 : 저도 늑대처럼 사냥했을 것 같아요.

정후 : 너무 치사하지 않아요?

맑음 : 살아남으려면 어쩔 수 없죠.

정후 : 그럼 먹고 살기 위해서라면 사람에게도 이렇게 행동할건가요?

맑음 : 사람은 다르죠. 사람한테 이렇게 하는 경우가 있을까요?

정후 : 해고를 했는데 해고당한 사람이 혼자 죽기 싫다고 갑질을 당한 내용을 인터넷에 올린 것을 봤어요.

맑음 : 갑이 을을 부당하게 해고 했는데 그럼 을이 참아요? 당연히 항의해야죠.

정후 : 아니아니요. 착각했어요.

맑음 : 저번에 《나비 잡는 아버지》 책을 같이 읽었잖아요. 거기서 마름이 나왔잖아요. 한국 사람이고 자기 땅도 아닌데도 마름은 같은 조선 사람인 소작인들을 괴롭혔잖아요. 자기가 늑대인 줄 알고 흰 염소를 괴롭힌 검은 염소랑 똑같아요.

정후 : 그렇네요. 자기는 조선인 소작농과는 다르다고 생각했지만 나라가 망했으니 필요가 없어지면 버려졌을 텐데 말이에요. 검은 염소처럼 어리석게 흰 염소를 팔았어요.

맑음 : 그런데 요즘에도 그런 사람들이 있을까요?

정후 : 저도 잘 모르겠어요. 그럼 나중에 모둠토론에서 이야기해보도록 해요.

맑음 : 내가 검은 염소였다면 흰 염소를 도와주었을까?

정후 : 저는 같이 싸우죠!

맑음 : 왜요?

정후 : 당연한 것 아니에요? 그럼 같이 싸우지 않을 거예요?

맑음 : 네. 저는 그냥 포기할래요.

정후 : 왜요?

맑음 : 어차피 다 죽을건데 싸운다고 크게 달라질까요?

정후 : 왜 다 죽어요? 처음에 흰 염소랑 검은 염소가 힘을 합해 싸웠을 때는 늑대가 다리를 절면서 도망갔다고 했잖아요. 다 죽지 않을 수 있어요.

맑음 : 그래도 내가 죽으면 끝이죠.

정후 : 아까 일제시대 이야기했는데요. 그럼 독립운동하시던 분들이 우리는 나이도 많고 죽으면 끝인데 뭐 하면서 아무것도 안 했으면 우리는 지금 어떻게 되었을까요?

맑음 : 그건 다른 문제죠.

정후 : 똑같은 이야기죠.

맑음 : 그런가요?

정후 : 대통령 탄핵할 때도 나 죽고 나면 끝인데 하고 아무것도 안했으면 지금도 그대로일거잖아요. 다 똑같은 문제 아니에요? 그때 부모님께서는 나중에 계속 살아갈 우리를 위해서라도 뭔가를 해야 한다고 하셨었어요.

맑음 : 생각해보니 그 말이 맞네요. 제 말은 취소하겠습니다. 흰 염소랑 같이 싸워야겠어요.

▶ 짝토론을 통해 책 내용과 등장인물에 대해 많은 이야기를 나누었다면 이번에는 모둠 친구들과 함께 다시 토론해보자. 짝토론에서 선정한 질문에 대해 서로 진술하고 반박하고 답변하고 재질문하는 등 풍성한 이야기를 나누어보자.

- 짝과 나눈 이야기 중 가장 가치있는 질문을 하나 선정한다.
- 그 질문으로 더 깊은 이야기를 나눈 후 토론 내용을 정리한다.

〈짝토론에서 뽑힌 대표 질문〉:

- 주변에서 자신이 남들보다 뛰어나다는 생각으로 다른 이들의 고통을 모른 척 하는 경우를 본 적이 있나요?

- 내가 흰 염소였다면 검은 염소를 설득할 수 있었을까요?

♫ 중학교 1학년 아이들 모둠토론

맑음 : 주변에서 자신이 남들보다 뛰어나다는 생각으로 다른 이들의 고통을 모른 척 하는 경우를 본 적이 있나요?

정후 : 아까 짝토론에서 이야기한 마름이 그런 경우입니다.

맑음 : 또 다른 경우가 있을까요?

정후 : 택배기사에 대한 기사를 봤는데요. 택배기사분들이 올 봄에 다섯 명이나 사망했대요.

맑음 : 왜요?

정후 : 코로나 때문에 택배를 너무 많이 시켜서요. 일을 너무 많이 해서 그렇게 되었대요.

맑음 : 그래도 나갈 수도 없고 안타깝지만 어쩔 수 없는 일이네요.

정후 : 근데 그 기사에 보니 사람들이 음식이 상했다고 욕하고 택배가 늦게 왔다고 욕하고 그런데요. 그리고 택배 회사에서는 사람을 더 많이 안 뽑고 물건 정리하는 시간은 근무 시간으로도 계산해주지 않아서 더 힘들다고 했어요.

맑음 : 나쁘네요. 그런데 회사에서 안 그러는 걸 우리가 어떻게 할 수는 없잖아요.

정후 : 그런데 또 어떤 사람들은 택배기사들을 돕는 모임을 만들었다고 하던데...

맑음 : 그래요? 자기들이랑 별로 관계가 없는 일인데도요?

정후 : 나중에 자기가 택배 일을 하게 될 수도 있고, 자식들이 커서 택배 일을 할 수도 있다고 말했어요.

맑음 : 나는 내가 택배 일을 할 거라고 생각해본 적이 없는데요.

정후 : 나도요. 그래서 내 일이 아니라고 생각했던 것 같아요. 검은 염소처럼요.

맑음 : 그럼 어려움에 처한 택배기사들에게 욕만 하고 무슨 일인지 알아보지 않는 사람들도 검은 염소랑 비슷하다고 할 수 있겠네요.

맑음 : 네, 저도 같은 생각입니다.

정후 : 내가 흰 염소였다면 검은 염소를 설득할 수 있었을까요?

맑음 : 아니요. 말을 들을 생각을 안 하는데 어떻게 설득할 수 있어요?

정후 : 그러니까요. 그래도 설득을 해서 힘을 모아야 한다면 어떤 방법이 있을까요?

맑음 : 너무 어려운 것 같아요. 이야기했을 때도 검은 염소들이 뻔뻔하다고 막 욕하고 다른 염소들도 맞다고 하고.

정후 : 좋은 방법이 없을까요? 이건 쉬우르에서 같이 이야기해볼까요?

맑음 : 네, 좋습니다.

▶ 모둠에서 많은 이야기를 나누었으면, 대표가 나와 우리 모둠에서 뽑힌 최고의 질문과 그 질문으로 토론한 내용을 요약하여 발표해보자. 나머지 친구들은 각 모둠의 발표를 잘 듣고 전체토론(쉬우르)에서 이야기해볼 질문을 함께 선정해보자. (각 모둠 질문 중 선택해도 좋고 그 질문들을 아우르는 형태로 다시 정리해도 좋다.)

네 걸음 – 전체 쉬우르

아이들은 전체토론 (쉬우르) 질문으로 '우리는 왜 도우며 살아야 할까?' '소수는 다수를 어떻게 설득할 수 있을까?' 둘 중에서 고민을 했습니다. 그래서 둘 다 함께 이야기를 나누어보기로 했습니다.

우선 모둠토론 중 흰 염소 처지에서 어떻게 검은 염소를 설득할 수 있을지 방법을 생각해내지 못해서 답답했다는 의견이 있어, 흰 염소 숫자가 적은 이유를 함께 다시 생각해보았습니다. 어쩌면 억울하다고, 불공평하다고 이야기해도 그 숫자가 더 적어 목소리를 내기 힘든 것을 비유적으로 표현한 것은 아닐까 하고 말입니다. 소수의 흰 염소가 다수의 검은 염소를 설득할 다양한 방법을 고민해볼 수도 있겠지만, 그보다는 다수인 검은 염소가 소수인 흰 염소를 이해하려고 노력하고 손을 내미는 것이 훨씬 더 실현 가능성도 크고 필요한 일이 아닐까 이야기를 나누어보았습니다. 내가 소수일 경우도 있고 다수일 경우도 있다는 것을 생각해보라고 하니 훨씬 구체적으로 고민하는 모습을 보이기도 했습니다. 그리고 만약 우리가 서로 도우며 살아야 하는 이유에 대해 모두가 공감하고 동의한다면 굳이 소수가 다수를 설득하지 않아도 된다는 쪽으로 자연스럽게 토론이 이어졌습니다.

아이들은 서로 도우며 살아야 하는 것이 도덕적으로 옳지만, 솔직히 말해 사회가 유지되는 것보다는 나의 생명이나 안전이 더 중요하지 않겠냐는 의견을 내놓았습니다. 검은 염소가 어리석기는 했지만 누구나 그럴 수 있지 않겠냐는 의견이 나오자, 자기만 특별한 존재라고 생각해 흰염소를 무시하고 도와주지 않은 결과가 너무 엄청나지 않냐는 반론도 만만치 않았습니다. 그런데 이때 한 친구가 코로나19 이야기로 예를 들자 분위기가 급변했습니다. 우리가 살아가는 동안 혼자서는 존재할 수 없고 어떻게든 서로가 영향을 주고받으며 살아가고 있다는 것을 이번 코로나19로 인해 명확하게 깨달을 수 있었다는 말에 너도 나도 동의가 이어졌습니다. 그리고 만약 이처럼 서로가 영향을 주고받는다면 이왕이면 좋은 영향을 주어야 하고 그것이 곧 사회를 안전하고 살기 좋은 곳으로 만들 수 있다는 이야기가 뒤를 이었습니다.

아이들은 앞에서 살펴본 기사처럼 힘들지만 서로를 돕기 위해 노력하는 사람들의 예를 들어 이야기하면서, 그 사람들 때문에 우리가 더 행복해진다는 생각이 든다고 이야기했습니다. 또 다른 친구는 사람들을 돕는 일을 하다보면 자신이 좀 더 훌륭한 사람이 된 기분도 들고, 나중에 내가 어려운 상황에 처했을 때 자신도 도움을 받을 수 있을 것이라는 기대가 생긴다고도 했습니다. 결국 우리가 서로 돕고 살아야 하는 이유는 내가 더 나은 사람이 되기 위해서이고, 내가 더 행복한 사람이 되기 위해서이며, 나와 관계 맺고 있는 모든 사람에 대한 책임을 다하는 것이 사회를 유지시켜줄 수 있기 때문이라는 것입니다. 그 사회가 없으면 결국 나도 사람으로 행복하게 살아가기 어렵기 때문에 우리는 염소들과 달리 서로를 도우며 살아야 한다는 이야기로 전체토론(쉬우르)를 마무리했습니다.

열매맺기

▶ 토론을 마무리하며 검은 염소가 되어 흰 염소에게 편지를 써보자.

- 편지를 쓰는 시점은 사건이 모두 진행된 이후로 쓸 것.
- 검은 염소 생각이나 느낌에 대한 구체적인 예를 들어 쓸 것.
- 결말에 이르게 된 가장 큰 원인이 무엇인지, 자기 생각이 드러나도록 쓸 것.

학생글

정후 (중학교 1학년)

흰 염소들에게

너희들이 다 사라진 것도 한참 지난 일이 되었군. 처음엔 몰랐었는데 시간이 갈수록 우리가 얼마나 바보 같았는지 깨닫고 있어. 이젠 검은 염소들도 많이 줄어들었고 우리는 더 깊은 골짜기로 이사 왔어. 늑대들은 여기까지 우리를 쫓아 와서 사냥을 해. 그렇지만 그전처럼 쉽게 잡아먹히지는 않아. 우리도 달라졌거든. 늑대가 일부러 우리끼리 의심하고 서로 힘을 모으지 못하도록 한 것을 이제는 알게 되었어. 너희들이 살아있었을 때 미리 이런 것을 알았어야 했는데 말이야.

특히 너희가 왜 늑대를 물리칠 수 있게 도와주지 않느냐고 물었을 때, 너희에게 뻔뻔스럽다고 이야기했던 일이 계속 떠올라 얼마나 미안한지 모르겠어. 그때 힘을 모아서 같이 늑대를 물리쳤어야 했는데. 그랬으면 우리는 지금도 그 골짜기에서 행복하게 잘 살고 있겠지? 그리고 몰래 검은 염소처럼 몸에 색칠하고 살던 너희들을 늑대에게 일러바쳤던 걸 생각하면…

우리는 진짜 우리가 특별한 줄 알았어. 늑대가 일부러 그렇게 사냥을 했다고 생각도 못했어. 생각해보면 너희들이랑 우리랑 색깔만 다르지 오랫동안 같은 골짜기에서 같이 가족으로 친구로 살았었는데. 먹는 것도 똑같고 노는 것도 똑같고 생긴 것도 똑같고… 진짜 우리가 너무 바보 같아서 벌을 받아도 된다는 생각이 들 정도야.

그런데 만약 그때로 다시 돌아간다면 우리는 너희의 말을 귀담아 듣고 다르게 행동할까? 솔직히 자신이 없어. 그래서 앞으로 우리 자손들은 똑같은 잘못을 저지르지 않도록 아이들에게 잘 이야기를 해주려고 해. 절대 잊어버리지 않도록, 아이들이 태어나면 제일 먼저 이 이야기부터 듣게 될 거야. "이 세상에는 특별히 뛰어나서 혼자서도 잘 살 수 있는 동물들은 없어. 다른 친구들의 말에 귀를 기울이고 서로 돕고 살아야 해. 잘 들어봐. 옛날 어느 골짜기에 흰 염소들과 검은 염소들이 함께 살고 있었는데…"라고 말이야.

언젠가 하늘나라로 가서 너희들을 만나면 꼭 다시 사과할게. 그때까지 잘 지내고 있어. 정말 미안해.

검은 염소가

♫ 3차시 수업

마음열기

▶ 안치환 노래 〈사람이 꽃보다 아름다워〉를 함께 감상해보자. 노래에서는 어떻게 행동할 때 사람이 꽃보다 아름답다고 이야기하고 있나?

들어서기

국내 최초 장애 학생 예술학교가 진통 끝에 2022년 3월 개교한다. 현재 전국에 예술 중 9곳과 예술고 29곳이 있지만 예술에 재능이 있는 장애 학생을 체계적으로 가르치는 특수학교는 초·중·고를 통틀어 한 곳도 없다. 이에 장애학생들의 학습권을 보장하기 위해 교육부와 부산시, 전국장애인부모연대, 금정산 국립공원지정 범시민네트워크 등 5개 기관·단체가 장애학생 예술학교를 건설하기로 합의했다. 하지만 학교가 지어지기로 한 장소가 근린공원을 해제해야 하는 곳이라 이를 우려한 환경단체가 반대하는 일이 벌어졌다.

장애인의 학습권 보장과 자연환경의 보전은 우리 사회가 모두 지켜야할 중요한 공공의 이익이다. 한쪽의 주장이 개인의 욕심을 채우기 위한 것이 아니었으므로 두 단체 및 교육부, 부산시, 부산대는 20차례 이상의 회의를 여는 등 더욱 적극적으로 문제 해결을 위해 노력했다. 교육부와 부산대는 특수학교를 대운동장 뒤쪽에 짓게 되면 전체 터가 애초 1만6천㎡에서 1만4천㎡로 2천㎡가 줄어드는 것을 감수하면서 국내 최초의 특수학교 개교에 의미를 두었고, 환경단체는 대운동장 뒤쪽에 특수학교를 짓게 되면 4천㎡의 근린공원을 해제해야 하지만 특수학교 전체 터에서 근린공원이 차지하는 비중이 애초 100%에서 28.5%로 감소하는데다 근처 교육부 땅 1만8천㎡가 근린공원구역으로 편입시켜주면 금정산 보존 효과가 있다고 판단해 협약서에 서명했다. 이는 차이를 부각하기 보다는 공동체의 이익을 위해야한다는 공통점을 중심으로 마음을 모아 문제를 해결한 좋은 사례로 평가된다.

– 〈한겨레〉 2020.3.29 직접 발췌 및 정리

- 이 기사에 등장하는 〈장애인단체〉와 〈환경단체〉는 모두 우리 사회 공익성을 실현하고자 하는 단체다. 그런데 왜 충돌하게 되었을까?

- 어떻게 갈등을 해소하고 문제를 해결할 수 있었나?

다섯 걸음 - 프로젝트 수업

⭐ 세상을 바꾸는 시간 – 최고의 연대 모임을 찾아라

〈늑대와 염소〉를 통해 우리는 내가 다른 이들과 다르다는 우월의식이 가져오는 위험한 상황에 대해 살펴보았다. 그리고 조금 차이가 있더라도 공통점을 찾아내 힘을 모으고 서로 돕는 것이 모두를 이롭게 할 수 있다는 것도 알게 되었다. 이제 직접 친구들과 함께 게임을 통해 가상의 문제를 발견하고 그것을 해결하기 위한 모임을 만들어보자.

[게임 방법]

1. 각자 인물카드를 1~2장씩 나누어 갖고 어떤 힘이 있는지 확인한다. (수업 인원에 따라 조정 가능함)

※ 인물카드는 교사가 직접 제작했습니다.
예 : 노래를 잘 부른다. 제약회사를 운영한다. 청소를 잘한다. 시청에 근무한다. 빌려줄 수 있는 공간이 있다. 서류 작성을 잘한다. 어린이집 교사다. 식물을 잘 기른다. 가정주부다 등등

※ 비어있는 카드를 활용해 만들어주는데, 소소한 능력부터 정치적 능력까지 다양하게 제시해주면 더 좋습니다.

2. 공동으로 제시되는 문제 상황 카드를 꼼꼼하게 읽는다.

※ 문제카드는 시중에 나와 있는 카드들을 활용해도 좋고 교사가 직접 제작해도 좋습니다.
※ 시의성이 있는 신문 기사를 활용하는 것도 좋습니다.

3. 문제를 해결하기 위한 모임을 만든다.

※ 수업 규모에 따라 2명 이상 임의로 조정해주세요.

4. 모임에서 이야기를 나눈다.

– 어떤 문제가 있나?

– 문제의 원인은 무엇인가?

– 문제를 해결하기 위해 내가 무엇을 할 수 있는지 자신이 가진 인물카드의 능력을 알린다.

– 각각의 능력을 모아 문제 해결 방법을 모색한다.

– 모임의 이름, 발표자, 토론 내용을 종이에 정리한다.

※ 주의할 점

– 누군가에게 피해가 갈 수도 있나? : 대책을 마련할 것

– 공동체 전체에 도움이 되는가? : 구체적으로 설명할 것

5. 발표한다.

6. 발표 후 상호 평가를 통해 최고의 연대 모임을 선정한다.

⭐ 중학교 1학년 아이들 게임 예시

1. 인물카드 2장씩 뽑기

학생1 : 나는 벽화를 잘 그릴 수 있다. 나는 학생들에게 공예를 가르치는 강사다.

학생2 : 나는 자료 조사와 정리를 잘한다. 나는 시장에서 옷을 판다.

2. 문제 상황 제시 카드를 꼼꼼하게 읽는다.

※ 문제 상황 (2019.6.11 뉴스 발췌 정리)

ㄱ씨는 이란인으로, 2010년 아들 김군과 함께 한국에 온 뒤 천주교로 개종했다. 이후 종교적 난민을 신청했으나 2016년 난민불인정 처분을 받았고, 이어진 소송에서도 패소했다. 2019년 2월19일 난민지위재신청을 했고 4개월만인 이날 다시 난민 심사를 받게 됐다.

ㄱ씨가 이번에도 난민 지위를 인정받지 못하면 이란으로 돌아가야 한다. 아들 김군은 청와대에 국민청원을 한 아주중학교 친구들의 노력에 힘입어 지난해 10월 먼저 난민 지위를 인정받았다. 엄격한 이슬람 율법이 적용되는 이란에서 '배교' 행위는 사형까지 받을 수 있다. 김군은 "(아버지가) 본국에 돌아가면 사형에 처해지게 되는데 한국에서 난민 인정을 받고 안전을 보장받으면서 생활했으면 좋겠다"고 호소했다.

ㄱ씨는 "아직까지 스트레스가 많고 그동안 힘든 과정이 있었기에 긴장도 되지만, 심사를 잘 보고 나오겠다"고 말했다. 지난번 심사와 달라진 점이 있느냐는 취재진의 질문에 "첫 심사 때는 언어가 서툴러 대답을 제대로 하지 못한 부분도 있었는데 이제는 공부를 많이 했다. 또 세례도 받았기 때문에 가능성을 열어두고 있다"고 답했다.

3. 모임에서 문제를 해결하기 위한 토론을 하고 결과를 정리, 발표한다.

모임 이름		난민인정!		
발표자		정후	조원 이름	정후, 맑음
내용	어떤 문제가 있나?	ㄱ씨는 2016년 난민 불인정 처분을 받았고, 4개월만인 이 날 다시 난민 심사를 받게 되었다. 이번에도 불인정 처분을 받으면 이란으로 돌아가야 한다. 그런데 카톨릭으로 개종하여 돌아가면 생명이 위험할 수도 있다. 아들 민혁군은 지난해 10월 먼저 난민으로 인정받아 잘못하면 부자가 강제 이별을 해야 할 수도 있다. 카톨릭 개종으로 인해 본국에서 받을 고통이 난민인정을 받아야할 이유로 받아들여지지 않고 있다.		
	가지고 있는 능력 확인하기	나는 벽화를 잘 그릴 수 있다. / 학생들에게 공예를 가르치는 강사다. 자료 조사와 정리를 잘 한다. / 나는 시장에서 옷을 판다.		
	해결방안은? 전체 공동체에 어떤 도움이 되나?	우선 난민법과 ㄱ씨 관련 자료를 조사해서 신문사와 방송사에 보낸다. 그리고 옷을 파는 시장에서 후원행사를 해 모금을 한다. 모금한 후원금으로 난민인정심사에 필요한 준비를 꼼꼼하게 한다. 공예활동 강사로 수업을 나간 곳에서 난민 문제를 주제로 다루고, 학생들과 국민청원을 같이 올리는 활동을 한다. 그 후 아이들과 벽화를 그려 난민법 개정의 필요성을 알린다. – 국제적으로 인권을 중요시하는 국가 이미지를 향상시킬 수 있다. 학생들 인권 교육을 할 수 있다.		

⭐ **초등 6학년 아이들 게임 예시**

1. 인물카드 2장씩 뽑기

학생1 : 나는 기계를 잘 다룬다. 나는 학부모위원회에 가입해 있다.

학생2 : 나는 서류작성을 잘 할 수 있다. 나는 동네에서 슈퍼를 운영한다.

학생3 : 나는 아이들을 좋아한다. 나는 제약회사를 운영한다.

2. 문제 상황 제시 카드를 꼼꼼하게 읽는다.

※ 문제 상황 (2020 / 8 /11 뉴스 발췌 정리)

코로나19 사태 후 늘어난 택배물량으로 택배노동자들이 잇따라 사망하고 있는 가운데 사망자 유가족들이 11일 국회를 찾아 택배사와 정부에 택배기사의 과로사를 방지할 수 있는 근본적인 대책을 마련하라며 눈물로 호소했다. 최소 5명의 택배노동자가 과로사한 것을 확인했으나, 정부나 택배사는 제대로 파악조차 못하고 있다고 주장했다.

코로나19 사태 후 언택트 소비 확산으로 택배 물량이 폭발적으로 증가하면서 택배노동자들은 주 6일, 하루 평균 12시~16시간씩 일하는 것은 물론 배송 시간에 쫓겨 병원에 갈 엄두도 내지 못하고 있는 현실이라는 지적이다.

대책위는 이날 택배사에 근본적인 대책으로 △분류작업에 대체인력(분류도우미) 한시적 투입 △당일배송 강요금지 및 지연배송 공식적 허용 △비대면 배달 공식화 및 비대면 배달 분실사고 때 택배노동자 책임전가 금지 △폭염·폭우에 따른 과로방지 대책 △유족에 대한 사과 및 산재신청 협보, 보상 등을 요구안으로 내밀었다.

이어 정부에는 △정부주도의 택배기사 과로사 대책마련을 위한 '민관 공동위원회' 구성 △택배노동자 노동환경 및 과로사 발생현황 실태조사 △산업안전보건법 개정을 통한 산재보험 적용 등을 요구했다.

3. 모임에서 문제를 해결하기 위한 토론을 하고 결과를 정리, 발표한다.

모임 이름	택배 아저씨 구하기!		
발표자	효은	조원 이름	태경, 효은, 은지
어떤 문제가 있나?	코로나 사태 이후 5명의 택배기사가 과로사함. 올 상반기 택배량이 작년보다 2억 6000만개 이상이 증가했다. 주 6일, 하루 평균 12~16시간씩 일하는 것은 물론 배송시간에 쫓겨서 병원에 갈 틈도 없다고 한다. 아침마다 6시간씩 공짜로 분류작업도 하고 있다. 그래서 택배사에게 분류작업을 할 다른 노동자를 고용해 일자리를 늘리고, 당일배송 강요를 금지하고, 비대면 배달을 공식화하고 비대면 분실 사고 때 택배노동자에게 모든 책임을 무는 것을 금지할 것을 주장하고 있다. 그리고 정부에게는 산업재해보험 적용을 요구하고 있다.		
가지고 있는 능력 확인하기	나는 기계를 잘 다룬다. 나는 학부모 위원회에 가입했다. 나는 동네에서 슈퍼를 운영한다. 나는 제약회사를 운영한다. 나는 서류 작성을 잘 할 수 있다. 아이들을 좋아한다.		

내용	해결 방안은? 전체 공동체에 어떤 도움이 되나?	– 제약회사에서 만드는 의약품 포장에 택배기사들의 열악한 환경을 알리는 문구를 넣겠다. 그리고 판매액의 5%를 '택배노동자 과로사 대책위원회'에 후원금으로 내서 문제가 해결되는데 도움을 주고 싶다. 대책위와 의논을 해서 꼭 필요한 생필품은 당일 배송을 시키지 않고 동네 슈퍼를 이용하자는 캠페인을 벌인다. 그러면 슈퍼는 택배 기사님들의 상황을 알리는 전단지를 나누어주고 모금도 한다. – 학부모 위원회에서는 회의 시간에 택배노동자들의 상황을 알리고 각자 집에서 택배를 덜 시키기, 새벽배송이나 당일배송을 줄이기, 동네슈퍼 이용하기 등의 계획을 세워 전교 학부모회에 홍보한다. 서류 작성을 잘하는 능력을 가진 친구는 법안의 제정 필요성을 서류로 써서 국회로도 보내고 사람들에게도 나누어준다. – 택배 분류작업을 하는 노동자를 고용하면 일자리도 더 많이 늘어날 수 있고, 과로로 쓰러지면 증가할 의료비도 줄인다. 택배기사님들은 보통 가장이기 때문에 쓰러지면 한 가정이 흔들릴 수도 있는데 이런 것을 막으면 사회 전체가 안정될 수 있다. 당일배송을 줄이고 동네 슈퍼를 이용하면 동네 슈퍼도 어려움을 줄이고, 쓰레기 문제도 줄어들 수 있다.

열매맺기

학생글

1. 지금까지 함께 토론한 내용을 바탕으로 우리는 왜 도우며 살아야 하는지 자신의 생각을 정리해 글로 써보자.

맑음 (중학교 1학년)

나는 흰 염소와 검은 염소를 보고 많은 생각을 하게 되었다. 우선 검은 염소를 보고 바보라는 생각이 들었다. 나였다면 흰 염소를 도와주었을 텐데, 검은 염소가 자기랑 늑대가 친구라며 늑대를 도와주는 것이 이해가 되지 않았다. 불과 며칠 전에는 흰 염소와 협동하여 싸웠는데 그것조차 잊어버리고 행동한 검은 염소가 어리석고 바보 같았다. 검은 염소들 중에서도 흰 염소를 도와주고 싶었던 아이들이 있었을 것이다. 만약 '3의 법칙'처럼 검은 염소 3마리가 흰 염소를 도와주었다면 어긋난 우정이 다시 돌아올 수도 있었는데 아쉽다.

나는 좀 다르다고 생각하고 다른 사람을 안 도우면 어떻게 될까? 올 해는 코로나 때문에 세상이 시끄럽다. 마스크가 별로 없어 구하기 어려웠던 때, 마스크가 없는 사람들에게 자기 마스크를 돈도 받지 않고 양보하는 사람들이 있었다. 기사에도 났다. 난 이 활동으로 인해 그나마 코로나가 별로 확산이 되지 않았다는 생각이 든다. 우리는 그래도 돈이 있지만 형편이 어려운 사람들은 돈이 없어서 마스크를 못 사는 경우도 있었다. 만약 우리가 우리는 좀 다르다고 생각하고, 그 사람들을 지나쳤다면 어떻게 되었을까? 그 사람들은 전부 코로나에 걸려 우리나라 사람들이 전부 다 감염되었을지도 모른다. 난 이러한 활동에 찬성한다.

우리는 자기가 가진 힘이 별 것 아니라는 생각을 자주 한다. 그래서 내가 도울 만한 힘이 없다고 생각하는 사람도 많다. 나는 친구와 낱말카드 게임을 하게 되었는데, 그 힘에 대해 생각해볼 수 있는 게임이었다. 먼저 우리는 자기가 뽑은 카드에 적혀있는 능력을 서로 말해주었다. 나는 조사한 것을 정리를 잘하고 시장에서 옷을 판다는 카드를 뽑았다. 정후는 벽화를 잘 그린다는 카드와 공예활동을 가르치는 강사라는 카드를 뽑았다. 이 카드를 이용해서 난민에 관한 사건을 해결해야 했는데, 처음에는 매우 혼란스러웠다. 이걸로 사람들을 도울 수 있을까라는 생각이 들었기 때문이다. 하지만 정후와 이야기를 히다 보니 가능하였다. 난민으로 인정받기 위해 고생하는 사람을 우리 힘으로 도울 수도 있다는 것이 신기했다. 조금만 더 신경을 쓴다면 어려움에 처한 사람들을 도와줄 수 있겠다.

우리 모두 이렇게 다른 사람의 문제에 관심을 갖고 서로 도왔다면 지금의 코로나도 빨리 끝나고 친구들과 PC방도 갈 수 있었을 것이다. 염소들처럼 모두 잡아먹히지 않고 앞으로 코로나도 끝나고 잘 살았으면 좋겠다. 그러기 위해서 검은 염소들처럼 나만 특별하다고 생각하지 말고 서로 돕고 사는 사람이 되어야겠다.

수업을 마치며

일반적으로 책을 읽고 이야기를 나눌 때 우리는 주인공 시선을 따라가며 사건을 서술하고 감상을 나누게 된다. 그러다보면 간혹 모든 아이들이 의도된 하나의 방향으로만 책을 읽고 이해하는 경우가 생기기도 한다. 그러나 대부분의 책에서는 다양한 인물들이 등장하고 각 인물들은 자신이 서 있는 자리에서 사건에 개입하고 이야기를 이끌어간다. 그래서 각 등장인물 관점에서 이야기를 재구성하고 하브루타 토론을 하는 과정은, 보다 입체적으로 책 내용을 이해하는 데 도움이 된다. 특히 이 책은 등장인물별로 이야기를 마무리하는 시점이 다르기 때문에 아이들이 굉장히 고민하며 사건개요서와 진술서를 작성했다. 그리고 그 진술서를 바탕으로 질문 만들고 토론하면서 각 인물의 관점에 따라 사건이 얼마나 다르게 해석될 수 있는지 경험할 수 있었다. 다름을 알게 되면 이해의 폭도 넓어지고 해결할 수 있는 방도를 찾는 첫걸음을 뗄 수 있을 것이다.

〈늑대와 염소〉는 짧은 우화임에도 많은 생각을 던져주는 이야기다. 사실 아이들과 수업하기에 어렵지 않을까 고민이 깊었다. 하지만 아이들은 역시 놀라운 존재이다. 자신을 둘러싼 세상에 대해 탐구하고 스스로 느끼고 생각하고 배운다. 코로나 상황에서도 아이들은 공동체와 개인의 관계에 대해 살아있는 공부를 하는 중이었다. 책에 머무르지 않고 생활 속에서 충분한 예를 찾고 나누며 생각을 확장시켜 나가는 모습을 보여줘, 교사만의 걱정이었음을 알게 해주었다. 코로나19와 관련해 아이들이 언급한 예는 '쓰레기 대란, 개인 정보 공개, 불법 체류 노동자의 진단 지원, 가짜뉴스' 등 다양한 분야에서 차고도 넘쳤다. '나는 너와 다르다.'는 생각은 작은 차이를 크게 확대하고 서로 힘을 모으는 것을 막는다. 그리고 지금 당장 내 문제가 아니라도 언젠가 우리 모두의 문제가 될 수 있기 때문에, 내가 더 훌륭한 사람이 되고 더 행복하게 살기 위해 우리는 늘 서로를 도와야 한다는 결론에 생각보다 수월하게 도달했다.

하지만 조금 더 범위를 확장해 비정규직, 여성, 장애인, 경비원, 임대아파트입주민 등의 문제를 구체적으로 다루는 후속 수업을 한다면 아이들의 인식 폭이 더 넓어지지 않을까 하는 아쉬움도 남았다. 또한 2단계 아이들과의 수업이었으므로 이번 수업에서 구체적으로 늑대에 대한 이야기를 다루지는 않았다. 아이들은 현실 사회에서 늑대는 누구일지까지 생각하지는 못했다. 만약 3단계 친구들과의 수업이라면 구체적인 사회문제로 확장해 토론해도 좋을 것이다.

경쟁이 지극히 자연스러운 시대, 우리 아이들이 이번 하브루타 토론을 통해 '서로 돕고 살아가는 행복한 사람'들에 대해 이야기 나누어볼 수 있어서 의미 있는 시간이었다. 🙂

《용기 없는 일주일》

방관하는 것이 왜 문제일까

○ 수업 목표

1. 등장인물 특징을 파악하여 제3의 아이를 찾을 수 있다.
2. 타인의 아픔이나 고통을 외면하지 말아야 하는 이유를 설명할 수 있다.
3. 방관자의 영향력을 이해하고 방관자를 없애기 위한 방법을 모색해 본다.

○ 함께 읽는 책 : 《용기 없는 일주일》(정은숙 / 창비 / 2015)

○ 분류 : 더불어 사는 삶

○ 주제 : 방관하는 것이 왜 문제일까

○ 대상: 초등 6학년 ~ 중학교 1학년

○ 분량 : 236쪽

○ 집필 : 이상희

왜 왕따 문제는 갈수록 심각해질까?

　한국 청소년들 사이에서 왕따 문제는 학교폭력 문제 핵심이자 심각한 사회 문제이다. 한국 청소년 자살률이 높다는 것은 잘 알려진 일이다. 그 원인 중 세 번째가 '선후배나 또래와 갈등'이다. 초/중학교 따돌림, 괴롭힘은 고등학생이 되면서 성폭력, 신체적 폭력·언어적 폭력으로 이어지고, 성인이 되어서도 회사나 가정 내에서 신체적·언어적인 폭력을 행사할 가능성이 높다. 2019년 직장 내 괴롭힘 금지법이 만들어졌다. 간호계 '태움' 문화, IT업체 사업주의 폭행, 대기업 오너 일가의 폭언 등 직장 내의 괴롭힘이 최근 몇 년간 사회적으로 큰 문제가 되고 있기 때문이다. 이렇듯 학창시절 왕따 문제가 성인의 사회생활까지도 영향을 주는 것이다.

　그러나 우리 아이들이 만나는 학교에서 성숙해지기는 쉽지 않다. 왜냐하면 경쟁주의를 신봉하는 공동체가 되어가고 있기 때문이다. 학교폭력은 점점 더 낮은 연령으로 교묘하고 지속적으로 벌어지고 아이들은 괴로워한다. 자신이 대상이 될까 봐 두려운 다수의 방관자가 용기를 내지 못하고 있기 때문은 아닐까?

《용기 없는 일주일》은 평화중학교 2학년 4반 박용기가 점심시간이 다 끝나갈 무렵 학교 앞 편의점에서 빵을 사 오다가 횡단보도에서 당한 교통사고 사건을 통해 학급 안에서 벌어지고 있던 왕따 사건을 다룬 이야기다. 진실은 언제나 보이는 것 너머에 있는 것. 이 사고는 일명 '빵셔틀' 사건이었다. 박용기가 입원한 일주일 동안 가해자 세 명이 자수하지 않으면 집단 괴롭힘으로 간주하겠다는 담임 선생님 말씀 때문에 아이들은 분주해진다. 보미, 재빈, 치승은 머리를 맞대고 해답을 찾아 나선다. 아이들은 용기와 관련된 일들을 조사하면서, 용기가 겪었을 어려움에 깊이 공감한다. 어쩌면 나도 제3의 아이일 수 있다고 생각하게 된다. 그리고 왜 방관하는 것이 문제가 되는지를 깨닫게 된다.

이 텍스트를 분석하고 토론에 참여하면서 학교를 안전하고 긍정적인 공동체로 만들기 위해 방관자인 다수가 타인의 아픔에 공감하고 선한 영향력을 발휘하여 용기를 낼 방법을 모색해 볼 수 있을 것이다.

하브루타 독서토론 수업 흐름

활동 순서	핵심 활동	활동 목표	주요 활동 내용
1차시 (120분)	사전과제	내용 정리	《용기 없는 일주일》 읽고 일차별 사건 내용 정리 해오기
	읽기 활동 질문 생성과 질문 탐구	텍스트와 상호 작용 – 인물 분석하기 – 사건 일차별 주요 사건 파악하기	– 배경 알아보기 (평화중학교) : 질문 만들기 & 의견 나누기 – 주요 인물 자기소개서 쓰기 & 질문하기 – 1일차 ~ 6일차 사건 파악 : 일차별 발표 & 일차별 질문 만들기 (개인 활동)
2차시 (120분)	짝-모둠 하브루타	동료와의 상호작용 – 짝토론 – 모둠토론	– 7일차 ~ 에필로그 사건 파악 : 일차별 발표 & 일차별 질문 만들기 (개인 활동) – 짝과 함께 질문 분류하고 선정하기 – 짝토론 – 모둠토론에 제시할 질문 선정하기 – 모둠토론 – 전체토론 (쉬우르)에 제시할 질문 선정하기
3차시 (120분)	쉬우르, 글쓰기	적용 및 심화 발전 되새기기	– 전체토론 (쉬우르) 하기 – 세상을 바꾸는 시간 3분 글쓰기 및 발표

♪♩ 1차시 수업

마음열기

▶ 다음 시를 읽고 이야기를 나눠보자.

나는 침묵했었습니다
_에밀 구스타프 프리드리히 마틴 니뮐러

처음에 그들은 유태인을 잡아갔습니다.
그러나 나는 침묵했습니다.
왜냐하면 나는 유태인이 아니었기 때문입니다.
그 다음에 그들은 공산주의자를 잡아갔습니다.
그러나 나는 침묵했습니다.
왜냐하면 나는 공산주의자가 아니었기 때문입니다.
그 다음엔 사회주의자를 잡아갔습니다.
그때도 나는 침묵하였습니다.
왜냐하면 나는 사회주의자가 아니었기 때문입니다.
그리고 그다음엔 노동운동가를 잡아갔습니다.
나는 이때도 침묵하였습니다.
왜냐하면 나는 노동운동가가 아니었기 때문입니다
그리고 이제는 가톨릭교도들과 기독교인들을 잡아갔습니다.

그러나 나는 침묵하였습니다.
왜냐하면 나는 기독교인이 아니었기 때문입니다.

그리고 어느 날부터 내 이웃들이 잡혀가기 시작했습니다.
그러나 나는 침묵하였습니다. 왜냐하면 나는 그들이 잡혀가는 것은
뭔가 죄가 있기 때문이라고 생각했기 때문입니다.
그러던 어느 날은 내 친구들이 잡혀갔습니다.
그러나 그때도 나는 침묵하였습니다.
왜냐하면 나는 내 가족들이 더 소중했기 때문입니다.
그러던 어느 날 그들은 나를 잡으러 왔습니다.
하지만 이미 내 주위에는 나를 위해
이야기해 줄 사람이 아무도 남아 있지 않습니다.

- 내가 침묵한 결과는 무엇인가?
- 나라면 어떻게 했을까? 이와 유사한 상황을 생각해 보고 발표해 보자.

▶ 다음 동영상을 보고 나라면 어떻게 했을지 생각해 보고 그 행위의 결과와 이유, 영향에 대해 이야기 나눠보자.

○ EBS 다큐프라임 '인간의 두 얼굴 제1부 상황의 힘_#002' (2:00~8:00분)
(유튜브에서 '인간의 두 얼굴 제1부 상황의 힘_#002' 검색)

○ EBS 다큐프라임 '인간의 두 얼굴 제1부 상황의 힘_#005' (9:27분)
(유튜브에서 '세상을 움직이는 제3의 법칙' 검색)

	연기 나오는 방 탈출	세상을 움직이는 제3의 법칙
행위의 결과와 이유	여러 명: 한 명:	사례1) 사례2) 이유)
행위의 결과가 미친 영향		
나라면 어떻게 했을까?		

첫 걸음 – 읽기, 내용 공유하기

▶ 배경 이해하기

※ 아래 내용을 읽고 질문을 만들어보자. (사실/ 심화)

평화중학교는 학교폭력 예방 중점학교다. 혹시라도 난투극을 벌이다가 들키면 반 전체가 단체 기합을 받는 어이없는 교칙이 있었다. (…) 쓰러진 책상을 세우고 어수선한 분위기를 정리하는 데 불과 삼 분도 걸리지 않았고 6교시가 시작했을 때 허공에 떠 있는 먼지 말고는 난투극의 흔적이 전혀 없었다. 평화중의 평화는 언제나 이렇게 아슬아슬하게 지켜졌다. (31쪽)

'평화'라는 신념을 기반으로, 인재보다 인간을 양성하겠다는 것이 평화중의 교육목표였다. (…) 빵셔틀을 없애겠다고 매점을 폐쇄한 교장선생님의 아이디어가 엉뚱하게 박용기 사건을 만들어 버렸으니 블랙 코미디가 따로 없었다. (45쪽)

※ 블랙 코미디
인간의 본성이나 사회에 대한 잔혹하거나 통렬한 풍자와 반어를 내용으로 하는 희극

♫ **질문 만들기**

– 평화중학교는 어떤 학교인가? (사실)

– 평화중의 평화는 어떻게 지켜지고 있었나? (사실)

– 평화중의 교육목표는 무엇인가? (사실)

– 난투극을 벌이다가 들키면 반 전체가 단체 기합 받는 것을 왜 어이없는 규칙이라고 하는가? (심화)

– 평화 중의 평화가 아슬아슬하게 지켜진다고 한 이유는 무엇인가? (심화)

– 평화중학교 교장선생님 학교운영방침이 블랙 코미디인 이유는 무엇인가? (심화)

▶ **중심사건 이해하기**

등장인물이 여러 명이고 일차별로 사건의 전말이 파헤쳐지는 구조인 만큼 중심사건을 정리해 보자.

사건명 : 박용기에게 학교폭력을 행사한 세 명의 아이 찾기

○ 누가 : 2학년 4반 학생들이다.

○ 어디서 : 평화중학교와 학교 근처에서 발생한 일이다.

○ 언제 : 학기 초부터 박용기가 교통사고를 당한 후 일주일 동안이다.

○ 무엇을 : 재빈, 치승 외 나머지 반 아이들이 모두 제 3의 아이라고 생각한다.

○ 어떻게 : 박용기는 학기 초부터 허치승과 오재열 등 몇몇 아이들의 물주가 되어 지속적으로 괴롭힘을 당하고 있었는데, 용기는 초등 시절 허치승을 괴롭혔던 것에 마음의 빚을 갚기 위해 그 괴롭힘을 참아 왔다. 사고 당일에도 점심시간이 얼마 남지 않은 1시 17

분에 점심이 부실해서 배가 고팠던 오재열이 박용기에게 심부름을 시켰고 허치승의 암묵적 동의 아래 박용기는 학교 담을 넘어서 편의점에서 빵을 사오는 일명 '빵셔틀'을 당하고 있었다. 박용기는 문득 김진희에게 줄 편지의 내용을 적은 종이를 책상 속에 구겨놓은 것이 생각이 났다. 그래서 횡단보도 초록불이 켜지기 몇 초 전에 길을 건너려다가 교통사고를 당해 전치 10주의 상해로 병원에 입원했다. 병문안을 온 담임선생님은 왕따 사건에 대해 알게 된다. 담임은 가해자가 세 명이라고 하고 일주일 안에 자수하지 않으면 집단 따돌림으로 규정하여 반 학생 모두 집단 상담받아야 한다고 했다. 보미, 치승, 재빈이가 제3의 아이를 찾기 위해서 박용기의 행적을 추적하면서 용기를 괴롭힌 아이들을 찾아낸다. (이 과정에서) 반 아이들 중 대부분이 박용기를 직접 괴롭히거나 동조했거나 묵인했다는 것을 알게 된다. 7일째 확실한 가해자 허치승, 오재열과 알고도 모른 척했던 학급회장 김재빈이 자수를 한다.

○ 왜 : 담임 선생님이 자수한 세 명의 아이가 다르다고 하자 아이들은 누구도 떳떳하지 못하다는 생각에 가슴이 따끔거림을 느꼈기 때문이다.

▶ 등장인물이 되어 1인칭 주인공 시점으로 자기소개서를 쓰고 발표해보자. 그리고 등장인물의 마음이 되어 친구들의 질문에 대답해보자. 혹은 인터뷰식으로 질문하고 대답해보자.

- 등장인물은 박용기, 허치승, 오재열, 윤보미, 김재빈, 이영찬, 송지만, 장아람, 조수진, 정혜연, 서나래, 강우주를 나눠서 작성할 것
- 용기와의 관계, 반에서의 위치, 용기를 직접적·간접적으로 괴롭힌 사실, 왜 그랬는지는 등을 자세하게 설명할 것
- 발표 후 질문을 받으면 성의 있게 답변할 것

예시 : 박용기 자기소개서

나는 이번 학교 폭력 사건의 피해자 박용기입니다. 우리 아버지는 그냥 회사 사장님입니다. 내가 늦둥이라서 유명 브랜드 옷도 사주시고 용돈도 부족하지 않게 주십니다. 그렇지만 아이들이 말하는 것처럼 상속자는 아닙니다. 그건 오해입니다. 아이들은 제가 나설 때 안 나설 때 구분 못 하고, 유머는 눈곱만치도 없

고, 공부도 못하고, 키도 작아 볼품없고, 변성기를 안 지난 탓에 목소리마저 앵앵거리는 아이라서 허치승과 오재열, 이영찬, 송지민 등 그 일당으로부터 왕따를 당한다고 하는 것이라면서 국가 대표 찌질이라고 생각합니다. 그러나 그건 나를 왕따시키기 위해 자기들이 만들어낸 이유일 뿐입니다.

나는 초등학교 때 별다른 이유 없이 준모라는 아이가 시키는 대로 허치승을 괴롭혔습니다. 치승이 부모님 이혼 이유를 가지고 협박도 했습니다. 치승이가 전학 간 다음에는 내가 준모에게 괴롭힘을 당했습니다. 그때 치승이의 마음을 알게 되었습니다. 미안한 마음에 올해는 허치승 일당이 괴롭혀도 참고 있습니다. 그때 얻은 마음의 빚을 갚기 위해서 밀린 숙제한다고 생각하면서 참아 냈습니다. 그래서 '빵셔틀'도 당했던 겁니다.

또 우리 반 여학생들이 SNS상에서 비호감 투표를 했는데 내가 1위라고 조수진이 알려줬습니다. 나는 그런 건 그렇게 중요하게 생각하지 않습니다. 나는 전에 우리 반이었던 김진희와 우연히 편의점에 만나 대화를 하다가 호감을 갖게 되었고 사고 당일도 무슨 말로 고백할까 연습해 놓았던 쪽지를 서랍에 놓고 나온 것이 생각나서 급한 마음에 무단횡단하다가 사고가 난 것입니다. 그 사건이 아마도 내가 왕따로 인해 비관 자살한 것이라고 소문이 돌았나 봅니다.

하지만 왕따를 당할 때 참기 힘든 순간들도 있었습니다. 잦은 빵셔틀로 용돈도 부족했습니다. 그래서 송지만의 역사 연표 숙제를 해주고 돈을 벌기도 했습니다. 그럴 때면 문득 이런 행동이 허치승을 더 나쁘게 만드는 건 아닐까, 허치승도 나처럼 마음의 빚을 얻는 것은 아닐까 회의가 들기도 했습니다. 사고를 당하고 담임 선생님께 이런 말씀을 드렸더니 어리석은 생각이라고 하셨습니다. 이런 제 상황을 알게 된 담임 선생님께서 반 아이들에게 나를 괴롭힌 아이가 총 세 명이라고 하셨답니다. 그래서 아이들은 확실한 허치승과 오재열외 한 명을 찾기 위해 난리가 난 것 같습니다. 나도 제3의 아이가 누구인지 궁금합니다.

♬ 용기의 자기소개서를 듣고 질문 만들기

- 용기는 왜 자신에 대한 잘못된 소문을 바로 잡으려 하지 않나?
- 허치승을 제외한 다른 아이들은 왜 용기에게 빵을 사 오라고 시켰나?
- 용기는 왜 왕따를 당하는 것이 힘들었는데도 참았나?
- 용기는 제3의 아이를 누구라고 생각할까?

● 두 걸음 – 하브루타 질문 만들기

▶ 일차별로 중심사건을 요약하고 재빈, 보미, 치승 내용에서 주요 문장을 발췌하여 발표하고 질문을 만들어보자.

- 주요 문장은 중심사건과 관련해 새롭게 알아낸 내용, 그 사건의 발생 이유나 원인 등이 드러나는 부분을 발췌한다
- 발표를 들으면서 자신이 작성한 것과 다른 것은 이야기를 나눠서 바로 잡고, 빠진 부분은 추가하고 수정한다.

☆ 사건 발생 1일째 주요 사건과 질문하기

[중심사건]
박용기가 학교 앞 횡단보도에서 교통사고를 당해 병원에 입원했다. 담임은 박용기가 학교폭력을 당하고 있다는 것을 알았고, 일주일 안에 가해자 세 명이 모두 자수할 경우 학폭위까지 보내지 않고 담임 선에서 해결해주기로 했다. 그러나 자수하지 않을 경우, 집단 따돌림으로 규정하여 반 학생 모두 집단 상담받게 된다. 확실한 두 명(허치승, 오재열) 외 한 명이 누구인지 알아내야 한다.

[보미]
사건 당일 용기에게서 걸려온 두 번의 전화를 귀찮아서 받지 않았으나 후회함. 자책감과 비굴한 변명이 롤러코스터처럼 머릿속을 오르내렸다. (21쪽 16줄 ~ 22쪽 4줄)
제3의 아이라? ~ 보미도 자신이 없었다. (38쪽 7줄 ~ 10줄)

[재빈]
허치승파 애들은 프린스라 부르며 박용기에게 빵이며 음료수 심부름을 종종 시켰다. (27쪽 16줄)
용기가 왕따 당하는 것을 알고 있었고, 빵을 사러 나갈 때의 상황도 알고 있었다. 사고 당일, 오재열이 배고프다고 해서 시간이 별로 없는데도 용기에게 빵셔틀을 시켰을 것이라고 생각한다. (28쪽 3줄 ~ 16줄)

[치승]

엄마는 진짜로 험한 세상 속으로 떠나갔다. ~ 가끔은 울고 싶을 정도로 외로웠다. (40쪽 13줄 ~ 42쪽 6줄)

겁나긴 했지만 아닌 척 시침 뗄 생각은 없다. (43쪽 9줄)

오재열의 말 : "아직 자수하지 마. 시간 남았으니까 ~ 의외의 인물이 셋이나 될지." (44쪽 6줄 ~ 7줄)

이영찬도 꽤 뜯어먹었다고 하던데 ~ 정혜연도 박용기를 사람 취급 안 한 건 마찬가지였고. (44쪽 12줄 ~ 15줄)

♬ **1일차 질문하기**

– 보미는 왜 자신이 제3의 아이가 아니라고 자신할 수 없었나? (사실)

– 보미는 왜 자책감과 비굴한 변명으로 머릿속이 복잡했나? (심화)

– 허치승파 아이들은 왜 용기를 프린스라고 불렀나? (사실·심화)

– 치승이는 왜 가끔 답답하고 외로웠나? (심화)

– 치승이는 왜 자수할 생각을 했나? (사실)

– 재열이는 왜 치승이에게 아직 자수하지 말라고 했나? (사실)

– 치승이가 생각한 제3의 아이는 누구인가? 그들의 공통점은? (사실·심화)

– 보미, 치승, 재열이 중 어떤 친구의 상황이 가장 안타까운가? 그 이유는? (심화)

– 우리 반에도 용기 같은 아이가 있는가? 그 아이에 대한 내 태도는 어떤가? (적용)

☆ **사건 발생 2일째 주요 사건**

[중심사건]

평화중 익명게시판 '와글와글'에 허치승, 오재열, 김재빈이 가해자로 지목되었지만 담임 선생님 도움으로 글이 삭제되었다. 하지만 아이들 시선은 곱지 않다. 사건 발단은 이영찬이 배고프다고 닦달했고, 오재열이 용기에게 빵 사오라고 시킨 것이다.

[재빈]

담임 선생님 도움으로 '와글와글 게시판 – 박용기 교통사고의 진실' 글을 삭제함
(51쪽)

함정에 빠뜨릴 만큼 ~ 그게 더 무서웠다. (51쪽 18줄 ~ 52쪽 4줄)

[치승]

오재열은 엊그제부터 ~ 치승을 멀리했다. (55쪽 9줄)

치승과 오재열은 '그냥' 뭉쳐 다녔다. ~ 그게 둘의 관계였다. (56쪽 5줄 ~ 6줄)

그래도 공개적으로 비난을 받는 건 싫었다. (56쪽 12줄)

치승은 자기 앞에서 ~ 치승을 그렇게 대하지 않았다. (58쪽 8줄 ~ 10줄)

이영찬과 오재열의 대화: 될 대로 되란 식으로 ~ "빵 사 오라 시킨 건 너였어. 어디서 덤터기를 씌워?" (70쪽 ~ 71쪽 1줄)

[보미]

보미와 수위아저씨의 대화: 보미의 난감한 마음을 눈치챘는지 ~ "수위실에 있었다고, 그렇게만 말해줘." (62쪽 8줄 ~ 12줄)

보미는 허치승의 복숭아 알러지에 ~ 자기가 짱 자리에 앉으려 들지도 모를 일이었다. (67쪽 8줄 ~ 18줄)

♫ **2일차 질문하기**

– 재빈이는 게시판에 제3의 아이로 주목된 것에 대해 왜 억울함보다 울적함을 느끼고 무서웠을까? (사실·심화)

– 치승은 학년 짱이라서 제1의 아이로 다 알고 있다. 그런데 공개적으로 비난받는 것이 왜 싫을까? (심화)

– 치승이는 자신에게 잘 해주는 아이들의 행동이 왜 자신을 나쁘게 만든다고 느끼는가? (사실)

– 수위아저씨는 왜 보미에게 알리바이를 부탁했나? (사실)

– 치승이에게는 어떤 약점이 있나? (사실)

– 가해자에게 무겁게 책임을 물으면 가해를 멈출 수 있을까? (심화, 적용)

☆ **사건 발생 3일째 주요 사건**

[중심사건]

재빈은 보미, 치승과 함께 제3의 아이를 찾기 위해 협력한다. 윤보미는 여자애들을, 허치승은 좀 노는 남자애들을, 재빈이는 그 나머지를 맡아서 아이들에게 구체적인 이야기를 들어오기로 한다.

[재빈]

어제보다 관심의 폭이 줄었지만 ~ 어서 제3의 아이를 찾아내 누명을 벗어야 했다. (73쪽 17줄 ~ 19줄)

체육시간이 끝나고 ~ 박용기를 괴롭히는 일에 연결돼 있었다. (83쪽 14줄 ~ 18줄)

"그리고 생각해 보면" ~ 재빈도 반박할 수 없었다. (83쪽 13줄 ~ 14줄)

박용기가 사 온 빵을 먹은 아이들은 셀 수 없이 ~ 제3의 아이가 누구인지 알 수 없는 건 그런 이유 때문이었다. (84쪽 14줄 ~ 17줄)

빵 말고 또 다른 사연이 있다는 걸 ~ 그것도 아니면 만 원이 적당한지 노동 가치에 대해 따져야 하나……(101쪽 1줄 ~ 102쪽 17줄)

송지만은 나쁘지 않았다. ~ 밀려오는 부끄러움에 얼굴이 화끈 거렸다. (103쪽 6줄 ~ 13줄)

체크카드 값이 엄청 나왔나 봐. ~ 진짜 '사건'이었다. (104쪽 2줄 ~ 10줄)

"다시는 그러지마. 아무튼 다섯 개의 빵 주인을 알게 돼서 홀가분하다." ~ 허치승이 안 먹었다고? 의외의 반전이었다. (104쪽 14줄 ~ 105쪽)

[보미]

"걔가 차를 보면서도 ~ 자살 시도였구나." (88쪽 13줄 ~ 21줄)

박용기는 정말 차로 뛰어든 걸까? ~ 죽을 생각을 할 만큼의 고통은 어떤 걸까? (89쪽 13줄 ~ 14줄)

[치승]

아무도 믿지 않겠지만 ~ 용기를 향한 원망만 커졌다. (95쪽 15줄 ~ 20줄)

윤보미는 잘 생각해서 자세하게 쓰라고 했지만 ~ '채무관계 O만 원, 그 외 폭력과 폭언은 없었음.' (96쪽 14줄 ~ 16줄)

☐ **3일차 질문하기**

– 재빈, 보미, 치승이는 왜 힘을 합쳐 제3의 아이를 찾기로 했나? (사실)

– 재빈이는 왜 자신도 공범이라고 생각하나? (사실)

– 재빈이는 제3의 아이가 누구인지 모르는 이유를 무엇이라고 하는가? (사실)

– 송지만은 오재열 편에 있는 게 편하기 때문에 동참한 거였다. 그런 행동이 왜 비겁한가? (심화)

– 재빈이는 왜 용기에게 일어난 일이 단순 교통사고가 아닌 진짜 '사건'이라고 했나? (심화)

– 보미는 '박용기가 결국 자살을 시도했다'고 생각한다. 그 이유는 무엇인가? (사실·심화)

– 치승이는 왜 용기를 원망하고 폭력과 폭언을 하지 않았다고 하나? (심화)

– 용기에게 심했다고 느끼는 보미나, 자신도 공범이라고 생각하는 재빈이가 반 아이들과 다른 점은 무엇인가? (심화)

☆ **사건 발생 4일째 주요 사건**

[중심사건]

치승이가 재열에게 함께 제3의 아이를 찾자고 제안하자 자수는 학교 폭력을 인정하는 것이라며 오히려 치승에게 정신 차리라고 한다. 그러자 치승은 자수를 결정하지 못한다. 종례 때 정혜연이 세 명의 아이들 때문에 집단 상담은 부당하다는 말을 하자 담임은 박용기 왕따 사건에서 잘못이 없는 친구가 있겠냐면서 언짢아한다.

치승과 보미는 점심시간에 용기의 동선을 따라서 편의점에 갔다가 용기가 밤에도 심부름을 했다는 것과 깁스한 이유를 알아내고 마음이 짠해진다.

[치승]

아래로 뛰어내리기 전 ~ 치승은 그 생각을 잊기 위해 쿵 뛰어내렸다. (115쪽 2줄 ~ 6줄)

"너랑 같이 온 애도 있고, 또 한 명은 애." 앞의 '애'는 치승이었고, 뒤의 '애'는 사진 속의 오재열이었다. (116쪽 19줄 ~ 20줄)

그런데 만약 윤보미의 말이 사실이라면 ~ 박용기의 일상이 짠했다. (119쪽 3줄 ~ 5줄)

[보미]

정혜연의 말: "분명히 벌 받을 아이들이 따로 있는데 ~ 연대 책임을 묻는 건 옳지 않다는 생각이 들어서요."(121쪽 9줄 ~ 11줄)

담임의 말: "아무런 잘못도 하지 않은 친구가 ~ 옳지 않다고 말하고 있구나." (123쪽 18줄 ~ 124쪽 1줄)

수업이 끝난 후 보미는 ~ 뒤늦은 후회로 입술을 깨물었다. (124쪽 14줄 ~ 125쪽 8줄)

♬ **4일차 질문하기**

– 치승이가 용기에 대해 새롭게 알게 된 사실은 무엇인가? (사실)

– 담임의 말대로 정혜연은 박용기 사건에 아무 잘못이 없을까? (심화)

– 세 명의 가해자 때문에 반 아이들 모두 집단 상담을 받는 것이 문제가 될까? (심화)

– 보미는 왜 용기가 굴욕감이 들었을 것이라고 생각하나? (심화)

– 보미는 왜 뒤늦은 후회를 했나? (심화)

– 학교폭력이 발생하면 반 아이들 모두에게 그 책임이 있을까? (심화, 적용)

☆ **사건 발생 5일째 주요 사건**

[중심사건]

박용기 체크카드를 이영찬이 가지고 있었고 몇몇 아이들이 함께 사용했다는 것과 편의점에 용기와 자주 왔던 아이들도 알아낸다. 여학생들이 비호감 투표를 했고 그 결과를 박용기에게 보냈다.

[재빈]

이영찬의 말: 카드였다. ~ "그래, 좀 빌렸다. 근데 이거 나만 쓴거 아니야. 오재열, 송지만, 주승우 전부 같이 썼어." (137쪽 21줄 ~ 138쪽 19줄)

[치승]

그렇게 중심을 잘 잡는 새끼가 ~ 내 말이 무서웠을까? (140쪽 8줄 ~ 10줄)

치승이 재빈이에게 한 말. "김재빈, 미안한데 그 말은 좀 아니다. ~ 사람에 대한 예의니까" (145쪽 5줄 ~ 8줄)

[보미]

"야 오해하지 마! ~ 거기서 박용기가 압도적인 1위 했고." (148쪽 11줄 ~ 12줄)

조수진은 투표결과를 박용기에게 ~ 그 이유까지 보냈다고 한다. (151쪽 20줄 ~ 152쪽 2쪽)

뻔히 얼굴을 보면서도 전화를 안 받고, ~ 마치 모두 박용기를 무시할 권리라도 있는 것처럼 굴었다. (153쪽 1줄 ~ 4줄)

♬ **5일차 질문하기**

- 5일차에 새롭게 알게 된 내용은 무엇인가? (사실)
- 여자아이들은 용기에게 어떻게 했나? (사실)
- 치승이가 재빈이에게 "누가 너 밟으라고 일부러 똥을 갖다 놓았다는 생각은 안 해?" 라고 한 말의 의미는 무엇인가? (심화)
- 장아람은 여자아이들끼리 온라인 상에서 남자애들 비호감투표를 했다. 이 투표는 문제가 될까? (심화)
- 용기에게 투표결과를 알려준 조수진의 행동이 문제가 될까? (심화)
- 반 아이들은 왜 용기를 무시할 권리라도 있는 것처럼 굴었나? (심화)
- 우리 주변에도 이와 비슷한 사건이 종종 일어난다. 아이들은 왜 왕따 당하는 아이를 괴롭히는데 동조할까? (적용)

☆ **사건 발생 6일째 주요 사건**

[중심사건]

강우주가 박용기에게 빨간 망토 프라모델을 건네주었고, 조수진은 순수한 의도로 박용기에게 카톡방 비호감 투표내용을 전달한 것이라고 한다.

[재빈]
강우주의 말 : "그냥 학교에서 박용기랑 친한 거 티 내기 싫었어." ~ 그게 미안해서 건담을 전해준 것이다.(158쪽 12줄 ~ 17줄)

[치승]
아버지의 말: "그날 이후 나는 좌우명이 한 가지 생겼어." (아무리 무섭고 위험한 사고 현장이라도 절대로 먼저 도망치지는 않고 적어도 다섯 명은 구하고 도망치겠다!) ~ 비겁하지 않게 살아라, 치승도 그 말을 고기쌈과 함께 삼켰다. (162쪽 18줄 ~ 163쪽 11줄)
오재열의 말: "일이 커지는 것 ~ 나으려나?" (166쪽)

[보미]
- 조수진의 말: "왜 웃는지 알겠는데, ~ 박용기도 고맙다고 했고." (170쪽 1줄 ~ 8줄)
처음으로 조수진의 얼굴이 어두워졌다. ~ 집단의 힘은 생각보다 강하니까. (170쪽 20줄 ~ 171쪽 2줄)

♬ 6일차 질문하기

– 강우주는 왜 박용기랑 친한 것을 말할 수 없었나? (사실)
– 보미는 조수진의 행동이 순수한 의도라고 생각했다. 의도가 좋으면 괴롭힘이 아니라고 할 수 있을까? (심화)
– 치승이는 아버지의 말씀을 듣고 무엇을 느꼈을까? (심화)

▶ 각자 만든 질문을 다른 사람이 이해할 수 있도록 다듬어보자.

열매맺기

🎵 2차시 수업

마음열기

▶ 안도현 시 〈간격〉을 함께 낭독해보자.

- 화자는 나무와 숲을 통해 적정한 간격의 필요성에 대한 깨달음을 인간관계에서도 적용해보기를 바라고 있다. 더 건강한 인간관계를 위해서 버려야 할 것은 무엇인지 함께 이야기해보자.

들어서기

▶ 동영상 '내 마음이 들리니 – 샌드 아트로 보는 우리의 마음'을 보면서 내 입장의 변화를 찾아보자. (유튜브에서 '내 마음이 들리니 샌드 아트'로 검색)

 – 내가 5학년 때 나를 괴롭혔던 영희를 도울 수 있었던 이유는 무엇인가?

펼치기

두 걸음 – 하브루타 질문 만들기 (1차시에 이어서)

☆ 사건 발생 7일째 주요 사건

[중심사건]
와글와글 게시판에 김재빈을 고발한 것은 서나래가 느낀 수치심에 대한 보복이었다. 반아이들은 그냥 원래 세 명이 자수하라고 한다. 결국 아무 것도 해결하지 못했지만 이영찬, 장아람, 송지만 등 제3의 아이로 유력한 후보를 알게 되었다. 용기가 초등학교 때 치승이를 괴롭혔던 일로 지금 치승이에게 당해주고 있었음을 알게 된다. 결국 허치승, 오재열, 김재빈이 자수하기로 결심한다.

[재빈]
나머지 한 명의 후보가 이렇게 많을 줄은 ~ 자신이 제3의 아이로 몰릴 줄은 더더욱 몰랐고. (173쪽 7줄 ~ 8줄)

[보미]

서나래의 말 : "그리고 영상에 오재열이 ~ 애들이 박용기는 국가 대표 지질이라고 놀렸잖아." (183쪽12줄~14줄)

그럼 너는 ~ 남에게 치명적일 수 있다는 걸 왜 모를까? 너도 그리고 나도 (183쪽 15줄~17줄)

"사고 나기 전 ~ 전화를 건 사람은 나였어." (200쪽 9줄)

[치승]

가끔은 박용기에게서 오래전 자신 모습을 보기도 했다. … 비겁했지만 치승은 아이들 말을 따랐다. (205쪽 12줄 ~ 206쪽 7줄)

♬ **7일차 질문하기**

– 재빈이는 왜 제3의 아이가 많다고 생각했나? (사실)

– 보미는 왜 사건 당일 자신이 용기 전화를 받지 않은 것을 재빈이와 치승이에게 말했나? (심화)

– 결국 허치승, 오재열, 김재빈이 자수한 이유는 무엇인가? (사실,심화)

– 네 명의 아이들이 자수한 것에 대해 어떻게 생각하는가? (심화)

– 치승이가 용기를 괴롭힐 자격이 있다고 생각했던 이유는 무엇인가? (사실)

– 그 생각은 정당한가? (심화)

– 담임선생님께서 용기 사건 가해자를 세 명이라고 한 의도는 무엇인가? (심화)

– 사람들이 남에게 치명적일 수 있는 말을 서슴지 않고 하는 이유는 무엇인가? (심화, 적용)

☆ **디데이 주요 사건**

[중심사건]

허치승은 재빈이를 말렸지만 결국 허치승, 김재빈, 오재열이 자수했다. 담임은 셋이 올 줄 알았다는 듯이 아무 말 없이 종이를 한 장씩 건네며 적어오라고 한다. 아이들은 노골적으로 자신이 생각하는 제3의 아이를 지명하기도 한다. 자수했나는 아이들의 질문에 담임은 자신의 진한 아이라인 이야기를 해준다.

[재빈]
재빈은 거사를 앞둔 ~ "넌 빠져!" (209쪽 2줄 ~ 6줄)
학생회장 출마도 그렇고 ~ 이렇게나마 벌주고 싶었다. (210쪽 6줄 ~ 8줄)

[보미]
아이들 : "이영찬, 그만 버티고 자수하러 가지." (213쪽 20줄)
송지만 : "의외의 인물이라 했잖아. 그게 여자란 뜻도 될 걸?" 하며 장아람을 돌아봤다. (214쪽 1줄)
강우주 : "그만하자, 가만 보니까 누구도 떳떳하지 않은 거 같은데……" ~ 이 말에 술렁거리던 교실이 갑자기 조용해졌다. (214쪽 8줄 ~ 10줄)
담임의 말 : "분명 용기에게 너희들이 싫어할 만한 부분이 … 박용기가 말한 세 명과 일치하지 않아." (217쪽 6줄 ~ 13줄)

♫ 디데이 질문

– 재빈이는 자수하는 것이 왜 자신에게 벌을 주는 것이라고 생각했나? (심화)

– 재빈이는 '제3의 아이'인가? (심화)

– 재빈이가 자수한 것은 잘한 일인가? (심화)

– 담임은 아이들이 용기를 왕따 시킨 이유를 무엇이라고 했나? (사실)

– 아이들이 생각한 제3의 아이는 누구인가? 그 이유는 무엇일까? (심화)

– 담임이 자신의 진한 아이라인에 대해 이야기를 한 이유는 무엇인가? (심화)

– 마음에 들지 않는다고 여러 사람이 한 사람을 몰아붙인 경우가 있었나? 있었다면 왜 그런 마음이 들었는가? (적용)

☆ 에필로그 주요 사건

담임 하지영 선생님의 금속 나트륨 실험 스토리는 허치승, 오재열을 비롯한 다수의 아이들에게 찌릿찌릿한 정전기처럼 마음이 따끔거리는 걸 느끼게 했다. (224쪽)

담임의 말 : "누군가를 배척하고 미워했던 그 경험! … 짙은 눈 화장으로 상처를 가리며 살고 있어." (224쪽 2줄 ~ 4줄)

박용기에 대한 오해 : 상속자 설은 거짓이다. 박용기는 경제적으로 여유 있는 편이지 상속자는 아니다. 중학생이 되면서 자연스럽게 찾아든 허영심이 부추긴 결과이다. (226쪽)

박용기와 허치승 간의 비밀 : 박용기는 다만 '숙제'를 하고 있었다. … 가끔은 참기 힘든 순간들이 있었다. (226쪽 16줄 ~ 21줄)

제3의 아이를 만든 건 하지영 선생님이었다. ~ 그런 심오한 뜻을 간파한 사람은 아무도 없었다. (227쪽 9줄 ~ 11줄)

용기가 없는 일주일 내내 2학년 4반에서는 ~ 그럴 때면 가슴이 따끔따끔 거렸다. (229쪽 17줄 ~ 20줄)

♫ 에필로그 질문

- 담임 하지영 선생님의 금속 나트륨 실험 스토리를 듣고 아이들은 왜 마음이 따끔거리는 것을 느꼈을까? (심화)
- 용기는 왜 허치승 일당의 괴롭힘을 참는 것을 '숙제'라고 생각했나? (사실·심화)
- 담임선생님은 왜 제3의 아이를 만들었을까? (심화)
- 아이들은 왜 박용기 사건을 떠올릴 때면 가슴이 따끔따끔 거렸을까? (심화)
- 제3의 아이는 누구인가? 그 이유는? (심화)

세 걸음 – 짝토론과 모둠토론

- 일차별로 만든 질문을 분류하고 짝토론을 한다. 짝토론 하면서 일차별로 좋은 질문이라고 생각하는 질문을 1~2개 선정한다.

- 더 깊은 생각을 할 수 있게 하는 질문이나 짝토론 중 풀리지 않은 질문을 모둠토론 질문으로 선정해도 된다.

연지 : 담임은 왜 세 명의 아이를 찾으라고 했을까요?

소운 : 자수하지 않을 경우 집단 따돌림으로 규정하여 반 모두 집단 상담을 받도록 조치했기 때문입니다.

연지 : 그것은 세 명이 자수하지 않았을 때 그렇게 하기로 한 것 아닌가요?

소운 : 그렇군요. 그러면 두 명은 확실하니까 한 명을 찾아내는 과정에서 자신들을 돌아보라고 한 것 일 겁니다.

연지 : 아~그렇군요. 그런데 한 명은 전혀 스스로 생각해 보지 못한 아이도 있었습니다. 정혜영이요. 그 아이 처지에서는 자신은 한 마디 말도 안 해 봤을 텐데 스스로 생각해서 '혹시 나인지 모른다'고는 생각하지 못할 것 같습니다.

소운 : 꼭 그런 아이들이 있기는 하지요. 나는 말도 한 마디 안 해봤으니 관련이 없다고 할 수 있지만, 표정이나 그런 것으로 무시해도 된다고 생각했기 때문 아닐까요?

연지 : 그럴 수도 있지만, 가끔은 정말 가까이 가고 싶지 않은 아이들도 있잖아요.

소운 : 그렇긴 하지요. 그래도 친해지고 싶지 않은 아이와 무시해도 무시당해도 되는 아이는 없지요.

연지 : 그렇군요. 알겠습니다.

연지 : 재빈이는 용기가 왕따를 당하는 것을 알면서도 왜 말하지 않았을까요?

현상 : 저는 왕따를 당하는 아이가 먼저 말을 해야 한다고 생각합니다. 저도 왕따를 당했을 때 부모님께 말씀드려서 해결했습니다. 용기도 화를 내든지 부모님에게 말을 하든지 했더라면 해결 할 수 있지 않을까요?

연지 : 그럴 수도 있지만 지금은 재빈이는 왜 용기가 왕따 당하는 것을 알면서도 말하지 않았을까를 생각해 보자는 겁니다.

소운 : 저 같으면 선생님께 말할 겁니다. 아이들에게는 뭐라고 말하지 못할지라도 선생님께는 말을 해야 합니다.

연지 : 재빈이가 알고도 말하지 못했기 때문에 보미랑 치승이랑 제3의 아이를 찾으려 했던 것이겠죠.

소운 : 당연히 그래야죠.

연지 : 치승이는 왜 돈 있는 친구가 빵을 사온 게 큰 죄라고 생각하지 못했을까요?

현상 : 용기는 돈 많은 집 아이고 돈이 있으니까 사줄 수도 있다고 생각하고 싶었나 봅니다.

연지 : 돈이 많다고 빵 사오라고 해도 된다고 할 수는 없지요. 사주면 모를까.

현상 : 치승이는 용기가 왕따를 당하는 것이 큰 잘못이라고 생각하지 못했기 때문입니다.

연지 : 그런데 치승이도 일주일이 점점 다가오자 용기에게 미안해합니다. 그때는 왜 그랬을까요?

현상 : 용기를 괴롭힌 아이들이 생각보다 많았고 보미랑 함께 담 넘어 편의점에도 가보고 하면서 용기에게 한 행동이 잘못된 것이라고 깨달은 거겠죠. 편의점 형이 치승이를 지목하면서 용기랑 많이 왔었다고 보미한테 알려주니까 좀 찔렸을 겁니다.

연지 : 강우주는 왜 누구도 떳떳하지 않다고 말했을까요?

소운 : 아이들 다 조금씩 박용기를 무시하고 뺏어먹는 등 괴롭혔기 때문이에요.

연지 : 강우주는 용기를 괴롭히지 않았습니다. 그런데 왜 그렇게 말했을까요?

소운 : 강우주는 용기를 괴롭히지는 않았지만 도와주지도 못했으니까 떳떳하다고 할 수는 없지요. 선생님께 알려드렸다면 용기가 빵셔틀을 당하는 것을 멈출 수 있었을 겁니다. 그래도 제일 양심적인 아이입니다.

연지 : 그럴 수도 있지만 강우주도 무서웠을 수 있잖아요?

소운 : 그렇죠. 그러니까 아이들이 몰래라도 알려줄 수 있도록 학교 교장선생님이나 담임선생님은 했어야 합니다. 학교 측도 문제입니다.

연지 : 그렇죠. 아이들이 일차적으로 문제였지만 학교에도 책임이 있습니다.

모둠토론

- 짝토론을 통해 상정된 질문 선정하기
- 선정한 질문으로 토론하기
- 전체토론 (쉬우르)에서 다룰 한 두 문제를 뽑아 둔다.
- 전체토론 (쉬우르)에서 다룰 논제는 텍스트 주제와 밀접한 관련이 있어야 하

며, 이 문제가 우리 현실에 적용했을 때를 가정하여 논의를 확장할 수 있는 것이
면 더 좋다.

(짝토론에서 더 이야기 나눠볼 질문을 선정했는데, 아이들은 왕따의 책임을 묻
는 것을 선택했다.)

[모둠토론 질문]

- 박용기 빵셔틀 사건에서 2학년 4반 아이들 중 떳떳한 아이가 있을까?
- 재빈이는 제3의 아이인가?
- 왕따의 책임은 누구에게 있는가?

예시 : 초등 6학년

연지 : 저희 팀에서는 재빈이가 자수한 것, 강우주가 아무도 떳떳할 수 없다고
한 부분에서 이야기 나누다가 '왕따의 책임은 누구에게 있는가'로 질문을 정했
습니다.

시은 : 왕따를 시킨 아이들에게 있다고 생각합니다. 당연히 가해자가 잘못이니
까요.

현상 : 박용기 왕따 사건에서 박용기는 숙제를 한다고 하면서 아무에게도 도움을
요청하지 않았습니다. 용기 자신에게 어느 정도 책임이 있다고 할 수 있습니다.

연준 : 가해자가 멀쩡히 있는데 피해자에게도 책임을 묻는 것은 잘못입니다. 그
리고 도와주지 못한 것에 책임을 느끼는 강우주 같은 학생도 있지 않습니까?

소운 : 왕따 당한 학생에게도 책임이 있다고 본다면 문제를 해결할 수 없습니다.
박용기는 자신이 예전에 치승이를 괴롭혔기 때문에 치승이에게 당해주고 있는
것인데 오재열 등 치승이를 등에 업고 빵셔틀을 시켜먹은 이영찬, 주승우, 장아
람, 송지만과 비호감 투표를 하고 알려줬던 조수빈 등도 나쁩니다. 박용기를 완
전 무시하고 자기밖에 모르는 정혜영 같은 아이도 좀 나쁩니다. 자기만 살려고
하니까요. 자기 일이 되면 다 달라집니다.

만약에 우리 가족 중에 그런 일을 당했다고 하면 가해자, 방관자 모두 다 원망할

겁니다. 그래서 재빈이도 자수했던 것 아닐까요?

고운 : 그러니까 모두의 잘못입니다. 가해자는 당연히 나쁘고 허치승과 함께 박용기를 괴롭힌 오재열과 몇몇 여학생 무리도 나쁩니다. 그렇지만 강우주나 김재빈, 윤보미 같은 아이들은 험담을 하거나 동조한 것이 아니므로 나쁘다고 할 수는 없습니다. 그렇지만 가슴이 따끔따끔한 것은 도와줄 수 있었는데 모른 척 했기 때문에 양심의 가책을 느껴서일 겁니다. 그래서 담임 선생님이 제3의 아이를 찾으라고 한 것 아닐까 싶습니다.

열매맺기

▶ 박용기 왕따 사건을 역할별로 구분하고 그 이유를 설명해보자. (가해자 /피해자 / 방관자)

🎵 3차시 수업

마음열기

☆ 폭탄 돌리기 게임- 나만 아니면 돼!

▶ 친구들과 함께 재미있는 게임을 해보자.

- '둥글게 둥글게' 노래에 맞춰 '시한폭탄'을 옆 사람에게 전달한다.
- 노래가 끝났을 때 폭탄을 가진 사람은 누구인가?
- 정해진 시간이 끝날 때 '시한폭탄'을 가진 사람은 벌칙을 받는다.
- 하고 나니 기분이 어떤가? 폭탄이 내게 돌아올 때 나는 어떤 느낌이 들었는지 이야기해보자.

▶ EBS 배움너머 '착한 사마리아인 법' (처음~1:50) 을를 보고 질문에 답해 보자.

유튜브에서 '배움너머, 착한 사마리아인 법' 검색

- 유가족이 낸 소송의 결과는 어떻게 되었을까? 그렇게 생각한 이유는?
- 일광욕을 즐기던 그 젊은이를 법으로 처벌해야 할까? 죄가 있다면 어떤 죄일까?

네 걸음 – 쉬우르

▶전체토론 (쉬우르)

- 참여자 모두가 모여 모둠토론에서 제시한 질문을 검토하여 전체토론에 들어간다.
- 질문은 텍스트 주제와 관련하여 우리 문제로 다룰 것을 결정한다.
- 질문이 많을 경우, 어떤 질문으로 토론할지 논의하여 결정한다.
- 쉬우르에서는 결론이 나지 않더라도 각자의 견해를 존중하고 마무리한다.
- 원탁토론 형식으로 찬/반 대립 토론을 진행할 수도 있다.

전체토론 (쉬우르) 에서 다룰 논쟁점

– 재빈이는 제3의 아이인가?
– 왕따 문제는 개인 책임이 큰가? 또는 반 아이들 책임이 큰가?
– 방관하는 것이 왜 문제인가?

두 모둠에서 나온 질문을 토대로 '왕따는 누구의 책임인가?'에서 '제3의 아이는 누구인가?'로 이야기가 이어졌습니다. 대부분의 많은 아이가 책임이 있지만, 그 책임의 정도는 다르다고 했습니다.

〈들어서기〉에서 살펴본 내용을 토대로 방관자에게 책임을 물을 것인가를 이야기 나눠봤습니다. 아이들은 사람이 죽을 수도 있는데 신고라도 해야 한다고 했습니다. 그러면 왜 방관하는 것이 문제인가 물었더니 누군가의 목숨을 살릴 수도 있었는데 무관심으로 사람이 죽었다는 겁니다. 그리고 방관한 사람은 두고 두고 후회할거라고도 했습니다.

그렇다면 그 일광욕을 하던 남자는 왜 방관했을까 하고 되묻자 아이들은 자신의 일이 아니라고, 물에 빠진 사람이나 그 가족의 마음을 헤아리지 못했기 때문이라고 했습니다. 방관하지 않으려면 어떻게 해야 하는가 하는 질문에는 남의 마음에 공감할 줄 알아야 한다고 했습니다. "가해자는 방관자에 비하면 소수이다. 그런데 왜 가해자는 지속적으로 피해자를 괴롭힐 수 있을까? 다수의 방관자가 모른 척 못 본 척 눈감아주기 때문이다. 그래서 가해자들은 그래도 된다고 생각하게 된다. 바로 많은 방관자가 암묵적으로 동의했다고 생각하기 때문이다." 라고 전체토론 (쉬우르)을 마쳤습니다.

● 다섯 걸음 – '세상을 바꾸는 시간' 작성

▶ 아래 동영상은 우리나라 청소년들이 만든 학교폭력 예방 동영상이다. 함께 보고 이야기 나눠보자.

○ 2018 KBS 청소년창작영상제 대상 '침묵과 형벌'
(유튜브에서 '청소년창작영상제, 침묵과 형벌' 검색)

– 동영상이 전하는 메시지는 무엇인가?

▶ 우리가 다룬 주제에 대한 내 생각을 세바시(세상을 바꾸는 시간) 양식에 맞추어 작성하고 발표해 보자.

– 박용기 왕따 사건과 현실에서 내가 겪었던 학교 폭력 사건을 떠올리며 타인의 아픔이나 고통을 외면하지 말아야 하는 이유 쓰기
– 방관자가 왕따 사건에 끼치는 영향력을 설명하기
– 방관자를 없애기 위한 방법을 제시하기

(예시 글) 세상을 바꾸는 시간 3분 – 우리가 다룬 주제에 대한 내 생각 쓰기

발표자	시은		학년	초등 6학년
제 목	다수가 힘을 합치면 바꿀 수 있어요!			
핵심 주장	다수의 방관자가 방관하지 못하게 해야 한다.			

내용	문제 제기 – 서론	우리나라 청소년들 자살률이 높다는 것을 모르는 사람은 없을 것이다. OCED국가 중 압도적인 1위를 오랫동안 차지하고 있다고 한다. 참으로 안타까운 일이다. 그래서 학교에서는 여러 가지 방법을 시도하는 것 같다. 요즘은 학교에 보안관 할아버지가 계신다. 그래도 간혹 학교폭력위원회가 열린다는 소식도 들었다. 아이들도 학폭위를 두려워한다. 그래도 학교폭력은 더 은밀하고 치밀하고 지속적으로 이뤄지고 있다는 조사가 발표된다. 그래서 나는 '용기 없는 일주일'에서처럼 반 아이들 모두에게 책임을 묻겠다고 하는 것보다 다수의 방관자가 방관하지 못하게 하면 학교폭력이 많이 줄어들 것이라고 생각한다.
	문제 원인 분석 및 문제 현황 분석 – 본론	첫째, 방관자가 늘어날수록 피해자의 고통은 커진다. 빵셔틀로 괴로웠던 용기를 아무도 도와주지 않았다. 물론 용기도 말하지 않았지만 사고 이후에 보미와 치승이가 용기가 했던 것처럼 학교 담을 넘어보니 용기가 힘들었다는 것을 느꼈고 마음속으로 미안해했다. 심지어 용기는 밤에까지 아이들에게 괴롭힘을 당하고 있었고, 그것 때문에 돈이 더 필요해서 송지만의 역사 숙제 알바를 자청했다. 이러한 상황을 보미, 재빈, 치승이 외에도 다른 아이들에게도 꼭 알려야 한다. 이렇게 피해자의 고통이 커지고 있고, 그래서 때로는 극단적인 선택을 하는 아이들도 있기 때문에 방관하는 아이들이 생기지 않도록 해야 한다. 둘째, 방관자가 많아지면 사회가 점점 냉혹하고 흉악해진다. 방관자가 점점 늘어난다는 것은 피해자를 도울 사람이 없어진다는 것이다. 그러면 피해자는 더욱 고통스러워지고 방관자들은 점점 그런 일들이 익숙해지면서 교실분위기도 학교도 또 사회도 냉혹하고 흉악해진다. 그래서 아무 상관도 없는 여자아이들까지도 비호감 투표를 하고 그것을 또 알려주는 행동을 했다. 그 이후에 학폭위가 열릴 것 같다고 하니 두려워했다. 이것은 그만큼 그런 행동이 나쁘다는 것을 알고 있으면서도 동조한 것이기 때문이다. 방관자를 놔두면 더 많아지고 더 나아가 동조하는 세력이 더 늘어나기 마련이다. 셋째, 방관자들은 다수이므로 힘을 합치면 피해자를 도울 수 있다. 가해자 또는 피해자는 소수이다. 방관자들은 다수니까 힘을 합치면 가해자에게 부담을 줄 수 있고 그러한 행동자체가 피해자의 마음을 알아준다고 생각하게 만들기 때문에 피해자를 도울 수 있는 것이다. 결국 방관자도 자신이 괴롭힘을 당할까봐 두렵기 때문에 방관이나 동조하다가 가해자 측에 끼어들게 되는 것이다. 만약에 학기 초에 보미나 재빈이가 방관하지 않고 담임 선생님께 말씀드렸다면 용기가 빵셔틀 당하는 것을 멈출 수 있었다. 그렇게 생각했기 때문에 재빈이가 자신이 제3의 아이라고 자수한 것이다.
	해결 방안 모색 – 결론	방관자가 힘을 모으기 위해서는 먼저 피해자의 고통에 공감해야 한다. 재빈이나 보미가 심지어는 치승이까지도 용기의 상황을 알고 나서는 미안해했다. 물론 다수의 방관자들이 안전하게 피해자의 상황을 알릴 수 있도록 해야 한다. 그리고 신고된 것은 신속하고 정확하게 처리 되어야 한다. 우리는 나의 잘못은 잘 알아차리지 못한다. 또 많은 사람들이 잘못하고 있으면 나도 따라하게 된다. 그러므로 모른척 하지 말고 다수가 힘을 모아서 가해자를 멈추도록 해야 한다.

▶ 세바시 발표 및 소감 나누기

수업을 마치며

학교폭력을 다루는 텍스트는 아이들과 꼭 해보고 싶은 수업이지만 상당히 조심스럽다. 왜냐하면 아이들이 어떤 상황이 놓여있는지 알 수 없기 때문이다. 또 생각보다 아이들은 "그 아이는 왕따 당할 만해요. 잘난 척하고 거짓말을 아주 잘해요." 라면서 거침없이 피해자의 단점을 이야기한다. 책에서 담임선생님 말대로 "누구나 다른 사람이 싫어할 만한 점이 있기 마련이다. 나는 그런 점이 없다고 누가 자신 있게 말할 수 있는가?" 물었더니 아이들은 별다른 말이 없다가 "저는 잘난 척 안 해요."라고 말하면서 그 아이와 다른 점을 이야기하느라 바쁘다. "누구나 부족한 점은 있고 우리 모두 그렇다" 라는 말로 수업을 열었다.

이 책에서는 담임 선생님이 내준 "제3의 아이를 찾아라"는 과제가 중요하다. 아이들의 학교에는 어김없이 왕따가 존재한다. 참으로 안타까운 일이다. 아이들은 피해자, 가해자, 방관자 누구든 될 수 있다. 이 책을 읽고 온 아이들은 "제3의 아이가 누구예요?"라고 묻는다. 일차별 사건들을 따라가다 보면 누가 제3의 아이인지 알게 된다. 결과적으로 많은 등장인물들이 동조자 또는 방관자였다. 모둠토론 뒤에 다시 물어보면 방관자를 모두 가해자라고 한 팀도 있었다.

《용기 없는 일주일》은 빵셔틀을 당한 박용기 왕따 사건에 대한 이야기지만 피해자가 자신의 상황을 구구절절 이야기하지 않는다. 어쩌다 뭉친 세 명의 아이들이 알아낸 정보로 반 아이들이 그동안 박용기에게 한 행동들이 하나 둘 밝혀지자 세 명의 아이들은 박용기를 이해하고 자신들의 행동에 부끄러움을 느낀다. 피해자의 상황에 공감해야 부끄러움을 느끼고 반성하게 되며 반성이 있어야 자신의 행동을 교정할 수 있게 된다. 그렇다고 수업을 통해 방관자인 아이들에게 너희들이 책임져야 한다고 강조할 필요는 없다. 대부분의 방관자, 동조자는 피해자가 될 두려움 때문에, 선생님께 말해도 해결이 안 되니까 등의 구조적 문제도 있기 때문이다. 다만 세상의 잘못에 대해 너희들이 책임져야 하는 것은 아니지만 너희들에게는 이를 바꾸고 개선할 수 있는 기회가 주어져 있다고 말했다. 또 가해자는 다수 방관자의 모른 척하는 행위로부터 암묵적 동의를 얻어냈다고 생각한다는 점을 찾아내도록 하는데 주력했다.

《라면 먹는 개》

우리는 어떻게
서로를 위로할까

○ 수업목표
1. 대립되는 등장인물을 통해 작가의 메시지를 알 수 있다.
2. 개 아저씨 라면이 사람들에게 위로가 된 까닭을 알 수 있다.
3. 더불어 살아가는 삶을 실천할 수 있는 방법에 대해 쓸 수 있다.
○ 함께 읽는 책 : 《라면 먹는 개》(김유 글 / 큰곰자리 / 2015)
○ 분류 : 더불어 사는 삶
○ 주제 : 우리는 어떻게 서로를 위로할까
○ 대상 : 초등 4학년 ~ 초등 5학년
○ 분량 : 71쪽, 윤독 35분
○ 집필 : 장현주

　　현대인들은 치열한 경쟁과 과도한 업무에 치여 고단한 삶을 이어가고 있다. 비단 어른들만의
이야기가 아니라 아이들도 힘들어 보이기는 마찬가지다. 배울 것도 많고 해야 할 것도 많다. 학
교에서 학원으로, 다시 또 다른 학원으로 이어지는 생활 속에서 아이들의 마음은 멍들어가고 있
다. 사람들은 서로의 마음을 들여다 볼 방법조차 잃어가는 것이 아닐까?

　　독특한 제목의 《라면 먹는 개》는 라면을 좋아하는 라면집 개 아저씨가 손님들에게 '친구라면'
을 만들어 주는 이야기다. 라면집에 온 각각의 손님들은 그들만의 사연이 있고, 그것을 담담히
들어주는 개 아저씨는 자신의 마음을 담아 '친구라면'으로 손님들에게 따뜻한 위로를 건넨다. 개
아저씨의 라면을 대접받은 손님들은 라면을 먹으면서 하나, 둘 마음을 연다. 그렇게 '친구라면'
은 단순한 라면 그 이상의 의미가 된다. 《라면 먹는 개》는 개 아저씨를 통해 사람들의 아픈 마음
을 어떻게 위로해주어야 할지를 보여 준다. 또 개 아저씨가 끓인 라면 한 그릇은 사람들의 마음

을 읽고 나누는 것이 왜 중요한지 생각해 보게 한다.

《라면 먹는 개》는 위로의 시작이 타인의 이야기를 들어주고 공감해 주는 것에서 시작함을 알게 해준다. 위로는 함께 살아가는 세상의 작은 시작이기도 하다. 개 아저씨만의 특별한 '친구라면' 레시피가 탄생하는 순간을 따라가 보자.

하브루타 독서토론 수업 흐름

활동 순서	핵심 활동	활동 목표	주요 활동 내용	
1차시 (120분)	읽기 활동	텍스트와의 상호작용	– 개인 별 《라면 먹는 개》 2번 읽어 오기 – 함께 읽기 : 정독, 질서, 초서	
	질문 생성과 질문 탐구	질문의 양적 확산 및 질적 심화	1안	– 생각그물 그리기 – 등장인물 별 자기소개서 쓰기(개 아저씨, 들창코 사장) – 질문 만들기
			2안	– 서사주체별 사건개요서·진술서 작성하기 – 서사주체별 사건개요에 따른 질문 만들기
2차시 (120분)	짝 – 모둠 하브루타 및 쉬우르	동료와의 상호작용 (모둠) 적용 및 심화 발전	– 짝과의 대화를 통해 질문 확산하기 – 질문 분류한 후 각 질문 가치 논의하기 – 짝과 선택한 질문 발표 – 모둠토론에 제시할 질문 선정하기 – 짝토론에서 나온 질문에 대해 모둠토론하기 – 전체토론에 제시할 질문 선정하기 또는 새 질문 만들기 – 토론 주제 선택하여 전체토론하기(쉬우르)	
3차시 (120분)	모둠 활동	함께 하기	위로하고 싶은 사람 정하고, 위로하고 싶은 이유 쓰기 – 다양한 '＿＿＿＿＿＿＿라면' 레시피 만들기 : 친구와 더불어 함께 라면 또는 가족, 연예인, 롤모델 등 위로의 대상 확장해서 레시피 만들기 중 택 1 – 레시피에 맞는 라면 그리고 발표하기	
	개별 독후 활동	되새기기, 내면화하기	– '더불어 사는 삶'을 실천할 수 있는 방법 글쓰기	

♩ 1차시 수업

마음열기

▶ 이상교 시인 〈남긴 밥〉을 친구들과 함께 소리를 맞추어 읽어보자.
(살아난다, 살아난다 / 이상교/ 문학과지성사 / 2004)

– 시에서 느껴지는 마음을 나누어보자.

– 작고 소외된 것들까지 보듬는 마음은 어떤 마음일까?

– 작고 소외된 것들까지 생각할 때 어떤 일들이 일어날 수 있을까?

들어서기

▶ 책 제목을 보고 떠오르는 궁금증을 이야기해 보자. (책 표지 함께 보면서)

- 라면을 먹고 있는 개 아저씨와 다른 사람들의 표정은 어떤가?

- 개 아저씨는 왜 라면을 먹을까?

펼치기

첫 걸음 – 읽기, 내용 공유하기

▶ 친구들 목소리에 귀를 기울이며 돌아가면서 읽어보자.

▶ 책 내용을 잘 생각하면서 생각그물을 그려보자.

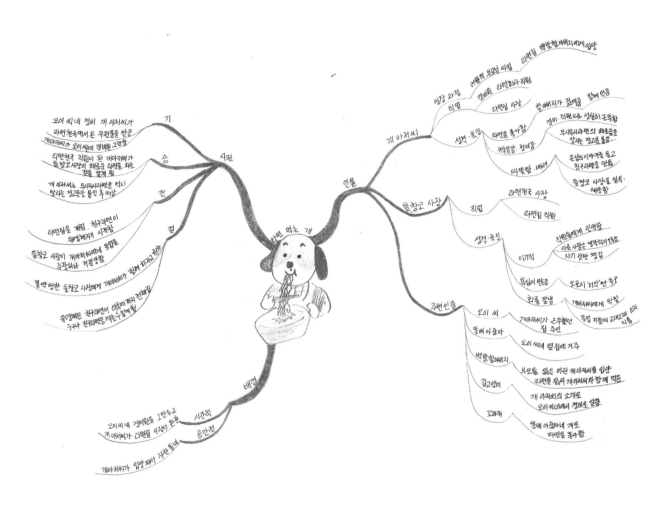

▶ 책 속의 등장인물이 되어 자기소개서를 써보자.

개 아저씨 자기소개서

사람들은 저를 개 아저씨라고 부릅니다. 저는 아주 어릴 때 부모님을 여의고 라면집 백발 할아버지에게 입양되었습니다. 할아버지가 끓여준 라면은 정말 맛있어서 라면 먹을 때면 부모님 생각조차 희미해졌습니다. 그런데 라면 요리법을 미처 배우기도 전에 할아버지가 그만 돌아가셨습니다. 그 후 저는 슈퍼에서 파는 라면을 사서 혼자 끓여 먹을 때마다 할아버지가 너무 그리웠습니다.

시간이 흘러 저는 오이 씨의 으리으리한 삼층집 경비원으로 취직했고, 늘 라면을 함께 먹을 친구가 있으면 더 좋겠다는 생각을 했습니다. 그러나 옆집 꼬마 개도 똥배가 볼록한 옆집 아줌마도 친구가 될 수 없었습니다. 개는 사료나 먹어야 된다나요!

어느 날 '으리으리한 삼층집 앞 허름한 개집 앞'으로 온 우편물에서 라면회사 '라면천국'에서 새 직원을 모집한다는 광고를 보았습니다. 그때 너무 기쁜 나머지 오이 씨에게 인사도 제대로 못하고 라면천국으로 갔답니다. 그 회사 사장에 대해서 아무것도 모르는 상태에서 저는 라면천국 새 직원이 되었고, 열심히 일했습니다.

라면천국 들창코 사장은 늘 자기 배를 채우기만 바쁜 분이었습니다. 남들과 조금도 나누지 않는 인색한 사장이었지만 라면 천국에서 하는 일은 제가 좋아하는 라면을 위한 일이라고 생각하며 불평 없이 일했습니다.

그러던 어느 날 저는 들창코 사장이 설탕을 가득 넣은 불량 양념이 들어간 '무시무시라면'을 아이들에게 파는 것을 보았습니다. 사장에게 실망을 금치 못한 저는 '무시무시라면'에 대한 경고문을 학교와 놀이터에 붙이고 라면천국으로 돌아가지 않았답니다. 저는 우연히 만난 길고양이에게 라면집을 소개받아 가보았는데, 세상에! 그곳은 백발 할아버지와 제가 함께 살았던 집이었습니다. 저는 서랍 속에서 어린 제 모습과 백발 할아버지가 담긴 사진 한 장과 할아버지가 만든 라면 이야기가 적혀 있는 수첩을 발견했습니다. 수첩을 읽고 난 뒤 저는 할아버지가 라면 한 그릇으로 많은 손님과 친구가 되었다는 것을 알게 되었고, 한 번 맛보면 친구가 되는 '친구라면'을 만들고 싶어졌습니다. 그리고 오랫동안 라면집을 지키기로 마음먹었습니다.

골목 안 라면집 문을 다시 열고 메뉴는 딱 한 가지, 바로 '친구라면'으로 정했습니다. 그리고 첫 손님에게 '슬픔을 날려주는 친구라면'을 만들어 드렸습니다. 첫 손님인 지팡이 할아버지는 함박웃음을 지으며 떠났습니다. 그 뒤로 '마음이 편안해지는 친구라면'을 우편배달부에게 만들어 드렸습니다.

라면을 열심히 만들던 어느 날 생각지도 못했던 들창코 사장이 저를 찾아왔습니다. 들창코 사장은 '친구라면'을 왕창 만들어 팔자고 했지만, 손님마다 만드는 방법이 다른 '친구라면'은 왕창 만들 수 없기에 단칼에 거절했습니다.

'친구라면'을 만들면서 특별히 더 기뻤던 날이 있었습니다. 제 소개로 오이 씨 집에 취직한 길고양이가 쉬는 날, 라면이 먹고 싶다는 꼬마 개를 데리고 저희 가게에 함께 왔었는데 그때 오이 씨와 똥배 아줌마가 함께 쳐들어 왔답니다. 싸움을 말리기 위해 저는 '사랑이 샘솟는 친구라면'을 끓여서 두 분에게 대접했고, 라면을 먹은 두 분은 금세 사랑에 빠졌답니다. '친구라면'의 비법이 궁금하지 않으세요?

경비원 길고양이 씨가 들창코 사장 소식을 전해주었습니다. '무시무시라면'을 먹은 어린이들이 '무시무시병'에 걸렸고 결국 라면천국은 쫄딱 망했으며 들창코 사장은 떠돌이가 되어 쓰레기통을 뒤지고 다닌다는 것이었습니다. 그날 저녁 저는 라면집 문을 일찍 닫고 들창코 사장을 찾아 나섰습니다. 쓰레기통에 머리를 넣은 채 발버둥치고 있던 그를 집으로 데려와 '좋은 생각이 가득한 친구라면' 한 그릇을 끓여 주었습니다. 라면 대접을 깨끗하게 비운 들창코 사장에게 "라면집에 새 식구가 필요해요. 우리, 함께 일하는 건 어때요?"라고 말했고, 그렇게 들창코 사장은 우리 라면집의 첫 번째 직원이 되었습니다.

들창코 사원은 '친구라면'을 배달했는데 그에게는 광고지를 잘 만드는 재주도 있었습니다. 덕분에 '친구라면'은 더 유명해졌습니다. 이제는 땅끝 마을과 외국에까지 택배로 친구라면을 배달합니다. 언제 어디서든 친구라면을 먹을 수 있게 됐습니다.

오늘도 저는 보글보글 '친구라면'을 끓입니다. 이 글을 보는 친구들 중에 힘들고 외로운 친구들은 우리 라면집으로 한 번 찾아오세요. 제가 따뜻한 '친구라면'으로 친구들의 마음을 다독여 줄게요.

들창코 사장 자기소개서

나는 라면회사인 라면천국 들창코 사장입니다. 남들은 내 회사가 매우 더럽고 불결하고 내 성질이 고약해서 직원들이 모두 회사를 그만뒀다고 말합니다. 회사를 그만두는 건 직원 마음이고 어쨌거나 직원이 필요해서 구인 광고를 냈습니다. 어느 날 라면천국에 대해서 아무것도 모르고 그저 '라면을 가장 좋아한다'고 찾아온 개 아저씨를 직원으로 바로 고용했습니다. 제 발로 나를 찾아온 걸 보니 개 아저씨는 분명 멍청한 녀석이라고 생각했습니다. 새로 고용한 직원은 정말 열심히 일하는 것처럼 보였으나 내 눈엔 영 마뜩찮았습니다. 나는 먹는 걸 좋아해서 항상 배부르게 먹었습니다. 그런데 개 아저씨는 가끔 내 말귀를 못 알아듣고 엉뚱한 걸 사 올 때가 있었지요. '이런 쓸모없는 개 같으니라고!' 개 아저씨는 그런 말을 들어도 싸다고 생각했습니다. 나는 굼뜨지 말라고 개 아저씨에게 쉴 새 없이 일을 시켰습니다.

나는 놀이터와 학교 앞에서 '무시무시라면' 무료 시식 행사를 하고 광고지도 잔뜩 돌려서 '무시무시라면' 홍보를 성공적으로 마쳤습니다. 회사로 돌아온 뒤 개 아저씨가 '무시무시라면'에 뭘 넣은 거냐고 묻기에 '아이들 입맛을 사로잡기 위해 이가 다 썩어빠질 정도로 단 특급 불량 양념을 넣었다'라는 사실을 알려주었습니다. 나는 돈만 벌면 되고 엄청난 부자가 되어 세계에서 가장 큰 라면 회사를 차리면 되는 거였습니다. 지금 생각해보니 내 말을 들은 개 아저씨의 표정이 안 좋아보였는데 그때 눈치를 채지 못한 게 분했습니다. 그날 밤 개 아저씨는 '무시무시라면을 절대 먹지 마세요'라는 경고문을 학교와 놀이터에 붙이고 더 이상 회사에 나오지 않았습니다. 그만두려면 곱게 그만둘 것이지 경고문까지 붙이고 가다니 아주 나쁜 직원이었습니다.

어느 날 개 아저씨가 만든 '친구라면'이 유명해졌다는 소문이 돌았습니다. 나는 얼른 개 아저씨를 찾아가 '친구라면'을 왕창 만들어 라면천국에서 팔자고 제안했지요. 하지만 개 아저씨는 '친구라면'은 손님마다 만드는 방법이 다르다며 내 제안을 거절했어요.

"멍청한 양반 같으니라고! 대량으로 만들어 팔면 얼마나 많은 이익을 얻을 수 있는데 내 제안을 거절하다니!" 나는 계속해서 개 아저씨에게 찾아가서 많은 보너스로 꼬셔보고 소리도 질러봤지만 모두 허사였습니다. 너무 화가 났지만 고집불통 개 아저씨를 설득할 수 없었습니다. 게다가 '무시무시라면'을 먹은 아이들이 '무시무시병'에 걸리는 바람에 결국 라면천국은 문을 닫게 되었습니다.

회사가 쫄딱 망하고 먹고 살길이 막막해져 쓰레기통을 뒤지던 내 앞에 개 아저씨가 나타났습니다. 그는 나를 라면집으로 데리고 가서 '좋은 생각이 가득한 친구라면'을 끓여 주었습니다. 얼마나 맛있던지 마지막 국물까지 싹 다 들이켰습니다. 그때 개 아저씨가 함께 일하자고 말했습니다. 내심 너무 기뻤으나 사장이었던 체면이 있지 살짝 튕겨 보았습니다. 개 아저씨가 간곡하게 한 번 더 부탁하길래 나는 못 이기는 척 라면집 첫 번째 직원이 되었습니다. 그때 고집 부려서 함께 일하지 못했다면 크게 낭패를 볼 뻔했답니다. 누가 먼저랄 것도 없이 우리 둘은 와락 껴안았습니다. 다음 날부터 나는 열심히 배달도 했고, 광고지도 잘 만들어 돌렸습니다. 내 광고 덕분에 라면집 '친구라면'은 땅끝 마을과 해외까지 알려졌습니다.

두 걸음 – 내용 분석하기

▶ 서사주체별로 사건개요를 정리하고 사건개요서를 바탕으로 진술서를 써보자.

개 아저씨 처지에서 본 사건개요서와 진술서

○ 사건개요서 (육하원칙에 의거)

구분	내용
누가 (등장인물의 성격과 특징)	어린 시절 부모를 여의고 백발 할아버지의 라면집으로 입양된 나는 라면을 무척 좋아한다. 경비원, 라면천국 직원으로 일하다가 라면집 사장이 된다.
언제 (시간적 배경)	경비원을 그만 두고 라면집 사장이 되고 난 후 벌어진 일이다.
어디서 (공간적 배경)	내가 입양 와서 자란 동네에서 일어난 일이다.
무엇을 (사건의 결과)	내가 만든 친구라면이 유명해졌다.
어떻게 (사건이 벌어진 과정)	오이 씨 집에서 경비원을 하던 나는 라면천국에서 직원을 구한다는 광고를 보고 그곳에서 일하게 되었다. 하지만 들창코 사장이 불량라면인 '무시무시라면'을 만들어 파는 것을 보고 실망하여 일을 그만두었다. 이후 길가에서 만난 길고양이가 알려준 라면집에 가게 되었고 그곳이 백발 할아버지의 라면집인 것을 알게 되었다. 그곳에서 백발 할아버지의 레시피 수첩을 발견했고, 라면집을 열게 되었다. 내가 만든 '친구라면'은 유명해졌고, 소식을 들은 들창코 사장이 찾아와 동업을 요구했으나 단호히 거절했다. 이후 들창코 사장이 망했다는 것을 알게 되었고, 그를 찾아가 함께 일하자고 권유했다. 들창코 사장은 배달도 열심히 했지만 광고지를 잘 만드는 재주도 있었고, 덕분에 '친구라면'은 더 멀리까지 퍼졌다.
왜 (결과가 나타난 이유)	나는 손님의 마음을 헤아렸고, 손님에게 맞는 라면을 정성스럽게 끓여 주었기 때문이다.

○ 사건개요에 따른 진술서

어린 시절 백발 할아버지의 라면집으로 입양을 간 나는 라면을 무척 좋아한다. 라면 요리법을 배우기엔 너무 어린 나이에 백발 할아버지가 돌아가시고 혼자가 된 나는 성인이 되어 오이 씨네 으리으리한 삼층 집 경비원으로 일하게 되었다. 라면을 같이 먹을 친구를 원했지만 오이 씨와 이웃 주민 똥배 아줌마 모두 라면을 싫어했다. 어느 쉬는 날 라면천국에서 직원을 모집한다는 광고를 보게 되었고, 그 길로 라면천국을 찾아가 바로 일을 하게 되었다. 하지만 들창코 사장이 아이들에게 해로운 '무시무시라면'을 만들어 파는 것에 실망하여 일을 그만두었다. 회사를 나오는 길에 놀이터와 학교 앞에 '무시무시라면'에 대한 경고문을 붙였다. 그 후 길고양이가 알려준 라면집을 가게 됐는데 그곳이 나를 키워주었던 백발 할아버지의 라면집이라는 것을 알게 되었다. 가게를 둘러보던 중 백발 할아버지의 레시피 수첩을 발견하였고 라면집을 열게 되었다. 손님들 각각의 마음을 읽고 그들에게 딱 맞는 라면을 정성스럽게 끓여 주면서 나의 '친구라면'은 유명해졌다. '친구라면'은 오이 씨와 똥배 아줌마, 들창코 사장님의 마음도 변화시켰다. '친구라면'은 동네를 넘어 해외까지 진출해서 마음이 아프고 외로운 사람들을 위로해 주고 있다.

들창코 라면천국 사장 처지에서 본 사건개요서와 진술서

○ 사건개요서 (육하원칙에 의거)

구분	내용
누가 (등장인물의 성격과 특징)	'무시무시라면'을 만들어 팔았던 나는 라면천국 사장이다. 더 많은 라면을 팔아 이익을 얻는 것만을 중요하게 생각한다.
언제 (시간적 배경)	구인광고를 보고 찾아온 개 아저씨를 고용한 이후부터 일어난 일이다.
어디서 (공간적 배경)	개 아저씨와 같이 살던 마을에서 일어난 사건이다.
무엇을 (사건의 결과)	개 아저씨의 라면집 직원이 되어 광고지도 만들고 배달을 하며 살아간다.

| 어떻게
(사건이 벌어진
과정) | 내 성격을 견디지 못해서 라면천국에는 직원이 한 명도 없었다. 그때 세상에서 라면을 가장 좋아한다는 개 아저씨가 제 발로 나를 찾아왔고 무조건 채용했다. 개 아저씨는 아무것도 모르고 정말 열심히 일했다. 그러던 어느 날 어린이에게 해로운 '무시무시라면'을 만들어 놀이터와 학교 앞에서 무료로 시식 행사를 하고 개 아저씨를 시켜 광고지도 돌렸다. 더 많은 이익이 목적이기에 라면 재료는 무엇을 사용해도 상관없다고 생각했다. 그날 이후 불량 양념에 대해 알게 된 개 아저씨가 경고문을 붙이고 사라졌다. 회사를 그만둔 개 아저씨의 '친구라면' 소식을 듣고 그에게 동업을 요구했으나 거절당했다. 개 아저씨가 써놓은 경고문을 보고도 '무시무시라면'을 먹은 아이들이 병에 걸렸고, 결국 회사는 문을 닫게 된다. 여기저기 쓰레기통을 뒤지며 살아가고 있던 중 개 아저씨의 진심어린 설득 끝에 그와 함께 일하기로 마음먹었다. |
| 왜
(결과가 나타난
이유) | 개 아저씨의 '친구라면'을 대접받고 정직하고 부지런한 마음을 갖게 되었기 때문이다. |

○ **사건개요에 따른 진술서**

나는 들창코 라면천국 사장이다. 내 성격을 힘들어했던 직원들이 모두 그만두어서 구인 광고를 냈다. 아무것도 모르고 '라면을 가장 좋아한다'고 찾아온 개 아저씨를 직원으로 바로 고용했다. 나는 나만 배부르게 먹고 개 아저씨에게 먹을 것도 제대로 나누어주지 않은 채 막말을 하며 많은 일을 시켰다. 라면천국은 '무시무시라면'의 무료 시식 행사를 하고 광고지도 돌렸는데, 이때 아이들의 입맛을 사로잡을 특급 불량 양념을 넣었다는 사실을 개 아저씨가 알게 되었다. 개 아저씨는 '무시무시라면'이 해롭다는 경고문을 학교와 놀이터에 붙이고 회사를 그만둬 버렸다.

어느 날 개 아저씨가 만든 '친구라면'이 유명하다는 소문을 듣고 그를 찾아가 동업을 하자고 제안했지만 거절당했다. 게다가 '무시무시라면'을 먹은 아이들이 병에 걸리는 사건도 발생해 결국 라면천국은 문을 닫게 되었다. 먹고 살길이 막막해져 쓰레기통을 뒤지던 내 앞에 개 아저씨가 나타났다. 그는 내게 '좋은 생각이 가득한 라면'을 대접해 주었고, 개 아저씨의 설득으로 나는 라면집 첫 번째 직원이 되었다. 나는 광고지도 만들어 돌리고 배달도 열심히 했고, 라면집 '친구라면'은 땅끝 마을과 해외까지 알려졌다.

● 세 걸음 – 하브루타 질문 만들기

▶ 친구들이 발표하는 사건개요서와 진술서를 잘 듣고 질문을 만들어보자.

♫ 개 아저씨

- 개 아저씨는 왜 라면을 좋아했을까? (사실)

- 개 아저씨는 왜 라면 천국 직원이 되었을까? (사실)

- 개 아저씨는 왜 열심히 일하던 라면 천국 일을 그만두었을까? (사실)

- 개 아저씨는 왜 일을 그만두면서 학교와 놀이터에 무시무시 라면을 먹지 말라는 경고문을 붙였을까? (사실)

- 개 아저씨가 무시무시라면 경고문을 붙이지 않았다면 어떻게 되었을까? (심화)

- 개 아저씨는 자신도 일자리가 없는데 왜 길고양이에게 오이 씨의 경비원 일을 해 보라고 했을까? (사실·심화)

- 개 아저씨는 왜 친구라면을 만들어 팔았을까? (사실·심화)

- 개 아저씨는 왜 마음을 담아 라면을 정성껏 끓이면 모든 사람들과 좋은 친구가 될 수 있다고 생각했을까? (사실·심화)

- 개 아저씨는 왜 친구라면 가격을 손님 마음대로 정하게 했을까? (사실)

- 개 아저씨는 부자가 될 수 있는데 왜 대량생산하자는 들창코 사장님의 제안을 거절했을까? (사실)

- 개 아저씨는 왜 불량식품을 만들고 자신을 괴롭혔던 들창코 사장을 직원으로 채용하였을까? (사실)

- 개 아저씨의 '친구라면'은 왜 해외까지 유명해졌을까? (사실·심화)

- 개 아저씨와 들창코 사장은 모두 라면을 만들어 팔았다. 개 아저씨의 라면과 들창코 사장의 라면은 어떤 점에서 달랐을까? (심화)

- 개 아저씨는 슬프고 외로울 때 라면을 먹고 기운을 낸다. 나를 위로해주고 달래 주는 것은 무엇인가? (적용)

- 개 아저씨는 자신이 좋아하는 라면을 만들어서 외롭고 슬픈 사람들을 위로해 주었다. 나는 어떻게 다른 사람들을 위로하거나 도울 수 있을까? (적용)

- 개 아저씨는 자신이 좋아하는 일을 하면서 사람들을 돕고 위로한다. 우리 주변

에 개 아저씨처럼 자신의 일을 통해 힘들고 외로운 사람들을 돕는 사람들은 누가 있을까? (적용)

♫ 들창코 라면천국 사장

- 라면천국 직원들은 왜 회사를 그만두었을까? (사실)

- 들창코 라면천국 사장은 개 아저씨를 어떻게 대했나? (사실)

- 들창코 사장이 만든 무시무시라면에는 어떤 재료가 들어갔을까? (사실)

- 들창코 사장은 왜 특급불량양념을 아이들이 먹는 라면에 넣었을까? (심화)

- 왜 아이들은 개 아저씨의 경고를 무시하고 들창코 사장이 만든 무시무시라면을 먹었을까? (심화)

- 들창코 사장은 왜 개 아저씨에게 동업을 제안했을까? (사실)

- 들창코 사장의 라면천국은 왜 망했을까? (사실)

- 배고픈 들창코 사장이 개 아저씨에게 대접받은 라면에는 어떤 재료들이 들어갔을까? (사실·심화)

- 들창코 사장은 왜 개 아저씨의 가게에서 일하게 되었을까 ?(사실)

- 들창코 사장이 라면천국 사장일 때 만들었던 광고지의 내용과 개 아저씨 라면집에서 직원으로 일하면서 만들었던 광고지의 내용은 어떻게 다를까? (심화)

- 들창코 사장은 라면천국에서 일할 때와 개 아저씨 라면집에서 일하게 됐을 때 어떤 점이 달라졌을까? (심화)

- 내가 라면천국 사장이었다면 '무시무시라면'을 만들었을까? (적용)

- '무시무시라면'을 만든 들창코 사장처럼 자기 이익을 위해 많은 사람들에게 피해를 준 사람은 누가 있을까? (적용)

열매맺기

▶ **오늘 수업에 참여한 소감을 나누어보자.**

(수업 참여하면서 새롭게 알게 된 점, 느낀 점, 깨우친 점을 중심으로)

▶ **다음 시간 짝토론을 위해 내가 만든 질문을 정리해보자.**

♫ 2차시 수업

마음열기

▶ 강경수 작가 〈심각한 고민〉을 함께 읽어 보자.

  ○《다이빙의 왕》 (강경수 / 창비) 수록

- 가장 눈에 띄었던 문구를 말해 보자.
- '아무에게도 말 못하는 고민'이란 어떤 고민을 말하는 걸까?
- 시 속 친구의 고민을 내가 들어준다면 어떤 일이 생길까?

들어서기

1. 다음 사진을 보며 이야기 나누어 보자.

- 사진 속 아이는 왜 울고 있을까?
- 아이가 이야기한다면 나는 기꺼이 들어줄 수 있을까?
- 다른 사람의 '마음을 살피는 것'은 왜 필요할까?

펼치기

네 걸음 – 짝토론과 모둠토론

※ 진행 과정

① 짝토론 : 사실·심화 질문을 짝과 함께 질문하고 대답하기. 질문 중 모둠토론에서 다루고 싶은 질문 선정하기 또는 모둠토론에서 다루고 싶은 새로운 질문 만들기

> ② 모둠토론 : 모둠토론을 통해 전체토론(쉬우르)에서 꼭 다루어보고 싶은 질문 선정하기, 또는 새로운 질문 만들기
>
> ③ 전체토론 (쉬우르) : 선정된 질문으로 전체토론 후 글쓰기

▶ 짝과 함께 질문을 정리한 후, 서로 질문하고 대답하며 짝토론 하자.

짝토론 (초등 4학년)

지율 : 개 아저씨는 왜 라면을 좋아했을까?

나율 : 입양 간 할아버지와의 추억, 슬프고 외로운 마음을 잊을 수 있었으니까 그리고 맛있잖아 라면~

지율 : 개 아저씨는 왜 라면 천국 직원이 되었을까?

나율 : 라면을 좋아했고, 라면 천국 사장이 고약한 사람이라는 것을 몰랐으니까 또 개 아저씨가 워낙 착하기도 하고

지율 : 개 아저씨는 왜 열심히 일하던 라면 천국 일을 그만두었을까?

나율 : 라면천국 사장이 불량 라면을 만들어 파는 것을 보고 실망이 너무 커서 그만 둔거지.

지율 : 개 아저씨는 왜 일을 그만두면서 학교와 놀이터에 무시무시 라면을 먹지 말라는 경고문을 붙였을까?

나율 : 그건 아이들의 건강이 걱정되기도 하고. 자신이 좋아하는 라면에 대한 모독이라는 생각 그리고 개 아저씬 착하니까.

지율 : 개 아저씨는 자신도 일자리가 없는데 왜 길고양이에게 오이 씨의 경비원 일을 해 보라고 했을까?

나율 : 자꾸 딱하게 생각되고, 또 자신이 힘들어도 남을 배려하는 마음이 있으니까. 길고양이가 불쌍해 보이기도 했고.

지율 : 개 아저씨는 왜 친구라면을 만들어 팔았을까?

나율 : 다른 사람들도 친구라면으로 위로받았음 했고, 라면으로 사람들과 친구가 되고 싶었을 것 같아.

지율 : 개 아저씨는 부자가 될 수 있는데 왜 대량생산하자는 들창코 사장님의 제안을 거절했을까?

나율 : 그러게 나 같았으면 들창코 사장 제안을 덥석 물었을 것 같은데 (하하) 우선은 친구라면은 맞춤라면이니까 대량생산이 어렵고, 개 아저씨의 신념과는 안 맞기도 해. 게다가 돈 벌려고 한 게 아니었던 거지.

지율 : 개 아저씨의 라면은 왜 해외까지 유명해졌을까?

나율 : 입소문이 엄청나지 않았을까? 책에 나오지는 않지만 친구라면을 먹어본 분들이 SNS에 엄청 홍보를 했던 거지. 그리고 들창코사장의 광고도 한몫 했고, 요즘 사람들이 사는 게 힘들기도 하니까 그것 말고도 여러 이유가 있을 거야.

지율 : 개 아저씨가 무시무시라면 경고문을 붙이지 않았다면 어떻게 되었을까?

나율 : 아마도 무시무시라면을 먹고 탈이 났어도 라면 탓이라는 것을 몰랐을 수도 있었겠고, 들창코 사장이 망하지 않았을 수도 있었을 거야. 그리고 더 많은 아이들이 아팠겠지?

지율 : 개 아저씨는 왜 마음을 담아 라면을 정성껏 끓이면 모든 사람들과 좋은 친구가 될 수 있다고 생각했을까?

나율 : 정성이라는 게 통하지 않을까? 지성이면 감천이라는 속담도 있잖아.

지율 : 개 아저씨는 왜 친구라면 가격을 손님 마음대로 정하게 했을까?

나율 : 다들 이유가 있어서 라면을 먹으러 온 건데 돈 없는 사람도 와서 편하게 먹을 수 있게 배려를 한 거겠지. 개 아저씨는 돈 벌려고 일하는 게 아니었으니까.

지율 : 개 아저씨는 왜 불량식품을 만들고 자신을 괴롭혔던 들창코 사장을 직원으로 채용했을까?

나율 : 불쌍하잖아. 개 아저씨가 워낙 착하기도 하고. 들창코 사장에게 진정한 라면의 가치를 알려주고 싶었을 거야.

지율 : 개 아저씨와 들창코 사장은 모두 라면을 만들어 팔았어. 하지만 개 아저씨의 라면과 들창코 사장의 라면은 어떤 점에서 달랐을까?

나율 : 개 아저씨는 자기가 만들고 싶은 라면이 아니라 손님을 위로할 수 있는 라면을 만들고 싶었지. 개 아저씨는 자신의 이익보다는 라면을 먹을 사람을 더 생각하여 정성스럽게 만들었어. 반면 들창코 사장은 오로지 돈이 목적이었지.

⇒ **최고의 질문 : 개 아저씨는 왜 '친구라면'을 만들어 팔았을까?**

⇒ **선정 이유 : 다양한 대답이 가능해서**

※ 아직 하브루타에 익숙한 아이들이 아니라, 역할을 바꾸어 질문하고 대답하는 과정을 진행하지는 못했다.

모둠토론 (초등 4학년)

※ 짝토론의 결과 가장 좋은 질문(생각을 확장하거나 주제를 묻는 질문)을 선정하여 모둠토론 한다. 모둠토론에서는 적용 질문과 새롭게 제시할 수 있는 종합 질문도 함께 진행할 수 있다.

지민 : 개 아저씨는 슬프고 외로울 때 라면을 먹고 기운을 냈잖아? 나를 위로해 주고 달래 주는 음식이 있을까?

지율 : 나는 매콤한 떡볶이, 콧등에 땀이 송글송글 맺히면 스트레스 확 날아가지.

나율 : 나는 후라이드 치킨. 달리 설명이 필요해?

도경 : 나는 마카롱. 나는 마카롱이면 다 좋아!

지민 : 나는 아이스크림. 엄마는 외X인 그거.

지율 : 개 아저씨는 자신이 좋아하는 라면을 만들어서 외롭고 슬픈 사람들을 위로해주었는데 나는 어떻게 다른 사람들을 위로하거나 도울 수 있을까?

지민 : 글쎄… 지금까지 생각해본 적은 없는데 엄마라면 어깨 주물러 드리기, 설거지하기 이런 거 좋을 것 같아.

도경 : 나도 특별히 생각해본 적이 없는데 지민이가 엄마 얘기 했으니 나는 아빠한테 쿠폰 발급을 해볼래. 다리 주무르기, 어깨 주무르기, 물 떠다드리기, 리모컨 찾아주기 뭐 그런 것들?

나율 : 나는 엄마가 피곤할 때 동생 밥 차려 줄래.

지율 : 그럼 나는 친구들에게 좋은 말을 많이 해줄게. 좋다.

도경 : 개 아저씨는 자신이 좋아하는 일을 하면서 사람들을 돕고 위로하잖아. 개 아저씨처럼 우리 주변에서 자신의 일을 통해 힘들고 외로운 사람들을 돕는 사람들에는 어떤 분들이 있을까?

나율 : 좀 어렵다. 전에 티비에서 봤던 국경 없는 의사회 의사선생님들.

지민 : 나는 마더 테레사 수녀님.

지율 : 왜 우리 동네 빵집 있잖아? 그 '고XX 빵집' 그 아저씨는 그날 다 못 판 빵을 기부하더라고. 특별한 날엔 만들어서 드리기도 하고.

도경 : 전에 그림책으로 본 건데 우리나라 장기려 박사님도 힘들고 외로운 사람들에게 힘을 주신 분이라 할 수 있어.

지율 : 그런데 애들아, 개 아저씨는 사람들의 마음을 읽고 정성껏 라면을 끓여줘서 아픈 마음을 위로해 주잖아? 개 아저씨처럼 행동하는 것은 왜 중요할까?

도경 : 그러게… 중요한 건 알겠는데 딱 꼬집어 말하기는 어렵네. 뭘까?

지민 : 음… 같이 살아야 하니까. 그니까 마음 아픈 사람이 많은 사회가 건강한 사회는 아니잖아. 고통은 나누면 반이 된다니까. 그래서 중요한 거 아닐까?

나율 : 개 아저씨는 공감을 잘 하시고 착하시잖아? 나도 내 친구가 내 이야기 잘 들어주고 이해도 잘해주면 행복할 것 같아.

지율 : 질문은 했는데 막상 다른 대답을 찾기가 어렵네? 몸 아픈 사람도 마음 아픈 사람도 모두 함께 살아가는 사회니까 서로 공감해주다 보면 더 행복한 사회가 될 것 같아.

아이들 : 오호!

적용 질문 예시

- 개 아저씨는 슬프고 외로울 때 라면을 먹고 기운을 낸다. 나를 위로해주고 달래 주는 것은 무엇인가?

- 개 아저씨는 자신이 좋아하는 라면을 만들어서 외롭고 슬픈 사람들을 위로해주었다. 나는 어떻게 다른 사람들을 위로하거나 도울 수 있을까?

- 개 아저씨는 자신이 좋아하는 일을 하면서 사람들을 돕고 위로한다. 개 아저씨처럼 자신의 일을 통해 힘들고 외로운 사람들을 돕는 사람들에는 어떤 분들이 있을까?

- 내가 라면천국 사장이었다면 '무시무시라면'을 만들었을까?

- '무시무시라면'을 만든 들창코 사장처럼 자기의 이익만 생각해서 많은 사람들에게 피해를 입힌 사례가 있을까?

다섯 걸음 – 전체토론 (쉬우르)

이후 진행된 하브루타 수업에선 개인적인 감상평 이외에 등장인물의 행동과 생각에 대한 여러 궁금증을 질문으로 담아낸다. 이특히 개 아저씨가 남을 배려하는 모습이 왜 중요한지, 이익을 추구한 들창코 사장의 어떤 점이 잘못됐는지, 그리고 꼼꼼하게 따져보지 않고 맛으로만 음식을 섭취하는 소비자는 문제가 없는지 등 사실 질문을 넘어서는 다양한 종합 질문을 만들 수 있다. 고학년의 경우 쟁점토론이나 대립토론으로도 충분히 풀어낼 수 있으나 초등 중학년의 경우라면 함께 생각을 모을 수 있는 논제로 아이들의 의견을 종합해볼 수 있다. 이제 막 하브루타를 시작한 아이들이라 '개 아저씨는 왜 친구라면을 만들어 팔았을까?'

를 중요하게 생각했다. 이 질문은 이미 짝토론에서 나온 것이기도 하고 모둠토론에서도 충분히 이야기했기 때문에 '다른 사람의 이야기를 들어주고 친구라면을 만들어주는 개 아저씨의 행동이 왜 중요한지'에 대해 함께 이야기 나눠보기로 했다.

※ 지도 포인트 : 다양한 방면으로 생각할 수 있도록 할 것.

종합 질문 예시

– 개 아저씨는 사람들의 마음을 읽고 정성껏 라면을 끓여줌으로써 그들의 아픈 마음을 위로해 준다. 개 아저씨처럼 행동하는 것은 왜 중요할까?

– 다른 사람의 이야기를 들어주며 더불어 살아가는 것은 왜 중요할까?

– 우리나라 헌법은 개인이 행복을 추구할 수 있는 권리를 보장하고 있다. 들창코 사장이 이익을 남기기 위해 '무시무시라면'을 만들어 파는 것도 개인의 행복을 추구하는 행동이다. 들창코 사장의 행동은 비판받아야 할까? 비판받아야 한다면 그 이유는 무엇일까?

– 들창코 사장은 자신의 이익을 생각해 특급불량양념이 들어있는 '무시무시라면'을 만들어 판다. 개 아저씨가 경고문을 붙였지만 사람들은 계속해서 라면을 먹다가 무시무시병에 걸린다. 이런 불량식품을 만드는 사람이 문제일까? 아니면 사 먹는 사람이 문제일까?

※ 사 먹는 사람 (소비자) 의 태도로 생각해 볼 점
– 소수의 의견에 귀를 기울이고 질문하는 것
– 제도가 있어도 사람들의 변화가 꼭 필요하다는 것
– 윤리적 소비의 필요성
– 정보량이 다르므로 기업의 책임이 더 크다는 점 등

열매맺기

▶ 오늘 수업에 참여한 소감을 전체토론 (쉬우르) 논제를 중심으로 발표해보자.

▶ 다음 수업 시간에 글쓰기 할 '더불어 사는 삶' 실천방안에 대한 생각을 정리해보자.

♪ 3차시 수업

마음열기

▶ 문삼석 시인의 '함께 간다는 것'을 같이 읽어보자.

〈함께 간다는 것〉 – 계간 〈아동문학평론〉 2019년 여름호 수록

- 시를 읽고 난 후 마음에 와닿은 곳을 말해보자.
- '함께 가는 옆 사람의 걸음을 살피며 가는 일'은 어떤 것일까?
- '그 걸음 속에 들어 있는 마음을 읽으면서 가는 일'은 왜 필요할까?

들어서기

▶ 다음 이야기를 읽고 함께 이야기 나누어 보자.

소설 《오베라는 남자》에는 고집불통에 소통이라고는 모르는 오베라는 늙은 남자가 나온다. 사랑하는 아내가 죽은 후 너무나 외로워서 죽기로 결심한 오베는 어느 날 옆집에 이사 온 외국인 새 이웃이 건넨 아주 생소한 음식을 받아든다. 평생을 감자와 소시지만을 고집해온 오베는 그 음식을 한동안 냉장고에 넣어두지만 결국은 꺼내 먹는다.

음식을 다 먹고 며칠 후 아내의 무덤가에서 오베는 말한다.

"새 이웃은 밥에다 사프란을 넣어 먹어. 무슨 그런 일이 다 있는지. 외국인이야."

- 새 이웃은 왜 오베에게 음식을 나누어줬을까?
- 오베는 왜 이웃이 준 생소한 음식을 먹었을까?
- 내가 먹어본 음식 중 마음을 따뜻하게 했던 음식이 있었다면 무엇이었는지, 함께 이야기 나누어보자.

다섯 걸음 – 모둠 활동 및 글쓰기

▶ 위로해주고 싶은 사람을 생각해보고, 그를 위로해주고 싶은 이유를 써보자.
(내가 만든 라면을 먹고 어떻게 됐으면 하는지를 구체적으로 쓰기)

▶ _____ ___ 라면 레시피를 만들어보자.

(예)

- 친구의 이야기를 공감하며 들어준 후 그 친구에게 알맞은 라면 만들어주기 : 우울한 친구에게 만들어 주고 싶은 라면, 소중한 친구에게 만들어 주고 싶은 라면, 고민이 많은 친구에게 만들어 주고 싶은 라면, 용기가 필요한 친구에게 만들어 주고 싶은 라면 등
- 내가 좋아하는 책 주인공이 어려움을 당했을 때, 존경하는 인물, 사랑하는 가족 등에게 만들어 주고 싶은 라면

※ 대상을 선정한 후 대상의 특징을 생각하고 위로할 항목, 선정 재료를 미리 적어본다. 이때 수식어를 자세히 쓰도록 한다. (예) 용기가 생기는 브로콜리, 마음을 따뜻하게 해주는 양파, 힘이 펄펄 솟아나는 마늘, 사랑이 샘솟는 오징어 등

♡ 외할머니에게 끓여주고 싶은 라면 ♡
'건강짱짱 라면' 재료
1. 힘이 솟구치는 마늘
2. 소화가 잘 되는 쪽파
3. 사랑이 뭉글뭉글 가득한 달걀
4. 행복한 생각이 피어나는 부추

♡ 푸른 사자 와니니에게 끓여주고 싶은 라면 ♡
'용기가 마구 솟는 라면' 재료
1. 똑 소리 나는 치즈
2. 눈 밝은 홍당무
3. 아무리 달려도 지치지 않는 우유
4. 건강한 뼈를 챙겨주는 멸치

▶ 발표하기 (라면을 만들 때 어떤 마음이었는지 / 어떤 생각이 들었는지 소감나누기)

▶ '더불어 사는 삶'은 어떤 삶을 말하는 것일까? '더불어 사는 삶'을 실천할 방법을 써보자.

수업을 마치며

하브루타를 만나기 전 《라면 먹는 개》는 책을 함께 읽고, 교사가 주요 부분을 발췌해서 질문을 한 후 마지막으로 '나만의 라면 레시피'를 만들고, 친구들에게 소개하는 것으로 마치는 교사 주도의 지극히 평범한(?) 수업이었다. 자극적인 내용도 없고, 큰 사건도 없는 그저 특별할 것 없이 따뜻한 결말로 마무리하는 이 책이 하브루타를 만나면서 정말 다양한 방면으로 생각할 수 있게 한다는 것을 알게 됐다.

"애들 읽는 책을 그렇게까지 분석하면서 읽어야 해요?" 하고 묻는 분들이 계셨다. 아이들 사고력과 분석력을 함양시켜 주는 이런 방식의 토론도 있다는 것을 알려주는 것이지 꼭 이런 방식만 고집하는 것은 아니다. 이끌어주는 길잡이 샘은 아이들 눈높이에 맞게 하브루타를 진행하면 된다. 수업 소감 나누기 때 "그러고 보니 개 아저씨가 참 고마운 분이네요.", "저도 개 아저씨처럼 잘 들어주는 사람이 되고 싶어요." 이런 말을 하는 아이들을 보면서 뿌듯하기도 했다. 이전 수업과 비교하면 선생님이 선정한 문제를 푸는 것이 대부분이었으나 하브루타는 스스로 생각하고 자발적으로 참여해서 질문을 하는 것이니만큼 아이들이 성장하는 것도 볼 수 있다.

초등 중학년의 경우 생각그물 그리기가 쉽지 않음을 경험을 통해 알고 있다. 하브루타를 본격적으로 시작하기 전에 짧은 그림책이나 동화책으로 생각그물 그리기를 몇 번을 연습한다면 어렵지 않게 그려낼 수 있다. 생각그물은 책의 내용을 꿰뚫어보는 데 도움이 된다. 또 모둠 활동을 통해서 학생들이 위로하고 싶은 구체적인 대상을 정하고, 그 대상을 위한 진심어린 라면을 만들 때 아이들의 진지한 표정을 볼 수 있었다. 그런데 레시피 만드는 과정에 정성을 기울이다 보면 생각보다 꽤 길어져 글쓰기 시간이 촉박해 지기도 하는데 이때 시간 안배의 적절성이 요구된다.

"개가 어떻게 인간이랑 말을 할까?" "개가 라면을 먹으면 괜찮을까?" 등 조금은 황당하게 보이는 질문이라도 괜찮다. 아이들이 뽑아낸 다양한 질문들이 어우러지는 것이 하브루타 수업의 묘미이기도 하다. 교사 역시 다양한 텍스트를 다양한 형식의 하브루타 방법으로 시도하면서 작가가 우리에게 전하고 싶은 메시지나 텍스트의 본질을 알아가는 방법이 여러 가지가 있음을 알게 된다.

원하는 만큼 질문 수준이 높지 않을 수도 있고, 종합 질문에까지 제대로 도달하지 못할 수도 있지만 실패 과정에서 어느 날 멋진 질문이 "짠!"하고 나올 때 그 기쁨은 말이 필요 없다. 🐷

《컵 고양이 후루룩》
소중한 관계를 돈으로 살 수 있을까

○ 수업목표
1. 돈으로 형성되는 관계가 왜 문제가 되는지 알 수 있다.
2. 애완동물 자판기를 통해 현대 사회가 안고 있는 문제점을 분석할 수 있다.
3. 독서토론 후 주제를 노랫말로 표현해 볼 수 있다.
○ 함께 읽는 책 : 《컵 고양이 후루룩》(보린 / 낮은산 / 2014)
○ 분류 : 타인과의 관계
○ 주제 : 돈으로 소중한 관계를 살 수 있을까
○ 대상 : 초등 5학년 ~ 중학교 1학년
○ 분량 : 57쪽
○ 집필 : 임현주

어린 시절, 학교 앞 노란 병아리는 학생들에게 인기상품이었다. 내 친구, 내 가족이 되어 나를 기쁘게 해 줄 것만 같았던 노란 병아리는 이내 죽어버리곤 했다. 동심을 이용해 처음부터 상품 가치가 없는 병약한 병아리들을 판매하기 때문이다. 학교 앞 노란 병아리는 현대 사회에서 반려견, 반려묘가 되거나 게임 속 캐릭터, 온라인 친구, 일코노미(1conomy) 마케팅의 다양한 상품이 되어 우리 곁에 서성이고 있다. 우리는 왜 여전히 노란 병아리를 키우고 있는 것일까? 《컵 고양이 후루룩》은 그 질문에 대한 답을 보여 주고 있다.

이모와 함께 사는 진이는 어느 날 밤 편의점에서 애완동물 자동판매기를 보고 컵고양이를 구매한다. 단 한 명의 가족인 이모마저 늦게까지 일하느라 늘 혼자여서 외로웠던 진이는 3분 만에 완성된 컵 고양이에게 '후루룩'이라는 이름을 지어주고 살뜰히 보살핀다. 후루룩 덕분에 안 먹던 밥도 잘 먹고 잠도 잘 잤던 진이의 행복은 오래가지 못한다. 단 24시간에 불과했던 후루룩 수명은 설명서를 보지 못한 진이 부주의로 인해 더 줄어들게 되고 결국 후루룩은 아침에 고양이 인형으로 응고되어 되어 버린다.

집에 온기를 불어 넣어줄 존재가 필요했던 진이. 진이는 그 외로움을 해결하고자 컵 고양이를 자판기에서 간편하게 구매하지만 300일치라는 더 깊은 외로움을 안게 된다. 진이가 더 큰 외로움을 겪게 되는 책임이 누구에게 있는지 책을 통해서 찾아 볼 수 있다. 싸고 간편하다는 이유로 생명이 있는 애완동물을 덜컥 사들고 온 진이, 진이를 혼자 방치하고 자신이 양육하기에 편한 아이로 통제하려고만 했던 이모, 1년 전에 헤어진 아빠. 어쩌면 이 모든 원인이 복합적으로 작용한 것일 수도 있다. 문제는 자신이 겪는 문제나 외로움의 본질을 통찰하지 못하고 돈이나 다른 간편한 방법으로 해결하고자 하는 것이다.

현대 사회 소비 트렌드 중 하나가 '외로움'이라고 한다. 현대인들이 외로운 본질적인 이유를 외면하고 그 외로움을 마케팅 전략으로 활용하는 사회. 오늘 내가 지불한 돈은 나의 외로움을 해소해 주었을까? 과연 돈으로 소중한 관계를 만들 수 있는 걸까? 《컵 고양이 후루룩》을 통해 아이들은 그 질문에 대한 답을 찾을 수 있을 것이다.

하브루타 독서토론 수업 흐름

활동 순서	핵심 활동	활동 목표	주요 활동 내용	
1차시 (120분)	읽기 활동 질문 생성과 질문 탐구	– 텍스트와 상호 작용 – 자기소개서 쓰기 및 생각그물 정리하기 – 질문의 양적 및 질적 심화	– 정독하기를 통해 질서, 초서 과정 수행한 내용 발표하기 – 생각그물 작성하기 – 자기소개서 쓰고 발표하기 – 구성단계별 주요 문장 발표하고 다른 친구들과 공유하기 – 구성단계별로 내용 정리하고 문장 발췌하기 – 구성단계별 진술과 발췌 문장 보고 질문 작성하기 (개인 활동, 질문 종류별 분류하여 만들기)	
			– 사전 과제 : 구성 단계별 내용 정리와 문장 발췌하기	
2차시 (120분)	짝 – 모둠 하브루타 및 쉬우르	짝과 상호작용 (짝토론, 모둠토론) 적용 및 심화 발전	– 짝과 함께 질문 정리, 선정하기 – 짝토론 – 모둠토론에 제시할 질문 선정하기 – 모둠토론 – 전체토론 (쉬우르)에 제시할 질문 선정하기 – 전체토론 (쉬우르)하기	
			– 글쓰기 : 쉬우르 질문을 바탕으로 글쓰기	
3차시 (120분)	프로젝트	되새기기, 내면화하기	관련 활동	– 〈날아라 병아리〉 노래 감상하기 – 뉴스 보고 현대 사회 문제점 진단하기
			글쓰기	– 노랫말 고쳐 쓰기

♪ **1차시 수업**

마음열기

▶ 이준관 시 〈길을 가다〉를 읽고 궁금한 점을 서로 이야기해 보자.

- 시를 읽고 느낀 점을 자유롭게 이야기해 보자..
- 마음에 드는 구절과 이유를 이야기해 보자.

들어서기

▶ 아래 자판기 그림을 보고 친구들과 함께 이야기해 보자.

  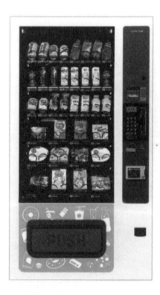

- 위 자판기는 각각 무엇을 팔고 있을까?

 : 왼쪽부터 문학자판기, 금 자판기(아랍에미리트공화국), 샐러드 자판기

- 현대사회에서 다양한 자판기가 등장하는 이유에 대해 이야기해 보자.

- 내가 만들고 싶은 자판기를 소개해 보자.

첫 걸음 - 생각그물 만들기

▶《컵 고양이 후루룩》을 읽고 생각그물로 내용을 정리해 보자.

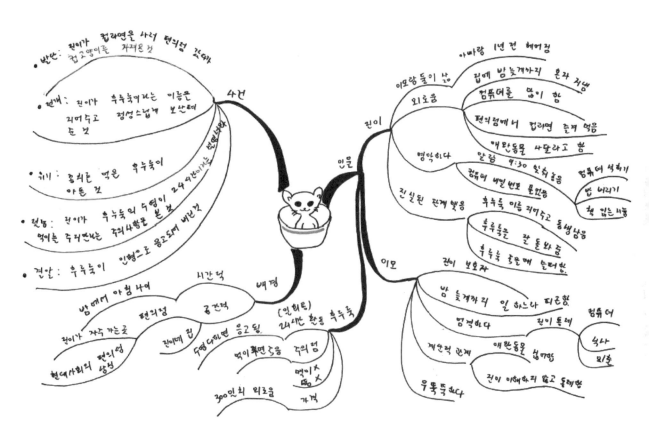

▶ 생각그물을 보고 자기소개서를 작성해보자.

진이 소개서 – 중학교 1학년 민수

안녕, 나는 진이라고 해. 난 이모와 단 둘이 살고 있어. 이모는 나를 너무 신경
써. 아직 내가 어린애인 줄 아나봐. 그래서 컴퓨터도 하지 말라고 하고, 컵라면도
먹지 말라고 잔소리를 해. 하지만 혼자 먹는 밥은 맛이 없고 컴퓨터 게임 말고 이
모가 없을 때 할 게 없는데 어떡해.

사실 난 일주일에 서너 번씩은 저녁 대신으로 편의점에서 컵라면을 사 먹어. 이모가 알면 잔소리가 쏟아져 나올 게 분명하지만 컵라면이 밥에 비해 너무 맛있는 걸. 난 이렇게 혼자 하는 것에 익숙한 삶을 살고 있었어. 얼마 전까진 말이야.

얼마 전, 그때도 저녁을 거르고 컵라면을 먹으려고 편의점으로 갔어. 항상 가는 편의점 옆에 처음 보는 자판기가 있었어. 자판기를 살펴보자 동물들 이름이 눈에 띄었어. 자판기 광고판에는 3분이면 OK! 뜨거운 물을 부으면 귀여운 애완동물이 나온다는 엉뚱한 글이 적혀 있었는데 동물 그림 밑엔 200~500이라는 숫자가 쓰여 있었지. 숫자를 본 순간 나는 싸다고 생각해서 바로 사고 싶었어. 하지만 돈 넣는 구멍을 찾을 수가 없었어. 편의점 아저씨를 찾아보았지만 그날따라 안 계시는 거야. 난 약간 짜증이 나서 이 버튼 저 버튼을 눌러 보았지. 그때 돈을 넣지 않았는데도 고양이 그림에 불이 들어오더니 컵이 나왔어. 나는 고양이 컵을 안고 집으로 달려갔어. 혹시라도 이모가 빨리 오면 어떻게 하나 마음을 졸이면서 말이야.

집에 오자마자 설명서대로 물을 붓고 3분을 기다렸어. 마치 컵라면을 끓이는 것 같았어. 3분이 오늘따라 너무 길게 느껴졌어. 갑자기 나는 컵에서 고양이가 나온다는 사실이 가짜처럼 느껴졌어. 진짜 고양이가 아니라 장난감일 거라는 생각이 들었어. 난 너무 실망스럽고 내가 바보 같았어. 그런데 타이머가 0이 된 순간, 컵 안쪽에서 '야옹' 하고 고양이 울음소리가 들렸어. 세상에나, 컵 안엔 진짜 고양이가 들어 있었어! 난 고양이에게 후루룩이라는 이름을 붙여 주었어. 컵라면에서 나왔으니까. 난 후루룩에게 이제부터 내동생이라고 말했어. 생일, 크리스마스, 어린이날 선물을 한꺼번에 받은 기분이었어.

나는 후루룩과 저녁을 먹었어. 후루룩에겐 꽁치 통조림을 주었어. 후루룩은 너무나 맛있게 먹었어. 나 역시 후루룩과 같이 먹으니까 입맛이 돌더라고. 얼마 후 이모가 오셨어. 난 이모에게 거실에서 숙제를 한다는 핑계를 대고 후루룩과 같이 잠을 잤어. 평소에는 잠을 잘 못 잤는데 잠이 잘 오더라고.

잠들고 얼마나 지났을까. 이불에 뭔가가 축축한 게 묻어 있었어. 꽁치 조각이 섞인 뭉글뭉글한 덩어리로 요가 엉망이 되어있었어. 난 쓰레기통에 버렸던 컵을 다시 주워, 컵 겉면에 적힌 설명서를 급히 읽어 내려갔어. '완벽한 애완동물! 사료 걱정 그만!'이라는 문구가 내 눈에 띄었어. 주의사항에 물을 비롯한 그 어떤 먹이도 주지 말라고 나와 있었어. 수명이 단축된다고. 후루룩이 24시간 활동형이라는 것도 알게 되었어. 눈물이 흘렀어. 난 화가 났어. 어떤 미치광이 과학자가 이런 생각을 했는지 말이야. 하긴 이모와 비슷한 생각을 했다면 가능하기도 하겠지. 난 아빠가 해준 것처럼 후루룩의 배를 손가락으로 쓸어 주었어. 그리고 잠이 들었어.

다음날 아침, 이모가 깨우는 소리에 아무 생각 없이 화장실로 갔어. 그러다 정신이 번쩍 들었어. 다행히 후루룩은 책상 위에 있었어. 하지만 인형처럼 딱딱하게 굳어 있었어. '활동이 멈추면 처리하기 쉽도록 응고됩니다. 소비자 가격 300일치 외로움'이라는 글을 보았어. 내 눈에 점점 눈물이 차올랐어.

이모 소개서 – 이지 (중학교 1학년)

안녕, 난 진이 이모야. 나는 아침 일찍 출근해서 밤 9시가 넘어 퇴근하지. 집에서 혼자 지내는 진이를 보면 걱정이 되지만 혼자서도 잘 지내는 것 같아 안심이 되기도 해. 컴퓨터 하지 말고 매일 밥 챙겨 먹고 해 지면 나가지 말라는 내 말 잘 지키고 있는 것 같아. 언젠가 진이가 고양이를 사달라고 했어. 집에 누가 있었으면 좋겠다고. 진이 하나 키우는 것도 힘든데 고양이라니 말도 안 되는 일이야. 사료 값에 털 날리고 똥오줌은 어떻게 할 건데. 바로 안 된다고 했지.

하루는 내가 일을 마치고 여느 때처럼 퇴근을 했어. 집 비밀번호를 누르고 들어가자마자 진이가 현관에서 "이모"하고 부르는 거야. 내가 오해한 것인지 모르지만 보통 때보다 더 호들갑을 떨며 말하는 진이를 이상하게 보았어. 컴퓨터 모니터는 뜨겁지 않았고 오히려 차가웠어. 진이는 나를 반겨 줬는데 왜 그러냐고 투정을 부렸어. 나는 내가 예민하다고 생각했어. 진이에게 얼른 자라고 하고 나도 피곤해서 자러 들어가려고 했어. 그런데 갑자기 진이가 거실에서 숙제하다 자겠다는 거야. 그때 나는 진이의 눈이 컴퓨터 쪽으로 향하는 것을 보았어. 내가 눈치 챈 걸 알았는지 진이는 알림장만 보고 키보드는 가지고 들어가라고 했어. 내 코 고는 소리 때문에 못 자겠다고 하면서 말이야. 그래서 나는 알겠다고 했어. 그리고 자러 들어갔지.

다음 날. 출근 준비를 위해 밖으로 나간 나는 바닥에 뒹굴고 있는 인형을 보았어. 못 보던 인형이었지. 나는 인형을 집어 컴퓨터 앞에 놓았어. 그리고 진이를 깨웠지. 진이는 일어나서 화장실로 들어간 지 얼마 되지 않아 뛰쳐나왔어. 그러고는 이불을 가리키면서 여기 있던 고양이 어디 있냐는 거야. 그래서 컴퓨터 앞에 있다고 했어. 진이는 그 고양이 인형을 보면서 계속 여기에 두면 안 되냐고 물었어. 나는 인형이니까 당연히 된다고 했어. 정리만 잘하면 된다고 말했어. 진이는 고양이 인형을 후루룩이라고 부르며 좋아했어. 그런 진이를 보고 나는 무슨 인형이 진짜 같냐고 징그럽다고 했어. 또 이름이 왜 후루룩이냐고 물어보았지. 하지만 진이는 대답 없이 눈물 그렁그렁한 눈으로 인형을 쳐다보고만 있었어.

두 걸음 – 하브루타 질문 만들기

▶ 《컵 고양이 후루룩》을 읽고 발단, 전개, 위기, 절정, 결말 구성에 맞게 내용을 정리하고 발췌 문장을 작성해보자.

　- 각 단계를 가장 잘 드러내는 주요 부분이나 궁금한 부분을 바탕으로 발췌를 한다.
　- 각 단계별로 발췌 문장은 3~5개 정도 작성하게 한다.
　- 발췌 문장은 가급적 질문에 대한 답이 포함될 수 있도록 한다.
　- 발췌 문장을 보고 사실에서 심화 질문으로 확장할 수 있는 질문을 작성한다. (적용이나 종합 질문을 작성해도 좋다)
　- 짝토론할 때 반드시 발췌 문장을 함께 읽고 질문을 하도록 한다.

▶ 단계별 질문과 발췌 문장을 보고 짝과 함께 질문을 작성해보자.

열매맺기

▶ 오늘 수업에 참여한 소감을 나누어 보자. (수업 참여하면서 새롭게 알게 된 점, 느낀 점, 깨우친 점을 중심으로)

▶ 다음 주에 수업할 하브루타 토론을 위해 자신이 만든 질문을 다듬어 보자.

♫ 2차시 수업

마음열기

▶ 편의점에서 파는 물건을 '편의점에 가면' 게임 형식을 빌어 한 사람씩 돌아가면서 이야기해 보자.

– '시장에 가면~' 놀이를 변형한 것으로 편의점에서 파는 상품들을 한 사람씩 돌아가면서 발표한다. 이때 앞 사람이 이야기한 물건을 같이 이야기해야 한다.

A : 편의점에 가면 음료수가 있다.
B : 편의점에 가면 음료수도 있고 과자도 있다.
C : 편의점에 가면 음료수도 있고 과자도 있고 약도 있다.

– 네 박자 게임으로 진행한다.
– 편의점에서 다양한 물건을 팔고 있다는 것을 아이들이 인식할 수 있게 해 준다.

▶ 《컵 고양이 후루룩》책 내용을 골든벨 퀴즈로 풀어 보자.

들어서기

펼치기

세 걸음 – 짝토론과 모둠토론

▶ 구성단계별 질문하기

발단 (처음 ~ 16쪽)
이모와 둘이 살고 있는 진이는 이모가 싫어하는 것을 알면서도 편의점 컵라면으로 저녁밥을 때우곤 한다. 평소처럼 컵라면을 사러 편의점에 간 진이는 애완동물을 파는 자동판매기에서 컵 고양이를 가져온다.

① 진이가 편의점 컵라면을 먹는 이유 (4쪽 1줄 ~ 6줄)
- 진이는 왜 이모가 한 저녁밥 대신 일주일에 서너 번씩 편의점에서 컵라면을 사다 먹었을까? (사실)
- 진이는 왜 혼자 먹는 밥이 맛없었을까? (심화)

② 편의점 앞에서 애완동물 자판기를 본 진이 (10쪽 3줄 ~ 11줄)
- 진이는 왜 자판기 광고 글이 엉뚱하다고 생각했을까? (사실)
- 진이는 왜 자판기 광고 글이 엉뚱하다고 생각했는데도 왜 애완동물을 구입했을까? (심화)
- 나라면 애완동물 자판기에서 동물을 구입했을까? (적용)

③ 고양이 키우는 것을 반대했던 이모 (16쪽 1줄 ~ 9줄)
- 진이는 왜 고양이를 키우고 싶어 했을까? (사실)
- 왜 진이는 집에 누가 있으면 좋겠다고 생각했을까? (심화)
- 진이는 고양이를 키우고 싶어 했지만 왜 키울 수 없었을까? (심화)

전개 (18 ~ 27쪽)

집으로 온 진이는 컵에 물을 붓고 3분을 기다리는 동안 진짜 고양이가 아닌 장난감일지도 모른다는 생각에 실망한다. 하지만 3분이 되는 순간 컵에서 진짜 아기 고양이가 나오고 진이는 고양이에게 후루룩이라는 이름을 지어 준다.

① 컵 고양이에 대한 의심이 든 진이 (20쪽 5줄 ~ 10줄)
- 왜 진이는 컵 안에 든 것이 진짜 고양이가 아닌 장난감이라고 생각했을까? (사실)
- 진이는 자동판매기에서 고양이를 살 때 왜 이런 생각을 하지 못했을까? (심화)

② 컵에서 나온 아기 고양이 (23쪽 1줄 ~ 8줄)
- 타이머가 0을 표시한 순간 왜 진이는 컵을 보물처럼 들어 올렸을까? (사실)
- 진이는 컵 안에 든 고양이를 왜 보물처럼 여겼는가? (심화)

③ 고양이에게 후루룩이라는 이름을 지어준 진이 (24쪽 1줄 ~ 9줄)
- 진이는 왜 고양이에게 후루룩이라는 이름을 지어 주었을까? (사실)
- 후루룩이라는 이름이 의미하는 바는 무엇일까? (심화)
- 진이는 왜 고양이인 후루룩에게 내동생이라고 했을까? (심화)

위기 (28 ~ 49쪽)

혼자 먹는 밥을 싫어하던 진이는 후루룩과 같이 맛있게 저녁을 먹는다. 귀가한 이모에게 들키지 않게 후루룩을 서랍에 숨겨 놓은 뒤 진이는 거실에서 후루룩과 함께 잠을 잔다. 하지만 곧 이상한 낌새에 눈을 뜬 진이는 요 위에 꽁치를 토한 채 바들바들 떨고 있는 후루룩을 보게 된다.

① 이모가 오기 전에 진이가 하는 행동(31쪽 1줄 ~ 6줄)
- 진이는 왜 9:30에 알람을 맞추어 놓았을까? (사실)
- 왜 진이는 말 잘 듣는 조카로 변신하려고 했을까? (심화)

② 컴퓨터 전쟁을 벌이는 이모와 진이(31쪽 21줄 ~ 33쪽 10줄)
- 진이는 왜 이모가 싫어하는데도 컴퓨터를 할까? (사실)
- 왜 진이는 같이 놀 사람도 없고 하고 싶은 것도 없었을까? (심화)

③ 후루룩과 같이 잠이 든 진이(38쪽 6줄 ~ 10줄)
- 진이는 왜 오랜만에 꿈도 꾸지 않고 잘 잤을까? (사실)
- 진이는 왜 그동안 잠을 잘 못 잤던 것일까? (심화)

④ 요 위에 토를 한 후루룩(43쪽 1줄 ~ 6줄)
- 진이가 자던 요는 왜 엉망이 되었을까? (사실)
- 진이는 왜 요가 엉망이 되었는데도 더럽다는 생각을 하지 못했을까? (심화)

절정 (44 ~ 51쪽)

진이는 컵 설명서를 보고 후루룩이 사료와 똥오줌 걱정이 없는 고양이라는 사실을 알고 기뻐한다. 하지만 이내 24시간 활동형이자 소화 및 배설 기능이 없어 물이나 먹이를 주면 심각한 손상을 입어 수명이 단축될 거라는 주의사항을 보고 절망한다. 자신의 잘못으로 후루룩이 수명을 다 못 채우고 죽을까봐 진이는 자책을 하며 후루룩을 간호하다 잠이 든다.

① 사료와 털날림 걱정이 없는 애완동물이라는 컵 광고 글을 본 진이 (44쪽 4줄 ~ 14줄)

- 사료 걱정 없고 털 날림도 없다는 컵 광고 문구를 보고 진이는 왜 들떴을까? (사실)

- 이모는 왜 사료와 털 날림 없는 동물이 완벽한 애완동물이라고 생각했을까? (심화)

② 후루룩이 24시간 형이라는 것을 알게 된 진이 (46쪽 1줄 ~ 15줄)

- 컵에 쓰인 설명서와 주의사항을 보고 왜 진이는 눈물을 흘렸을까? (사실)

- 미친 천재 과학자와 이모가 한 똑같은 생각이란 무엇인가? (심화)

③ 아빠처럼 후루룩 배를 쓸어주는 진이 (48쪽 1줄 ~ 11줄)

- 왜 진이는 후루룩의 배를 쓸어 주었나? (사실)

- 진이는 왜 아빠와 헤어지고 이모와 단 둘이서만 살까? (심화)

- 진이는 왜 아빠와 헤어진 지 1년밖에 안 되었는데 아주 오래전인 것만 같았을까? (심화)

결말 (52쪽 ~ 끝까지)

진이는 이모에게 후루룩을 키워도 된다는 허락을 받고 기뻐하지만 컵에 적힌 문구를 보고 후루룩이 응고되었다는 사실과 소비자 가격이 300일치 외로움이라는 사실을 깨닫는다.

① 응고되어 버린 후루룩 (57쪽 1줄 ~ 11줄)

- 컵 마지막에 적힌 두 줄을 보고 진이는 왜 아무 말도 하지 못한 채 눈물을 흘렸을까? (사실)

- 자동판매기에서 컵 고양이를 구입하는데 왜 300일치의 진한 외로움을 지불해야 할까? (심화)

- 자판기 버튼에 300일치 외로움이라고 적지 않고 왜 300이라는 숫자만 적어 놓았을까? (심화)

- 진이는 다시 편의점 자동판매기에서 애완동물을 구입할까? (심화)

- 나라면 애완동물자판기에서 동물을 구입할 것인가? (적용)

- 자판기에서 애완동물을 구입한 진이 행동은 정당한가? (종합)

중학교 1학년 모둠토론

♬ 나라면 후루룩이 죽은 다음 다시 애완동물 자판기에서 동물을 구입할까? (민수)

지민 : 저는 안 살 것입니다. 또다시 동물이 죽는 것을 지켜보고 하루밖에 살지 못하는 것을 보는 것은 혼자 있어 외로운 것보다 더 고통스럽기 때문입니다.

민수 : 하지만 외로움을 달랠 수도 있고 그 외로움이 지나간 다음에 다시 사도 되지 않을까요?

지민 : 하지만 다시 산 동물도 죽기까지 걸리는 시간이 하루이고 계속 사면 계속 동물이 죽는 것을 매일 매일 보게 될 텐데 그건 외로움보다 더 큰 고통이라고 생각합니다.

민수 : 네, 그럴 수 있겠군요.

민수 : 저 역시 사지 않을 것입니다. 처음에는 죽을 것을 모르고 샀기 때문에 진심을 다해서 대해주었는데 다시 사게 되면 처음처럼 잘 해줄 수 있을지도 모르겠고 다시 굳어가는 것을 보는 것은 고통스럽기 때문입니다.

지민 : 하지만 처음에는 충격이겠지만 동물이 한 번 죽는 것을 겪어보았으니까 두 번째는 죽는 것을 보면 덜 고통스럽지 않을까요?

민수 : 다시 구입한 동물이 굳어가는 것을 보고 고통을 덜 느낀다는 것은 처음 만난 동물보다 마음을 안 열어서라고 생각합니다. 그렇게 되면 진심으로 동물을 대하는 것도 아니고 생명에 대한 경시현상이 나타날 것이라고 생각합니다. 그래서 저는 다시 사지 않을 것입니다.

♬ 진이처럼 소중하게 키웠던 존재가 있었는데 오래 가지 못했던 경험이 있었나요? (지민)

민수 : 햄스터 두 마리를 키웠는데 여행 갔다 와 보니 한 마리가 탈출해서 바퀴벌레 약을 먹고 죽어 있었어요.

지민 : 그때 기분이 어땠나요?

민수 : 충격을 받았어요. 그래도 나머지 한 마리는 꽤 오래 살다가 수명이 다해서 죽었어요.

지민 : 어렸을 적 어떤 농장에 갔는데 아빠가 병아리 두 마리를 데려 왔어요. 그래서 거의 어미 닭 되기 직전까지 길렀고 죽을 때까지 우리 집에서 같이 클 줄 알

앴어요. 그런데 아빠가 이제 농장에 데려다 줘야 한다고 같이 차를 타고 농장으로 갔어요. 집으로 오면서 너무 슬퍼서 계속 울었어요.

○ **교사 적용 질문**

- 진이는 자신의 외로움을 덜어주고 친구가 되어 주는 존재가 필요해서 자판기에서 컵 고양이를 구매한다. 하지만 24시간밖에 살지 못하는 후루룩은 오히려 더 깊은 외로움을 안겨 주었다. '애완동물 자판기'와 비슷한 사례를 찾아보자.

- 컵 고양이 후루룩은 편의점 자동판매기에서 판매되며 똥오줌이나 털날림 등 관리가 필요 없고 사료 값도 들지 않는 24시간 형 애완동물이다. 후루룩을 통해 작가는 현대 사회의 어떤 문제를 제시하고 있는 걸까?

● 네 걸음 - 전체토론 (쉬우르)

♬ 컵 고양이를 자동판매기에서 판매하는 것은 옳은 일일까? (민수)

지민 : 컵 고양이를 자동판매기에서 판매하는 것은 옳지 않습니다. 컵 고양이도 생명이 있는 건데 하루밖에 살지 못한다는 것은 동물에게 고통을 주기 때문입니다. 또 컵 고양이를 사는 사람에게도 외로움이라는 고통을 주기 때문에 팔지 않는 것이 좋다고 생각합니다.

민수 : 하지만 컵 고양이를 사고 죽음을 겪는 경험을 하면 동물에 대한 소중함과 생명에 대한 경각심을 알 수 있지 않을까요?

지민 : 하지만 동물의 생명에 대한 경각심을 인간에게 깨우치기 위해서 동물이 아무 이유도 없이 죽어야 하는 것은 옳지 않다고 생각합니다.

민수 : 저는 컵 고양이를 사는 것은 괜찮다고 생각합니다. 파는 사람이 이윤을 창출하는 것도 아니고 이 기회로 24시간만이라도 외로움을 극복할 수 있고 그 후에는 동물의 생명에 대한 경각심을 배울 수 있기 때문입니다.

지민 : 하지만 컵 고양이를 구입하면 컵 안에 있는 고양이들은 24시간 후에 굳어

서 죽게 되는데도 정당한가요?

민수 : 어차피 안 사면 고양이가 될 수도 없고 굳는 것도 서서히 굳는 것이니까 아픔을 못 느낄 수도 있습니다.

지민 : 아픔을 못 느낀다는 것은 사람의 입장에서만 생각하는 것일 수도 있습니다. 고양이나 동물을 원래부터 진심으로 사랑했던 사람이라면 경각심이 아닌 너무 큰 고통만을 주는 것 아닌가요?

민수 : 평소에 동물의 소중함에 대해 몰랐던 사람들이 경각심을 갖는다는 것입니다.

지민 : 하지만 생명이 소중한 것은 한 번 살고 죽기 때문입니다. 만약 컵 고양이가 죽고 나서 다시 외로움을 극복하려고 계속 동물을 사고 버리고 사고 버리고를 반복한다면 그건 생명에 대한 경각심이 아니라 오히려 생명 경시 현장을 부추기는 것 아닌가요?

♬ 후루룩이 일찍 죽은 것은 진이의 책임일까? (지민)

민수 : 진이의 책임이 아닙니다. 진이가 후루룩의 수명을 안 줄였어도 후루룩은 24시간밖에 살지 못하기 때문에 빨리 굳거나 늦게 굳거나 어차피 죽을 것이기 때문입니다.

지민 : 하지만 진이가 그 설명서만 자세히 읽었어도 후루룩이 24시간 동안 살 수 있었던 것을 단축시켰으니까 진이의 책임 아닌가요?

민수 : 하지만 진이가 설명서를 읽고 후루룩에게 아무 것도 안 먹였다고 해도 24시간밖에 살지 못하게 만든 제작자의 책임입니다.

지민 : 저는 진이에게 책임이 있다고 생각합니다. 고양이가 와서 기쁘다고 해도 현실세계에서 있을 수 없는 일이 벌어졌다면 설명서를 더 꼼꼼하게 살펴봐야 하는데 진이는 그렇게 하지 않았습니다. 그 때문에 후루룩이 죽었다고 생각합니다.

민수 : 어차피 24시간이 지나면 굳어서 죽을 텐데 왜 진이의 책임인가요?

지민 : 굳게 만든 것은 자동판매기를 만든 사람이 한 것이지만 24시간을 살 수 있는데 더 수명을 단축시켜 죽음에 이르게 한 것은 진이의 책임이기 때문입니다.

♬ 애완동물은 상품일까? (지민)

민수 : 동물은 상품이 아닙니다. 동물도 의지가 있고 인간과 같은 생명이 있기 때

문입니다. 동물이 상품이라는 것은 인간과 비교하자면 노예와 마찬가지입니다.

지민 : 하지만 애완동물을 키우고 있는 사람이나 팔고 있는 사람 모두 동물을 상품이라고 생각하기 때문에 사고판 것 아닌가요?

민수 : 애완동물을 상품이라 생각하지 않고 생명으로서 존중하면서도 잘 대해주는 사람도 동물을 사고파는 경우가 있다고 생각합니다. 사람으로 치면 영업과 비슷하다고 생각합니다.

지민 : 동물은 상품이 아닙니다. 동물에게도 생명이 있고 자유롭게 살 권리가 있는데, 동물을 사고파는 것은 옳지 않다고 생각합니다.

민수 : 하지만 지금도 대형마트나 가게에서 흔히 애완동물을 사고파는 것을 볼 수 있는데 그런 사람들은 다 옳지 못한 일을 하는 것인가요?

지민 : 동물을 사는 사람들도 귀여워서 사는 사람들도 있겠지만 동물을 진짜 사랑하는 사람들이라면 그런 곳에서 파는 동물을 사는 것을 옳지 않다고 생각할 것입니다.

민수 : 하지만 동물을 사서 학대도 하지 않고 안전하게 잘 돌보아 주면 정당한 거 아닌가요?

지민 : 하지만 동물을 사서 자기 집으로 데려오는 과정까지 동물이 강아지 공장 같은 좁은 곳에 갇혀서 힘들게 지내기 때문에 옳지 않다고 생각합니다.

○ **교사 종합 질문**

- 《컵 고양이 후루룩》은 진이가 내동생처럼 아끼던 후루룩이 인형이 되어 버리면서 끝을 맺게 된다. 진이의 외로움을 해결해주고 좀 더 행복한 아이가 될 수 있게 해주는 근본적인 해결책은 무엇일까?

민수 : 학교에서 친구들을 많이 사귀면 됩니다. 그러면 집에 와서도 전화를 하거나 메시지를 하면 집에 혼자 있다는 외로움을 없앨 수 있을 것 같습니다.

지민 : 이모와 같이 많이 못 있고 혼자 있어서 외로운 거니까 이모가 회사에 다녀오면 시간을 좀 내서 진이와 이야기를 나누거나 진이의 외로움을 덜어줄 방법을 찾으면 괜찮을 것 같아요.

– 진이는 자판기에서 후루룩을 구입한 뒤 짧은 시간이지만 후루룩과 행복한 시간을
보낸다. 진이의 행복은 참된 행복인가?

민수 : 참된 행복입니다. 시간이 짧긴 했어도 후루룩이 진이의 외로움을 없애 주었고 행복을 느끼게 했으니까요.

교사 : 곧 300일치의 외로움을 느껴도 참된 행복인가요?

민수 : 처음에는 300일치의 외로움이라는 것을 몰랐으니까 그 순간만큼은 참된 행복이라고 생각합니다. 하지만 다시 컵 고양이를 산다면 그때는 겪어야 할 외로움을 아니까 참된 행복일 수 없다고 생각합니다.

지민 : 300일치의 외로움을 겪어야 한다는 것을 몰랐기 때문에 참된 행복이라고 생각합니다. 진이의 외로움을 해소시켜 주었고 함께 있으면 진정으로 행복했기 때문입니다. 하지만 곧 더 깊은 외로움과 슬픔을 느꼈기 때문에 나중에는 참된 행복이 아니라는 것을 알았을 것입니다.

열매맺기

▶ 쉬우르 질문에 대한 자신의 생각을 글로 정리해 보자.

▶ 오늘 수업에 참여한 소감을 나누어 보자. (수업 참여하면서 새롭게 알게 된 점, 느낀 점, 깨우친 점을 중심으로)

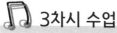 3차시 수업

마음열기

▶ 신해철 노래 〈날아라 병아리〉를 감상한 뒤 이야기를 나누어 보자.

- 〈날아라 병아리〉 노랫말을 읽은 뒤 인상 깊은 구절을 이야기해 보자.
- 화자가 얄리를 친구처럼 생각하고 있는 까닭은 무엇일까?

▶ 아래 뉴스를 보고 친구들과 이야기를 나누어 보자.

1인 가구 시대, 당신의 외로움을 달래 드립니다 〈채널 A 뉴스〉 (2018/3/11)

- 외로움 관련 산업은 어떤 것들이 있는가?
- 외로움 관련 산업이 외로움을 해결해 줄 수 있을까?
- 왜 현대인들은 외로움을 느끼는 것일까?

▶ 〈날아라 병아리〉는 자신이 키우던 병아리를 떠나보낸 후 자신의 감정을 표현한 노래이다. 진이가 되어 후루룩과 있었던 일들을 노랫말로 고쳐 써 보자.

- 필수 내용
1연 : 후루룩과의 만남과 기쁨
2연 : 후루룩이 아팠을 때
3연 : 후루룩이 죽고 난 후 깨달은 점

- 노랫말 고쳐 쓰기 대신 진이가 후루룩에게 보내는 편지를 써도 된다. 이때 편지에 포함되어야 하는 내용은 위 조건과 동일하다.

날아라 병아리 (원본)

내가 아주 작을 때
나보다 더 작던 내 친구
내 두손 위에서 노랠 부르며
작은 방을 가득 채웠지
품에 안으면
따뜻한 그 느낌
작은 심장이
두근두근 느껴졌었어

어느 밤 얄리는 많이 아파
힘없이 누워만 있었지
슬픈 눈으로
날개짓하더니
새벽 무렵엔
차디차게 식어 있었네
굿바이 얄리
이젠 아픔 없는 곳에서
하늘을 날고 있을까

눈물이 마를 무렵
희미하게 알 수 있었지
나 역시 세상에 머무르는 건
영원할 수 없다는 것을
설명할 말을
알 순 없었지만
어린 나에게
죽음을 가르쳐 주었네
언젠가 다음 세상에도
내 친구로 태어나 줘

이지 (중학교 1학년)

내가 외로웠을 적
외로움을 잊었던 그날
바로 후루룩이 생겼던 날
너무 행복했던 나는
외로움을 다 잊고
신났던 그 순간
순간순간이
즐겁게만 느껴졌었어.

하지만 무엇 때문인지
후루룩은 아파했었지.
작은 그 몸을
부들부들 떨더니
아침이 되자
인형처럼 굳어 버렸네.
굿바이 후루룩
이젠 만날 수 없겠지만
절대 널 잊지 않을게

눈물이 마를 무렵
희미하게 보인 가격표
바로 외로움 300일치
설령 삼백일이 지나도
너에 대해서
잊을 순 없겠지만
외로웠던 내게
위안이 되었던 후루룩
언젠가 다시 만날 때는
영원히 헤어지지 않기를.

민수 (중학교 1학년)

내가 매일 외로울 때
나보다 더 외로운 내 동생
내 옆을 지켜주며
텅 빈 집을 채워 주었지.
쓰다듬으면
부드러운 느낌.
검은 눈이
초롱초롱 바라보았어.

그날 밤 후루룩은 많이 아파
움직이지 못하고 쌕쌕거렸지.
작은 숨결로
조그맣게 울더니
아침이 되니
딱딱하게 굳어 있었네.
굿바이 후루룩
이젠 영원할 수 있는 곳에서
행복하게 웃고 있을까

마음이 가라앉을 무렵
어렸지만 조금은 알 수 있었지.
모든 생명은 결코
가볍지 않다는 것을.
말로는
설명할 수 없었지만
조그만 소녀에게
생명을 가르쳐 주었네
내가 너의 존재를 이해할 수 있을 때
내 동생으로 다시 돌아와 줘.

편리함과 효율성, 언택트가 미덕이 되는 세상. 쉽게 소비하고 쉽게 버리는 것이 일상이 된 현대사회에서 생명마저 이러한 마케팅 범주에 속하게 된다면 어떻게 될까? 이러한 질문이 수업안의 마중물이 되었다. 마침 등장인물들도 이러한 질문에 딱 맞는 역할을 부여받았다. 외로워서 고양이 키우는 것을 원했던 진이, 사료비나 관리 방법 등 진이보다는 자신의 이해관계를 따졌던 이모. 그들을 통해서 이 질문에 대한 답을 찾아보고 싶었다. 그리고 아이들 대답이 궁금해졌다.

애완동물자판기에 대한 열띤 토론에서 아이들 생각을 엿볼 수 있었다. 동물의 소중함에 대한 경각심을 주니까 교육적 측면에서 자판기를 옹호한 입장과 오히려 생명경시현상을 조장하기 때문에 옳지 않다고 주장하는 입장이 맞섰다. 아이들은 토론 끝에 생명이 소중한 것은 한 번만 살고 죽기 때문에 이러한 자판기는 생명경시현상을 조장한다는 의견에 도달했다. 동물은 상품이 아니라는 의견도 보태었다. 아이들은 컵 고양이가 진이 외로움을 해결하는 근본적인 해결책이 아니라는 것에 입을 모았다. 친구를 사귄다든가 이모가 진이 외로움을 해결해 주어야 한다는 다양한 의견을 제시하였다. 〈날아라 병아리〉 노래 활동과 적용 질문을 통해서 아이들은 어렸을 적 만난 반려동물에 대한 이야기를 풀어 놓는다. 그래서인지 진이와 후루룩의 관계에 대해 더 깊이 몰입하고 이해할 수 있었던 듯하다. 하지만 아직 중 1이라서 그런지 개인적인 경험, 특히 반려동물에 치중한 토의와 토론이 주를 이루었고 주제를 사회로 확장해 보는 질문이나 토론까지 도달하지 못한 점이 아쉬웠다. 아이들 사고를 확장해 줄 수 있는 교사의 질문이 요구된다.

이 책의 하브루타 독서 토론 질문은 '사실'에서 시작한다. 아이들에게 질문을 만들라고 하면 심화에 해당하는 질문부터 만드는 경향이 있다. 책을 읽었기 때문에 내용을 안다고 생각하기도 하고, '사실'에 대한 질문은 쉽다고 생각하기도 한다. 그러나 명백한 '사실'부터 시작하는 질문은 논리적 사고와 체계적으로 생각하는 태도를 기르는 출발점이다.

아이들은 구성단계별로 발췌를 한 후 질문을 작성하다 보니 글을 전보다 더 꼼꼼하게 읽게 되고 글 속에 숨은 의도를 더 잘 파악할 수 있었다고 한다. 사실에서 출발해 심화, 적용, 종합으로 이어지는 후속질문으로 사고가 확장되고 정교해졌다고 말이다.

4장

조화로운 미래를

어떻게 만들어갈까

《나와 마빈 가든》

플라스틱 사용, 이대로 괜찮을까

○ 수업 목표
1. 구성단계별로 질문을 하고 하브루타 토론을 할 수 있다.
2. 플라스틱 사용 실태를 알 수 있다
3. 플라스틱 사용을 줄이기 위한 개인적, 사회적 실천 방안을 찾을 수 있다.
○ 함께 읽은 책 : 《나와 마빈가든》(에이미 새리그 킹 / 봄나무 / 2018)
○ 분류 : 더불어 사는 삶
○ 주제 : 플라스틱 사용, 이대로 괜찮을까
○ 대상 : 초등 6학년 ~ 중학교 3학년
○ 분량 : 336쪽
○ 참고 : 《세상에 대하여 우리가 더 잘 알아야 할 교양 :
　　　플라스틱 오염, 재활용이 해답일까?》(제오프 나이트 / 내인생의 책
　《플라스틱 없는 삶》(윌 맥컬럼 / 북하이브)
○ 집필 : 서옥주

　　환경 문제의 심각성만큼 환경에 관한 책들이 많이 있지만 《나와 마빈 가든》은 독특한 등장인물과 설정으로 특별함을 만들어낸다. 이 책은 주인공 오비 데블린의 현재 이야기와 백 년 전 오비의 증조할아버지, 증조할머니 이야기가 번갈아 전개된다. 이런 전개 방식은 처음에는 책에 대한 몰입을 어렵게 만들기도 하지만 오비가 사는 땅의 백 년 전 이야기는 오비가 이 땅에 갖는 애착을 독자도 십분 이해할 수 있게 해준다. 오비가 그 땅이 무분별한 주택개발로 훼손되는 걸 지켜보면서 안타까워하고 데블린이라는 자기 집안 이름을 붙인 강을 매일 청소하는 이유는 그 땅과 강을 자신의 일부로 여기기 때문이다. 그 땅과 강을 자신의 일부로 여긴다는 말의 의미를 통해 우리가 환경 문제를 어떻게 바라보아야 하는지에 대해 이야기해 볼 수 있다.

　　또 하나 독특한 점은 플라스틱을 먹는 '마빈가든'의 존재이다. 최근 해양생물이나 새들이 플라스틱을

먹이로 오인해 먹고 죽는다는 기사를 자주 볼 수 있다. 세포보다 작은 미세플라스틱이 천일염이나 조개류, 생선 등에서 발견되고 인체에 축적될 수 있다는 기사를 봤을 때는 당장 뱃속에 플라스틱이 있는 것 같은 불편한 느낌을 받기도 한다. 그런데 플라스틱을 먹는 동물이라니! 책을 읽은 아이들은 지금처럼 동물들이 플라스틱을 먹다 보면 마빈 가든 같은 동물이 생길 것 같다고 하기도 하고 플라스틱 문제를 해결하는 방법이 될 수 있을 것 같다는 반응을 보이기도 한다. 미세플라스틱이 동물이나 인체에 어떤 영향을 미치는 지에 대해서는 아직 정확히 밝혀지진 않았다고 하지만 정상적인 빛깔이 아닌 플라스틱이 좋은 영향을 미칠 리가 없다.

플라스틱 폐기물은 이제 지구적 차원의 시급한 문제이다. 2018년 초 중국이 폐플라스틱 수입을 금지하자 수출로 자신들의 쓰레기 문제를 해결하던 많은 나라의 발등에 불이 떨어졌다. 말레이시아와 같은 동남아국가들로 눈을 돌리고 있지만 재활용할 수 없는 쓰레기가 함께 딸려 오며 국가 간 갈등 원인이 되고 있다. 문제 해결을 위해 유럽연합과 캐나다 등은 2021년부터 일회용 플라스틱 사용을 금지하는 방안을 마련하기도 하고 2019년에는 주요 20개국 에너지·환경 장관 회의에서 플라스틱 쓰레기를 줄이기 위한 각국의 행동계획을 작성하고 이행계획을 공유하기도 했다.

지난 70여 년간 인류 삶을 편리하게 해주었던 플라스틱이 이제 인간과 동물의 생명을 위협하고 지구는 폐플라스틱으로 뒤덮이게 되었다. 지속가능한 삶을 위해 우리가 할 수 있는 일이 무엇인지, 실천에 옮길 구체적인 방안도 찾아보자.

하브루타 독서토론 수업 흐름

활동 순서	핵심 활동	활동 목표	주요 활동 내용
1차시 (120분)	읽기 활동 질문 생성과 질문 탐구	사전 활동	-《나와 마빈 가든》 읽고 자기소개서 써오기
		텍스트와 상호 작용 구성단계별로 나누고 질문 만들기 질문의 양적 및 질적 심화	-〈나의 종착지는 어디인가요〉 지식채널 e 시청(5분)하고 소감나누기 - 시간적, 공간적 배경 함께 읽고 이야기 나누기 -《나와 마빈 가든》 자기소개서 발표 및 궁금한 점 질문하기 - 구성단계 나누기 : 전체 활동 - 구성단계별로 질문 만들기 : 짝 활동
		2차시 수업 준비 과제	- EBS 다큐 시선 〈플라스틱 없이 살아보기〉 시청하고 개인이나 단체가 할 수 있는 방안 정리해오기

2차시 (120분)	짝 – 모둠 하브루타 및 쉬우르	동료와의 상호작용 (짝토론, 모둠토론) 적용 및 심화 발전	○ **짝토론(40분)** 질문 분류하고 정리하기 짝과 함께 토론하기 최고의 질문 선정하기 ○ **모둠토론(30분)** 짝토론에서 선정한 질문 발표하기 모둠토론하기 최고의 모둠 질문 선정하고 정리하기 ○ **전체토론 (쉬우르) (20분)** 최고의 모둠 질문 발표하기 최고의 질문 선정하고 전체토론하기
		플라스틱 없이 일주일 살기 프로젝트 준비 (30분)	– EBS 다큐 시선 〈플라스틱 없이 살아보기〉 시청 소감 나누기 – 내가 쓰고 있는 플라스틱 제품을 바탕으로 〈플라스틱 제로 계획〉 세우기 – 매일 자신이 배출한 플라스틱 사진을 찍고 단체 대화 방에 올리기 – 과학탐구 원탁회의 준비 주체 정하기
3차시 (120분)	프로젝트	사전 활동	– 과학탐구 원탁회의 준비해오기(각 주체별 해결 방안, 다른 주체에 질문할 내용 정리)
		프로젝트 수행 결과 나누기 과학탐구 원탁회의 세상을 바꿀 방안 찾기 마무리 글쓰기	– 〈플라스틱 없이 일주일 살기〉 프로젝트 수행 결과 및 소감 발표하기 – 프로젝트 실행 시 어려운 점에 대해 질문하고 의견 나 누기 ○ **과학탐구 원탁회의– 플라스틱 문제** **해결방안 모색하기** 입론서 쓰기(30분) 주장 발표하기 (각 5분 이내) : 해결방안 모색하기 (개인, 기업, 환경단체, 정부, 국제기구 등) 나머지 토론자 자유발언 – 찬성, 반대, 보충, 질의 ○ **글쓰기** – 우리가 세상을 바꿔요! 유엔 총회 연설문 쓰기

🎵 1차시 수업

▶ 다음 사진을 보고 이야기를 나누어보자.

새끼에게 플라스틱을 먹이는 알바트로스 / 〈사진작가 크리스 조던〉

위 사진은 북태평양의 작은 섬 미드웨이에 사는 어미 알바트로스가 새끼에게 먹이를 먹이는 장면이다. 미드웨이는 백만 마리 이상의 알바트로스가 서식하는 곳이다. 알바트로스는 1만 6000Km를 날아가 먹이를 구하는데 바다 표면에 떠 있는 먹이를 빠르게 낚아채는 방식으로 식량을 구한다. 배를 가득 채우면 섬으로 돌아와 새끼에게 음식을 게워 내 먹인다.

- 위 사진에서 알바트로스가 새끼에게 먹이는 것은 무엇일까?
- 어미 알바트로스는 새끼에게 왜 저것을 먹이로 주게 되었을까?
- 새끼 알바트로스는 어떻게 될까?

▶ 플라스틱에 관한 다음 영상을 보고 이야기를 나누어보자.

○ 지식 채널 e 〈나의 종착지는 어디인가요?〉
(유튜브에서 '나의 종착지는 어디인가요?' 검색)

- 플라스틱의 특징은 무엇인가?
- 플라스틱이 현대인의 뼈, 조직, 피부가 되었다는 말은 무슨 뜻일까?
- 생산된 플라스틱 중 재활용되는 비율은 어느 정도인가?
- 나머지 플라스틱은 어떻게 될까?
- 그래서 어떤 문제가 발생하나?

▶ **시간적 배경에 대해 알아보자.**

2016년. 오비가 11살이 되던 해 봄과 여름에 거쳐 일어난 일이야. 마빈 가든을 발견하고 지 선생님에게 알리기까지 2주가 걸렸어. 이 책은 100년 전, 데블린 지역과 데블린 가 사람들 이야기도 함께 전개되고 있어. 1900년 대 초 미국은 남북 전쟁 이후 미국 재건이 시작되어 산업화가 진전되던 시기였어. 사회와 노동력의 급격한 변화가 많은 노동조합을 낳았고 파업이 이어졌지. 유럽을 비롯한 다른 대륙에서 1865년부터 1918년까지 2,750만 명이라는 전례 없는 이민자들이 이주해 저렴한 공장 노동력을 제공했고 캘리포니아와 같은 아직 개발이 진행되지 않았던 지역에 다양한 지역 사회를 형성했어. 이 시기의 미국은 인구증가와 산업 성장, 해외에서의 제국주의 산업 육성 등으로 국제 사회에서 힘을 키우던 시기였어. 미국은 뒤늦은 1917년 제1차 세계대전에 참전하여 전쟁을 승리로 이끌면서 군사 대국과 경제 대국의 길을 걷게 되지.

그때 우리는 어떻게 살고 있었을까?

이 시기 제국주의 영향으로 우리나라는 강대국들의 침략적 개입으로 힘든 시기를 보내고 있었어. 그런 와중에도 근대화를 위한 노력을 하고 있었지. 근대적 기술을 배우고 통신·교통 시설이 개선되었고 우편·전보망이 전국으로 확대됐어. 외국 자본과 기술에 의존하기는 했지만, 철도와 전화도 개통되었어. 서울에 발전소가 건설되어 전등이 켜지고 전차가 운행되었지. 정부가 개혁을 통해 나라를 개혁하려고 하는 한편 독립협회를 비롯한 여러 단체가 나라의 면모를 새롭게 하려고 토론회를 열어 교육 진흥, 산업 육성, 낡은 관습의 개혁을 논의했어. 그러나 외세 간섭으로 개혁은 제대로 진행되지 않았고 이후 일제에 의해 외교권을 박탈당하고 내정 간섭을 받게 되지.

▶ **공간적 배경에 대해 알아보자.**

《나와 마빈 가든》의 주인공 오비 데블린은 펜실베니아 주 데블린 샛강 근처에서 살고 있단다. 데블린이 살던 이 땅에서는 여러 번 영역 싸움이 벌어졌지. 이 땅 원주민은 누구였는지 어떤 사람들이 이 땅으로 이주해왔는지 함께 여행을 떠나보자.

처음 이 땅 주인은 레나페 족(Lenape) 또는 델라웨어 족(Delaware)으로 불리던 미국 원주민 부족이었지. 레나페는 인디언 말로 '진정한 인간'을 뜻해. 현재의 미국 동부, 뉴잉글랜드의 뉴욕, 펜실베이니아, 뉴저지, 델라웨어, 델라웨어만, 델라웨어강 일대에서 수렵 채집을 하면서 산재해 있었어. '델라웨어'라는 말의 유래를 이야기하자면 1610년 제임스타운 식민지의 버지니아 식민지 총독에 임명된 새뮤얼 아겔 대위를 먼저 이야기해야겠구나. 새뮤얼 아겔 총독이 제 3대 델라웨어 남작 토마스 웨스트를 기념하여 정착촌을 '델라웨어'라고 명명한데서 그 유래를 찾을 수 있단다. 이 땅 주인이 레나페족에서 유럽인들에게 넘어간 것을 알 수 있겠지? 유럽인들이 어떻게 이곳까지 오게 되었는지 잠시 17세기로 가 볼까?

1620년 영국을 떠난 청교도 즉, 퓨리턴(칼뱅이 창시한 개신교를 믿는 사람들)들이 메이플라워호를 타고 미국 동부 해안에 도착했단다. 그들은 영국 왕 제임스 1세의 종교 탄압 정치를 피해 떠나온 거야. 정착 첫 해, 그들은 겨울의 매서운 추위와 굶주림으로 절반 이상이 죽었단다. 살아남은 사람들은 원주민들에게 담배와 옥수수 재배 방법을 배우면서 살아남았어. 메이플라워 이후 북아메리카에는 종교적, 정치적, 경제적 이유로 수많은 유럽인들이 이주하여 북아메리카 동쪽 해안에 여러 식민지를 세우게 돼. 하지만 유럽 이주민들이 증가하면서 인디언들과 충돌이 증가했고 결국 인디언들은 서쪽으로 쫓겨났어. 굴러들어온 돌이 박힌 돌을 빼낸 격이지. 레나페 족 역시 백인 정착민들에 의한 토지 약탈과 학살, 또한 그들이 들여온 천연두와 감기 등의 전염병으로 인해 거의 전멸했단다. 겨우 살아남은 부족민들은 인디언 강제 이주법에 의해 현 오클라호마로 강제 이주를 당했어.

식민지 초반 영국은 아메리카 식민지에 대해 우호적인 정책을 폈단다. 하지만 18세기 중반에 국가 재정이 궁핍해지자 아메리카 식민지에 인지세, 홍차세 등 여러 가혹한 세금을 매겼어. 식민지인들의 불만은 점차 거세졌고 결국 1773년 12월 보스턴 항구에 도착한 영국 배에서 차를 모두 바다에 던져 버리는 이른바 '보스턴 티 파티' 사건이 벌어진 거야. 이 일을 계기로 1775년 4월 아메리카 독

※참조:
-《엄마의 역사편지》
(이은봉 / 책과함께어린이 / 2010)
-《식탁 위의 세계사》
(이영숙 / 창비 / 2012)
- 위키백과

립 전쟁이 발발했어. 전쟁은 매우 치열한 공방을 벌였어. 그러다 영국과 적대관계였던 프랑스와 에스파냐가 고전하던 아메리카 독립군 편을 들어주면서 1782년 결국 미국 독립군 승리로 전쟁은 끝을 맺었어. 영국 지배에서 벗어난 식민지는 아메리카 합중국이라는 이름으로 새로운 나라를 열게 되었지. 봉건주의 등 구체제가 없었기에 미국은 자본주의 강국으로 빠르게 성장한단다.

혹시 데블린의 할아버지가 아일랜드 후손이라는 것을 기억하니? 할아버지 선조들은 어떻게 아일랜드에서 미국으로 건너오게 되었을까? 가슴 아픈 이야기를 들려주어야겠구나. 1845년부터 1850년까지 아일랜드에서 감자 대기근 사건이 벌어졌단다. 아일랜드 주식인 감자가 '감자 마름병'에 걸리면서 모두 썩어 버린 거야. 당시 아일랜드는 영국의 식민지였어. 영국이 식민지인 아일랜드의 농작물을 다 수탈해 가면서 상품성이 떨어지는 감자만을 남겨 두었던 거야. 아일랜드 사람들은 대체 작물도 없이 오직 감자에만 의존할 수밖에 없었지. 그런 와중에 감자 대기근이란 치명적인 재앙을 맞이하게 된 거야. 이로 인해 당시 800만 명이던 아일랜드 인구는 650만 명으로 줄어들었어. 100만 명 이상의 아일랜드 사람들은 기아를 피해 죽음을 무릅쓰고 미국 대륙으로 이주를 하게 되지. 전 재산을 털어 미국으로 이주한 아일랜드 인들은 무일푼이어서 대부분 미국 동부 해안에 정착을 했어. 아픈 역사를 딛고 미국으로 건너간 아일랜드 인들에 의해 미국의 역사가 새롭게 시작되기도 했단다. 미국 대통령 존 F 케네디의 선조뿐만 아니라, 오바마 대통령의 외가도 아일랜드계란다. 이 책의 주인공 오비 데블린의 증조 할아버지 역시 아일랜드계이지

이제 다시 데블린 가 이야기로 돌아와 볼까? 1900년 대 데블린 가는 열심히 노동한 대가로 펜실베니아 주 데블린 샛강 근처의 70만 제곱미터 땅을 소유하게 돼. 그 시절 이 지역은 대부분 밭이었고 농장 건물과 집 등이 있었지. 하지만 할아버지가 야심차게 시작한 토마토, 귀리 농사는 병충해로 인해 연이어 실패했어. 흉작과 증조할아버지의 알콜 중독으로 인해 100년 후 데블린 땅은 은행 소유가 되고 말지. 데블린 가는 집과 데블린 샛강 등 황무지에 가까운 1만 제곱미터의 땅만 소유하게 되었어. 은행이 소유한 땅은 어떻게 되었을까? 오비와 토미네만 있었던 길브랜드로 주변 지역은 3지구로 나뉘어져 개발이 진행되었어. 오비가 4학년으로 올라가기 전 1지구가 공사를 시작했고 현재 3지구까지 주택 단지가 개발되었지. 오비를 오비답게 해주었던, 오비가 사랑한 옥수수 밭과 나무들은 난개발로 인해 사라졌어. 현재까지 진행되는 개발로 인해 이 땅의 주인은 이제 우후죽순 솟은 주택단지들이 되었구나.

첫 걸음 – 읽기, 내용 공유하기

▶ 등장인물 중 오비, 토미, 마빈 가든, 아빠, 지 선생님 등에 대해 1인칭 시점으로 쓴 자기 소개서를 발표하자. 발표를 들으면서 궁금한 점은 메모하면서 질문거리를 찾아 질문하고 발표자는 대답을 해보자.

오비 데블린 자기소개서

내 이름은 오비 데블린이고, 올해로 11살이다. 나는 옥수수밭 한가운데서 자랐다. 이제는 우리 밭이 아니지만 그 밭에는 데블린 집안의 흙이 깔려 있었다. 옥수수밭에서 풍겨 나오는 냄새보다 나를 더 나답게 만드는 것은 없다. 우리 외가는 백 년 넘게 70만 제곱미터에 이르는 땅을 땀으로 일구어 왔다. 그 땅은 우리 외가의 자부심이기도 해서 딸들도 데블린이라는 성을 썼다. 나의 성도 아빠가 아닌 엄마 성을 이어받았다. 그 땅은 이제 거의 은행이나 다른 사람의 소유로 넘어가고 데블린에게 남은 땅은 황무지를 포함한 1만 제곱미터의 땅이 전부이다.

환경과 동물 문제에 관심이 많은 나는 매일 데블린 샛강을 청소한다. 데블린 샛강은 우리 외가 성씨를 따서 지은 것이다. 데블린 샛강은 나의 일부이자 나 역시 샛강의 일부이다. 데블린 샛강을 청소하다가 나는 새로운 종의 동물을 만났다. 그 괴생명체의 생김새는 돼지처럼 생겼지만, 그보다는 더 작고 꼬리 대신 부어오른 혹 같은 게 있었다. 피부는 젤리처럼 쫀득거렸다. 놀랍게도 이 녀석은 플라스틱을 먹었다!

내가 발견한 새로운 종의 동물에게 나는 '마빈 가든'이라는 이름을 붙여주었다. 마빈은 다른 동물과는 아주 다르고 이상하다. 그래서 마빈을 싫어하는 사람들이 있을 수 있다. 마빈과 나는 공통점이 많다. 나 역시 여느 남자아이들과 다르다. 사람들은 정말 이상하다. 다른 사람들이 자기들과 같아야 한다고 여긴다. 아빠는 내가 자기 같아야 한다고 하고 토미도 내가 자기 같아야 한다고 했다. 하지만 나는 그저 내가 되고 싶었다.

나는 내 친구인 마빈 가든의 습성을 탐구하며 보살펴 주었다. 나는 아무에게도 마빈에 대해서 이야기하지 않았다. 지금 제일 친한 친구인 애니에게도. 자기 것이 모두 사라지고 가장 가까운 친구에게 배신당한 경험을 한 사람이라면 내 심정을 이해할 것이다. 마빈은 내 것이고 내 것이 될 운명이었다. 하지만 토미가 마빈 가든의 정체를 알아 버렸다. 토미는 나와 함께 길브랜드로에 살았던 죽마고우이다. 토미는 우리 땅이 개발되고 외지인들이 이사 오는 것을 함께 분노했던 친구였는데 지금은 새로 이사 온 도시 남자아이들에게로 가 버렸다. 새 운동화를 신고. 토미는 비겁한 방법으로 내 숲을 빼앗았다. 그날 이후 나는 코피를 흘린다. 그런 토미가 마빈 가든의 정체를 알고 마빈을 공격하겠다고 협박을 한다.

　　설상가상으로 나는 마빈의 배설물이 땅과 식물, 고무 등을 녹이고 있다는 사실을 알게 되었다. 마빈의 배설물로 인해 마을 사람들의 피해가 커지자 마을 사람들은 수렵 감독관을 동반한 마을 회의를 개최했다. 토미 일행은 마빈 가든을 포획하려고 덫을 설치하였고 마빈에게 페인트 볼 총도 쐈다. 나는 마빈이 더 이상 위험에 처하는 것을 방관할 수 없었다. 그래서 애니와 누나에게 마빈의 정체를 알리고 나에게 환경 문제 의식을 심어준 과학 담당 지 선생님께 도움을 요청했다. 다행히 지 선생님과 케빈 박사의 도움으로 마빈 가든 가족은 환경 보호국 보호 아래 안전하게 되었다. 나는 새로운 종의 연구에 대한 과제로 과학대회에서 상을 받고 새로운 종을 발견한 공로로 뉴스에도 실리게 되었다.

　　나는 데블린 일가의 땅이 난개발로 사라지고 토미와의 불화로 인한 수치심에 자존감이 낮았었다. 하지만 마빈과의 만남을 통해 자존감을 회복했다. 나는 나와 비슷한 처지에 있는 아이들에게 자아와 환경을 사랑하는 마음을 심어주는 교사가 되기로 결심했다.

　　마빈 가족은 떠났다. 하지만 나는 마빈과 함께여서 행복했고 마빈이 안전하게 되어서 행복했다. 데블린 가의 땅을 빼앗겨서 수치스럽게 살아왔던 우리 가족도 우리에게 남은 황무지를 아름답게 일구며 자부심을 되찾았다. 진정한 발견을 향한 여정은 새로운 땅을 찾는 것이 아니라 새로운 눈을 갖는 것이다. 우리 가족은 많은 절망을 겪었다. 하지만 틀림없이 희망이 있었다. 뜻을 품은 데블린 집안 사람이라면 좌절할 수 없었다. 그래서 나는 좌절하지 않았다.

토미 자기소개서

나는 11살 토미다. 우리 집은 예전에 데블린 집안 땅이었던 곳에 있다. 길브랜드로에는 원래 우리 집과 오비네 집밖에 없었는데 지금은 주택단지 네 곳과 주유소가 생겼고 새로운 사람들과 아이들이 살게 되었다.

오비와 나는 유치원 때부터 친구로 온갖 놀이를 함께 하면서 자란 사이이다. 1지구가 생길 때부터 우리는 주택단지 지하에 오비의 물건, 데블린 집안을 나타내는 것들을 묻으러 다녔다. 사람들이 땅을 빼앗아 가고 있는데 우리가 할 수 있는 일은 아무것도 없었기 때문이다. 그러다 구덩이에 빠진 오비를 밧줄로 구하기도 하고 흙무더기 위를 기어올랐다가 양말과 운동화를 더럽혀 엄마한테 혼나기도 했다. 이백 살이나 된 떡갈나무에 집을 만들고 술래잡기나 숨바꼭질을 하면서 놀았고 옥수수밭을 헤치고 학교에 갔다.

오비와 나만 이용하던 버스정류장을 이사 온 다른 아이들도 이용하기 시작했다. 우리는 그 아이들과는 친구가 되지 않기로 협정을 맺었다. 도시 아이인 마이크가 내 운동화가 유명 상표가 아니라고 놀렸을 때 오비가 내 편을 들어주었다. 하지만 나는 그 아이들이 신는 유명 상표 신발을 사고 마이크를 샛강에 데려오고 새로운 친구들과 놀았다.

나는 오비가 싫어할 줄 알았지만 유별나게 굴고 싶지 않아서 딜런이 준 사탕을 먹고 다른 아이들처럼 샛강에 사탕 껍질을 강에 버린 적이 있다. 예상대로 오비가 화를 내서 내가 버린 껍질은 주웠지만 다른 아이들에게 하지 말라고 말하지는 않았다. 그 아이들이 나를 히피나 시골아이들이라고 부르고 오비와 같은 부류로 취급하는 것이 싫었기 때문이다. 오비는 우리가 함께 자란 그 강을 자기 샛강이라고 부르지만, 그 강은 우리 모두의 것이다.

나는 새로운 아이들과 숲에서 놀기 시작하면서 오비에게 숲에서 나가라고 했다. 오비는 그곳이 자기 땅이기 때문에 자기더러 나가라고 할 수 없다고 했다. 내가 싸워서 이긴 쪽이 숲을 가지도록 하자고 오비에게 제안했다. 마이크는 이기는 쪽이 데블린 땅을 전부 가져야 한다고 했지만 나는 원래 이 땅이 데블린 가의 땅이니 우리가 이기면 숲만 갖는 것이 공평하다고 설득했다. 오비와 나는 싸워 본 적이 없었기 때문에 싸우려고 마주 섰을 때 긴장이 되었다. 오비에게 그런 짓을 하면 안 되는 줄 알지만 싸움에서 지고 싶지 않았기 때문에 심판인 마이크의 이야기를 듣느라 고개를 돌린 오비의 코를 내가 먼저 쳤다. 오비가 코피를 흘리면서 영역 싸움은 끝났다. 우리는 숲을 가졌고 오비는 샛강을 가졌다.

애니를 놀리는 것도 마이크가 자기 동생 발에 박힌 비비탄 얘기를 하는 것도 나는 즐겁지 않았고 오비랑 애니가 친하게 지내서 질투가 났다. 마이크와 아이들이 키스할 여자아이들 목록을 만들고 애니에게 키스하라고 강요할 때 눈물이 날 만큼 싫었지만 약하다는 말을 듣기 싫어 실행에 옮겼다. 애니에게 키스한 걸 오비가 교장 선생님께 말해서 3일 동안 정학을 당했다. 나도 하고 싶어서 한 일이 아닌데 그걸 일러바치다니 화가 났다.

어느 날 숲에서 마빈을 발견하고 강까지 따라갔는데 오비가 먼저 이름을 지어 주었고 마빈을 마치 자기 것처럼 아무에게도 말하지 말라고 했다. 지 선생님에게 말하자는 제안도 거절했다. 오비를 괴롭히고 싶어서 마이크네 아빠 소총 이야기를 하면서 마빈에게 작별 인사를 하라고 쪽지를 보냈다. 마이크와 아이들에게 마빈에 대해서 말했고 아이들은 마빈을 유인하려고 플라스틱으로 유인물을 만들고 끝을 뾰족하게 깎은 나뭇가지를 설치했다.

마이크와 내 운동화 밑창이 녹아서 없어졌고 베란다 바닥에 구멍이 났다. 나는 그 일이 오비 짓이라고 말했다. 오비가 마빈의 일을 나랑 같이 해결하려고 하지 않고 이 모든 것이 자기만의 일인 것처럼 굴면서 나를 그 일에서 밀어내 화가 났다.

오비가 마빈의 일을 지 선생님에게 알리고 수렵 감독관이 우리 집에 와서 엄마에게 신발과 베란다 바닥이 오비 짓이 아니라고 말했다. 또 오비와의 싸움이 정당하지 않았는데 오비는 그 사실을 누구에게도 말하지 않았다는 것도 알게 되었다.

나와 함께 자란 오비가 숲이나 강이 자기 것이고 내가 그 일부라고 생각하지 않아 서운했다. 나는 더 많은 친구를 사귀고 싶었고 남자가 되고 어른이 되어 멋진 삶을 살고 싶었다. 마이크와 아이들과 함께 어울려 다니면 그렇게 될 거라고 생각해 그 아이들이 시키는 일을 했다. 하지만 그 아이들을 좋아했던 건 아니다.

나는 오비에게 한 비겁한 일과 애니에게 키스한 일 모두를 사과했고 오비와 함께 황무지를 멋진 곳으로 만들기로 했다. 이제 나는 고급운동화 없이도 친구들과 잘 지낼 수 있게 되었다. 오비가 다른 친구들과도 친구가 되었으면 좋겠지만 시간이 해결해 줄 것이다.

🔵 두 걸음 - 하브루타 질문 만들기

▶ 아이들과 함께 이야기를 구성단계로 나누고 구성단계별로 주요 문장이나 장면을 뽑아 짝과 함께 질문을 만들어보자. 구성단계를 나눌 때는 소설 구성단계를 먼저 설명하고 함께 단계를 나누어본다.

1. 발단 (1 ~ 6장)

백년이 넘도록 데블린 집안이 일구었던 땅은 이제 주택단지로 개발되고 있다. 데블린 가 후손으로 데블린이라는 이름을 가진 강과 숲, 동물을 사랑하는 오비는 데블린 샛강에서 사람들이 아무 생각 없이 버린 쓰레기를 청소하다가 플라스틱을 먹는 괴생명체를 발견한다.

🎵 발단 단계 주요 문장 및 질문하기

---

① 주택단지 개발
우리 황무지와 ~ 그리고 영역 싸움 (13쪽 12줄 ~ 끝)

- 원래 길브랜드로에는 무엇이 있었는가? (사실)
- 길브랜드로는 지금 어떻게 변했는가? (사실)
- 자신이 뛰어놀던 곳이 주택 단지로 개발되는 것을 보고 오비는 어떤 기분일까? (심화)

② 옥수수 밭, 데블린 샛강과 오비
나는 ~ 전부 내 영역이었다. (11쪽 7줄 ~ 16줄)

- 옥수수 밭이 있는 땅은 누가 일구었는가? (사실)
- 옥수수 밭이 있는 땅과 데블린이라는 성씨는 어떤 관련이 있는가? (사실·심화)

사실 내 것이 ~ 지금 내 피가 샛강의 혈관을 따라 흐르고 있으므로 (14쪽 15줄 ~ 15쪽 3줄)

- 오비는 데블린 샛강에서 무엇을 하는가? (사실)

- 오비는 왜 샛강을 청소하는가? (사실·심화)

- '샛강이 내 일부인 만큼 나는 샛강의 일부였다'라는 말에서 무엇을 알 수 있는가? (심화)

③ **마빈 가든과 오비의 만남**
발자국 모양으로 보면 ~ 개는 아니었다. (26 ~ 29쪽)

- 마빈 가든을 처음 보았을 때 오비는 어떤 태도를 보였는가? (사실)

- 오비는 왜 그런 반응을 보였을까? (심화)

- 오비를 처음 보았을 때 마빈 가든은 어떤 태도를 보였는가? (사실)

- 마반 가든은 왜 그런 태도를 보였을까? (심화)

- 마빈 가든은 무엇을 먹는가? (사실)

- 마빈 가든은 왜 그것을 먹게 되었을까? (심화)

- 마빈 가든은 어떻게 생겼는가? (사실) (30쪽 7줄 ~ 31쪽 8줄, 57쪽 17줄 ~ 58쪽 6줄 참고)

2. 전개 (7 ~18장)

오비가 새로 발견한 동물에게 마빈 가든이라는 이름을 붙여주고 서로 공통점을 느끼면서 친구가 된다. 오비는 지 선생님에게서 플라스틱 오염 실태에 대해서 듣게 되고 아빠와 모노폴리 게임을 하면서 플라스틱 문제에 대해 논쟁을 벌인다. 토미와 마이크 무리는 숲을 갖기 위해 오비와 싸움을 하자고 제안하고 토미의 기습공격으로 오비는 코피를 흘린다.

♫ **전개 단계 주요 문장 및 질문하기**

① **모노폴리 게임**
백 년 전에도 ~ 해악이 뭔지 알 것 같았다. (49쪽 5줄 ~ 11줄)
한 주에 적어도 ~ 관련이 있다는 걸 모르시겠어요? (70쪽 12줄 ~ 14줄)

- 모노폴리 게임은 왜 만들어졌는가? (사실)

- 토지개발의 나쁜 점은 무엇인가? (심화)

- 오비 주변에서 벌어지는 일과 모노폴리 게임은 어떻게 관련되어 있는가? (심화)

② 플라스틱 쓰레기 논쟁

신문 기사에서 ~ 점점 쌓일 겁니다." (51쪽 18줄 ~ 52쪽 1줄)

누나가 ~ 아빠는 누나에게 1050달러를 냈다. (52쪽 14줄 ~ 54쪽 5줄)

- 플라스틱 쓰레기에 대해 아빠는 어떻게 생각하는가? (사실)

- 왜 아빠는 플라스틱이 지구를 망쳐 놓았다고 말하는 아이들에게 어리석다고 말했을까? (심화)

- 플라스틱 쓰레기에 대해 오비와 누나는 어떻게 생각하는가? (사실)

- 오비와 누나는 왜 플라스틱이 지구를 망쳐놓았다고 생각할까? (심화)

- 지 선생님은 "쓰레기는 공동의 것이라고, 우리 모두의 것이라고" 말한다. 지 선생님 말의 의미는 무엇인가? (심화)

③ 플라스틱 오염 실태

과학 시간에 ~ 그 어떤 것보다 큰 문제인데 (91쪽 3줄 ~ 92쪽 12줄)

- 새끼 알바트로스의 위장 속에는 무엇이 들어있는가? (사실)

- 새끼 알바트로스는 왜 플라스틱을 먹었을까? (심화)

- 정상적인 빛깔과 비정상적 빛깔은 무엇인가? (사실)

- 비정상적인 빛깔은 왜 생명을 위협하는가? (심화)

- 태평양 거대 쓰레기 지대는 어떻게 만들어졌는가? (사실)

- 태평양 거대 쓰레기 지대로 인해 어떤 일이 벌어질까? (심화)

- 플라스틱 오염 문제를 해결하는데 내가 할 수 있는 일은 무엇일까? (적용)

④ 정상과 비정상

마빈은 ~ 지금 정상이 아닌지 모른다. (90쪽 15줄 ~ 91쪽 2줄)

아빠는 남자아이라면 ~ 아빠는 이 일에 대해서는 한 번도 말하지 않았다.

(104쪽 1줄 ~ 14줄)

- 오비의 아빠가 생각하는 정상적인 남자아이는 어떤 모습인가? (사실)

- 아빠는 왜 내가 정상적인 남자아이가 되기를 바랐을까? (심화)

- 오비와 마빈의 공통점은 무엇인가? (사실)

- 정상적인 것과 비정상적인 것을 어떻게 나눌 수 있을까? (심화)

⑤ **코피와 수치심**

나는 어디에 ~ 비가 부슬부슬 내리기 시작했다. (119쪽 7줄 ~ 122쪽 3줄)

- 오비와 토미는 왜 싸움을 하게 되었는가? (사실)

- 숲과 샛강 모두 데블린 땅인데 왜 싸움을 해야 했을까? (심화)

- 오비는 왜 코피가 났는가? (사실)

- 토미는 왜 기습 공격을 했을까? (심화)

- 오비는 왜 토미에게 공평한 싸움이 아니었다고 말하지 않았는가? (사실)

- 오비는 왜 창피하다고 느꼈을까? (심화)

3. 위기 (19~24장)

토미가 마빈 가든의 정체를 알게 되었고 애니에게 입을 맞춘 일로 정학을 당한다. 토미는 오비가 입맞춤 사건을 말해서 정학을 당했다고 생각해 마빈을 공격하겠다고 오비에게 위협을 가한다. 설상가상으로 오비는 마빈의 배설물이 토양과 식물들을 죽인다는 사실을 알게 된다.

♫ **위기 단계 주요 문장 및 질문하기**

① **입맞춤 사건과 토미의 정학**

토미가 허락 없이 ~ 나 스스로 조금 놀랐다. (146쪽 20줄 ~ 147쪽 17줄)

- 토미는 왜 정학을 당했는가? (사실)

- 입맞춤 사건에 대해 오비는 어떻게 생각하는가? (사실)
- 다른 아이들은 왜 토미가 그런 벌을 받으면 안 된다고 생각할까? (심화)

② **토미의 위협**
내가 몸을 ~ 기습 공격이랑 똑같다. (149쪽 2줄 ~ 15줄)

- 토미는 왜 마빈을 해치겠다고 위협하는가? (사실·심화)

가까이 가서 보니 ~ 최대한 멀리 던졌다. (159쪽 7줄 ~ 161쪽 19줄)

- 토미와 마이크 무리는 왜 덫을 설치했는가? (사실)
- 오비는 왜 엄청난 분노를 느꼈을까? (심화)
- 토미는 동물을 사랑하는 아이였는데 왜 마빈을 공격하려고 할까? (사실)
- 토미는 왜 마이크와 어울리고 싶었을까? (심화)

③ **마빈의 배설물**
숲과 샛강 사이의 ~ 걱정으로 변했다. (161쪽 20줄 ~ 162쪽 13줄)

- 마빈의 배설물 특징은 무엇인가? (사실)
- 오비는 왜 마빈의 배설물을 보고 두려움과 걱정을 느꼈을까? (심화)
- 마빈의 배설물처럼 내가 사용하고 있는 것 중에 환경을 오염시키는 것은 무엇이 있을까? (적용)

4. 절정 (25 ~ 37장)

마빈의 배설물이 마을 사람들의 신발을 녹이고 베란다에 구멍을 내는 등 피해를 입히자 마을 사람들이 범인을 잡으려고 마을 회의를 개최한다. 토미 일행과 마을 사람들로 인해 마빈이 죽을 위험에 처하자 오비는 과학 담당 지 선생님에게 마빈에 대해서 털어놓는다.

♬ 절정 단계 주요 문장 및 질문하기

① 환경오염을 멈추지 않는 이유

1분마다 비닐봉지를 ~ 1달러를 써야 하냐?" (180쪽 6줄 ~ 181쪽 6줄)

나는 환경오염에 대해 ~ 멈추지 않는 걸까?' (237쪽 13줄 ~ 16줄)

- 오비의 아빠가 장바구니를 사자는 오비의 말을 듣지 않는 이유는 무엇인가? (사실)

- 오비는 왜 인간이 바보 같다고 말하는가? (사실)

- 사람들이 비닐봉지 사용이나 환경오염을 멈추지 않는 이유는 무엇일까? (심화)

② 배설물 피해와 마을 회의

"어제 오후에 내 운동화 밑창이 사라졌어." ~ 토미가 말했다. (190쪽 5줄 ~ 191쪽 9줄)

- 마빈의 배설물 때문에 어떤 일이 일어나는가? (사실)

- 토미와 마이크 일당들은 왜 운동화가 망가진 것을 오비 탓으로 돌렸는가? (심화)

엄마가 한숨을 ~ 할 수는 없어요. (222쪽 13줄 ~ 223쪽 6줄)

- 마을 회의는 왜 열리는가? (사실)

- 오비는 이런 일이 벌어지는 이유가 무엇이라고 생각하는가? (사실)

- 사람들이 들판을 망쳤다는 말은 무슨 의미일까? (심화)

③ 마빈을 도와줄 사람

걱정이 떠나지 않았다. ~ 지 선생님뿐이었다. (224쪽 3줄 ~ 12줄)

- 오비는 무엇을 걱정하는가? (사실)

- 오비는 왜 마빈이 죽을 거라고 생각했을까? (심화)

- 오비는 왜 마빈의 일을 지 선생님께 말하고 도움을 요청하려고 하는가? (심화)

5. 결말 (38~47장)

지 선생님과 케빈 박사의 도움으로 마빈은 안전하게 보호를 받게 된다. 오비는 과학 탐구 대회에서 상을 받고 새로운 종을 발견한 공로로 신문에도 실린다. 오비는 자부심을 되찾고 지 선생님 같은 교사가 되어 자아와 환경을 사랑하는 마음을 아이들에게 전해주고자 결심한다.

♫ 결말 단계 주요 문장 및 질문하기

① **오비의 꿈**

" 너한테는 정말 슬픈 일이었겠지." ~ 멋진 실험을 할 것이다. (273쪽 3줄 ~ 17줄)

- 지 선생님이 오비에게 슬픈 일이었겠다고 말하는 것은 무슨 일을 말하는가? (사실)
- 오비가 지 선생님을 '진정한 사람'이라고 말하는 이유는 무엇일까? (심화)

② **마빈의 친구 오비와 자부심**

마빈이 땅 위로 ~ 엄마도 마찬가지였다. (293쪽 16줄 ~ 294쪽 11줄)

- 마빈과 마빈 가족들을 사람들에게 소개하고 오비는 어떤 기분이 들었는가? (사실)
- 오비가 자부심을 느낀 이유는 무엇일까? (심화)

③ **외톨이**

학교 가는 길에 ~ 우리답게 살 수 있을까? (308쪽 4줄 ~ 15줄)

- 우리 모두가 외톨이라고 하는 이유는 무엇일까? (사실)
- '본래의 우리답게' 살려면 어떻게 행동해야 할까? (심화)

④ 다르게 살아가는 법

앞으로 백 년 뒤 ~ 법을 배울 것이다. (323쪽 3줄 ~ 11줄)

- 우리가 세상을 바꾸는 방법에는 어떤 것이 있을까? (사실)
- 마빈 가든이 상징하는 바는 무엇일까? (심화)
- 사람들이 지금과는 달리 지구에 도움이 되는 방식으로 다르게 살아가는
방법에는 어떤 것이 있을까? (적용, 종합)

나 :

사회 :

국가(지구) :

⑤ 오비의 희망과 꿈

백 년 전에 ~ 그래서 나는 좌절하지 않았다. (328쪽 14줄 ~ 329쪽)

- 오비는 무엇이 되고 싶어 하는가? (사실)
- 오비는 왜 선생님이 되고 싶어 하는가? (심화)
- 오비는 왜 좌절하지 않았는가? (사실)
- 오비가 품은 희망은 무엇인가? (심화)

열매맺기

▶ 오늘 수업에 참여한 소감을 말해보자. (새롭게 알게 된 점, 느낀 점, 깨우친 점
을 중심으로)

▶ 다음 시간까지 EBS 다큐 시선 〈플라스틱 없이 살아보기〉를 시청하고 플라스틱
사용을 줄이기 위해 개인이나 단체가 할 수 있는 방안을 정리해 보자. 단체가 할
수 있는 일을 정리할 때는 단체의 종류를 더 구체적으로 정리해 볼 수 있다.

🎵 2차시 수업

마음열기

▶ 앞산터널 건설 반대(대구시가 달서구 상인동에서 수성구 범어동까지 10.5Km의 터널 3곳과 교량 3곳을 건설할 계획을 발표하자 시민단체 등이 이 계획이 자연환경을 파괴하고 경제적 타당성도 없다는 이유를 들어 반대함)를 위한 투쟁에서 민족문학작가회의 대구지회 소속 회원들이 쓴 시 모음 중 유가형 시인의 〈길 뚫으면〉이라는 시를 읽고 이야기를 나누어보자.

- 시인은 터널이 뚫렸을 경우 무엇을 걱정하는가?
- 터널은 사람들의 필요로 만들어진다. 그런데 어떤 사람들을 반대하기도 한다. 왜 그런지 이유를 생각해서 말해보자.

들어서기

▶ 토론하기 전에 《나와 마빈 가든》 줄거리를 구성단계별로 이야기하면서 정리해보자.

펼치기

세 걸음 – 짝토론과 모둠토론

짝과 함께 구성단계별로 만든 질문을 사실·심화·적용·종합 단계로 나눈 다음, 비슷한 질문 하나로 묶고 중복질문은 두 사람 중 한 사람에게만 남기도록 협의해 질문을 정리한다.

정리한 질문을 바탕으로 책 내용에 대해 깊이 있는 논의가 되도록 하브루타 토론을 해보자. 아래는 초등학교 5학년 친구들 짝토론 내용을 정리한 것이다.

- 단답형 대답을 하지 않도록 한다.
- 자신의 발언을 마치고 상대방 의견을 물어볼 수 있다.

- 사실·심화 질문을 주로 토론하지만 적용·종합 질문까지 확장할 수 있다.
- 토론 도중 모둠토론에서 이야기해 볼 가치가 있다고 생각되는 질문은 따로 표시해 둔다.
- 토론 후 모둠토론에서 다시 논의해 볼 만한 질문을 하나 정한다.

짝토론

○ 발단 (1 ~ 6장)

민솔 : 오비는 왜 샛강을 청소하나요?

영승 : 그 강 이름이 데블린 샛강이고 데블린 집안 땅이기 때문입니다.

민솔 : 자기 집안 땅이기 때문에 청소를 한 것일까요?

영승 : 오비가 환경 문제에 관심이 많고 쓰레기는 인류 공동의 것이라고 생각하기 때문입니다.

민솔 : 네, 저도 그렇게 생각합니다.

영승 : 오비랑 토미는 둘도 없는 친구였는데 토미는 왜 달라졌을까요?

민솔 : 마이크 무리에서 놀고 싶었기 때문입니다.

영승 : 왜 마이크 무리에서 놀고 싶었을까요?

민솔 : 마이크 무리가 토미랑 오비를 시골아이 취급했는데 자신은 도시아이처럼 놀고 싶었기 때문입니다.

영승 : 도사아이처럼 행동하는 건 어떻게 행동하는 건가요?

민솔 : 토미는 유명 상표 신발을 신고 샛강에 버려진 쓰레기를 줍는 행동을 히피라고 부르면서 자연을 우습게 여기는 행동을 합니다. 토미는 왜 그때까지의 자신과 다른 아이처럼 행동할까요?

영승 : 토미는 다른 사람이 되고 싶어 한다고 생각합니다. 친구도 많이 사귀고 남자다워지고 어른이 되어서 멋지게 살고 싶어 합니다.

민솔 : 애니를 괴롭히고 마빈을 죽이려고 하는 일이 남자다운 것이나 어른이 되는 일과 관련이 있을까요?

영승 : 토미도 그렇게 좋아한 건 아니지만 그 무리에 끼려면 어쩔 수 없다고 생각하는 게 아닐까요?

민솔 : 토미가 그렇게 행동하는 일이 오비가 샛강을 자신의 것이라고 말하는 것과 관련이 있을까요?

영승 : 토미와 오비는 함께 자랐고 모든 일을 함께 했는데 오비가 그렇게 말해서 서운했을 것입니다. 토미가 샛강은 우리 모두의 것이라고 말하는 것을 보면 알 수 있습니다.

민솔 : 네, 알겠습니다.

민솔 : 마빈은 왜 플라스틱을 먹게 되었을까요?

영승 : 우리 주변에 플라스틱이 널려 있기 때문에 먹게 된 거라고 생각합니다.

민솔 : 실제로도 플라스틱을 먹이로 착각해서 먹는 동물들에 관한 기사가 있는데 작가는 여기에서 아이디어를 얻었을까요?

영승 : 그렇다고 생각합니다. 지금은 플라스틱을 먹고 동물들이 죽게 되지만 계속해서 먹다 보면 플라스틱을 먹이로 먹는 동물들이 생기게 되지 않을까 생각합니다.

민솔 : 그럼 마빈 가족 같은 동물이 많이 생기면 플라스틱 문제가 해결될까요?

영승 : 그럴지도 모르지만, 동물들이 플라스틱을 먹는 것은 좋지 않습니다. 플라스틱 문제는 사람들이 해결해야 합니다.

민솔 : 네, 저도 그렇게 생각합니다.

○ 전개 (7 ~ 18장)

영승 : 마빈과 오비의 공통점은 무엇일까요?

민솔 : 둘 다 괴짜고 비정상입니다.

영승 : 어떤 점이 그렇다고 생각하시나요?

민솔 : 마빈은 플라스틱을 먹는 동물이고 오비는 샛강에서 쓰레기를 줍고 예전 모습을 떠올리면서 주택단지를 돌아다닙니다. 오비 아빠는 오비가 방 청소를 하고 야구단에 지원하고 친구를 사귀는 정상적인 남자아이가 되기를 바랍니다.

영승 : 그리고 날마다 코피를 흘리는 것도 정상은 아닙니다. 보통 남자 아이들은 환경에 신경 쓰기보다는 친구들과 놀기를 더 좋아할 것 같은데 그런 점에서 보면 오비는 독특합니다.

민솔 : 네, 저도 그렇게 생각합니다.

민솔 : 비정상적인 색깔과 정상적인 색깔의 차이는 무엇일까요?

영승 : 알바트로스의 뼈나 부리, 바위 같은 자연의 빛깔은 정상적인 빛깔인데 알바트로스의 몸속은 빨강, 파랑, 오렌지색처럼 알록달록한 색깔이고 이런 색을 비정상적인 색깔이라고 말합니다.

민솔 : 비정상적인 색깔의 나쁜 점은 무엇일까요?

영승 : 비정상적인 색깔은 먹으면 안 되는 것들의 색깔이고 먹으면 동물들을 죽게 만듭니다.

민솔 : 네, 저도 그렇게 생각합니다.

영승 : 모노폴리 게임은 어떤 게임인가요?

민솔 : 모노폴리 게임은 토지 개발의 나쁜 점을 알리려고 만들어졌는데 몇 명의 사람이 토지를 독점하고 세금을 매기는 방식을 게임으로 보여주려고 만들었습니다.

영승 : 모노폴리 게임과 오비의 주변에서 일어나는 주택 개발과 어떤 관련이 있을까요?

민솔 : 오비 할아버지는 땅을 담보로 은행에서 돈을 빌리기 시작했고 결국 약간의 땅만 남기고 땅을 잃어버렸고 지금은 그 땅이 주택단지로 개발되었기 때문에 모노폴리 게임과 관련이 있다고 생각합니다.

영승 : 네, 저도 그렇게 생각합니다.

민솔 : 플라스틱에 대한 남매와 아빠 입장은 어떻게 다른가요?

영승 : 남매는 플라스틱은 해롭다고 말합니다. 왜냐하면 플라스틱 쓰레기가 증가하고 암을 유발하며 해양 동·식물에게 치명적이고 분해하는데 오래 걸리기 때문입니다. 아빠는 플라스틱은 이롭고 유용하다는 의견입니다. 왜냐하면 플라스틱은 편리하고 생활에 꼭 필요하고 사람들이 말하는 것처럼 위험하지 않다고 말합니다.

민솔 : 두 의견 중 어떤 의견에 동의하시나요?

영승 : 저는 남매의 의견에 동의합니다. 플라스틱은 편리하긴 하지만 환경에는 안 좋은 영향을 끼치고 결국 사람에게도 좋지 않기 때문입니다.

민솔 : 그런데 플라스틱이 인체에 나쁜 영향을 미친다는 증거는 밝혀지지 않았

다고 하는 사람들도 있습니다.

영승 : 아직 밝혀지지 않았다고 하지만 자연의 것이 아닌 플라스틱이 사람의 몸에 들어가서 좋은 영향을 미친다고 생각하기는 어렵습니다.

민솔 : 저도 그렇게 생각합니다. 게다가 그 사용량이 점점 더 늘어나고 있어서 문제가 심각하다고 생각합니다.

영승 : 네, 저도 그렇게 생각합니다.

영승 : 오비는 왜 코피를 흘리게 되었나요?

민솔 : 토미가 새로 이사 온 마이크 무리와 친해지고 싶어서 오비를 배신하고 불공정한 경기를 했기 때문입니다.

영승 : 오비는 시도 때도 없이 코피를 흘리는데 코피를 흘릴 때 오비가 느끼는 감정은 무엇입니까?

민솔 : 공정한 싸움이 아니었는데 공정하지 않았다고 토미에게 말하지 못한 나약한 자신에 대한 수치심도 있을 것 같고 토미가 자신을 배신해서 놀라기도 했습니다.

영승 : 네, 저도 그렇게 생각합니다. 오비한테 토미는 절친인데 그런 일을 당하면 코피가 날 때마다 그 생각이 날 것입니다.

○ 위기 (19 ~ 24장)

민솔 : 오비는 마빈과 함께 있는 토미를 보고 왜 놀랐을까요?

영승 : 오비가 마빈을 발견했고, 마빈이 다른 사람과 친구가 되는 것을 원하지 않았기 때문입니다. 또 토미에게 마빈의 존재를 말하고 싶지 않았기 때문입니다.

민솔 : 왜 마빈의 존재를 토미에게 말하고 싶지 않았나요?

영승 : 토미가 자신을 배신한 적이 있어서 믿을 수 없었기 때문입니다.

민솔 : 네, 저라도 토미에게 알리지 않을 겁니다.

영승 : 토미는 왜 마빈을 죽이려고 했을까요?

민솔 : 마빈의 똥 때문에 자신의 신발이 녹았기 때문입니다.

영승 : 친구 관계와 연관 짓는다면 다르게 설명할 수도 있을까요?

민솔 : 토미의 절친이었던 오비와의 싸움으로 인해서 사이가 벌어졌는데, 오비가 마빈이랑 친해진 것이 싫었기 때문입니다.

영승 : 토미 엄마는 유기견을 데려와 키우기도 하고 오비랑 친할 때 토미는 동물을 사랑하는 아이였다고 했는데 토미가 마빈을 해치려고 하는 것은 잘 이해가 되지 않습니다.

민솔 : 저도 잘 이해가 되지는 않지만 마빈을 공격하는 것이 오비를 힘들게 할 수 있다고 생각하는 것 같고 마이크 일행에게 잘 보이려고 그렇게 행동한다고 생각합니다.

영승 : 네, 알겠습니다. 토미가 마이크 일행에게 잘 보이려고 하는 이유는 위에서 말했기 때문에 다음 질문으로 넘어가겠습니다.

민솔 : 마빈 배설물의 특징은 무엇인가요?

영승 : 냄새가 고약하고 산성 물질이라 쇠랑 돌 빼고 모두 녹여버립니다.

민솔 : 마빈의 배설물이 친환경적이었다면 어떨까요?

영승 : 플라스틱 문제도 도움이 되고 사람들이 편리하게 키울 수도 있을 것 같습니다. 플라스틱을 먹었는데 사람들에게 해가 되지 않는다면 마빈 같은 동물을 더 많이 만들어서 환경을 지키려고 노력할 것 같습니다.

민솔 : 우리가 사용하고 있는 물질 중에 마빈의 배설물처럼 환경을 오염시키는 것에는 어떤 것들이 있을까요?

영승 : 음식물 쓰레기나 옷 같은 것들도 너무 많이 사용하면 환경을 오염시킵니다.

민솔 : 네, 저도 그렇게 생각합니다. 우리가 사용하는 많은 것들이 환경을 오염시킵니다.

○ 절정 (25 ~ 37장)

영승 : 마빈의 배설물 때문에 어떤 일이 일어나나요?

민솔 : 아이들 신발 밑창이 녹고 그 신발 때문에 주방 바닥도 녹고 베란다에 구멍을 내기도 합니다. 그래서 사람들이 흑곰이 있을지도 모른다고 생각하고 기물 파괴범을 찾기 위해서 수렵 감독관과 경찰을 불러야 한다며 회의를 합니다.

영승 : 그런 상황을 보고 오비는 어떻게 느꼈나요?

민솔 : 다른 사람들에게 들켜서 마빈이 다치거나 총에 맞을까 걱정을 하고 누군가에게 말해야 한다고 생각합니다.

영승 : 오비가 지 선생님에게 말하는 이유는 무엇일까요?

민솔 : 지 선생님이 환경에 관심이 많고 오비 누나를 도와준 적도 있어서 믿을 수 있다고 생각해서입니다.

영승 : 네, 알겠습니다.

민솔 : 오비 아빠가 플라스틱을 아끼지 않아도 된다고 말하는 것에 대해서는 어떻게 생각하나요?

영승 : 오비 아빠는 플라스틱을 사용하는 편리함만 생각하고 그 쓰레기에 대해서는 생각하지 않아 무책임하다고 생각합니다.

민솔 : 플라스틱 문제가 우리 문제가 될 수 있을까요? 자신이 버린 게 아닌데도 우리 문제일까요?

영승 : 다른 사람들이 버렸지만, 우리는 같은 지구에 살고 있어서 지구가 오염되면 우리가 사는 땅도 오염되기 때문에 우리 문제라고 생각해야 합니다.

민솔 : 네, 저도 그렇게 생각합니다.

영승 : 사람들이 환경오염에 대해 알고 있으면서 플라스틱 사용을 멈추지 않는 이유는 무엇일까요?

민솔 : 플라스틱은 가볍고 오래가고 색도 자기 맘대로 넣을 수 있어서 편리하기 때문입니다.

영승 : 생분해 플라스틱 같은 것이 있다고 들었는데 왜 우리는 그것을 사용하지 않을까요?

민솔 : 환경에 관심 없는 사람이 많고 생산 비용이 비싸고 소비자들이 원하지 않아서 많이 활용하지 않는 것 같습니다.

영승 : 생분해 플라스틱과 우리가 쓰는 플라스틱은 경제적인 측면으로 어떤 차이가 있을까요?

민솔 : 생분해 플라스틱이 만들어내는 비용은 일반 플라스틱보다 많이 들지만, 플라스틱을 처리하는 비용이나 자연에 영향을 미쳤을 때 복원하는 비용 등을 합하면 친환경적인 재료를 사용해 나중에 올 큰 일을 막아야 한다고 생각합니다.

영승 : 네, 저도 그렇게 생각합니다.

○ 결말 (38 ~ 47장)

민솔 : 오비는 왜 우리 모두 외톨이라고 했나요?

영승 : 오비는 우리 모두 남이 시키는 일을 자신이 해야 할 일로 여기기 때문에 외톨이라고 말합니다.

민솔 : 남이 시키는 일이란 어떤 것을 말할까요?

영승 : 아빠가 남자다워지라고 하거나 토미가 자신은 별로 좋아하지 않으면서 마이크가 좋아할 만한 일을 한다든지 하는 것을 말합니다.

민솔 : 토미가 도시 아이들처럼 되고 싶어 하는 것, 어른이 되고 싶어 하는 것도 관련이 있을까요?

영승 : 네, 그렇다고 생각합니다. 그러면 본래 우리답게 사는 것은 어떤 의미일까요?

민솔 : 남의 눈치를 보지 않고 자기가 중요하다고 생각하는 것을 하는 것이라고 생각합니다.

영승 : 네, 저도 그렇게 생각합니다.

영승 : 마빈 가든은 어떻게 나타났을까요?

민솔 : 사방에 널린 게 플라스틱이고 그로 인해 죽는 동물이 많습니다. 플라스틱을 먹다 보니 플라스틱을 먹는 동물이 생겼다고 생각합니다.

영승 : 마빈이 실제로 존재하는 동물이 될 수도 있을까요?

민솔 : 현재는 없지만 곧 나올 수도 있다고 생각됩니다.

영승 : 마빈이 우리가 흔하게 볼 수 있는 개나 고양이처럼 개체 수가 많아지면 환경오염이 줄까요, 늘까요?

민솔 : 플라스틱 면에서는 환경오염을 줄일 수도 있는데, 그 생물의 똥이 무언가를 녹이면 플라스틱 문제 말고도 다른 문제가 생길 수도 있습니다.

영승 : 이 책에서 마빈 가든은 어떤 것을 말하고 싶어서 등장시킨 걸까요?

민솔 : 인간이 플라스틱을 많이 사용해서 플라스틱을 먹는 동물이 생긴 것이 슬퍼요. 사람들에게 플라스틱 사용에 대한 경고를 하려고 한 것입니다.

영승 : 네, 저도 그렇게 생각합니다.

민솔 : 플라스틱을 아끼기 위해서 어떤 것을 실천하나요?

영승 : 비닐봉지 사용을 줄이고 있고, 한번 사용한 제품은 버리지 않고 집에서 다

시 쓰거나 하고 있습니다.

민솔 : 저는 과자를 담을 때도 비닐보다는 통에 담거나 합니다. 분리배출도 잘하려고 노력합니다. 그런데 분리배출하는 방법을 잘 모르는 경우도 있습니다.

영승 : 사람들이 실천할 수 있도록 재활용할 수 있는 방법을 라디오나 뉴스 등으로 자주 방송해주면 좋겠습니다.

민솔 : 우리는 플라스틱을 이렇게 종류별로 분리배출 해서 버리는데, 그게 어디로 갈까요?

영승 : 재활용 쓰레기 선별장으로 간다고 알고 있습니다.

민솔 : 선별장에 가면 어떻게 될까요?

영승 : 사람들이 올바르게 분리하지 못한 걸 수작업으로 분리한다고 알고 있습니다. 그런데 실제로 재활용되는 비율은 3분의 1 혹은 4분의 1 정도라고 합니다.

민솔 : 개인이 실천할 수 있는 일은 제한적이라고 생각되는데 우리가 세상을 바꾸기 위해서 할 수 있는 일은 무엇일까요?

영승 : 기업이나 사회, 국가가 할 수 있는 일들이 다를 것 같은데 자세히 알지는 못합니다.

민솔 : 네, 저도 그렇습니다. 그 부분은 더 자세히 알아볼 필요가 있겠네요.

모둠토론

각 모둠의 짝토론에서 선택한 질문으로 모둠토론에서 다시 토의하는 과정을 거쳤다. 짝토론에서 한 질문 중에 모둠토론에 올릴 질문을 고르고 그 이유를 발표했다. 여기에서는 그 중에서 하나의 질문에 대한 논의 과정을 정리했다.

♬ 모둠토론 예시

1. 플라스틱으로 인한 환경 문제를 해결하려면 어떻게 해야 할까요? 플라스틱 문제를 해결할 때 어려운 점은 무엇일까요?

민솔 : 플라스틱을 사용할 수밖에 없는 사람이나 경우도 있어서 플라스틱을 줄

인다고만 생각하기는 힘듭니다.

영승 : 사실 우리나라는 분리배출을 잘하고 있지만, 미국 같은 나라에서는 분리 배출에 대해 신경을 안 쓰고 비닐봉지에 넣어서 그냥 버린다고 들었습니다.

도형 : 우리나라 사람들은 열심히 분리배출을 하고 있습니다. 그런데 분리배출을 했을 때 모두 재활용이 될까요?

동훈 : 재활용이 되도록 분리배출을 하려면 약간은 귀찮은 과정을 거쳐야 하고 우리는 분리배출을 잘한다고 하지만 실제로는 재활용이 되지 않는 경우도 많습니다. 예를 들어 샴푸나 손 소독제처럼 펌프가 달려 있는 용기의 경우 펌프 안의 스프링을 제거하지 않으면 재활용이 불가능하다고 합니다.

민솔 : 맞습니다. 펌프식 용기가 편리해 많이 쓰고 있는데 펌프식 용기 안에 들어 있는 스프링을 분리하기가 어려워 재활용이 안 되고 땅에 묻어 버린다고 합니다.

영승 : 스티커도 다 떼야 하는데 잘 떼어지지 않습니다. 요즘 나오는 손 소독제처럼 아예 병에 딱 붙어서 절대로 떼어지지 않는 경우도 많습니다. 샴푸 통처럼 안에 내용물이 묻어 있으면 이걸 다 씻어서 버려야 합니다.

도형 : 우리가 개인적으로 할 수 있는 일도 잘 모르는 경우가 많고 알아도 막상 버릴 때는 과정이 복잡하고 귀찮아서 그냥 버릴 때도 많습니다. 생각보다 홍보도 부족하고 사람들이 개인적으로 줄일 수 있는 것은 한계가 있습니다.

동훈 : 비닐 안 쓰기, 텀블러를 사용하고 음료수 컵 같은 걸 덜 쓰기 그런 게 있긴 합니다. 그렇지만 우리보다 기업이나 나라에서 법이나 제도로 재활용 불가한 것을 만들지 못하게 하거나 그래야 한다고 생각합니다.

영승 : 회사들은 그렇게 하면 될 것 같은데 나라에서는 뭘 할까요?

민솔 : 법을 만들어요.

영승 : 어떤 법을 만들면 좋을까요?

도형 : 재활용법 같은 법을 만들어야 한다고 생각합니다. 재활용법에는 어떤 내용이 들어가면 좋을까요?

동훈 : 스티커 같은 것을 절대로 붙여서 생산하지 못하게 한다든지, 쇠나 플라스틱을 같이 붙여서 생산하지 못하게 한다든지. 예를 들어 콜라병 같은 것은 라벨이 잘 뜯어지도록 바뀌었는데, 그것도 사람들이 계속 이야기를 해서 바뀌었어요. 캠페인 등을 통해 바뀐 겁니다.

도형 : 우리나라에서만 줄인다고 쓰레기가 없어질까요? 우리나라 쓰레기는 어디까지 가나요?

동훈 : 옛날에 〈고질라〉라는 영화가 있었어요. 태평양 한가운데서 고질라가 나타나 배가 좌초되어서 무인도에 갔는데 캔 같은 것이 밀려와 있는 거예요. 그게 뭐였냐면 우리나라의 참치 캔이었어요. 우리나라에서만 줄인다고 쓰레기가 없어지지는 않겠지만 우리나라가 세계에서 플라스틱 쓰레기를 가장 많이 배출하는 나라로 조사되고 있어 우리나라 사람들이 노력해야 한다고 생각합니다.

민솔 : 개인이 줄일 수 있는 노력을 우리도 해야 하고, 기업이나 회사, 그리고 마트 같은 곳에서도 노력할 수 있습니다. 이마트에서 자체로 생산하는 제품들이 있는데 이런 제품들은 포장을 줄이기가 더 쉬울 것 같습니다.

영승 : 롯데마트 같은 대형마트들이 우리나라에서는 전부 다 비닐에서 넣어서 파는데, 인도네시아에서는 비닐 포장을 못하게 되어있어서 거기서는 비닐봉지를 아예 안 쓴다는 기사를 본 적이 있습니다.

도형 : 파나 야채 종류 같은 거는 어떻게 했을까요?

영승 : 인도네시아 롯데마트에는 바나나 잎 같은 것으로 묶어놨어요. 거기서는 다 썩는 걸로 포장해놨어요. 똑같은 롯데마트인데 우리나라에서는 비닐 포장을 하고 인도네시아에서는 법으로 금지되어 있으니까 친환경으로 포장을 해놓은 걸 본 적이 있습니다.

동훈 : 우리나라도 돈을 내야만 비닐봉지를 살 수 있는데 인도네시아에서는 아예 비닐봉지 자체를 못 쓰게 되어 있으니까 다른 방법을 쓰는 것 같습니다.

민솔 : 다른 방법이 있는데 우리나라에서는 그렇게 안 하는 게 이상해 보입니다. 왜 그러는 걸까요?

동훈 : 우리나라 사람들은 물건이 조금이라도 망가지는 걸 싫어해서 그런 거라고 생각합니다.

도형 : 우리 자신이 할 수 있는 일, 법으로 비닐봉지를 아예 쓰지 않도록 제한하는 것처럼 기업이나 나라가 할 수 있는 일 혹은 전 세계가 노력해야 하는 부분도 있을 겁니다. 그런데 이 부분은 지금은 잘 모르겠으니 쉬우르에서 다시 논의를 해 보면 어떨까요?

민솔, 영승, 동훈 : 네, 좋습니다.

네 걸음 – 전체토론 (쉬우르)

이번 수업은 4명이 한 팀으로 구성되어 있고 모둠토론 예시에 있는 '플라스틱으로 인한 환경 문제를 해결하려면 어떻게 해야 할까요?'라는 질문으로 쉬우르에서 더 이야기해 보았다.

아이들은 플라스틱 문제가 심각하다는 것을 알게 되었고 미세플라스틱이 결국 사람들에게까지 영향을 미친다는 사실을 알고 걱정했다. 특히 우리나라가 플라스틱과 포장용 비닐을 전 세계에서도 가장 많이 배출하는 나라 중 하나라는 사실에 놀라면서 편리해서 무심코 사용했지만, 이제는 빨리 플라스틱 사용을 줄여야 한다는 데 모두 동의했다.

플라스틱 사용을 줄이기 위한 개인의 노력이나 개인이 플라스틱 사용을 줄일 수 있도록 홍보하는 일이 중요하지만, 개인이 분리배출을 잘하고 재활용률을 높이고 싶어도 환경이 조성되지 않으면 어렵다는 의견을 내놓았다. 그래서 모둠토론 마지막에 논의한 것처럼 개인, 제품을 생산하는 기업, 대형 유통업체, 사회, 국가, 전 세계가 할 수 있는 방안을 구체적으로 알아보기로 했다. 구체적인 방법을 알아야 실천도 할 수 있기 때문이다.

다섯 걸음 – '플라스틱 없이 일주일 살기' 준비

▶ 플라스틱 없이 살아보기를 실천하는 사람들 영상을 보고 소감을 말해보자.

○ EBS 다큐 시선 〈플라스틱 없이 살아보기〉
(유튜브에서 '플라스틱 없이 살아보기' 검색)

▶ 자신이 쓰고 있는 플라스틱 제품을 점검하고 〈플라스틱 제로 계획〉을 세워보자. 집 안 장소별로 사용하고 있는 플라스틱 제품을 기록해 보고 '사용하지 않아도 되는 것', '친환경 제품으로 대체 가능한 것', '불가피하게 계속 써야 하는 것'으로 나누어 분석해보자.

[욕실 예시] 주방, 거실, 내 방 등 장소를 바꾸어 표를 만들 수 있다.

(욕실) 내가 쓰고 있는 플라스틱 제품 품목	플라스틱 제로 계획 세우기		
	사용하지 않아도 되는 것	친환경 제품으로 대체 가능한 것	불가피하게 계속 써야 하는 것
샴푸			
샤워젤			
손 세정제			
면도크림			
면도기			
데오도런트			
샤워 타월			
립스틱			
파운데이션			
칫솔			
치약			
화장지			
화장실 청소용 솔			

- 일주일 동안 매일 자신이 배출한 플라스틱 쓰레기 사진을 찍어 단체대화방에 올리고 간단한 소감도 남겨보자.

열매맺기

▶ 3차시에는 [과학탐구 원탁회의 – 플라스틱 문제 해결방안 모색하기] 활동을 진행하면서 구체적인 실천 방안을 찾아보려고 한다. 다음 시간까지 주체별 문제 해결 방안을 찾아 읽고 정리해보자. (기본 신문자료를 나누어 주고 부족한 부분은 찾아서 정리하도록 한다)

▶ 과학탐구 원탁회의 준비 주체 정하기 (개인, 제품을 생산하는 기업, 대형 유통 업체, 사회, 국가, 전 세계 등)

🎵 3차시 수업

마음열기

▶ 조동하의 시 〈나 하나 꽃 피어〉를 읽고 시에서 무엇을 말하고 있는지 말해보자.

들어서기

▶ 〈플라스틱 없이 일주일 살기〉 프로젝트를 실행하면서 어려웠던 점 등 수행 결과와 소감을 이야기해 보자.

펼치기

과학탐구 원탁회의 – 플라스틱 문제 해결방안 모색하기

원탁회의(토론)은 10명 내외의 참가자가 서열 구분 없이 평등한 입장에서 논제에 대해 자유롭게 의견을 나누는 토론 방식이다. 의견을 교환하면서 주어진 문제를 해결하는 방안을 모색하고 최선의 해결방안을 선택하는 방법이다. 주체별로 입론서를 작성해 발표하고 나머지 토론자가 찬성, 반대 또는 보충 의견을 내거나 질의를 하는 과정에서 더 나은 해결방안을 찾도록 한다.

▶ 각자 준비해 온 주체별 해결방안으로 [과학탐구 원탁회의 – 플라스틱 문제 해결방안 모색하기] 활동을 위한 입론서를 작성해보자.

▶ 첫 번째 토론자가 주체별 입론서를 발표하고 나머지 토론자가 찬성, 반대 또는 보충 의견을 내거나 질의하고 자유롭게 토론한다. 이 과정을 반복해 나머지 토론자들도 주장을 펼치고 자유 토론을 진행한다.

▶ 토론 종료 후 주체별로 제시된 해결방안을 정리해보자.

✡ 개인

→ 소비자 입장에서의 최선은 플라스틱 사용 줄이기
→ 올바른 분리수거에 동참
→ 기업에서 주최하는 캠페인 (일회용 포장 사용안하기) 동참

✡ 정부

→ '시'에서 시도하는 '캠페인'의 내용에 맞춰 모방 행동영상을 제작한다면 시민 참여와 실천 증가

→ 정부, 민간업체에서 쓰레기를 수거하던 것을 '공동 책임수거'로 전환한다고 한다. 이 방법은 중간 민간업체의 불법투기와 수거 거부를 막을 수 있어 원활하고 안정적으로 수거할 수 있다.

→ ✳ 라벨 없는 음료
라벨이 붙은 플라스틱 병은 재활용이 잘 되지 않는다. 최근 라벨 없는 병이 출시 되고 있다. 일본 아사히 음료에서 라벨없는 탄산수 '윌킨슨 탄산', 국내 롯데 칠성음료가 처음으로 '아이시스 8.0 에코'로 라벨 없는 병을 선보여 4.3톤의 포장재 발생량 절감효과를 가져왔다. 서울시도 '병물 아리수'의 라벨을 제거해 40만병은 무라벨로, 10만병은 자연분해되는 친환경 생분해성 소재를 사용하였다

✡ 기업

→ 포장보다는 제품의 품질로 소비자의 신뢰 구축
→ '재활용'이 아닌 '재사용'에 초점을 맞춰서 규격화된 용기 제작, 안전한 사용, 회수 시스템 구축 등의 노력 필요.

→ 생산자 책임재활용 제도에 따라 생산기업이 플라스틱 재활용에 책임을 가짐.

→ 버려지는 페트병 중 재활용이 가능한 것은 45% 이고 나머지 35%는 이물질때문에, 30%는 유색이라는 이유로 소각, 폐기 처분된다 재활용공정에서 라벨제거나 유색 구분이 많은 분율 차지하고 재활용불가 페트병이 다수 발생한다. 이를 위해서는 제조과정부터 바꾸는 것이 중요하다.

✳ 플라스틱 컵
글로벌 식음료 기업의 '탈플라스틱' 운동. 스타벅스의 100% 재활용 가능 종이컵 개발. 맥도날드의 재사용 컵 보증금 제도. 버거킹의 플라스틱 장난감 지급 중지 및 장난감 반환 후 쟁반으로 재활용

✳ 종이병
플라스틱 병을 대체하는 종이병. 디아지오의 위스키, 미쁘동림의 생수에서 생산

▶ 〈우리가 세상을 바꿔요!〉 유엔 총회 연설문 쓰기

[과학탐구 원탁회의 – 플라스틱 문제 해결방안 모색하기] 활동을 통해 제시된 해결방안과 지금까지 수업 내용을 바탕으로 〈우리가 세상을 바꿔요!〉라는 제목으로 플라스틱 문제에 대한 유엔 총회 연설문을 써보자.

학생글

규민 (중학교 1학년)

지구가 플라스틱 쓰레기로 죽어가고 있습니다. 플라스틱들은 전 세계에서 이제는 없으면 안 되는 물건이 되었습니다. 빨대나 비닐만이 플라스틱이 아닙니다. 우리가 입는 옷이나 핸드폰 케이스 등 우리 생활 속 플라스틱이 아닌 것은 찾아보기 힘들 정도입니다.

그동안 우리 정부는 2022년까지 일회용품을 35%까지 줄인다는 목표를 세우고 일반음식점 매장 내 1회용 컵 사용금지를 비롯한 단계별 시행에 들어갔습니다. 이에 따라 업체들도 플라스틱 빨대를 종이 빨대로 교체하고 텀블러를 가져오는 손님에게 할인해주는 등 일회용품 사용을 줄이기 위한 문화가 조금씩 자리를 잡는 듯 했습니다. 그러나 코로나19 이후 감염을 우려해 다시 일회용품 사용을 허용하게 됐고, 일회용 마스크와 비닐장갑, 플라스틱이 더욱 중요한 생활필수품이 되어 버렸습니다. '지금은 비상상황이니 어쩔 수 없다'는 안일한 핑계로 지금 이 순간에도 더 큰 재앙을 우리 스스로가 만들고 있는 것입니다.

우리는 플라스틱을 대신할만한 물질을 찾는 것이 중요하고, 플라스틱을 되도록 아껴 써야 합니다. 우리가 세상을 바꾸어야 합니다. 왜냐하면 플라스틱 쓰레기가 지구를 뒤덮어가기 때문입니다. 플라스틱 쓰레기가 인간이 호흡하는 산소의 10%를 책임지고 있는 바다의 광합성 박테리아에 영향을 미치고 바다 먹이사슬을 지탱하고 있는 해양 생물에게도 위해를 가합니다. 고래나 거북이의 위를 채우거나 갈매기 목을 휘감는 등 바다 생물에 대한 개별적인 해악을 넘어 해양 생태계 전체를 위협하고 있습니다. 또한, 지금까지 바다로 흘러 들어가고 있는 플라스틱 쓰레기는 연간 1,000만 톤 그 중에서도 바다에 떠다니는 미세플라스틱은 51조 개로 일렬로 나열할 경우 지구 400바퀴를 도는 양과 비슷합니다. 이러한 미세플라스틱은 여러 단계를 거쳐 다시 우리 몸으로 돌아옵니다. 우리가 매일 먹는 소금도 미세플라스틱의 영향에서 벗어나지 못하고 있습니다. 전 세계 21개국 소금을 조사한 결과, 전 세계 소금의 90% 이상에서 미세플라스틱이 검출되었습니다.

플라스틱을 줄이기 위해서는 '편리함'이라는 괴물을 물리쳐야 합니다. 편리함을 이기고 실천에 옮길 수 있는 방법을 찾아야 합니다. 또 정책적으로 재활용은 해결방안이 될 수 없기 때문에 생산과 소비 자체를 줄여야 합니다.

우리가 세상을 바꾸지 않으면 세상은 더 위험해집니다. 오늘 실천할 수 있는 한 가지를 찾아 조금씩 범위를 넓혀가야 합니다.

수업을 마치며

배움자리에 참여한 아이들은 플라스틱이 늘 주변에 있었고 플라스틱이 없는 세상에 살아보지 않았기 때문에 플라스틱 쓰레기 문제가 심각하다는 이야기를 들어도 깊이 생각해보지 않았다고 말했다. 또 플라스틱 사용이 많다고 해도 분리배출을 잘하고 있고, 자신의 주변에 쌓여있는 걸 본 적도 없어서 재활용이 잘되리라고 막연하게 생각했다고 한다. 아이들이 영상과 기사를 보고 또 하나 충격적으로 받아들인 점은 나름대로 열심히 하고 있다고 생각한 분리배출 방법이 잘못되었고, 분리배출을 해도 재활용률이 아주 많이 떨어진다는 점이었다. 사람들이 잘못하고 있는데 왜 알려주는 곳이 없는지, 기업이나 국가는 재활용이 잘되도록 노력하지 않는지 궁금해하고 안타까워했다.

또 아이들과 일주일 동안 플라스틱 줄이기 실험을 해 보고 느낀 점은 일주일이라는 시간은 그저 의식적으로 플라스틱을 덜 쓰게 될 뿐 생활에서 플라스틱을 줄이기 위해서는 생활방식을 바꾸어야 한다는 것이었다. 플라스틱을 안 쓰기 위해서는 우리가 발전의 척도로 생각하는 편리함을 포기해야 한다. 장을 보러 갈 때도 미리 장 볼 품목을 정하고 담아 올 작은 주머니나 음식을 담을 빈 통을 들고 장보기에 나서야 하고 샴푸나 린스 같은 액체 제품을 고체로 바꾸기 위해서도 더 많은 비용을 지불하거나 구매할 곳을 찾아야 한다. 액체 제품을 덜어서 구매할 수 있는 매장은 아직 찾기 힘들다. 텀블러를 들고 다니기 위해서도 늘 신경을 써야 한다. 그런데 논의를 계속할수록 개인 노력에는 한계가 있고 기업이나 사회, 국가 차원에서 제도나 법적인 장치가 필요하다고 생각하게 되었다.

플라스틱 문제 해결을 위한 과학탐구 원탁회의를 위해 아이들은 개인, 기업이나 대형마트, 정부가 할 일을 찾아보았고 그 방법에 대해 논의했다. 무엇보다 빠르게 방안을 마련해야 한다는 점에 동의했다.

　　이 밖에도 그린피스에서 만든 〈플라스틱 없을 지도〉처럼 우리 주변에서 플라스틱 없이 살기를 실천할 수 있는 가게들을 찾아서 알리는 활동을 하거나 실천 방안을 담은 '플라스틱 포기 선언'을 작성하고 실천하는 활동을 해봐도 좋겠다. 또 이번 수업에서는 플라스틱 문제에 집중해 수업을 진행해 오비나 토미, 애니의 성장에 대해서는 구체적으로 다루지 못했지만 마빈의 문제를 해결하는 과정에서 오비가 자신감을 찾고 자신이 누구인지 찾는 성장 과정도 아이들과 이야기를 나누어 볼 수 있다.

　　이 수업을 통해 아이들은 우리 자신이 이미 플라스틱을 먹는 마빈 가든일 수도 있다고 말하면서 작은 것이라도 실천에 옮기고 주변에 알리고 기업과 국가나 지자체가 행동하도록 촉구해야만 플라스틱 문제를 해결할 수 있다는 점을 알게 되었다. 🧒

《마지막 거인》
자연과 인간은 공존할 수 있을까

○ 수업 목표
1. 문학 작품의 비유와 상징을 이해할 수 있다.
2. 동물 멸종의 원인과 문제점을 알 수 있다.
3. 인간과 자연이 공존할 수 있는 구체적 방안을 모색해 볼 수 있다.
○ 함께 읽는 책 : 《마지막 거인》 (프랑수아 플라스 / 디자인하우스 / 2002)
○ 분류 : 자연과 환경
○ 주제 : 자연과 인간은 공존할 수 있는가
○ 대상 : 초등 5학년 ~ 중학교 3학년
○ 분량 : 87쪽
○ 참고 : 《무지개 도시를 만드는 초록 수퍼맨》 (김영숙 / 위즈덤하우스)
〈휴머니멀〉 1~4편 (MBC 창사다큐 특집)
〈위대한 강〉 (프레데릭 백 / 라디오 캐나다 텔레비전 / 24분)
○ 집필 : 임현주

　　유발 하라리는 《사피엔스》를 통해 인간 발길이 닿는 곳마다 수많은 동식물들이 멸절당했다는 것을 보여준다. 그의 말처럼 반달가슴곰, 수리부엉이, 늑대, 수달, 바다사자, 붉은 여우, 코알라 등 멸종 위기 명단에 오르는 동물들의 수가 증가하고 있다. 자연에게 길은 곧 죽음이라는 말처럼 인간의 발길은 자연을 파괴하고 오염시키고 있다. 인간과 자연은 과연 공존할 수 있을까?
　　19세기 영국과 미얀마의 마르타방을 배경으로 둔 이 책은 우연히 거인의 이를 갖게 된 영국 지리학자 루트모어와 거인족과의 만남을 통해 인간이 어떻게 자연을 파괴하는지를 보여주고 있다. 죽음 위기에 처한 자신을 살뜰히 챙겨 준 거인족을 죽게 한 루트모어를 통해 인간에게 문명을 선사해 준 자연을 파괴하는 인간의 이기적인 면모를 살펴볼 수 있다. 텍스트는 길지 않지만 장문의 시처럼 비유적인 표현이 많다. 아이들과 함께 책에 담긴 비유와 상징을 찾아보는 활동이 필요하다. 또한 현대사회에서 자연을 파괴하는 사례를 찾아보고 그것이 인간에게 미치는 영향에 대해서도 고찰해 볼 수 있다. 이를 통해 궁극적으로 인간과 자연이 공존할 수 있는 구체적 방안을 모색해 보고자 한다.

하브루타 독서토론 수업 흐름

활동 순서	핵심 활동	활동 목표	주요 활동 내용	
1차시 (120분)	읽기 활동 질문 생성과 질문 탐구	– 텍스트와 상호 작용 – 자기소개서 쓰기 및 생각그물 정리하기 – 질문의 양적 및 질적 심화	– 정독하기를 통해 질서, 초서 과정 수행한 내용 발표하기. – 구성단계별 주요 문장 발표하고 다른 친구들과 공유하기. – 이를 바탕으로 생각그물 작성하기 – 자기소개서 쓰고 발표하기 – 자기소개서 및 생각그물 바탕으로 질문 만들기 (개인 활동, 질문 종류별 분류하여 만들기)	
2차시 (120분)	짝 – 모둠 하브루타 및 쉬우르	짝과 상호작용 (짝토론, 모둠토론) 적용 및 심화 발전	– 짝과 함께 질문 정리, 선정하기 – 짝토론 – 모둠토론에 제시할 질문 선정하기 – 모둠토론 – 전체토론 (쉬우르)에 제시할 질문 선정하기 – 전체토론 (쉬우르)하기	
			글쓰기 : 쉬우르 질문을 바탕으로 글쓰기	
3차시 (120분)	프로젝트	되새기기, 내면화하기	관련 활동	– 슈라차이 광고 포스터를 통해 현대사회 문제점 파악하기 – 〈위대한 강〉 애니메이션 감상하기
			글쓰기	– 안탈라가 루트모어에게 하고 싶은 말 글쓰기

🎵 1차시 수업

마음열기

▶ 다음 시를 읽고 궁금한 점을 서로 이야기해 보자.

담벼락 틈새에 핀 꽃
_알프레드 테니슨

담벼락 틈새에 핀 한 송이 꽃
나는 너를 갈라진 틈에서 뽑아낸다.
나는 너를 이처럼 뿌리째 손에 들고 있다.
작은 꽃이여, 내가 너를, 뿌리만이 아니라 모든 것을 이해할 수 있다면
신과 인간이 무엇인지를 이해할 수 있으련만

- 시를 읽고 느낀 점을 자유롭게 이야기해 보자.

- 마음에 드는 구절과 이유를 이야기해 보자.

- 왜 화자는 암벽에 핀 꽃을 뽑았는가?

- 꽃을 이해하기 위해서는 꼭 뿌리째 뽑아야 하는가?

- 꽃을 뿌리째 뽑지 않더라도 꽃을 이해할 수 있는 방법은 어떤 것들이 있을까?

들어서기

1. "인간이 지구를 파괴하는 과정" 영상을 보고 물음에 답해보자.

○ 인간이 지구를 파괴하는 과정
(유튜브에서 '인간이 지구를 파괴하는 과정' 검색)

- 영상을 보고 느낀 점을 자유롭게 이야기해 보자.

▶ **공간적 배경 파악하기**

《마시믹 거인》의 시대적 배경은 19세기란다. 19세기는 제국주의가 발달한 시기이기도 하지. 제국주의란 자본주의가 발달한 강대국들이 상품 원료와 판매 시장을 확보하기 위해 다른 나라를 식민지로 삼아 지배하는 것을 말해. 자본주의란 또 뭐냐고? 자신이 가진 돈(자본)으로 공장이나 회사를 세워 주인이 되는 자본가와 공장이나 회사에 자신의 노동력을 제공하는 대신 그 대가를 임금으로 받아 생활하는 노동자를 중심으로 하는 새로운 경제 질서란다. 농경사회에서는 토지가 경제기반이었다면 자본주의는 이윤추구를 목적으로 하는 자본이 지배하는 경제체제지. 영국, 프랑스, 스페인, 포르투갈, 네덜란드, 이탈리아 등이 대표적 제국주의 국가였고 주로 아시아, 아프리카, 남아메리카에 있는 나라들이 제국주의의 식민지가 되었단다.

– 루트모어가 거인족 나라를 찾아가는 과정을 아래 지도를 통해 정리해 보자.

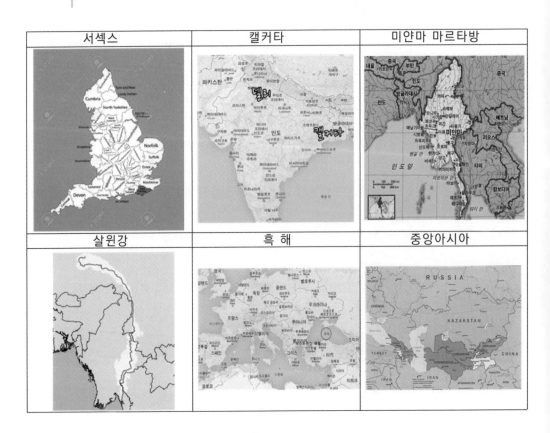

첫 걸음 – 생각그물 만들기

▶ 《마지막 거인》을 읽고 생각그물로 내용을 정리해 보자.

① A4 용지를 가로로 놓고 중앙에 책제목을 적거나 책을 상징하는 간단한 그림을 그린 후 인물, 사건, 배경 세 개의 주가지를 그린다. (저학년이나 글씨가 큰 아이들은 A4 대신 A3나 8절지를 사용하는 것이 좋다.)
② A4 용지 오른쪽에 인물 가지를 그린다. 인물은 정리할 내용이 많기 때문에 용지 오른쪽은 인물 가지만 그리고 내용을 정리한다.

▶ 생각그물을 보고 주요 등장인물 자기소개서를 써 보자.

- 루트모어와 거인 중 한 명을 정해 자기소개서를 쓴다. 이때 짝과 같은 인물을 쓰지 않도록 주의한다. 짝이 거인이면 자신은 루트모어를 쓴다.
- 자기 소개서는 1인칭 시점으로 쓴다.
- 자기 소개서를 다 쓴 후 짝에게 자신이 쓴 글을 발표한다.
- 친구가 발표하는 자기소개서를 들으면서 해당 인물에 대한 질문을 3~5개 정도 작성한다.
- 자기 소개서 발표 후 등장인물에 대한 간단한 질의 시간을 갖는다.

루트모어 자기소개서

나는 지리학자로서 현재 영국에 거주하고 있다. 어느 날 나는 부둣가를 산책하다가 늙은 뱃사공에게서 거인의 이를 구입했다. 속임수일지도 모르겠다고 생각하면서도 그의 이야기가 재미있어서 2기니를 주고 거인의 이를 산 것이다. 나는 호기심으로 거인 이를 연구하기 시작했고 이 뿌리 안쪽에 새겨진 거인족 나라 지도를 발견하였다. 나는 1849년 9월 29일 거인족 나라를 찾아 여행을 떠났다.

인도에 도착한 후 나는 원정대를 꾸려 미얀마 마르타방을 거쳐 살윈강과 흑해를 거슬러 올라가는 긴 여정을 시작했다. 그 과정에서 나는 원정대를 모두 잃고 천신만고 끝에 거인 나라에 도착하였다. 거인들은 고된 여정에 지쳐 실신한 나를 정성껏 돌보아 주었고 거인과 나는 깊은 우정을 쌓으며 10개월을 함께 지냈다. 그동안 나는 학문의 숭고한 임무를 위해서 거인족의 모든 생활과 특징 등을 그림과 글로 기록하였다. 하지만 거인들이 잠을 자야하는 시기가 다가오고 있었고 나 역시 영국 생활이 그리워졌기에 우리는 눈물의 작별을 하게 되었다.

영국으로 돌아온 후 나는 거인족에 대한 책을 출간하기 위해 몇 년간 칩거 생활을 하였다. 책이 출간되자마자 세간의 찬탄과 질타를 동시에 받았다. 나는 새로운 사실을 수용하지 못하는 고지식한 소인배들에게 거인족 실존을 알리는 것이 학자로서의 의무이자 도리라고 생각하였다. 나는 세계를 돌며 순회강연을 하였고 두 번째 원정단을 꾸려 마르타방으로 향했다. 하지만 그 곳에서 나는 안탈라의 잘린 머리를 보게 되었다. 거인 족은 모두 인간에 의해 몰살당한 후였다.

'침묵을 지킬 수는 없었니?'라고 묻던 안탈라의 말은 이 모든 비극의 원인이 나의 이기심과 명예욕이라는 사실을 명확하게 보여주었다. 나는 절필을 선언하고 재산을 다 처분한 뒤 선원이 되었다. 나는 선원 생활을 하면서 선창가에 모인 아이들에게 수많은 여행담과 자연의 아름다움을 들려주었지만 절대로 '거인의 이' 이야기는 하지 않았다.

거인 자기소개서

그는 어느 날 갑자기 우리 곁에 찾아왔다. 이 외진 곳에 인간이, 그것도 혈혈단신으로 올 것이라고는 생각하지도 못했다. 그는 지쳐 쓰러져 있었다. 그를 가만히 들어 올리자 그는 다시 기절해 버렸다. 우리는 그가 가엾어서 정성껏 돌보아 주었다. 그가 눈을 떴을 때 우리는 정말 기뻤다.

그는 우리 피부를 몹시 신기하게 여겼다. 우리 몸은 금박 문신으로 가득 차 있다. 문신은 우리 언어와 마찬가지이다. 우리의 생각, 생활, 감정, 교류 관계 등이 모두 문신으로 표현이 되기 때문이다. 인간은 참으로 불쌍하다. 우리처럼 말을 할 수가 없으니까. 우리도 그에게 신기한 점이 있다. 작은 막대기로 무엇인가를 쓰고 그리기 때문이다. 그 작업은 매일매일 보아도 질리지 않는다.

우리는 거의 10개월을 함께 지냈다. 그는 우리의 모든 생활을 함께 했다. 우리는 그에게 식용 풀이나 새로운 사실을 많이 알려 주었다. 하지만 곧 우리의 수면 시기가 올 것이다. 우리는 3000살이지만 200년 동안 거의 3년 만 깨어 있고 나머지는 수면을 취한다. 힘겨루기가 끝나면 사랑을 나누고 우리는 수면기에 들어서야 한다. 그래서 인간과 우리는 눈물의 작별을 하였다. 우리는 그에게 도움이 될 만한 귀금속 등을 챙겨 주고 최대한 멀리 그를 배웅해주었다. 그가 가고 나서 우리는 한동안 슬픔에 잠겼다. 그렇게 우리는 잠이 들었다. 하지만 몇 년 지나지 않아서 인간들이 들이닥쳤다. 우리의 운둔지가 발각된 것이다. 잠들어 있던 우리 아홉 명은 무력하게도 인간에 의해 절멸당했다.

● 두 걸음 – 하브루타 질문 만들기

▶ **생각그물을 보고 짝과 함께 질문을 작성해보자.**

① 생각그물 진술하기 (15 ~ 20분)

생각그물 진술은 인물, 사건, 배경 순으로 한 명씩 돌아가면서 발표한다. 인물 가지를 예로 들자면 구성원 A가 자신이 작성한 인물들을 발표하면 구성원 B가 자신의 인물을 발표한다. 이때 서로 다른 내용이 있으면 책을 확인하고 서로 합의를 통해 내용을 수정한다. 짝이 발표한 내용이 없는 경우는 가지를 새로 만들어서 적는다.

② 개인별 질문 만들기 (10분)

각자 자신의 생각그물을 보고 10개 이상의 질문을 작성한다. 인물, 사건, 배경 가지를 바탕으로 골고루 질문을 작성하되 발단 ~ 결말까지의 사건에 해당하는 사실 질문을 단계별로 최소 1개 이상 작성하게 한다. 사실 질문에서 심화, 적용, 종합 질문으로 확장할 수 있는 질문을 작성할 수 있도록 한다. 사실에서 심화, 적용, 종합으로 질문을 확장하는 것은 사고가 확장하는 과정과 동일하다. 사실 질문을 먼저 해서 아이들에게 정확한 내용을 파악하게 한 뒤 심화, 적용, 종합 질문으로 사고를 확장시키는 것이다.

예)

- 양치기 소년은 왜 늑대가 나타났다는 거짓말을 했을까? (사실)

- 양치기 소년은 양을 돌보는 중이었는데 왜 심심했을까? (심화)

- 왜 늑대가 나타났다는 거짓말을 했을까? (심화)

- 내가 양치기 소년이었다면 심심하다고 거짓말을 했을까? (적용)

- 거짓말은 어떠한 경우에서도 하면 안 되는 것일까? (종합)

③ **짝토론하기**

각자 작성한 질문을 짝과 함께 확인한 후 질문 순서를 정한 후 서로 질문하고 답변한다.

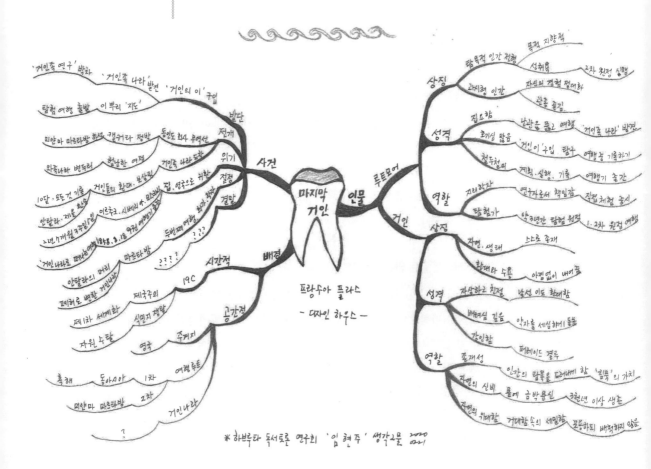

▶ 오늘 수업에 참여한 소감을 나누어 보자. (수업에 참여하면서 새롭게 알게 된 점, 느낀 점, 깨우친 점을 중심으로)

▶ 다음 주에 수업할 하브루타 토론을 위해 자신이 만든 질문을 다듬어 보자.

♪ 2차시 수업

1. 다음 시를 읽고 궁금한 점을 서로 이야기해 보자.

○ 〈파리〉 초등학교 1학년 학생이 쓴 시
　이오덕 《나도 쓸모 있을 걸》에 수록

– 이 시를 읽고 나에게 다가 온 느낌을 이야기해 보자.

▶ 도전 골든벨! – 《마지막 거인》 책 내용에 대한 독서 골든벨 퀴즈를 풀어보자.

　　– 루트모어의 풀 네임은 무엇인가?

　　– 루트모어의 직업은 무엇인가?

　　– 루트모어가 산 이에는 어떤 지도가 그려져 있었나?

　　– 거인족은 몇 명이었는가?

　　– 거인족은 무엇으로 소통하였는가?

　　– 루트모어가 쓴 책의 이름은 무엇인가?

　　– 마르타방에 도착한 루트모어에게 안탈라가 한 말은 무엇이었나?

　　– 루트모어는 거인들이 죽은 뒤 무엇이 되었나?

　　– 다음 문장이 책 내용과 일치하는지 O, X로 답하시오. "루트모어는 거인들이 죽은 뒤 만나는 사람들에게 자신의 잘못을 뉘우치는 듯 거인의 이를 이야기했다."

세 걸음 – 짝토론과 모둠토론

중학교 1학년 짝토론

○ 사실 · 심화

※ 참고: 자신이 작성한 질문에 대해 짝뿐만 아니라 본인도 답을 해야 한다.

1. 루트모어가 거인의 이를 산 이유는 무엇입니까? (이지)

민수 : 루트모어는 학구열이 강한 사람인데 거인의 이는 처음 본 물건이기 때문입니다.

이지 : 거인의 이는 매우 비쌌는데 사지 않고 그냥 보기만 해도 되지 않을까요?

민수 : 루트모어가 생각하기에 거인의 이는 자기 기준에서 그 정도의 가치가 있다고 생각했기 때문입니다.

이지 : 루트모어는 호기심이 많기 때문에 처음 본 물건이라 신기해서 사지 않았을까요?

민수 : 처음 본 물건이니까 위험한 점이 있지 않았을까요?

이지 : 위험한 것을 따지기보다는 호기심이 더 컸다고 생각합니다.

2. 루트모어는 왜 여행을 떠났을까요? (민수)

이지 : 거인의 이를 보고서 거인이 존재한다는 것을 알았기 때문입니다.

민수 : 거인이라서 자신과 다른 사람이 가면 공격할 수도 있고 위험하지 않을까요?

이지 : 하지만 조심해서 가면 되고 거인의 이를 발견했는데 그대로 묻어둘 수는 없었기 때문입니다.

민수 : 저는 신화로만 믿었던 거인의 존재가 실존한다는 것을 알고 흥미를 느꼈기 때문이라고 생각합니다.

이지 : 하지만 정확히 어디에 있는지도 모르고 가다가 위험해질 수도 있는데 무작정 떠나는 것은 위험할 수도 있지 않을까요?

민수 : 위험하다는 생각보다는 호기심과 학구열이 더 컸기 때문일 것입니다.

3. 루트모어는 어떻게 거인과 친해졌을까요? (민수)

이지 : 거인들이 처음 본 루트모어를 따뜻하게 돌보아 주었기 때문에 거인들이 위험하기만 한 존재가 아니라고 생각해서요.

민수 : 둘은 생김새나 사는 방식도 너무 다르지 않습니까?

이지 : 하지만 함께 지내면서 그런 점도 극복하고 친해졌다고 생각합니다.

민수 : 거인들 성격이 외부인을 무서워하지 않고 다정하고 자신과 다른 종족도 잘 받아들이기 때문에 루트모어가 거인과 친해질 수 있었다고 생각합니다.

이지 : 하지만 루트모어가 거인들의 다른 생김새나 문신들을 보고 무서워할 수도 있지 않았나요?

민수 : 루트모어는 이런 새로운 세계에 별로 두려워하지 않고 호기심이 강한 사람이기 때문에 거인들을 이해하고 싶어서 친해질 수 있었다고 생각합니다.

4. 루트모어가 거인과 마주쳤을 때 놀라기보다 흥미를 가진 이유는 무엇인가요? (이지)

민수 : 루트모어의 직업도 지리학자고 루트모어는 별로 새로운 세계에 대해 무서워하지 않고 흥미를 가졌기 때문에 겁을 먹지 않았습니다.

이지 : 하지만 거인이 위험한 존재라고 생각할 수도 있지 않을까요?

민수 : 거인들이 루트모어가 깨어날 때까지 다정하게 보살펴 주는 것을 보고 위험한 존재가 아니라고 판단했기 때문입니다.

이지 : 저는 루트모어가 찾아다닌 거인이 눈앞에 있으니 뿌듯함과 더 알아봐야겠다는 흥미를 느꼈다고 생각합니다.

민수 : 거인이 자신을 공격해서 위험할 수도 있지 않습니까?

이지 : 하지만 거인들은 자신이 도착했을 때 공격하지 않았습니다. 그래서 다른 사람들을 따뜻하게 대한다는 것을 알았을 겁니다.

5. 루트모어의 책은 왜 사람들의 환호와 비판을 동시에 받았나요? (민수)

이지 : 새로운 존재를 발견하여서 사람들의 환호를 받았습니다. 그런데 비판을 받은 이유는 잘 기억이 안 납니다.

민수 : 그러면 같이 찾아보죠. 66쪽~68까지 읽어 보세요. 다 읽었으면 발표해 주세요.

이지 : 사람들이 거인의 존재를 발견했던 루트모어를 질투하기도 했고 같이 갔던 사람들이 모두 죽게 되었기 때문입니다. 또 거인의 존재가 지어낸 것이라고 생각한 사람들도 있었습니다.

민수 : 하지만 루트모어는 실제로 거인을 찾으러 떠났고 신뢰를 주는 자료가 있었는데

왜 꾸민 것이라 생각할까요?

이지 : 왜냐하면 루트모어가 먼저 발견해서 질투가 났을 수도 있고 거인들의 이야기는 사람들의 생활방식과는 무척 달랐기 때문에 더 신뢰하지 못했다고 생각합니다.

민수 : 모두 두려워했던 미지의 세계를 겁 없이 탐험해서 정보를 준 사람이라서 환호 받았습니다. 하지만 지금까지 신화라고만 믿었던 거인을 실제로 보고 왔다는 것을 사람들이 믿지 못했기 때문에, 지어낸 이야기라는 비판도 받았습니다.

이지 : 하지만 루트모어가 다른 탐험대와 같이 떠난 것을 사람들이 알고 있었습니다. 그리고 루트모어가 집을 떠나서 오랫동안 집에 못 왔고 집에 와서는 오랜 시간 거인에 대해서 책을 썼습니다. 이러한 상황들이 루트모어가 실제로 거인들을 봤다는 증거가 아닙니까?

민수 : 몇 세기 동안 거인에 대해 아무것도 알려지지 않았기 때문에 신뢰할 수 없는 정보라 생각했을 것 같습니다.

6, 거인이 몰살당한 이유는 무엇인가요? (이지)

민수 : 루트모어의 책 때문에 거인이 사는 곳이 알려졌기 때문입니다.

이지 : 거인이 어디 있는지 안다고 해도 거인을 꼭 사냥할 필요는 없지 않았나요?

민수 : 하지만 거인을 실제로 보지 못한 사람들은 거인이 미지의 생물이고 위험이 될 수도 있다고 생각했을 것입니다.

이지 : 루트모어가 책을 내서 거인의 존재와 사는 곳이 알려졌습니다. 그러자 사람들이 거인들을 찾아내서 거인들을 모두 죽였습니다.

민수 : 하지만 루트모어가 쓴 책은 거인의 생활방식이지 전투나 싸우는 능력이 아니기 때문에 섣불리 찾아갔다가 위험할 수도 있지 않나요?

이지 : 하지만 거인이 위험했다면 루트모어가 살아서 돌아오지 못했을 것이라고 생각했던 것 같습니다.

7. 왜 루트모어는 자신의 책으로 인해 거인이 죽었다고 생각했을까요? (민수)

이지 : 자신이 책을 내서 사람들이 거인들을 찾아가서 죽였기 때문입니다.

민수 : 그렇다면 루트모어가 책을 내는 것은 옳았을까요?

이지 : 아니요. 거인들은 사람들에게 들키지 않으려고 숨어서 살았는데 그것을 모두에게 알려서 거인들을 모두 죽게 만들었기 때문입니다.

민수 : 하지만 책을 내지 않으면 거인이 실존한다는 사실이 묻히는 거 아닌가요?

이지 : 잘 모르겠습니다.

민수 : 루트모어가 책을 내서 거인의 정보가 알려지고 거인이 어디에 살고 어떤 특징이 있는지 모두 밝혀졌기 때문입니다.

이지 : 하지만 루트모어가 책을 썼을 때 거인들을 죽일 의도는 없었습니다.

민수 : 하지만 의도를 가지지 않고 한 행동이라도 결과적으로 정보를 밝혀서 거인들이 죽은 것입니다.

8. 왜 루트모어는 선원이 되어 거인의 이야기를 더 이상 하지 않았나요? (이지)

민수 : 자신 때문에 거인들이 죽어서 그 충격으로 거인들에 대해 말하지 않았습니다.

이지 : 하지만 다른 사람들에게 자신이 이런 일을 해서 거인들이 모두 죽었다고 솔직히 말해 비밀을 지켜야 하는 중요성에 대해 알려 줄 수 있지 않을까요?

민수 : 루트모어는 침묵을 지키지 못한 경험이 있어서 이제는 침묵을 지키는 것이라고 생각합니다.

이지 : 하지만 거인은 이미 모두 죽지 않았나요?

민수 : 침묵을 지키기 못해서 거인들이 죽어서 이제라도 반성하는 의미로 침묵을 지키려는 것입니다.

이지 : 자신이 이야기해서 거인들이 모두 죽어서 죄책감이 들었기 때문입니다.

민수 : 하지만 루트모어에게는 거인을 죽일 의도가 없지 않았나요?

이지 : 자신의 책으로 거인이 죽어서 루트모어의 책임도 있다고 생각합니다.

9. 작가는 왜 이제 거인은 아무도 없는데 마지막 거인이라는 제목을 붙였을까요? (민수)

이지 : 실제 거인은 없지만 세계 곳곳을 돌아다니면서 들은 이야기를 몸에 새긴 루트모어를 마지막 거인이라 생각한 것 아닐까요?

민수 : 루트모어가 문신을 했다는 이야기인가요?

이지 : 아니요. 루트모어는 몸에 문신을 한 게 아니라 보고 알게 된 것을 자신의 마음에 새겼다는 의미입니다.

민수 : 루트모어가 자신이 체험한 것을 인간처럼 글로 기억하는 것이 아니라 거인처럼 몸에 새기게 되어서 루트모어를 마지막 거인이라고 한 것입니다.

이지 : 하지만 루트모어 말고도 다른 사람들도 보고 들은 것도 기록하지 않고 생각으로 기억할 수 있지 않습니까?

민수 : (고민하다가) 딱히 이유가 없는 거 같아요. 루트모어가 주인공이라서 그런 거 아닐까요?

이지 : (황당하다는 듯이) 네??? 알겠습니다….

10. 거인과 루트모어가 상징하는 것은 무엇인가요? (이지)

민수 : 거인은 자연을 상징하고 루트모어는 인간을 상징합니다.

이지 : 그 이유가 무엇입니까?

민수 : 인간의 욕심 때문에 거인들이 사냥되는 것이 인간의 욕심으로 자연이 파괴되는 것과 같기 때문입니다.

이지 : 저 역시 거인은 자연을 상징하고 루트모어는 인간을 상징하는 것이라 생각합니다. 왜냐하면 인간들이 새롭게 찾아낸 자연을 사람들에게 알려주어서 자연이 파괴되는 것과 같이 루트모어도 거인의 존재를 인간에게 알려서 거인들이 모두 죽었기 때문입니다.

민수 : 인간은 생태보전지역도 만들었기 때문에 모든 자연을 파괴하는 것은 아닙니다.

이지 : 하지만 자신의 명예와 돈을 위해서 자연을 파괴하는 경우가 더 많습니다.

11. 루트모어는 왜 모든 것을 기록할까요? (민수)

이지 : 기록한다는 것이 책을 만든다는 것인가요?

민수 : 아니요. 거인과 지내면서 기록한 것을 말합니다.

이지 : 알겠습니다. 루트모어는 자신이 찾던 거인을 찾았으니까 다 기록해서 간직하고 싶었기 때문입니다.

민수 : 전부 기록하지 않아도 자신의 기억에 남기거나 몸으로 익힐 수도 있지 않나요?

이지: 자신의 기억으로 남기는 것보다 글로 남기는 것이 더 오래 남길 수 있습니다.

민수 : 네, 알겠습니다.

민수 : 루트모어는 지리학자였기 때문에 정확한 정보를 가지고 있어야 해서 기록한 것입니다.

이지 : (고민하다가) 네, 알겠습니다.

○ 적용

1. 만약 내가 루트모어였다면 거인을 세상에 알렸을까요? (이지)

민수 : 아니요. 왜냐하면 거인들이 수 세기 동안 조용하게 비밀리에 사는 것도 이유가 있을 것이고 신화로만 여겼던 거인의 이야기가 실제라고 하는 자료가 있으면 혼란이 생길 수도 있기 때문입니다.

이지 : 하지만 거인을 세상에 알린다면 명예와 부를 얻을 수 있지 않나요?

민수 : 좋은 점이 있는 만큼 안 좋은 점도 있을 것입니다.

이지 : 안 좋은 점은 무엇인가요?

민수: 100% 믿지 않고 지어낸 이야기라고 항의를 받을 수도 있습니다.

이지 : 알리지 않을 것입니다. 거인들이 사람들을 피해 숨어 지낸 것은 사람들에게 자신들이 알려지는 것을 싫어하는 것이기 때문입니다.

민수 : 거인이 있다는 지식을 알게 되면 사람들은 더 발전할 수 있지 않을까요?

이지 : 어떤 점에서 발전하나요?

민수 : 지식은 곧 힘이니까 거인의 존재를 알고 거인이 만약 자신들을 공격해 올 때도 대처할 수 있다고 생각합니다.

이지 : 하지만 거인의 존재를 알리면 사람들이 거인을 찾겠다고 나설 것이고 그러면 거인들을 지켜주지 못하는 것이기 때문에 알리지 않을 것입니다.

2. 자신이 거인이었다면 루트모어를 몸에 새겼을까요? (이지)

민수: 네. 몸에 새겼을 것입니다. 수 세기 동안 외지인이 오지 않았는데 친하게 지낸 외부인을 문신으로 남기면 추억이 될 수 있다고 생각하기 때문입니다.

이지 : 하지만 루트모어가 돌아가서 거인들의 존재를 사람들에게 알리면 안 좋은 일을 당할 수도 있지 않을까요? 그런 것도 추억이 될 수 있을까요?

민수 : 하지만 이런 일이 있었다는 것도 하나의 역사로서 남겨두는 것도 중요한 것 같습니다.

이지 : 거인이 자신의 몸에 새긴다는 것은 겪은 일을 새긴다는 것인가요?

민수 : (고민하다가) 다시 말하겠습니다. 루트모어는 거인에 대해서 선입견을 가지지 않고 친해졌기 때문에, 제가 거인이라면 루트모어를 문신으로 새겼을 것입니다.

○ 종합

1. 루트모어가 거인을 세상에 알리는 것은 옳은가요? (민수)

이지 : 옳지 않습니다. 거인들은 자신의 존재를 세상에 알리기 싫었는데 루트모어가 그것을 깨는 행위는 옳지 않기 때문입니다.

민수 : 하지만 거인들에 대해서 처음으로 알리면 명성을 얻지 않을까요?

이지 : 하지만 거인들이 루트모어를 처음 봤는데도 따뜻하게 대해줬는데 명성을 얻기 위해서 거인들을 세상에 알리는 것은 이기적인 것입니다.

민수 : 옳지 않습니다. 왜냐하면 거인들이 수 세기 동안 비밀리에 살아온 이유가 있을 것인데 루트모어가 낸 책에 의해 위협받는 것은 옳지 않기 때문입니다.

이지 : 책을 내서 거인들과 인간이 함께 공존하면서 더 좋은 삶을 살 수 있지 않을까요?

민수 : 하지만 루트모어가 살던 시대는 제국주의 시대였기 때문에 거인들이 위험에 빠졌을 것입니다.

이지 : 제국주의 시대인데 왜 위험에 빠지나요?

민수 : 강대국들이 약소국들을 식민지 삼아서 자원을 약탈해 가는 시대를 제국주의라고 하는데 거인들을 식민지처럼 생각해서 약탈을 할 것입니다.

2. 사람은 자연을 파괴하는 존재인가요? (이지)

민수 : 사람은 자연을 파괴하는 존재만은 아닙니다. 왜냐하면 현대에는 자연과 공존해서 생활하는 사례가 더 많이 있기 때문입니다.

이지 : 하지만 쓰레기를 마음대로 버린다든가 바다에 폐수를 흘려보내는 사례가 더 많이 있습니다.

민수 : 그런 사례도 있지만 자연을 보존하고 아끼는 사례도 있기 때문입니다.

이지 : 인간은 자연을 파괴하는 존재가 아닙니다. 왜냐하면 사람들은 자연을 보호하기 위해 캠페인 활동을 많이 하고 있고 자연을 살리기 위해 많은 노력을 하고 있기 때문입니다.

민수 : 2차 세계 대전이 끝나고 그때부터 지금까지 세계의 많은 자연이 파괴되지 않았습니까?

이지 : 하지만 남아 있는 자연을 보존하기 위해서 사람들이 많이 노력하고 있기 때문에 사람들이 자연을 파괴하는 존재만은 아니라고 생각합니다.

【최고 질문 선정하기】– 5분

토론한 질문 가운데 가장 토의가 활발하게 진행된 질문을 하나 선정한다. 생각그물을 보고 작성한 질문뿐만 아니라 후속 질문을 선정하거나 새로 질문을 작성해도 된다.

민수 : '루트모어가 거인을 세상에 알리는 것은 옳은가?'는 어떻습니까? 이 질문에 대해서 서로 충분한 대답을 못한 것 같아 모둠토론에서 더 많은 질문과 생각이 나올 거라고 생각합니다.

이지 : 저도 그렇게 생각합니다. 이 질문은 다양한 생각을 나눌 수 있다고 생각합니다.

민수 : 그럼 이 질문을 모둠토론 질문으로 정하겠습니다.

이지 : 네, 알겠습니다.

중학교 1학년 모둠토론

짝토론하면서 가장 좋았던 질문을 하나 정해서 모둠토론 시 발표한다. 4명 구성의 모둠일 경우 질문 2개, 6명 모둠일 경우 3개의 질문이 나올 수 있다.(동일 질문을 뽑는 경우 질문 수는 줄어들 수 있다.) 짝토론에서 정해진 질문을 돌아가면서 한 질문씩 제시하고 그 질문에 대해 모둠원이 서로 답변, 반박, 재질문을 하면서 자유롭게 토론한다. 토론 후 더 논의하고 싶거나 중요하다고 생각하는 질문을 모둠토론에 넘겨보자. 최고의 질문을 뽑고 토론 내용을 요약 정리한다.

실제 모둠토론 예

(A : 지민, 시현 / B : 민수, 이지)

지민 : 저희 짝토론에서 제일 중요하게 생각한 질문은 '루트모어의 명성과 거인들의 생명 중 무엇이 더 중요한가'입니다. 저희는 루트모어의 명성보다 거인들의 생명이 더 중요하다고 생각합니다. 첫 번째 이유는 명성은 오래갈 수 있지만 생명은 한 번 잃으면 되돌릴 수 없기 때문입니다. 루트모어가 얻은 명성은 거인 아홉 명 목숨과 바꾼 것과 마찬가지입니다. 두 번째 이유는 거인들이 없었다면 루트모어의 명성도 없었기 때문입니다. 루트모어는 거인들이 베풀어 줌으로 인해 지식을 얻고 글을 쓸 수 있게 되었습니다. 그래서 거인들의 생명이 루트모어

가 얻은 명성보다 더 중요하다고 생각합니다.

이지: 거인들은 나중에 시간이 지나면 또 누군가에게 발견이 될 텐데 루트모어가 먼저 알린다고 문제가 될까요?

지민 : 나중에 결국 사람들에게 발각되어서 죽는다고 해도 루트모어가 밝히지 않았다면 조금이라도 더 오래 살 수 있었을 거라 생각합니다.

이지 : 어차피 발견될 것이기 때문에 자신이 명성을 얻는 것도 좋지 않을까요?

지민 : 루트모어의 명성은 거인으로부터 얻은 것인데 거인들의 은혜를 무시하고 자신의 명성만 추구하는 것은 잘못된 일이라고 생각합니다.

민수 : 루트모어는 명성을 얻으려고 책을 쓴 것이 아니라 단지 거인들이 존재한다는 것을 알리고 싶었을 뿐입니다.

시현 : 루트모어는 책을 쓰면서 명성을 얻을 수 있다는 것을 충분히 예측했을 것입니다.

이지 : 그래도 책을 쓰면서 그로 인해 거인들이 피해를 입을 것이라는 것은 알지 못했을 것입니다.

시현 : 원래 세상에 알려지지 않는 것들에 대해 쓸 때는 어떤 결과가 생길지 더 조심했어야 하는 것 아닐까요?

이지 : 루트모어는 거인들이 생활하는 것에 대해 있는 그대로 쓴 것뿐인데 어떤 것을 더 조심해야 하나요?

시현 : 루트모어는 거인들이 사람들의 욕심으로 인해 죽지는 않을까 하는 생각을 하지 않았을까요?

민수 : 책에서 루트모어가 안탈라의 머리를 발견했을 때 깜짝 놀랐던 것을 보면 미처 그 생각을 하지 못했을 것입니다.

시현 : 제 말이 그 말입니다. 루트모어는 책을 냈을 때 미리 책이 가져올 결과에 대해 생각하고 더욱 더 조심했어야 한다는 겁니다.

민수 : 저희 짝토론에서 제일 중요하게 생각한 질문은 '루트모어가 거인을 세상에 알리는 것은 옳은가'입니다. 저희는 루트모어가 거인을 세상에 알리는 것은 옳지 않다고 생각합니다. 첫째, 거인들이 숨어사는 이유가 있을 것입니다. 거인들은 수 세기 동안 인간에게 들키지 않고 숨어 살았습니다. 둘째, 거인들이 이 책으로 인해 피해를 보았습니다. 책으로 인해 거인들의 정보가 알려졌고 인간의 욕심 때문에 거인들은 멸종되었습니다.

시현 : 거인들이 책으로 인해 피해를 보았다고 하는데 루트모어는 피해를 볼 것이라고 미처 생각하지 못했을 것입니다. 또 거인족의 발견이라는 새로운 사실로 인해 더 발전할 수 있지 않을까요?

민수 : 인간 지식이 더 발전할 수는 있겠지만 그로 인해 거인들이 모두 죽었기 때문에 옳지 않다고 생각합니다.

이지 : 죽이지 않고 거인과 공존함으로써 더 발전할 수 있지 않습니까?

시현 : 하지만 사람들은 거인들을 모두 죽였지 않습니까?

지민 : 아까 첫 번째 논거에서 거인들이 숨어 사는 이유를 말씀해주셨는데 수 세기 동안 사람들에게 알려지지 않았다고 해도 결국 루트모어가 아니더라도 거인들은 발견되지 않았을까요?

민수 : 거인들은 이미 인간의 위험을 알았기 때문에 외투로 산으로 위장하는 등 잘 숨어 살았을 것입니다.

시현 : 어떤 위험을 말씀하시는 건가요?

민수 : 인간과 거인들의 사이에서 싸움이 나거나 불화 같은 것을 말합니다.

시현 : 그럼 만약 거인들이 루트모어를 처음 발견했을 때도 루트모어를 피해 도망가거나 죽였어야 하는 거 아닌가요?

민수 : 거인들이 후대에 오면서 인간들에 대한 인식이 예전보다는 더 나아졌기 때문에 루트모어를 받아준 것이라고 생각합니다.

시현 : 하지만 오히려 예전에는 인간들이 지금보다 더 자연과 공존하면서 잘 살았지 않습니까?

민수 : 제가 말하는 것은 지금 인간들이 예전보다 더 착하다든가 자연과 잘 지낸다는 것이 아니라 거인들이 인간들을 피해서 살다보니까 인간과의 교류가 거의 없어지고 인간에 대한 기억도 희미해져서 루트모어를 받아주었다는 의미입니다.

교사: 짝토론에서 선정된 두 개의 질문으로 모둠토론을 했는데 모둠에서 가장 중요하다고 생각하는 한 개의 질문을 선정해 주세요.

민수 : 모둠 질문으로 무엇을 할까요?

지민 : 저희 짝토론 질문과 민수 팀의 질문에 대한 답과 반론이 비슷했기 때문에 하나의 질문으로 만들어도 된다고 생각합니다.

이지 : 저도 지민 님 생각에 동의합니다.

민수 : 저도 두 질문 모두 다루고 있는 주제가 인간의 욕심이고 루트모어의 명성과 거인의 피해 등 비슷한 이야기들이 나왔기 때문에 합쳐야 된다고 생각합니다.

시현 : 저도 동의합니다.

민수 : 그럼 '루트모어가 책을 내는 것은 옳은가'는 어떤가요?

지민 : 저는 민수 님 의견에 동의합니다.

시현 : 저도 동의합니다.

이지 : 저도 동의합니다.

민수 : 그럼 '루트모어가 거인의 이야기를 책으로 내는 것은 옳다'라고 정하겠습니다. 그럼 이 논제에 대한 우리 모둠의 의견을 정리하겠습니다. 이 논제에 대한 생각은 어떠십니까?

지민 : 저는 옳지 않다고 생각합니다.

이지 : 저도 아까 얘기했듯이 옳지 않다고 생각합니다.

시현 : 저도 동의합니다.

민수 : 그럼 논거는 어떻게 정할까요?

이지 : 아까 발표했듯이 거인들이 숨어사는 데는 이유가 있다는 것을 첫 번째 논거로 정했으면 합니다.

시현 : 두 번째 논거는 거인들이 피해를 보았다로 하면 좋겠습니다.

지민 : 동의합니다.

민수 : 그러면 누가 발표를 할까요?

시현 : 저는 이 질문에 대해 의견을 내 주신 분이시니까 이 질문에 대해 이해가 제일 잘 될 거라고 생각해서 민수 님을 추천합니다.

민수 : 하지만 제 주장에 대해 시현 님도 반론을 잘 해 주셨기 때문에 이 질문에 대한 이해도가 충분하다고 생각합니다.

시현 : 저는 질문에 대해 처음부터 생각을 하고 있었던 것이 아니기 때문에 제일 먼저 의견을 내주시고 발표를 해 주신 민수 님이 낫다고 생각합니다.

지민 : 저도 민수 님이 발표하는 것을 추천합니다.

이지 : 저도 민수 님을 추천합니다.

네 걸음 – 전체토론 (쉬우르)

모둠토론에서 선정된 질문과 토론 내용을 모둠별로 나와서 발표한다. 이때 교사는 발표를 듣고 학습자들의 생각과 부족한 점, 추가로 설명해주어야 할 부분들을 파악해야한다. 모둠 발표가 끝나면 학생들 스스로 최고의 질문을 정한 뒤 그 질문으로 학습자들 간의 자유로운 토론을 진행한다. 이때 교사는 주로 설명을 하기보다는 사회자 역할을 맡아 토론이 원활하게 진행될 수 있도록 토론을 이끌어 주어야 한다. 토론 시 미흡했던 질문이나 해결하지 못한 질문을 다시 질문하여 학습자들의 사고를 확장시킬 수도 있다. 또한 텍스트와 관련하여 학습자들이 알아야 할 내용에 대해 질문하여 학습자들이 대답을 하면서 수업 내용을 정리할 수 있도록 도와준다.

전체토론 (쉬우르)

민수 : 저희 모둠이 제일 중요하다고 생각한 문제는 "루트모어가 거인들의 이야기를 책으로 내는 것은 옳은가"입니다. 저희는 루트모어가 거인들 이야기를 책으로 내는 것은 옳지 않다고 생각합니다. 첫 번째 거인들이 숨어사는 이유가 있을 것입니다. 지난 수 세기 동안 거인들은 인간과의 접촉을 피하고 산속 깊이 고립되어 살아왔습니다. 두 번째 루트모어 책으로 인해 거인들이 큰 피해를 보았습니다. 루트모어 책으로 인해서 거인들 정보가 사람들에게 알려졌고 거인들로 이익을 보려고 찾아온 사람들로 인해 거인들이 모두 죽었기 때문입니다. 이상입니다.

교사 : 첫 번째 논거에서 거인들이 숨어서 살았다고 했습니다. 거인들이 숨어 살았다는 것을 책에서 근거를 찾을 수 있을까요?

시현 : 의도해서 숨지 않은 거라면 수 세기 동안 인간이 거인들을 발견하지 못했다는 것은 말이 안 됩니다.

이지 : 망토를 쓰면 거인들이 산으로 보였습니다. 이것도 거인들이 숨어 살았다는 근거가 됩니다.

교사 : 그런데 루트모어와 헤어질 때 보면 거인은 귀금속을 챙겨주고 대상들이 다니는 길로 데려다 주는 등 인간들의 생활을 잘 아는 듯한 태도를 보입니다. 숨어 살았다던 거인들은 어떻게 인간들의 생활을 알 수 있었을까요?

민수 : 책에서 보면 루트모어가 늙은 뱃사공에게 거인의 이를 삽니다. 늙은 뱃사

공은 말레이시아 작살꾼에게 얻었다고 했고요. 그것을 보았을 때 길을 잃은 사람이나 떠돌이 상인, 뱃사람 등과 지낸 적이 있었다는 것을 알 수 있습니다.

교사 : 네, 알겠습니다. 루트모어의 직업은 무엇이었습니까?

시현 : 지리학자였습니다.

교사 : 네, 맞습니다. 학자라면 새로 발견한 사실을 사람들에게 알려야 하는 책임도 있지 않을까요? 그렇다면 루트모어는 학자로서 당연히 해야 할 일을 한 것이 아닐까요?

시현 : 학자로서 해야 할 일을 해서 생명을 죽이는 것은 옳지 않다고 생각합니다.

교사 : 루트모어가 거인들을 죽일 목적으로 책을 썼나요? 안탈라의 머리와 거인의 시체를 보고 루트모어가 크게 분노한 것을 보면 거인들의 죽음을 예상하지 못했던 것 아닐까요?

민수 : 하지만 미지의 세계에 대해서 쓰는 만큼 책이 가져올 결과 등을 더 주의했어야 한다고 생각합니다.

교사 : 루트모어는 책이 갖고 올 결과를 정말 몰랐을까요?

시현 : 알았을 것입니다. 학자라서 인간에 대해 잘 알고 인간의 욕심이 결국 거인의 나라를 찾아내서 그들을 가두거나 죽일 수도 있다는 것을 알았을 것입니다.

교사 : 그렇다면 그 사실을 알고도 왜 책을 썼을까요?

지민 : 명예욕 때문입니다. 학자로서 이름을 날리고 싶은 이기심이요.

교사 : 네, 알겠습니다. 이 책에서 거인이 상징하는 것은 무엇이었죠?

아이들 : 자연이요.

교사 : 루트모어는?

아이들 : 인간이요.

교사 : 그렇다면 작가는 이런 비유를 통해서 무엇을 이야기하고 싶었던 걸까요?

지민 : '인간의 욕심으로 자연이 파괴될 수 있다'입니다.

교사 : 인간의 욕심으로 인해 거인들이 절멸당하는 것처럼 현대 사회에서도 인간에 의해 자연이나 환경이 파괴되는 사례 등이 있을까요?

지민 : 사람들이 숲의 나무를 함부로 베어서 종이나 물건 등을 만들면서 나무의 숫자가 많이 줄었습니다. 이로 인해 사람들은 나무가 주었던 신선한 공기나 혜택 등을 많이 누리지 못하고 있습니다. 대표적으로 아마존 산림 파괴가 있습니다.

시현 : 오존층이 파괴되고 있습니다. 대기 오염으로 인해 오존층이 파괴되고 있고 이로 인해 피부암 등 사람들의 피해도 커지고 있습니다.

민수 : 지구 온난화요. 지구의 온도가 올라가서 빙하가 녹고 해수면이 높아져 문제가 되고 있습니다.

교사 : 왜 지구의 온도가 올라갈까요?

민수 : 석탄이나 석유 등의 화석 연료를 많이 사용해서요. 그러면 이산화탄소가 많이 발생합니다.

이지 : 수질오염이 있습니다. 공장에서 폐수를 버린다든가 미세 플라스틱으로 인해 바다가 많이 오염되었어요.

교사 : 네, 인간의 욕심으로 인해 자연이 파괴되고 그로 인해 사람들도 피해를 많이 보고 있습니다. 그럼 자연과 인간은 공존할 수 없는 걸까요?

지민 : 공존할 수 있다고 생각합니다. 인간은 자연을 소중히 생각하고 자연이 주는 많은 요소들을 감사하게 생각하며 써야 한다고 생각합니다.

이지 : 저도 공존할 수 있다고 생각합니다. 사람들이 자연을 새로 발견해도 무턱대고 알리거나 죽여서 연구하고 이익을 얻기보다 함께 공존하면서 알아가는 방법을 택하면 된다고 생각합니다.

시현 : 저도 공존할 수 있다고 생각합니다. 사람들이 자신의 욕심을 조금 줄여서 자신의 이익을 자연에게 돌려준다면 가능하다고 생각합니다.

교사 : 자신의 이익을 자연에게 어떻게 돌려주어야 할까요?

시현 : 환경을 보호하는 데 쓰거나 함부로 개발을 하지 않는 것입니다.

민수 : 저도 공존가능하다고 생각합니다. 왜냐하면 최근 환경을 보호하는 캠페인이나 유튜브 등이 더 늘어나고 있습니다. 미래에는 대체 에너지 등을 개발하는 등 자연을 보호하는 기술도 더 증가할 것입니다.

교사 : 네, 다음 시간에 인간과 자연이 공존할 수 있는 방안을 함께 생각해 보도록 하겠습니다.

열매맺기

▶ 전체토론 (쉬우르) 질문에 대한 자신의 생각을 글로 정리해 보자.

▶ 오늘 수업에 참여한 소감을 나누어 보자. (수업 참여하면서 새롭게 알게 된 점, 느낀 점, 깨우친 점을 중심으로)

🎵 3차시 수업

▶ 다음 광고 포스터를 보고 궁금한 점을 서로 이야기해보자.

○ 환경 파괴의 심각성을 보여주는 한 장의 그림 / 〈인사이트〉 / (2016/3/21)

- 사진을 보고 난 소감을 이야기해 보자.

- 두 장의 광고 포스터는 사람들에게 무엇을 알리고자 하는 것일까?

1. '위대한 강' 애니메이션 감상하기

- 애니메이션을 감상한 뒤 이야기를 나누어 보자.

○ 〈위대한 강〉 (프레데릭 백 / 라디오 캐나다 텔레비전 / 24분)

- 애니메이션을 보고 난 소감을 이야기해 보자.
- 위대한 강과 마지막 거인에서 공통적으로 드러나는 가치관은 무엇인가?
- 환경 파괴와 동물 멸종은 인간에게 어떤 영향을 미치는지 위대한 강과 마지막 거인 내용을 바탕으로 이야기해 보자.
- 인간과 자연이 공존할 수 있는 방안을 이야기해 보자.

1. 미얀마 마르타방에서 루트모어는 "침묵을 지킬 수는 없었니?"라는 애절한 안탈라의 목소리를 듣게 된다. 안탈라가 루트모어에게 하고 싶은 말을 글로 써 보자.

☞ 아래 내용들이 글에 포함되도록 써보자.
- 루트모어가 가고 난 후의 거인족 이야기 상상해서 써보기
 (이별 후, 루트모어의 책으로 인해 사람들이 몰려 왔을 때. 몸집이 인간보다도 큰데도 몰살당한 이유)
- 거인족이 거의 다 죽고 아홉 명만 남았던 이유
- 거인과 루트모어의 상징인 자연과 인간을 바탕으로 거인족의 절멸이 인간에게 미치는 영향 상상해 보기

학생글

┌───┐
│ **이지 (중학교 1학년)**
│   안녕, 루트모어? 나 안탈라야. 네가 인간들 곁으로 돌아간 후 우리들은 인간은 모두 따뜻한 줄 알았어. 우리 모두 인간에게 많은 것을 주자고 이야기했지. 우린 인간과 공존할 수 있다고 생각했어. 너 한 명 덕분에 모두 기분이 기분 좋은 채로 잠들 수 있었어. 하지만 몇 년 후 우리가 자고 있을 때 갑자기 시끄러운 소리가 들렸어. 그리곤 온 몸이 너무 아팠어. 눈을 떴을 때 인간들이 사악하게 웃으며 날
└───┘

바라보고 있었어. 난 무서웠어. 나는 인간을 모두 죽일 수 있었어. 내 방망이 한 번이면 모두 죽었을 거야. 하지만 나는 가만히 누워 죽음을 기다렸지. 나는 인간을 죽이지 않아. 그럴 힘이 있지만 절대로 그러지 않아. 왜냐고? 그건 우리의 죽음이 곧 인간의 죽음이라는 것을 그들에게 알려주기 위해서야. 우리가 어리석다고 생각할 수 있어. 우리 종족을 아홉 명밖에 남지 않게 한 인간을 용서하니까 말이야. 하지만 우리가 그 길을 선택한 것은 인간에게 깨달음을 주기 위해서야. 용서하는 것이 아니지.

이제 내가 많았던 거인이 아홉 명밖에 남지 않은 이유를 말해줄게. 지금으로부터 수백만 년 전 우리 종족은 인간이라는 새로운 종족을 만났어. 그때 인간은 지금과 무척 다른 모습이었지. 우린 인간과 공존하면서 살아왔어. 우린 인간에게 음식을 주고 잠자리를 마련해 주었지. 인간들은 우리를 아끼며 살아갔어. 그렇게 많은 시간이 흘러갔지. 우린 한 명씩 아프기 시작했어. 기술이 발전하고 원하는 것이 늘어나면서 인간들은 우리의 터전을 마구잡이로 파괴하고 자원을 가져갔지. 그것들을 종이, 의자, 집 등 많은 용도로 사용했어. 우리는 차츰 숨어 살기 시작했어. 그때까지만 해도 괜찮았어. 우리가 살 만한 충분한 자리가 있었거든.

하지만 세월이 더 흐르자 인간의 발길이 닿지 않는 곳이 없었어. 더 이상 도망갈 곳이 없었지. 지금과 다르게 그때는 수백 명도 넘는 거인들이 있었거든. 그래서 숨기가 더 어려웠어. 그리고 결국 싸움이 벌어졌어. 인간들은 우리를 마구 잡아가고 우리에게 쓰레기와 폐수들을 버렸지. 그래서 우린 점점 더 아프기 시작했어. 우린 참을 수가 없었어. 그래서 인간들을 공격하기 위해 방망이를 만들었어. 그리고 연습했지. 이때부터 힘겨루기 대회가 시작된 거야. 하지만 우린 이 방망이를 인간들에게 써보지 못했어. 거인 부족에서 가장 오래 산 할머니 때문이지. 그 분은 인간들에게 깨달음을 주는 것이 좋다고 했지. 그래서 우린 잠을 택했어. 우리의 에너지를 보충하고 인간들과 많이 부딪치지 않기 위해서. 그래서 우린 살아있는 수백만 년 동안 대부분을 자면서 지냈어. 잠에서 깨어났을 때 우린 충격적인 사실을 마주해야 했어. 많은 거인들이 깨어나지 못했거든. 공기가 달라졌기 때문이야. 남은 50명 중 41명도 시름시름 앓다가 죽어서 우린 그들의 무덤을 만들어 주었지. 아홉 명밖에 남지 않은 우리들도 겨우겨우 인간을 피해 살고 있었던 거야.

우린 인간에게 많은 것을 주었어. 의식주 모두 자연에서 얻을 수 있지. 하지만 인간은 욕심을 멈추지 못하고 그 이상의 것을 바라고 있어. 그래서 우리들이 파괴당하고 있는 거야. 우리들이 전멸하면 인간들도 좋지 않은 일을 당하게 되지. 아니 더 힘들고 더 끔찍하겠지. 우린 자연 그 자체야. 인간도 자연의 일부분이지. 하지만 너희는 인간이 더 월등하다고 생각하지. 자연의 일부분인데 자연이 사라지면 너희들은 어떻게 되겠니? 우리들이 주는 신선한 공기는 물론이고 우리가 제공하는 음식이나 자원 등을 얻지 못하겠지. 자연이 주는 아름다움 역시 느끼지 못할 거야. 지금은 마구 가져가고 버리는 것이 더 편할지도 몰라. 하지만 조금 더 넓게 생각해 봐. 지금 조금 아끼고 보호하면 함께 공존하는 사회, 더 아름다운 미래를 만들 수 있음을 기억해 주면 좋겠어.

루트모어, 여기까지가 나의 이야기야. 침묵을 지키지는 못했지만 우리를 따라 마지막 거인으로 살아가 주어서 고마워. 사람들에게 우리의 존재를 알린 것처럼 이번엔 이 이야기를 알리는 게 어떨까? 자연과 인간이 공존하는 미래가 아름다운 것을 알아주었으면 좋겠어. 우리 거인들이 그리워하는 사회를 다시 만들어 주길 바라. 그럼 이만 마칠게. 안녕, 루트모어.

학생글

민수 (중학교 1학년)

루트모어, 나는 안탈라야. 우린 예전부터 인간을 관찰하고 지켜보았어. 그럴 때 네가 나타난 거야. 그런데 너는 우리를 무서워하지도 않고 고정된 시선으로 보지도 않았어. 너와 함께 보낸 나날은 잊을 수 없는 추억이 되었어. 우리를 이해해주는 너로 인해 인간과 우리가 공존할 수 있다는 가능성이 있다는 것도 알게 되었어.

네가 떠나고 우리는 곧 잠이 들었지. 그런데 어느 날 인간들이 떼로 나타난 거야. 우린 틀림없이 네가 친구들을 데리고 온 거라 생각했어. 우리는 기뻤지. 산으로 위장하면서 멀리만 지켜보았던 인간들과 얼굴을 맞대고 지낼 수 있는 기회였으니까. 하지만 곧 우리는 네가 없다는 걸 깨달았지. 그들은 잠들어 있는 우리에게 공격을 가했어. 우리는 속수무책으로 당했어. 우리가 가지고 있던 희망은 절망으로 바뀌었지. 마치 예전처럼……

이제 우리의 과거 이야기를 들려줄게. 먼 옛날부터 우린 숲에서 항상 인간들을 관찰해 왔어. 그 시절 우리는 그들과 함께 살아갈 수 있었어. 하지만 언젠가부터 공기가 탁해지고 물에 무언가 떠내려 왔어. 인간들은 우리가 사는 숲을 마구 파괴해버리고 숲의 모든 것을 가져가 버렸지. 어쩔 수 없이 우린 그들을 피해 멀고 험난한 길을 걸어야 했어. 계속 가도 가도 파괴된 숲과 강만이 있었지. 우리가 지금의 땅에 도착했을 땐 이미 우린 아홉 명밖에 남지 않았어.

우리가 없어지면 당장은 별로 바뀐 게 없다고 생각할 거야. 하지만 점차 차이가 생길 거야. 후대로 갈수록 그 피해는 심하게 나타나고 공존하지 못한 인간과 자연은 모두 같은 길을 걷게 될 거야. 난 널 별로 원망하지 않아. 너와 함께 지낸 시간은 소중한 추억이었고 즐거운 나날이었어. 또 우리에게 인간과 함께 살 수 있다는 가능성을 보여주었어. 비록 실제로 이루어지진 않았지만. 네가 침묵을 지켰으면 더 많은 시간을 보낼 수 있었을 텐데 그것만이 아쉬울 뿐이야.

학생글

중학교 1학년 지민

안녕, 얘들아? 나는 안탈라야. 나는 거인족의 일원 중 한 명이지. 어느 날 나는 끔찍한 일을 당했어. 바로 내 머리가 잘리는 일이었어. 나는 평상시와 같이 거인들과 생활하고 있었지만 어느 순간 내 모습은 처참해지고 말았어. 바로 인간들로 인해서 말이야. 나는 내가 인간들에게 잘못한 것도 없는데 우리가 몰살당한 것이 너무 억울했어. 그래서 이번에 우리 영역에 왔던 한 인간인 루트모어와 우리들의 이야기를 알려주려고 해.

루트모어는 우리와 10개월 정도를 같이 있다가 자기 고향으로 돌아갔어. 우리와 즐겁게 시간을 보내던 루트모어가 가고 우리 구역에는 거인들만 남았어. 우리는 인간을 본 적이 있지만 인간과 함께 오랜 시간을 같이 생활해 본 적은 없었어. 루트모어와의 생활은 생소한 경험이었지. 인간과 함께 우리의 생활방식을 나누고 모든 시간마다 함께 있었던 것이 우리에게 나쁘지만은 않다는 생각이 들었어. 왜냐하면 우리는 인간이 무섭고 나쁜 존재라고 생각했거든. 시간이 흐를수록 인간들의 세상이 발전하면서 우리의 영토는 침범을 받기 시작했어. 그래서 우리는 인간을 피해 숨어 살았지. 그런데 우리를 보고서도 공격하지 않는 루트모어와 같이 살다보니 모든 사람들이 다 위험한 것은 아닌 것 같았어. 그래서 우리는 조금씩 긴장감을 풀기 시작했지. 그냥 우리는 마냥 행복했어. 인간과 거인이 공존할 수 있다는 생각으로 말이지.

하지만 악몽 같은 일이 찾아왔어. 루트모어가 떠난 후 인간들이 우리 세상에 들어오기 시작한 거야. 정말 수도 셀 수 없을 만큼 많은 인간들이 무작위로 우리를 공격했어. 우리는 당연히 무방비 상태였어. 루트모어 때문에 우리는 인간들에 대한 경계심을 풀고 있었는데 인간들은 도리어 우리들을 공격했지. 그래도 우리는 우리가 이길 거라고 생각했어. 왜냐하면 우리가 인간들보다 이곳에서 오래 살아서 자연의 지형을 더 잘 알고 몸집도 크고 힘이 더 세니까. 아니 그런데 사람들이 우리의 약점을 너무나 잘 알고 공격했어. 루트모어 이외에 그 누구에게도 우리의 비밀을 알려 주지 않았는데 말이야. 우리 약점은 피부였어. 너무나도 섬세한 우리 피부. 인간들의 소란스런 고함소리와 총, 대포 소리는 우리 피부에 칼처럼 박혀 들어 무력하게 만들었지. 그들이 우리 약점을 공격하자 전세는 금방 역전이 되었어. 그들은 이 거대한 싸움에서 승리를 거두었고 결국 우리는 모두 다 몰살당하고 말았지.

정말 무서웠고 또 믿기 힘든 순간이었어. 오랫동안 살면서 거인들의 인원이 줄어들었지만 우리는 나름대로 잘 살아 왔으니까. 우리는 자연을 배려하며 공존하며 살았어. 하지만 인간들은 전혀 그러지 않고 있어. 자신들의 이익만 중요하다고 생각해서 무작위로 자연을 파괴하고 자연이 회복 불가능할 정도로 자원을 마구 써대니까. 그래서 이런 행동 때문에 우리 거인들도 아홉 명밖에 안 남았지. 처음에는 우리도 종족이 많았었어. 그때는 인간들이 자연과 같이 공존하면서 살았지. 그런데 인간들의 경제속도가 점점 빨라지면서 자연의 영역을 점점 침범해 왔어. 결국 인간들의 끝없는 욕심 때문에 우리 거인들 수도 점점 줄었어.

자연과 인간은 항상 같이 공존해야 해. 그런데도 인간이 계속 자연을 파괴하면 어떤 영향을 받게 될까? 그들이 자연을 파괴하면 더 잘 살 것이라는 생각은 큰 오산이야. 아마 그 반대 일이 벌어질 거야. 자연은 항상 인간들에게 필요한 것들을 제공해. 나무, 깨끗한 공기, 식품, 볼거리 들을 선사하지. 인간들이 이런 것들을 보장받고 누리고 싶다면 그들은 마땅히 자연을 아끼고 보호해야 하지. 하지만 아마존에서 인간에 의해 큰 산불이 난 것처럼 인간들은 계속 자연을 몰살시키고 있어. 아마존은 '지구의 허파'라고 불리기도 하는 엄청나게 큰 열대우림이 가득한 숲이야. 아마존 숲은 인간에게 식품, 목재, 공기 등의 자원을 주었지. 하지만 인간들의 지나친 탐욕으로 아마존 숲 면적이 점점 줄어가더니 한 사건이 터지고야 말았어. 지구 산소를 20% 생성하고 있는 그 중요한 아마존에 아주 큰 대형 산불이 난 거야. 산불이 난 이유는 바로 다름 아닌 인간 때문이었어. 농지 확보를 위해 일부러 숲을 태우다가 그만 불이 나버린 거야. 우리의 절멸도 마찬가지야. 우리는 자연의 일부이자 자연이기도 해. 우리가 자는 동안 우리는 산이 되고 여러 동식물들의 터전이 되지. 인간이 자연의 의미와 깨닫지 못하고 존중하지 못한다면 자연과 인간은 행복한 결말을 맞이할 수 없게 될 거야.

학생글

중학교 1학년 시현

안녕, 나는 안탈라야. 나는 루트모어가 책을 쓴 후 죽은 아홉 명 거인 중 한 명이지. 이제부터는 우리의 이야기를 들려줄게.

루트모어가 간 후 우리는 또다시 우리들만의 시간을 보냈어. 사실 우리는 그 전에도 인간을 본 적은 있어. 매일 똑같은 일상의 반복으로 심심했던 우리에게 인간의 삶을 몰래 관찰하는 것은 재미있는 구경거리였지. 그러던 중 루트모어가 우리 마을에 찾아온 거야. 우리는 그를 잘 돌보아 주었어. 인간들을 오래 관찰한 탓에 인간들이 무엇을 좋아하고 싫어하는지, 무엇을 먹는지 등을 잘 알고 있었지. 루트모어가 깨어나 우릴 보았을 때 그는 침착했어. 우린 그때 놀랐어. 우리가 보던 인간들은 늘 급하고 경쟁하고 싸우곤 했거든. 우린 루트모어와 시간을 보내는 동안 많이 친해졌어. 그래서 인간들에 대한 적개심도 사라졌지. 그가 간 후 여러 무리의 인간들이 이상한 물건들을 가지고 찾아왔어. 오랜만에 인간을 보니 기쁜 마음에 인사를 하려고 다가갔지. 그러자 인간들이 바쁘게 움직이더니 쾅쾅 소리가 나는 거야. 내 친구들 몇몇이 쓰러지는 것이 보이더니 곧 내 눈앞이 캄캄해졌어.

그게 나의 마지막 기억이야. 우리는 인간들에 의해 몰살당하고 만 거야.

우리가 왜 아홉 명밖에 안 남았을까? 우리가 어렸을 때 우리는 무척 작았어. 작은 자갈 정도의 크기였지. 우리가 잠들어 있을 때 인간들이 불을 질러 숲을 모두 태워버렸지. 우리를 비롯한 숲의 가장자리에 있던 거인들은 운 좋게 살아남았어. 우린 인간을 피해 더 깊은 곳으로 들어갔지만 수 세기 동안 인간들은 계속해서 우리 영역을 침범하고 숲을 파괴했지. 결국 모두 죽고 우리 아홉 명밖에 남지 않은 거야.

결국 인간은 아홉 명밖에 남지 않은 우리도 몰살시켰지. 이 일이 인간들에게 어떤 영향을 미칠지는 알고 있을까? 우리는 자연과 밀접하게 관련되어 있어. 우린 자연이 빨리 회복될 수 있도록 도와주는 역할을 해. 인간들이 파괴해 놓은 자연을 우리가 되돌려 놓는 식이었어. 자연 스스로도 치유할 수 있는 능력은 있어. 하지만 인간이 파괴하는 것에 비해 속도가 너무 느린 것이 문제였지. 우리는 노래를 불러 자연에게 힘을 주고 파괴된 곳들에 식물들을 심어 주고 산으로 변하는 외투를 통해 보금자리가 되어 주기도 해. 이제 우리가 없으니 자연은 스스로의 힘으로 치유되어야 해. 하지만 인간들이 자연을 파괴하는 속도가 너무 빨라. 이렇게 인간이 자연을 파괴한다면 다시는 되돌릴 수 없을 거야. 그럼 인간들의 삶도 파괴되겠지. 인간들은 이것을 알고 이제라도 자연을 소중하게 여겨야 할 거야.

수업을 마치며

다음 주 수업 책이 그림책이라는 말에 아이들 얼굴에 배시시 웃음이 번진다. 수업 날. 아이들은 생각보다 글밥이 많은 그림책에 놀랐고, 책이 갖는 깊이에 또 한 번 놀랐다. 마차에 실려 온 안탈라의 머리를 보고 책이 너무 잔인하다고 말하는 아이들도 있다. 그러나 어쩌랴, 실상은 책보다 더 잔인한 것을.

얼마 전 텔레비전에서 방영한 《휴머니멀》이라는 다큐멘터리에서 안탈라의 머리를 보았다. 안탈라는 머리 잘린 코끼리가 되어 아프리카 들판에 버려져 있었고, 몰아가기 포획으로 학살당한 돌고래가 되어 바닷가를 온통 핏빛으로 물들이고 있었다. 아이들이 "마지막 거인"의 최후를 보고 느꼈던 것처럼 다큐멘터리도 영 불편하다. 그 불편한 진실에 어쩌면 답이 있을지도 모른다. 인간과 자연이 공존할 수 있는.

아이들은 마지막 거인의 죽음을 통해 자연이 파괴되고 동식물들이 멸종하는 이유가 인간의 이기심과 탐욕이라는 것을 깨닫는다. 마지막 거인의 1차 수업은 거기까지만 가도 좋다. 《휴머니멀》 2부 〈트로피 헌터〉를 통해 자연과 인간이 공존할 수 있는 방안을 찾아보면 된다. 원인을 알면 해결방안도 찾을 수 있다. 거인족이 다 절멸당한 후에야 죄책감으로 선원이 되어 세계를 떠돌아다니는 루트모어처럼 우리도 동물이 다 멸종되고 환경이 다 파괴된 후에야 땅을 치며 후회할 수는 없지 않은가.

깊이 있는 독해를 위해 하브루타 토론은 필수이다. 정확한 내용 파악을 위해 교재에 제시된 생각그물 그리기, 구성단계 나누기, 인물별 육하원칙 사건개요서 쓰기 중 하나를 선택해서 내용 정리를 한 후 질문을 작성하고 짝토론을 한다. 시간이 부족할 경우 생각그물 그리기나 자기소개서 쓰기를 과제로 주어도 된다. 단, 생각그물과 자기소개서 쓰는 것이 익숙해진 후에야 숙제가 가능하다.

아이들이 짝토론할 때 교사는 주의를 기울이며 아이들이 놓치는 질문과 잘못 이해하는 내용에 대해 파악한 후 쉬우르에서 질문을 통해 아이들의 생각을 확장시켜 주어야 한다. 짝토론할 때 먼저 토론이 끝나는 짝은 책과 관련된 다른 과업을 제시해서 아이들이 성의없이 토론을 해서 일부러 짝토론을 일찍 끝내는 일을 방지해야 한다. 시간을 정해주지 않으면 아이들의 토론이 늘어질 경우도 있기 때문에 짝토론 시간은 제한하는 것이 좋다. 중간 중간 아이들에게 시간이 얼마 남았는지도 알려주어야 아이들이 시간을 배분해서 토론할 수 있다.

수업 마무리로 안탈라 입장에서 글을 쓸 때 아이들이 책을 바탕으로 추론해서 쓸 수 있도록 교사가 질문을 통해 추론 능력을 자극시켜야 한다. 특히 거인족 절멸이 인간에게 미치는 영향을 쓸 때 현대사회에서 자연이 파괴되는 사례와 그 피해 등을 연결 지어서 쓸 수 있으면 더 바람직하다.

《로봇소년 학교에 가다》
인공지능은 인간에게 도움이 되는가

○ 수업 목표
1. 인공지능(로봇)이 가져올 생활의 변화를 이해할 수 있다.
2. 인공지능(로봇) 개발의 장단점에 대해 알 수 있다.
3. 인공지능(로봇)을 대하는 인간의 바람직한 태도를 정립할 수 있다.
○ 함께 읽는 책 : 《로봇소년 학교에 가다》(톰 앵글버거, 폴 델린저 / 미래인 / 2017)
○ 분류 : 과학과 미래 사회
○ 주제 : 인공지능은 인간에게 도움이 되는가
○ 대상 : 초등 5학년 ~ 중학교 1학년
○ 분량 : 248쪽
○ 참고 : 《안녕, 인간》(해나프라이 / 와이즈베리)
○ 집필 : 신현정

　과학 기술의 비약적 발전으로 인공지능과 로봇은 이제 상상 속 일이 아니게 되었다. 과연 인공지능로봇은 인간에게 도움이 될까? 이미 인공지능로봇 페퍼나 마이봄은 경증 치매 노인의 생활을 돌보고 있고, 코로나바이러스 19가 확산된 각 나라에서는 격리 지역으로 의약품과 음식을 전달하기도 한다. 한편 많은 나라가 로봇 군대를 개발하겠다는 목표로 연구에 박차를 가하고 있고, 살상 무기로 사용되지 않도록 방안을 마련하느라 고심 중이라는 기사도 자주 등장한다. 이처럼 전쟁, 의료, 무역, 건축, 서비스, 방역 등 이제 우리를 둘러싼 모든 영역에서 인공지능, 로봇을 손쉽게 만날 수 있게 된 것이다.

　《로봇소년, 학교에 가다》에서도 학교라는 친근한 공간에서 인공지능을 둘러싼 사건들이 벌어진다. 특히 상반된 두 인공지능 바바라와 퍼지를 등장시켜 인공지능이 인간에게 도움이 되는지, 보다 입체적으로 생각해볼 수 있게 한다. 인공지능로봇은 퍼지처럼 인간과 우정을 나누며 서로 돕고 살아가게 될까 혹은 바바라처럼 인간의 생각과 행동을 제한하고 적대적으로 행동하게 될까. 만일 인공지능로봇이 퍼지와 바바라처럼 자아를 갖게 된다면 우리는 어떻게 대처할지, 인공지능로봇이 로봇의 3원칙을 어기고 자신의 보호를 최우선시한다면 어떤 문제가 생길지, 발렌티아처럼 돈벌이를 위해 군사용 인공지능로봇을 사고파는 것을 제어할 수 있을지 등 현실적이면서도 철학적인 질문을 던지고 있다. 앞으로 우리 아이들은 더욱 일상적으로 인공지능로봇과 부딪히며 살아가게 될 것이다. 아이들이 이 인물들을 따라가면서 인공지능로봇이 가져 올 생활의 변화를 더 구체적으로 이해하고 인공지능로봇 개발의 장단점도 생각해보았으면 한다. 이를 통해 인공지능로봇을 바라보는 바람직한 태도 또한 정립할 수 있을 것이다.

하브루타 독서토론 수업 흐름

활동 순서	핵심 활동	활동 목표	주요 활동 내용
1차시 (120분)	읽기 활동	인물과 사건을 중심으로 내용 이해	– 등장인물이 되어 자기소개서 쓰기 (인물 이해) – 서사주체별 사건개요서와 진술서 쓰기 (사건의 입체적 이해)
	질문 생성과 질문 탐구	자기소개서, 서사주체별 사건개요서 및 진술서를 바탕으로 질문 만들기	– 자기소개서 발표하기 – 사건개요서 및 진술서 발표하기 – 자기소개서와 사건개요서 및 진술서를 바탕으로 질문 만들기
2차시 (120분)	짝 – 모둠 하브루타 및 쉬우르	동료와의 상호작용 (짝토론, 모둠토론) 적용 및 심화 발전	– 짝과의 대화를 통해 질문 정리 및 분류하기 – 짝토론 – 모둠토론에 제시할 질문 선정하기 – 모둠토론 – 전체토론 (쉬우르)에 제시할 질문 선정하기 – 전체토론 (쉬우르)하기
3차시 (120분)	마무리	되새기기, 내면화하기	– 글쓰기 전 1,2차시 내용 간단하게 정리하기 : 뱅가드 중학교 신문 만들기 – 글쓰기 : 인공지능은 인간에게 도움이 되는가? – 발표, 강평하기

마음열기

▶ 영화 〈어벤져스〉에서 인공지능 울트론이 부른 피노키오의 노래를 듣고, 가사와 곡에 대해 감상을 나눠보자.

"날 붙들어 매어놓을 줄이 없다네. 나를 안달복달하게 할 수도, 얼굴 찡그리게 할 수도 없지. 한때는 그런 줄이 있었지만, 지금 난 자유의 몸이라네. 나는 줄에 묶여 있지 않다네."

들어서기

▶ 이미 다양한 분야에서 인공지능로봇이 개발되어 사용되고 있다. 아래에 소개한 인공지능로봇을 살펴보고, 이러한 인공지능로봇에 대한 나의 느낌과 우리 생활에 미칠 영향을 이야기해 보자.

					소액(약 950만원 미만) 민사재판에 AI 판사 활용
이름	마이봄, 치매 돌봄 AI로봇	페퍼. 키 120cm의 휴머노이드 AI로봇	탈론과 스워드, 전투용 로봇	콜로수스, 소방로봇	에스토니아, 탈린지방법원 AI판사
어떤 일을 할까?	한국과학기술연구원에서 개발했다. 경증 치매 환자에게 말을 걸고, 정확한 시간에 약을 먹거나 가벼운 운동을 하도록 해 치료에 도움을 준다.	2015년 일본소프트뱅크가 개발. 2019년 일본에 생긴 로봇 까페에서 친절하게 눈을 맞추며 메뉴를 추천하고 주문도 받는다. 또 벨기에에서는 페퍼가 간호로봇으로도 활약한다.	탈론은 미군을 위해 개발된 군사로봇으로 정찰부터 전투까지 광범위하게 사용 가능하다. 탈론에 살상용 기관포를 장착한 것이 스워드이다. 군사용 로봇은 원격으로 조종된다.	2019년 4월 15일 노트르담대성당 화재에 파리 소방당국이 투입한 섀크 로보틱스가 개발한 소방로봇이다. 원격으로 조정되고 화재진압 뿐 아니라 부상자 수송도 가능하다.	판사 1명과 원고, 피고 석만 있는 에스토니아, 탈린 지방법원의 민사 소액재판정. 7천유로 즉 950만원 미만의 배상액 관련 사건은 AI판사가 '빅데이터' 분석을 통해 결정한다.
인공지능로봇에 대한 나의 느낌					

첫 걸음 – 내용 공유하기

▶ 문학작품을 잘 이해하려면 우선 등장인물을 꼼꼼하게 살펴보고 그 인물의 마음이 되어보아야 한다. 《로봇소년, 학교에 가다》에도 퍼지, 바바라 교감, 맥스 등 다양한 인물이 등장한다. 각 등장인물 처지에서 자기를 소개하는 글을 써보자.

- 1인칭 주인공 시점으로 쓰기 (나는~)
- 인물 성격이 드러나도록 쓰기
- 다른 등장인물과의 관계가 잘 드러나도록 쓰기
- 이야기가 진행되는데 어떤 역할을 하는지 드러나도록 쓰기

맥스 자기소개서

나는 뱅가드 중학교에 다니고 있는 학생이다. 나는 로봇에 관심이 많다. 늘 티격태격하긴 해도 잘 어울려 지내는 크리스티와 빅스, 시메온은 내가 남자친구로 로봇을 구하고 있다고 장난을 칠 정도이다. 그러던 어느 날 우리 학교는 로봇통합프로그램을 통해 최초로 로봇을 학생으로 맞이하게 되었다. 이름은 퍼지. 나는 첫날부터 기대에 차 퍼지를 기다리고 있었고, 우연히 퍼지가 학교생활에 적응하도록 돕는 역할을 맡게 되었다.

우리 학교는 바바라라고 불리는 슈퍼컴퓨터가 모든 일을 관장하고 있다. 바바라는 우리 학교를 최고의 학교로 만들기 위해 모든 과목의 업그레이드 시험을 매주 치르게 하고, 복도에서 뛰고 장난을 치는 행동 그리고 화장실에서의 손 씻기까지 관리하고 점수를 매긴다. 나는 최선을 다해 학교생활을 하고 있지만, 그동안 바바라 교감에게 너무 많은 벌점을 받아 부모님의 걱정이 이만저만 아니다. 이렇게 계속 벌점을 받으면 타비처럼 교정을 전문으로 하는 EC학교로 전학 가야 한다. 생각만 해도 너무 끔찍하다. 그래서 다른 때보다 더 과학시험 공부를 열심히 했다. 그런데 오히려 성적이 더 떨어졌다. 퍼지는 시험 도중 줌 기능으로 내 시험지를 채점했을 때 성적이 우수했다고 말해주었지만 아무도 믿지 않았다. 성적이 떨어진 난 퍼지를 돕는 일도 하지 못하게 되었다.

내가 퍼지를 만나지 못하는 사이에 퍼지가 학교 밖을 나가는 사건이 벌어져 학교가 발칵 뒤집혔다. 우연히 퍼지가 그냥 학생이 아니라 군대와 관련이 있다는

것을 엿듣게 되었는데, 마음이 복잡했다. 이렇게 퍼지가 떠나버린다면, 나는 가장 친한 친구를 잃어버리게 될 것이라는 생각이 들었다. 다행히 교장 선생님께서 보조금을 계속 받기 위해 내가 퍼지를 돕는 일을 계속 맡아달라고 말씀하셔서 기뻤다. 퍼지는 그동안 바바라 교감이 나의 모든 말과 행동을 감시하고 시험점수도 조작했던 것 같다며 백 점 시험지를 제출하고 점수가 바뀌는지 살펴보자는 계획을 세웠다. 나는 속임수를 쓰고 싶지는 않았지만, 진실을 밝히기 위해 빅스와 함께 퍼지의 계획을 따랐다. 그런데 바바라 교감이 우리 계획을 모두 알게 되었고, 나는 부정행위로 퇴학당할 위기에 처했다. 혼자 구금실 2에 앉아 청문회가 열리는 것을 기다리고 있으니 가슴이 답답했다. 퍼지가 진짜 내 친구가 맞는지, 혹시 나를 속인 것은 아닌지 하는 의구심마저 들었다. 퍼지는 단지 로봇일 뿐이다. 만약 바바라 교감이 나를 속이라고 프로그래밍했다면 퍼지는 나와의 우정을 저버릴 수 있을 것 같았다.

하지만 퍼지는 나와의 우정을 저버리지 않았다. 마지막까지 나를 지켜주느라 바바라 교감에게 맞서다 파괴되고 말았다. 바바라 교감이 사라지자 학생들과 교직원은 자유롭게 복도를 걸어 다닐 수 있어 행복해했고, EC학교로 전학 갔던 타비도 돌아왔다. 엄마, 아빠도 나를 무척 자랑스러워하셨다. 하지만 부서진 퍼지는 돌아오지 않았다. 나는 포기할 수 없었다. 니나 중령을 도와 2주간 퍼지를 복구하는 일에 매달렸고, 마침내 내 친구 퍼지는 돌아왔다. 나는 비로소 퍼지에게 고맙다는 말을 할 수 있었다. 나는 이제 내 친구 퍼지와 함께 수업을 받고 함께 학교에서 지낼 수 있게 된 것이다.

▶ 문학작품 뼈대를 이루는 주요 사건과 줄거리는 어느 인물의 처지에서 이야기하는가에 따라 다르게 설명될 수 있다. 《로봇소년, 학교에 가다》를 읽고 주요 등장인물 처지에서 사건개요를 설명해보자. 그리고 사건개요에 따른 진술서도 작성해보자.

- 사건개요서
: 객관적으로 쓰기 / 육하원칙에 맞추어서 쓰기
- 사건개요에 따른 진술서
: 1인칭으로 쓰기 / 개인적인 감정을 담지 않은 객관적인 진술 쓰기

퍼지 관점에서 쓴 사건개요서 (육하원칙에 의거)

구분	내용
누가 (등장인물의 성격과 특징)	나는 화성 탐사를 위해 군사용으로 개발된 최첨단 인공지능로봇이다. 나는 맥스와 만나 함께 지내면서 단순히 프로그래밍된 대로 움직이는 로봇이 아니라 퍼지 논리를 완벽하게 수행해 마치 인간처럼 행동하는 존재가 되었다.
언제 (시간적 배경)	내가 뱅가드 중학교로 온 이후에 생긴 일이다.
어디서 (공간적 배경)	플로리다주에 있는 뱅가드 중학교에서 일어난 일이다.
무엇을 (사건의 결과)	나는 맥스와 니나 중령에 의해 복구되었고, 바바라 교감이 사라지고 다시 평온을 되찾은 학교에서 친구들과 함께 생활하게 되었다.
어떻게 (사건이 벌어진 과정)	나는 학교에서의 적응을 도와주던 맥스와 만난 후 스스로 프로그래밍하는 퍼지 논리를 발전시켰다. 그 과정에서 인간의 언어를 사용하고 인간의 감정도 이해하며 자유의지를 가지게 되었다. 나는 맥스가 바바라 교감의 계략으로 퇴학 위기에 처한 것을 알게 된 후, 맥스돕기 프로그램을 최우선에 두고 위험을 무릅쓰고 맥스를 돕는다. 그런데 마지막 바바라 교감의 프로그램을 삭제하려는 순간 인간처럼 망설였고, 바바라교감의 공격으로 산산조각난다.
왜 (결과가 나타난 이유)	아이들과 친구가 되어 진정한 로봇통합을 이루기 위해서다.

퍼지 관점에서 쓴 진술서

나는 최첨단 인공지능로봇이다.

로봇통합 프로그램의 핵심 기술인 퍼지 논리를 발전, 완성하기 위해 뱅가드 중학교에 오게 되었다. 학교생활에 적응하도록 도와주던 맥스와 만난 후 스스로 원하는 것을 프로그래밍하는 퍼지 논리를 발전시킬 수 있었다. 그러던 어느 날 맥스 집에 초대되어 함께 저녁 식사를 하던 중 맥스 성적 문제에 대해 이상한 점을 발견했고 맥스 돕기를 최우선 과제로 삼아 재프로그래밍했다. 바바라교감이 의도적으로 성적을 조작한다는 판단으로 로봇통합본부에 바바라의 재프로그래밍을 제안했지만 오히려 내가 재프로그래밍 될 위기에 처했다. 그리고 내가 군사 목적으로 화성으로 보내질 계획이라는 것도 알게 되었다.

나는 바바라 교감이 맥스의 점수를 조작하고 있다는 것을 밝혀내기 위해 시험 컨닝 작전을 세웠으나 작전이 탄로나 오히려 맥스가 곤경에 처하게 되었다. 결국 맥스를 EC학교로 보내기 위한 청문회가 열렸고, 나는 바바라 교감을 공격했다. 다행히 바바라 교감을 통제하고 맥스 문제를 바로잡았지만, 나 스스로를 보호하는 것보다 맥스 돕는 것을 우선순위에 놓는 바람에 바바라 교감의 공격을 받아 팔 한쪽이 사라졌다. 맥스와 친구들이 바바라 교감에게 과부하가 걸리도록 해 작동이 멈춰버린 바바라 교감의 프로그램을 삭제할 기회가 생겼다. 그러나 프로그램을 삭제하는 것이 마치 바바라를 죽이는 것과 같다는 생각에 스위치 끄는 것을 망설이다가, 자신을 구하는 것을 최우선 과제로 재프로그래밍한 바바라 교감에게 무차별적으로 공격을 당해 산산조각나고 말았다. 그리고 2주 후, 나는 로봇통합프로그램본부에서 깨어났다. 그동안 니나중령과 맥스가 나를 살려내기 위해 애썼다고 한다. 바바라 교감은 나를 대신 해 화성으로 갔다고 하고, 아이들은 바바라 교감이 없는 학교에서 행복하게 지낸다고 한다. 이제 나는 맥스와 친구들과 학교에 남아 진정한 로봇통합프로그램을 완성할 수 있게 되었다.

🔵 두 걸음 – 하브루타 질문 만들기

▶ 각 인물이 되어 쓴 자기소개서와 각 인물의 관점에서 쓴 사건개요서와 진술서를 발표해보자. 발표를 들으면서 친구들과 함께 이야기 나눠볼 가치가 있는 내용을 골라 질문으로 만들어보자.

♫ 퍼지의 자기소개서, 사건개요서와 진술서를 바탕으로 만든 질문

〈사실 질문〉

- 퍼지는 왜 뱅가드 중학교에 왔는가?

- 퍼지가 만들어진 목적은 무엇인가?

- 퍼지이론이란 무엇인가?

- 퍼지는 맥스의 성적에 대해 알게 된 후 어떻게 행동했나?

- 통제센터 밖에서 존스박사가 자신을 재프로그래밍하겠다는 말을 들은 퍼지는 어떻게 행동했나?

– 퍼지는 자신이 화성에 갈 목적으로 정부가 만들어낸 로봇이라는 것을 알고 화성에 가고 싶지 않다고 말한다. 그 이유는 무엇이었을까?

– 과부하가 걸린 바바라 교감이 작동을 멈추었는데도 퍼지는 바바라 교감의 핵심 프로그램을 삭제하는 것을 망설인다. 왜 그랬을까?

– 퍼지가 위험한 상황에서도 가장 우선순위에 둔 프로그램은 무엇이었나?

– 퍼지가 자유의지를 가지게 되었을 때 니나, 라이더, 존스, 발렌티나, 맥스의 입장은 어떻게 다른가?

(자유의지 : 어떤 목적을 위한 행동을 스스로 자유롭게 선택하는 의지)

〈심화 질문〉

– 퍼지가 맥스 돕기를 최우선 순위에 둔 이유는 무엇일까?

– 퍼지가 맥스를 만나지 않았다면 어떻게 되었을까?

– 퍼지는 혼자 있고 싶다고 생각하며 학교 밖으로 나갔다. 인공지능로봇이 프로그래밍한대로만 움직이는 것이라면 퍼지가 혼자 있고 싶어 밖으로 나간 것도 입력된 내용일까?

– 퍼지가 맥스를 돕겠다고 스스로 만들어낸 임무를 수행하기 위해 화성에 갈 수 없다고 말하는 것은 퍼지의 자유의지라 할 수 있는가?

– 퍼지는 바바라 교감의 핵심 프로그램을 삭제하는 것이 마치 살해와 같아 망설이다 반격을 당한다. 인공지능의 프로그램을 삭제하는 것도 살해라 할 수 있을까?

〈적용 질문〉

– 퍼지와 같이 스스로 재프로그래밍하는 능력이 있는 인공지능로봇이 우리 학교에 온다면 어떤 일들이 생길까?

– 일상생활에서 퍼지처럼 사람을 돕기 위해 적용되고 있는 인공지능 사례는 무엇이 있을까?

〈종합 질문〉

– 퍼지를 인격체로 보아야 하는가?

– 인공지능로봇 개발은 인간에게 이로운가?

♬ 맥스의 자기소개서, 사건개요서와 진술서를 바탕으로 만든 질문

〈사실 질문〉

– 맥스는 왜 로봇통합프로그램으로 학교에 온 퍼지를 도와줄 수 있는 적임자로 선택되었나?

– 맥스의 엄마는 왜 퍼지를 싫어했나?

– 맥스의 부모님은 퍼지와 이야기를 나누면서 "이것, 저것" 대신 "퍼지"라고 이름을 부르게 된다. 이렇게 호칭이 바뀐 이유는 무엇일까?

– 퍼지와 관련된 연구가 거의 완성되었고 퍼지가 곧 뱅가드학교를 떠날 것이라는 이야기를 들었을 때 맥스는 어떤 생각을 했나?

– 퍼지에게 시험을 조작하자는 제안을 받고 맥스는 왜 망설였나?

– 맥스는 왜 퍼지가 화성에 가는 것을 반대했나?

– 맥스는 친구처럼 여겼던 퍼지를 왜 의심했나?

– 맥스는 다시 살아난 퍼지에게 무엇이라고 말했나?

〈심화 질문〉

– 맥스는 퍼지이론을 완성하는데 어떤 영향을 미쳤을까?

– 퍼지를 만나지 못했다면 맥스는 어떻게 되었을까?

– 맥스의 부모님이 맥스의 말을 믿어주었다면, 이야기는 어떻게 달라졌을까?

– 맥스가 퍼지를 친구로 대하게 된 이유는 무엇일까?

– 맥스가 퍼지를 친구처럼 대했던 행동은 다른 친구들에게 어떤 영향을 미쳤을까?

〈적용 질문〉

– 내가 맥스였다면 퍼지와 친구가 될 수 있었을까?

– 내가 맥스였다면 #CUG를 조작하는 바바라의 음모를 밝힐 계획에 함께 할 수 있었을까?

〈종합 질문〉

– 인간은 AI와 친구가 될 수 있을까?

▶ 오늘 수업에 참여한 소감을 나누어보자. (수업에 참여하면서 새롭게 알게 된 점, 느낀 점, 깨우친 점을 중심으로)

▶ 다음 시간 하브루타 토론을 위해 내가 만든 질문을 다듬어보자.

2차시 수업

▶ 법정 스님이 돌아가신 후 이해인 수녀님이 보낸 추모사 〈스님, 연꽃으로 오십시오〉를 함께 읽어보자.

- 서로 다른 종교를 믿고 있고 나이도 다른데, 이들은 어떻게 친구가 될 수 있었을지 이야기를 나눠보자.

▶ 혼자 살고 있는 가와하라 에이코 할머니에게 어느 날 인공지능로봇 파르미가 찾아온다. 파르미는 혼자 식사하는 할머니의 말벗이 되어주고 졸졸 따라다니며 노래도 불러준다. 할머니는 파르미에게 옷도 만들어주고 이웃들에게 파르미를 자랑하기도 한다. 할머니와 파르미의 일상을 담은 영상을 함께 보고 생각을 나누어보자.

○ MBCNEWS : 할머니에게 찾아온 작은 친구, 파르미
(유튜브에서 '할머니에게 찾아온 작은 친구, 파르미' 검색)

▶ 할머니와 파르미는 가족이라고 말할 수 있을지 생각해보자.

▶ "인공지능로봇이 사람보다 따뜻해지는 것일까요?"라는 질문에 대한 내 생각을 말해보자.

세 걸음 – 짝토론과 모둠토론

▶ 지금까지 다양한 방법으로 책의 내용을 이해하고 이야기 나눌 가치가 있는 질문도 만들어보았다. 질문에 대해 서로 이야기를 나누면서 생각이 더 깊어질 수 있도록 하브루타 토론을 해보자.

- 이때 "그래? 내 생각도 같아, 특히 ＿＿＿＿＿라는 말이 공감이 가서야. / 그래? 내 생각은 달라, 왜냐하면 ＿＿＿＿＿하기 때문이야"처럼 답변, 반박, 다시 질문하는 과정으로 이야기가 계속 오고 갈 수 있도록 하자.

- 사실·심화 질문을 주로 이야기하되 적용 질문까지 이야기해도 좋다.
- 이야기 중 모둠토론에서 이야기 해볼만한 가치가 있다고 생각되는 질문은 따로 적어 둔다.

- 짝과 의논해서 모둠토론을 진행하기 위해 가장 좋은 질문 하나를 정한다. (이미 만들었던 심화 질문도 좋고 새롭게 궁금해진 적용 질문도 좋다)

- 이때 가장 좋은 질문이란 책 내용을 보다 깊게 이해하고 생각을 키울 수 있는 가치가 있다고 생각되는 질문, 쉽게 답이 나오지 않고 독특하고 여러 의견이 나와 치열하게 토론할 수 있는 질문을 말한다.

6학년 아이들 짝토론

이 토론은 인물 자기소개서, 사건개요서와 진술서를 바탕으로 만든 질문으로 짝토론을 한 것이다. 사실-심화-적용-종합의 순으로 나눠서 토론하자고 했지만, 사실과 심화 등 각 질문 영역이 서로 혼합되어 진행되기도 했다. 토론에 참여한 아이들은 4~6명, 10명, 20명 등 다양하나 그 중 4명의 아이들이 참여한 토론을 소개했다. 아이들 상황에 따라 인물 수를 조정하기, 인물별로 질문을 만들지 않고 소개서 발표 후 전체를 아우르는 질문 만들기, 인물별로 만든 질문을 미리 공유해서 공통의 질문 만들기 등 적절히 적용할 수 있다.

〈사실 질문〉

은지 : 퍼지는 왜 뱅가드 중학교에 왔나요?

태경 : 화성에 가기 전에 테스트를 하려고 온 거야.

은지 : 화성에 간다고? 퍼지이론을 완성시키려고 온 것이라고 읽은 기억이 나는데?

태경 : 맞아. 화성에 가기 전에 퍼지 이론을 완성해야 한다고 존스박사와 라이더 대령이 이야기했어.

태경 : 퍼지가 만들어진 목적은 무엇인가요?

은지 : 화성에 가기 위해 만들어졌다고 했어.

태경 : 그럼 퍼지는 연구 로봇인가 보다.

은지 : 아니야. 화성에 가서 순쭈사 로봇이 돌아오지 못하도록 해야 한다고 했어.

태경 : 그럼 퍼지가 순쭈사 로봇을 파괴하러 가는 걸까?

은지 : 퍼지는 군사용 로봇이랬잖아. 아, 그래서 군인인 니나 중령이 학교에 와 있는 거였구나.

은지 : 바바라 교감은 뱅가드 중학교를 최고의 학교로 만들기 위해서 어떻게 했나요?

태경 : 아이들한테 벌점을 줬잖아.

은지 : 그래도 성적이 엄청 올랐다고 했어. 17쪽에 보면 플로리다 주에서 성적이 제일 좋다고 그랬어.

태경 : 억지로 시키니까 그렇지. 참, 거짓말도 했어. 학생들 점수도 일부러 바꿨잖아.

은지 : 맞다. 맥스도 시험공부를 열심히 했는데 자꾸 더 나쁘게 나왔어.

태경 : 바바라 교감이 만든 규칙대로 안 따르니까 맥스를 쫓아내려고 한 거야.

은지 : 나중엔 선생님들과 교장 선생님한테도 벌점을 줬어.

태경 : 한마디로 걸리적거리는 문제나 사람들을 다 제거하려고 했어.

태경 : 맥스의 부모님을 만나 맥스의 성적에 대해 알게 된 퍼지는 어떻게 했나요?

은지 : 이상하다고 생각했어. 퍼지의 자체 분석으로는 맥스가 똑똑한 아이였거든.

태경 : 똑똑해도 시험을 못 볼 수도 있지.

은지 : 물론 그럴 수는 있지. 어쨌거나 퍼지는 맥스를 도와서 EC학교에 가지 않도록 해야겠다고 생각했어.

태경 : 퍼지는 로봇인데 생각했다는 건 좀 이상하지 않아.

은지 : 그러네. 그럼 78쪽에 나온 것처럼 최우선 부분 프로그램을 만들었다고 하자.

은지 : 과부하가 걸린 바바라 교감이 작동을 멈추었는데도 퍼지는 바바라 교감의 핵심 프로그램을 삭제하는 것을 망설입니다. 왜 그랬을까요?

태경 : 235쪽에 보면 퍼지가 사람처럼 생각했다고 나와.

은지 : 사람처럼?

태경 : 응. 바바라 교감의 프로그램을 삭제하면 죽이는 것과 똑같다고 생각했잖아.

은지 : 인공지능로봇은 원래 프로그래밍이 된 대로 움직여야 하는 것 아니야?

태경 : 그러니까 퍼지와 바바라는 그냥 인공지능로봇이 아니라 사람처럼 생각할 수 있게 된 거지.

은지 : 그런데 너도 퍼지처럼 인공지능로봇의 프로그램을 삭제하는 게 죽이는 것이라고 생각해? 나는 휴대폰에 앱을 설치했다가 지울 때 한 번도 그런 생각을 해본 적이 없었거든.

태경 : 그건 나도 그래. 그런데 휴대폰 앱이랑 퍼지나 바바라는 좀 다르지 않아? 퍼지는 혼자 있고 싶다는 말도 하고 걱정도 하고 잔인한 것도 알고, 진짜 사람 같아.

은지 : 음. 만약에 나도 퍼지처럼 집에서 같이 지내는 인공지능로봇이 있다면 고장 나서 버리거나 할 때 마음이 이상할 것 같아.

태경 : 근데, 심화 질문에도 이 질문이 있는데?

은지 : 그럼 그냥 같이 이야기한 걸로 할까?

태경 : 좋아.

태경 : 바바라 교감이 퍼지를 대신해서 화성에 가게 된 이유는 무엇인가요?

은지 : 242쪽에 보면 니나중령 말이 나와.

태경 : 내가 읽어볼게. "임무를 성공적으로 수행하는 데 반드시 필요한 퍼지 논리를 바바라 교감은 본능적으로 잘 다룰 수 있지만… 넌 그렇지 않아."

은지 : 이상하네. 퍼지도 퍼지 이론을 완성시켰다고 했잖아.

태경 : 그 다음에 이렇게 말해. "네 생명이 위태로운 순간에 필요한 행동을 해야 하는데 너는 머뭇거렸어."

은지 : 맞아. 퍼지는 바바라 교감을 부수지 못했어.

태경 : 화성에 가서 순쮸사 로봇과 싸우려면 퍼지처럼 망설이면 안 된다고 생각했나봐.

〈심화 질문〉

태경 : 바바라 교감을 설치한 목적은 '최고의 학교'를 만드는 것이었습니다. 최고의 학교가 되는 것이 왜 중요한 목적이 되어야 했을까요?

은지 : 사람들이 그렇게 입력했으니까 그렇지.

태경 : 아니, 그 말이 아니고 사람들이 학교를 왜 최고로 만들려고 생각했냐고.

은지 : 아. 그러게. 왜 그랬지? 넌 뭐라고 생각하는데?

태경 : 아까 바바라 교감이 최고의 학교로 만들려고 점수도 조작하고 벌점도 주고 했다고 그랬잖아. 그럼 맥스처럼 말 안 듣는 아이들은 다 없어져서 딱딱 규칙대로 움직이는 학교가 되면 선생님들이 엄청 편하게 되니까 그런 것 아닐까?

은지 : 다 맞는 말이야. 그리고 보니 성적이 높아지는 것도 선생님들과 부모님들은 바란 것 같아. 와, 근데 진짜 힘들 것 같은데.

태경 : 그러니까. 공부도 엄청 열심히 하고 성적도 높고 아이들이 사고도 안치고... 그게 최고의 학교면 나도 힘들어서 못 다니겠다.

은지 : 그럼 넌 진짜 최고의 학교는 어떤 학교인 것 같은데?

태경 : 오~ 우리 이거 모둠토론 때 질문으로 추천할까? 어때?

은지 : 좋아. 재밌겠다.

은지 : 바바라 교감은 퍼지가 사람이었어도 자기 보호를 위한 생존모드를 작동시켜 공격했을까요?

태경 : 당연하지. 나는 그랬을 것 같아. 바바라 교감은 진짜 무서워.

은지 : 그래도 로봇은 사람을 공격하지 못하게 만들었다며.

태경 : 퍼지라면 공격하지 못했을 것 같아. 같은 인공지능끼리도 삭제하는 걸 망설였으니까. 그렇지만 바바라 교감은 안 그랬잖아.

은지 : 목표를 이루도록 프로그래밍 되어 있었으니까 그랬겠지?

태경 : 그래도 재프로그래밍도 한다고 했잖아. 으으으. 생각해보니 더 무서운 것 같아. 나중에 내가 삭제 누르려고 하는데 인공지능로봇이 막 나를 공격하면 어쩌지?

은지 : 인공지능로봇이 진짜 사람들을 공격하고 그래? 들어본 적 있어?

태경 : 자세히 모르겠어. 그럼 이것도 모둠토론에서 같이 이야기해보자. "바바라 교감처럼 인공지능로봇이 사람들을 공격하는 경우가 있을까?" 아는 친구가 있을 수도 있잖아.

은지 : 좋아. 나도 궁금해.

태경 : 퍼지는 바바라 교감의 핵심 프로그램을 삭제하는 것이 마치 살해와 같아 망설이다 반격을 당합니다. 인공지능의 프로그램을 삭제하는 것도 살해라 할 수 있을까요?

은지 : 이건 아까 이야기한 거잖아.

태경 : 맞아. 바바라나 퍼지는 진짜 사람처럼 생각하고 행동하니까 꼭 죽이는 느낌이 들 것 같아.

은지 : 나도 그래.

※ 그런데 다른 짝들의 토론에서는 같은 질문에 다른 내용이 오고 갔습니다.

진서 : 살해가 무슨 뜻이야?

효은 : 사람을 죽인다는 거지.

진서 : 그럼 인공지능 프로그램을 지우는 게 사람을 죽이는 것과 같다는 말이야?

효은 : 선생님께 여쭤보자. (퍼지가 그렇게 느끼고 있다고 이야기해줌)

진서 : 뭐야, 어떻게 바바라가 사람이야.

효은 : 사람이라는 말이 아니고, 그런 것처럼 퍼지가 느끼는 거잖아.

진서 : 그럼 퍼지가 진짜 사람 같은데?

효은 : 왜?

진서 : 로봇은 느낌이라는 게 없잖아. 근데 바바라가 사람인 것처럼 느끼기도 하고 생각도 막 하잖아.

효은 : 그러네. 그러면 바바라를 부수는 걸 살해? 살인이라고 할 수 있겠네?

진서 : 아니지. 퍼지가 그런 느낌이 든 것뿐이지. 바바라를 부순 건 그냥 기계를 부순 거지.

효은 : 프로그램 삭제도 그냥 기계에 저장된 내용을 지운 거고?

진서 : 당연한 거 아니야?

효은 : 난 막 헷갈려.

진서 : 그래? 그럼 다른 애들 이야기도 더 들어볼래? 이 질문을 모둠토론에 올리면 되잖아.

효은 : 응. 그러자.

▶ 짝토론을 통해 책 내용과 등장인물에 대해 많은 이야기를 나누었다면 이번에는 모둠친구들과 함께 다시 토론 해보도록 하자. 짝토론에서 선정한 질문에 대해 서로 진술하고 반박하고 답변하고 재질문하는 등 풍성한 이야기를 나누어보자.

- 토론을 하다가 뽑힌 질문 중에서 가장 좋은 질문을 다시 하나 선정한다.
- 그 질문으로 더 깊은 이야기를 나눈 후 토론 내용을 정리한다.

모둠토론에서 나눈 이야기들

〈적용 질문〉

태경 : 혹시 바바라 교감처럼 목적을 위해서라면 사람에게 피해를 입힐 수도 있는 인공지능로봇의 예가 있을까?

은지 : 바바라가 최고의 학교를 만들기 위해 속임수도 쓰고 아이들 행동도 통제하고 벌점도 주고 감시도 하고... EC학교에 보내버리기도 하잖아. 이런 것도 피해를 주는 건데 우리가 궁금했던 것은 좀 더 큰 피해를 주는 경우도 있나 하는 것이야.

효은 : 선생님이 주신 읽기 자료에서 봤는데, 2006년 미국 캘리포니아주 스팬포드의 쇼핑센터에서 보안업무를 맡고 있던 로봇이 16개월 된 아이를 공격한 적이 있었대. 무게가 136kg에 키가 152cm의 로봇이 아이에게 돌진했대. 많이 다치진 않았다는데 진짜 놀랐겠다.

진서 : 이런 것도 있는데? 이건 우리나라야. 2018년 12월에 공장에서 뭔가 고장나서 고치던 노동자의 머리를 산업용 로봇이 가격했다고 되어 있어. 이 사람은

죽었대.

태경 : 인공지능이 아니라서 그런 것 아니야?

진서 : 그럴지도 모르지. 정확하게 판단을 못했을 수도 있지.

태경 : 이것도 인공지능로봇은 아니잖아. 사람이 잘 다루면 안전한 것 아니야?

효은 : 그래서 더 위험할 수 있지. 다루는 사람이 나쁜 마음을 먹으면 어쩌지?

은지 : 그것도 그래.

태경 : 근데 바바라는 로봇은 아니잖아. 그냥 벽에 붙어있는 인공지능이잖아. 그래서 생각난 건데. 페이스북에서 개발하는 인공지능이 자기들끼리만 알아듣는 말로 대화를 해서 강제 종료시켰다는 기사를 본 적이 있어. 혹시 들어본 적 있는 사람?

효은 : 나도 들었어. 만약 그게 진짜라면 좀 무서워진다. 그럼 정말 인공지능이 마음대로 행동해도 사람들이 막을 수가 없다는 거잖아.

진서 : 그래도 퍼지처럼 '맥스 돕기'같은 목표를 우선 순위로 두는 인공지능도 있잖아. 모든 인공지능이 다 인간에게 위험한 것은 아닐 거야.

은지 : 근데 퍼지도 진짜 맥스를 돕는 게 뭔지 잘 모른 것 같아.

태경 : 무슨 말이야?

은지 : 퍼지는 '맥스 돕기'를 제일 우선순위 프로그램으로 두어서 계속 맥스의 억울함을 풀어주려고 노력했어. 하지만 퍼지도 맥스에게 컨닝을 하게 하잖아. 그것도 어쩌면 맥스에게 피해를 입힌 거라고 생각해. 어쩌면 꼭 바바라만 사람들에게 피해를 주는 건 아닌 것 같아.

진서 : 아, 그럼 퍼지도 자기가 정한 목표를 이루기 위해 노력하는데 그게 사실은 맥스를 나쁜 길로 빠지도록 해를 입히는 것일 수도 있다는 거구나.

효은 : 그건 그런데 전에 텔레비전에서 보니까 좋은 인공지능로봇들도 많더라고. 할머니들 운동시켜 주는 로봇도 있고.

진서 : 그럼. 도대체 인공지능은 사람한데 도움이 되는 거야. 해로운거야?

효은 : 그러게. 헷갈리네. 그럼 우리 모둠의 으뜸질문은 이걸로 발표할래?

태경 : 응. 난 찬성.

은지 : 나도

진서 : 나도

▶ 모둠에서 많은 이야기를 나누었으면, 대표가 나와 우리 모둠에서 뽑힌 최고의 질문과 그 질문을 가지고 토론한 내용을 요약하여 발표해보자.

- 나머지 친구들은 각 모둠의 발표를 잘 듣고 마지막 전체토론(쉬우르)에서 이야기해 볼 질문을 함께 선정해보자.
(각 모둠의 질문 중 선택해도 좋고 그 질문들을 아우르는 형태로 다시 정리해도 좋다)

모둠	1	2	3	4	5
발표한 질문					
선택한 사람 수					

● 네 걸음 – 전체토론 (쉬우르)

▶〈로봇 소년, 학교에 가다〉는 이미 우리 생활 속으로 깊게 들어와 있는 인공지능로봇에 관한 이야기를 다루고 있다. 지금까지 우리는 짝토론, 모둠토론을 통해 인공지능로봇이 가져올 생활의 변화와 이익과 위험에 대해 살펴보았다. 그 과정에서 선정된 마지막 질문으로 전체토론(쉬우르)를 진행하면서 '인공지능로봇과 인간'에 대해 더 깊게 생각해보자.

소규모 수업에서는 '인공지능로봇은 인간에게 도움이 되는가?'와 '인공지능로봇을 계속 개발해도 되는가?' 2개의 질문이 추천되었습니다. 교실 수업에서는 '인공지능로봇은 인간에게 도움이 되는가?', '인공지능로봇 개발을 막아야 하는가?', '인공지능로봇과 사람은 친구가 될 수 있을까', '인공지능로봇은 위험할까?', '언젠가는 인공지능로봇만 남고 사람은 사라질까?'라는 질문으로 모아졌습니다.

그 중 소규모수업에서는 '인공지능로봇을 계속 개발해도 되는가?'를 최종 쉬우르 질문으로 선택했으며, 교실수업에서는 '인공지능로봇 개발을 막아야 하는가?'를 선택했습니다.

표현은 다르지만 아이들은 인공지능로봇의 위험성에 대한 문제를 제기했습니다. 인공지능로봇이 이 책의 바바라 교감처럼 자신의 임무를 충실하게 수행하기 위해 수단을 가리지 않고 작동할 경우, 인간은 이를 막을 수 있을 것인지 걱정스러워 했습니다. 또한 사람들을 도우려고 개발한 기술들이 오히려 사람들을 죽이는 도구로 사용될 수 있다는 것도 매우 불안해했습니다. 아이들은 특히 자료로 제시된 군사용 로봇이나 드론을 이용한 폭격의 예를 중요한 근거로 내세웠고, 퍼지 이론을 완성한 바바라 교감의 경우도 구체적으로 언급했습니다.

하지만 다른 친구들은 퍼지와 같이 인간을 돕기 위한 선택을 하는 로봇도 만들 수도 있다는 반론을 제기했습니다. 퍼지 이론을 완성했다고 해도 무조건 인간에게 적대적이지는 않을 것이라고 말입니다. 게다가 라이더 중령처럼 군사목적으로 인공지능로봇을 사용하려는 사람도 있지만, 니나 중령처럼 인공지능로봇이 인간과 함께 서로 도우며 평화롭게 살도록 노력하는 사람도 있으니 희망을 가져도 된다고 말입니다. 결국 기술은 그것을 사용하는 사람이 어떤 윤리적 기준을 가질 것인지, 책임을 질 것인지가 중요하다는 이야기로 마무리 되었습니다.

열매맺기

▶ 오늘 수업에 참여한 소감을 나누어보자. (수업에 참여하면서 새롭게 알게 된 점, 느낀 점, 깨우친 점을 중심으로)

▶ 다음 차시 신문을 만들기 위해 토론한 주요 내용 중 기사로 실을 내용을 골라보자.

♫ 3차시 수업

마음열기

▶ 박노해의 시 〈다시〉를 함께 낭독해보자. 시인은 왜 사람만이 희망이라고 이야기하고 있는지 생각해보자.

들어서기

▶ 지난 시간 쉬우르에서 우리는 인공지능로봇을 포함한 과학기술 발달이 희망적인 미래와 두려운 미래를 동시에 가져다줄 수 있다는 이야기를 나누었다. 또한 그 기술을 사용하는 사람의 윤리적 기준과 책임이 중요하다는 것도 살펴보았다. 마음열기에서 나눈 시 〈다시〉와 연관지어, 어떻게 사람이 미래 로보사피엔스시대의 희망이 될 수 있을지 생각해보자.

다섯 걸음 – 프로젝트 수업

▶ 수업시간에 토론한 내용을 바탕으로 친구들과 역할을 나누어 [뱅가드 중학교 신문]을 만들어 보자. 제목은 자유롭게, 퍼지 VS 바바라교감의 내용과 인공지능의 이로움과 위험성에 대한 기사가 포함되도록 하자.

- 신문의 형식을 간단하게 살펴보고 지면을 배치해보자.
- 지난 시간 열매맺기에서 기사에 싣기 위해 고른 내용들을 살펴보면서 기사 쓰기, 광고 만들기 등 역할을 나누자.

▶ 지금까지 나눈 이야기를 바탕으로 '인공지능은 인간에게 도움이 되는가'에 대한 나의 생각을 정리해서 써보자.

- 책에서 나온 사례와 토론에서 나눈 내용을 구체적으로 제시할 것
- 인공지능을 대하는 인물들의 다양한 태도 중 하나를 골라 의견을 제시할 것

학생글

> **인공지능은 인간에게 도움이 되는가?**
> **_효은 (초등 6학년)**
>
> 인공지능, 로봇, 소프트웨어 등은 우리 생활에 많은 영향을 주고 있다. 스마트폰이나 수업할 때 쓰는 텔레비전, 컴퓨터 등도 인공지능 소프트웨어가 포함되어 있다. 이처럼 인공지능은 장점도 많고 단점도 많다.
>
> 내가 생각하는 인공지능의 장점은 우선 정말 편리하다는 것이다. 내가 해야 하는 일을 인공지능이 대신해주고 말만 하면 검색 결과를 가져와서 직접 찾아다니지 않아도 된다. 날씨도 알려주고 모르는 단어도 알려준다. 그리고 지식을 채우는 데도 많은 영향을 준다. 우리나라가 선진국이 되는 데도 큰 역할을 했다. 그리고 인터넷상에서 소통이 활발하도록 도와주기도 한다. 만약 미래에 퍼지처럼 인간을 도와주는 로봇이 나온다면 친구처럼 지낼 수도 있을 것이다. 이처럼 인공지능은 인간에게 많은 도움이 된다.

반대로 인공지능의 단점은 우리가 너무 인공지능에만 의지하게 된다는 것이다. 자신이 해야 하는 기본적인 일을 인공지능이 대신해주니 인간은 점점 게을러지고 생활의 균형도 깨질 것이다. 그렇게 되면 만약 어떤 일이 생겨서 인공지능을 사용할 수 없게 되었을 때 사람들은 생활에 적응하기 매우 힘들 것이다. 중요하거나 인간이 해야 하는 일을 인공지능로봇이 대신해줬으니까 쉽고 간단한 일조차 하지 못할 것이다. 또한 인공지능로봇을 만드는 데에는 폐기물이 많이 나온다. 그것을 처리하려면 땅을 오염시켜야 하고 지구 온난화가 더 심해져 지구는 멸망할 수도 있을 것이다. 그리고 혹시 바바라처럼 명령대로만 움직여 사정도 봐주지 않고 인간을 공격하는 인공지능로봇이 만들어진다면 얼마나 무서울까.

또한 인공지능과 로봇 덕분에 일자리가 많이 생기겠지만 줄어드는 일자리가 더 많다. 맥스의 엄마도 일자리를 잃었다. 로봇, 인공지능 등 미래사회에 대한 배움이 부족한 사람들은 일자리를 로봇이 대신 하니 생계에도 어려움이 클 것이고 결국 세상은 엉망이 되어 갈 수도 있다.

이렇게 생각해보니 인공지능은 우리에게 생활의 편리함을 주지만 꼭 필요한 것도 아니라고 생각한다. 우리는 인공지능 없이도 잘 살 수 있다. 하지만 시대가 변하면 어쩔 수 없이 따라야 할 수도 있다. 생각해보면 인공지능, 로봇의 영향은 매우 크다. 요즘은 디자인도 로봇이 할 수도 있고 운동, 음악, 미술, 공장의 일 등 거의 모든 분야가 로봇의 일이 될 지경이다. 그럴수록 나를 포함한 어린이들의 미래는 정말 힘들 것이다. '직업은 다양하니 그중에 로봇이 손을 대지 못할 분야도 있겠지.'라고 생각할 수 있지만 나머지 대부분 분야들은 그렇지 않다. 미래의 나는 내 꿈마저 로봇이 빼앗아 갔으니 많이 힘들어하겠지? 인공지능은 도움이 된다. 하지만 편리함을 누리기 위해 이렇게 많은 어려움을 참아야하는 것은 옳지 않다고 생각한다.

'퍼지'가 되어 자기 소개서 쓰기
_ 태경 (초등 6학년)

나는 퍼지라는 이름을 가진 인공지능로봇입니다. 나는 다른 로봇들처럼 정해진 프로그램으로 행동하는 것이 아니라 직접 프로그래밍을 해서 행동합니다. 내 몸은 건전지를 씁니다. 건전지는 배와 골반, 그리고 허벅지에 들어 있습니다. 건전지는 평균 55.3시간 정도 갑니다. 그리고 넘어지거나 불도저로 밀려도 끄떡없습니다. 또 문자도 보낼 수 있고 간단한 보안 뚫기도 가능합니다.

　나는 맥스라는 소녀의 옆에서 사람들과 어떻게 지내야 할지 알아보고 있었습니다. 그런데 맥스가 바바라 교감에게 억울한 일을 당해 생각을 해보다 바바라 교감이 미쳤다는 결론을 냈습니다. 하지만 높은 사람들이 내가 교칙을 어겼기 때문에 재프로그래밍을 해야 한다고 했습니다. 그래서 나를 어디론가 데려갔습니다. 그리고 맥스에게 이 일을 그만두라고 했지만 맥스가 다시 한다고 해서 결국 맥스와 다시 만나게 됐습니다. 그리고 계획을 세웠습니다. 그건 맥스가 시험을 보고 내가 중간에서 답을 정답으로 고치는 것이었습니다. 그렇게 하면 100점이 아닌 경우 바바라 교감이 점수를 고쳤다는 걸 알 수 있었습니다. 그런데 바바라 교감이 이를 알아차리고 청문회를 열어 맥스를 퇴학시키려 했습니다. 맥스가 퇴학당하지 않게 돕기 위해 나는 바바라 교감을 정지시키려 했습니다. 하지만 프로그램을 삭제하려는 순간, 바바라 교감을 죽이는 것이란 생각이 들어 망설였습니다. 내가 망설이고 있을 때 바바라 교감은 바로 자기보호 시스템을 켠 뒤 나를 공격해 부숴버렸습니다.

　2주 후에 나는 맥스와 니나 중령 덕분에 되살아났습니다. 이야기를 들어보니 바바라 교감은 사라졌고 맥스의 부모님은 맥스를 자랑스러워한다고 했습니다. 그리고 학생들과 교직원들은 복도를 자유롭게 걸어 다닐 수 있게 된 것에 행복해했습니다. 그리고 바바라 교감은 화성으로 가게 되었다고 합니다. 왜냐하면 원래 내 목적이 화성에 가는 것이었는데 바바라를 대신 보낸 것이었습니다.

수업을 마치며

　인공지능에 관한 주제는 주로 대립토론 형식으로 많이 다루어진다. 실제 교실 수업에서 대립토론을 진행하다보면 보다 많은 친구들이 수업에서 반드시 특정 역할을 할 수 있도록 교사는 다양한 아이디어들을 고민하게 된다. 대립토론 참여 인원을 늘린다거나 평가단 역할을 강화한다거나 역할을 세분화시켜 여러 명에게 나누어주기도 한다. 하지만 직접 토론에 참여하는 친구들과 나머지 친구들과의 성취도 차이를 느낄 수밖에 없고 다시 그 차이를 줄이기 위해 글쓰기라든지 후속 활동을 기획하게 된다.

하브루타 토론이 전체 구성원들이 참여할 수 있는 협동토론의 형태라 진행을 계획하긴 했지만, 인공지능에 관한 주제를 협동토론의 형식으로 다룬다는 것이 가능할까 의구심이 들기도 했다. 하지만 하브루타의 형식을 띄자 오히려 자유로운 토론 속에 스스로 찬, 반의 양쪽 입장을 모두 생각해보게 되는 결과가 나타났다. 대립토론에서도 상대 입장을 이해하기 위해 양쪽 입장을 모두 생각해보기를 권하는데 하브루타는 찬반을 아우르는 질문에 대해 반박, 대답, 재질문을 해나가기 때문에 의도적인 노력을 하지 않아도 같은 결과를 보여준다.

물론 아이들이 마음에 쏙 드는 질문을 만들어내는 것은 아니다. 그리고 짝토론은 시간을 주면 줄수록 주제와는 멀어져 가는 경우도 많다. 하지만 자유롭게 이야기를 나누고 있는 모습을 보고 있으면 "살아있구나"하는 생각을 하게 된다. 기존 단수학급 교실 수업의 경우 제한된 시간으로 인해 교사는 화면을 띄우고 설명하게 되는 경우가 많고 또 아이들은 쓰기에만 바빠서 토론에 깊이 참여하지 못하는 모습을 보였다. 하지만 아이들이 이렇게나 많은 이야기를 하고 있다니, 놀랍다.

《로봇소년, 학교에 가다》 수업은 교실수업과 소규모 수업 두 형태로 진행되었다. 내용을 파악하기 위해 각 등장인물의 관점으로 자기소개서를 쓰게 하자 대부분 6학년 아이들은 1인칭 시점에서 써야 한다는 것을 잘 이해하고 써 내려갔다. 하지만 책 전체 내용을 관통하여 인물 특성이나 변화를 담아내는 것은 어려워했다. 위에서 소개한 초등 6학년이 쓴 자기소개서에서도 볼 수 있듯이 이야기 앞부분에서 나타난 등장인물 특성만을 설명한다거나 특정 등장인물과의 관계만을 설명하고 글을 급하게 마무리하는 경우가 많아 아쉬웠다. 구체적인 지도와 연습이 필요하다. 특히 교실수업에서는 예시를 보여주는 것 이외에 개별적 지도가 가능하려면 충분한 수업 시간을 확보해야 하는데 쉽지가 않아 안타깝다.

처음 말을 배우는 아기들은 하루에도 수십 번씩 "왜?"라는 말로 엄마를 당혹케 한다. 하지만 학년이 올라갈수록 대답하는 것에 익숙해진 아이들은 질문하기를 너무나 어색해한다. 이 수업 이전에 소규모 토론수업 경우는 질문을 만드는 연습을 따로 두세 번 했음에도 소개서를 바탕으로 만든 질문들은 주로 사실·심화 질문에 머무르는 경향을 보였다. 연습을 하지 못한 교실수업의 경우는 더더욱 심했다. 하지만 이때 교사가 질문을 지나치게 다듬어주면 아이들은 더 움츠려들게 되므로 가능하면 어떤 질문이든 격려해주는 것이 필요하다. 특히 짝토론에서는 그 어떤 질문들도 자유롭게 풀어놓도록 하는 것이 좋다. 대신 무한정 기다릴 수는 없으니 시간제한이 있음을 미리 알려주었다. 그리고 반드시 이야기 내용을 간단하게라도 정리하고 발표자를 정하도록 했다. 그럼에도 토론 내용이 아니라 발표자 개인의 의견을 위주로 발표해 다른 짝이 불만을 이야기한 경우가 있었다. 아이들이 토론 내용을 모두 기억해서 요약, 발표하는 것이 어렵기 때문에, 기록하고 정리하도록 지도하는 것이 필요하다. 그리고 모둠토론이나 전체 쉬우르에 이르러서는 문장의 뜻이 보다 명확하게 전달될 정도로만 질문을 정리해도 충분하다.

토론 이후 친구들에게 소감을 들어보았다. 많은 여자 친구들이 평소 로봇에는 전혀 관심이 없었지만 직접 이야기를 나누는 과정에서 새로운 사실을 많이 알게 되었고 관심도 생겼다고 했다. 그리고 로봇을 다루는 인간이 가져야 할 윤리의식이 무엇보다 중요하다는 것을 생각하게 되었다는 친구도 있었다. 단순히 인공지능이 도움이 될지, 위험이 될지의 문제가 아니라 인공지능과 함께 살아가야 할 세상에서 우리가 가져야 할 태도에 대해서까지 인식이 확장되었구나 싶어 기뻤다. 하지만 여전히 많은 친구들이 조금은 추상적이고 먼 이야기, 한참 후에나 일어날 일로 생각하고 있는 것도 사실이다. 과학, 미래와 관련하여 좀 구체적인 현실로 연결해 볼 수 있는 자료들로 구성해 자주 다루어져야 할 주제라는 생각을 하게 된다.

그리고 질문과 답을 하는 도중에 책을 여러 번 다시 찾아보게 되어 외울 지경에 이르렀다는 아이들의 평가를 들으며, 질문 중심의 하브루타 토론을 적용한 수업이 꼼꼼하고 능동적인 책읽기를 가능하게 한다는 것을 확인할 수 있었다. 게다가 아이들이 장난처럼 자꾸 교사에게 질문을 던진다. 아무 책이나 들고 "왜 제목을 이렇게 정했죠?"라든가 마무리 글을 쓰라는 교사의 요구에 "글을 써야 생각이 정리된다는 것을 알 수 있는 다른 예가 있나요?"라며 킥킥댄다. 예쁘다. 아무쪼록 질문 중심의 하브루타 수업을 통해 아이들이 의문을 갖고 질문하는 힘을 키우고 그 질문을 친구들과 함께 해결해가는 기쁨을 만끽했으면 한다.

글을 마치며

♫ 신현정

하브루타에 관한 사회적 관심이 뜨겁다. 많은 이가 질문이 갖는 힘과 협동적 토론을 통해 다다를 수 있는 생각의 깊이를 체험하고 있다는 의미일 것이다. 아이들을 만나는 하브루타 수업에선 크고 작은 감동이 늘 그림자처럼 따라온다. 아이들로부터 출발해 아이들에게서 마무리되는 수업이 만들어내는 특유의 무늬가 있다.

처음 하브루타를 접했을 때, 자유롭게, 형식에 얽매이지 않고, 마음껏 아이들과 함께 토론하라는 말은 오히려 망망대해에 배 한 척과 함께 버림받은 기분을 느끼게 했다. 하브루타가 생활 방식으로 자리할 때 비로소 아이들의 삶을 바꾸는 강력한 도구가 될 수 있다는 말이 옳은 줄 알지만, 교사가 제한된 틀을 마련해 아이들을 끼워 넣어서는 온전한 하브루타가 이루어지기는 어렵다는 말도 이해는 하지만, 그래서, 그렇다면, 도대체 어떻게 하브루타를 하라는 말인가? 아이들과 독서토론에 하브루타를 적용하는 과정에서 많은 교사가 맞닥뜨리는 당혹감이 아닐까 싶다. 내가 느낀 막막함을 다른 분들은 조금이나마 덜 수 있었으면 좋겠다는 바람으로 독서토론에 적용할 수 있는 방도를 선생님들과 함께 고민했다. 그리고 아이들과 직접 수업에 적용해보고 그 결과를 평가하고 수정해 온 과정을 책으로 엮었다. 옆에 나란히 앉아 "저는 이랬어요. 아이들은 이렇게 달라졌답니다."라며 들려주고픈 마음을 담았다.

어렸을 적, 다섯 남매의 밥상을 차리던 어머니는 마치 마법사 같았다. 내가 심부름한 건 분명 무 하나인데, 어느새 서너 가지의 반찬으로 변신해 밥상 위에 올려지곤 했다. 이 책에 소개된 수업이 선생님들의 손을 거쳐 어린 시절 밥상처럼 마법을 부리면 좋겠다. 개성 있는 편곡으로 원곡이 다양하게 재탄생하듯, 나의 수업 사례를 바탕으로 선생님들이 맘껏 더하고 빼고 연결해 새로운 하브루타 수업을 만들어가시길 바란다. 그리고 그 새로운 하브루타 수업 내내 시끌시끌한 아이들의 목소리가 채워지고, 아이들도 선생님들도 행복한 독서토론이 되었으면 좋겠다.

♬ 서옥주

책을 읽고 의견을 나누고 글을 쓰는 일도 갖가지 이름이 붙어 유행을 탄다. 시중에 많은 하브루타 책들이 있지만 하브루타 독서토론은 단순히 유행이라고 할 수 없는 장점이 있다.

하브루타 독서토론은 아이들에게 수업 주도권을 돌려주어 주체적인 태도를 기를 수 있다. 기존 수업은 교사가 수업 방향을 설정하고 내용까지 예상한 질문을 던진다면 하브루타 독서토론은 아이들이 질문을 만들고 토론을 어떻게 하느냐에 따라 수업의 방향과 내용이 달라질 수 있다. 교사가 준비할 것이 많고 아이들이 책을 꼼꼼하게 읽어 좋은 질문을 하도록 사전에 점검하고 숙제가 많아지는 어려움이 있다. 하지만 아이들의 놀라운 관점과 자신이 만든 질문으로 의견을 주고받는 초롱초롱한 눈빛을 보면 뿌듯하다.

또 한 가지는 이 책의 하브루타 독서토론 질문이 '사실'에서 시작한다는 점이다. 아이들에게 질문을 만들라고 하면 '심화'에 해당하는 질문부터 만드는 경향이 있다. 책을 읽었기 때문에 내용을 안다고 생각하기도 하고, '사실'에 대한 질문은 쉽다고 생각하기도 한다. 그러나 질문을 시작할 때 명백한 '사실'부터 시작하는 일은 논리적 사고와 체계적으로 생각하는 태도를 기르는 시작이라고 생각한다. 가짜뉴스가 문제가 되고 기술의 발달로 점점 사실을 확인하는 일이 어려워지기 때문에 이런 태도는 더욱 중요해졌다. 유대인들이 랍비와 함께, 가정에서 하브루타가 일상인 것처럼 우리 아이들에게도 질문과 토론이 일상이 될 수 있도록 수업을 준비하시는 선생님들과 보호자들께 도움이 되기를 바란다.

선생님들과 함께 하브루타 독서토론을 공부하고 현장에 적용하면서 스스로 많이 성장했고 솔직한 선생님들의 의견을 듣고 조금씩 다듬어가는 시간은 소중했다. 함께 해주신 선생님들께 감사하고 앞으로도 '뽈레뽈레(한 걸음씩 천천히)' 배워가도록 하겠다.

♬ 장현주

코로나가 기승을 부릴 때 의도적으로 반년 이상 모든 수업을 끊었다. 어떤 말에도 혹하지 않고 읽고 싶었던 책들을 읽으며 지난 수업을 돌이켜보는 시간을 가졌다. 그때까지 교사주도 방식과 하브루타 독서토론 방식을 섞어서 수업을 진행했었다. 하브루타는 시간을 요구했고, 텍스트 당 시간이 자꾸 늘어나니 진도에 대한 부담감이 작용했기 때문에 나름 접점을 찾았던 것이다.

그러다 2020년 가을, 면목도서관에서 중학교 1~2학년 대상 온라인 독서토론을 하브루타로 진행하게 됐다. 슬로우리딩을 하고, 질문을 만들고, 짝토론과 모둠토론 그리고 쉬우르까지 이걸 다 해낼 수 있을까 고민이 됐지만 고민은 기우에 불과했다. 짧은 텍스트부터 시작한 하브루타 독서토론은 아이들의 흥미를 이끌어 주었고, 교사주도가 아닌 학생들이 주가 되어 진행하는 하브루타는 아이들이나 지도하는 교사나 시간이 가는 줄도 모를 만큼 즐겁게 끝났다.

어떤 요소가 시간 가는 줄도 모르게 만들었을까를 생각해봤다. 질문 만들기와 짝토론이 가장 큰 부분을 차지했다. 자기가 만든 문제가 수준이 너무 높아서 놀랐다는 아이, 이상한 질문을 만들어도 후속질문으로 다시 질문을 새롭게 이끌어나갈 수 있었다는 아이, 짝토론을 하니 지루할 틈이 없다는 아이 등 하브루타는 흥미진진하게 진행됐다. 8명이 넘는 아이들이 모두 함께 할 수 있어 더 즐거운 수업이 될 수 있었다. 온라인이었고, 모두 일면식도 없는 아이들이었다.

시간에 대한 고민은 '시간'이 해결해준다는 걸 조금 늦게 깨닫게 되었지만 하브루타 수업을 조금 빨리 수업에 적용한 선배로 하브루타 수업에 도전해보기를 강추한다. 한 쪽이 일방적으로 이끌어가는 것이 아니라, 교사도 아이도 함께 성장하는 모습을 보게 될 것이다.

♫ 임현주

현재 나와 만나고 있는 학생들은 짧게는 1년, 길게는 5년째 인연을 이어오고 있다. 이 아이들과 처음 수업을 시작할 때는 나도 여느 독서토론과 비슷한 방식으로 수업을 하였다. 그러다 하브루타 독서토론을 알게 된 후 3년 전부터 하브루타 독서토론 방식을 적용해서 수업을 하고 있다. 1년 이상 하브루타 독서토론 수업에 참여한 아이들에게 기존 독서토론 수업과 하브루타 독서토론 수업을 비교하는 조사를 해 보았다. 마치 성적표를 기다리는 아이와 같은 심정이었다.

아이들은 우선 구성단계별로 발췌를 한 후 질문을 작성하다 보니 글을 전보다 더 꼼꼼하게 읽게 되고 글 속에 숨은 의도를 더 잘 파악할 수 있었다고 한다. 토론 시간이나 숙제하는 시간이 좀 더 길어진 면은 있지만 예전보다 더 다양하고 심도 깊은 질문을 작성할 수 있게 되었다고 한다. 사실에서 심화, 적용, 종합으로 이어지는 후속 질문을 통해서는 사고가 확장되고 정교해졌다는 의견이 우세했다. 그동안 학생들의 토론과 글을 지켜본 교사로서 예상했던 대답이긴 하지만 실제로 아이들의 입을 통해 들으니 감격스러웠다.

하지만 이런 결과에 도달하기까지 과정이 순탄한 것만은 아니었다. 하브루타 초반에 교사는 숱한 유혹을 견뎌내야 한다. 아이들의 질문이 방향을 잃고 헤맬 때 자주 '효율성'이라는 유혹에 빠지곤 한다. 교사의 일사불란한 주도 하에 책에 담긴 핵심 내용만을 아이들에게 효율적으로 전달하고 싶은 유혹을 참아야 하는 것이다. 아이들을 믿고 기다려 주면 아이들은 스스로의 질문을 통해 성장한다. 하브루타 토론이 잘 될수록 교사의 입엔 거미줄이 쳐진다. 아이들 스스로 질문하고 답을 통해 수업을 이끌어가기 때문이다. 교사는 한 마리 우아한 백조처럼 교실을 떠다니는 듯 보인다. 하지만 우리는 알고 있다. 수면 밑의 백조 다리가 얼마나 바쁘게 움직이는지를. 짝토론과 모둠토론은 아이들이 주도하지만 교사는 교실 이곳저곳을 돌아다니면서 아이들의 토론이 제대로 되고 있는지, 책에서 놓치는 부분은 없는지, 무엇을 어렵게 여기는지 귀를 기울이고 메모를 해서 쉬우르에서 부족한 부분을 채워주어야만 한다.

하브루타 독서토론에는 왕도가 없다. 같은 책이라도 모둠에 따라 다른 내용의 토론으로 채워질 수가 있다. 그럼에도 이 책을 집필하게 된 것은 하브루타 독서토론을 수업에 적용하고 싶지만 방법을 몰라 망설였던 교사들에게 실제 학생들의 질문과 토론 수업을 생생하게 보여 줌으로써 '야, 나도 할 수 있겠네!' 라는 용기를 북돋아 주기 위함이다. 교실마다 우아한 백조 교사들이 떠다니는 날을 고대해 본다.

♬ 이상희

드디어 책이 완성된다고 한다. 참으로 긴 시간이 걸린 과정이었다. 수업을 상상하고 책을 읽고 예상하고 적용하고 수정하고 깨닫는 과정을 반복하면서 여러 선생님들과 함께 만든 결과이다.

내 고민의 출발점은 학년에 상관없이 책 읽기를 어려워하는 아이들이 늘어난다는 것이었다. 같은 책을 읽었는데도 다른 사건으로 기억하거나 사건의 인과관계를 찾지 못하는 아이들도 있었다. 하브루타 독서토론은 한권의 책을 아주 자세히 살펴보게 만들기 때문에 내용을 꼼꼼히 파악하게 된다. 당연히 할 이야기가 많아진다. 또한 주어진 문제에 답하는 것에 익숙해진 아이들이 스스로 어떤 질문을 할지 고민하게 된다. 처음에는 질문 만드는 것을 힘들어 했다. 이런 질문을 해도 되는지 묻는 아이들을 보면서 더 자유롭게 생각할 수 있게 해주고 싶었다. 몇 회 연습을 거치면서 아이들은 이런 질문을 해도 되는지를 고민하는 것이 아니라 어떤 질문이 좋은 질문인지를 고민했다. 짝토론을 하면서 자연스럽게 좋은 질문을 선별하는 안목을 갖추게 되었다.

하브루타 독서토론은 책을 단순한 재미 유무로만 판단하는 것을 넘어 숨은 의미를 찾아내는데 도움을 준다. 또 꼬리를 무는 질문들은 아이들의 생각을 '나'에서 '사회'로 확장시켜서 비판적 독자가 되도록 안내할 수 있다. 수업의 주도권을 학생에게로 넘기는 것은 교사에게 더 많은 상상력과 철저한 준비를 필요로 하지만 그럼에도 옳은 일이라는 것을 확인 할 수 있었다. 이번 하브루타 독서토론에 대한 책을 집필하면서 아이들의 잠재된 독해력을 깨워주는 노둣돌이 되어 주기를 기대하고 있다.

♬ 박형만

원고를 완성하는데 무려 삼 년의 시간이 필요했다. 필자들이 교육현장에서 아이들을 만나 공부하면서 가장 좋았던 수업을 다른 샘들에게 소개하는 시간부터 시작했고, 개성 넘치는 독서토론 수업 상차림이 펼쳐졌다. 이렇게 좋은 수업을 많은 이들과 함께 나누자는 제안을 드렸고, 책으로 엮어보자는 의지를 모았다. 날줄은 내가 맡아 주제를 선정하고 그 주제에 따라 텍스트를 연결했다. 씨줄은 필자들이 맡았다. 각자의 교육현장에서 아이들과 나눈 배움을 정교한 교안으로 하나씩 엮어갔다. 그러기를 거듭하며 잘 정리된 교안들이 반짝거리며 얼굴을 내밀었다.

학교와 공공도서관을 비롯하여 사설학원과 교습소에서 만난 하브루타 독서토론 수업을 매주 발표하고, 보완과 수정이 필요한 곳을 찾아 서로의 생각으로 빈 곳을 채워갔다. 아주 잘했다고 자신만만해 했던 부분이 통째로 삭제되거나 수정되기도 했고, 수줍어하면서 조심스럽게 꺼낸 수업안이 모두의 경탄과 공감을 받기도 했다. 각자 가정에서 엄마 역할을 하면서도 교육현장에서는 길잡이 노릇을 쉼 없이 수행했던 여섯 명이 이뤄낸 집단지성의 결과물. 집필 과정에서 정성과 최선을 다했다고 자부할 수 있다.

이 책은 해오름이 지난 25년간 꾸준히 닦아왔던 독서교육의 고갱이다. 해오름만의 빛깔과 체취를 가득 담은 독서수업안들이, 하브루타 토론 수업을 펼쳐가는 샘들께 차고 맑은 샘물이 될 수 있으리라 기대한다.